高效办公"职"通车

金蝶K/3财务软件应用实务

（第2版）

武新华　段玲华　杜　萍　张海英　等编著

清华大学出版社

北　京

内 容 简 介

本书从账务处理实际操作出发，对金蝶 ERP-K/3 软件进行了详细讲解，内容包括金蝶 ERP-K/3 系统安装、创建财务核算系统框架、录入初始会计资料、进行日常账务处理、进行日常业务处理、期末处理的一般方法、报表编制与财务分析等。本书除对软件运行所涉及的基础知识详细讲解外，还十分注重实际应用，每章都设置了上机实践，以帮助读者提高动手能力。

全书语言流畅，言简意赅，图文并茂，可作为财务人员自学和工作中使用的参考书，也可作为高职高专院校、成人高校财经类专业的专业课教材，及各级财政、财务部门会计电算化或会计软件应用的培训教材。

图书在版编目（CIP）数据

金蝶 K/3 财务软件应用实务/武新华等编著. —北京：清华大学出版社，2009.7
（高效办公“职”通车）

ISBN 978-7-302-20279-0

I. 金…　II. 武…　III. 会计-应用软件　IV. F232

中国版本图书馆 CIP 数据核字（2009）第 087272 号

责任编辑：钟志芳　朱　俊
封面设计：张　岩
版式设计：牛瑞瑞
责任校对：柴　燕
责任印制：李红英
出版发行：清华大学出版社
http://www.tup.com.cn
地　　址：北京清华大学学研大厦 A 座
邮　　编：100084
社 总 机：010-62770175
邮　　购：010-62786544
投稿与读者服务：010-62776969，c-service@tup.tsinghua.edu.cn
质 量 反 馈：010-62772015，zhiliang@tup.tsinghua.edu.cn
印 刷 者：北京市清华园胶印厂
装 订 者：三河市金元印装有限公司
经　　销：全国新华书店
开　　本：185×260　**印　张**：22.75　**字　数**：526 千字
（附光盘 1 张）
版　　次：2009 年 7 月第 2 版　**印　次**：2009 年 7 月第1 次印刷
印　　数：1～5000
定　　价：39.80 元

本书如存在文字不清、漏印、缺页、倒页、脱页等印装质量问题，请与清华大学出版社出版部联系调换。联系电话：(010)62770177 转 3103　产品编号：030917-01

教师服务登记表

尊敬的老师：

您好！感谢您购买我们出版的__________________________________教材。

机械工业出版社华章公司为了进一步加强与高校教师的联系与沟通，更好地为高校教师服务，特制此表，请您填妥后发回给我们，我们将定期向您寄送华章公司最新的图书出版信息！感谢合作！

个人资料（请用正楷完整填写）

<table>
<tr><td>教师姓名</td><td></td><td>□先生
□女士</td><td>出生年月</td><td></td><td>职务</td><td></td><td colspan="3">职称：□教授 □副教授
□讲师 □助教 □其他</td></tr>
<tr><td>学校</td><td colspan="3"></td><td>学院</td><td colspan="2"></td><td>系别</td><td colspan="2"></td></tr>
<tr><td rowspan="2">联系电话</td><td colspan="3" rowspan="2">办公：
宅电：
移动：</td><td>联系地址及邮编</td><td colspan="5"></td></tr>
<tr><td>E-mail</td><td colspan="5"></td></tr>
<tr><td>学历</td><td></td><td>毕业院校</td><td></td><td colspan="2">国外进修及讲学经历</td><td colspan="4"></td></tr>
<tr><td>研究领域</td><td colspan="9"></td></tr>
<tr><td colspan="3">主讲课程</td><td colspan="3">现用教材名</td><td>作者及出版社</td><td>共同授课教师</td><td colspan="2">教材满意度</td></tr>
<tr><td colspan="3">课程：
□专 □本 □研
人数： 学期：□春□秋</td><td colspan="3"></td><td></td><td></td><td colspan="2">□满意 □一般
□不满意 □希望更换</td></tr>
<tr><td colspan="3">课程：
□专 □本 □研
人数： 学期：□春□秋</td><td colspan="3"></td><td></td><td></td><td colspan="2">□满意 □一般
□不满意 □希望更换</td></tr>
<tr><td colspan="10">样书申请</td></tr>
<tr><td>已出版著作</td><td colspan="4"></td><td>已出版译作</td><td colspan="4"></td></tr>
<tr><td colspan="5">是否愿意从事翻译/著作工作 □是 □否</td><td>方向</td><td colspan="4"></td></tr>
<tr><td>意见和建议</td><td colspan="9"></td></tr>
</table>

填妥后请选择以下任何一种方式将此表返回：（如方便请赐名片）

地 址：北京市西城区百万庄南街1号 华章公司营销中心 邮编：100037

电 话：(010) 68353079 88378995 传真：(010)68995260

E-mail:hzedu@hzbook.com markerting@hzbook.com 图书详情可登录http://www.hzbook.com网站查询

丛 书 序

随着计算机技术的全面迅速发展，人们将在行政办公、财务、统计、审计等众多领域面对计算机的应用和管理。掌握计算机在这些领域的应用，一方面可以极大地提高这些工作人员的工作效率，另一方面也可以提高他们的业务水平。信息时代，许多行业都要求工作者有很强的计算机操作技能，做到运用自如，熟练而且深入地掌握软件的应用。而要做到这一点，必须从软件的实际应用入手。

正是在这一大背景下，我们策划了本套丛书，精选了应用领域较广泛、较常用的一些软件，如 Excel、SPSS、用友财务软件、金蝶财务软件等，从全新的实例角度出发，按照“基本知识点讲解——实践应用——常见问题解答”的结构，全面介绍了这些软件在日常工作中的应用，旨在帮助广大办公人员、财务人员、统计分析人员、审计人员及相关专业的学生快速掌握这些软件的应用，以解决实际工作中的问题，提高自身的应用水平。

内容安排

本丛书强调软件与职业应用相结合，以实例为载体，着重介绍常用软件的操作功能和实践应用技巧。本套丛书包括：

《用友 ERP-U8 财务软件应用实务》
《金蝶 K/3 财务软件应用实务》
《SPSS 在统计分析中的应用》
《Excel 在统计工作中的应用》
《Excel 在会计工作中的应用》
《Excel 在财务管理中的应用》
《Excel 在审计分析中的应用》
《Excel 函数、公式范例应用》
《Excel 数据图表范例应用》
《Excel VBA 办公范例应用》

丛书特色

1. 软件与职业应用相结合，实用性强。深入浅出地讲述了财务、统计、审计各职业领域的关键知识，系统介绍了相应的软件应用方法及技巧，对实际工作有极大的帮助和指导意义。

2. 内容丰富，案例典型。本套书每章都有实践案例，广大读者可以根据自己的情况进行取舍即可直接应用于具体的工作中。

3. 结构合理，逻辑清晰。从全新的实例角度出发，按照“基本知识点讲解——实践应用——常见问题解答”的结构，全面介绍了这些软件在日常工作中的应用。符合读者的学习思路，可以使广大读者在最短的时间内学习并利用应用软件的各种强大功能，少走弯路，迅速提升专业技能和提高工作效率。

4．光盘特色。本套丛书大部分都配有光盘，汇集了书中所用的应用软件、实例素材，及应用实例的视频，极大地方便了读者的学习。

读者定位

1．适合作为行政办公、财务、统计、审计等领域在职工作人员提高自身业务水平的参考用书。

2．适合作为高校财务或经济管理等相关专业的教材或学习用书。

3．适合作为各相关应用培训或职业培训的教学用书。

售后服务

如果读者在阅读本书的过程中有什么问题或需要帮助，可以登录本丛书的信息支持网站 http://www.thjd.com.cn 或通过 zzfangcn@vip.163.com 联系，我们将尽快给您提供帮助与支持。

前　言

金蝶 K/3 财务管理系统主要用于对企业的财务进行全面管理，除满足财务基础核算的基本功能外，还兼具集团层面的财务集中、全面预算、资金管理、财务报告等功能，帮助企业财务管理从会计核算型向经营决策型转变。财务管理系统各模块可以独立使用，同时可与业务系统无缝集成，构成财务与业务集成化的企业应用解决方案。

本书第 1 版于 2007 年出版，在出版的两年时间里，已经多次印刷。这期间，我们也收到全国各地许多读者的电话和邮件，他们对本书给予了充分的肯定，并非常中肯地提出了许多意见和建议。根据读者的反馈，也结合我们自己的教学实践，我们对本书进行修订再版。

本书特色

本书以实际应用为主线，以如何进行财务系统处理为基石，深入浅出地阐述了金蝶 ERP-K/3 系统安装、创建财务核算系统框架、录入初始会计资料、进行日常账务处理、进行日常业务处理、期末处理的一般方法、报表编制与财务分析等内容，向读者展示了一个完整的金蝶 K/3 财务软件。与第 1 版相比，第 2 版的改进主要体现在以下方面：

- **软件版本更新**

本书以金蝶 K/3 V11.0 最新版财务软件为蓝本，知识点与实例紧密结合，重点突出了对金蝶 K/3 V11.0 版财务软件操作能力的培养。

- **内容安排更易学**

与第 1 版按财务处理模块讲解相比，第 2 版采用了更为贴近财务人员使用的按财务处理流程进行讲解，以实例操作流程导入会计实务范例，使读者在学习上可以快速上手，并迅速应用到实际工作中。

- **习题与实验例程更实用**

每章都设置了上机实践和习题，以帮助读者学习。本书附录 A“金蝶 K/3 财务处理实验例程”相当于综合操作，把各章的内容组合起来，使读者对前面的知识进行全面回顾，并再次通过亲自操作实践，加深读者对这些财务操作的理解，从而为更好地使用本软件并应用到实际工作打下坚实的基础。本书附录 B 是综合试卷，可用于读者检测自己所掌握的知识。

- **配书光盘更出色**

本书针对第 1 版热销过程中读者反馈的信息，在配书光盘中除了赠送金蝶 K/3 最新版 V11.0 的安装软件和实用的账套外，还特意在本书的配套光盘中录制了大量的软件安装及操作的多媒体教学视频，读者可参照视频讲解进行操作，昔日的安装困惑、环境配置困惑、账套导入困惑……将一扫而光。另外，本光盘中还配有制作精美的电子课件，可以为培训班教学提供参考，有经验的教师可以根据自己的实际教学进行适当修改后直接使用。

读者对象

本书的读者主要面向各单位会计人员、会计类各专业教师和学生、社会学习者、会计电算化培训学员。

结束语

本书第 2 版的编写修订工作由众多经验丰富的高校教师编写，同时也得到了金蝶软件有限公司的支持和帮助，在此一并表示衷心的感谢。本书的编写分工是：张海英负责第 1、4 章，杜萍负责第 2 章，高旻睿负责第 3 章，李防、陈艳艳负责第 5 章，王继英负责第 6 章，段玲华负责第 7 章与附录部分，最后由武新华统审全稿。

虽然倾注了编者的努力，但由于水平有限、时间仓促，疏漏和错误之处在所难免。如发现本书中有不妥或需要改进之处，可通过 QQ：274648972 与笔者进行沟通，笔者将衷心感谢提供建议的读者，并真心希望在和广大读者互动的过程中能得到提高，在此深表感谢。

编　者

目　　录

第1章 金蝶ERP-K/3系统安装

- 金蝶 ERP-K/3 系统概述
- 金蝶 K/3 总体结构
- 金蝶 ERP-K/3 系统安装流程

学习目标：

本章主要讲解金蝶 K/3 的总体结构、各个子系统之间的相互联系，以及金蝶 K/3 的安装与卸载流程。使读者对金蝶 K/3 有一个全面的了解，从而为实际应用打下坚实的基础。

金蝶 K/3 V11.0 是金蝶公司在金蝶 K/3 V10.4 版本的基础上，根据金蝶 K/3 整体规划、市场调研和客户反馈等开发而成的，在产品功能、稳定性、易用性和性能方面均有较大程度的提升。

1.1 金蝶 ERP-K/3 系统概述

金蝶 K/3 V11.0 不仅可以跟踪并综合反映集团企业的日常生产经营活动，并能够借助先进的商业智能（BI）与数据仓库（DW）技术，融入企业绩效管理（BPM）思想，充分结合中国国情和企业实际需求，实现一整套崭新的工具与方法，由此来帮助中国成长型企业正确制定、有效执行并合理优化战略。其功能涵盖设定目标、建模预测、计划预算、监控、分析评估与报告等企业绩效管理（BPM）的全过程，是国内首创的战略企业管理解决方案，是献给中国成长型企业 CEO 的战略武器。

1.1.1 金蝶 K/3 V11.0 系统的亮点

金蝶 K/3 V11.0 系统的先进性来自金蝶多年来对“产品领先”深厚功底的精心铸造，以及其对中国成长型企业需求的深入理解。具体表现如下：

- 以 BPM 为核心的战略企业管理信息化解决方案。
- 构建于 BI 基础上的全方位商业分析系统。
- 最佳业务实践的多行业解决方案。
- 强大的一体化业务处理能力。
- 按需配置的个性化管理平台。

1.1.2 金蝶 K/3 V11.0 系统的应用特性

作为成功的 ERP 产品，金蝶 K/3 V11.0 在其先进性的基础上，又表现出众多独特的优秀应用特性，是国内首创以企业绩效管理（BPM）为核心的战略企业管理信息化解决方案。

- 全方位的管理能力

金蝶 K/3 V11.0 是一体化设计的紧密集成系统，提供了丰富的业务处理功能，能满足成长型企业全方位的业务管理。采用了先进的商业智能（BI）技术，具有全面的决策支持能力。

- 灵活的业务适应性

金蝶 K/3 V11.0 是面向行业应用的最佳业务实践，提供了多种行业解决方案，适应大中型集团企业跨地域的多样化网络应用部署，能满足企业各种管理和经营模式。

- 强大的业务扩展性

金蝶 K/3 V11.0 系统针对成长型企业不同发展阶段的管理需求，可适应企业业务的不断扩展，支持先进的集群应用技术，并提供丰富的集团级应用解决方案，来满足大中型集团企业复杂多变的业务需要。

- 个性化管理

金蝶 K/3 V11.0 系统提供了易学易用的人性化界面，支持最新的无线应用技术。通过使用强大的业务自定义功能和客户化工具包来满足企业个性化应用的需要。

- 国际化管理

金蝶 K/3 V11.0 系统支持全球化的应用部署和电子商务，提供了完善的跨国集团业务合并功能，支持多语言、多币制、多会计准则，实现了企业的国际化管理。

- 快速应用实施

金蝶 K/3 V11.0 系统具有较低的总体使用成本（TCO）和极低的应用风险，其快速应用实施的特性能使企业在短期内收回投资。

- 投资分析

企业的信息化建设是一种投资行为，而不是一种简单的消费行为。投资的目的是为了取得企业管理效率的提高。因此，一个管理信息系统成功与否，关键在于该企业能否通过应用该系统提升自己的经营管理水平和经济效益，同时是否获得了最佳的投入产出比。

1.2　金蝶 K/3 总体结构

金蝶 K/3 V11.0 版本是全面成熟的 ERP 产品，拥有 3000 多项功能、60 多个子系统、30 多个工具、10 多个跨行业解决方案，以及极具竞争力的行业解决方案。

1.2.1　金蝶 ERP-K/3 系统构成

金蝶 K/3 V11.0 版本共由 57 个子系统（如表 1-1 所示）和 23 个辅助工具（如表 1-2 所示）构成，与金蝶 K/3 V10.1 版本相比，增加了进口管理和出口管理两个子系统。

表 1-1　金蝶 K/3 子系统

财务部分（15 个子系统）				
总账管理系统	报表管理系统	目标管理系统	固定资产系统	财务分析系统
应收款管理系统	应付款管理系统	现金流量表系统	项目管理系统	现金管理系统
合并报表系统	合并账务系统	结算中心系统	e-网上结算系统	预算管理系统
供应链部分（10 个子系统）				
仓存管理系统	采购管理系统	销售管理系统	存货核算系统	出口管理系统
质量管理系统	分销管理系统	销售前台系统	门店管理系统	进口管理系统
成本管理部分（3 个子系统）				
成本分析管理系统	作业成本管理系统	成本控制管理系统		

续表

生产制造部分（10 个子系统）				
生产数据管理系统	主生产计划系统	物料需求计划系统	粗能力需求计划系统	细能力需求计划系统
生产任务管理系统	委外加工管理系统	重复生产计划系统	车间作业管理系统	设备管理系统
人力资源系统（11）				
人事管理系统	薪酬管理系统	社保福利系统	绩效管理系统	招聘选拔系统
培训发展系统	能力素质模型系统	查询报表系统	CEO 平台	经理人平台
员工工作台				
基础及 BOS 部分（3 个子系统）				
K/3 BOS	账套管理	基础资料		
商业分析部分（2 个子系统）				
管理驾驶舱	商业分析系统			
行业产品部分（3 个子系统）				
房地产管理系统	GSP 管理系统	GMP 管理系统		

表 1-2　金蝶 K/3 辅助工具

数据交换工具				
增值税发票数据引入引出	K/3 数据交换平台	固定资产数据	Web Service	供应链数据引入引出数据
传输工具				
远程数据传输	K/3 账套/文件远程传输配置工具	分销传输服务器管理	分销传输配置工具	分销管理单据自动传输
辅助工具				
代理服务	万能报表	供应链单据自定义	网络检查工具	
系统工具				
远程组件配置工具	网络控制工具			
单据套打工具				
供应链单据套打	账务单据套打			
合并报表工具				
远程组件配置工具	项目数据修改工具	项目数据备份工具	账套升级工具	抵消分录取数类型升级工具

1.2.2　金蝶 K/3 财务系统各子系统的相互关系

金蝶 K/3 标准财务管理解决方案针对企业不同阶段具备不同的应用策略，为实现企业目标提供了最佳的财务核算和执行保障体系。

金蝶 K/3 财务系统中各子系统的相互关系如图 1-1 所示。

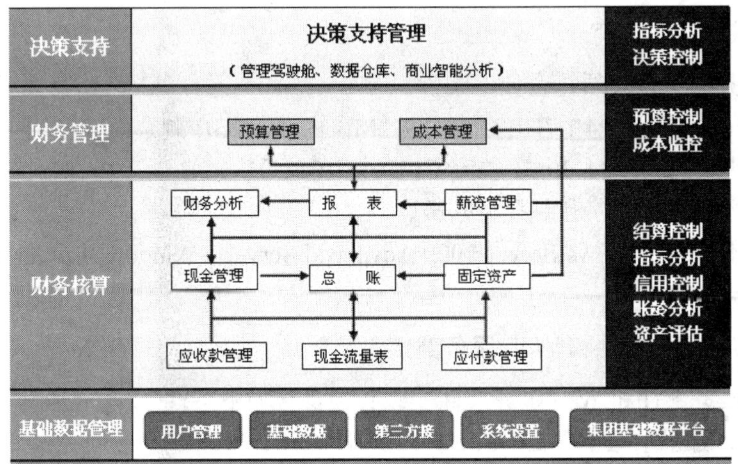

图 1-1 金蝶 K/3 财务管理系统

金蝶 K/3 财务系统具有以下特点：

- 通过无缝的应用集成，建立高效的财务、业务处理一体化。
- 强化企业的资金管理，提高资金的利用效率。
- 全面的资产管理，强化了企业资源的有效控制。
- 周全的往来业务管理，保障资金良性运作。
- 多角度、多层次分析和监控模式，为决策提供有效的分析支持。

1.3 金蝶 ERP-K/3 系统安装流程

金蝶 K/3 系统功能强大，其安装过程也与其他财务类软件不同，在安装金蝶 K/3 软件之前，还需要做很多方面的准备工作，才能顺利地完成安装。

1.3.1 金蝶 K/3 安装的硬件与软件需求

金蝶 K/3 与其他财务软件的最大区别在于，并不是所有操作系统和运行环境都适合金蝶软件，要想运用金蝶软件，必须有一定的运行环境。

1. 数据库服务器安装

数据库服务器安装必须符合如下条件。

- 硬件最低配置：P4 1.7GB CPU、512MB 内存、2GB 剩余硬盘空间。
- 硬件建议配置：P4 Xeon 主流 CPU（双 CPU）、1GB 以上内存、2GB 以上剩余硬盘空间的部门级以上专用服务器。
- 软件环境：Windows Server 2000/Advanced Server、Windows Server 2003 Standard/Enterprise。

2．中间层服务器安装

中间层服务器安装必须符合如下条件。

- 硬件最低配置：P4 1.7GB CPU、512MB 内存、2GB 剩余硬盘空间。
- 硬件建议配置：P4 Xeon 主流 CPU（双 CPU）、1GB 以上内存、2GB 以上剩余硬盘空间的部门级以上专用服务器。
- 软件环境：Windows Server 2000/Advanced Server、Windows Server 2003 Standard/Enterprise。

3．人力资源服务部件和 Web 服务部件安装

人力资源服务部件和 Web 服务部件安装必须符合如下条件。

- 硬件最低配置：P4 1.7GB CPU、512MB 内存、2GB 剩余硬盘空间。
- 硬件建议配置：P4 Xeon 主流 CPU（双 CPU）、1GB 以上内存、2GB 以上剩余硬盘空间的部门级以上专用服务器。
- 软件环境：Windows Server 2000/Advanced Server、Windows Server 2003 Standard/Enterprise。

4．客户端安装

客户端安装必须符合如下条件。

- 硬件最低配置：P4 1.0GB CPU、256MB 内存、1GB 剩余硬盘空间。
- 硬件建议配置：P4 2.4GB 以上 CPU、512MB 内存、1GB 剩余硬盘空间。
- 软件环境：Windows 98/XP/2000/2003/Vista。

1.3.2　SQL Server 2000 的安装流程

金蝶 K/3 系统使用的数据库平台是 SQL Server 2000，所以在正式安装金蝶 K/3 系统之前，必须先安装 SQL Server 2000。而且，该系统还要求安装 SQL Server 2000 的 SP4 补丁程序，并使其正确运行，这样才能确保金蝶 K/3 的正常安装与运行。

安装 SQL Server 2000 的具体操作步骤如下：

❶ 将 SQL Server 2000 安装盘放入光驱中，即可出现安装版本类型选择界面，需要根据实际情况选择安装 SQL Server 2000 的版本类型，如图 1-2 所示。

❷ 选择“安装 SQL Server 2000 简体中文标准版”选项，即可打开选项选择界面，如图 1-3 所示。

❸ 选择“安装 SQL Server 2000 组件”选项，打开“安装组件”界面，如图 1-4 所示。在其中选择“安装数据库服务器”选项，打开【欢迎】对话框，如图 1-5 所示。

❹ 单击【下一步】按钮，打开【计算机名】对话框，在其中可以选择在本地计算机进行安装还是在远程计算机进行安装，默认为选择本地计算机，如图 1-6 所示。

❺ 在选择完毕之后，单击【下一步】按钮，打开【安装选择】对话框，在其中根据实际情况选择相应的安装选项，如图 1-7 所示。

图 1-2　安装版本类型选择界面

图 1-3　选项选择界面

图 1-4　“安装组件”界面

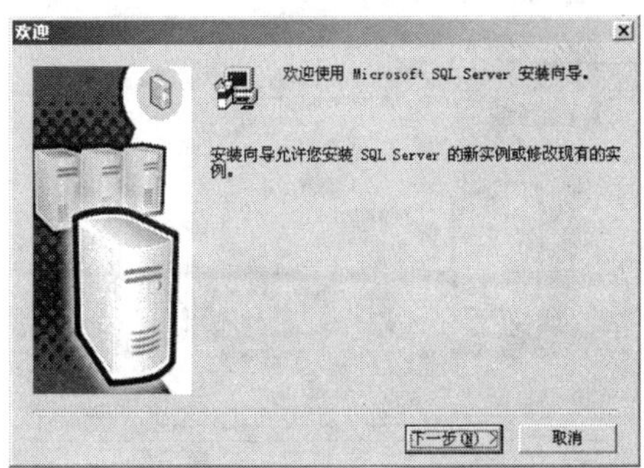

图 1-5　【欢迎】对话框

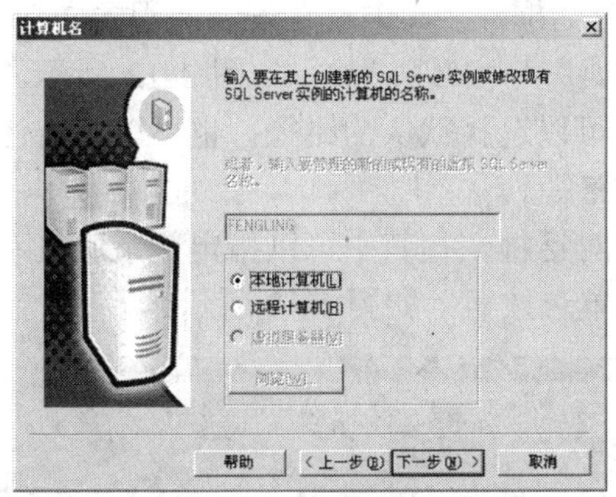

图 1-6　【计算机名】对话框

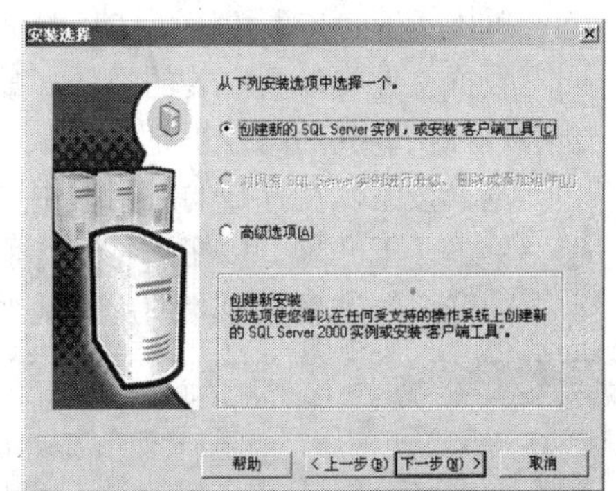

图 1-7　【安装选择】对话框

❻ 单击【下一步】按钮，打开【用户信息】对话框，在“姓名”和“公司”文本框中输入相应的内容，如图 1-8 所示。

❼ 单击【下一步】按钮，打开【软件许可证协议】对话框，在其中可以查看相应的安装协议，如图 1-9 所示。

❽ 查看完毕后单击【是】按钮，打开【安装定义】对话框，在其中根据实际情况选择相应的安装类型，如图 1-10 所示。

❾ 单击【下一步】按钮，打开【实例名】对话框，在“实例名”文本框中输入相应的名称，从而设置实例名称。如果是第一次安装 SQL Server 2000 程序，则可选中“默认”复选框，如图 1-11 所示。

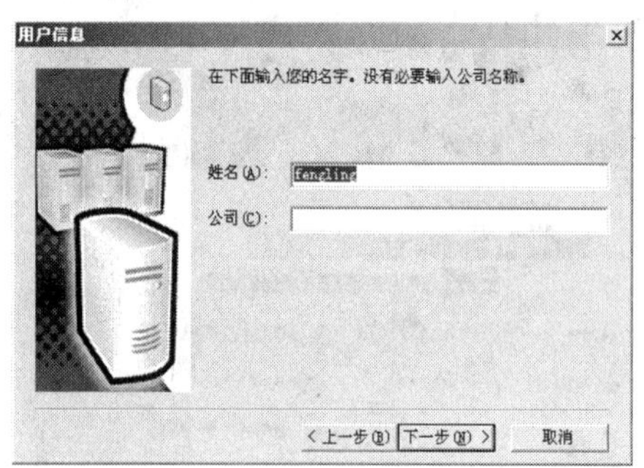

图 1-8 【用户信息】对话框

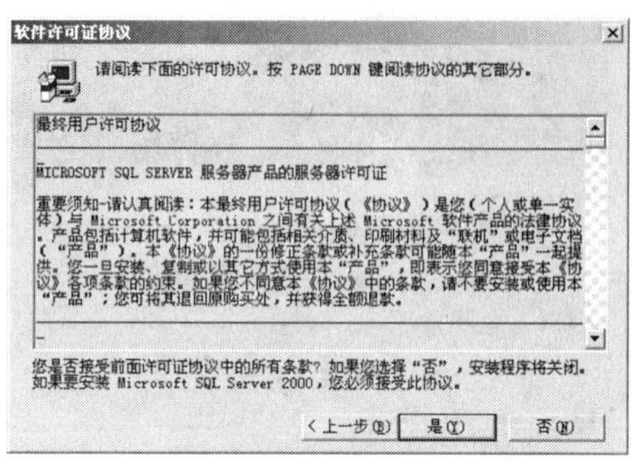

图 1-9 【软件许可证协议】对话框

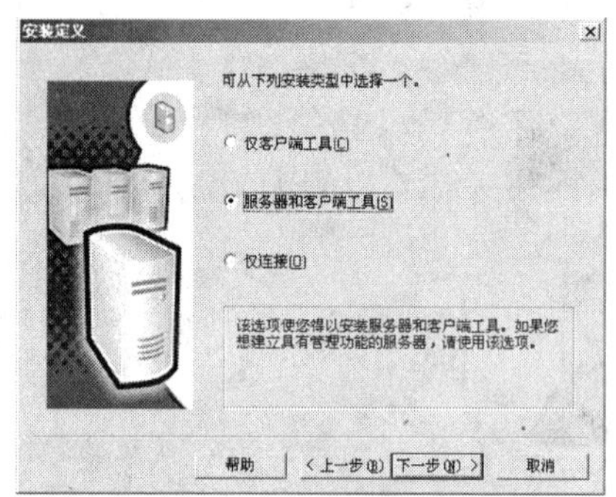

图 1-10 【安装定义】对话框

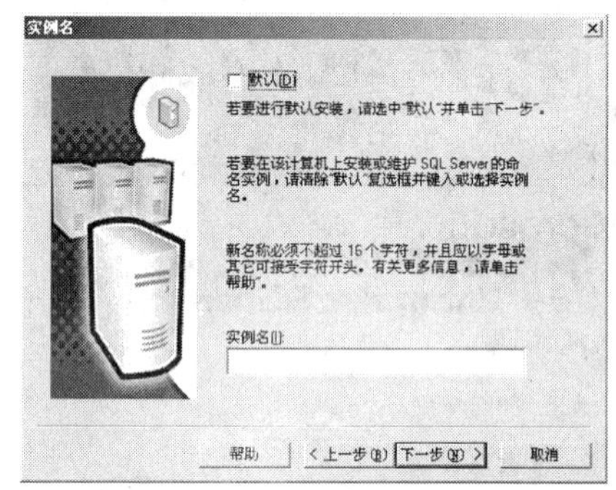

图 1-11 【实例名】对话框

⑩ 单击【下一步】按钮，打开【安装类型】对话框，在其中设置安装的程序文件夹、数据文件夹以及安装的类型（默认选择“典型”安装类型），如图 1-12 所示。其目标文件夹的路径也是系统默认的，用户可以选择默认的路径，也可以单击【浏览】按钮，在打开的对话框中选择相应的路径。

⑪ 单击【下一步】按钮，打开【服务账户】对话框，在其中可以指定登录服务系统的账户，这里选中“使用本地系统账户”单选按钮，如图 1-13 所示。

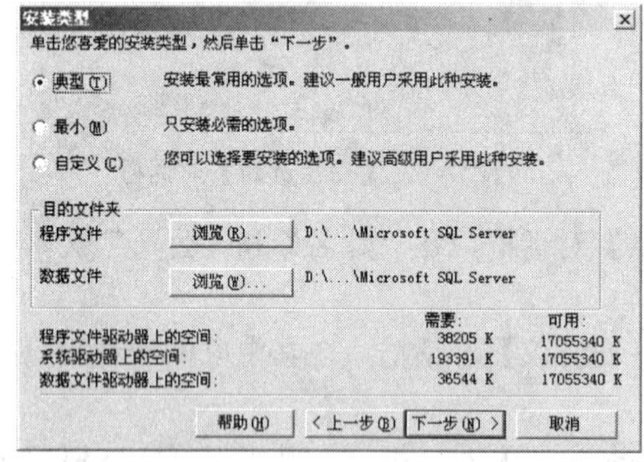

图 1-12 【安装类型】对话框

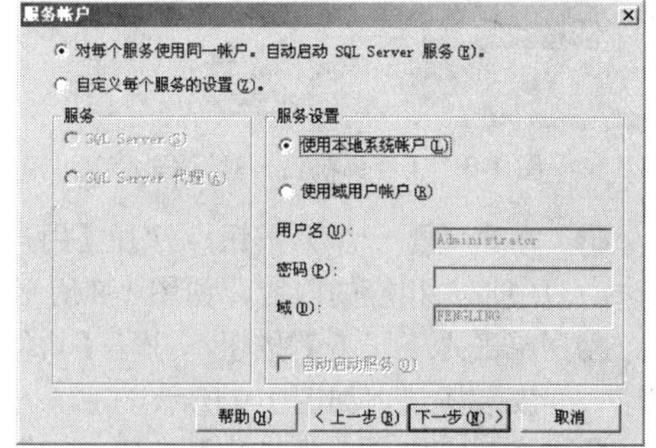

图 1-13 【服务账户】对话框

⑫ 单击【下一步】按钮，打开【身份验证模式】对话框，在其中可以选择身份验证模式。这里选中“混合模式（Windows 身份验证和 SQL Server 身份验证）”单选按钮，再添加相应的登录密码。在安装 SQL Server 2000 时，最好保持 SA 登录密

码为空，否则可能会出现不能初始化的情况，所以这里最好选中“空密码”复选框，如图 1-14 所示。

⑬ 单击【下一步】按钮，打开【开始复制文件】对话框，表示 SQL Server 2000 安装程序已经设置完毕，如图 1-15 所示。

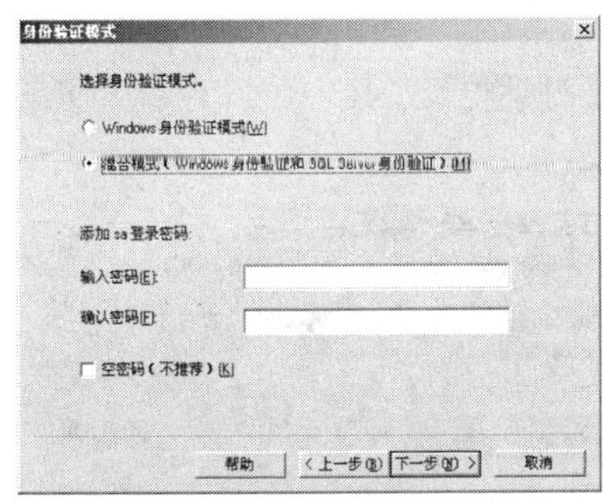

图 1-14 【身份验证模式】对话框

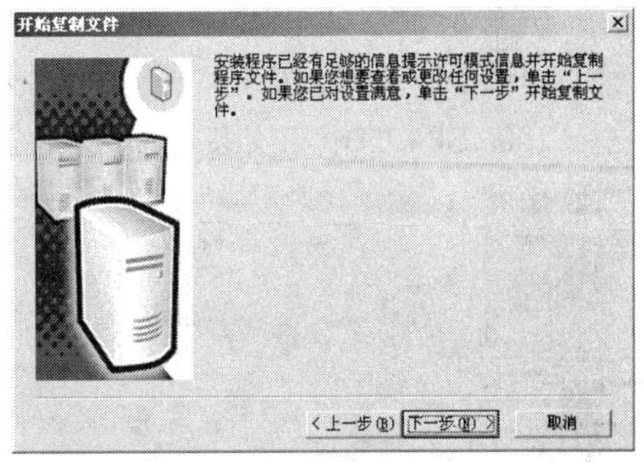

图 1-15 【开始复制文件】对话框

⑭ 单击【下一步】按钮，打开【选择许可模式】对话框，在其中根据实际情况选择相应的模式，如图 1-16 所示。

⑮ 单击【继续】按钮，开始文件的复制和系统的配置操作，如图 1-17 所示。在文件复制完毕和系统配置完毕之后，弹出【安装完毕】对话框，如图 1-18 所示。单击【完成】按钮，完成 SQL Server 2000 的安装操作。

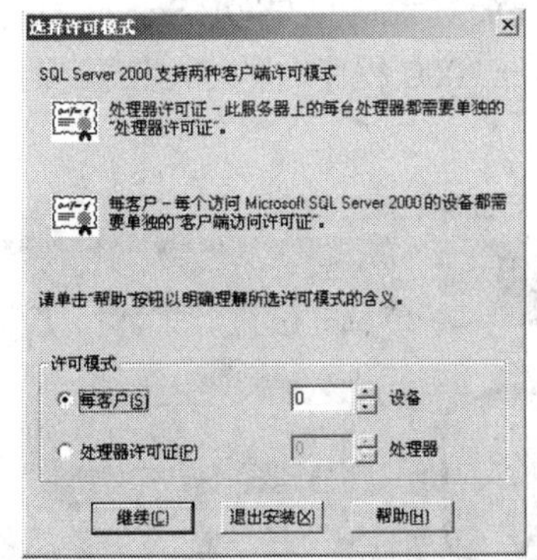

图 1-16 【选择许可模式】对话框

图 1-17 复制文件

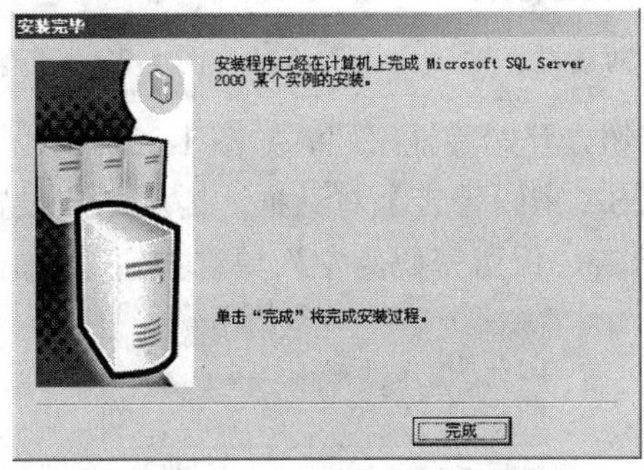

图 1-18 【安装完毕】对话框

金蝶 K/3 的运行还需要安装 SQL Server 2000 SP4 补丁程序，其安装过程较为简单，用户只需根据安装向导进行设置，即可进行安装。具体操作步骤如下：

❶ 打开金蝶 K/3 的简体资源安装盘，进入 X:\OS\SQL2KSP4 文件夹，双击 setup.bat 文件，运行 SQL Server 2000 SP4 补丁安装程序，打开【欢迎】对话框，如图 1-19 所示。

❷ 单击【下一步】按钮，打开【软件许可证协议】对话框，在其中可以查看 SQL Server 2000 SP4 的相应安装协议，如图 1-20 所示。

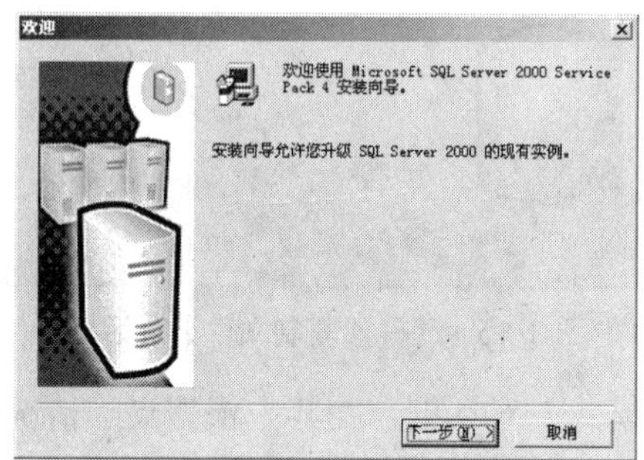

图 1-19 【欢迎】对话框

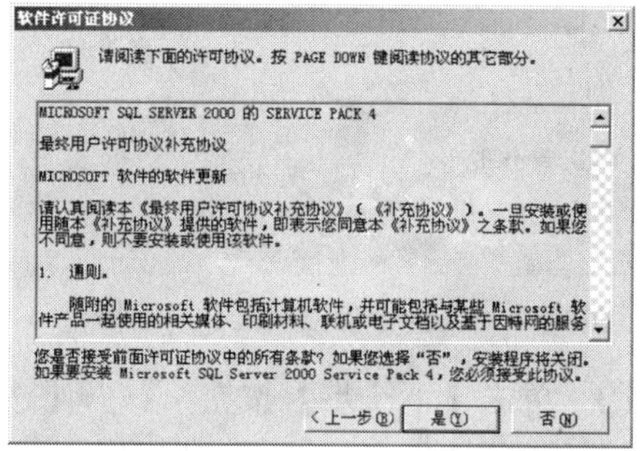

图 1-20 【软件许可证协议】对话框

❸ 查看完毕后单击【是】按钮，打开【实例名】对话框，如图 1-21 所示。

❹ 单击【下一步】按钮，打开【连接到服务器】对话框，在其中可以指定 SQL Server 身份验证方式。这里选中“SQL Server 系统管理员登录信息（SQL Server 身份验证）”单选按钮（这里的 SA 密码需与安装 SQL Server 2000 程序时的 SA 密码保持一致），如图 1-22 所示。

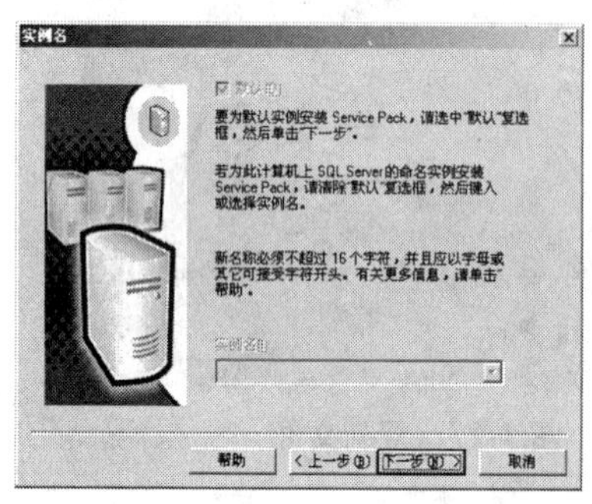

图 1-21 【实例名】对话框

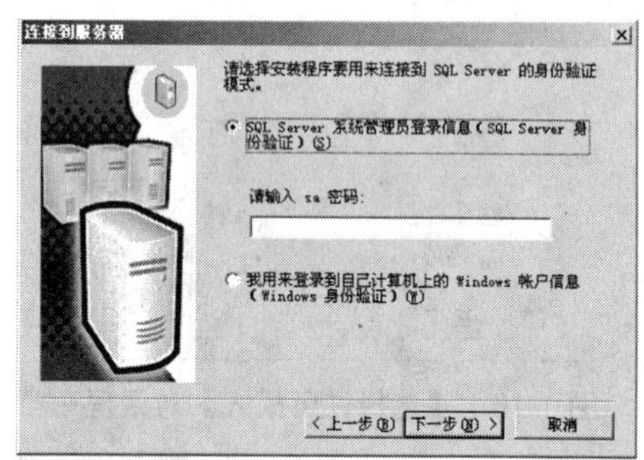

图 1-22 【连接到服务器】对话框

❺ 单击【下一步】按钮，开始验证密码，如图 1-23 所示。如果密码验证无误，且 SA 密码为空，弹出【SA 密码警告】对话框，提示用户设置 SA 密码（这里需要选中“忽略安全威胁警告，保留密码为空”单选按钮），如图 1-24 所示。

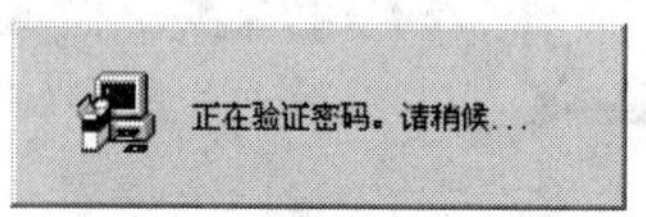

图 1-23 验证密码

❻ 单击【确定】按钮，打开【错误报告】对话框，提示已启用 SQL Server 的错误报告功能，用户可选中“自动将致命的错误报告发送到 Microsoft”复选框，如图 1-25 所示。

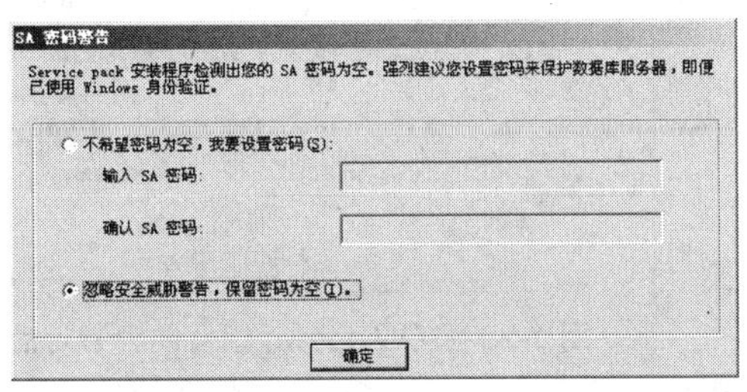

图 1-24 【SA 密码警告】对话框

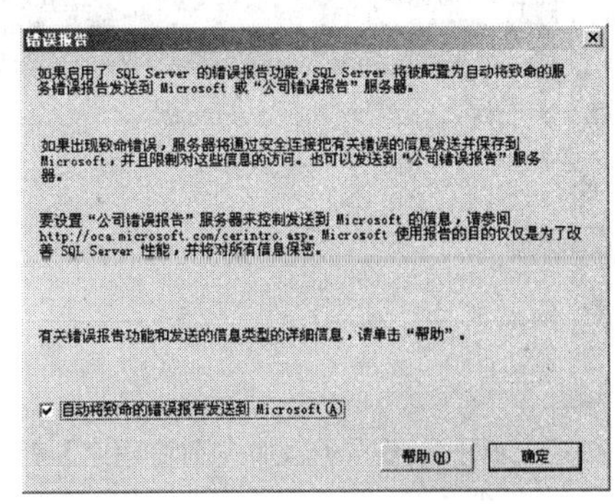

图 1-25 【错误报告】对话框

❼ 单击【确定】按钮，安装程序即可开始收集系统信息。在完成信息收集之后，打开【开始复制文件】对话框，如图 1-26 所示。

❽ 单击【下一步】按钮，即可复制文件并进行系统配置。系统配置完毕后打开【安装完毕】对话框，如图 1-27 所示。单击【完成】按钮，完成 SQL Server 2000 SP4 补丁的安装操作。

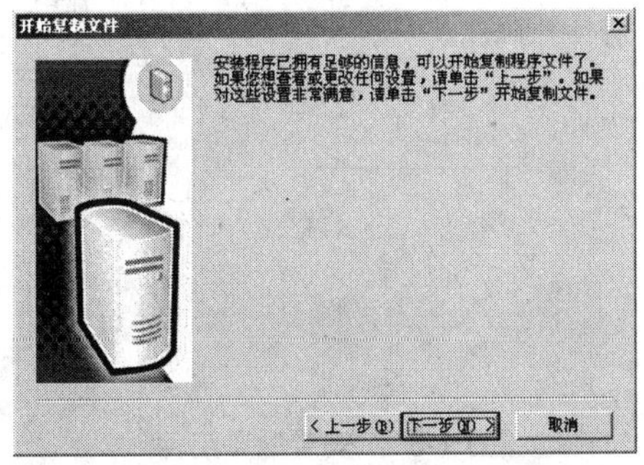

图 1-26 【开始复制文件】对话框

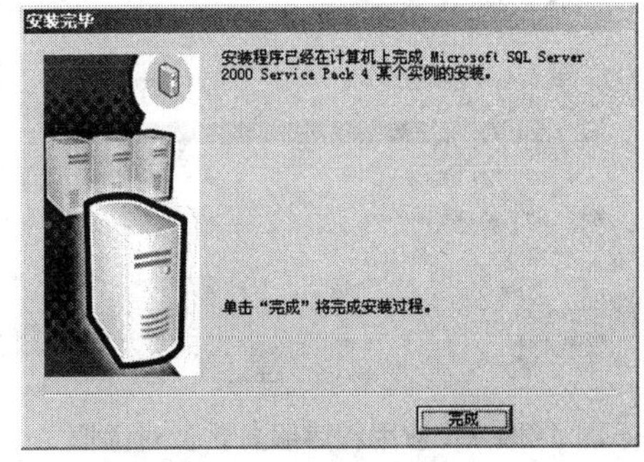

图 1-27 【安装完毕】对话框

1.3.3 金蝶 K/3 在 Windows Server 2003 系统中的配置

如果用户使用的是 Windows Server 2000 操作系统，则可忽略此节操作，直接安装金蝶的安装文件。如果用户使用的是 Windows Server 2003 操作系统，且安装了 Windows Server 2003 SP1 补丁，则在安装金蝶 K/3 前还需要安装或启动一些服务组件，否则将不能正常安装中间服务器、人力资源服务器和 Web 服务器。

使用 Windows Server 2003 操作系统时，需要进行设置的具体操作步骤如下：

❶ 选择【开始】→【控制面板】→【添加或删除程序】命令，打开【添加或删除程序】对话框，如图 1-28 所示。

❷ 单击【添加/删除 Windows 组件】按钮，打开【Windows 组件向导】对话框，在

其中选择“组件”列表框中的“应用程序服务器”组件，如图 1-29 所示。

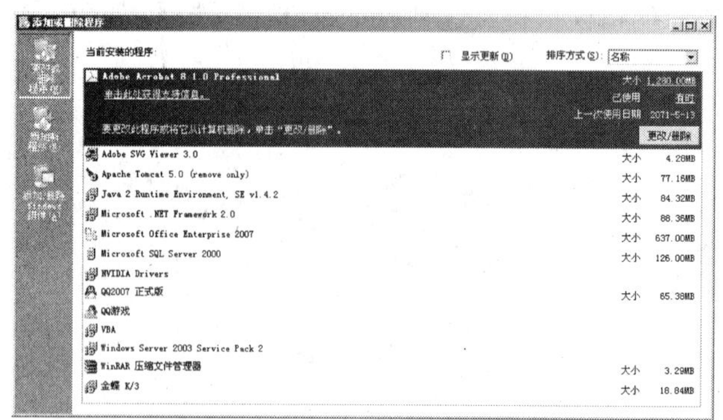

图 1-28 【添加或删除程序】对话框

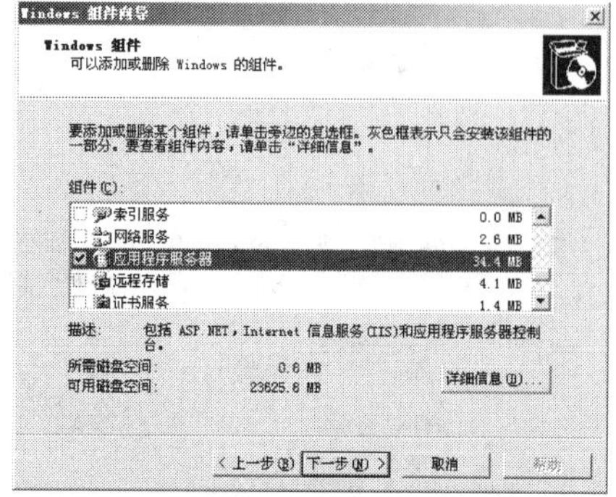

图 1-29 【Windows 组件向导】对话框

❸ 单击【详细信息】按钮，打开【应用程序服务器】对话框，在其中选择 ASP.NET、“Internet 信息服务”、“启用网络 COM+访问”、“启用网络 DTC 访问”4 个组件，如图 1-30 所示。

❹ 依次单击【确定】按钮和【下一步】按钮，并将 Windows Server 2003 系统盘放入光驱中，系统即可自动进行安装，如图 1-31 所示。

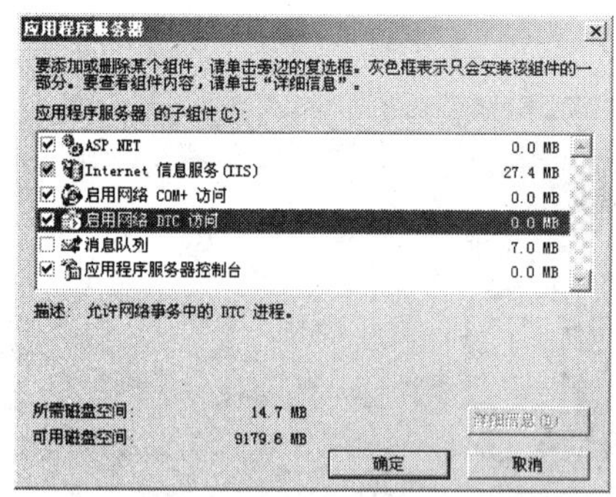

图 1-30 【应用程序服务器】对话框

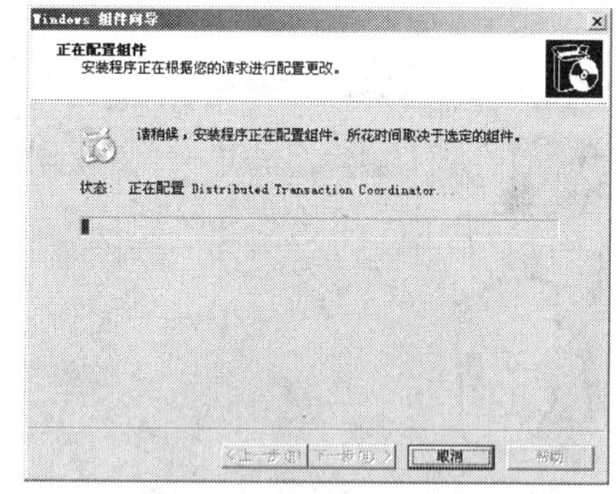

图 1-31 安装配置组件

❺ 安装完毕后弹出【完成“Windows 组件向导”】对话框，如图 1-32 所示。单击【完成】按钮，完成配置操作。

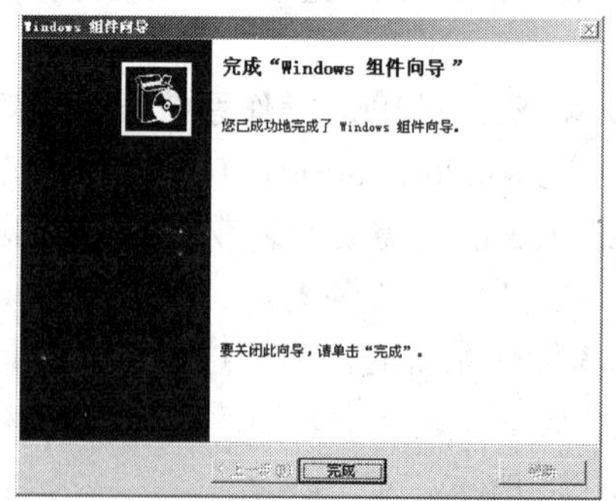

图 1-32 【完成“Windows 组件向导”】对话框

1.3.4 安装金蝶 ERP-K/3 的第三方软件

金蝶 K/3 系统安装盘集中了所有金蝶 K/3 系统所需的第三方软件（SQL Server 2000 除外）。因此，通过金蝶 K/3 系统的环境检测功能，系统将搜索当前操作系统中没有的第三方软件，并自动进行安装。

具体操作步骤如下：

❶ 将金蝶 K/3 系统安装盘放入光驱，弹出【金蝶 K/3 安装程序】对话框，如图 1-33 所示。

❷ 单击【环境检测】按钮，打开【金蝶 K/3 环境检测】对话框，可以根据安装的计算机角色确定所需安装的部件（这里选择全部的组件），如图 1-34 所示。

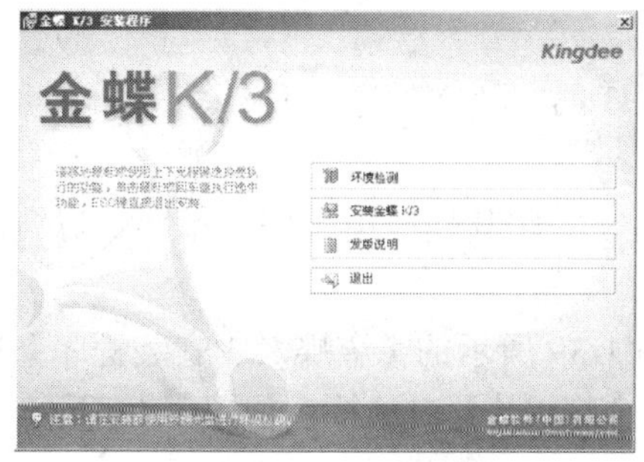

图 1-33 【金蝶 K/3 安装程序】对话框

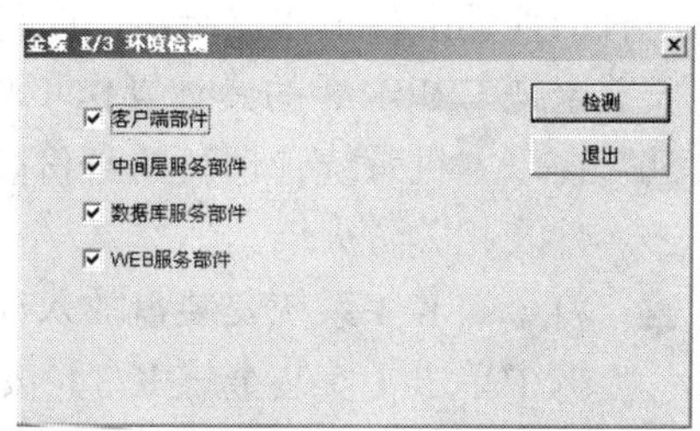

图 1-34 【金蝶 K/3 环境检测】对话框

❸ 单击【检测】按钮，进入检测过程，在检测完毕后会报告检测结果，在其中显示了需要安装但尚未安装的第三方软件，如图 1-35 所示。

❹ 单击【确定】按钮，弹出一个信息提示框，如图 1-36 所示。再次单击【确定】按钮，按照一定的顺序安装第三方软件，用户只用按照每个软件的安装向导提示进行操作即可完成安装操作。若某一个第三方软件不能由系统自动启动安装，则可进入光盘中，打开该软件所在的文件夹，双击其安装程序进行安装。

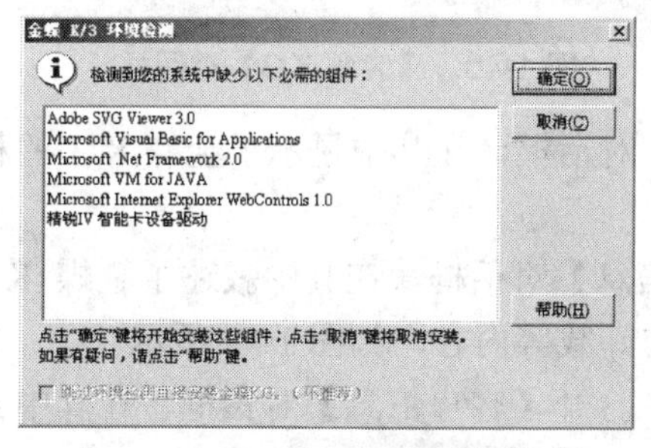

图 1-35 检测结果显示

图 1-36 信息提示框

如果用户已将客户端安装在了服务器上，或用户使用的 Windows Server 2003 没有启动金蝶 K/3 所需要的服务，则将显示如图 1-37 所示的对话框，在单击【确定】按钮之后才开始进行系统检测。

❺ 当将每一个需要安装的第三方软件都安装完毕之后，将弹出一个信息提示框，如图 1-38 所示。单击【确定】按钮，安装金蝶 K/3 软件。

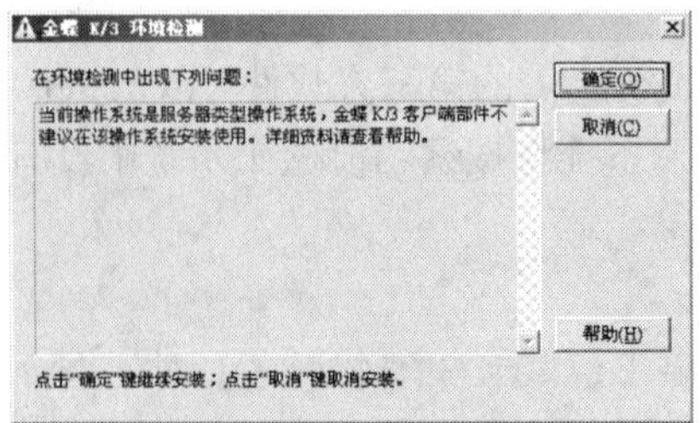

图 1-37 提示信息

图 1-38 信息提示框

1.3.5 安装金蝶 ERP-K/3

所有的前期准备工作就绪后，即可运行金蝶 K/3 的安装文件进行安装。

安装金蝶 ERP-K/3 的具体操作步骤如下：

❶ 在以本机系统管理员的身份登录系统之后，关闭其他应用程序，特别是防病毒软件及相关防火墙。

❷ 将金蝶 K/3 系统安装盘放入光驱，在如图 1-39 所示的【金蝶 K/3 安装程序】对话框中单击【安装金蝶 K/3】按钮，打开【金蝶 K/3】对话框，如图 1-40 所示。

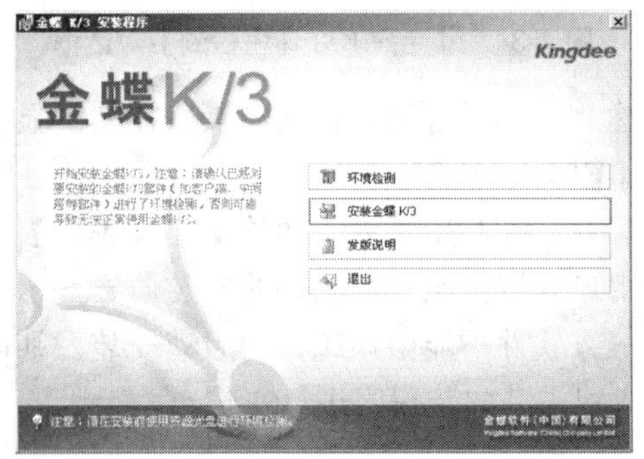

图 1-39 单击【安装金蝶 K/3】按钮

图 1-40 【金蝶 K/3】对话框

❸ 单击【下一步】按钮，打开【许可证协议】对话框，在其中显示了金蝶 K/3 的相应安装协议，如图 1-41 所示。

❹ 用户查看完毕后单击【是】按钮，打开【信息】对话框，在其中叙述了金蝶 K/3 在各种角色计算机中的配置要求以及安装与卸载等内容，如图 1-42 所示。

❺ 用户在查看完毕之后单击【下一步】按钮，打开【客户信息】对话框，在其中根据提示输入相应的用户名和公司名称，如图 1-43 所示。

❻ 单击【下一步】按钮，打开【选择目的地位置】对话框，在其中可以设置金蝶 K/3 的安装路径，如图 1-44 所示。用户可以选择系统默认的路径，也可以单击【浏览】按钮，在打开的对话框中指定金蝶 K/3 系统的安装路径。

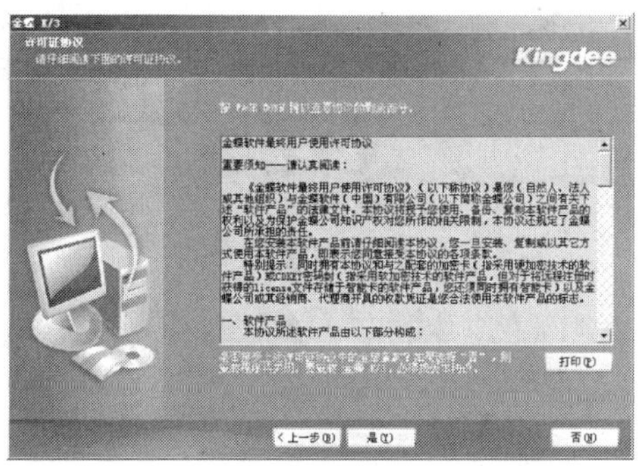

图 1-41 【许可证协议】对话框

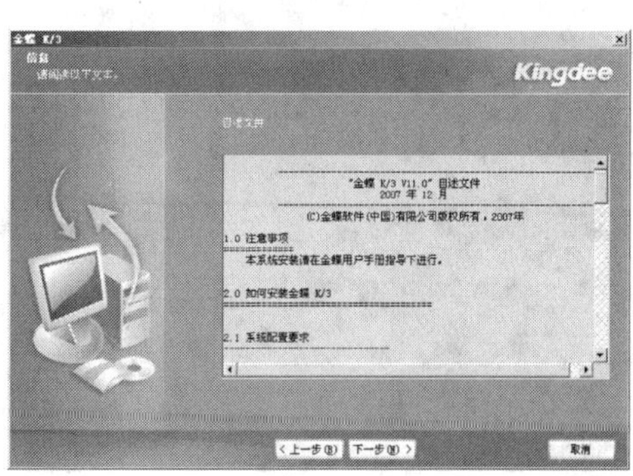

图 1-42 【信息】对话框

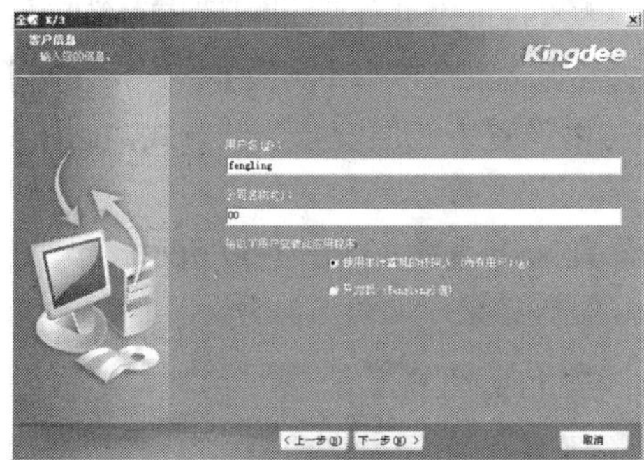

图 1-43 【客户信息】对话框

图 1-44 【选择目的地位置】对话框

7. 单击【下一步】按钮，打开【安装类型】对话框，在其中可以根据当前计算机在整个系统中的角色来选择不同的安装组件，这里选择“全部安装”选项，如图 1-45 所示。
8. 单击【下一步】按钮，自动进行安装，如图 1-46 所示。安装完毕后弹出【安装完毕】对话框，如图 1-47 所示。

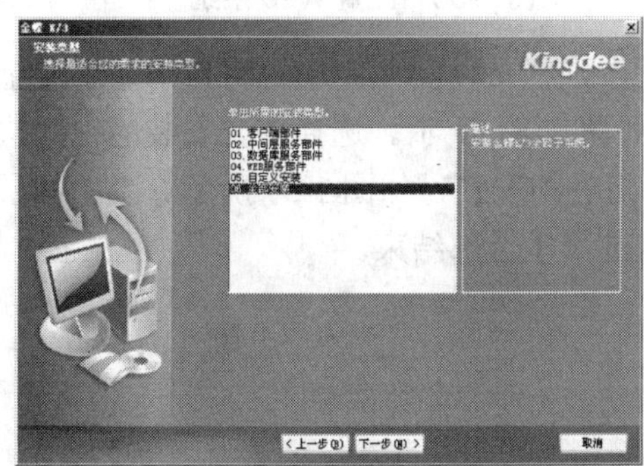

图 1-45 【安装类型】对话框

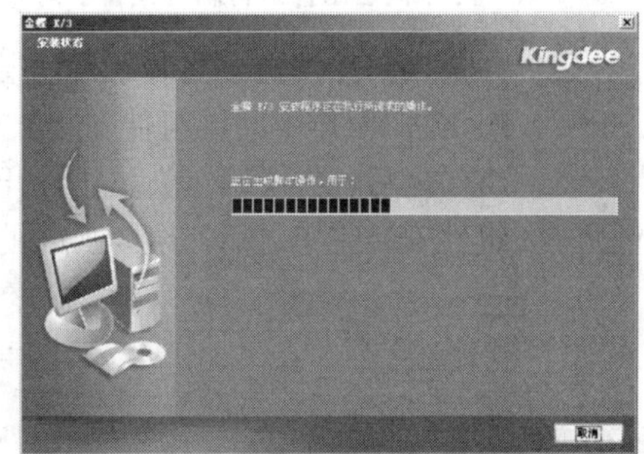

图 1-46 系统自动安装

9. 单击【完成】按钮，则金蝶 K/3 安装程序开始系统配置。如果选择安装“WEB 服务部件”选项，则在系统安装完毕之后，将弹出【Web 系统配置工具】对话框，开始配置 Web 系统，如图 1-48 所示。

图 1-47　【安装完毕】对话框

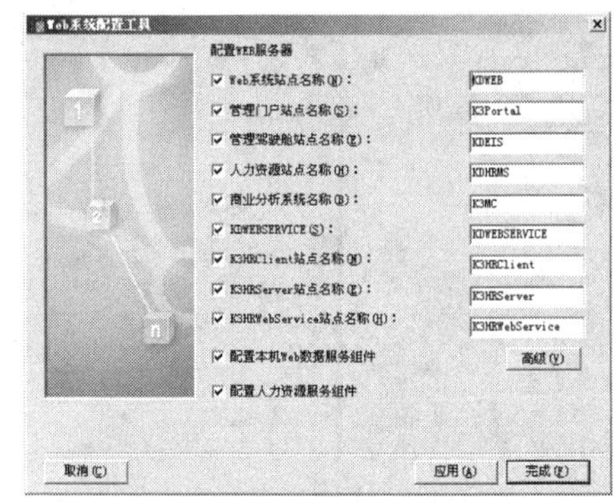

图 1-48　【Web 系统配置工具】对话框

⑩ 根据实际情况选择相应的选项进行相应的设置之后，单击【高级】按钮，打开【中间层组件运行属性设置】对话框，在其中可以设置中间层安全认证方式，如图 1-49 所示。

⑪ 依次单击【确认】和【完成】按钮，开始配置 Web 系统，如图 1-50 所示。配置完成后弹出【配置情况】对话框，在其中显示了配置结果，如图 1-51 所示。

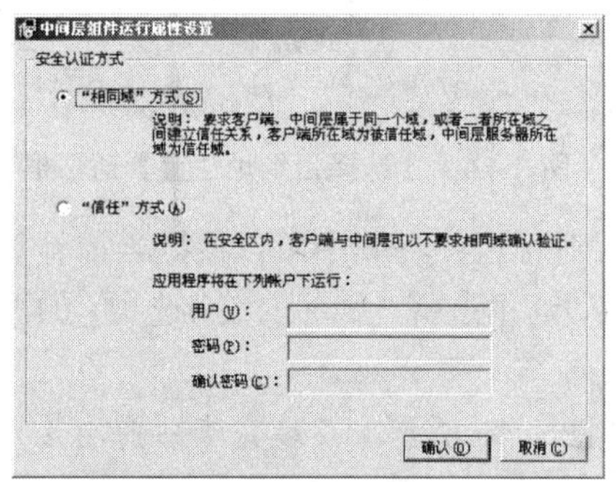

图 1-49　【中间层组件运行属性设置】对话框

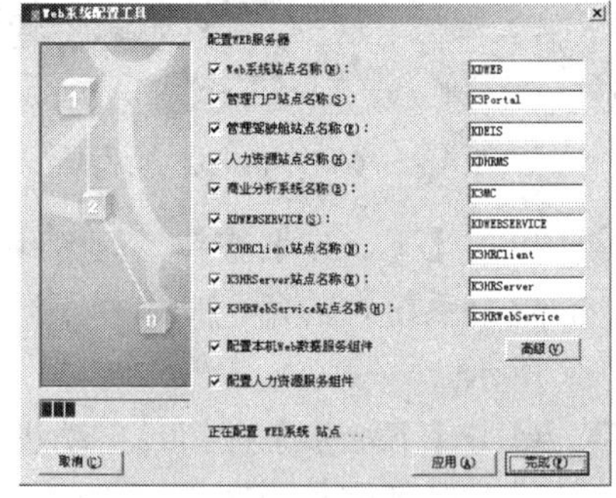

图 1-50　配置 Web 系统

⑫ 如果当前计算机中安装了中间层服务部件，则在文件复制完毕后将自动显示【金蝶 K/3 系统-中间层组件安装】对话框，如图 1-52 所示。选择需要安装的中间层组件之后单击【确定】按钮，开始中间层组件的安装，如图 1-53 所示。当中间层组件安装完毕之后，金蝶 K/3 的整个安装过程才全部结束。

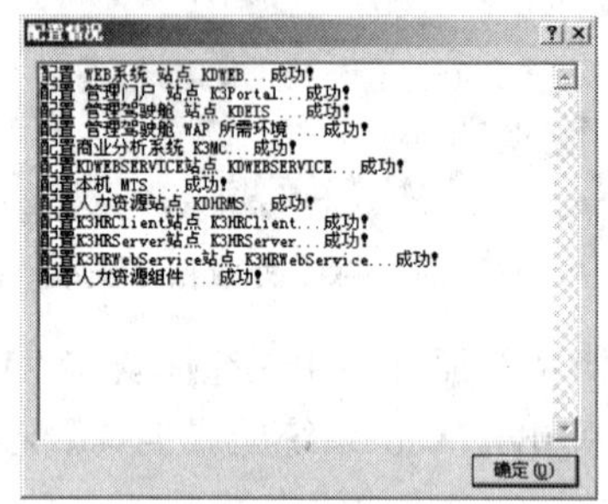

图 1-51　【配置情况】对话框

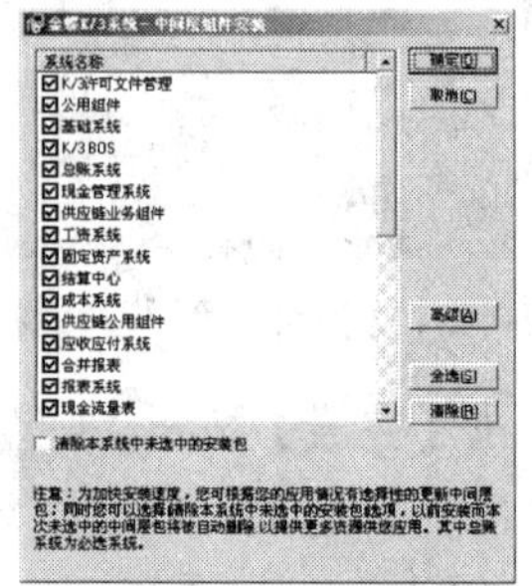

图 1-52　【金蝶 K/3 系统-中间层组件安装】对话框

图 1-53 安装中间层组件

1.3.6 修改、修复与删除金蝶 ERP-K/3 系统

与其他版本一样，金蝶 K/3 V11.0 版本也提供了金蝶 K/3 系统的修改、修复和删除功能，用户如果要对安装的金蝶软件进行修改、修复或删除操作，可进行如下操作。

❶ 选择【开始】→【所有程序】→【金蝶 K3】→【添加或删除金蝶 K3】命令，即可启动金蝶 K3 的修改、修复或删除向导，如图 1-54 所示。

❷ 如果要修改安装的金蝶组件，在选中“修改”单选按钮后单击【下一步】按钮，打开【选择功能】对话框，在其中选择要安装的组件，如图 1-55 所示。

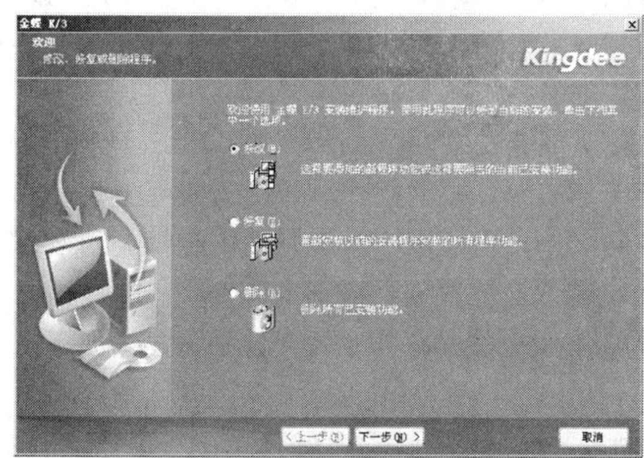

图 1-54 操作向导

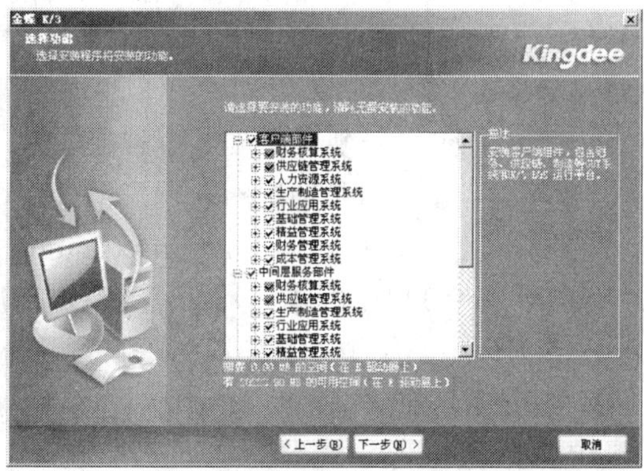

图 1-55 【选择功能】对话框

❸ 单击【下一步】按钮，可自动添加或删除金蝶 K/3 部件。如果要重新安装以前安装程序所安装的所有程序组件，则在金蝶 K/3 的修改、修复或删除向导中选中“修复”单选按钮之后，单击【下一步】按钮，自动修复金蝶 K/3 系统存在的问题。

❹ 用户如果要卸载金蝶 K/3 系统，则在金蝶 K/3 的修改、修复或删除向导中选中“删除”单选按钮之后，单击【下一步】按钮，弹出一个信息提示框，如图 1-56 所示。单击【确定】按钮，即可将金蝶 K/3 系统中所有安装的部件删除。

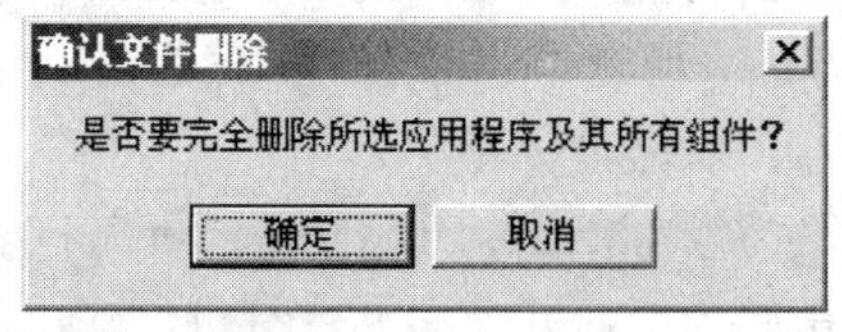

图 1-56 信息提示框

1.4 上机实践：本章实务材料

（1）熟练掌握金蝶K/3系统的运行环境。

（2）熟练掌握金蝶K/3系统的先后安装顺序。

（3）熟练掌握金蝶K/3系统的构成。

1.5 可能出现的问题与解答

（1）在安装金蝶K/3系统组件时，发现不能正常安装中间服务器、人力资源服务器和Web服务器。

解答：当出现这种情况时，用户最好检查一下该计算机的操作系统，如果使用的是Windows Server 2003 操作系统，且安装了 Windows Server 2003 SP1 补丁，则在安装金蝶K/3前还需要安装IIS。

（2）在64位计算机中安装金蝶K/3时，发现不能安装。

解答：当出现这种情况时，用户最好检查一下该计算机的操作系统，为确保金蝶K/3产品支持SQL Server 2000 Enterprise Edition（64 位），自2003年12月底，金蝶公司实现了金蝶K/3 V9.0以上版本的数据库支持，以满足客户业务数据量激增的需要。

① 如果中间层服务器与数据库服务器均为Windows 2003 操作系统，则需要按如下方法修改注册表信息：

```
Windows Registry Editor Version 5.00
[HKEY_LOCAL_MACHINE\SOFTWARE\Microsoft\MSDTC]
"TurnOffRpcSecurity"=dword:00000001
```

② 如果中间层服务器和数据库服务器（32 位）均属于“克隆”操作系统，常会使出现中间层账套管理中的用户管理不正常，建议将其中一台操作系统重新安装。

1.6 总结与经验积累

本章讲述了金蝶K/3系统的特点、功能以及其所包括的内容等，并详细地介绍了金蝶K/3系统的安装过程及操作方法。通过本章的学习，读者可以对金蝶K/3系统有一个较为全面的了解，并能掌握金蝶K/3系统的安装方法。

需要说明的是，金蝶 K/3 需要 Microsoft SQL Server 2000+SP4 的支持，在安装 SQL Server 2000时需要保持SA密码为空，并使用混合身份模式，否则可能导致建立的账套不能正常登录。如果用户将客户端安装在了Windows 98 系统上，则还需要安装DCOM98，该软件在金蝶K/3的安装光盘中可以找到。

1.7 习　　题

1. 填空题

（1）在正式安装金蝶 K/3 系统之前，必须先安装______________。

（2）金蝶 K/3 系统安装盘集中了所有金蝶 K/3 系统所需的第三方软件（SQL Server 2000 除外）。因此，通过金蝶 K/3 系统的___________功能，系统将搜索当前操作系统中没有的第三方软件，并自动进行安装。

（3）在安装金蝶 K/3 系统时，必须是以_________的身份登录，关闭其他应用程序，特别是防病毒软件及相关防火墙。

2. 选择题

（1）金蝶 K/3 V11.0 版本共由（　　）个子系统和 23 个辅助工具构成。

A．45　　B．57　　C．60　　D．80

（2）在安装金蝶 K/3 V11.0 时，如下说法正确的是（　　）。

A．服务器与工作站上都需要安装数据库。

B．需要在服务器上安装数据库，而不需要在工作站上安装。

C．需要在工作站上安装数据库，而不需要在服务器上安装。

（3）金蝶 K/3 V11.0 版本是全面成熟的 ERP 产品，拥有（　　）多项功能、60 多个子系统、30 多个工具、10 多个跨行业解决方案，以及极具竞争力的行业解决方案。

A．3000　　B．4000　　C．5000　　D．6000

3. 简答题

（1）金蝶 K/3 V11.0 系统的先进性有几项？各是什么？

（2）金蝶 K/3 V11.0 系统的应用特性是什么？

（3）金蝶 K/3 财务系统具有什么特点？

第2章 创建财务核算系统框架

- 创建财务核算系统框架准备
- 财务系统的建立与管理
- 财务系统核算框架的建立

学习目标：

创建财务核算系统框架前的准备工作主要有制度建立、岗位设置、资料收集与整理，以及账务系统的建立与管理，如系统登录、账套创建、操作员权限设置等内容。此外，还需要进行财务系统核算框架的建立，如核算项目与货币类别的设置、会计科目的设置、账套选项的设置等内容。

经济是一个国家强盛的重要标志，经济发达，国家就会兴旺发达。一个企业、一个集体更是如此，只有拥有了坚强的资金基础，才能不断在商海中搏涛击浪。因此，建立一个良好的财务管理制度，是每一个企业、集体必须做的。

2.1 创建财务核算系统框架准备

金蝶 K/3 的注册账套功能是将已经存在于其他数据服务器上的金蝶账套加入到当前的账套管理环境中，从而实现一个中间层对多个数据服务器、多个账套的管理。可以连接网络内其他机器上的金蝶账套，从而方便用户的操作。

2.1.1 岗位设置

通常情况下，创建财务核算系统框架之前，需要先设置如下岗位。

（1）总会计师：全面负责会计业务工作。

（2）会计主管：负责管理会计日常工作。

（3）凭证编制人员：负责原始凭证的审查和手工会计凭证的编制工作，保证凭证编制的正确性和完整性。

（4）凭证审核人员：负责对原始凭证和记账凭证进行合法性、正确性和完整性的审核工作，保证凭证的合法性、正确性和完整性。

（5）出纳员：负责银行存款与现金的收、支核算以及与银行对账的工作。

（6）系统管理员：负责系统软、硬件的正常运行，负责系统运行环境的设置、系统的安全与保密、系统的升级换代以及其他有关系统的管理工作。

（7）系统维护员：负责硬件设备和软件设备的维护工作，协助系统管理员保证系统的正常运行。

（8）档案管理员。负责会计档案和磁性介质上（软盘）的会计档案的保管工作、报表等会计档案的分送工作以及会计档案的调阅工作。

各个单位应根据自己的实际情况设置以上岗位，还可以分组设置，具体如下。

（1）数据准备组

负责会计的手工处理工作，主要有出纳员和凭证处理员。出纳员除不再负责现金和银行存款日记账工作外，主要工作职责与手工基本相同，即负责有关现金和银行存款的收支工作。凭证处理员主要负责外来原始凭证的审核工作，本单位原始凭证的设计、汇集、审核工作以及记账凭证的填制、审核工作等。

（2）计算机会计信息系统运行小组

负责计算机系统的运行工作，主要是系统管理员、系统操作员、数据录入员、数据审核员、专职会计员、档案管理员和系统维护员等。其职责和权限分别如下。

- 系统管理员

系统管理员是指执行系统管理工作的人员。系统管理员必须精通单位的财务和会计业务，还应有一定的计算机知识，并熟悉本单位在用计算机系统的使用和维护。一般由具备条件的财务部门负责人担任，如主管财务的副厂长、副总经理、总会计师等，也可指定专人担任，对整个系统的运行负总责。

系统管理员的主要职责包括：负责计算机会计信息系统的日常管理工作，监督并保证系统的有效、安全、正常运行，在系统发生故障时，应及时在场，监督与组织有关人员恢复系统的正常运行；协调系统各类人员之间的工作关系；负责组织和监督系统运行环境的建立以及系统建立时的各项初始化工作；负责系统各有关资源（包括设备、软件、数据及文档资料等）的调用、修改和更新的审批；负责系统操作运行的安全性、正确性和及时性的检查；负责计算机输出的账表、凭证数据的正确性和及时性的检查和审批；负责做好系统运行情况的总结，提出更新软件或修改软件的需求报告；负责规定机内各使用人员的权限等级；负责系统内各类人员的工作质量考评及提出任免意见。

系统管理人员权限很大，一般可调用所有的功能和程序，但不能调用系统的源程序及详细的技术资料。系统管理员不能由软件的开发人员（包括分析员、设计员和编程人员）担任。

- 系统操作员

操作人员是指有权进入当前运行的会计系统并调用系统全部或部分功能的人员。系统操作员应熟悉本单位财务业务，有一定的计算机知识，熟悉在用计算机系统的使用情况，能熟练地录入所需数据。一般由经过计算机和会计两类培训的会计人员或计算机专业人员担任，其对所调用功能的安全运行负有一定的责任。

系统操作员的职责主要包括：负责系统的数据登录、数据备份和输出账表的打印操作；严格按照系统操作说明进行操作；负责系统维护操作，包括数据库的修改和更新操作；负责各类备份存档数据；系统操作过程中若发现故障，应及时报告系统管理员，并做好故障记录及上机记录等事项；当天的日记账数据应在当天登录后即时打印出来，做到当天账当天清；月底打印系统所有的明细账、总分类账、会计报表以及自动转账凭证。

操作员是系统运行中的关键人员，不能由系统开发人员担任，不能调用非自己权限内的功能。

- 数据录入员

系统中负责录入数据的人员即是数据录入员。数据录入员应对会计业务知识有一定的了解，有简单的计算机操作知识，能熟练地录入所需数据。一般由经过打字训练的人员担任，其对录入数据的正确性负责。

数据录入员的职责包括：检查专职会计人员提供数据的审批手续，非法数据不得录入；严格按照专职会计人员提供的数据进行录入，录入完毕进行自检核对，核对无误后交数据审核员复核；在输入过程中，若发现输入凭证有疑问或错误时，应及时向系统管理员或有关专职会计人员反映，不得擅自作废或修改；发现输入数据与凭证数据不符时，应按凭证数据予以修正；每次数据录入结束后，应及时做好数据备份；日记账输入应做好日清月结；注意安全保密，各自的操作口令不得随意泄露，备份数据应妥善保管；操作过程中若发现问题，应记录故障情况并及时向系统管理员报告。

数据录入员在许多单位常由操作员兼任，但不能由系统开发人员担任，其只能调用分工范围内的功能。

- 数据审核员

数据审核员是指负责对录入数据和输出数据正确性进行审核的人员。数据审核员应熟悉本单位的会计业务和全面的会计业务，一般由符合条件的会计人员担任。

数据审核员的职责主要包括：负责输入数据凭证的审核工作，包括各类代码的合法性、摘要的规范性和数据的正确性；负责输出数据正确性的审核工作；对不符合、不合法、不完整、不规范的凭证退还各有关人员更正、补齐，再行审核；对于不符合要求的凭证和不正确的账表数据，不予签章确认。

- 专职会计员

专职会计员是指进行手工核算处理的会计人员。专职会计员应熟悉分工负责的核算业务，由合格的会计人员担任。

专职会计员的职责主要包括：按分管的内容汇集材料收发单、销售发票、工资变动及停止发放等各类单据；在规定期限内根据各原始凭证正确编制会计记账凭证；编制会计凭证应符合财务制度的要求，做到内容完整、数据正确、代码合法、使用适当、摘要简明规范。

- 系统维护员

系统维护员指负责系统运行管理与维护的工作人员。系统维护员应有一定的计算机知识和会计业务知识，应能熟练地编制程序，应了解所用软件的结构。可由软件开发人员或相应的合格人员担任。系统维护员了解所用的软件，所以不能从事系统的任何操作使用工作。

系统维护员的主要职责包括：定期检查软、硬件设备的运行情况；负责系统运行中软、硬件故障的排除工作；负责系统的安装和调试工作；按规定的程序实施软件的完善性、适应性和正确性的维护。

（3）档案管理组

负责保管各类数据资料，档案管理组主要设置档案管理岗位。各单位可根据本单位的特点，确定是否设立该小组。如不设立，可并入数据准备组。档案管理员是指负责保管各类数据的人员。其一般应具备计算机常识，如软盘的使用与保护等。一般应由能做好安全保密的人员担任。

档案管理组的主要职责包括：负责系统的各种开发文档、各类数据软盘、系统软盘及各类账表、凭证、资料的备份和存档工作；做好各类数据、资料、账表、凭证的安全保密工作，不得擅自出借；按规定期限向各类有关人员催交备份数据及存档数据。

（4）财务管理组

财务管理组主要负责会计信息的分析、整理、参与决策、参与管理等工作，一般应设计划员、分析员、费用控制员、基础工作员、项目评估员和其他管理员等岗位。

财务管理组是计算机会计信息系统运行后会计部门的核心组织之一。该小组主要由总会计师负责。各类人员可由原手工条件下熟悉会计业务、有经验、水平较高的人员组成。

- 计划员：主要负责各类计划、预算的编制工作，同时还与本部门和本单位人员一起负责计划的组织与实施。

- 分析员：主要负责会计信息的分析工作，并负责向领导提出意见。
- 费用控制员：主要负责计划预算的实施、信息反馈和控制等工作。
- 基础工作员：主要负责各类财产的检查、定额、标准等的制定与实施工作。
- 项目评估员：主要负责本单位新产品的开发、新技术的改进、大型设备的更新改造等重大项目的可行性研究等工作。

该小组是一个全新的部门，各单位在运行计算机会计信息系统后，可根据本单位的特点组织与设立该部门的工作岗位。

2.1.2 管理制度的建设

在设立了所需要的岗位之后，还需要建立相应的规章制度，以确保计算机会计信息系统的正常运行。其内容包括操作管理、维护管理、机房管理、档案管理、病毒预防和财务管理等。

1. 操作管理

计算机会计信息系统运行后，系统的正常、安全、有效运行的关键是操作使用。如果单位的操作管理制度不健全或实施不得力，都会给各种非法舞弊行为以可乘之机。如果操作不正确，会造成系统内数据的破坏或丢失，影响系统的正常运行，也会造成录入数据的不正确，影响系统的运行效率，直至输出不正确的账表。因此，单位应建立健全操作管理制度并严格实施，以保证系统的正常、安全、有效运行。

操作管理是指对计算机及系统操作运行的管理工作，其主要体现在建立与实施各项操作管理制度上。操作管理的任务是建立电子计算机会计信息系统的运行环境，按规定录入数据，执行各自模块的运行操作，输出各类信息，做好系统内有关数据的备份及故障时的恢复工作，确保计算机的正常、安全、有效运行。操作管理制度主要包括上机系统的规定、操作权限和操作规程等。

（1）上机系统的规定

上机运行系统的规定主要是指明哪些人员能上机运行系统、哪些人员不能上机运行系统。其主要包括如下内容：

- 系统管理员、系统操作员、系统维护员、数据录入员、数据审核员及其他经系统管理员批准的有关人员有权上机运行系统。
- 非指定人员不能上机运行系统。
- 系统操作员、数据录入员、数据审核员由系统管理员根据业务需要确定。
- 与业务无关人员及脱离会计工作岗位的人员不得上机运行系统。
- 系统操作运行人员需经培训合格后方可上机运行系统。

（2）操作权限

操作权限是指系统的各类操作人员所能运行的操作权限。其主要包括以下内容：

- 数据录入员应严格按照操作凭证输入数据，不得擅自修改凭证数据（由专职会计兼任的例外，但应保证录入的数据与凭证数据一致），如发现错误，应在输入计算机前及时反映给凭证编制人员和系统管理员。已输入计算机的数据，在登账前发现差错，可按凭证数据进行修正。如在登账后发现差错，必须另做凭证，以红字冲销的方法进行更正。

- 除系统维护员之外，其他人员不得直接打开库文件进行操作，不允许随意增删和修改数据、源程序和库文件结构。
- 出纳人员、软件开发人员不允许进行系统性的操作。
- 系统软件、系统开发的文档资料均由系统管理员负责并指定专人保管，未经系统管理员许可，其他人员不得擅自复制、修改和出借。
- 存档的数据软盘、账表、凭证、文档资料等由档案管理员按规定统一复制、核对和保管。
- 系统维护员必须按有关规定进行操作。

（3）操作规程

操作规程是指操作运行系统中应注意的事项，它们是保证系统正常、安全运行、防止各种差错的有力措施。其主要包括以下内容：

- 各操作人员在上机操作前后应进行上机操作登记，应填写姓名、上机时间、操作内容等，供系统管理员检查核实。
- 操作人员的操作密码应注意保密，不得随意泄露。
- 操作人员必须严格按照操作权限操作，不得越权或擅自上机操作。
- 每次上机完毕，应及时做好所需的各项备份工作，以防发生意外事故。
- 未经批准，不得使用 FORMAT、FDISK、DEL 等 DOS 操作命令。
- 不能使用来历不明的软盘进行各种非法复制操作，以防止计算机病毒的传入。

2．维护管理

系统的维护包括硬件维护和软件维护两部分。软件维护主要包括正确性维护、适应性维护、完善性维护 3 种。正确性维护是指诊断和清除错误的过程；适应性维护是指当单位的会计工作发生变化时，为了适应而进行的软件修改活动；完善性维护是指为了满足用户在功能或改进已有功能的需求而进行的软件修改活动。

软件维护还可分为操作性维护和程序性维护两种。操作性维护主要是利用软件的各种自定义功能来修改软件，以适应其变化；操作性维护主要是指需要修改程序的各项维护工作。

维护是系统整个生命周期中最重要、最费时的工作，应贯穿于系统的整个生命周期，不断地重复进行，直至系统过时和报废为止。

在硬件维护工作中，较大的维护工作一般是由销售厂家进行的。使用单位一般只能进行一些小的维护工作，通过 DOS 命令或各种工具即可满足要求。使用单位一般可不配备专职的硬件维护员。硬件维护员可由软件维护员担任，即通常所说的系统维护员。

对于自行开发软件的单位一般应配备专职的系统维护员。系统维护员负责系统的硬件设备和软件的维护工作，及时排除故障，确保系统的正常运行，并负责日常的各类代码、标准摘要、数据及源程序的正确性维护、适应性维护，有时还负责完善性维护。

维护的管理工作主要是通过制定维护管理制度和组织实施来实现的。维护管理制度主要包括如下内容。

- 系统维护的任务

系统维护的任务主要包括：实施对系统硬件设备的日常检查和维护，以保证系统的正常运行；在系统发生故障时，排除故障和恢复运行；当系统扩充时负责安装、调试，直至运行正常；在系统环境发生变化时，随时做好适应性的维护工作。

- 系统维护的承担人员

系统维护的承担人员主要由单位的技术力量和所使用的软件类型确定。

- 软件维护的内容

软件维护的内容包括：操作维护与程序维护。操作维护主要是一些日常维护工作，程序维护包括正确性维护、适应性维护和完善性维护。

- 系统硬件维护的内容

系统硬件维护的内容主要包括：定期进行检查，并做好检查记录；在系统运行过程中，出现硬件故障时及时进行故障分析，并做好检查记录；在设备更新、扩充、修复之后，由系统管理员与维护员共同研究决定，并由系统维护人员实施安装和调试。

- 系统维护的操作权限

操作权限主要是指哪些人能进行维护操作，何种情况下可进行维护。主要包括以下内容：维护操作一般由系统维护员或指定的专人负责，数据录入员、系统操作员、档案管理员等其他人员不得进行维护操作，系统管理员可进行操作维护，但不能执行程序维护；不符合规定手续的不允许进行软件修改操作；一般情况下，维护操作不应影响系统的正常运行；不得进行任何未做登记记录的软、硬件维护操作。

- 软件的修改手续

为了防止各种非法修改软件的行为，对软件的修改应有审批手续。修改手续主要包括以下内容：由系统管理员提出软件修改请求报告；由有关领导审批请求报告；原程序清单存档；手续完备后，实施软件的修改；发出软件修改后，使用的变更通知；软件修改后的试运行；根据运行的情况总结并修改文档资料；发出软件修改后正式运行通知；软件做新的备份并同定稿的文档资料存档。

提示

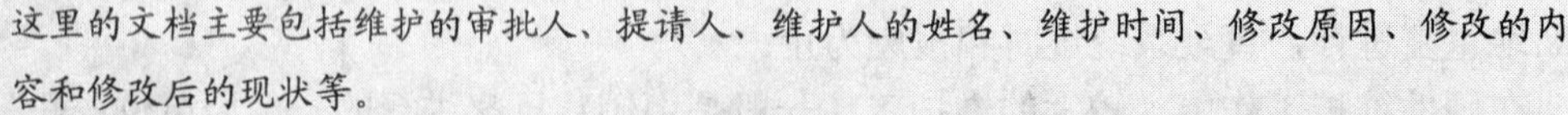
这里的文档主要包括维护的审批人、提请人、维护人的姓名、维护时间、修改原因、修改的内容和修改后的现状等。

3．机房管理

设置机房有两个目的，一是给计算机设备创造一个良好的运行环境，保护计算机设备；二是防止各种非法人员进入机房，保护机房内的设备、机内的程序与数据的安全。

机房管理的主要内容包括如下方面：

- 有权进入机房人员的资格审查。一般情况下，系统管理员、操作员、录入员、审核员、维护员以及其他系统管理员批准的有关人员可进入机房。系统维护员不能单独进入机房。
- 机房内的各种环境要求，如机房卫生、防潮要求。
- 机房内的各种环境设备的管理要求。
- 机房中禁止的活动和行为，如严禁吸烟、喝水。
- 设备和材料进入机房的管理要求。

4. 档案管理

计算机会计信息系统运行之后，大量的会计数据存储在磁盘中，而且还增加了各种程序、软件等资料。各种账表也与原来的有所不同，主要是打印账表。这些都给原有的档案管理工作提出了新的要求，需要加强会计档案资料的管理。会计档案资料主要指打印输出的各种账簿、报表、凭证、存储会计数据和程序的软盘及其他存储介质、系统开发运行中编制的各种文档以及其他会计资料。

档案管理的任务是负责系统内各类文档资料的存档、安全保管和保密工作。有效的档案管理是存档数据安全、完整与保密的有效保证。档案管理一般也是通过制定与实施档案管理制度来实现的。

档案管理制度一般包括如下内容。

- 存档手续：主要是指各种审批手续，如打印输出的账表，必须有会计主管、系统管理员的签章才能存档保管。
- 各种安全保证措施。例如，备份软盘应贴上保护标签，存放在安全、洁净、防热、防潮、防磁的场所。
- 档案管理员的职责与权限。
- 档案的分类管理办法。
- 档案使用的各种审批手续。调用源程序就应由有关人员审批，并应记录调用人员的姓名、调用内容、归还日期等。
- 各种文档的保存期限及销毁手续。例如，打印输出账簿就应按《会计档案管理办法》的规定保管期限进行保管。
- 档案的保密规定。例如，对任何伪造、非法涂改、更改、故意毁坏数据文件、账册、软盘等的行为都将进行相应的处理。

5. 病毒预防

由于计算机病毒的出现，使计算机会计信息系统的维护工作量大大增加，实际工作中因计算机病毒带来的维护工作占相当大的比例。

（1）计算机病毒的传播媒介和主要途径

传播媒介是计算机使用软件，途径是读写带病毒的软盘或运行带病毒的软件，把病毒传给计算机硬盘，然后，正常的软件在带有病毒的计算机中使用而被传染。

（2）病毒的表现

当计算机硬盘染上病毒时会出现以下几种现象：计算机屏幕上出现可以移动的小球光标、小方块光标等异常现象；软件运行速度减慢或出现错误；贴有写保护标签的软盘没有进行写操作时，屏幕上提示写保护错误；出现异常响声，如鸣奏“蓝色多瑙河”；文件体积增大；磁盘容量突然减少；突然死机等。

（3）病毒的预防

计算机病毒虽然危害极大，但并不可怕，实际工作中可以采取如下措施进行预防：

- 养成使用备份软盘的习惯，重要的软盘一般都要做备份，外出工作时使用备份盘，即使备份盘被染上病毒也可以将其杀毒后备份。
- 所有软盘都写保护。
- 不在带有病毒的计算机上使用软盘。
- 不在计算机上使用带病毒的软盘。
- 经常对计算机和软盘进行病毒检测。
- 安装病毒防火墙软件。
- 如果需要与 Internet 网络连接，则不要登录不正规的网站。下载软件时应使用防火墙实时检测。

6. 财务管理

财务管理主要是控制计算机的使用、人员编制、各种材料动力的消耗，以节约费用、提高运行效益。财务管理中应做到：人员配备合理，无多余人员；对各种材料、动力的使用应有预算或计划；各种计算机会计信息系统所需材料的采购、领用有控制手续；对计算机运行有安排计划，提高运行效率。

2.1.3 资料的收集与整理

对于购买的商品化软件或有关部门推广的通用软件，使用前需要整理本单位会计业务，确定计算机会计信息系统中的记账方法、核算形式、核算内容和方法、制定相应的管理制度、培训有关应用人员、建立相应的组织机构以及进行系统初始化等主要工作。

对于自己组织研制的会计核算软件，会计核算业务整理和记账的方法、形式、内容等都在系统分析阶段就已确定。运行计算机会计信息系统前的准备工作为组织机构设置、调整和人员分工、制度制定及初始化等。

1. 会计核算业务的整理

购买了商品化会计核算软件后，还需要整理本单位会计核算业务，使之适应电子计算机处理的需要。在手工条件下，一些单位，特别是会计基础工作较差的单位，会计工作规范化较差，账、证、表的格式和内容混乱，核算方法、程序不统一。同一类业务，不同的人做法不完全相同，而且不符合有关要求。

会计软件不提供某一具体核算的不规范处理方法，并且商品化会计核算软件的功能、相应的处理过程、方法和有关约定、要求都是在软件研制时就规定好的，所以作为商品化的软件与本单位手工核算方法之间不可避免地会有一定差别。

要消除这些差别，一是要对商品化软件做适量的二次开发、修改，但二次开发的量不能太大，否则就等于自己组织研制了；二是要对单位会计核算业务进行整理、调整，使之满足商品化会计核算软件的要求和规定。

2．记账方法、程序的确定

记账方法曾经有借贷记账法、增减记账法和收付记账法 3 种。有的商品化软件可提供记账方法的选择，有的只能适应某一种记账方法。一个单位一般只采用一种记账方法，大多采用借贷记账法。

目前手工会计条件下，一般有记账凭证账务处理程序、多栏式日记账账务处理程序、科目汇总表账务处理程序、汇总记账凭证账务处理程序等几种形式。

采用电子计算机处理之后，业务量大小已不是主要矛盾，因此，计算机内没有必要沿用手工账务处理程序记账，没有必要对记账凭证进行汇总或科目汇总等，在依据记账凭证直接登记明细账、日记账之后，再登记总分类账即可。

目前一些单位的计算机记账程序仍沿袭原单位手工记账程序，没有很好地发挥计算机的优势和作用，极大地影响了处理效率。

3．科目编码方案的确定

商品化会计核算软件一般都对会计科目编码做原则性的规定，并允许各单位根据自身要求进行设置。因此软件使用前需确定本单位会计科目体系及其编码。计算机会计信息系统中，会计科目设置既要符合会计制度规定，又要满足本单位会计核算和管理的要求，同时要考虑该商品化软件对会计科目编码的规定要求。

我国会计制度对工商等行业的总账科目及其编码由财政部统一规定。在保证核算指标统一性的前提下，可根据实际需要并征得同意对统一规定的总账科目做必要的补充。

至于明细科目，有的在国家制度中有规定，有的则可根据企业管理需要由企业自行规定，以满足会计核算和管理的要求；其次，科目设置应满足会计核算和管理的要求；最后，科目设置应满足编制报表的需要。

4．凭证、账簿的规范化

商品化会计核算软件中，一般都规定了记账凭证的种类和格式。不管怎样规定，都需对手工记账凭证进行规范统一，以满足计算机输入的需要。在会计核算软件使用前，要确定哪些明细账为数量金额式，哪些为三栏式或多栏式，如果软件不提供多种账簿格式的选择，同时核算又需要多种格式，则或进行二次开发，或设立辅助明细账以弥补软件功能的不足。

为了保证从手工方式到电算化方式的顺利转换，还必须核对账目，保证账证相符、账账相符、账实相符。科目期末余额必须整理，同时还应注意往来账、银行账的清理。

5．会计核算业务的规范化和方案确定

这里的会计核算业务主要是指固定资产、材料、工资、成本、销售核算等业务。固定资产折旧方法目前有3种，即综合折旧法、分类折旧和单台折旧法。目前国家规定按分类折旧法计提折旧，使用计算机会计信息系统后完全可按单台计提折旧。因此若财务软件提供单台折旧方法，应尽量实现单台折旧。

在计算机会计信息系统中，材料核算一般核算到大类或小类，个别种类核算到规格，比较合理可行。原先各单位工资核算的内容基本上是统一的，只是在工资项目上有所差别，但随着经济体制改革的深入，工资计算方法差别也越来越大，有计时或计件工资、工效挂钩的效益工资和奖励浮动工资等。

成本核算方法的确定，一要看企业生产特点，二要看企业管理要求。企业生产特点可分为大量生产、成批生产和单件生产。手工会计核算方法一般都已考虑生产特点，由于手工核算的局限性，其成本核算往往难以满足企业管理的需要。

成本核算方法一般都从计算产品成本出发，而对于成本控制、部门责任成本的核算与考核目标成本的计算等很少考虑。随着企业逐步走向市场，成为独立的商品生产者，对于内部管理的要求越来越高，成本计算除了需满足产品成本计算外，还要在成本过程控制、责任成本和目标成本的考核方面发挥作用，因此在设计成本核算方案时，要充分考虑这些管理的需要。

2.1.4 实务材料

实务材料在整个财务核算系统创建过程中占据着重要位置，因此，在创建财务核算之前，还需要录入一些实务材料。

1. 系统初始化

系统初始化是指在系统运行前，根据确定的核算方案和财务软件提供的功能，输入总账和明细账余额，定义有关账表结构、内容和处理方法及输入有关系统内相对固定的数据，如固定资产、工资固定信息等。这样，当日或当月发生的有关业务凭证输入计算机之后，即可试运行。

系统初始化主要包括如下几个步骤：

（1）建立科目编码及中文名称对照表，输入全部总账和明细账科目期初余额。

（2）输入有关核算子系统固定数据，主要包括职工工资数据、固定资产卡片、材料名称、编号和计划价格、产品名称编码、产品定额成本和工时费用定额等。

（3）定义账表结构、内容及计算公式。

初始化通俗的解释是“前期准备”或“怎么开始……”。把手工管理的账务工作搬到计算机中去进行处理，这就需要把目前手工账本上的账目、账面数据转换到计算机中去，这个过程叫做“账务初始化”。

账务初始化主要有如下3个方面的工作：

- 建立符合本单位财务管理要求的管理控制体系。
- 建立符合本单位核算要求的科目体系。
- 建立适合本单位核算要求的软件功能体系。

在账务初始化功能中一般都有系统管理子功能，其主要工作一般包括财务人员工作及权限的分配、建立适合本单位核算要求的账务结构体系等。

2．建账

建账功能要解决的主要问题如下：

（1）如何根据自己单位的业务情况建立科目核算体系。

（2）如何建立账簿，形成总账、银行账、现金账、三栏式明细账、多栏式明细账和往来账等。

（3）根据本单位的核算要求或习惯确定凭证的分类方法。

（4）进行上年期末余额的结转工作，并对结转的期初数进行平衡校验。

（5）年终结转工作。

3．填制凭证

在完成了科目设置、年初余额设置、银行账初始化以及往来账初始化等工作后，开始进行诸如填制凭证、复核凭证、登记银行和现金日记账工作，这几项工作统称为日常账务工作。填制凭证是会计日常的主要工作，财务人员根据原始凭据做出凭证，然后录入到计算机中，这个过程就是填制凭证。在填制凭证时应考虑如下几个方面：

（1）一张凭证是由哪些元素构成的？

（2）填制一张凭证的步骤有哪些？

（3）怎样填制一张带有外币或者数量核算的凭证？

（4）怎样在填制凭证时增加一个科目？

（5）怎样修改一张正在填制的凭证？

（6）怎样修改一张已经填好的凭证？

（7）怎样删除、查询和打印一定条件的凭证？

为了保证凭证的正确性与合法性，就需要对填好的凭证进行复核，只有通过复核的凭证系统才应允许登账。银行日记账与现金日记账的登录功能也要具备。

4．登账

登账主要包括凭证汇总（按用户指定的汇总条件对满足这一条件的所有未记账凭证进行汇总，产生科目汇总表）、记账（将用户所填制的已审核未记账凭证分别登录到相应的账簿上去，同时产生往来账及要与银行进行对账的“待核银行账”）、对账（对账的原则是：① 总账借方合计=总账贷方合计；② 上级科目借方发生额总计=其下级所有科目借方发生额总计；上级科目贷方发生额合计=其下级所有科目贷方发生额合计）、结账（当本月的凭证都已记账后，要将该月的账封好，以免再次被记账。结账的原则是：在结账的月份内，不允许含有未记账凭证，否则将不予结账并提示相应信息）。

5．自动转账

为了解决手工核算中的转账工作，减轻劳动强度，可以对部分账务实行自动转账。

6. 账务数据的查询与打印

账务数据的查询与打印包括对科目余额表、总账账页和明细账账页等会计资料的查询和打印，国内较好的商品化软件都做得非常灵活，特别是基于 Windows 操作环境的客户机/服务器结构的账务软件。

7. 银行对账

（1）银行账的初始化。将所有未与银行对上账的业务输入到计算机中，以便于利用系统继续与银行进行对账工作。

（2）输入银行的对账单。

（3）银行对账。通过本单位的银行账与银行对账单之间进行核对的工作，即银行对账。银行对账能清理出银行和本单位的未达账项情况。

（4）查询银行存款余额调节表。

（5）查询银行未达账。

（6）查询单位未达账。

8. 往来账管理

往来账管理就是要完成具有往来业务的单位之间、单位部门之间以及单位与个人之间的往来账目核对工作。一般包括往来明细账定义、往来账初始化、往来账户档案管理、往来账查询与打印、往来对账、对账单的查询与打印、往来账户余额的查询与打印。

9. 日常管理

日常管理主要包括的功能有月结账务数据备份、数据备份与恢复、操作人员管理、查询与打印、网络与数据库管理等。

上述功能是一个典型的账务系统通常所具有的功能，对于各个账务系统来说都有或多或少的变化。对于其他系统（如报表系统、工资管理与人事管理系统、材料核算子系统、成本核算子系统、产成品与销售核算子系统等）的功能与性能这里不再细述，可根据财务软件的说明与要求进行资料准备。

2.2 财务系统的建立与管理

在财务核算系统的框架准备就绪之后，即可运用准备的材料实现财务系统的建立，并根据实际情况对建立的财务系统进行合理管理，达到财务管理的目的。

2.2.1 登录系统

账套管理功能是金蝶 K/3 中间层服务部件的一个特有功能，所以客户端的用户不能使用该功能，如果要对账套进行管理，就必须先登录到账套管理系统。

登录系统的具体操作步骤如下：

❶ 选择【开始】→【所有程序】→【金蝶 K3】→【金蝶 K3 服务器配置工具】→【账套管理】命令，打开【金蝶 K/3 系统登录】对话框，如图 2-1 所示。

❷ 在“用户名”文本框中输入 Admin，“密码”文本框中保持空密码，单击【确定】按钮，打开【金蝶 K/3 账套管理】窗口，如图 2-2 所示。

金蝶 K/3 系统将 Admin 预设为登录账套管理界面的用户名称，其初始登录密码为空。系统管理员可以在使用该用户名称登录后更改其密码，以防其他非法用户使用该用户名称随意登录账套管理系统，保护账套数据的安全。

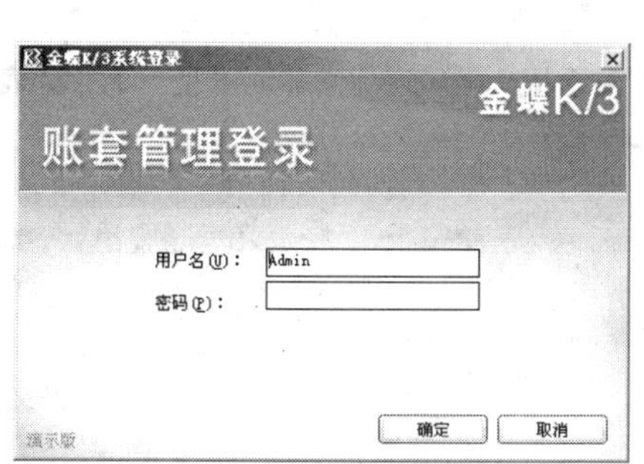

图 2-1　【金蝶 K/3 系统登录】对话框

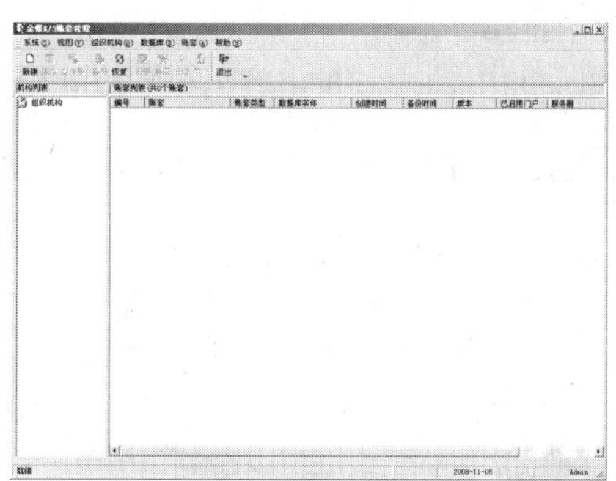

图 2-2　【金蝶 K/3 账套管理】窗口

2.2.2　创建账套

在金蝶 K/3 软件中有普通账套和集团账套两种账套。集团账套可以满足拥有众多子公司的大型企业账套管理的需要，但是在创建集团账套之前需要先建立一个普通的账套，再在普通账套的基础上创建集团账套。

创建普通账套的具体操作步骤如下：

❶ 在【金蝶 K/3 账套管理】窗口中选择【数据库】→【新建账套】命令，打开【信息】对话框，在其中查看提示系统管理员可以创建账套的种类，如图 2-3 所示。查看完毕后单击【关闭】按钮，打开【新建账套】对话框，如图 2-4 所示。

❷ 在“账套号”文本框中输入新建账套的序号，在“账套名称”文本框中输入新建账套的名称（账套名称一般为公司的全称或简称），再在“账套类型”下拉列表框中选择相应的类型，其中的“房地产行业解决方案”和“医药行业制造解决方案”两项为行业账套，必须在安装相应的金蝶 K/3 部件时才能使用，如图 2-5 所示。

❸ 在“数据库文件路径”和“数据库日志文件路径”文本框中分别指定文件保存路径，也可单击其右侧的 按钮，在弹出的对话框中选择数据库文件或数据库日志文件的保存路径，如图 2-6 所示。

❹ 在“系统账号”栏中建议选中“SQL Server 身份验证”单选按钮，并输入系统用户名和系统口令，在指定数据服务器并选择数据库类型以及账套语言类型之后，

单击【确定】按钮，即可完成账套的创建，如图 2-7 所示。

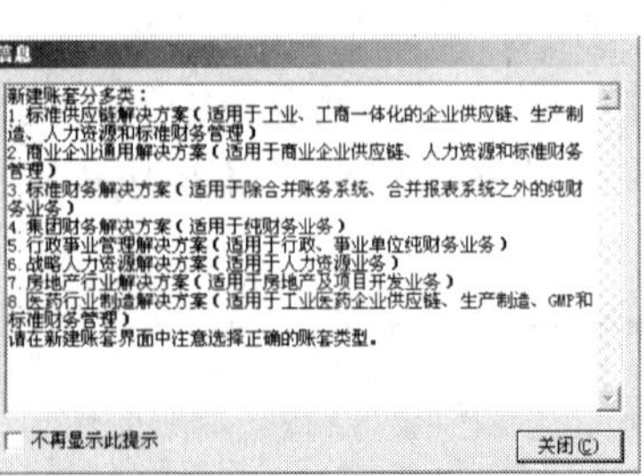

图 2-3 【信息】对话框

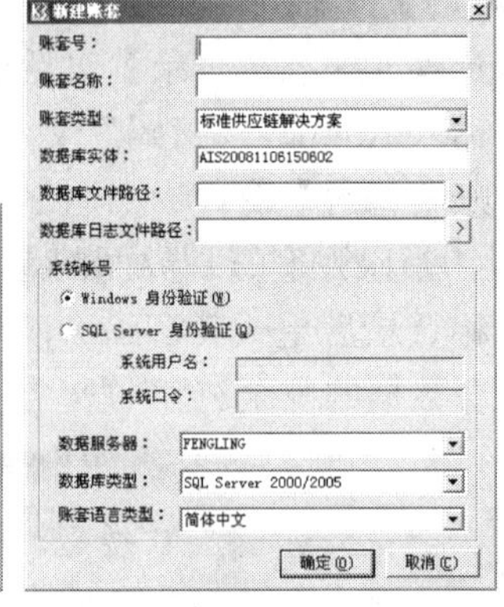

图 2-4 【新建账套】对话框

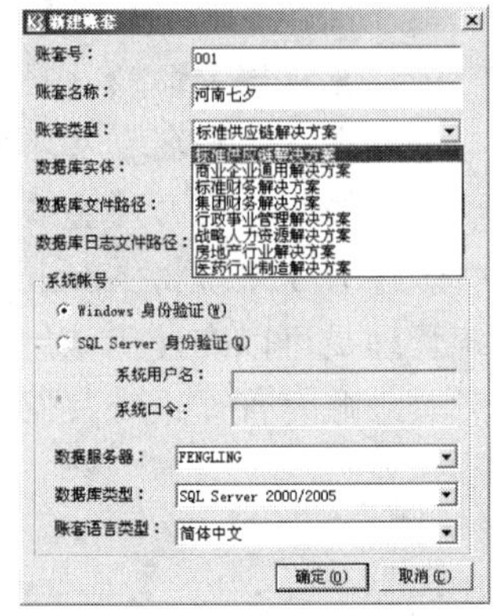

图 2-5 “账套类型”下拉列表框

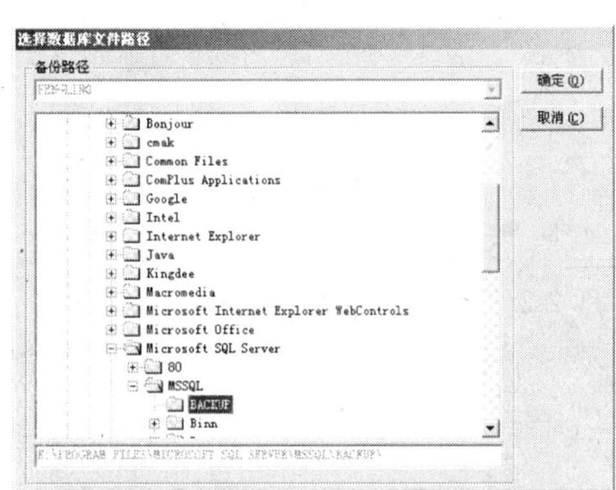

图 2-6 【选择数据库文件路径】对话框

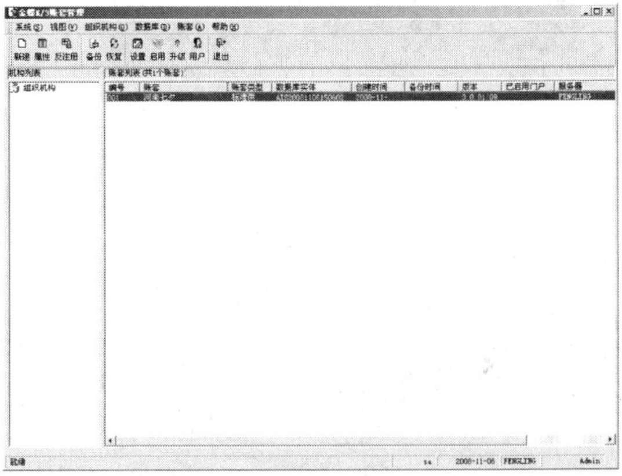

图 2-7 新建账套显示

> **提示**
>
> 若系统管理员不想使用 SQL Server 默认的用户名称，则可在【金蝶 K/3 账套管理】窗口中选择【数据库】→【账号管理】命令，即可打开【数据库账号管理】对话框，如图 2-8 所示。单击【修改】按钮，打开【修改 SQL Server 口令】对话框，从中修改相应的口令，如图 2-9 所示。或在【数据库账号管理】对话框中单击【增加】按钮，在打开的【新增用户】对话框中重新设置新的用户信息，增加新的用户，如图 2-10 所示。

图 2-8 【数据库账号管理】对话框

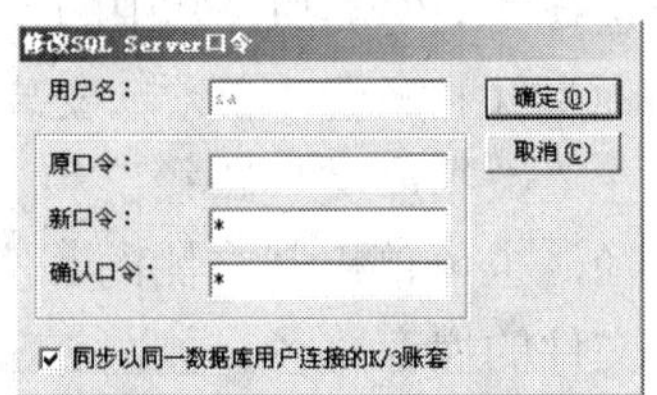

图 2-9 【修改 SQL Server 口令】对话框

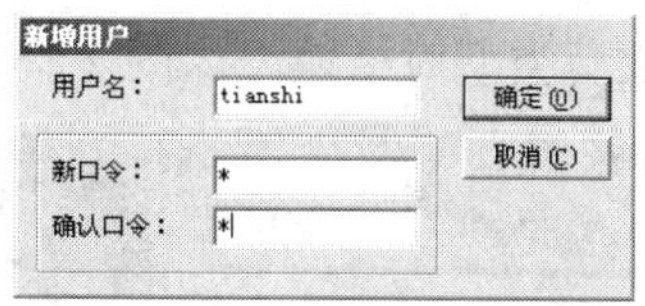

图 2-10 【新增用户】对话框

在普通账套创建完毕之后，即可在普通账套的基础上创建集团账套。具体操作步骤如下：

❶ 在【金蝶 K/3 账套管理】窗口中选择【组织机构】→【添加机构】命令，即可打开【添加机构】对话框，在其中根据实际情况输入机构的代码、名称以及访问的口令，如图 2-11 所示。

❷ 单击【确定】按钮，组织机构即可添加成功，如图 2-12 所示。

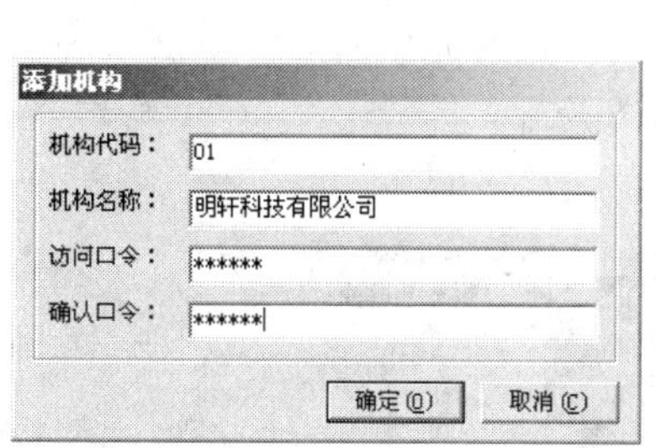

图 2-11 【添加机构】对话框

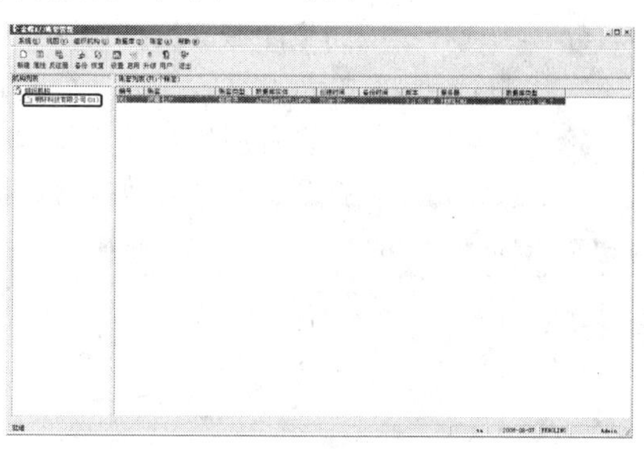

图 2-12 添加结果显示

❸ 在选择右侧窗格中的组织机构之后，选择【数据库】→【新建账套】命令，打开【新建账套】对话框，根据实际情况输入相应的信息。单击【确定】按钮，完成新账套的创建操作，如图 2-13 所示。

❹ 在选中新创建的账套之后，选择【账套】→【创建集团管理账套】命令，打开【创建集团管理账套】对话框，如图 2-14 所示。

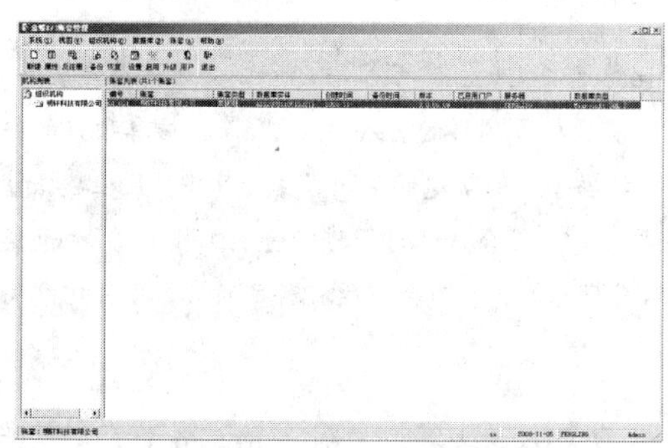

图 2-13 创建新账套

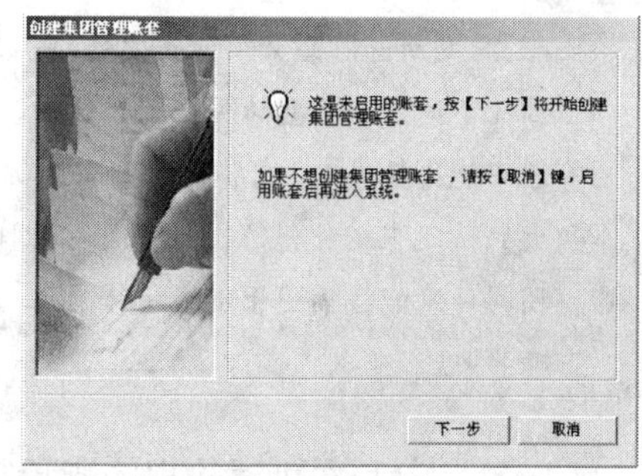

图 2-14 【创建集团管理账套】对话框

❺ 单击【下一步】按钮，打开设置账套信息对话框，根据实际情况输入公司代码、公司名称、地址、电话、本位币和本位币名称等内容，如图 2-15 所示。

❻ 若该账套为总集团账套，还要选中“设为总集团”复选框，然后单击【下一步】

按钮，打开设置集团账套类型对话框，如图 2-16 所示。

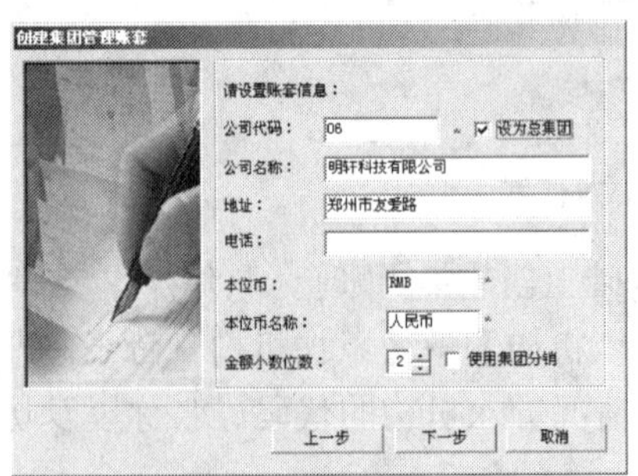

图 2-15　设置账套信息对话框

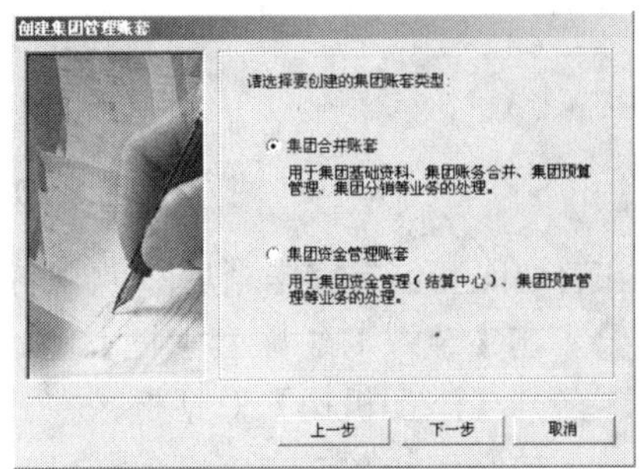

图 2-16　设置集团账套类型对话框

❼ 在选择相应的集团账套类型（这里选中“集团合并账套”单选按钮）之后，单击【下一步】按钮，打开【会计期间】对话框，如图 2-17 所示。

❽ 在其中显示了设置启用会计年度和启用会计期间，查看完毕之后，单击【确认】按钮，即可打开引入基础数据对话框，如图 2-18 所示。

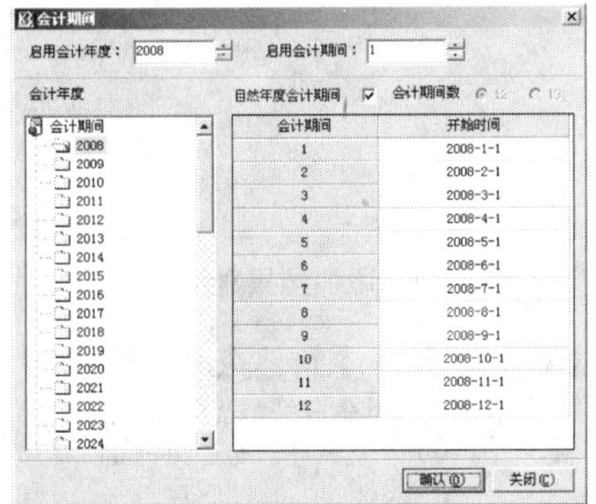

图 2-17　【会计期间】对话框

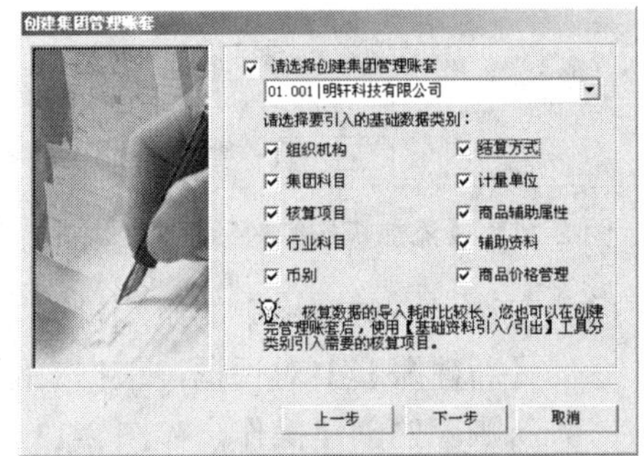

图 2-18　引入基础数据对话框

注意

① 此处所选账套必须为集团账套。② 由于不同账套类型的核算项目类别和相关属性存在差异，因此不同账套类型的两个集团数据仓库之间不能实现核算项目的引入、引出。而且核算项目的导入不能选择类别，它将把源账套的所有核算项目数据导入到新建的集团数据仓库中，且在数据量大的情况下耗时将很长，中间不能取消操作，要注意选择合适的时间进行这项工作。③ 由于集团科目只能挂集团管理的核算项目，因此在导入集团科目时，不会将原有科目的核算项目信息同步导入。

❾ 在选择已经创建的集团账套并选择需要引入的基础数据类别之后，单击【下一步】按钮，打开【登录模板数据库】对话框，如图 2-19 所示。在其中输入相应的用户名和密码之后，单击【确定】按钮，开始创建集团账套。

在创建集团账套时，所选择的账套不能启用。若本企业没有分公司，则可以不添加组织机构。若添加组织机构时，用户可以将本企业的机构代码证上的号码输入，便于机构管理。

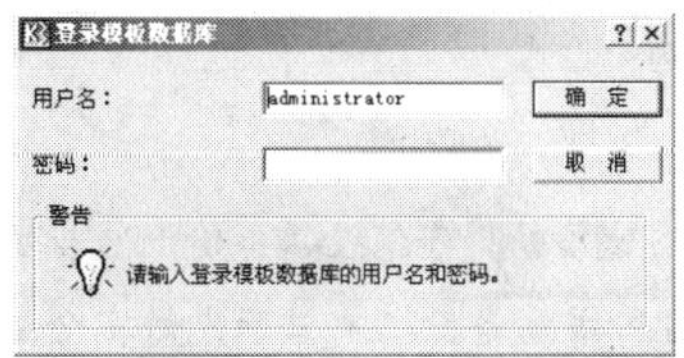

图 2-19 【登录模板数据库】对话框

2.2.3 备份账套

在金蝶 K/3 系统中，对账套进行备份有手工备份和自动备份两种方法。

1．手工备份账套

手工备份账套一次只能备份一个账套，为了提高系统运行的效率，减少账套的备份时间，金蝶 K/3 系统提供了多种账套备份方式，其中包括完全备份、增量备份和日志备份，但第一次备份时必须使用完全备份方式。

手工备份账套的具体操作步骤如下：

❶ 在【金蝶 K/3 账套管理】窗口中选择需要备份的账套之后，选择【数据库】→【备份账套】命令，打开【账套备份】对话框，在其中可以根据实际情况选择相应的备份方式，由于这是第一次备份，所以选中“完全备份”单选按钮，并输入备份文件的名称和备份路径，如图 2-20 所示。

提示

① 完全备份：选中该单选按钮，系统将账套中的所有数据进行备份，备份后生成完全备份文件。② 增量备份：选中该单选按钮，则系统记录自上次完成数据库备份后对数据库数据所做的更改，也就是只备份上次完成数据库备份后发生变动的数据，备份后生成增量备份文件。③ 日志备份：事务日志是自上次备份事务日志后对数据库执行的所有事务的一系列记录。使用事务日志备份可以将账套恢复到特定的即时点（如输入多余数据前的那一点）或恢复到故障点。一般情况下，事务日志备份比数据库备份使用的资源少。因此，可以比数据库备份更经常地创建事务日志备份。

❷ 单击【确定】按钮，弹出一个信息提示框，如图 2-21 所示，单击【确定】按钮，即可完成备份操作。

图 2-20 【账套备份】对话框

图 2-21 信息提示框

> **注意**
> 增量备份比完全备份小且备份速度快，可以经常备份以减少丢失数据的危险。但增量备份是基于完全备份之上的，因此，在进行增量备份之前必须先做完全备份。事务日志备份有时比数据库备份大。例如，数据库的事务率很高，从而导致事务日志迅速增大。在这种情况下，应更经常地创建事务日志备份。

2. 自动备份账套

自动备份账套是金蝶 K/3 提供的一种高级备份方式，可以一次备份多个账套，并设定备份的时间间隔，在完成了完全备份账套之后，以增量备份方式进行账套后续备份，可以大大降低管理员的工作量。

自动备份账套的具体操作步骤如下：

❶ 在【金蝶 K/3 账套管理】窗口中选择【数据库】→【账套自动批量备份】命令，打开【账套批量自动备份工具】对话框，如图 2-22 所示。

❷ 对需要进行自动备份的账套设置增量备份时间间隔和完全备份时间间隔，同时在“是否备份”和“是否立即执行完全备份”列中单击，以确定是否执行备份和是否立即执行完全备份操作。

❸ 单击“备份路径”列右侧的...按钮，打开【选择数据库文件路径】对话框，在其中可选择对应账套数据文件的存储路径，如图 2-23 所示。

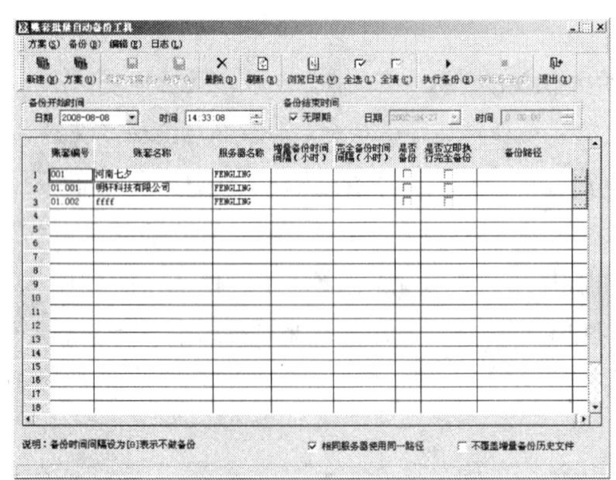

图 2-22 【账套批量自动备份工具】对话框

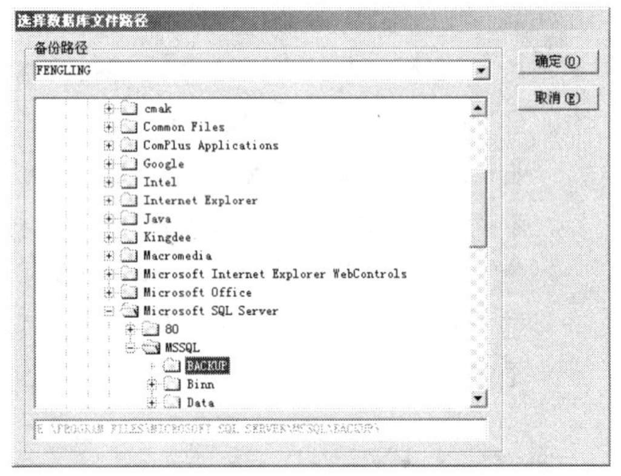

图 2-23 【选择数据库文件路径】对话框

❹ 单击【确定】按钮，完成设置操作，如图 2-24 所示。单击【保存方案】按钮，打开【方案保存】对话框，在文本框中输入保存方案的名称，如图 2-25 所示。

❺ 单击【确定】按钮，将相应备份方案保存下来。用户如果需要立即执行自己的备份方案以备份账套数据，单击【执行备份】按钮即可完成。用户还可以设置账套备份的开始时间和结束时间，从而确定账套数据自动备份的时间段。

❻ 单击【浏览日志】按钮，或选择【日志】→【浏览日志】命令，打开【账套自动批量备份日志过滤条件】对话框，在其中可以设置日志的查看条件，如图 2-26 所示。

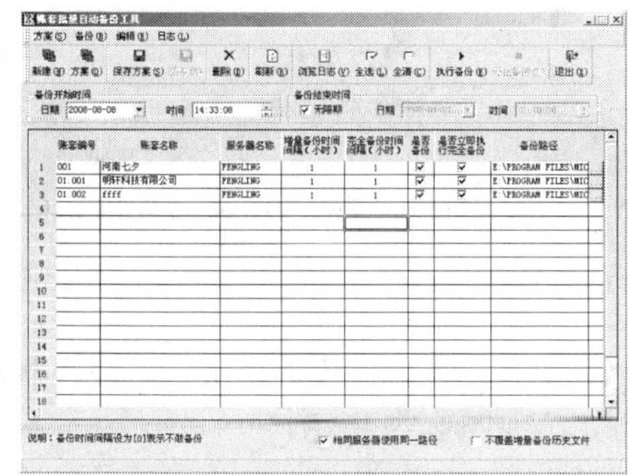

图 2-24　设置备份账套

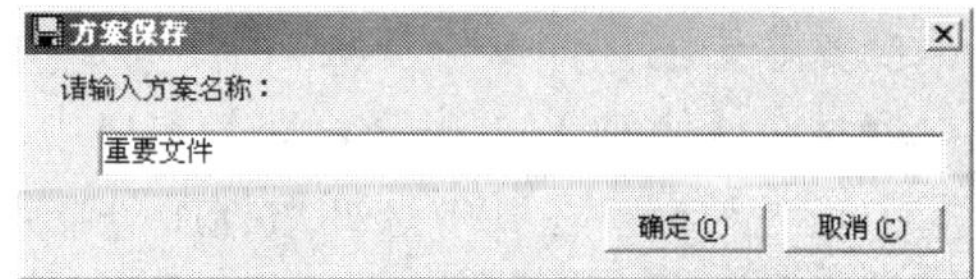

图 2-25　【方案保存】对话框

❼ 单击【确定】按钮，打开【账套批量自动备份日志】窗口，从中可以查看各账套自动备份的相关信息，如图 2-27 所示。

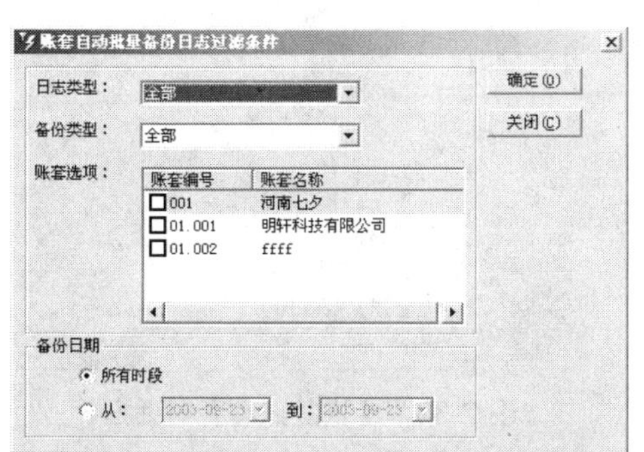

图 2-26　【账套自动批量备份日志过滤条件】对话框

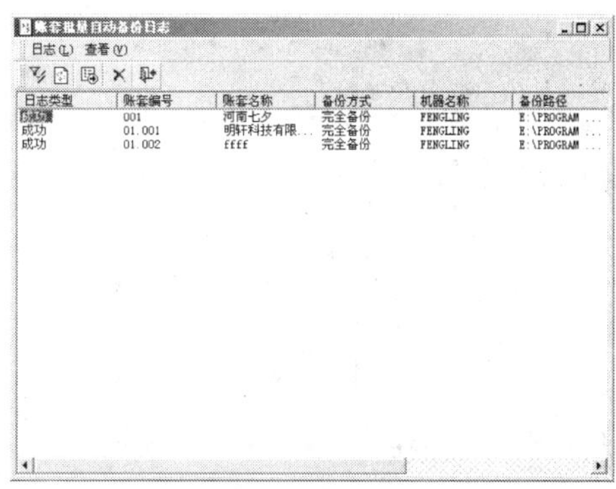

图 2-27　【账套批量自动备份日志】窗口

❽ 运用此种方法用户可保存多种账套自动备份方案，需要执行某个备份方案时，只需在【账套批量自动备份工具】对话框中选择【方案】→【打开】命令，打开【账套批量自动备份方案】对话框，在其中可选择要执行的备份方案，如图 2-28 所示。单击【打开】按钮，进入相应的方案。

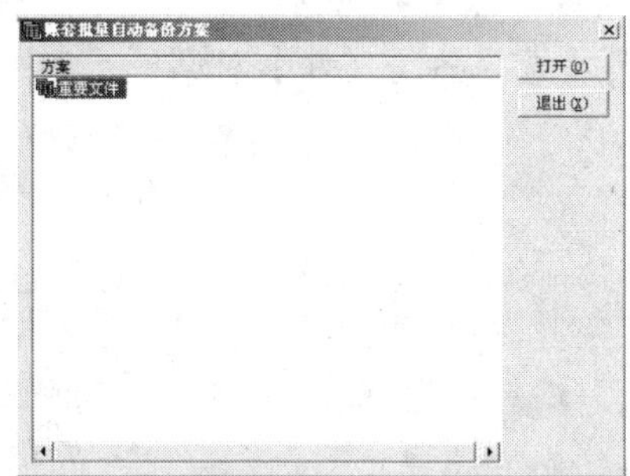

图 2-28　【账套批量自动备份方案】对话框

在执行批量备份过程中，中间层服务器“任务管理器”中的 KdSvrmgr 不能关闭，否则系统无法执行批量的备份。

2.2.4 恢复账套

恢复账套是为了在财务数据丢失或操作失误时，将原来备份的数据恢复到金蝶 K/3 财务系统中，从而减少财务工作人员及公司的损失。

恢复账套的具体操作步骤如下：

❶ 在【金蝶 K/3 账套管理】窗口中单击【恢复】按钮，打开【选择数据库服务器】对话框，在其中选择数据服务器及登录方式，如图 2-29 所示。

❷ 单击【确定】按钮，打开【恢复账套】对话框，在“服务器端备份文件”列表框中选择需要恢复账套数据的备份文件，在“备份文件信息”栏中则显示所选文件的相关信息，如图 2-30 所示。

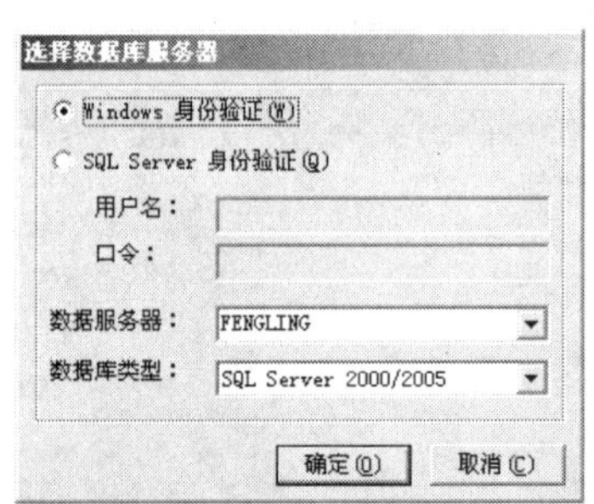

图 2-29 【选择数据库服务器】对话框

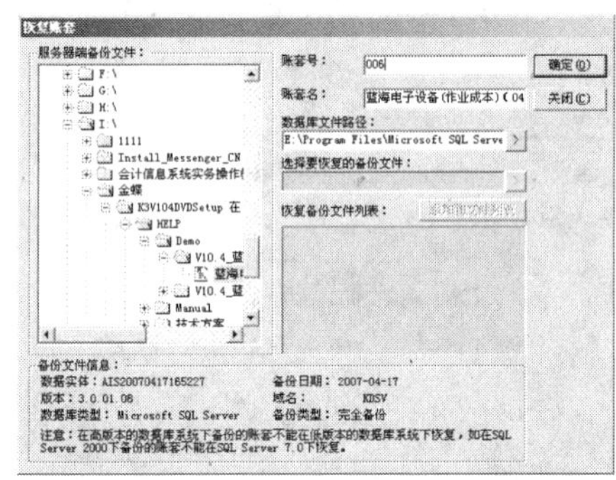

图 2-30 【恢复账套】对话框

❸ 单击【确定】按钮，弹出一个信息提示框，如图 2-31 所示。用户如果还要恢复其他的账套，则单击【是】按钮，开始其他账套的恢复操作。如果不恢复其他账套，则单击【否】按钮，完成恢复操作。

如果被恢复的账套是一个增量备份文件，则必须进行如下操作才能完成。具体操作步骤如下：

❶ 在如图 2-32 所示的【恢复账套】对话框中单击“选择要恢复的备份文件”文本框右侧的 > 按钮，打开【选择备份文件】对话框，如图 2-33 所示。

图 2-31 信息提示框

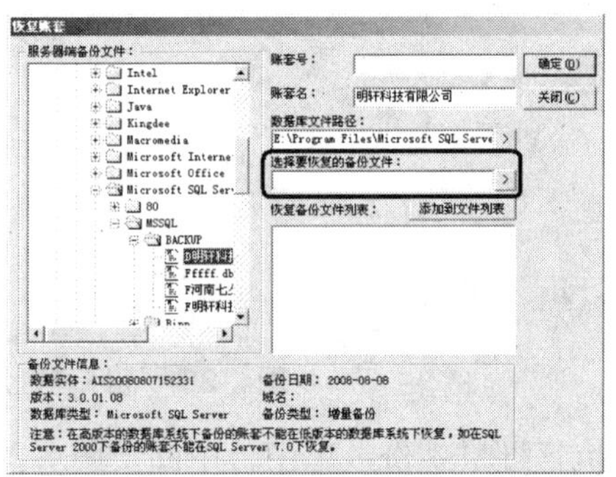

图 2-32 【恢复账套】对话框

❷ 在选取完全备份文件之后，单击【确定】按钮，返回【恢复账套】对话框。单击【添加到文件列表】按钮，将所选的完全备份文件及其路径信息添加到“恢复备份文件列表”列表框中，如图2-34所示。

图2-33 【选择备份文件】对话框

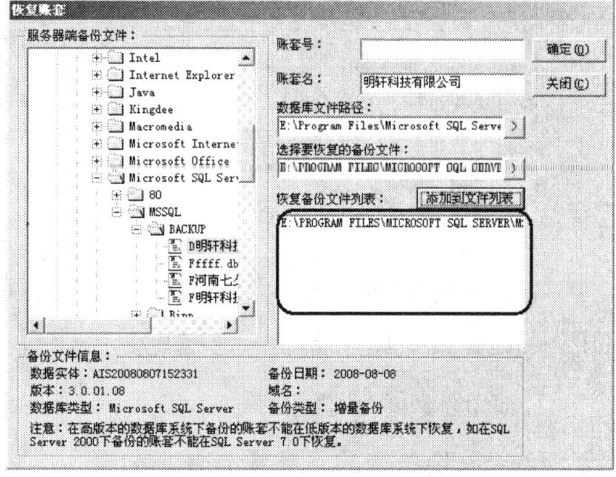

图2-34 添加备份文件

❸ 单击【确定】按钮，系统将根据输入的“账套号”和“账套名”开始执行恢复账套，并在“数据库文件路径”指定的路径下生成一个新的账套，且将该账套信息在中间层账套列表中显示出来。

使用增量备份文件进行账套恢复，前提是必须要有一个完全备份文件。如果恢复的账套是日志备份文件，则需要进行如下操作才能完成。

❶ 在【恢复账套】对话框中单击“选择要恢复的备份文件”文本框右侧的 > 按钮，打开【选择备份文件】对话框，在其中选取完全备份文件之后，单击【确定】按钮，返回【恢复账套】对话框。

❷ 单击【添加到文件列表】按钮，将所选的完全备份文件及其路径信息添加到“恢复备份文件列表”列表框中，如果在选择的日志备份文件前还曾经做过增量备份，则需要重复上述步骤，将增量备份文件加入到“恢复备份文件列表”列表框中。

注意

使用日志备份文件进行账套恢复与使用增量备份文件进行账套恢复一样，必须要有一个完全备份的文件。

❸ 如果在选择的日志备份文件前还曾经做过多次日志备份，则需要重复上述步骤，将日志备份文件加入到“恢复备份文件列表”列表框中。

❹ 单击【确定】按钮，即可根据输入的“账套号”和“账套名”执行恢复账套，并在“数据库文件路径”指定的路径下生成一个新的账套，且将该账套信息在中间层账套列表中显示出来。

注意

"恢复备份文件列表"列表框中各种类型备份文件加入的顺序是：完全备份文件→增量备份文件→日志备份文件。日志备份文件则根据时间先后顺序加入，先备份的日志文件先加入，否则账套数据就会出错。

2.2.5 删除账套

金蝶 K/3 财务软件不仅具有两种备份账套的方式，也有两种删除账套的方式，即单个删除账套和批量删除账套，这样用户可以根据实际情况选择相应的删除方式。

1．单个删除账套

单个删除账套的具体操作步骤如下：

❶ 在【金蝶 K/3 账套管理】窗口中选中需要删除的账套，选择【数据库】→【删除账套】命令，弹出一个信息提示框，如图 2-35 所示。

❷ 单击【是】按钮，弹出"删除前是否备份该账套？"的提示，根据实际情况单击相应的按钮，如图 2-36 所示。如果要备份该账套，则单击【是】按钮，即可对删除的账套进行备份；如果不备份则可单击【否】按钮直接删除账套。

图 2-35　信息提示框

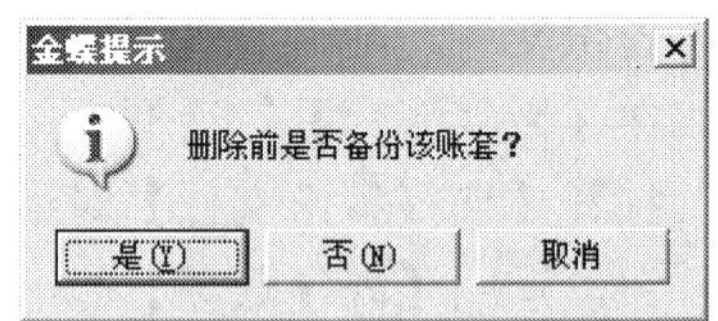

图 2-36　是否备份账套

提示

在删除账套之前，系统会做一些检测账套信息的工作：在账套真正删除之前，系统会检测当前账套是否正在使用，如果检测到当前账套正在使用，则不会删除当前账套，并会给出相应的提示。如果检测到当前账套有其他中间层注册信息，系统会给出提示，如果已经确定要删除则单击【是】按钮。

2．批量删除账套

如果要对需要删除的账套进行批量删除，可以采用金蝶 K/3 系统提供的批量删除功能，将需要删除的多个账套选定后一次性进行删除。

批量删除账套的具体操作步骤如下：

❶ 在【金蝶 K/3 账套管理】窗口中选择【数据库】→【账套批量删除】命令，打开【账套批量删除工具】窗口，在需要删除的账套所对应的"是否删除"列中单击，

即可出现一个“√”标记，如图 2-37 所示。

❷ 如果需要备份删除的账套，则可单击其对应的“是否备份”列，并同时在“备份路径”列中设置该账套的备份路径。如果需要彻底删除账套的所有信息，则可选中“同步删除账套的其他注册信息”复选框。

❸ 设置完毕之后单击【删除】按钮，将所选账套删除。

图 2-37 【账套批量删除工具】窗口

2.2.6 设置账套选项

在账套创建设置完毕之后，还需要对账套选项进行相应的设置。

1. 设置账套属性

由于账套在启用之后就不能再更改账套的属性，所以在启用账套之前，应该先对账套属性进行相应的设置。

设置账套属性的具体操作步骤如下：

❶ 在【金蝶 K/3 账套管理】窗口中选中新建的账套之后，选择【账套】→【属性设置】命令，即可打开【属性设置】对话框，在“系统”选项卡中可以设置机构名称、地址和电话等选项，其中机构设置是必须填写的，如图 2-38 所示。

❷ 在“总账”选项卡中，用户可以设置记账本位币代码、名称和小数点位数等选项，并选中“凭证过账前必需审核”复选框，如图 2-39 所示。

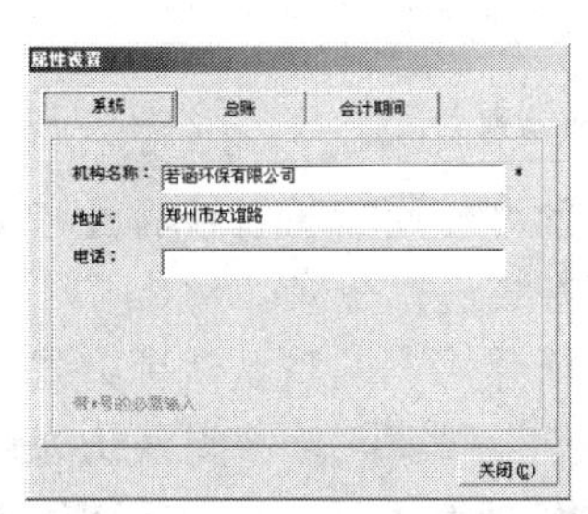

图 2-38 【属性设置】对话框

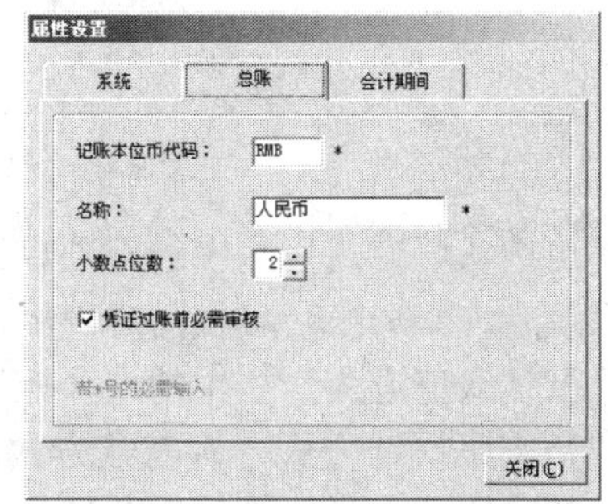

图 2-39 “总账”设置界面

❸ 选择“会计期间”选项卡，进入“会计期间”设置界面，如图 2-40 所示。

❹ 单击【更改】按钮，打开【会计期间】对话框，在其中可以设置启用会计年度和启用会计期间，如图 2-41 所示。若取消选中“会计期间数”复选框，则用户可以任意设置会计期间的开始日期。

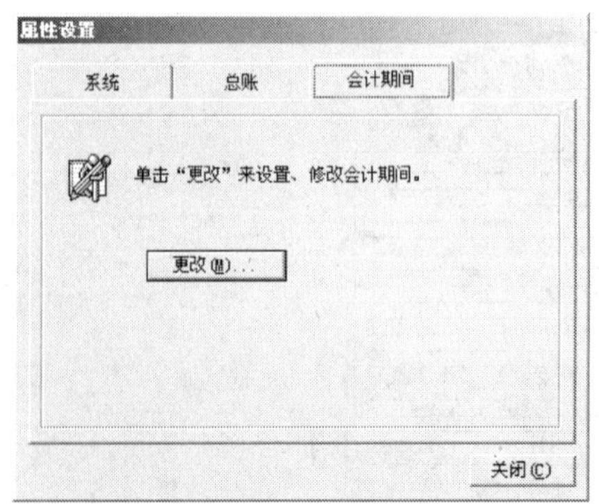

图 2-40 “会计期间”设置界面

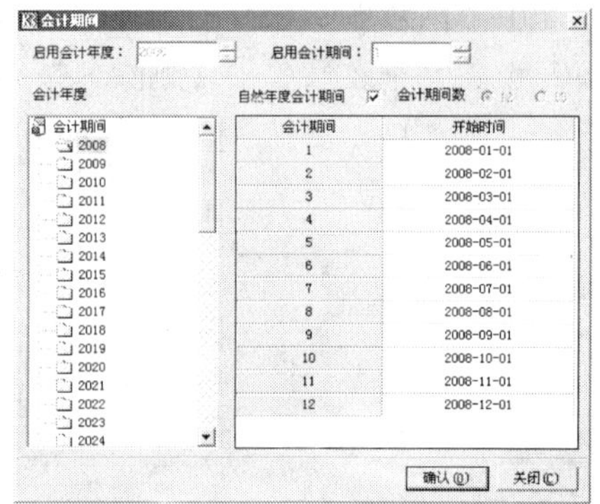

图 2-41 【会计期间】对话框

❺ 单击【确认】按钮，保存用户的设置并返回【属性设置】对话框。继续单击【确认】按钮，保存用户设置的账套属性并关闭【属性设置】对话框。

2. 设置账套参数

在启用账套之前，还需要对账套参数进行设置，这样可以更好地控制用户管理身份认证方式。

设置账套参数的具体操作步骤如下：

❶ 在【金蝶 K/3 账套管理】窗口中选择新建账套之后，选择【账套】→【参数设置】命令，打开【参数设置】对话框，如图 2-42 所示。

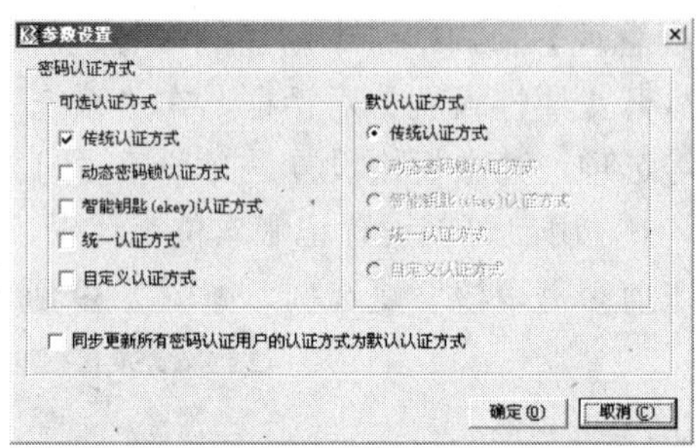

图 2-42 【参数设置】对话框

❷ “可选认证方式”栏中的选项控制当前账套允许使用哪一种或哪几种认证方式。系统允许一个账套可以同时使用不同的认证方式进行登录。

❸ “默认认证方式”栏中的选项控制当前账套新建用户的默认认证方式。新建用户若是密码认证方式，则默认方式为“传统认证方式”；若希望默认为动态密码锁或智能钥匙方式，则可将此处设置为“动态密码锁认证方式”或“智能钥匙认证方式”。

❹ “同步更新所有密码认证用户的认证方式为默认认证方式”复选框的作用是，账

套中用户的密码认证方式统一更改为当前的默认认证方式。

❺ 在设置好所需的选项之后，单击【确定】按钮，完成账套参数的设置。

3. 启用账套

一切设置操作完成之后，即可启用新建的账套，方法很简单，在【金蝶 K/3 账套管理】窗口中选择新建的账套，单击工具栏中的【启用账套】按钮，这时会弹出一个信息提示框，如图 2-43 所示。在该提示框中单击【是】按钮，即可启用账套。

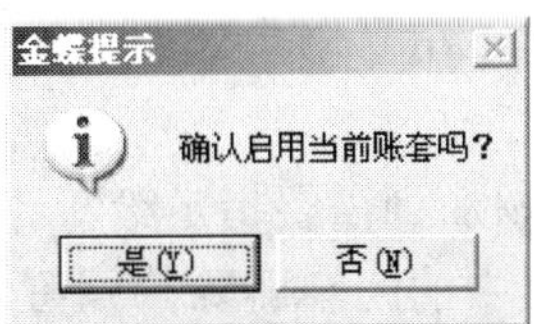

图 2-43 信息提示框

2.2.7 设置操作员与操作员权限

设置操作员与操作员权限实际上是对具体账套的用户管理，即对用户使用某一个具体账套的权限进行控制，同时还可以控制哪些用户可以登录到指定的账套中，对账套中的哪些子系统、模块有使用或管理的权限等。

在金蝶 K/3 系统中，为了方便用户的管理，提出了用户组的概念。系统管理员可以将操作权限相同的用户都添加到一个用户组中，通过设置该用户组的属性和权限来控制这些用户的属性和权限。

要对账套用户进行增加或删除，或对其权限进行设置，可单击工具栏中的【用户管理】按钮，或选择【账套】→【用户管理】命令，打开【用户管理】窗口，在其中可以看出，系统已经预设了一些用户和用户组（系统预设的这些用户和用户组都不能删除），如图 2-44 所示。

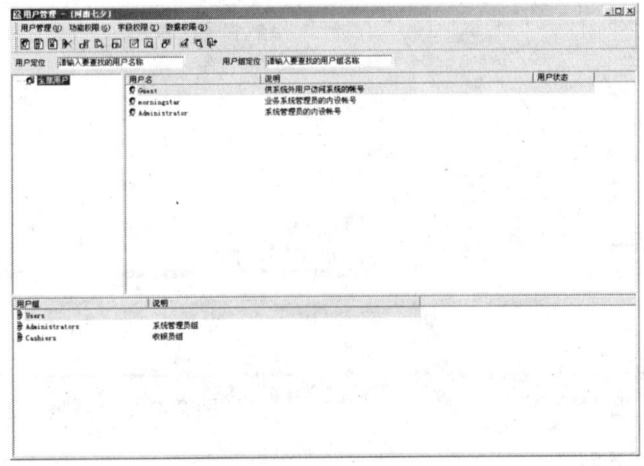

图 2-44 【用户管理】窗口

1．创建用户组

通过创建用户组，系统管理员可以将操作权限相同的用户都添加到一个用户组中，并对添加的用户组进行属性和权限的设置，从而控制某些用户的操作行为。

创建用户组的具体操作步骤如下：

❶ 在【用户管理】窗口中选择【用户管理】→【新建用户组】命令，打开【新增用户组】对话框，在其中根据提示输入相应的用户组名、新增用户组的相关说明文字等内容，在“不隶属于该组”用户列表中选择需要指定给新建用户组的用户，如图 2-45 所示。

❷ 单击【添加】按钮，将其添加到需要指定给新建用户组的用户中，如图 2-46 所示。若要将隶属于新建用户组中的用户删除，则可先在“隶属于该组”用户列表中将其选中，再单击【删除】按钮，即可将其删除，如图 2-47 所示。

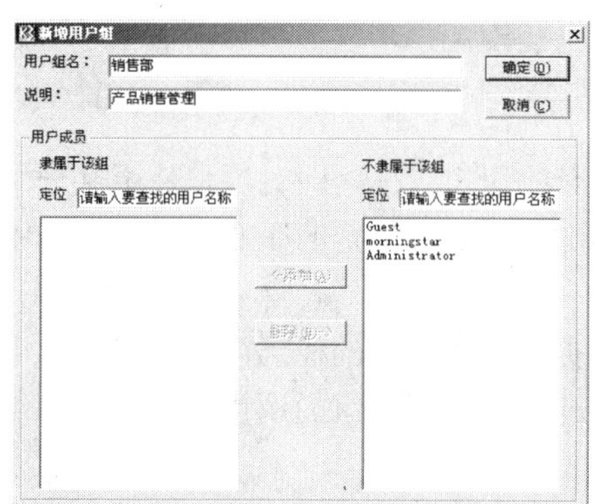

图 2-45 【新增用户组】对话框

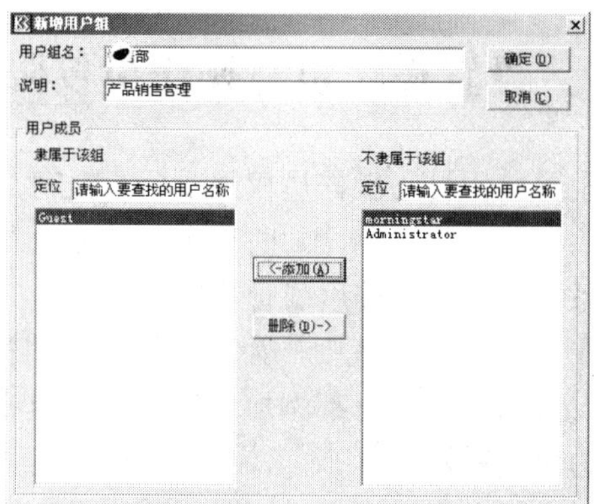

图 2-46 指定用户

❸ 单击【确定】按钮，完成用户组的添加操作，如图 2-48 所示。

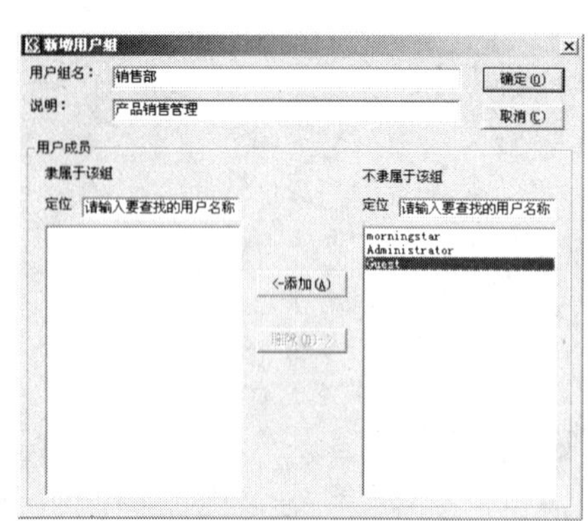

图 2-47 删除用户

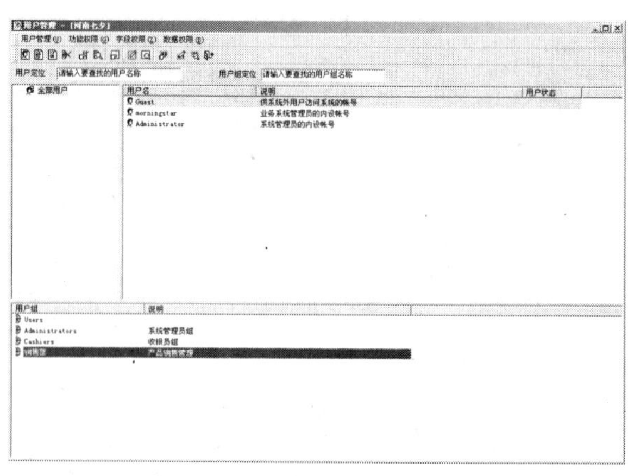

图 2-48 完成用户组的添加

2．新建用户的类别

在金蝶 K3 V11.0 版本中，系统增加了“用户类别”管理功能，该功能可以将账套用户进行分类管理。

新建用户类别的具体操作步骤如下：

❶ 在【用户管理】窗口中选择【用户管理】→【新建用户类别】命令，打开【新增用户类别】对话框，在其中输入用户类别的名称并选择相应的组别，如图 2-49 所示。

❷ 单击【确定】按钮，完成用户类别的新增操作，如图 2-50 所示。

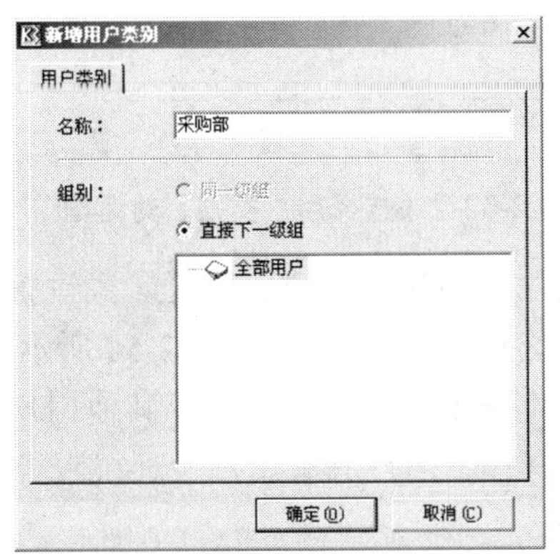

图 2-49　【新增用户类别】对话框

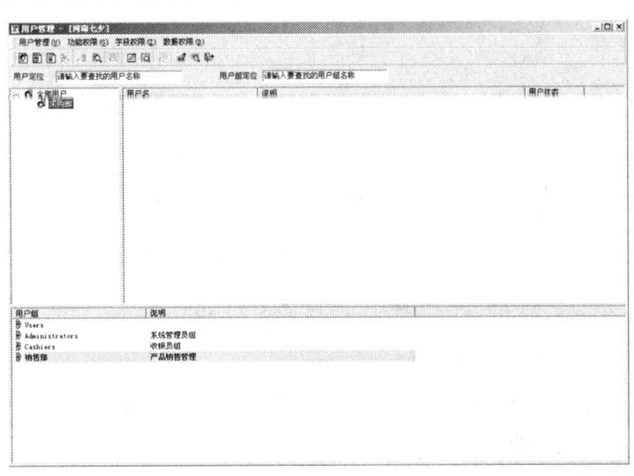

图 2-50　新增用户类别显示

3．删除用户组

如果不再需要某个用户组，用户可以将其删除。只用在【用户管理】窗口中选择需要删除的用户组之后，选择【用户管理】→【删除】命令，弹出一个信息提示框，如图 2-51 所示。单击【是】按钮，即可将其删除。

图 2-51　信息提示框

注意

系统预设的用户和用户组均不能被删除。若用户组中已经存在用户，则需将该组中的所有用户移出后才能删除。

4．新增用户

用户组和用户类别添加完成后就需要对用户组添加相应的用户，具体操作步骤如下：

❶ 在【用户管理】窗口中选择【用户管理】→【新建用户】命令，打开【新增用户】对话框，在其中可以输入用户名称和文字说明，还可以指定新用户的有效期和其密码有效期，如图 2-52 所示。

❷ 单击“用户类别”文本框右侧的按钮，在弹出的对话框中为新用户指定所属类别，如图 2-53 所示。

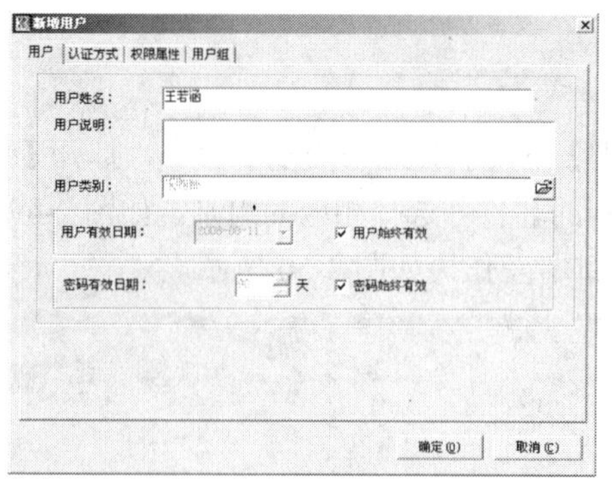

图 2-52 【新增用户】对话框

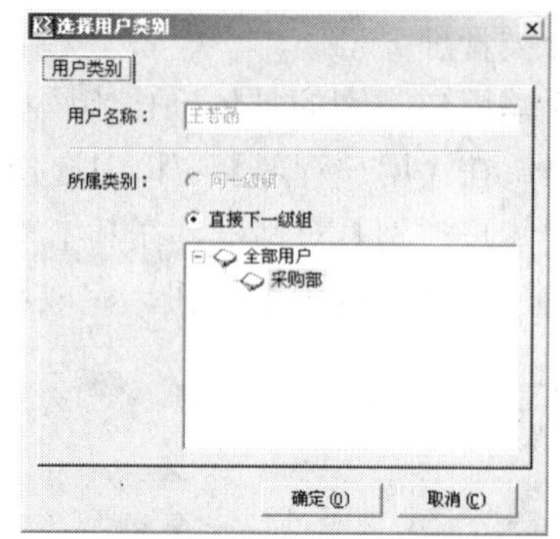

图 2-53 【选择用户类别】对话框

❸ 在“认证方式”选项卡中可以指定新用户登录账套的认证方式（在【参数设置】对话框中指定了有效的认证方式后，才能使用这些认证方式），如图 2-54 所示。

❹ 在“权限属性”选项卡中可以指定新用户的操作权限（其中包括浏览其他用户的权限、将自己的权限授予其他用户、进行业务操作、用户具有用户管理权限等），如图 2-55 所示。

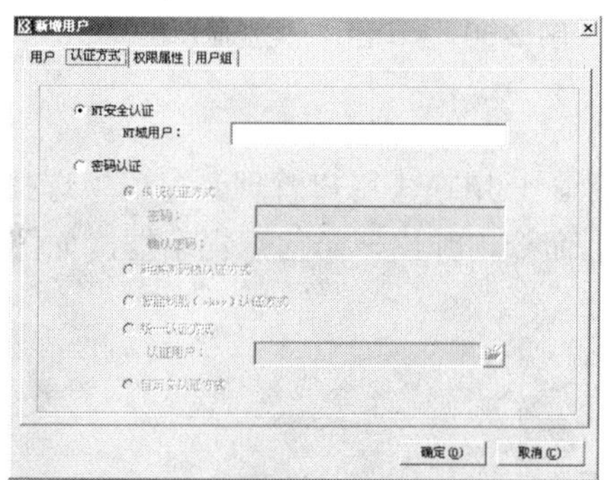

图 2-54 “认证方式”设置界面

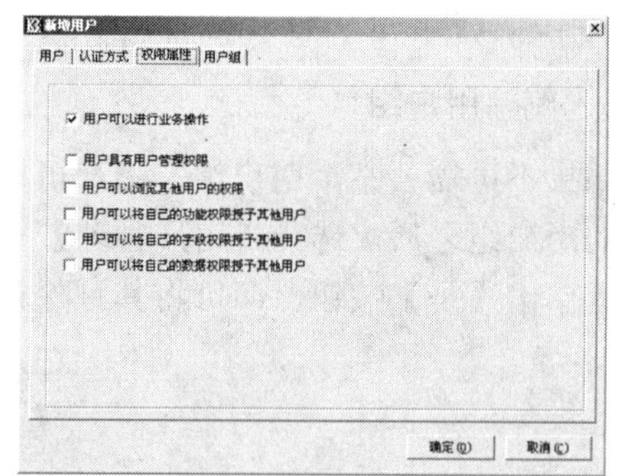

图 2-55 “权限属性”设置界面

❺ 在“用户组”选项卡中可以指定新用户隶属于哪一个用户组，当它属于某一个组之后，该用户即可具有该用户组所具有的权限，如图 2-56 所示。

❻ 单击【确定】按钮，完成新增用户的操作，如图 2-57 所示。

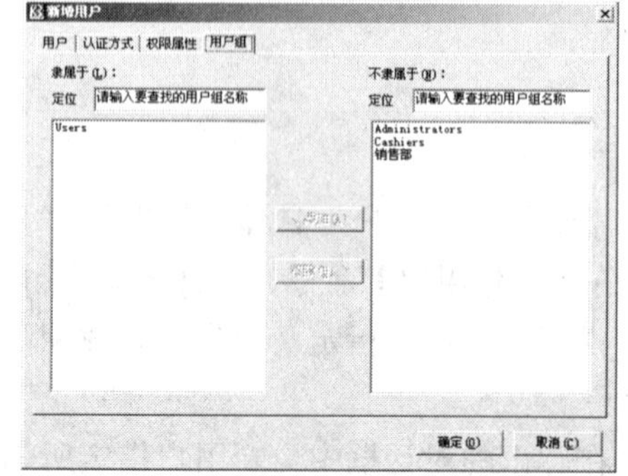

图 2-56 “用户组”设置界面

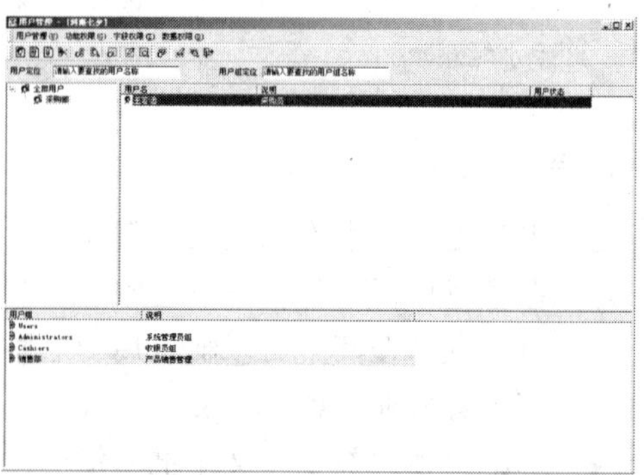

图 2-57 完成新增用户的添加

5．修改用户（组）属性

随着使用的需要或提高，原先创建的用户或用户组并不能完全满足使用需要，这时就需要用户在【用户管理】窗口中选择需要修改的用户或用户组进行属性修改操作。

在【用户管理】窗口中选择需要修改的用户或用户组之后，选择【用户管理】→【属性】命令，打开【用户属性】对话框，在其中可对相应的用户或用户组进行修改，如图 2-58 所示。如果选中“此账号禁止使用”复选框，则该用户就不能登录账套。

6．删除用户

如果不允许或不需要某个用户对当前账套进行操作，即可将其删除掉。在【用户管理】窗口中选择需要删除的用户之后，选择【用户管理】→【删除】命令，弹出一个信息提示框，如图 2-59 所示。单击【是】按钮，即可将其删除。

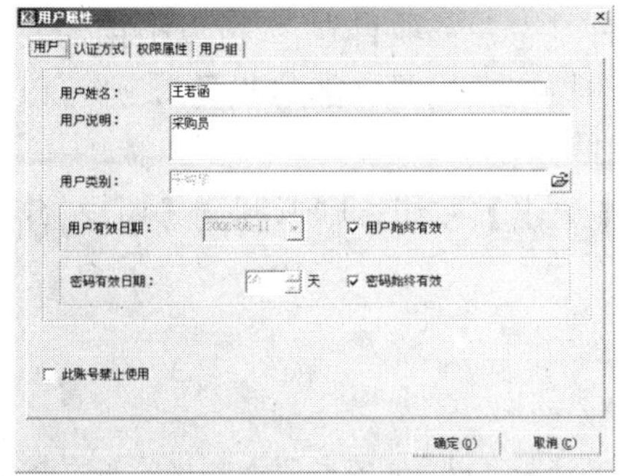

图 2-58　【用户属性】对话框

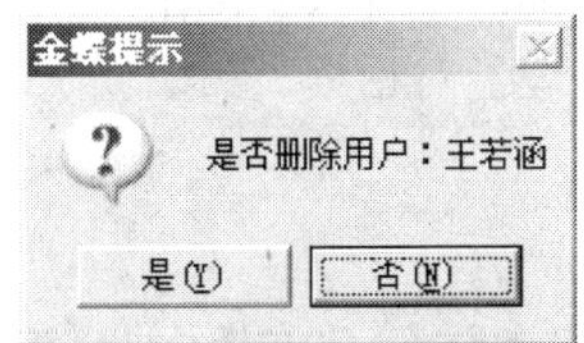

图 2-59　删除用户提示

7．管理功能权限

管理员在对用户和用户组权限进行设置时，可以通过不同的命令来设置不同的权限。其中“功能权限”是必须设置的，而“字段权限”和“数据权限”则可以不设置，用户可以根据实际情况而定。

进行用户和用户组功能权限设置的具体操作步骤如下：

❶ 在【用户管理】窗口中选择已经创建的用户或用户组之后，选择【功能权限】→【功能权限管理】命令，或选择【用户管理】→【功能权限管理】命令，打开【用户管理_权限管理】对话框，如图 2-60 所示。

❷ 根据当前用户或用户组的职责，在选取相应模块的操作权限之后，单击【授权】按钮，将所选项目的管理权或查询权赋予当前用户或用户组，但这只是对各功能模块权限的初步设置。

❸ 单击【高级】按钮，打开【用户权限】对话框，在“系统对象”列表框中选择需要授权的系统对象，在右侧的“权限”列表框中选择需要授权的功能，如图 2-61 所示。

❹ 单击【授权】按钮，将授权设置保存到系统中。单击【关闭】按钮，返回【用户管理_权限管理】对话框。在其中取消选中“禁止使用工资数据授权检查”复选框，单击【工资数据授权】按钮，打开【项目授权】对话框，如图 2-62 所示。

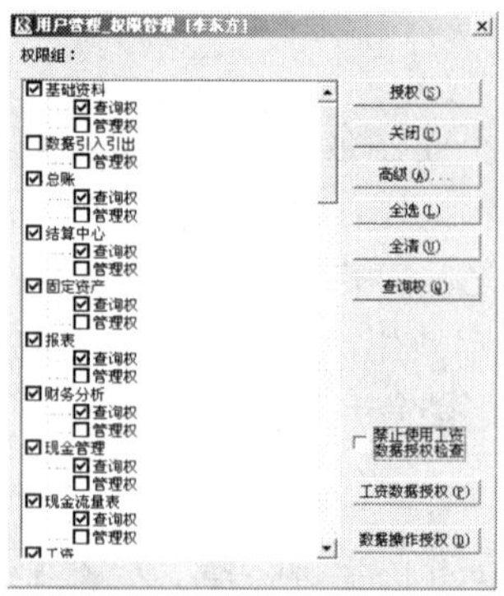

图 2-60 【用户管理_权限管理】对话框

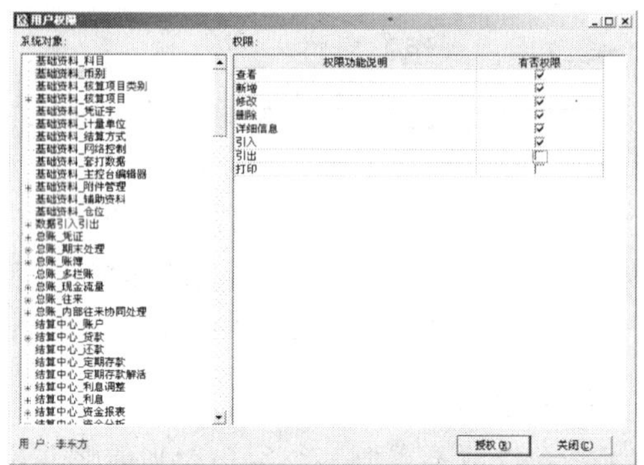

图 2-61 【用户权限】对话框

❺ 在“授权项目列表”下拉列表框中选择需要授权的项目，在下面的项目列表中选择需要授权的项目。若选择的授权项目是“工资项目”，则可以根据需要选择相应工资项目的查看权或修改权；若选择的授权项目是“部门职员”，则可以赋予当前用户对某些部门和职员的操作权限。

❻ 单击【授权】按钮，完成操作。单击【退出】按钮，则返回到【用户管理_权限管理】对话框。

提示

数据授权是对基础资料中的数据进行分别授权，这样可以满足在权限控制比较高的企业中，对具体人只能有具体某项数据的操作权限要求。如出纳只能录入与现金、银行存款有关的凭证，可以在科目中对出纳进行授权。

❼ 在【用户管理_权限管理】对话框中单击【数据操作授权】按钮，打开【项目使用授权】窗口，其中显示了所有已经建立的科目，且每个科目的权限都有“不能允许增加下级”、“不允许修改”和“不允许删除”3 项。管理员可以根据需要在某个项目的某个列中打上“√”标记，如图 2-63 所示。

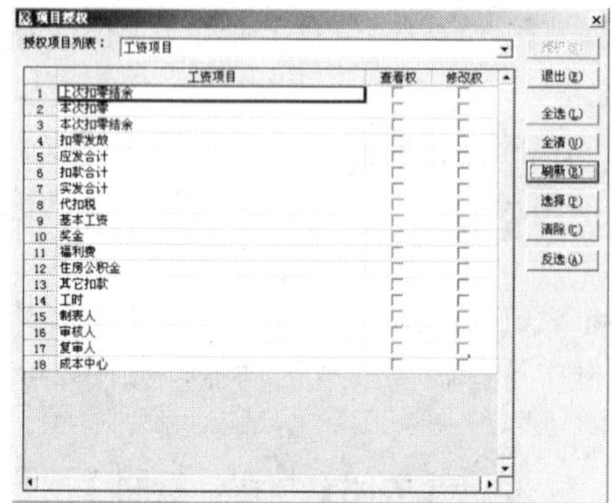

图 2-62 【项目授权】对话框

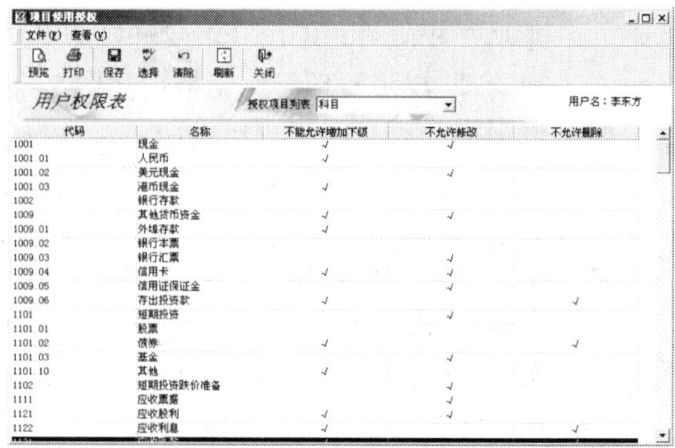

图 2-63 【项目使用授权】窗口

❽ 选择需要控制授权的会计科目，然后单击【选择】按钮，打开【项目使用授权设置】对话框，在“作用功能”栏中选中需要的复选框，并在“作用范围”栏中选中“全部”或“当前选定范围”单选按钮，如图 2-64 所示。

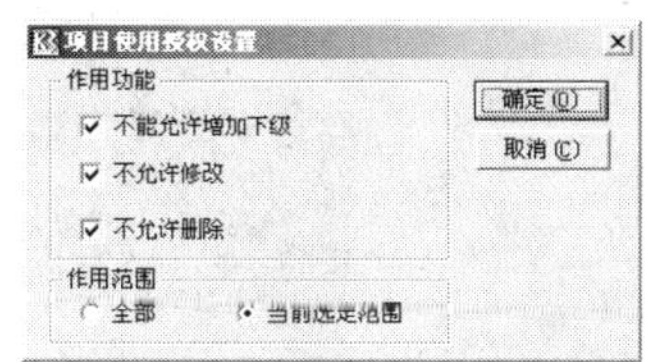

图 2-64 【项目使用授权设置】对话框

❾ 单击【确定】按钮，给所有项目或当前选定的项目设置使用权，单击【关闭】按钮，返回到用户权限设置对话框。单击【关闭】按钮，退出用户权限设置对话框，并结束权限设置操作。

用户组或用户的功能权限设置完毕之后，如果想浏览某些用户或用户组相应的权限设置情况，只用进行如下操作即可完成。

❶ 在【用户管理】窗口中选择需要浏览的用户或用户组之后，选择【功能权限】→【功能权限浏览】命令，打开【用户功能权限列表】窗口并显示【过滤条件】对话框，其中的过滤条件设置方式有“按用户方式浏览”和“按系统方式浏览”两种，如图 2-65 所示。

❷ 根据实际情况选择相应的设置方式之后，单击【确定】按钮，打开【用户功能权限列表】窗口，在其中查看所选用户功能权限设置情况，如图 2-66 所示。

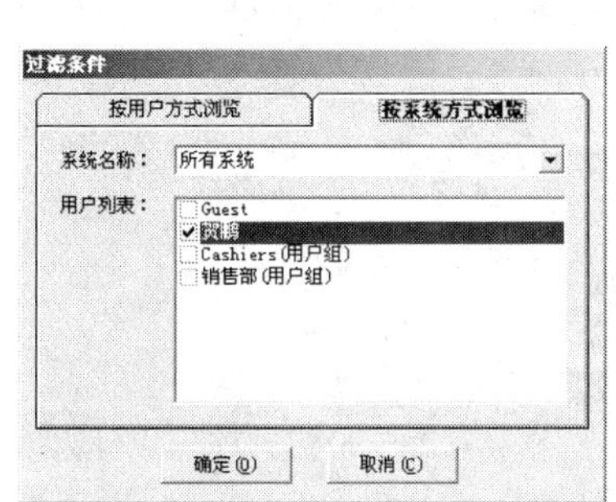

图 2-65 【过滤条件】对话框

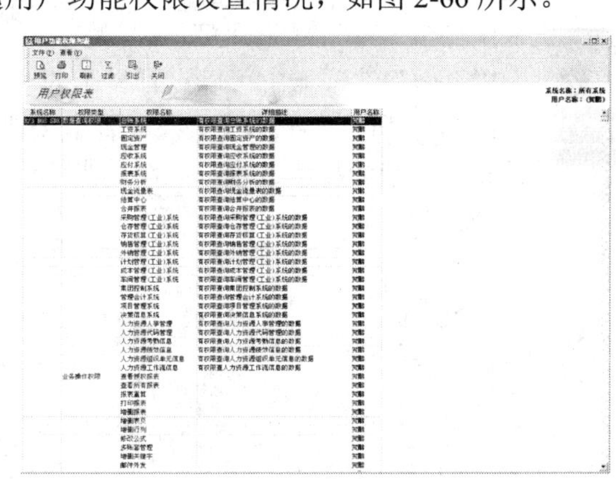

图 2-66 【用户功能权限列表】窗口

❸ 如果还要浏览其他用户的功能权限设置情况，则在【用户功能权限列表】窗口中单击【过滤】按钮，打开【过滤条件】对话框，在其中设置相应的过滤条件即可。

❹ 如果需要将查询的用户的功能权限设置情况打印出来，只用在【用户功能权限列表】窗口中选择【文件】→【打印设置】命令，打开【打印设置】对话框，如图 2-67 所示。

❺ 根据需要选择相应的打印机之后，设置打印纸张以及纸张的方向等内容，单击【确

定】按钮，即可完成打印设置操作。

❻ 单击工具栏上的【预览】按钮，可浏览相应的打印效果，如图 2-68 所示，如果此打印效果符合自己的要求，则可直接单击【打印】按钮，将该用户的功能权限打印输出。

图 2-67 【打印设置】对话框

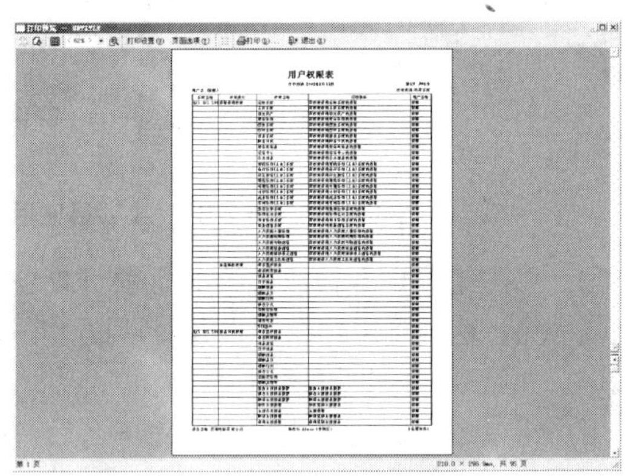

图 2-68 预览效果显示

在打印用户（组）的功能权限列表时，打印输出的内容与【用户功能权限列表】窗口中显示的内容一致。有时某些内容可能不需要打印输出，此时系统管理员可通过页面设置来设置打印输出的效果。具体操作步骤如下：

❶ 在【用户功能权限列表】窗口中选择【查看】→【页面设置】命令，打开【页面设置】对话框，如图 2-69 所示。需要打印输出什么内容，在“显示”列的相应项目中打上“√”标记即可。

❷ 在“页面”选项卡中可以设置显示的“前景色”、“背景色”和“合计色”等内容，如图 2-70 所示。单击【页面设置】按钮，打开【页面选项】对话框，在其中可以设置更详细的打印选项，如图 2-71 所示。

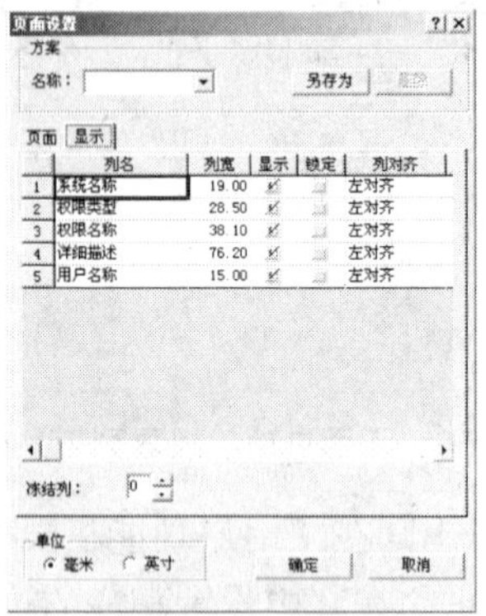

图 2-69 【页面设置】对话框

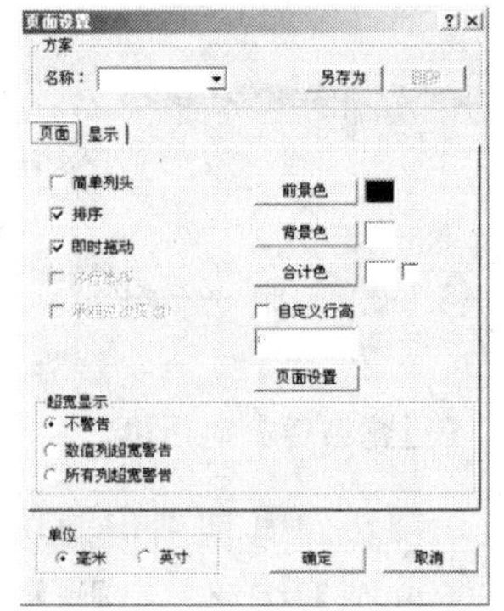

图 2-70 “页面”设置界面

❸ 单击【另存为】按钮，打开【保存设置】对话框，在“设置名称”文本框中输入相应的内容，如图 2-72 所示。单击【确定】按钮，当再次使用该方案时，在“名称”下拉列表框中选择保存的方案名称即可。

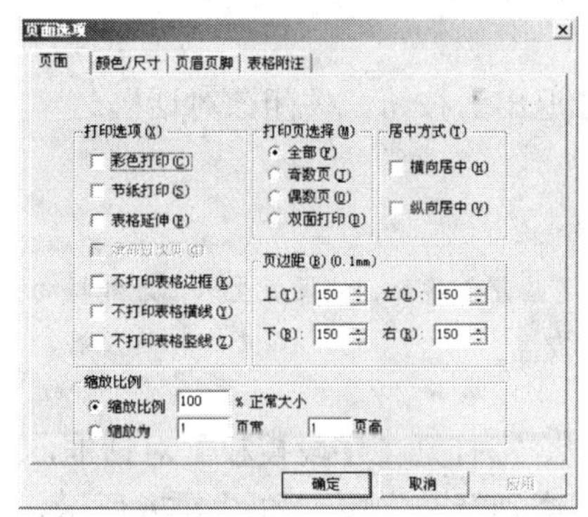

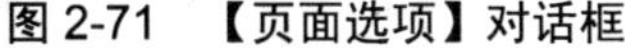
图 2-71 【页面选项】对话框

图 2-72 【保存设置】对话框

为了使用的方便，用户可以将用户权限设置引出为一定格式的文件，作为一个模板的形式出现。具体操作步骤如下：

❶ 在【用户功能权限列表】窗口中选择【文件】→【引出】命令，即可打开【引出‘系统权限_所有系统’】对话框，在其中选择引入的数据类型，如图 2-73 所示。

❷ 单击【确定】按钮，打开【选择 Text 文件】对话框，如图 2-74 所示。在其中指定保存文件的文件名和路径之后，单击【保存】按钮，即可完成引出操作。

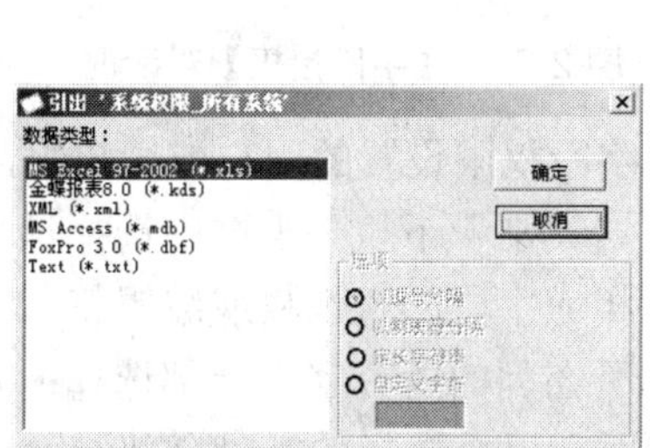

图 2-73 【引出‘系统权限_所有系统’】对话框

图 2-74 【选择 Text 文件】对话框

8．管理字段权限

所谓管理字段权限就是指对各子系统中某数据类别的字段操作权限控制，默认情况下，系统不进行字段权限检查。当授权用户对指定字段设置了字段权限控制之后，用户在进行该数据类别的指定字段进行操作时，系统将进行权限检查。只有当用户拥有了该字段的字段权限时，才能对该字段进行对应的操作。

管理字段权限的具体操作步骤如下：

❶ 在【用户管理】窗口中选择需要设置字段权限控制的用户之后，选择【字段权限】→【设置字段权限控制】命令，打开【设置字段权限控制】对话框，如图 2-75 所示。

❷ 在“子系统”下拉列表框中选择需要启用字段权限控制的项目，再在“数据类别”下拉列表框中选择需要启用字段权限控制的数据类别。

❸ 选中需要启用字段权限控制的字段名所对应的复选框，也可单击【全部选择】按钮，选择当前数据类别的所有字段；或单击【全部清除】按钮，清除已经选择的

所有字段。

❹ 单击【应用】按钮，使设置生效。单击【退出】按钮，关闭该对话框。

注意

当设置好一个数据类别的字段权限控制之后，单击【应用】按钮，使设置生效，才能转向另一个数据类别的字段，否则系统提示管理员保存先前的设置。

❺ 选择【字段权限】→【字段权限管理】命令，打开【字段授权】对话框，在其中显示了已经启用字段权限控制的所有数据类别及其字段，如图2-76所示。

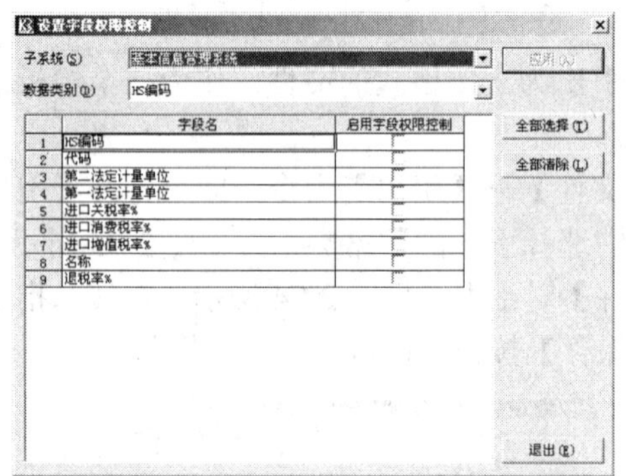

图2-75 【设置字段权限控制】对话框

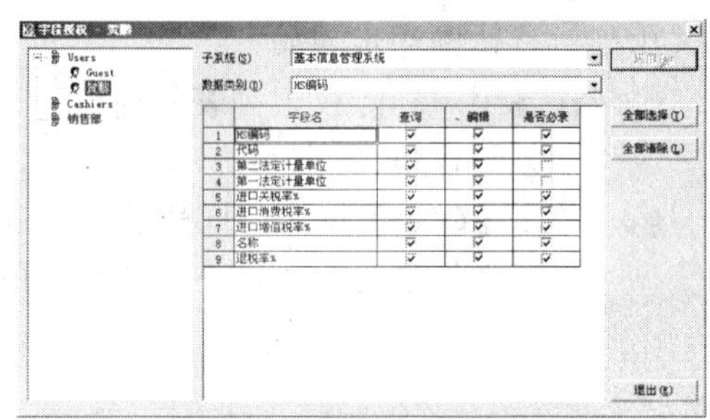

图2-76 【字段授权】对话框

❻ 在左侧的用户和用户组列表中选择需要进行字段权限设置的用户或用户组，在“子系统”下拉列表框中选择功能模块，在“数据类别”下拉列表框中选择该功能模块下的数据类别，再在具体字段列表中赋予相应字段的查询权或编辑权。系统管理员也可单击【全部选择】按钮，将激活点所在列的所有字段全部选择；若单击【全部清除】按钮，则可将激活点所在列的所有已经选择的字段全部清除。

❼ 单击【退出】按钮结束字段权限的设置操作。

提示

【字段授权】对话框中的“是否必录”列的背景颜色为淡黄色，表示该列不需要设置。另外，若取得某个字段的“编辑”权限，则必须同时具有相应的“查询”权限。但有“查询”权限不一定要有“编辑”权限。

设置好字段权限之后，用户即可浏览各个用户的字段操作权限的设置情况。具体操作步骤如下：

❶ 在【用户管理】窗口中选择【字段权限】→【字段权限浏览】命令，打开【用户字段权限列表】窗口，并弹出【过滤条件】对话框。

❷ 在选择需要浏览字段权限的用户和系统范围之后，单击【确定】按钮，在【用户字段权限列表】窗口中显示出符合条件的字段权限列表，如图2-77所示。

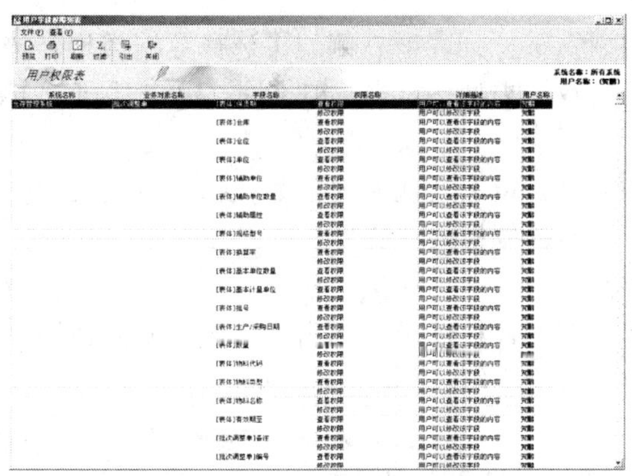

图 2-77 【用户字段权限列表】窗口

9. 管理数据权限

所谓的管理数据权限是指对系统中具体数据的操作权限进行控制，分为数据查询权、数据修改权和数据删除权。

管理数据权限的具体操作步骤如下：

❶ 在【用户管理】窗口中选择【数据权限】→【设置数据权限控制】命令，打开【设置数据权限控制】对话框，在其中选择需要启用数据权限控制的“子系统”及其“数据类别”，如图 2-78 所示。

❷ 单击【应用】按钮保存设置之后，单击【退出】按钮，关闭该对话框，结束启用数据权限控制操作。

❸ 选择【数据权限】→【数据权限管理】命令，打开【数据授权】窗口，如图 2-79 所示。

图 2-78 【设置数据权限控制】对话框

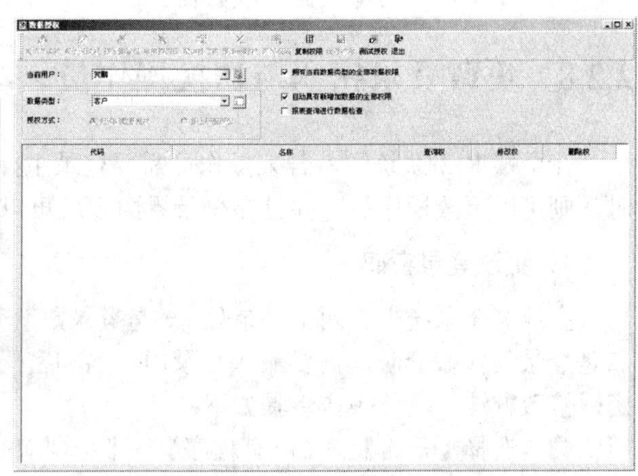

图 2-79 【数据授权】窗口

❹ 单击“当前用户”下拉列表框右侧的【选择用户或用户组】按钮，在弹出的对话框中选择需要授权的用户或用户组，如图 2-80 所示。单击【确定】按钮，返回【数据授权】窗口。

❺ 单击“数据类型”下拉列表框右侧的【选择数据类型】按钮，在弹出的对话框中选择需要授权的数据类型，如图 2-81 所示。单击【确定】按钮，返回【数据授权】窗口。

❻ 授权设置完毕之后，单击【测试授权】按钮，调出相应的功能窗口并对其中的内容进行操作，以检验授权的正确性。

❼ 在【数据授权】窗口中单击【浏览权限】按钮，则可在窗口下方的字段列表框中查看当前数据类型的授权情况。单击【复制权限】按钮，打开【选择】对话框，选择相应的用户或用户组，如图 2-82 所示。

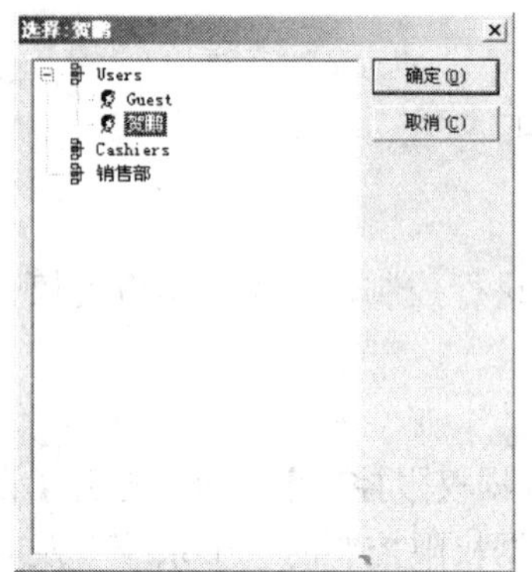

图 2-80　选择用户或用户组

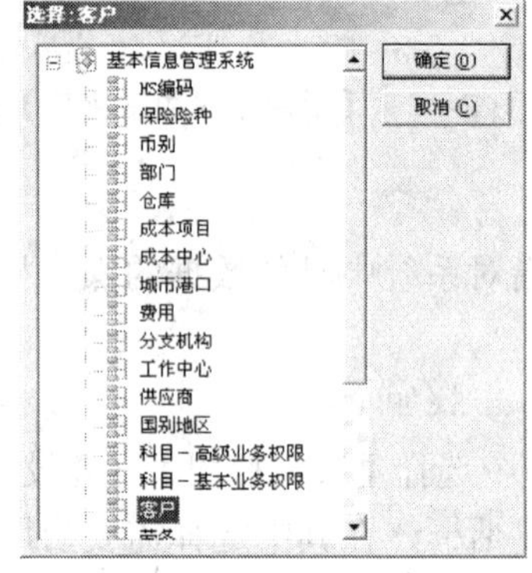

图 2-81　选择数据类型

图 2-82　【选择】对话框

❽ 单击【复制】按钮，将所选用户或用户组的权限复制给【数据授权】窗口中的当前用户或用户组。为了减少系统管理员授权的重复操作，可以选中“自动具有新增加数据的全部权限”复选框。单击【保存】按钮，使设置生效。单击【退出】按钮，关闭【数据授权】窗口。

2.2.8 更改登录密码与切换操作员

在金蝶 K/3 系统中，若某操作员需要登录主控台，但已经有其他操作员登录了该系统时，则可以更改操作员，并且在登录界面中还可以修改系统管理员为自己设置的密码。

1. 更改登录密码

金蝶 K/3 系统中有两个登录处，一是登录账套管理窗口时需要输入登录用户名和密码；二是登录具体账套时，需要输入登录用户名和密码。这里只讲解其中一个登录具体账套的密码修改方法。具体操作步骤如下：

❶ 选择【开始】→【所有程序】→【金蝶 K3】→【金蝶 K3 主控台】命令，打开【金蝶 K/3 系统登录-V11.0.0】窗口，如图 2-83 所示。

❷ 在选择组织机构、需要登录的账套，并在“用户名”文本框中输入具有登录该账套权限的用户名称之后，单击【确定】按钮，进入金蝶 K/3 主控台窗口，如图 2-84 所示。

❸ 单击【系统设置】标签，选择【用户管理】系统功能项，双击“用户管理”明细功能项，打开“用户管理”界面。在其中选择需要修改登录密码的用户名称之后，选

择【用户管理】→【属性】命令，打开【用户属性】对话框，如图 2-85 所示。

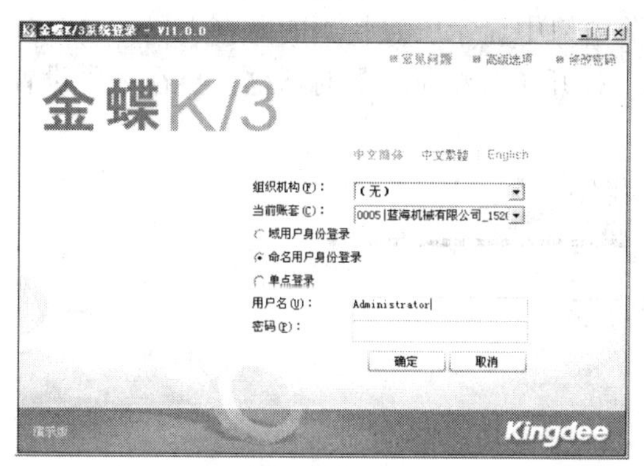

图 2-83 【金蝶 K/3 系统登录- V11.0.0】窗口

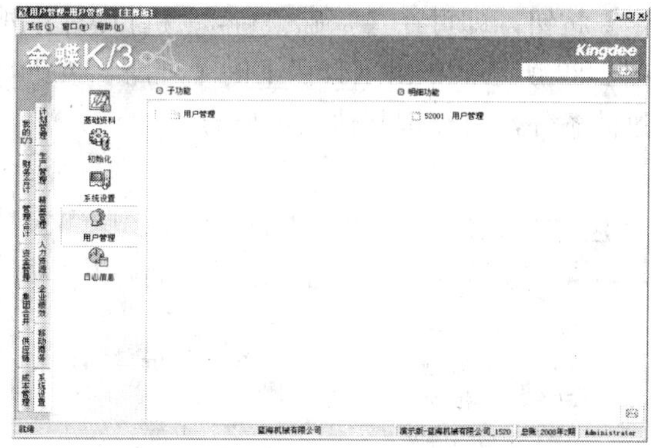

图 2-84 金蝶 K/3 主控台窗口

❹ 在“密码”和“确认密码”文本框中输入相应的密码之后，单击【确定】按钮，完成密码的修改操作。

此外，还可以在【金蝶 K/3 系统登录-V11.0.0】窗口中单击【修改密码】超链接，打开【修改密码】对话框，在其中输入新的密码完成密码修改操作，如图 2-86 所示。

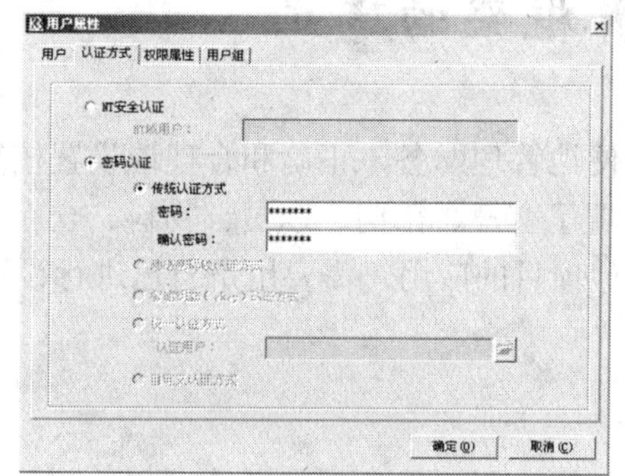

图 2-85 输入修改的新密码

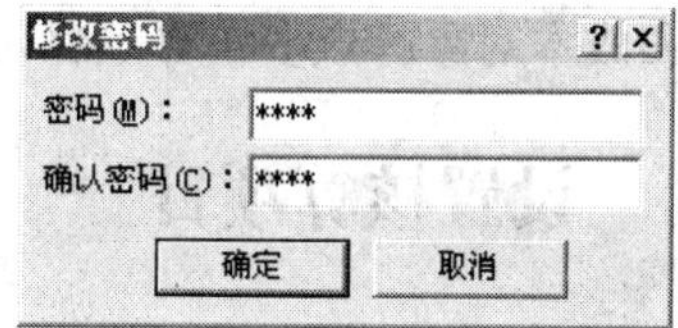

图 2-86 【修改密码】对话框

2. 切换操作员

在金蝶 K/3 主控台窗口中选择【系统】→【更改操作员】命令，打开金蝶 K/3 系统的登录界面，在“用户名”文本框中输入需要更换的操作员名称，在“密码”文本框中输入该操作员的登录密码，单击【确定】按钮，进入金蝶 K/3 主控台窗口。

2.2.9 上机日志

为了更好地维护账套数据，保证账套数据的安全，系统还提供了上机日志查看功能。在主控台窗口中单击【系统设置】标签之后，选择【日志信息】系统功能项，再在明细功能列表中双击“上机日志”选项，进入上机日志浏览窗口，同时显示【过滤条件】对话框，如图 2-87 所示。

分别设置“用户名称”、“模块名称”、“操作状态”、“主机名称”、“IP 地址”及“时间”

选项。如果选中“升序”复选框，则查询到的上机日志记录以时间的升序排列。单击【确定】按钮，即可在【基础平台-[上机日志]】浏览窗口中显示所查找到的所有上机记录，如图 2-88 所示。单击工具栏上的【过滤】按钮，打开【过滤条件】对话框，再在其中设置过滤条件，可查询其他上机日志。

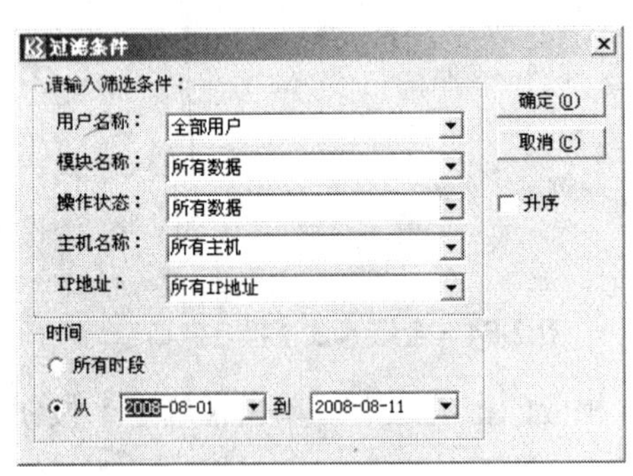

图 2-87 【过滤条件】对话框

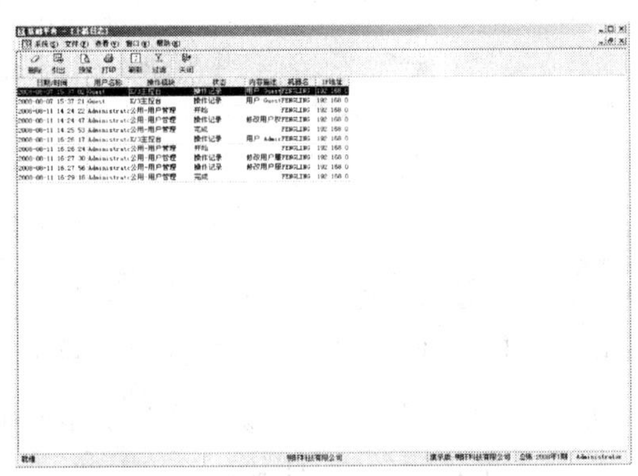

图 2-88 【基础平台-[上机日志]】窗口

2.3 财务系统核算框架的建立

在财务软件的应用过程中，财务人员要想方便地管理财务，正确和合理地设置核算项目是必须的。在金蝶 K/3 软件中，系统为用户设置了客户、部门、职员、物料、仓库、供应商和成本对象等众多核算项目，如果还需要其他项目的应用，需要用户自己进行设置。

2.3.1 设置核算项目

在金蝶 K/3 主控台窗口中单击【系统设置】标签，选择【基础资料】系统功能项，双击【公共资料】子功能项下的“核算项目管理”明细功能项，进入核算项目设置窗口对核算项目进行管理，如图 2-89 所示。

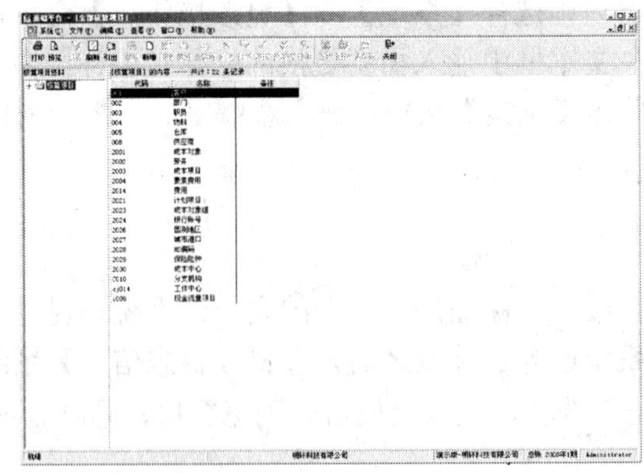

图 2-89 核算项目设置窗口

1. 增加核算项目类别

金蝶 K/3 系统已经提供了一部分的核算项目类别，其中如果没有用户需要的类别，可以自行添加需要的项目类别。

增加核算项目类别的具体操作步骤如下：

❶ 在如图 2-90 所示的“核算项目资料”列表框中选取任一个核算项目类别，单击【管理】按钮，即可打开【核算项目类别】对话框，如图 2-91 所示。

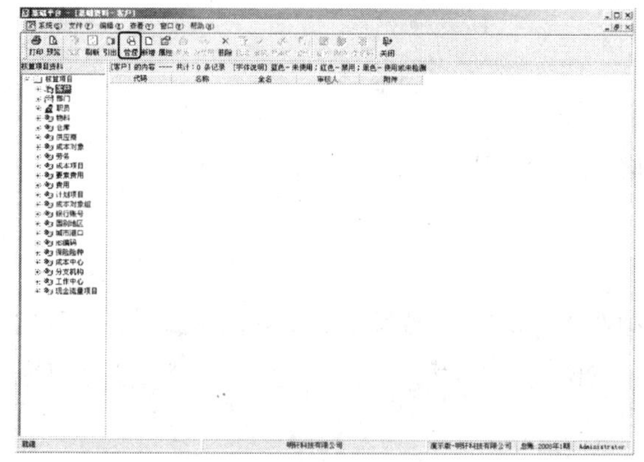

图 2-90　执行命令

图 2-91　【核算项目类别】对话框

❷ 单击【新增】按钮，打开【核算项目类别-新增】对话框，在“代码”文本框中输入新增核算项目类别代码，在“名称”文本框中输入新增核算项目类别名称，在“备注”文本框中输入新增核算项目类别说明性文字，如图 2-92 所示。

❸ 单击“属性维护”栏中的【新增】按钮，打开【自定义属性-新增】对话框，如图 2-93 所示。

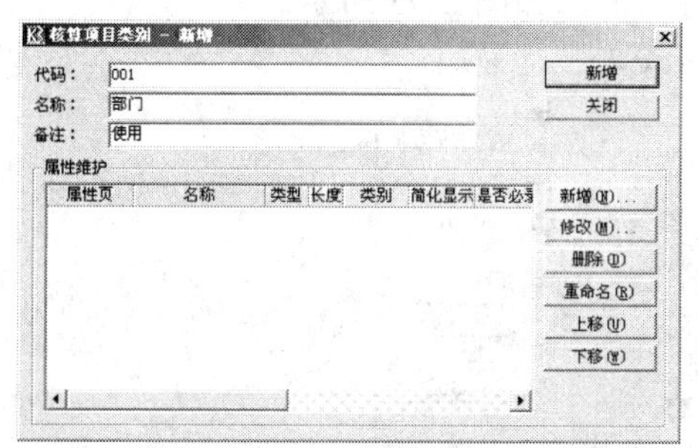

图 2-92　【核算项目类别-新增】对话框

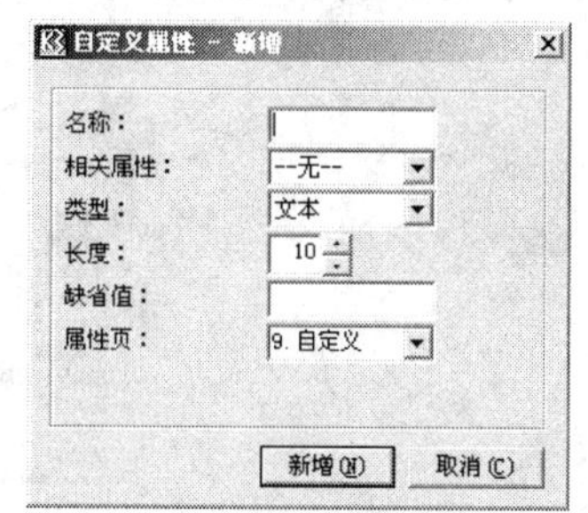

图 2-93　【自定义属性-新增】对话框

❹ 在“名称”文本框中输入自定义属性字段的名称；在“相关属性”下拉列表框中选择适当的字段属性，如果希望自定义字段类型，则选择“无”选项；在“类型”下拉列表框中选择自定义属性的字段类型；在“长度”数值框中设置自定义属性字段的长度；在“属性页”下拉列表框中选择新增字段显示的页面位置；在“缺省值”文本框中如果输入了默认值，则在以后新增时，系统会自动保存这个默认信息，不需要重复手工录入。

❺ 单击【新增】按钮，将为当前核算项目类别增加一个自定义属性并返回【核算项目类别-新增】对话框，如图 2-94 所示。单击【新增】按钮，完成核算项目类别的增加操作。

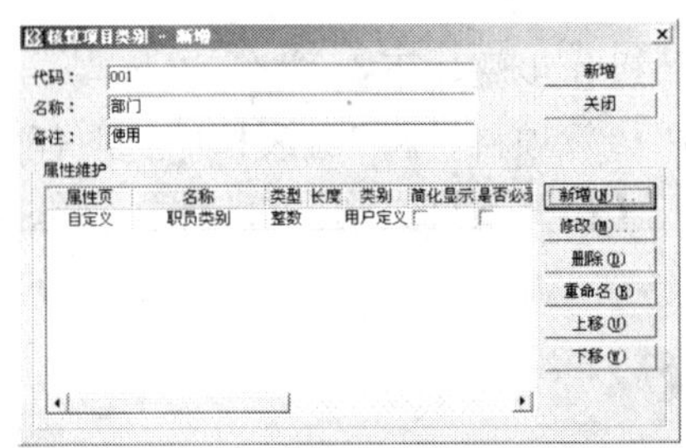

图 2-94　增加自定义属性

提示

若在“属性页”下拉列表框中选择了“基础资料”选项，则所定义的属性将出现在该核算项目属性对话框的【基础资料】标签中；若选择“自定义”选项，则该核算项目属性对话框中新增一个【自定义】标签。

2. 修改核算项目类别

金蝶 K/3 提供了许多核算项目类别，但是有的项目类别并不适合用户使用，这就需要对这些不合适的核算项目类别进行修改。

修改核算项目类别的具体操作步骤如下：

❶ 在【核算项目类别】对话框中选择需要修改的核算项目类别之后，单击【修改】按钮，打开【核算项目类别-修改】对话框，如图 2-95 所示。

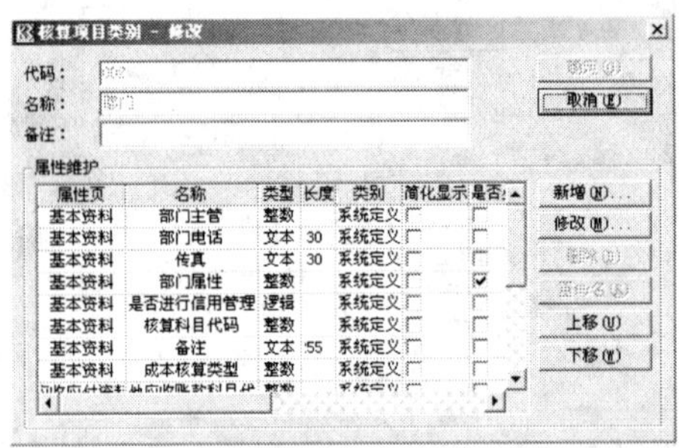

图 2-95　【核算项目类别-修改】对话框

❷ 在“属性维护”栏中显示出当前核算项目类别的所有已经定义的属性字段。如果在“是否必录”列中打上“√”标记，则在录入保存时，如果这些属性没有输入完整的数据，系统将会给出“不能保存”的提示信息；如果在“是否显示”列中打上“√”标记，在录入单据时，就会在 F7 窗口中显示。

❸ 单击【确定】按钮，完成修改操作。

3. 增加核算项目

有核算项目类别，当然也就需要核算项目，所以用户还需要在每一个核算项目类别下设置增加相应的核算项目。

增加核算项目的具体操作步骤如下：

❶ 在核算项目设置窗口中选取某一具体的核算项目之后，单击【管理】按钮，即可打开当前核算项目所属类别的管理窗口，如图 2-96 所示。

❷ 单击工具栏上的【新增】按钮，打开【成本项目-新增】对话框，如图 2-97 所示。

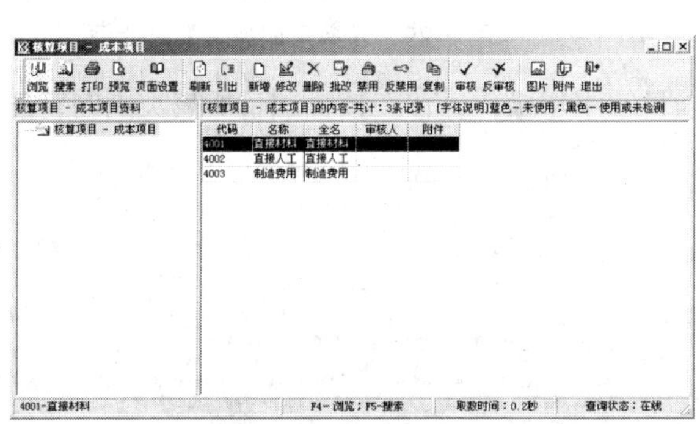

图 2-96 核算项目管理窗口

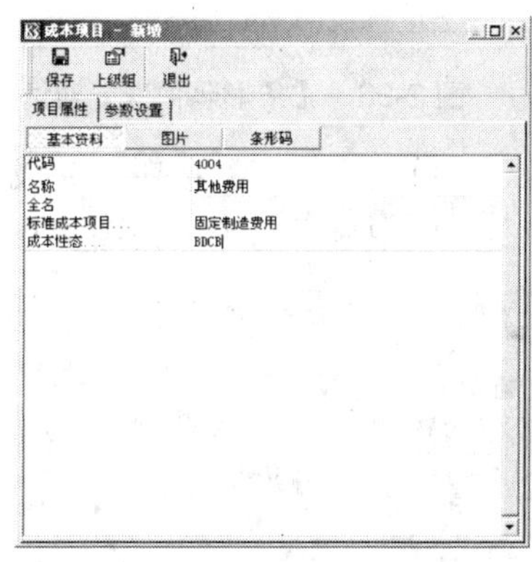

图 2-97 【成本项目-新增】对话框

❸ 在“项目属性”选项卡中包括【基本资料】、【条形码】等标签。这些标签及其内容根据不同的核算项目类别而有所区别，但一般都有【基本资料】、【条形码】两个标签，若增加的核算项目为“成本项目”核算项目类别，则该选项卡中还将显示一个【图片】标签，用户保存该成本项目的相关图片。在【基本资料】标签中可以输入新增核算项目的基本资料。

提示

在【成本项目-新增】对话框中所显示字段均为已设置好的核算项目类别属性。若需要增加核算项目类别属性，则可按在“增加核算项目类别”小节中打开【自定义属性-新增】对话框的方法进行。另外，在其中以黄色底纹显示的项目为必录项，而编辑区为粉红色底纹的项目为禁止修改的项目。

❹ 单击【条形码】标签，打开【条形码管理】对话框，在其中手工输入条形码，如图 2-98 所示。

❺ 单击【查找】按钮，打开【条形码搜索】对话框，在其中设置查找条件，搜索已经存在的商品条码（条形码管理支持一品多码的设置，一个核算项目允许存在多个条码，但不允许一个条码对应多个核算项目），如图 2-99 所示。

❻ 在【成本项目-新增】对话框中选择“参数设置”选项卡，进入“参数设置”设置界面，在其中设置当前核算项目的有关参数，如图 2-100 所示。

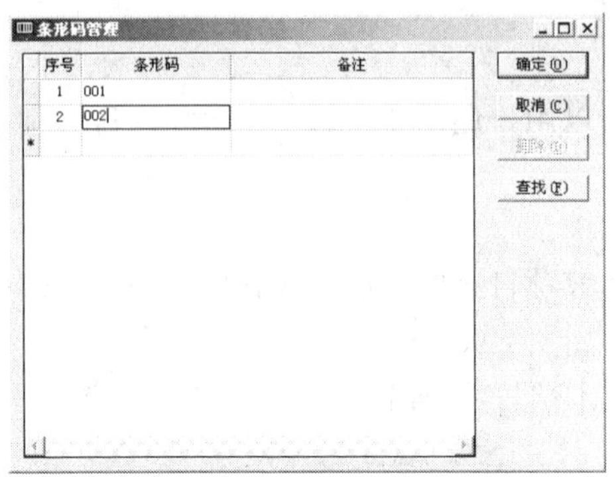

图 2-98 【条形码管理】对话框

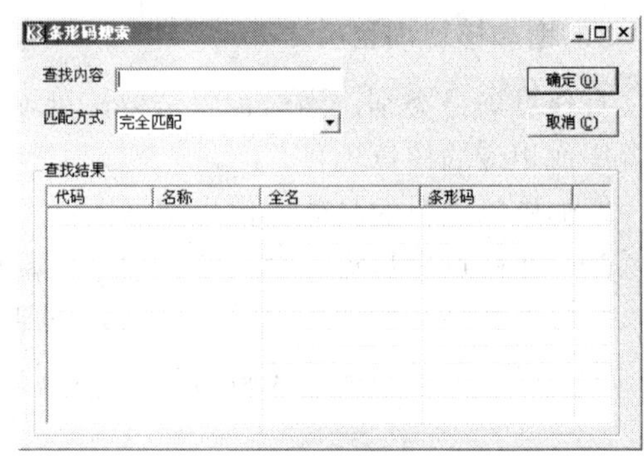

图 2-99 【条形码搜索】对话框

❼ 单击【保存】按钮，完成核算项目的添加操作，并在核算项目所属类别的管理窗口中显示出来，如图 2-101 所示。

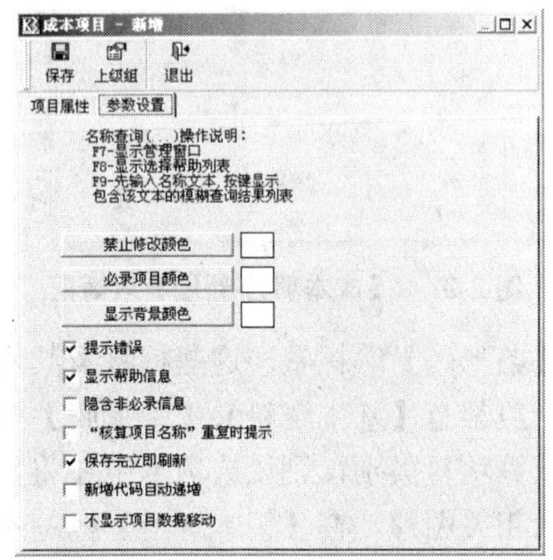

图 2-100 “参数设置”设置界面

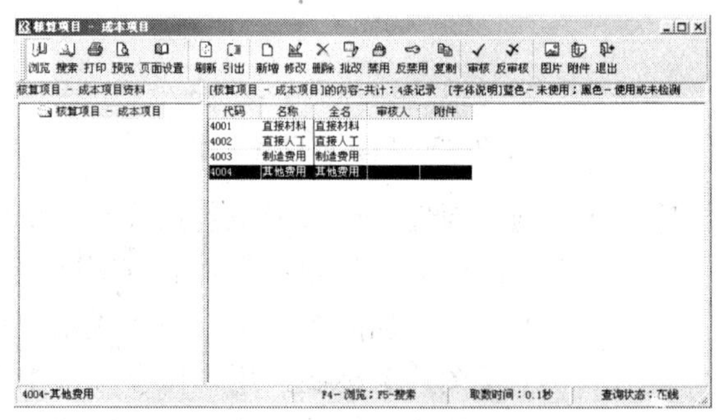

图 2-101 添加结果显示

提示

如果单击【上级组】按钮，则将当前新增数据设置为上级核算项目组。金蝶 K/3 V10.4 成本项目属性中新增了保存图片的功能。用户可以将相应成本项目的图片与成本项目资料保存在一起。

4．修改核算项目属性

金蝶 K/3 系统提供了下面两种修改核算项目属性的方法。

（1）若单独修改某一个核算项目属性，则可在核算项目管理窗口中选择需要修改的核算项目，单击工具栏上的【修改】按钮，或在核算项目窗口中选择需要修改的项目，单击【属性】按钮，可在打开的对话框中进行修改，如图 2-102 所示。

（2）若要同时修改多个核算项目属性的某一个选项，则单击【批改】按钮，打开相应的批量修改对话框，如图 2-103 所示。在“修改字段”下拉列表框中选择需要修改的字段，在“字段属性值”文本框中输入该字段的值。单击【确定】按钮，即可修改成功。

并不是所有的核算项目都能进行批量修改，不能进行批量修改的核算项目进行批量修改时会弹出一个信息提示框，提示用户一个个地进行修改，如图 2-104 所示。

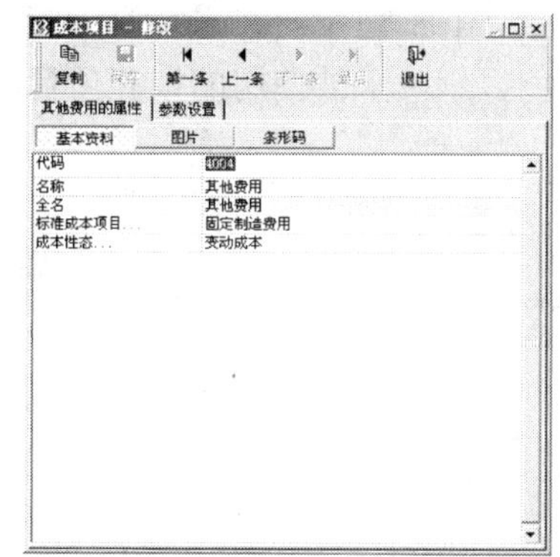

图 2-102　修改核算项目

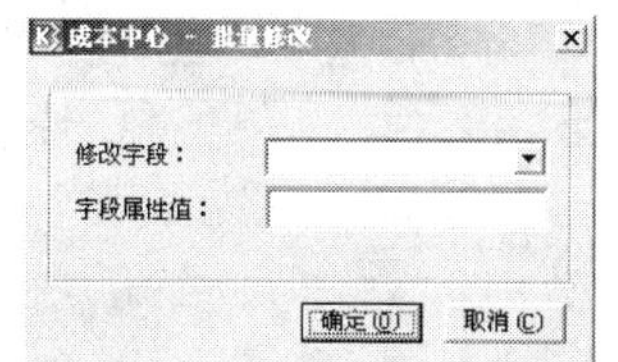

图 2-103　【成本中心-批量修改】对话框

图 2-104　信息提示框

5．审核核算项目

为了防止由于多个管理造成的财务数据混乱，很多核算项目都需要多个部门进行维护，金蝶 K/3 系统提供了核算项目审核的功能，有审核权限的用户可以在核算项目录入无误后进行审核。审核过后的核算项目资料将不能修改或删除，从而避免了“多头”管理带来的麻烦。

在核算项目管理窗口中选择需要审核的核算项目之后，单击【审核】按钮，弹出一个信息提示框，如图 2-105 所示。单击【是】按钮，即可完成审核操作。

审核后的核算项目不能修改也不允许删除，但可以被禁用。如果某个核算项目被审核，那么它的所有上级核算项目也将被同步审核。如果确实需要对已经审核过的核算项目进行修改，则需要对该核算项目进行反审核。

在核算项目管理窗口中选择需要反审核的核算项目之后，单击【反审核】按钮，弹出一个信息提示框，如图 2-106 所示。单击【是】按钮，即可完成反审核操作。对于已经通过审核的核算项目，如果需要反审核，则登录金蝶 K/3 主控台的用户必须具有相应的权限，否则不能操作。

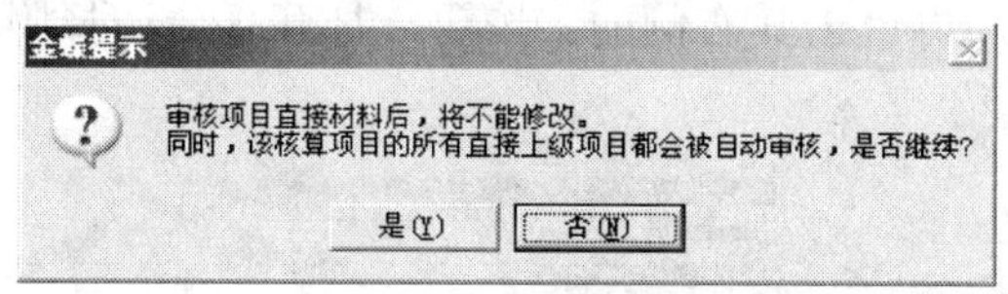

图 2-105　审核提示框

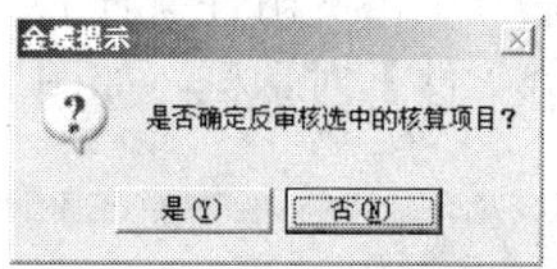

图 2-106　反审核提示框

6．检测核算项目的使用状态

由于已经应用的核算项目不能进行删除等操作，所以在操作之前，用户可以先检测一下核算项目的使用状态，从而便于用户的操作。

检测核算项目的使用状态的具体操作步骤如下：

❶ 在核算项目管理窗口中选择需要检测使用的核算项目类别，单击【检测】按钮可对所选项目进行检测，检测完毕后会弹出一个完成检测的信息提示框，如图 2-107

所示。

❷ 单击【确定】按钮，可列出未使用的核算项目，如图 2-108 所示。在系统检测核算项目的使用状态之后，已经使用的核算项目以黑色显示，未被使用的核算项目以蓝色显示。

图 2-107　检测完毕提示

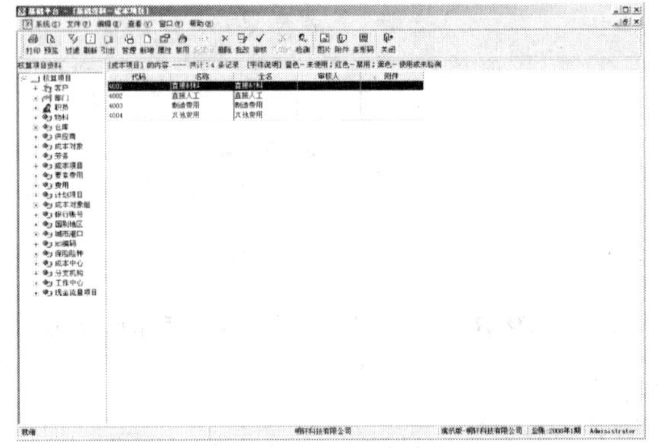

图 2-108　检测结果显示

注意

一次检测过多的数据将会影响系统响应时间。如果检测的数据中包含被禁用的数据，则无论其是否使用过，仍然保持红底显示。

7. 附件管理

为将一些与核算项目紧密相关的资料与核算项目一起保存，便于对这些资料的管理，金蝶 K/3 系统提供了一个附件管理功能。通过附件管理功能，用户可添加任意类型的文件。

附件管理的具体操作步骤如下：

❶ 在核算项目管理窗口中选择需要添加附件的核算项目之后，单击【附件】按钮，打开【附件管理-编辑】对话框，如图 2-109 所示。

❷ 单击“附件文件名”列的空白行，再单击其右侧的按钮，打开【请选择附件文件】对话框，如图 2-110 所示。

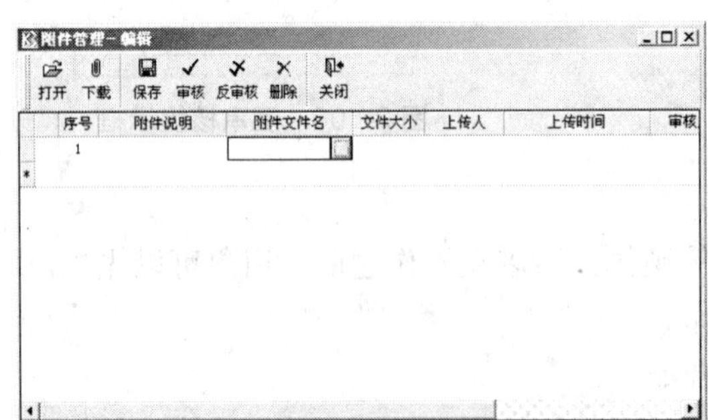

图 2-109　【附件管理-编辑】对话框

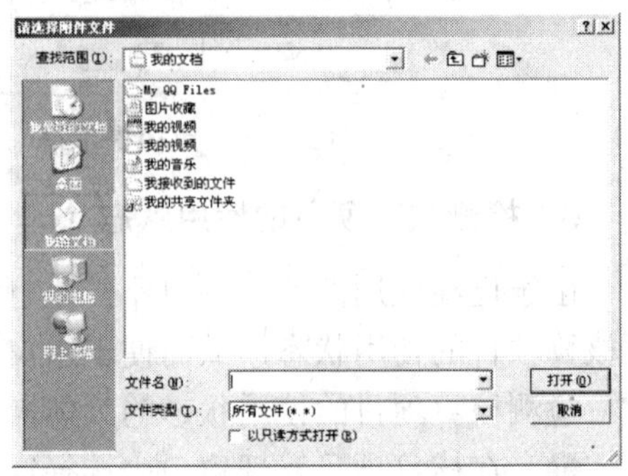

图 2-110　【请选择附件文件】对话框

❸ 在选择需要添加的文件之后，单击【打开】按钮，返回附件管理窗口。单击【保存】按钮，可添加附件文件。

❹ 在选中附件前的复选框之后，单击【打开】按钮，则可使用相应的应用程序打开该附件，浏览或编辑其中的具体内容。如果添加的附件内容无误，则可单击【审核】按钮进行审核，以防止其他用户修改该附件。

为了更好地保存物料的有关图片，金蝶 K/3 V11.0 设置了图片管理功能。它与附件管理功能相辅相成，但该功能只有在物料核算项目管理窗口中才能使用。

图片管理的具体操作步骤如下：

❶ 在核算项目管理窗口中选择需要添加图片的核算项目之后，单击【图片】按钮，打开【浏览图片】对话框，如图 2-111 所示。

❷ 单击【引入】按钮，打开【引入图片】对话框，在其中选择需要引入的图片，如图 2-112 所示。

图 2-111　【浏览图片】对话框

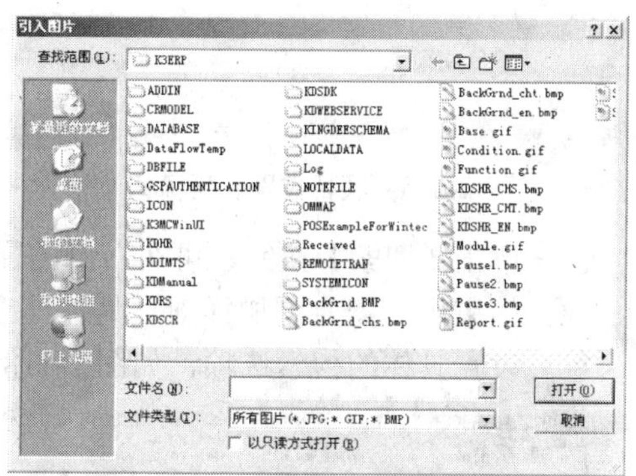

图 2-112　【引入图片】对话框

❸ 单击【打开】按钮，将所选择的图片引入，如图 2-113 所示。

❹ 在选择已经引入的图片之后，单击【引出】按钮，打开【引出图片】对话框，如图 2-114 所示。在其中选择引出的图片，将图片保存到其他文件夹中。单击【删除】按钮，将引出的图片删除。

图 2-113　引入图片显示

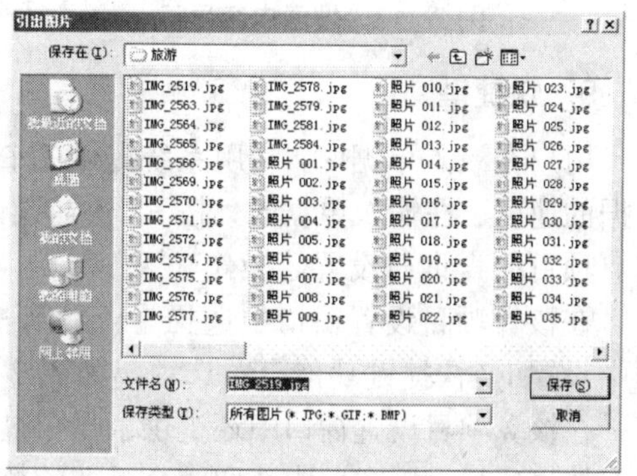

图 2-114　【引出图片】对话框

8．核算项目搜索

在核算项目搜索管理窗口中，系统还提供了搜索功能。

核算项目搜索的具体操作步骤如下：

❶ 在核算项目管理窗口中选择具体的核算项目之后，单击【管理】按钮，进入该项目类别的管理窗口，如图 2-115 所示。

❷ 单击【搜索】按钮，可打开核算项目搜索窗口，在“字段名称”下拉列表框中选择搜索的字段名称，在“包含文字”文本框中输入具体的搜索内容，如图 2-116 所示。

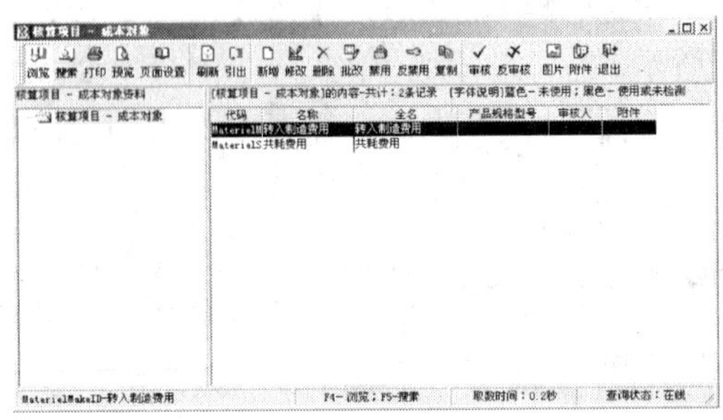

图 2-115　项目类别管理窗口

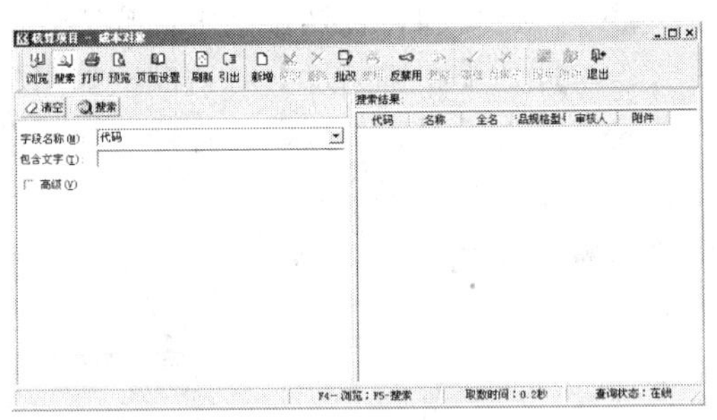

图 2-116　核算项目搜索窗口

❸ 单击【搜索】按钮，可在右侧的窗口中显示出所搜索到的内容，如图 2-117 所示。如果用户需要更加详细、具体地搜索某些核算项目，则可选中“高级”复选框并设置具体的搜索选项，如图 2-118 所示。

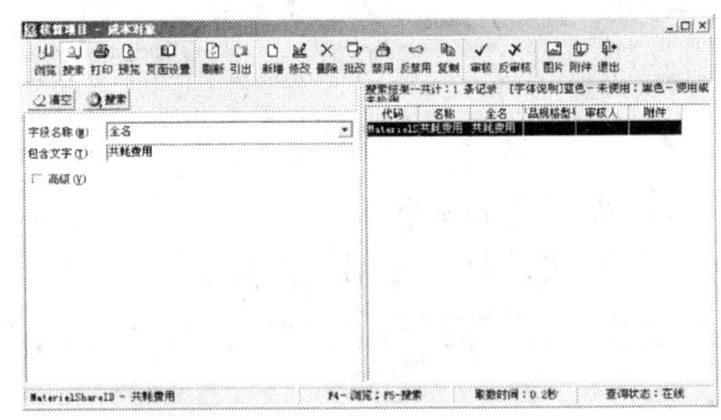

图 2-117　搜索内容显示

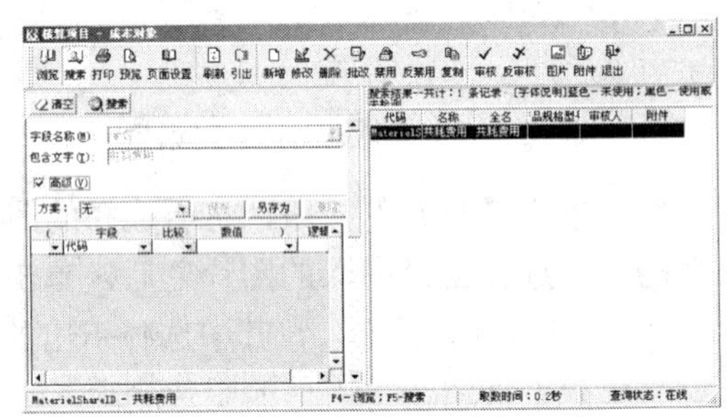

图 2-118　高级搜索

9．快捷键

用户在录入单据时，利用系统提供的 F7 快捷键可快速查找到要录入的内容，加快录入单据的速度。在输入单据时，按 F7 快捷键，可打开核算项目管理窗口，用户可以在此进行核算项目的查询与设置等操作。

在核算项目设置窗口中选择【查看】→【选项】命令，在【基础资料查询选项】对话框中设置 F7 快捷键功能有关选项，如图 2-119 所示。

在核算项目设置窗口中还提供了一个过滤功能，可以控制浏览窗口中显示的内容，即用户在核算项目设置窗口中选取一个具体的核算项目，单击【过滤】按钮，在如图 2-120 所示的对话框中设置过滤条件。单击【确定】按钮，在浏览窗口中将只显示符合条件的内容。

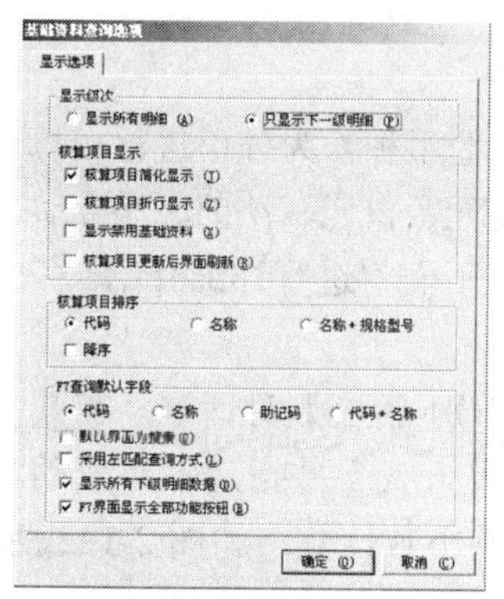

图 2-119 【基础资料查询选项】对话框

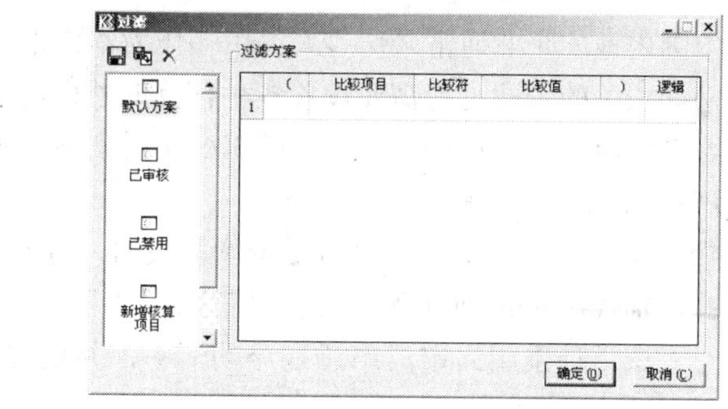

图 2-120 【过滤】对话框

10. 禁用核算项目

一些暂时不需要的核算项目，用户可以将其禁用，以方便操作。

禁用核算项目的具体操作步骤如下：

❶ 在核算项目设置窗口中选择需要禁用的具体核算项目之后，单击工具栏上的【禁用】按钮，在弹出的对话框中单击【是】按钮。

❷ 如果要取消核算项目的禁用状态，则使被禁用的核算项目显示出来（被禁用的核算项目以红色显示）并选取之后，单击【反禁用】按钮并在弹出的对话框中单击【是】按钮即可。

若要使禁用的项目显示出来，用户可以在【基础资料查询选项】对话框中选中“显示禁用基础资料”复选框，单击【确定】按钮，系统中所有被禁用的基础资料都将显示出来。

2.3.2 设置货币类别

币别也是金蝶 K/3 基础资料中的一种，因为所有财务数据都是通过“钱”表示出来的。没有了币别，账套将无法进行操作。在金蝶 K/3 主控台窗口中单击【系统设置】标签，选择【基础资料】系统功能项，双击【公共资料】子功能项下的“币别”明细功能项，进入币别设置窗口，如图 2-121 所示。

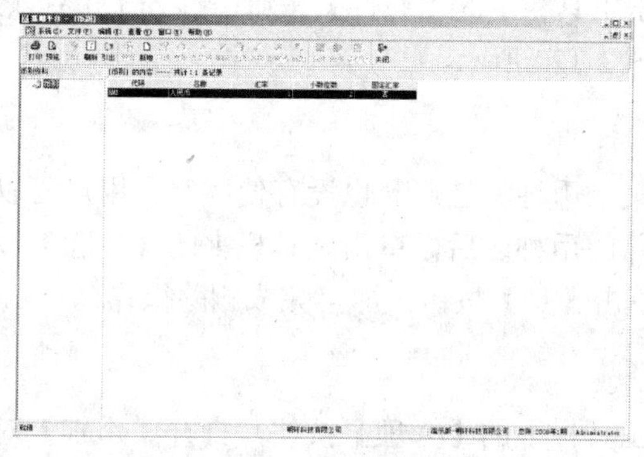

图 2-121 币别设置窗口

1. 添加币别

中国内地的企业通常采用“人民币”作为本位币、其他币种作为外币进行核算。对于与外贸密切相关的企业可能需要设置多种核算的外币，如美元、日元、法郎、马克等。如何将这些账套中所涉及的币种增加到金蝶 K/3 基础资料中呢？下面将进行详细介绍。

添加币别的具体操作步骤如下：

1. 在币别设置窗口中单击【新增】按钮，打开【币别-新增】对话框。在其中输入币别代码、币别名称，设置“记账汇率”和“折算方式”并指定汇率变动方式，即该币种采用固定汇率还是浮动汇率，并设置金额小数位数，如图 2-122 所示。

> 注意：在输入货币代码时尽量不要使用“$”符号，因为该符号在自定义报表中已有特殊含义，如果使用该符号，则在自定义报表中定义取数公式时可能会出错。

2. 单击【确定】按钮，完成币别的添加操作，如图 2-123 所示。

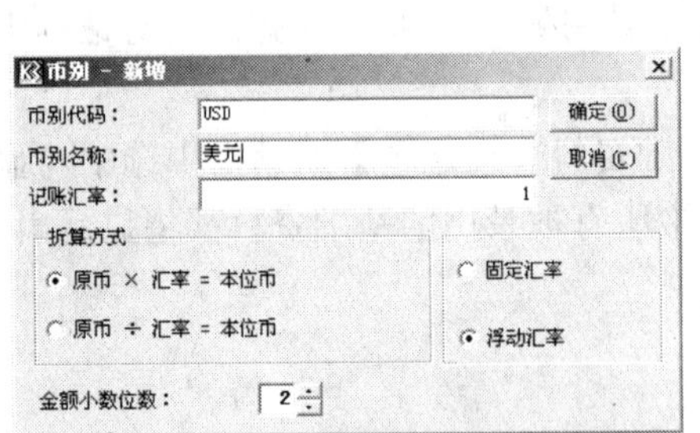

图 2-122 【币别-新增】对话框

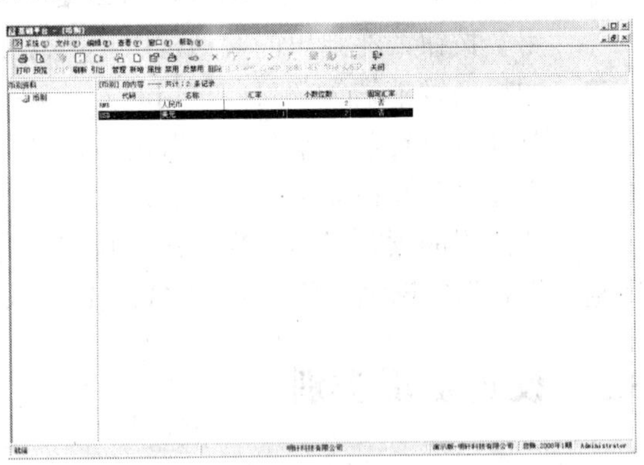

图 2-123 添加币别

2. 修改币别

在账套使用过程中，若某个币别的属性资料需要修改，只用在币别设置窗口中选择需要修改的币种之后，单击工具栏上的【属性】按钮，打开【币别-修改】对话框，在其中进行相应内容的修改，如图 2-124 所示。

3. 删除币别

当账套中不再需要某个币种，且账套也没有使用时，用户可以将该币种删除。在币别设置窗口中选择需要删除的币种之后，单击工具栏上的【删除】按钮，弹出一个信息提示框，如图 2-125 所示。单击【是】按钮，即可完成删除操作。

4. 管理币别

单击币别设置窗口工具栏上的【管理】按钮，打开【币别】对话框，在其中完成币别的增加、修改和删除等操作，如图 2-126 所示。

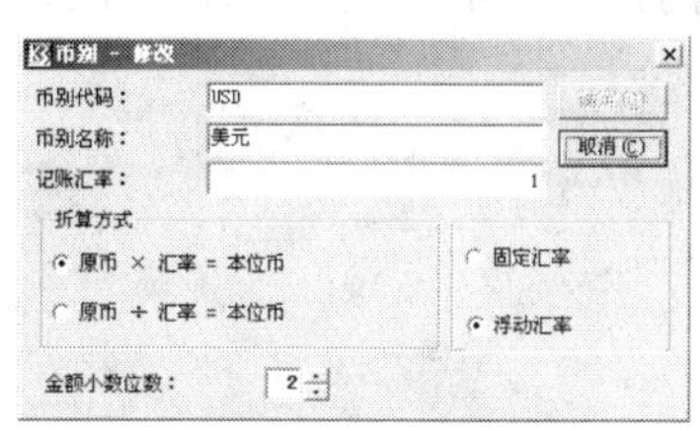

图 2-124　【币别-修改】对话框

图 2-125　信息提示框

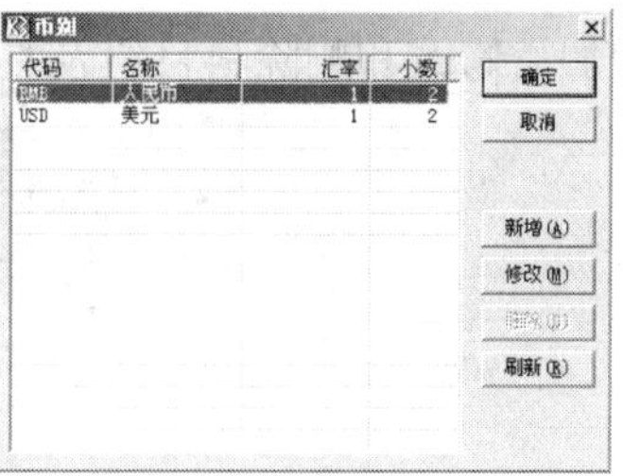

图 2-126　【币别】对话框

5．禁用币别

对于某些暂时不需要的币别，用户可以将其暂时禁用，待需要使用时再将其解禁。

禁用币别的具体操作步骤如下：

❶ 在币别设置窗口中选择需要禁用的币种之后，单击工具栏上的【禁用】按钮，在弹出的提示信息框中单击【是】按钮，即可完成操作，如图 2-127 所示。

❷ 如果要将已经禁用的币别恢复使用，则可单击【反禁用】按钮，打开【管理币别禁用】对话框，如图 2-128 所示。

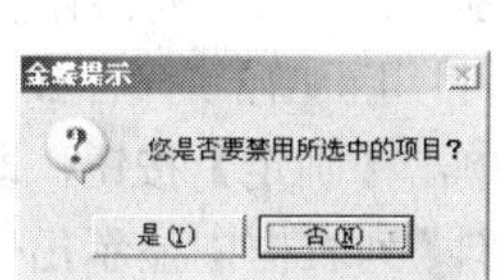

图 2-127　信息提示框

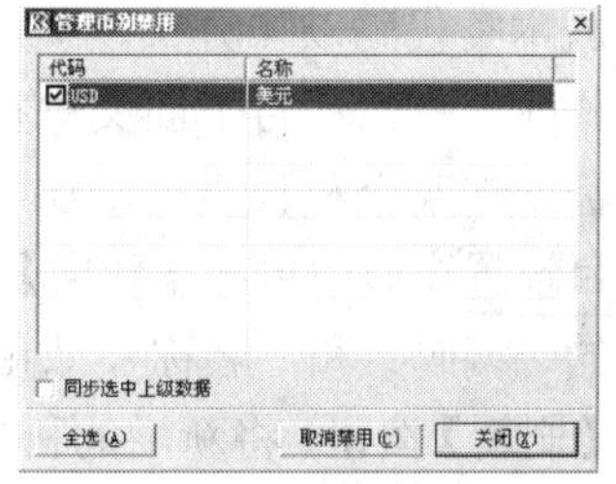

图 2-128　【管理币别禁用】对话框

❸ 在被禁用的币别列表框中选择需要恢复使用的币别，还可选中“同步选中上级数据”复选框，单击【取消禁用】按钮可完成操作，单击【关闭】按钮可返回到【币别】窗口。

此外，在【币别】窗口中还可以进行币别的引出、打印预览和打印等操作。

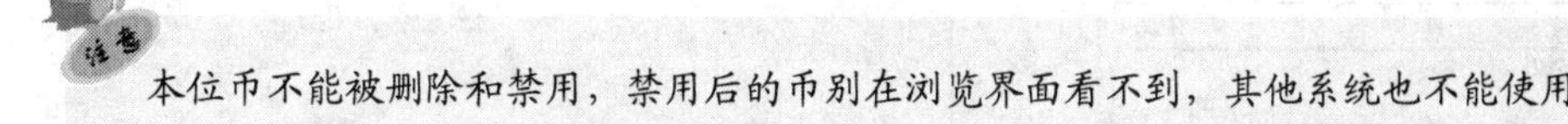

注意

本位币不能被删除和禁用，禁用后的币别在浏览界面看不到，其他系统也不能使用。

2.3.3　创建适合的会计科目

由于所有财务数据都是通过会计科目来进行管理的，所以说会计科目是财务软件系统中的重要资料，是整个财务系统的基础。

在金蝶 K/3 主控台窗口中单击【系统设置】标签，选择【基础资料】系统功能项，双击【公共资料】子功能项下的“科目”明细功能项，即可进入科目设置窗口，在其中可以增加、修改和删除科目组及具体科目，并能够将科目引出并打印输出，如图 2-129 所示。

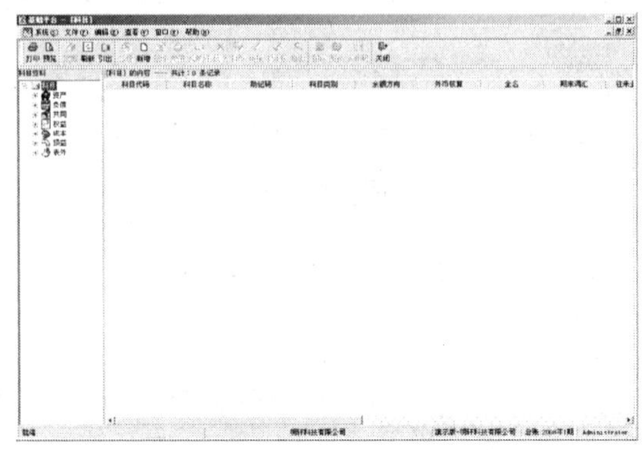

图 2-129　科目设置窗口

1．管理科目组

金蝶 K/3 系统预设的会计科目体系将所有会计科目分为资产、负债、权益、成本、损益和表外 6 大类，编码分码规则是资产类代码以 1 开头，负债类代码以 2 开头，权益类代码以 3 开头，成本类代码以 4 开头，损益类代码以 5 开头，表外科目以 6 开头，这 6 大类科目不能进行修改，每组科目下面又进行了再次分类。

如果用户需要在某个科目类下增加一个新的科目类别，则可按下列操作步聚进行操作。

❶ 在科目设置窗口中单击【新增】按钮，打开【科目组新增】对话框，在其中输入科目组的“编码”和“名称”，如图 2-130 所示。单击【确定】按钮，即可完成操作。

❷ 单击【刷新】按钮，将新增的科目组在“科目资料”列表框中显示出来，如图 2-131 所示。

图 2-130　【科目组新增】对话框

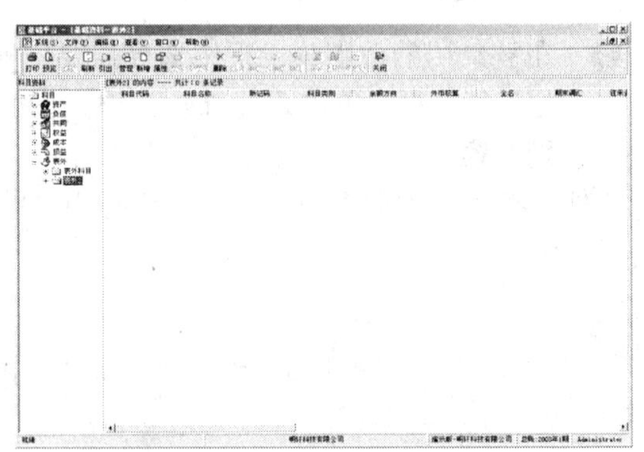

图 2-131　显示添加的科目组

2．应用表外科目

金蝶 K/3 系统的会计科目中设置了一个“表外科目”会计科目组，它与其他 5 类科目组有所不同。

在凭证处理时，对于表外科目的凭证系统将不检查凭证的平衡关系，会计分录不平衡时也可保存。但表外科目与其他类别的科目不能同时出现在一张凭证中，否则该凭证无法保存。

表外科目使用的意义在于可以对一些事项做备查登记，记录一些数据，在账套中可以进行查询。具体使用时同一个普通的会计科目没有太大的差别。

3. 从模板中引入科目

新建账套后，系统的科目只有预设的科目组，而没有具体的科目。如果用户不想一个一个设置，则可引入金蝶 K/3 系统为用户预设科目体系，再在此基础上对科目属性进行修改、增加或删除，从而制作出适合本企业的会计科目体系。

从模板中引入科目的具体操作步骤如下：

❶ 在科目设置窗口中选择【文件】→【从模板中引入科目】命令，打开【科目模板】对话框，如图 2-132 所示。

❷ 在“行业”下拉列表框中选择适合的行业会计科目体系，如果要预先浏览所选行业科目体系，单击【查看科目】按钮，在【科目模板】对话框中显示出所选行业科目体系预设的科目列表，如图 2-133 所示。

❸ 单击【引入】按钮，打开【引入科目】对话框，在其中选择需要引入的科目，如图 2-134 所示。

图 2-132 【科目模板】对话框

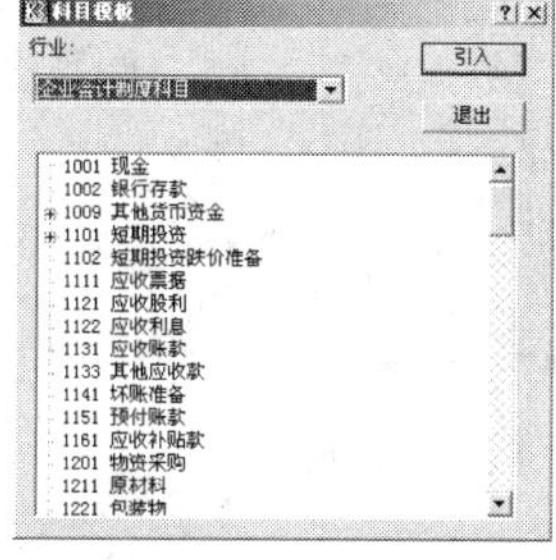

图 2-133 科目列表

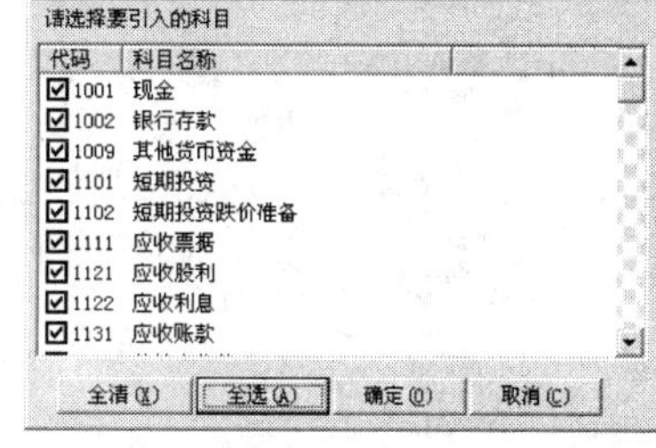

图 2-134 【引入科目】对话框

❹ 单击【确定】按钮，系统开始引入科目，引入完毕后系统将弹出一个信息提示框，如图 2-135 所示。单击【确定】按钮，所选科目即可引入到新建账套中，如图 2-136 所示。

图 2-135 引入成功提示

图 2-136 引入科目结果显示

4．增加科目

引入的会计科目往往不能完全满足企业财务管理的需要，此时就需要增加科目。

增加科目的具体操作步骤如下：

❶ 在科目设置窗口右击右侧窗格中的具体会计科目，在弹出的快捷菜单中选择【新增科目】命令，打开【会计科目-新增】对话框，如图 2-137 所示。

❷ 在其中输入“科目代码”（在系统中必须唯一，由“上级科目代码+本级科目代码”组成，中间用小数点进行分隔）、“助记码”和“科目名称”等信息，同时设置“科目类别”、“余额方向”和“计量单位”等选项，并根据需要选中相应的复选框。

注意

对于需要“外币核算”的可不进行外币核算，只核算本位币（即 RMB）；也可以对本账套中设定的所有货币进行核算；也可以对本账套中某一种外币进行核算。

❸ 选择“核算项目”选项卡，进入“核算项目”设置界面，如图 2-138 所示。

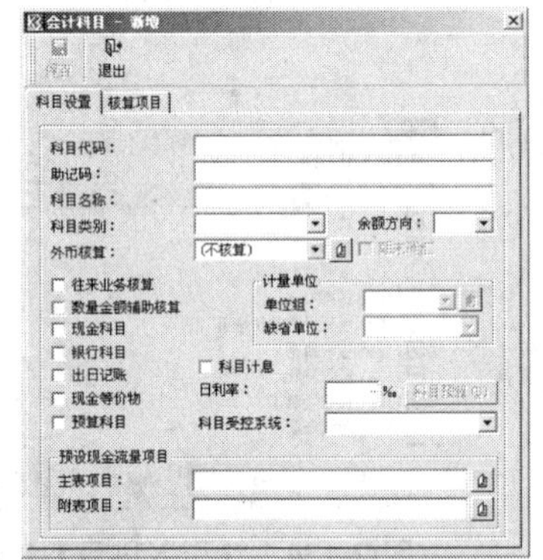

图 2-137 【会计科目-新增】对话框

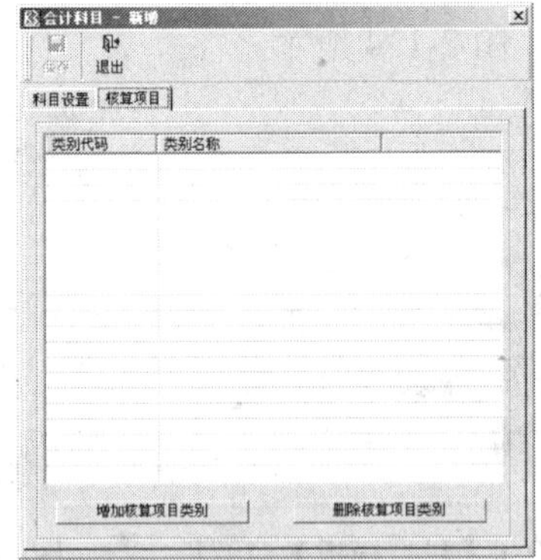

图 2-138 “核算项目”设置界面

❹ 单击【增加核算项目类别】按钮，打开【核算项目类别】对话框，在其中选择需要核算的项目类别，一个科目允许设置多个核算项目，如图 2-139 所示。单击【保存】按钮，即可完成新增科目的设置。

图 2-139 【核算项目类别】对话框

提示

多项目核算可全方位、多角度地反映企业的财务信息，并且设置多项目核算比设置明细科目更直观、更简洁、处理速度更快。

如果希望对科目进行多核算项目核算，则为科目增加核算项目一定要在科目被使用前进行操作。如果没有为科目新增核算项目，而该科目又已经使用，则不能再为该科目新增核算项目类别。

在已发生业务的科目下再增加一个子科目，系统会自动地将父级科目的全部内容转移到新增的子科目上来，用户可以再增加一个新的科目处理相关业务，该项操作不可逆。新增科目对话框中的【科目预算】按钮不可用，只有保存过的科目才能输入科目预算。

5. 修改科目属性

设置过的会计科目也许因某些情况的不同而需要修改，此时可按下列方法进行操作。

❶ 在科目设置窗口中选择需要修改的会计科目之后，单击工具栏上的【属性】按钮，打开【会计科目-修改】对话框，在其中修改会计科目预算数据，如图 2-140 所示。

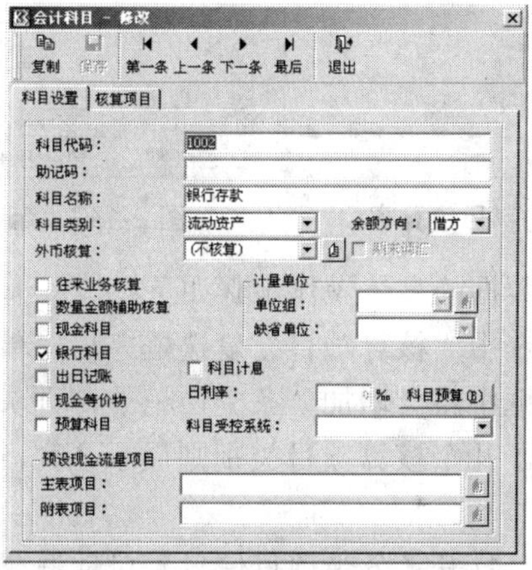

图 2-140 【会计科目-修改】对话框

❷ 单击【保存】按钮，将修改后的科目属性保存下来。

❸ 如果需要修改其他科目的属性，可以单击【第一条】按钮、【上一条】按钮、【下一条】按钮或【最后】按钮，在其中查找需要修改的科目进行修改。

在修改科目时，用户还可以录入科目预算数据。科目预算主要用于帮助用户在不使用管理会计系统时，设置一些简单的预算数据，实现预算管理。通过设置科目预算值后，在录入凭证时设置的科目数据超过科目预算值或低于预算值，此时系统将提供“不检查、警告、禁止使用”3 种方式供用户进行处理。

在打开需要录入科目预算数据的科目属性对话框之后，单击【科目预算】按钮，打开【科目预算】窗口，在其中录入预算数据。

注意

只有最明细级的科目才可以录入预算数据，非明细级的会计科目的预算数据是下级明细的汇总，只能查询，不可录入；如果科目下设核算项目，则预算数据必须录入在具体的核算项目上。具体在录入核算项目时，需要分期间、分币别录入（综合本位币数据是各种币别折合为本位币的汇总，不可录入），可以录入每个会计期间的预算数据。

没有核算项目的科目，其科目预算窗口如图2-141所示。预算数据是分期显示的，用户可以分别输入数据，单击【保存】按钮即可。在进行带核算项目的会计科目的预算数据录入前，必须先指定具体的核算项目，如果科目带有多个核算项目类别，则必须指定核算项目的组合，带有核算项目科目的科目预算窗口如图2-142所示。

图2-141　没有核算项目的科目预算窗口

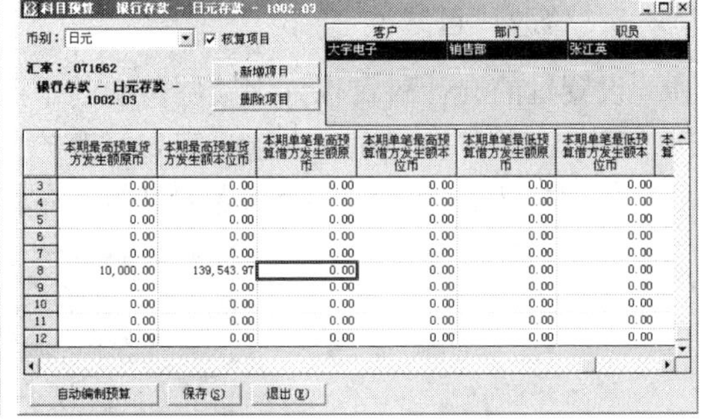

图2-142　带有核算项目的科目预算窗口

录入核算项目科目预算数据的具体操作步骤如下：

❶ 在科目预算窗口中选中“核算项目”复选框之后，单击【新增项目】按钮，在右边的核算项目列表框中将会增加一条空白记录，列头上将会显示核算项目类别的信息，科目下设置了几个核算项目类别则显示几列，每一列的列头上是核算项目类别的信息。

❷ 双击该条空白记录，打开【分录项目信息】对话框，如图2-143所示。

❸ 在核算项目列表框中单击某一个核算项目的类别之后，单击相应代码的文本框并按F7快捷键，打开核算项目列表，在其中选择需要的核算项目，如图2-144所示。

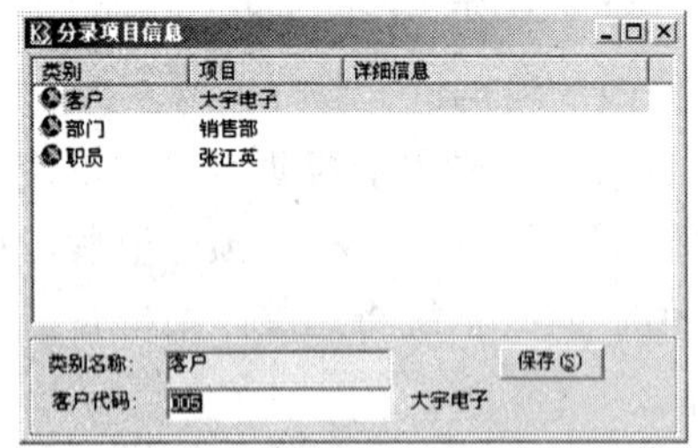

图2-143　【分录项目信息】对话框

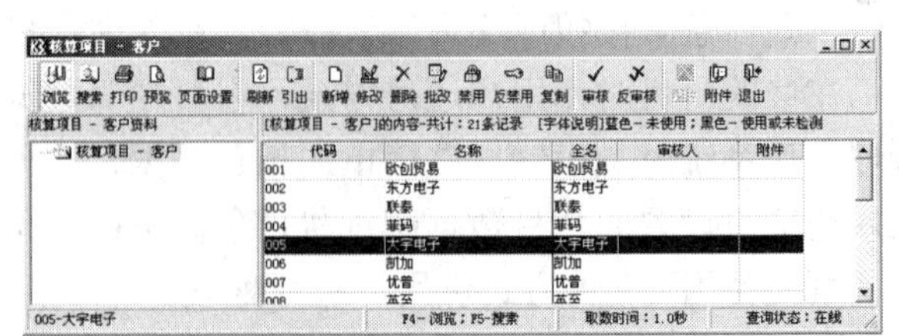

图2-144　核算项目列表

此外，用户还可按F8快捷键，从显示的核算项目列表中选择需要的核算项目。若在代码框中输入一个核算项目包含的文字，按F9快捷键，则显示包含该文字的所有核算项目，如图2-145所示。

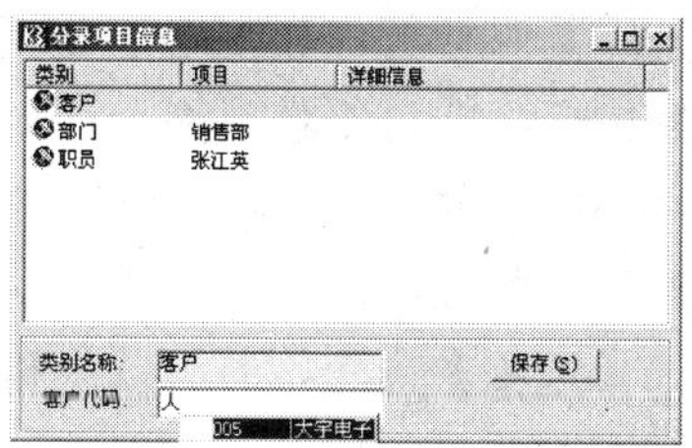

图2-145 所有核算项目

❹ 重复上述操作步骤，直至将所有核算项目都设置完毕之后单击【保存】按钮，关闭【分录项目信息】对话框并返回预算数据录入窗口，此时在核算项目的列表中将显示出所选定的核算项目的信息。

❺ 在选定核算项目之后，再在预算数据录入栏中录入具体的数据，表示该核算项目或核算项目组合的预算数据。保存后在核算项目中新增另一个核算项目或核算项目组合，此时预算数据又将处于可录入状态，录入该核算项目或组合的数据即可。

如果设置有多个核算项目（或核算项目组合），光标指向不同的核算项目，预算数据则显示的是所指向的核算项目的预算数据，单击不同的核算项目，显示不同核算项目的预算数据。

除上述两种手工输入数据的情况之外，用户还可以使用自动编制预算工具让系统自动录入该科目的预算数据。在科目预算窗口中单击【自动编制预算】按钮，打开【自动编制预算】对话框，如图2-146所示。在“数据来源”栏中选中“上年实际数”或“上年预算数”单选按钮，再在“比例数”文本框中输入适当的数值。单击【确定】按钮，即可生成相应的预算数据，而不需要手工输入每个预算数据。

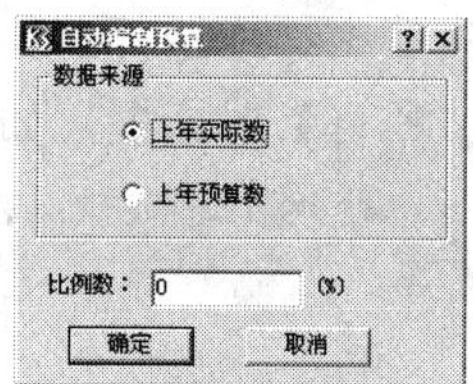

图2-146 【自动编制预算】对话框

6. 删除科目

如果某个会计科目不需要，且账套中也没有使用，此时即可将该会计科目删除。用户只要在选取需要删除的科目之后，单击工具栏上的【删除】按钮，并在弹出的提示信息框中单击【是】按钮，即可删除该科目。

7. 禁用科目

如果某个会计科目暂时不用，或以后不再使用，但在账套中已经使用不能删除时，用户可以将该会计科目禁用。只要在选取需要禁用的科目之后，单击工具栏上的【禁用】按钮，并在弹出提示信息框中单击【是】按钮即可，如图 2-147 所示。

如果需要使用已经禁用的会计科目，用户必须将其解禁。此时只要单击工具栏上的【反禁用】按钮，打开【管理科目禁用】对话框，如图 2-148 所示。在选取需要解除禁用的会计科目之后，单击【取消禁用】按钮，即可将禁用的会计科目解禁。

当科目被禁用之后，该科目不能被修改、删除，其他系统也不能使用该科目，且禁用后该科目在浏览界面上看不到。如果想在浏览界面上看到已经禁用的会计科目，可在会计科目设置窗口中选择【查看】→【选项】命令，打开【基础资料查询选项】对话框，在其中选中“显示禁用基础资料”复选框即可，如图 2-149 所示。

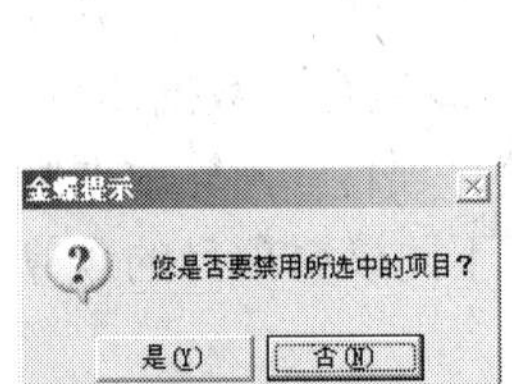

图 2-147　信息提示框

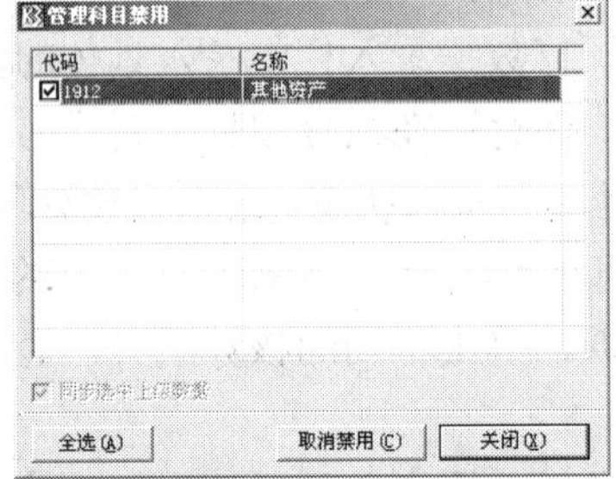

图 2-148　【管理科目禁用】对话框

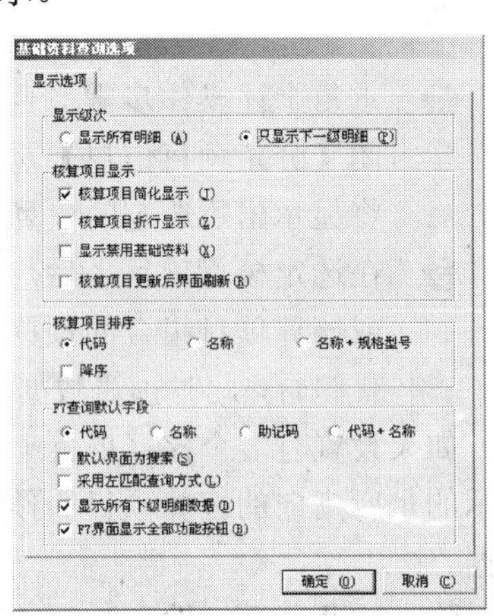

图 2-149　【基础资料查询选项】对话框

8. 管理科目

在科目设置窗口中，金蝶 K/3 系统还为用户提供了综合设置的功能，即科目管理。在该窗口中，用户可以查看本账套中的所有科目，并进行增加、删除、修改、复制、查找和设置科目预算等操作。在会计科目设置窗口中选择任一会计科目组或会计科目，单击工具栏上的【管理】按钮，可打开【会计科目】对话框，如图 2-150 所示。

图 2-150　【会计科目】对话框

9. 科目引出

用户使用引出功能可以将会计科目保存为其他格式的文件，方便自己的特殊用途。

引出会计科目的具体操作步骤如下：

❶ 在会计科目设置窗口中选取需要引出的会计科目所在的会计科目组，这时窗口右侧将显示出该科目组下的具体科目。

❷ 单击工具栏上的【引出】按钮，打开【引出‘科目-资产-流动资产’】对话框，如图 2-151 所示。

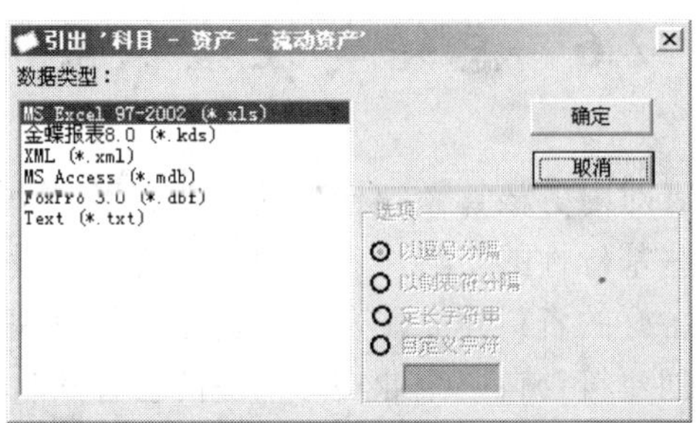

图 2-151 【引出‘科目-资产-流动资产’】对话框

❸ 在选取输出的文件类型之后，单击【确定】按钮，在弹出的对话框中设置输出文件的名称及保存路径。单击【保存】按钮，即可完成科目的引出操作。

为了方便用户查阅账套科目，用户还可以将本账套中的所有科目打印出来。具体操作方法是：选取需要打印的科目类别或全部科目之后，单击工具栏上的【预览】按钮，浏览科目的打印效果；单击工具栏上的【打印】按钮，即可将预览的科目打印输出。

2.4 上机实践：本章实务材料

（1）新建一个普通账套，名称为“喜悦环保有限公司”，账套号为 001，然后分别使用完全备份、增量备份和日志备份 3 种备份方式备份“喜悦环保有限公司”账套。

（2）根据实际情况设置“喜悦环保有限公司”账套的账套选项。

（3）新增编码为 650，名称为“表外 5”的科目组，并应用增加的表外科目组。

（4）从模板中引入增加的表外科目。

（5）修改登录的密码。

（6）设置“人民币”为本位币，并增加“美元”外币。

2.5 可能出现的问题与解答

（1）在对账套进行备份时，发现不能进行批量的备份。

解答：当出现这种情况时，用户最好检查一下中间层服务器“任务管理器”中的 KdSvrmgr 是否关闭，执行批量备份过程中，中间层服务器“任务管理器”中的 KdSvrmgr 不能关闭，否则系统无法执行批量的备份。

（2）在设置操作员的过程中，希望删除不需要的用户组，但是删除不掉？

解答：当出现这种情况时，用户最好检查一下该用户组中是否已经存在用户，如果存在有用户，则需要将该组中的所有用户移出后才能删除，另外还要检查一下删除的用户组是否是系统预设的用户组，如果是系统预设的用户组则不能删除。

2.6 总结与经验积累

通过本章的学习，读者对财务核算系统框架的创建有了一个全面的认识。在正式创建核算框架之前需要准备一些基础性的资料，包括岗位设置、建设管理制度和收集整理实务材料等。然后即可运用准备好的资料建立账套，设置账套的有关选项，确定操作员，设置每个操作员的操作权限，创建符合自己企业实际情况的会计科目、核算项目与币别，并要求操作员熟练掌握账套的备份与恢复操作，从而为以后计算机会计信息系统的正常运行打下良好的基础。

不过，在具体的创建设置过程中，一定要遵循循序渐进的方法一步步进行，只有这样才能在应用的过程中畅通无阻，更好地对本企业的财务实现管理，促进企业的迅速发展。

2.7 习　　题

1．填空题

（1）档案管理的任务是负责系统内各类文档资料的存档、__________和保密工作。

（2）在金蝶 K/3 软件中有________________和________________两种账套。

（3）在金蝶 K/3 系统中，对账套进行备份有____________和__________两种方法。

2．选择题

（1）第一次备份新建的账套时必须使用（　　）。

A．完全备份　　B．增量备份　　C．日志备份　　D．以上 3 种都可以使用

（2）条形码管理支持一品多码的设置，一个核算项目允许存在（　　）条码。

A．1 个　　B．2 个　　C．3 个　　D．多个

（3）修改登录密码的方法有（　　）。

A．1 个　　B．2 个　　C．3 个　　D．4 个

3．简答题

（1）建账功能要解决的主要问题是什么？

（2）通常情况下，创建财务核算系统框架之前，需要先设置哪些岗位？

（3）如何从模板中引入科目？

第3章 录入初始会计资料

- 初始会计资料分类
- 录入核算项目资料
- 期初余额录入

学习目标：

本章将介绍初始会计资料的分类方法，其中包括固定资产的分类设置、固定资产变动对应入账科目的设置、职员的类别与职务设置以及核算项目资料的录入方法，以及客户档案、供应商档案、部门档案、职员档案、库存商品档案等账套初始余额的录入方法。

运用金蝶财务软件实现企业的财务会计管理时，在建立账套之后需要录入初始会计资料，以供使用之便。

3.1　初始会计资料分类

固定资产的分类和固定资产变动对应入账科目的设置是启用固定资产模块时必须进行的工作，它是固定资产模块运行的基础资料。

3.1.1　设置固定资产分类

固定资产的分类设置包括固定资产的变动方式、使用状态、折旧方法、卡片类别和存放地点维护等内容。

1．变动方式类别

所谓变动方式是指固定资产发生新增、变动或减少的方式，是固定资产卡片上的属性资料。固定资产系统已设置了增加、减少和其他 3 大默认类别。

增加类包括固定资产购入、评估增值、融资租入、投资转入、自建、盘盈和其他增加等方式；减少类包括报废、评估减值、融资租出、投资转出、盘亏和其他减少等形式；其他类是与固定资产要素增减无关的变动，如部门、地点、类别、使用状态和附属设备等的变动。各类别中的子类可以通过修改代码的方式改变其所属类别。

另外，系统支持变动方式的多级管理，并可以在生成报表时分级汇总，为固定资产的决策支持提供更丰富的数据。

管理变动方式类别的具体操作步骤如下：

❶ 在金蝶 K/3 主控台窗口中单击【财务会计】标签，选择【固定资产管理】系统功能项，进入固定资产管理窗口，如图 3-1 所示。

❷ 双击【基础资料】子功能项下的“变动方式类别”明细功能项，打开【变动方式类别】对话框，如图 3-2 所示。

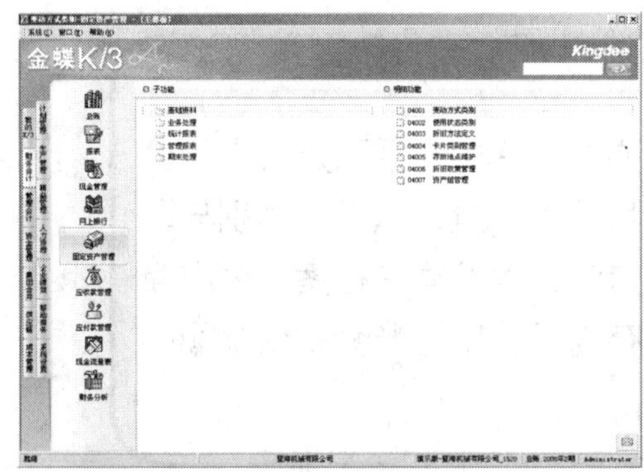

图 3-1　固定资产管理窗口

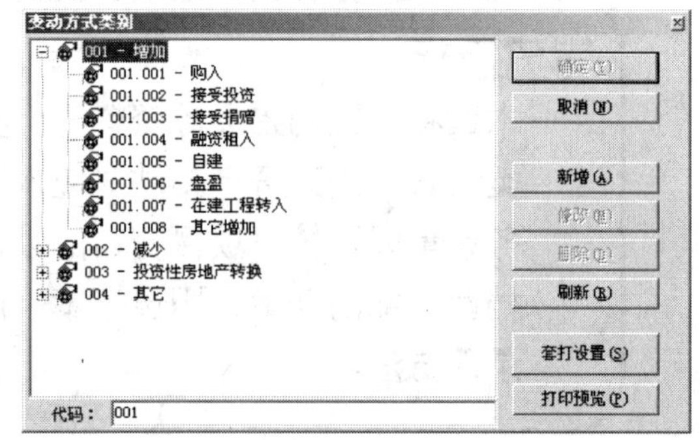

图 3-2　【变动方式类别】对话框

❸ 单击【新增】按钮，打开【变动方式类别-新增】对话框，在其中输入代码、名称、凭证字、摘要、对方科目代码和核算项目等信息，如图 3-3 所示。

❹ 单击【新增】按钮，继续增加变动方式类别。单击【关闭】按钮，返回【变动方式类别】对话框，则新增的变动方式类别可显示出来，如图 3-4 所示。

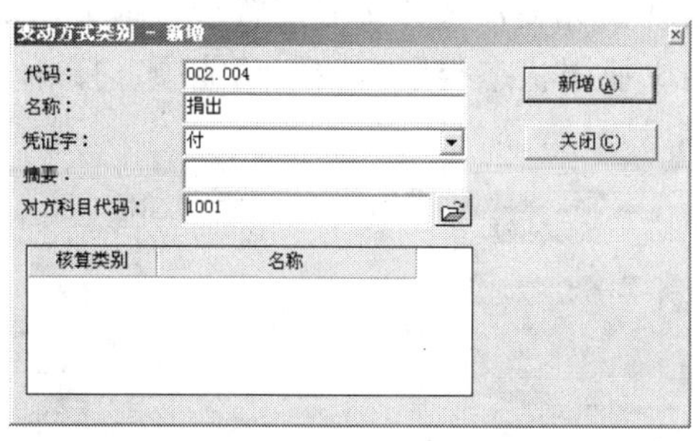

图 3-3 【变动方式类别-新增】对话框

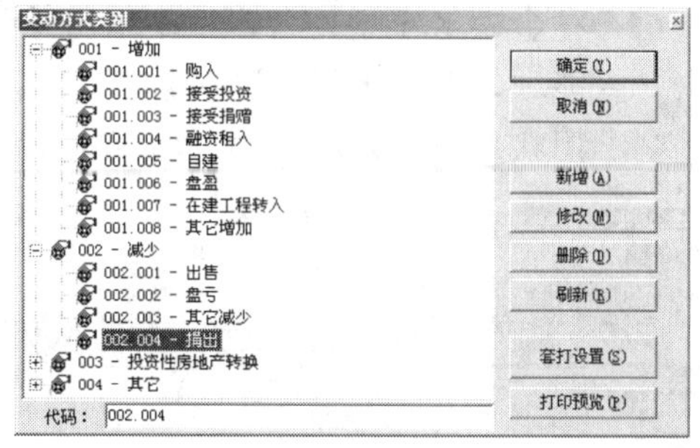

图 3-4 新增内容显示

❺ 在选择已经增加的变动方式类别之后，单击【修改】按钮，打开【变动方式类别-修改】对话框，在其中改变所选变动方式类别的属性，如图 3-5 所示。

❻ 如果要删除某添加的变动方式类别，只用在【变动方式类别】对话框中选择需要删除的类别，然后单击【删除】按钮，弹出一个信息提示框，如图 3-6 所示。单击【是】按钮，即可完成删除操作。

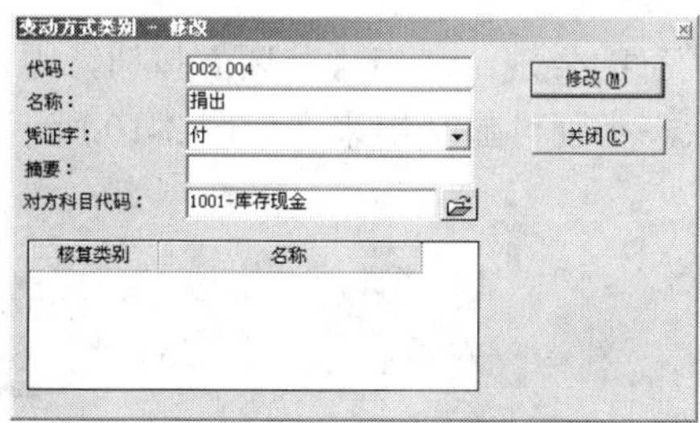

图 3-5 【变动方式类别-修改】对话框

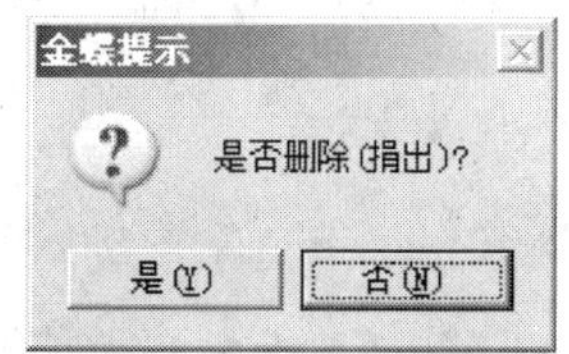

图 3-6 信息提示框

❼ 单击【套打设置】按钮，打开【套打设置】对话框，在其中设置套打格式，如图 3-7 所示。

❽ 单击【打印预览】按钮，即可预览变动方式类别的打印效果，并在打印效果满意之后将其打印输出。

注意

若要求系统对固定资产变动业务自动生成相应的记账凭证，则必须在【变动方式类别】对话框中输入对方科目代码，同时也应输入该类业务所产生记账凭证的凭证字、摘要内容和核算项目。

2. 使用状态类别

固定资产使用状态是指固定资产当前的使用情况，如使用中、未使用、不需用、出租等，固定资产的使用状态将可能决定固定资产是否计提折旧，一般在用的固定资产要计提折旧，未使用的固定资产不计提折旧。也有特殊的，如房屋及建筑，无论是否使用均要计提折旧，土地则一定不计提折旧。

管理使用状态类别的具体操作步骤如下：

❶ 在金蝶K/3主控台窗口中单击【财务会计】标签，选择【固定资产管理】系统功能项，双击【基础资料】子功能项下的“使用状态类别”明细功能项，打开【使用状态类别】对话框，如图3-8所示。

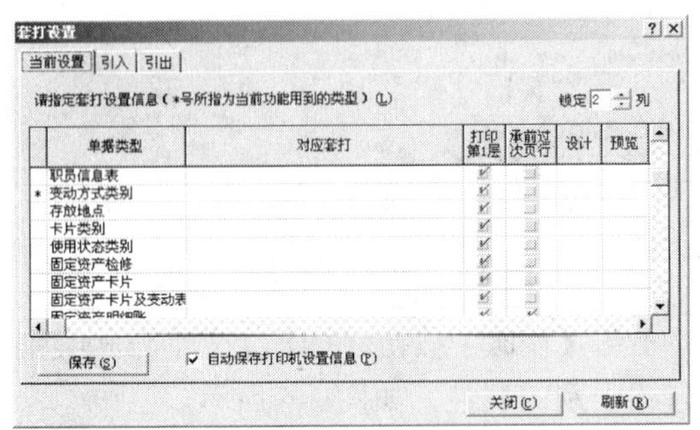

图3-7 【套打设置】对话框

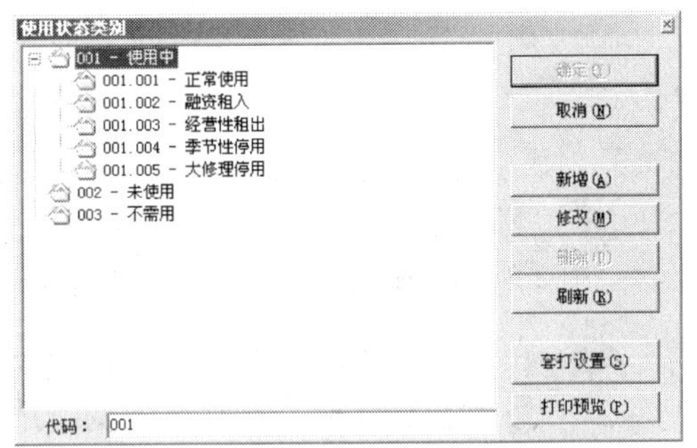

图3-8 【使用状态类别】对话框

❷ 单击【新增】按钮，打开【使用状态类别-新增】对话框，在其中输入代码和名称，并选择是否计提折旧，如图3-9所示。

❸ 单击【新增】按钮，连续增加使用状态的类别。单击【关闭】按钮，返回【使用状态类别】对话框，则新增的使用状态类别可显示出来，如图3-10所示。

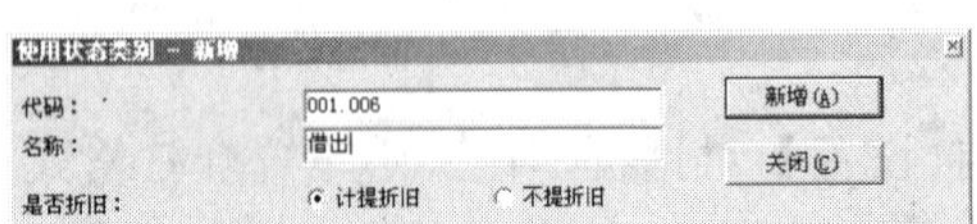

图3-9 【使用状态类别-新增】对话框

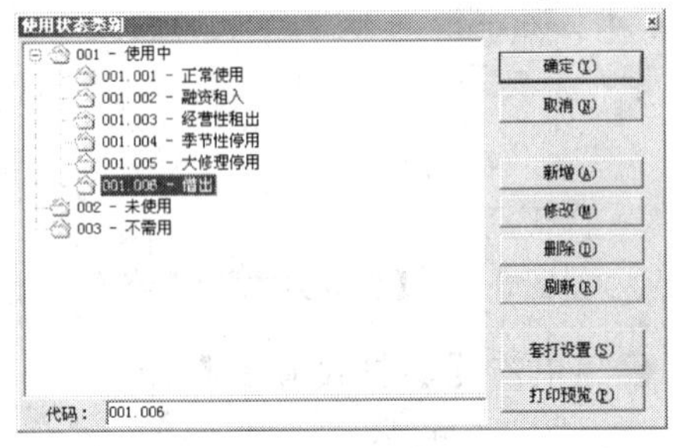

图3-10 新增类别显示

注意

根据《企业会计准则——固定资产》的规定，企业对未使用、不需要的固定资产也应计提折旧，计提的折旧计入当期管理费用。对于因进行大修理而停用的固定资产，计提的折旧则应计入当期费用。

3．折旧方法定义

固定资产系统共预设了9种折旧法，包括直线法、加速折旧法的静态方法和动态方法，可以分别针对无变动的固定资产和变动折旧要素后的固定资产计提折旧。同时为满足企业特殊的折旧处理要求，提供了自定义折旧方法的功能，用户可根据企业需要自定义公式或每期折旧率，同样可根据这些折旧方法实现自动计提折旧和费用分摊。

定义折旧方法的具体操作步骤如下：

❶ 在金蝶 K/3 主控台窗口中单击【财务会计】标签，选择【固定资产管理】系统功能项，双击【基础资料】子功能项下的“折旧方法定义”明细功能项，打开【折旧方法定义】对话框，如图 3-11 所示。

❷ 在其中系统预设了 9 种常用的固定资产折旧方法；在“折旧方法定义说明”选项卡中对固定资产的折旧方法进行了较为详尽的文字说明，如图 3-12 所示。

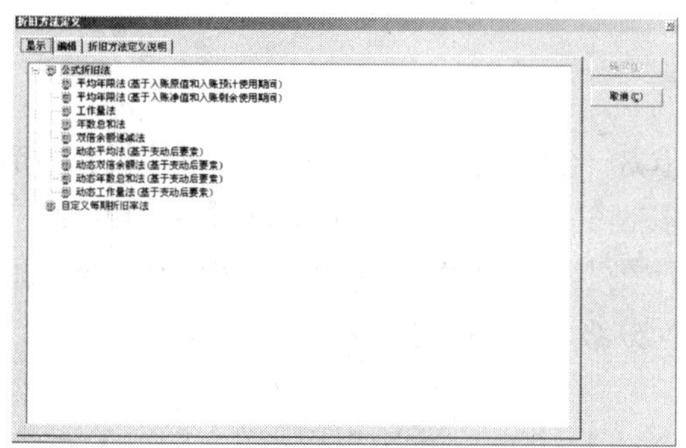

图 3-11 【折旧方法定义】对话框

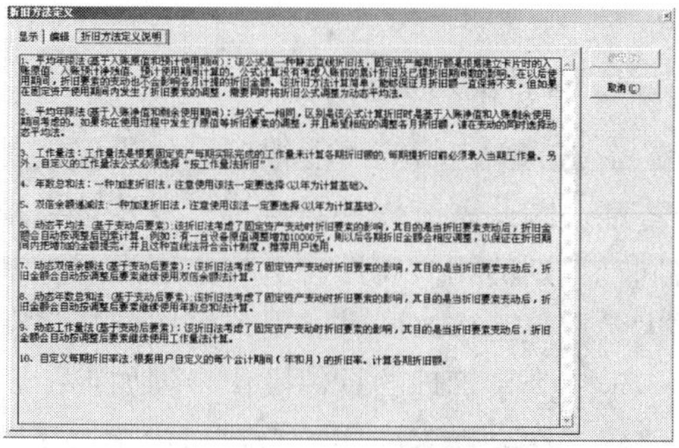

图 3-12 “折旧方法定义说明”选项卡

❸ 选择“编辑”选项卡，进入“编辑”设置界面，如图 3-13 所示。单击【新增】按钮，用户可以自定义折旧方法。

❹ 若在“显示”选项卡中选择了一种系统预设的折旧方法，则可在“编辑”选项卡中单击【编辑】按钮，对已存在的折旧方法进行修改，如图 3-14 所示。

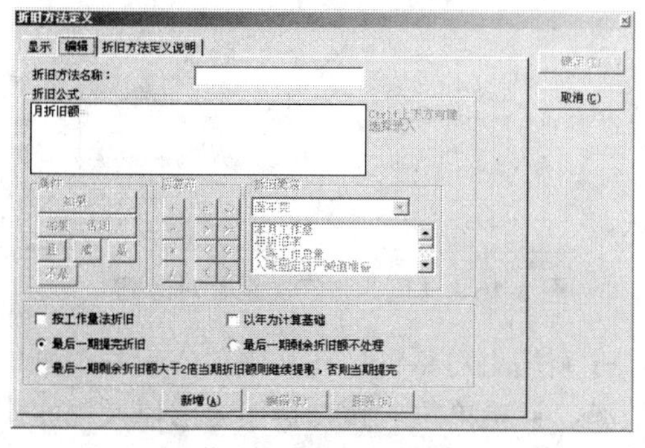

图 3-13 “编辑”设置界面

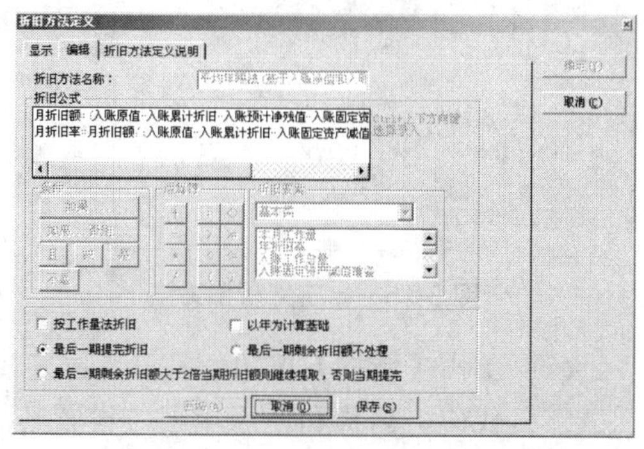

图 3-14 修改折旧方法

❺ 在“显示”选项卡中双击“自定义每期折旧率法”项目，打开“编辑”选项卡，单击【新增】按钮，则其中各选项处于可编辑状态，如图 3-15 所示。

❻ 输入“折旧方法名称”及“使用寿命”，即可自动计算出固定资产折旧期间的总数，并在“各年度折旧率”栏中显示按平均年限法计算的各年度的折旧率数值，其右边显示鼠标所选定的会计年度中各个会计期间的折旧率。

❼ 用户可以在左边表格中输入该折旧方法各年度的折旧率，其合计数必须等于100%；在右边表格中为各会计年度设置分会计期间的折旧率，其合计数必须等于该会计年度的折旧率。用户如果只输入年度折旧率，则右边的对话框中将自动显示会计期间折旧率，其数值是根据“年折旧率/该年度内会计期间数”算出的平均数。

❽ 输入全部折旧率之后，单击【确定】按钮，即可完成折旧方法的设置操作。

提示

如果企业是季节性生产的企业，用户可以通过自定义折旧方式，在保证全年折旧额不变的情况下，合理分配各月份的折旧额。

4．卡片类别管理

企业的固定资产可能很多，如果仅仅是按卡片一张一张进行管理，这些数据将非常庞杂零乱，因此系统提供固定资产卡片按类别的多级管理功能，用户可自定义分类规则，并将同一类别的相同属性在卡片类别上一次录入，在卡片录入时就可以自动携带出来，避免了大量重复工作。同时，用户可按卡片类别进行分级汇总查询。

卡片类别管理的具体操作步骤如下：

❶ 在金蝶 K/3 主控台窗口中单击【财务会计】标签，选择【固定资产管理】系统功能项，双击【基础资料】子功能项下的“卡片类别管理”明细功能项，打开【固定资产类别】对话框，如图 3-16 所示。

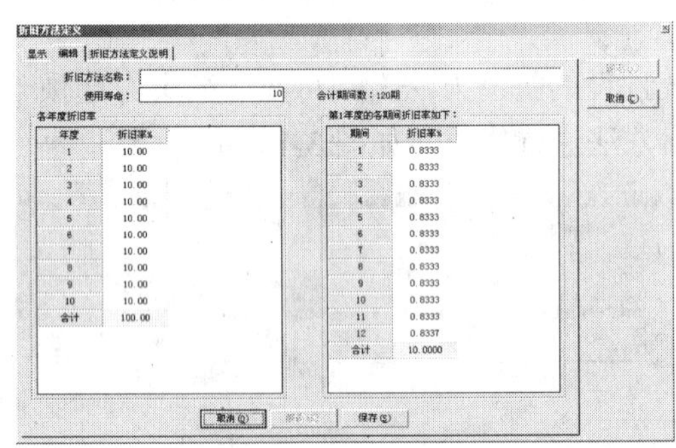

图 3-15　自定义折旧方法

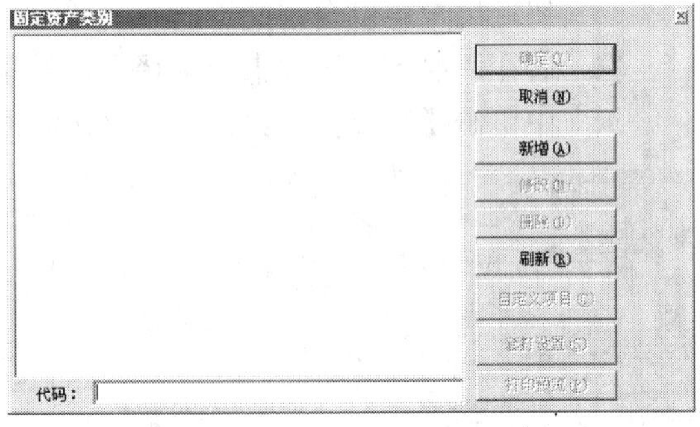

图 3-16　【固定资产类别】对话框

❷ 单击【新增】按钮，打开【固定资产类别-新增】对话框，在其中输入卡片类别的代码、名称和使用年限，设置其净残值率、计量单位、预设折旧方法以及固定资产科目、累计折旧科目、减值准备科目等，并选取折旧规则，如图 3-17 所示。

❸ 单击【新增】按钮，连续增加固定资产卡片类别；单击【关闭】按钮，返回【固定资产类别】对话框，显示出新增固定资产类别，如图 3-18 所示。

❹ 单击【自定义项目】按钮，打开【卡片项目定义-办公设备】对话框，如图 3-19 所示。

❺ 单击【增加】按钮，弹出【卡片项目】对话框，如图 3-20 所示。单击【新增】按

钮，可设置字段显示名称、字段类型、字段长度等选项。若新增的字段为必录项，则需选中“必录项”复选框。

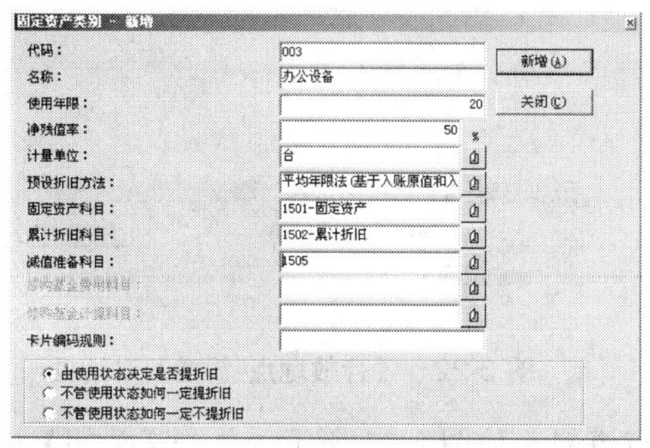

图 3-17　【固定资产类别-新增】对话框

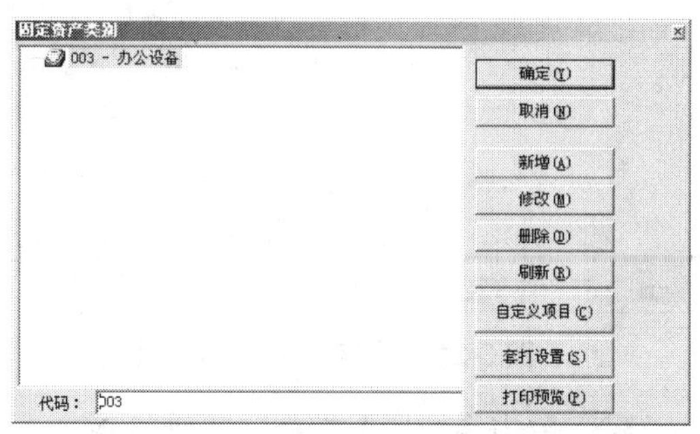

图 3-18　新增资产类别显示

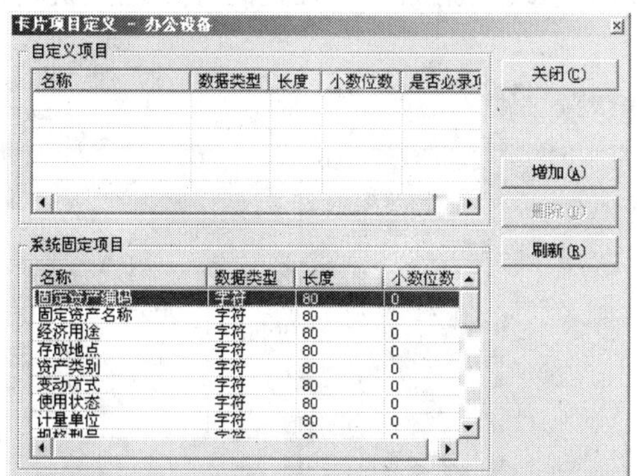

图 3-19　【卡片项目定义-办公设备】对话框

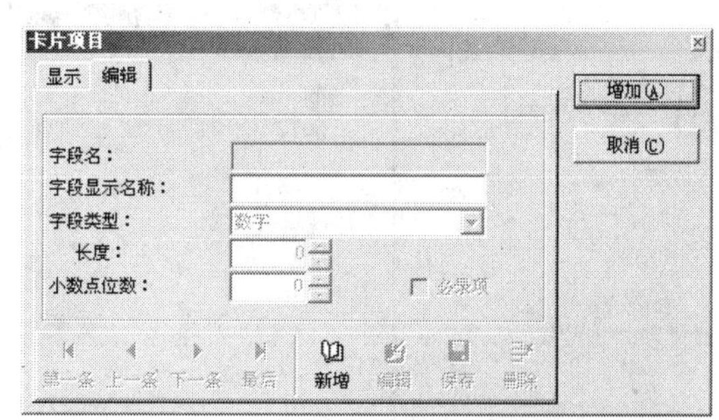

图 3-20　【卡片项目】对话框

❻ 单击【保存】按钮，可将新增的字段保存到卡片项目中。单击【取消】按钮，取消先前的设置并返回【卡片项目定义-办公设备】对话框。再单击【关闭】按钮，则返回【固定资产类别】对话框。

企业可参考以下分类标准设置固定资产类别：按固定资产经济用途分类，可分为生产经营用和非生产经营用；按固定资产所有权分类，可分为自有固定资产和租入固定资产；按固定资产的形态和特征分类，可分为土地、房屋建筑、机械设备、办公用品和运输工具等。

5．存放地点维护

固定资产实物都有存放的地点，系统对存放地点进行了一系列的管理，辅助用户加强固定资产管理。

维护存放地点的具体操作步骤如下：

❶ 在金蝶 K/3 主控台窗口中单击【财务会计】标签，选择【固定资产管理】系统功能项，双击【基础资料】子功能项下的“存放地点维护”明细功能项，打开【存放地点】对话框，如图 3-21 所示。

❷ 单击【新增】按钮，打开【存放地点-新增】对话框，在其中设置存放地点的代码和名称，如图 3-22 所示。

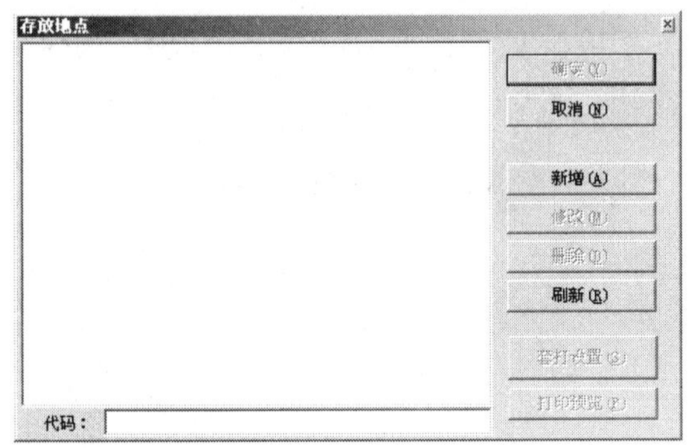

图 3-21 【存放地点】对话框

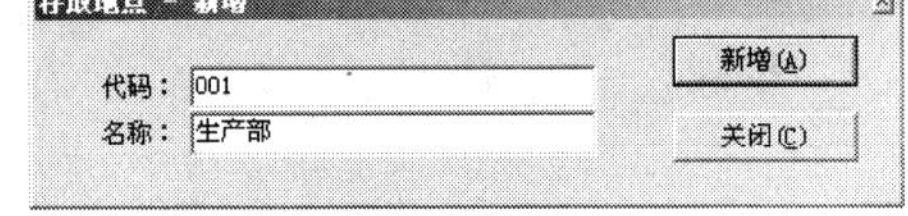

图 3-22 【存放地点-新增】对话框

❸ 单击【新增】按钮，可连续增加存放地点资料，如图 3-23 所示。单击【关闭】按钮，可返回【存放地点】对话框，在其中修改或删除已经设置的存放地点资料，并将其使用套打格式打印输出。

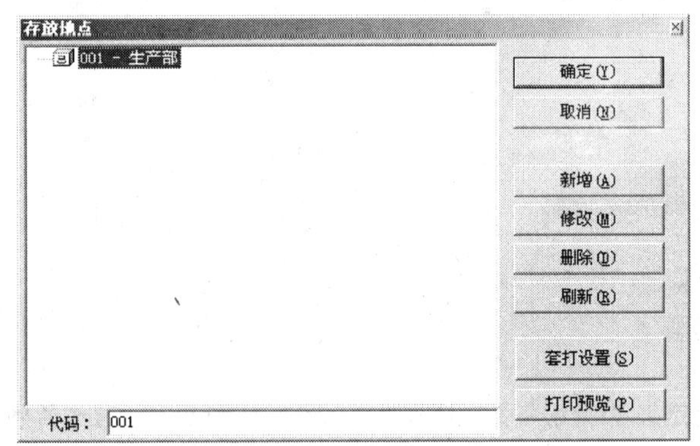

图 3-23 增加存放地点资料

3.1.2 设置固定资产变动对应入账科目

在金蝶 K/3 系统中，所有科目都是在【系统设置】→【基础资料】→【公共资料】功能项下的“科目”明细功能项中进行设置的。如何设置固定资产变动对应的入账科目呢？下面介绍固定资产的有关核算业务。

1. 固定资产的增减核算

固定资产增加主要有以下几种途径：企业购入、自行建造及出包建造、所有者投入、捐赠投入、融资租入和盘盈增加等。

上述各种途径的账务处理会计分录如下。

- 企业购入

借：固定资产

贷：应付账款或银行存款

如果购入的是旧的固定资产，则，

借：固定资产

　　贷：累计折旧

　　　　应付账款或银行存款

- 自行建造及出包建造

借：固定资产

　　贷：在建工程——自建工程

- 所有者投入

借：固定资产

　　贷：实收资本或实收资本及累计折旧

- 捐赠投入

借：固定资产

　　贷：资本公积

- 融资租入

借：固定资产——融资租入固定资产

　　贷：在建工程——融资租入固定资产

- 盘盈增加

借：固定资产

　　贷：待处理资产损益

固定资产的减少主要有出售、毁损报废清理、投资转出和盘亏等去向。

上述各种去向的账务处理会计分录为：出售的、涉及银行存款的在账务处理子系统处理，固定资产核算子系统只负责结转固定资产账面净值的工作。

其会计分录如下。

- 出售、毁损报废清理

借：固定资产清理

　　累计折旧

　　贷：固定资产

毁损报废清理的会计分录与出售去向一样。

- 投资转出

借：长期投资

　　累计折旧

　　贷：固定资产

- 盘亏

借：待处理资产损益

　　贷：固定资产

至于结清固定资产清理账户的分录，将放在账务处理子系统中进行处理。

2. 固定资产的折旧核算

对使用的固定资产除了土地外都要提取折旧。未使用的建筑物和房屋除了作为商品房待出售外，也要进行提取折旧。

提取折旧核算的会计分录根据固定资产的使用部门或产品决定，一般情况如下。

借：生产成本——基本生产成本——××产品
　　　　　　——辅助生产成本——××车间
　　制造费用——××车间
　　管理费用
　　贷：累计折旧

3. 预提修理费核算

固定资产修理费可用预提的方法，也可用待摊的方法。对用待摊方法的，可放在账务处理子系统处理。用预提方法的，要确定每月预提额，分配预提费用。

其会计分录根据固定资产的使用部门或产品决定，一般情况如下。

借：生产成本——基本生产——××产品
　　　　　　——辅助生产——××车间
　　制造费用——××车间
　　管理费用
　　贷：累计折旧

固定资产修理费用的支出放在财务处理子系统进行处理。

由此可见，固定资产科目有固定资产、累计折旧、在建工程、固定资产清理、无形资产、有形资产、待处理资产损益以及其他与之相关的科目，如银行存款、现金、制造费用、管理费用和生产成本等。国家对这些科目的设置都有相关规定，计算机会计信息系统使用单位可以根据本企业的实际情况增加科目及其明细科目。

3.1.3 设置职员类别与职务

一个公司、一个企业的职员类别和职务不是单一的，所以，要想更好、更科学地实现财务管理，还需要对公司企业的职员类别与职务进行相应的设置操作。

1. 设置职员类别与职务

不同时期企业内部的职员的类别和职务会有所不同，这时就需要对这些变化进行及时的设置。

设置职员类别与职务的具体操作步骤如下：

❶ 在金蝶 K/3 主控台窗口中单击【系统设置】标签，选择【基础资料】系统功能项，双击【公共资料】子功能项下的“辅助资料管理”明细功能项，打开【基础平台-[辅助资料]】窗口，如图 3-24 所示。

❷ 在“辅助资料资料”列表框中选择“职员类别”选项之后，单击工具栏上的【新

增】按钮，打开【新增辅助资料类别】对话框，用户可以增加辅助资料类别，如图 3-25 所示。

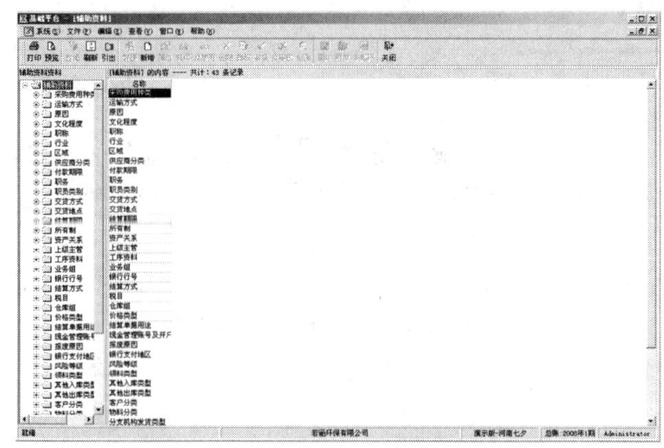

图 3-24 【基础平台-[辅助资料]】窗口

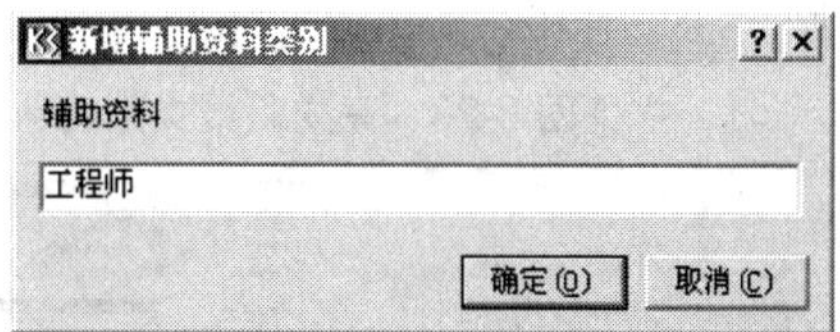

图 3-25 【新增辅助资料类别】对话框

❸ 单击【确定】按钮，完成辅助资料类别的增加操作，并显示在【基础平台-[基础资料-职员类别]】窗口中，如图 3-26 所示。

❹ 选择“职员类别”选项中的明细项之后，单击工具栏上的【新增】按钮，打开【职员类别-新增】对话框，可以根据本企业的实际情况设置不同的职员类别，如正式职工、招聘、离退休职工和合同工等，如图 3-27 所示。

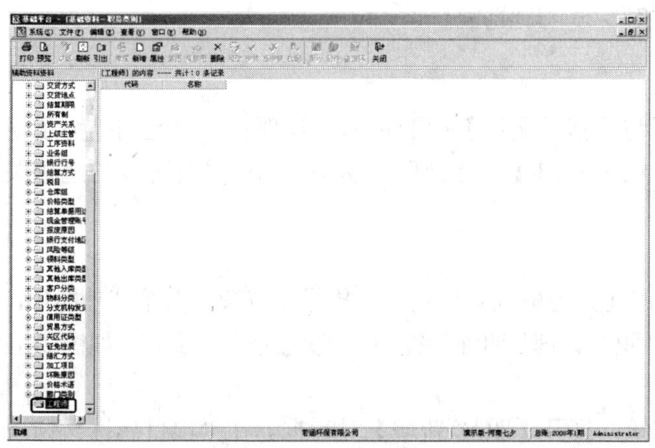

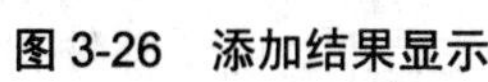

图 3-26 添加结果显示

图 3-27 【职员类别-新增】对话框

❺ 单击【确定】按钮，完成职员类别的新增操作，如图 3-28 所示。

❻ 选择“职务”选项中的明细项之后，单击工具栏上的【新增】按钮，打开【职务-新增】对话框，在其中根据本企业的实际情况设置职务，如总经理、副总经理、部门经理、部门副经理、车间主任、车间副主任、会计和出纳等职务，如图 3-29 所示。

❼ 单击【确定】按钮，完成职务的新增操作，如图 3-30 所示。

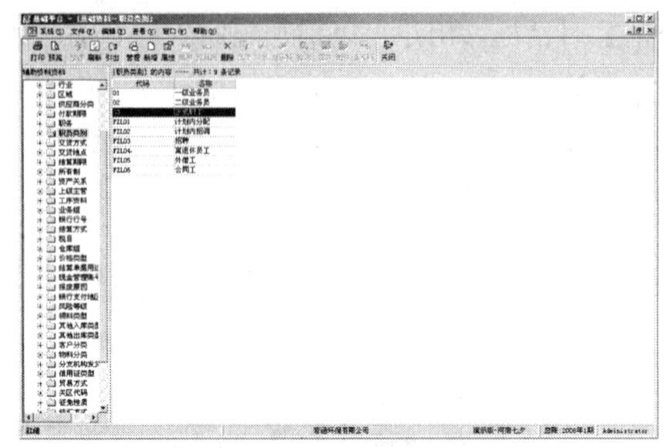

图 3-28　完成职员类别的新增

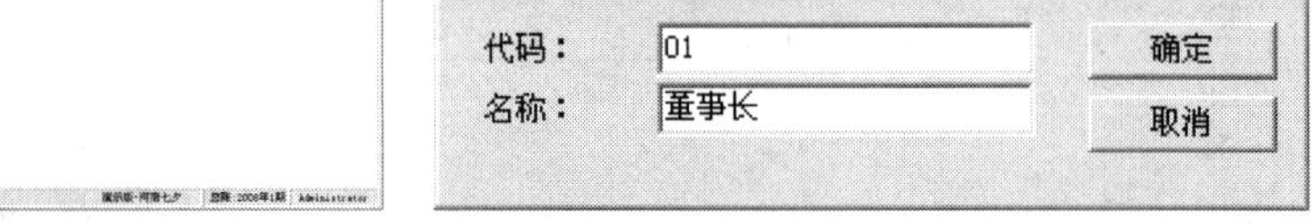

图 3-29　【职务-新增】对话框

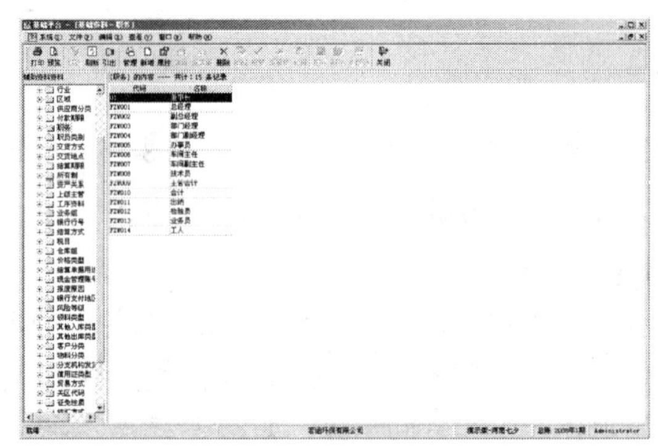

图 3-30　新增职务

2．职员管理

【工资管理】模块中的职员管理与【基础资料】中职员档案管理有一定区别，为了便于以后工资模块的功能介绍，在此先简单介绍【工资管理】模块中的职员管理及与之相关的一些操作，如人员变动等内容。

职员管理的具体操作步骤如下：

❶ 在金蝶 K/3 主控台窗口中单击【人力资源】标签，选择【工资管理】系统功能项，双击【设置】子功能项下的“职员管理”明细功能项，打开【职员】窗口，如图 3-31 所示。

❷ 单击工具栏上的【新增】按钮，打开【职员-新增】对话框。在“项目属性”选项卡中可以录入职员的代码、名称、性别、出生日期、电子邮件和地址等多项内容，如图 3-32 所示。

❸ 在“参数设置”选项卡中可以选中“提示错误”、“显示帮助信息”、“保存检查核算项目名称重复”、“新增代码自动递增”和“不显示项目数据移动”等复选框，并可设置显示的背景颜色，如图 3-33 所示。

❹ 单击【确定】按钮，完成职员的添加操作，如图 3-34 所示。

❺ 在选择需要修改的职员记录之后，单击工具栏上的【修改】按钮，打开【职员-修改】对话框进行修改，如图 3-35 所示。此外，用户也可以将职员信息进行删除、

引入、导出和设置等操作。

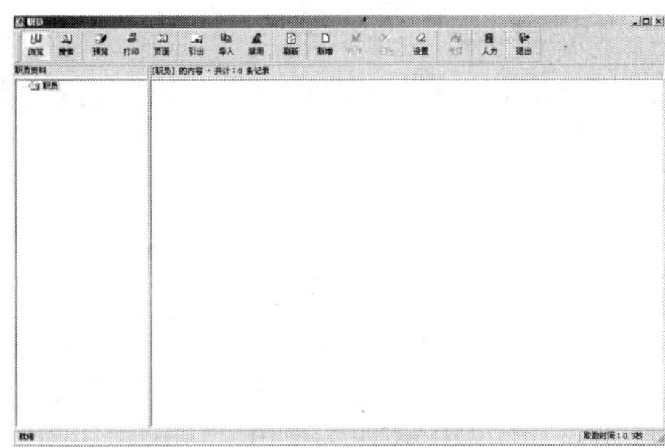

图 3-31 【职员】窗口

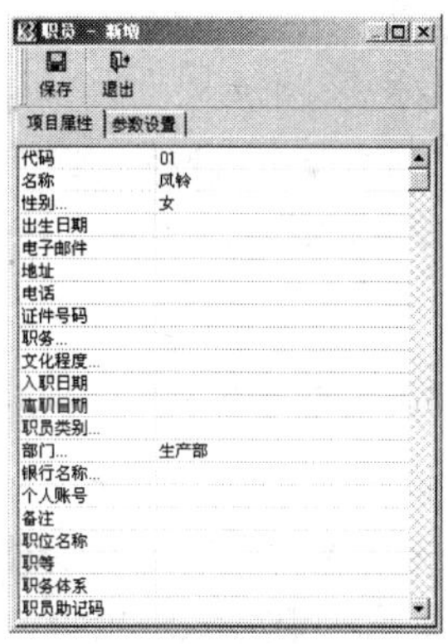

图 3-32 【职员-新增】对话框

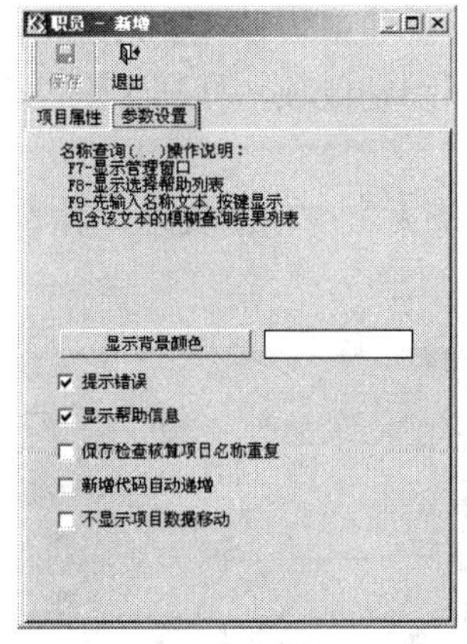

图 3-33 “参数设置”选项卡

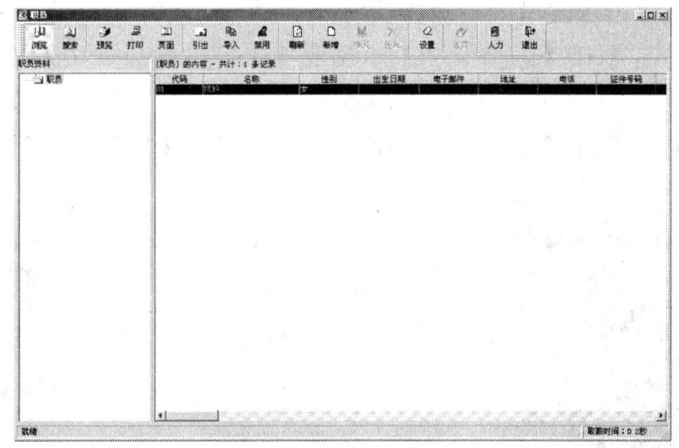

图 3-34 添加职员

❻ 如果单击工具栏上的【禁用】按钮，可显示如图 3-36 所示的界面。在查找到需要恢复禁用的职员信息后将其选中，再单击【恢复职员】按钮，恢复禁用的职员信息。

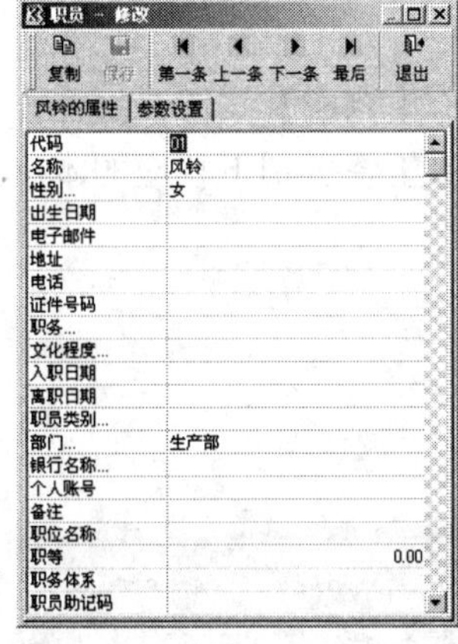

图 3-35 【职员-修改】对话框

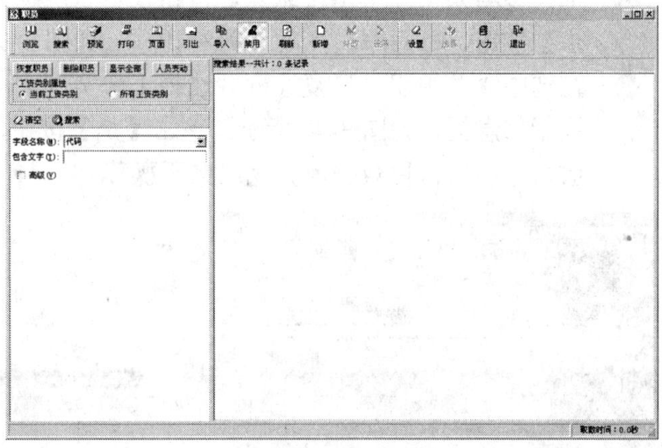

图 3-36 恢复禁用职员

> 提示
>
> 职员的禁用应在人员变动模块中进行。职员属性中的类别选项如果不选取，进行工资费用分配时会出现最终工资分配数据小于工资发放表数据的情况。职员各类日期填列不全时，相关的年龄工龄分析表会出现空白。

3．人员变动处理

在职人员部门间的流动、人员的职称变动和职位变动等人事变动都会造成工资的重新区分计算，人员变动处理功能可以在人员与工资相关的项目发生变动后进行工资的自动计算处理，方便财务人员根据人员变动情况制定工资计算标准。

人员变动处理的具体操作步骤如下：

❶ 在金蝶 K/3 主控台窗口中单击【人力资源】标签，选择【工资管理】系统功能项，双击【人员变动】子功能项下的“人员变动处理”明细功能项，打开【职员变动】对话框，如图 3-37 所示。

❷ 单击【新增】按钮，在打开的对话框中选择需要进行人事变动的人员，并将其添加到列表框中，如图 3-38 所示。

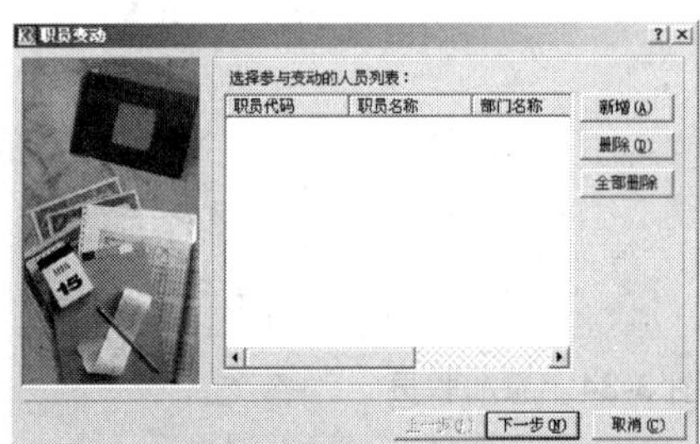

图 3-37　【职员变动】对话框

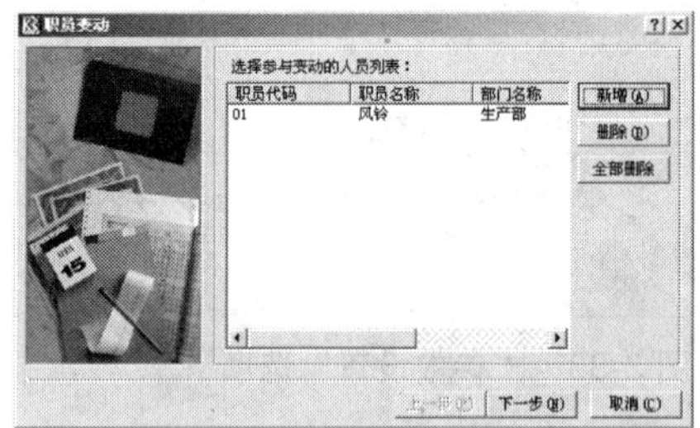

图 3-38　选择人事变动人员

❸ 选择参与人员并单击【删除】按钮，可将所选人员从列表框中删除。单击【下一步】按钮，打开职员变动设置对话框，如图 3-39 所示。

❹ 在选中“禁用职员”复选框并选择工资类别之后，单击【完成】按钮，打开一个提示信息框，如图 3-40 所示。单击【是】按钮，则删除工资类别下相应的本次发放数据和所得税数据，并完成禁用操作。

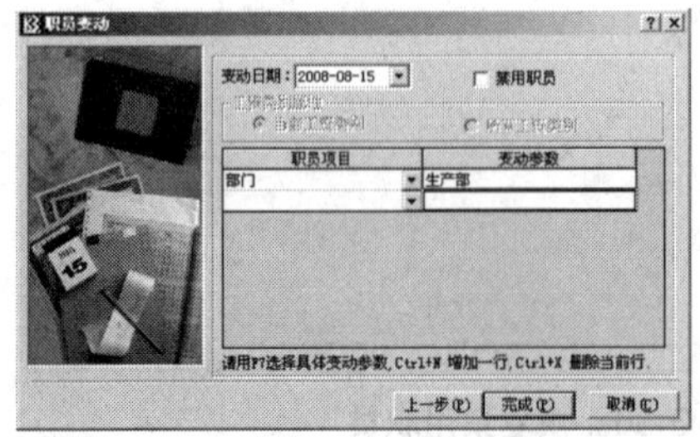

图 3-39　职员变动设置对话框

图 3-40　信息提示框

❺ 若属于人员变动，则需要设置其“职员项目”与“变动参数”，单击【完成】按钮，完成人员变动处理操作。

4．人员变动查询

如果要查询人员变动的具体信息，则可通过人员变动查询操作来完成。具体操作步骤如下：

❶ 在金蝶K/3主控台窗口中单击【人力资源】标签，选择【工资管理】系统功能项，双击【人员变动】子功能项下的“人员变动一览表”明细功能项，打开人员变动一览表，并弹出【请选择过滤条件】对话框，如图3-41所示。

❷ 在设置职员代码范围之后，单击【确定】按钮，打开人员变动一览表，并列出符合条件的职员名单，如图3-42所示。

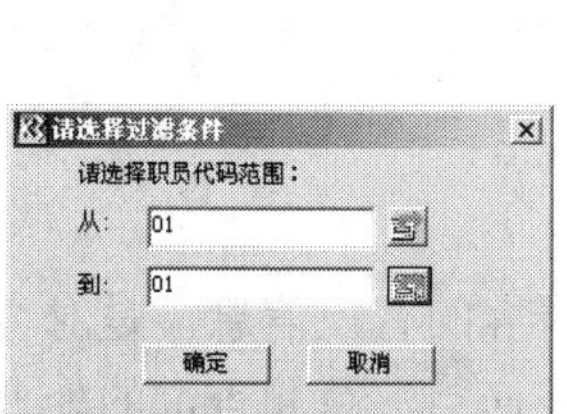

图3-41 【请选择过滤条件】对话框

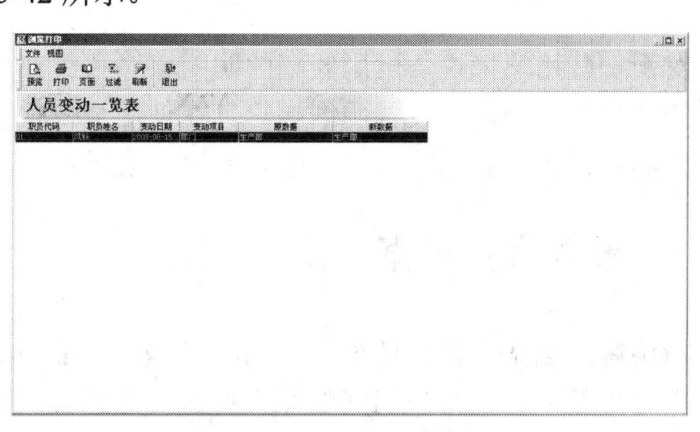

图3-42 人员变动一览表

如果在职员管理中对职员属性进行修改，不会反映到人员变动一览表中；如果在人员变动模块中进行改动，才会反映在人员变动一览表中。职员属性中的“部门”、“职员类别”、“银行名称”、“个人账号”、“职务”和“文化程度”6个属性的变动必须通过人员变动模块进行，如果此时在职员管理模块中对这6个属性字段进行变动和修改，则不会在当期发生作用，要到下期才反映变动后的信息。

5．人员属性变动查询

如果想了解人员属性的变动情况，则可以通过人员属性变动查询功能来实现。

人员属性变动查询的具体操作步骤如下：

❶ 在金蝶K/3主控台窗口中单击【人力资源】标签，选择【工资管理】系统功能项，双击【人员变动】子功能项下的“属性变动查询”明细功能项，打开【数据浏览表】窗口，并弹出【职员变动记录查询】对话框，如图3-43所示。

❷ 若选中“选择变动类型”单选按钮，用户可以指定某一项人员变动情况；若选中“查看全部类型的变动提示”单选按钮，则将列出各种变动情况下的所有变动人员。

❸ 在选择“选择变动生效日期”范围之后，单击【确定】按钮，打开【数据浏览】窗口，在其中可以进行相应的查询操作，如图3-44所示。

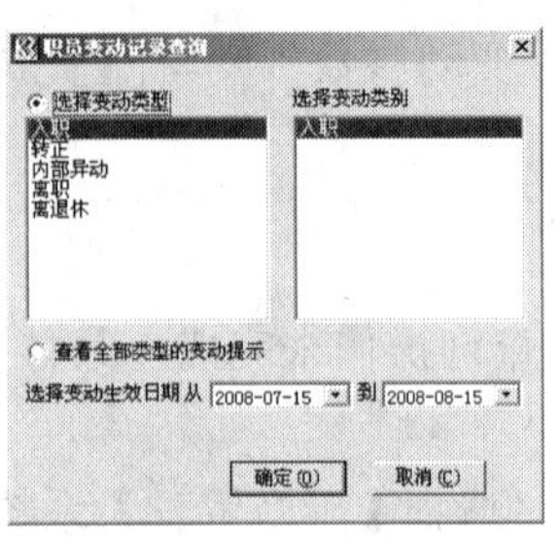

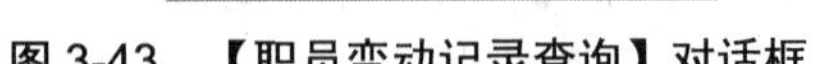
图 3-43 【职员变动记录查询】对话框

图 3-44 【数据浏览】窗口

3.2 录入核算项目资料

对于一些用户来说，运用较多的明细核算科目在所难免，如应收账款和应收票据等科目，需要为每一个客户设置明细核算。在使用金蝶软件进行会计核算后，用户应该对这些多核算的科目进行适当的调整，以满足使用需要。

3.2.1 录入客户档案

所谓客户档案是指包括客户代码、名称、地址和电话等内容的客户信息，是对客户进行往来管理的基础，客户档案的建立直接关系到客户数据的统计、汇总和查询的处理，所以录入客户档案资料就成了财务核算操作中的一项重要任务。

1. 增加客户组

录入客户档案的首要任务就是增加客户组，具体操作步骤如下：

❶ 在金蝶 K/3 主控台窗口中单击【系统设置】标签，选择【基础资料】系统功能项，双击【公共资料】子功能项下的“客户”明细功能项，打开【基础平台-[客户]】窗口，如图 3-45 所示。

❷ 单击【新增】按钮，打开【客户-新增】对话框。单击【上级组】按钮，用户可以增加客户组，在“代码”栏中输入新增客户组的代码，在“名称”栏中输入新增客户组的名称，如图 3-46 所示。

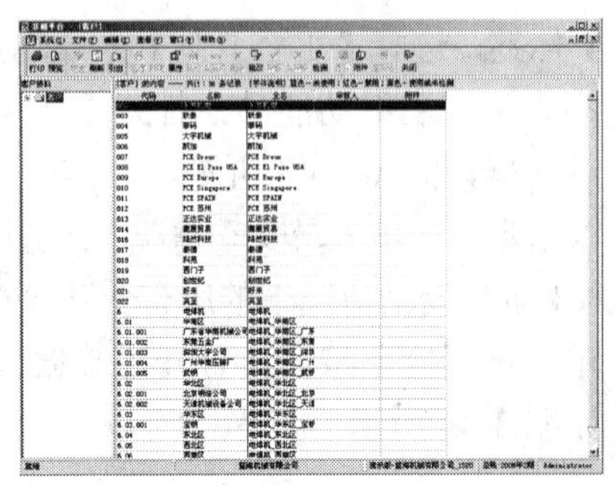
图 3-45 【基础平台-[客户]】窗口

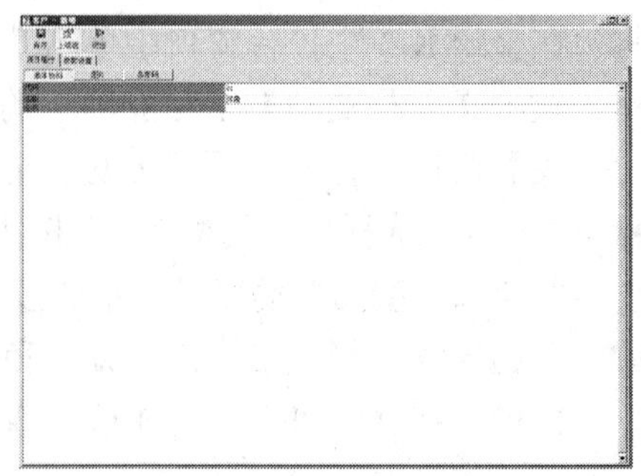
图 3-46 输入客户组资料

❸ 单击【保存】按钮，将新增客户组保存到系统中，如图 3-47 所示。如果用户需要连续增加客户组，可在保存后再次输入新的客户组资料，然后重复上述操作即可。

2. 增加客户

有了客户组，就可以为各个客户组添加相应的客户资料，具体操作步骤如下：

❶ 在【基础平台-[客户]】窗口中选择需要增加客户资料的客户组（即区域），单击工具栏上的【新增】按钮，打开【客户-新增】对话框。

❷ 在“代码”栏中输入客户编码，在“名称”栏中输入客户全称，在“简称”栏中输入客户简称，在“地址”栏中输入客户的具体地址，如图 3-48 所示。此外，用户还可以输入该客户所在区域、行业、邮编、传真、电话、开户银行、银行账号和税务登记号等内容。

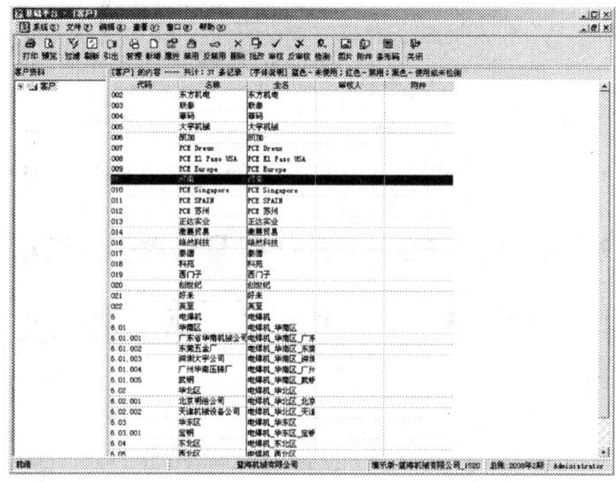

图 3-47　客户组增加显示

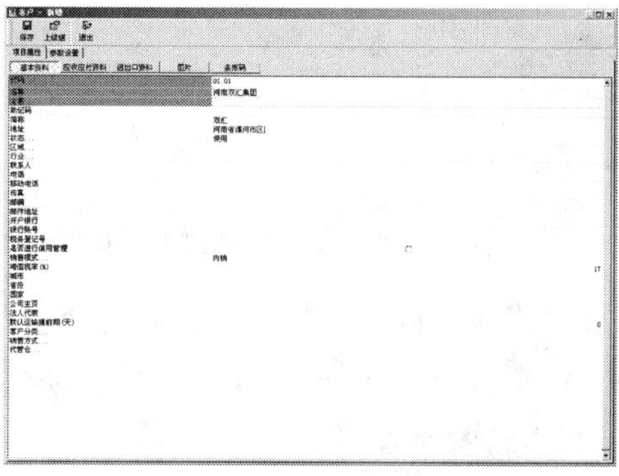

图 3-48　【客户-新增】对话框

❸ 选择“应收应付资料”选项卡，进入“应收应付资料”设置界面，在其中可以输入结算币种和结算方式等相关内容，如图 3-49 所示。

❹ 单击【保存】按钮，将新增的客户资料保存到系统中，如图 3-50 所示。

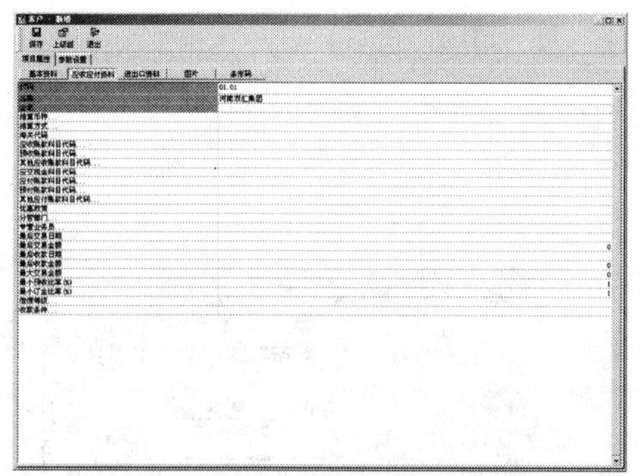

图 3-49　“应收应付资料”设置界面

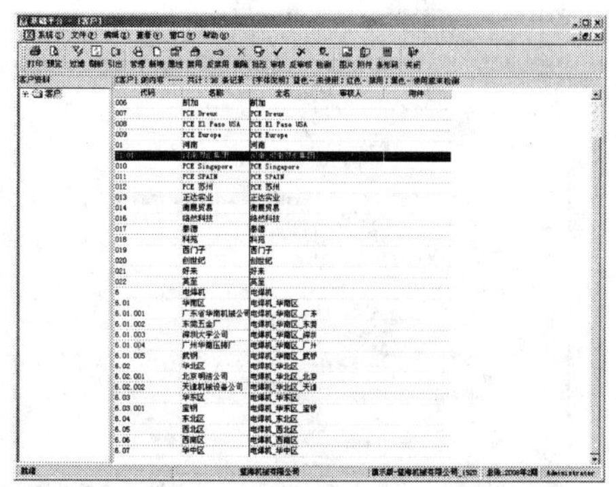

图 3-50　新增客户显示

提示

选择“条形码”选项卡，用户可以输入该客户相应的条形码。

3．修改客户资料

若要修改已录入的客户资料，可在【基础平台-[客户]】窗口中选取该客户的名称，单击工具栏上的【属性】按钮，打开【客户-修改】对话框，在其中对资料进行修改，如图 3-51 所示。若需要对多个客户资料的某一字段属性进行修改，可在选取这些客户资料后，单击工具栏上的【批改】按钮，打开【客户-批量修改】对话框，如图 3-52 所示。

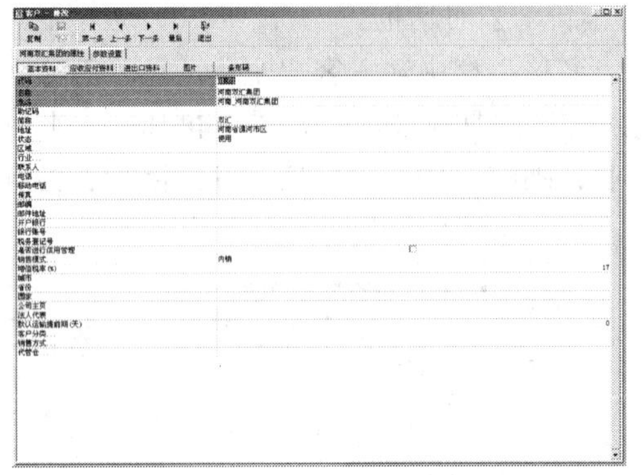

图 3-51 【客户-修改】对话框

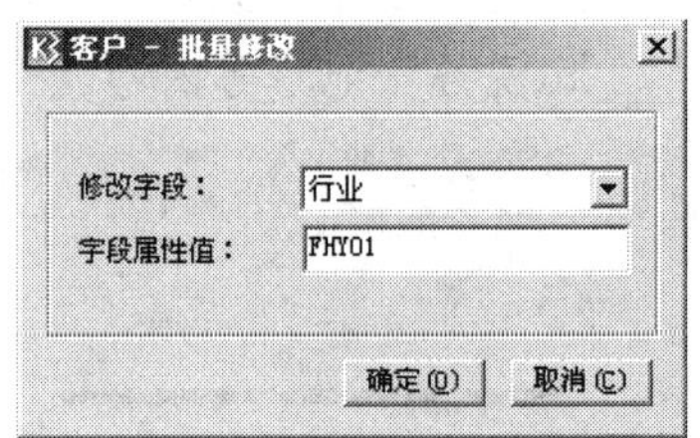

图 3-52 【客户-批量修改】对话框

在“修改字段”下拉列表框中选择需要修改的字段名称后，在“字段属性值”文本框中输入需要修改的内容，单击【确定】按钮，即可完成操作。

4．审核客户资料

当客户资料输入完毕之后，有操作权限的用户可以查阅该资料，经审核无误后，单击工具栏上的【审核】按钮，可对该客户资料进行审核，如图 3-53 所示。

若需对审核后的客户资料进行修改，则可先选取该客户后单击工具栏上的【反审核】按钮，在如图 3-54 所示的提示框中单击【是】按钮取消审核，再进行修改。

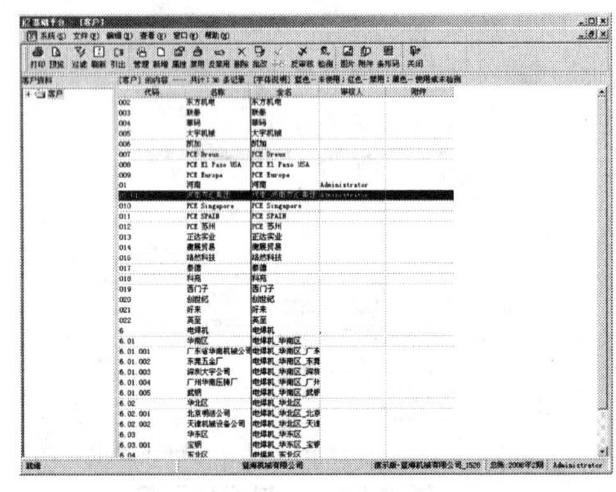

图 3-53 审核客户资料

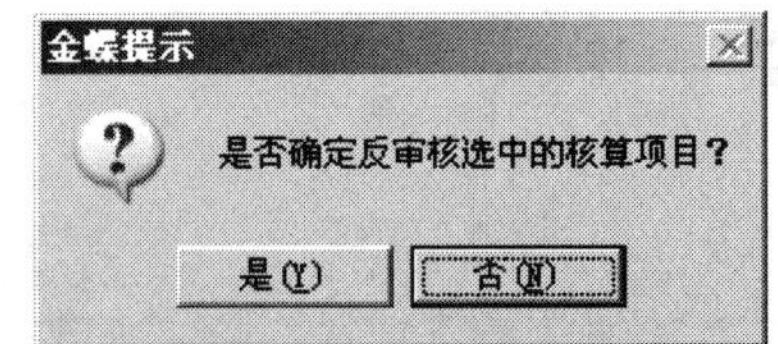

图 3-54 取消审核提示

5．禁用客户资料

如果某些客户资料暂时不需要使用，则可将其禁用，禁用后的客户资料将不在【基础平台-[客户]】窗口中显示。只用在【基础平台-[客户]】窗口中选择需要禁用的客户之后，单击【禁用】按钮，即可弹出一个禁用提示，如图3-55所示。单击【是】按钮，即可禁用客户资料。

禁用的用户资料也不是不能再次使用，如果要再次使用禁用的客户资料，只用单击【反禁用】按钮，打开【管理 客户 禁用】对话框，在其中选择需要取消禁用的客户，如图3-56所示。单击【取消禁用】按钮，即可完成操作。

图3-55 禁用提示

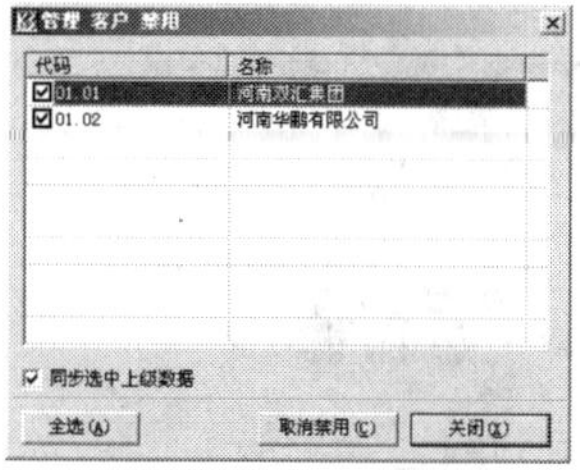

图3-56 【管理 客户 禁用】对话框

提示

在【基础平台-[客户]】窗口中单击工具栏上的【检测】按钮，即可检测客户资料的使用状态，其中蓝色表示没有使用，黑色表示已经使用或未检测，如图3-57所示。

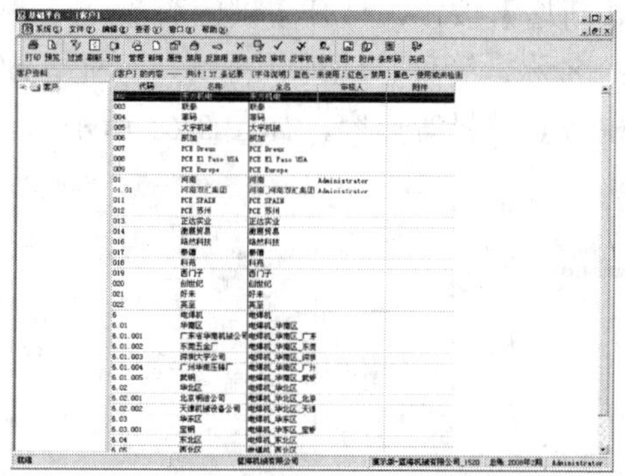

图3-57 检测客户资料

注意

若客户资料已经通过审核，则该客户资料不能修改或删除。若需要修改或删除，则必须进行反审核操作。

3.2.2 录入供应商档案

为了满足对供应商项目核算的需要，还需要录入供应商的档案。具体操作步骤如下：

❶ 在金蝶K/3主控台窗口中单击【系统设置】标签，选择【基础资料】系统功能项，双击【公共资料】子功能项下的“供应商”明细功能项，打开【基础平台-[供应

商]】窗口，如图 3-58 所示。

❷ 单击【新增】按钮，打开【供应商-新增】对话框。单击【上级组】按钮，用户可以增加供应商组，在“代码”栏中输入新增供应商组的代码，在“名称”栏中输入新增供应商组的名称，如图 3-59 所示。

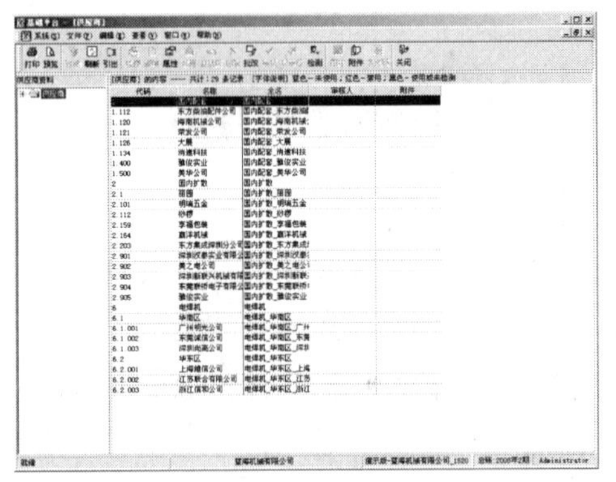

图 3-58 【基础平台-[供应商]】窗口

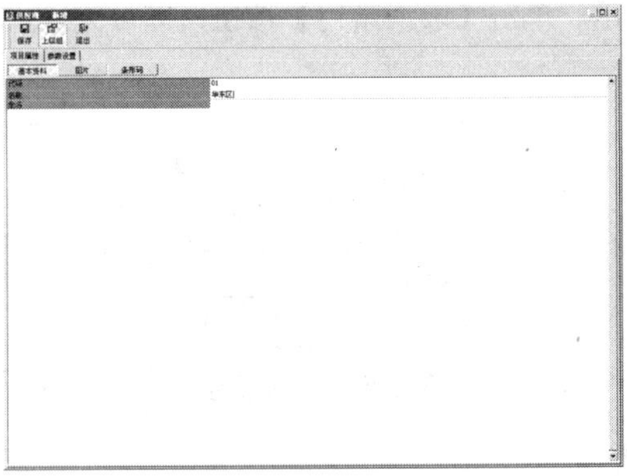

图 3-59 添加供应商组

❸ 单击【保存】按钮，将新增供应商组保存到系统中，如图 3-60 所示。

❹ 在【基础平台-[供应商]】窗口中选择需要增加供应商资料的供应商组（即区域），单击工具栏上的【新增】按钮，打开【供应商-新增】对话框。在其中可以输入供应商代码、供应商名称、简称、地址、区域、行业、邮编、传真、电话、开户银行、银行账号和税务登记号等内容，如图 3-61 所示。

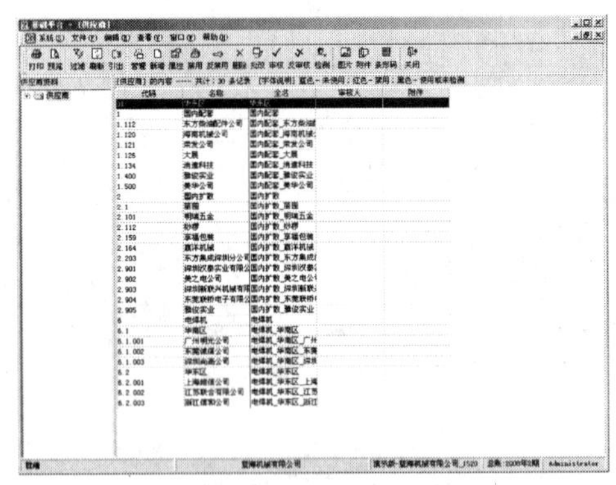

图 3-60 新增供应商组显示

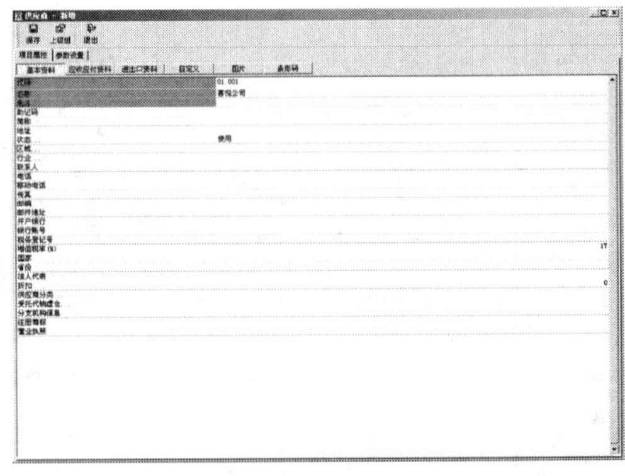

图 3-61 【供应商-新增】对话框

❺ 单击【保存】按钮，将新增供应商资料保存到系统中，如图 3-62 所示。此时用户可以连续录入新增供应商资料。当供应商资料全部录入完毕或工作暂告一段落时，单击【退出】按钮，关闭该对话框。

在【基础平台-[供应商]】窗口中用户同样可对供应商资料进行修改、删除、审核、反审核、禁用和反禁用等操作，也可以录入与供应商相关的条码。若单击工具栏上的【附件】按钮，打开【附件管理器-编辑】对话框，用户可以添加与供应商相关的图片和文档等链接，并可以查看其具体内容，如图 3-63 所示。

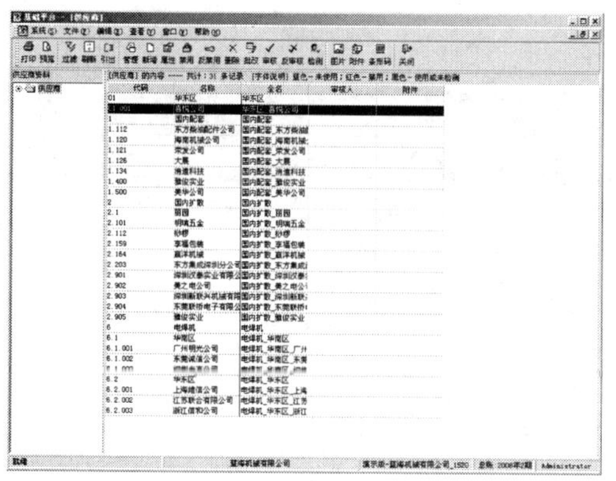
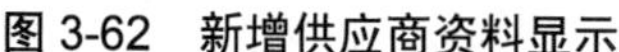

图 3-62　新增供应商资料显示

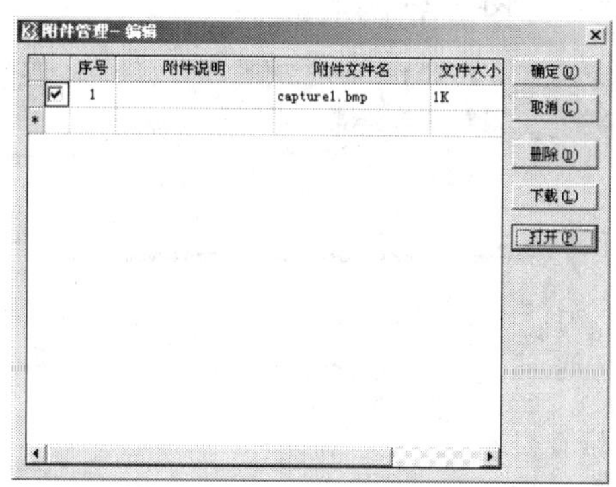

图 3-63　【附件管理-编辑】对话框

当添加附件之后，只有单击【确定】按钮，才能进行附件的打开和删除等操作。单击【下载】按钮可以添加附件，也可以在“附件文件名”栏中单击，然后单击□按钮，在打开的对话框中选择需要添加附件的文件。

3.2.3　录入部门档案

部门档案也是核算项目中必须的资料之一，所以也需要录入部门档案以供使用之便。录入部门档案的具体操作步骤如下：

❶ 在金蝶 K/3 主控台窗口中单击【系统设置】标签，选择【基础资料】系统功能项，双击【公共资料】子功能项下的“部门”明细功能项，打开【基础平台-[部门]】窗口，如图 3-64 所示。

❷ 单击【新增】按钮，打开【部门-新增】对话框。单击【上级组】按钮，用户可以增加部门组，输入增加部门组的代码和名称，如图 3-65 所示。

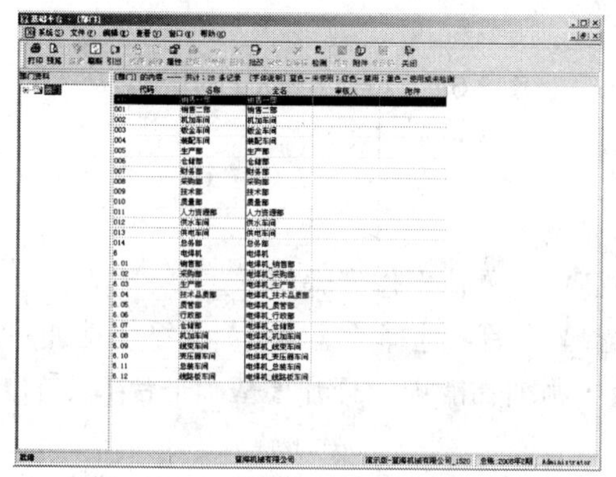

图 3-64　【基础平台-[部门]】窗口

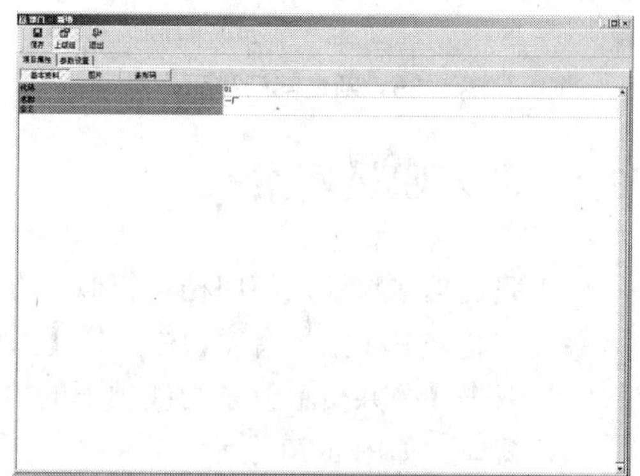

图 3-65　增加部门组

❸ 单击【保存】按钮，可将新增部门组保存到系统中，如图 3-66 所示。

❹ 在【基础平台-[部门]】窗口中选择需要增加部门资料的部门组（即区域），单击工具栏上的【新增】按钮，打开【部门-新增】对话框，录入部门的具体资料，如

图 3-67 所示。

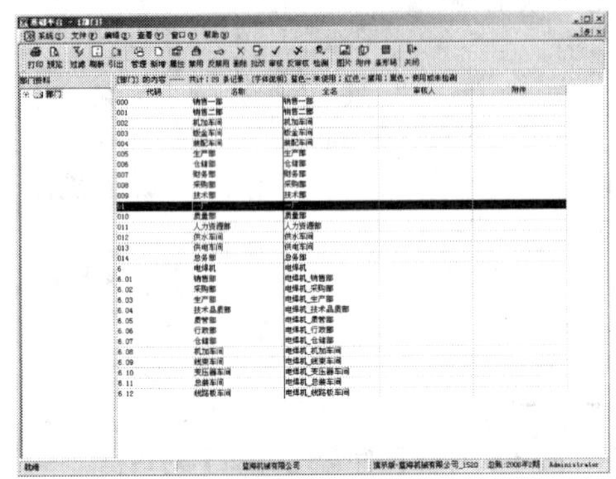

图 3-66 新增部门组显示

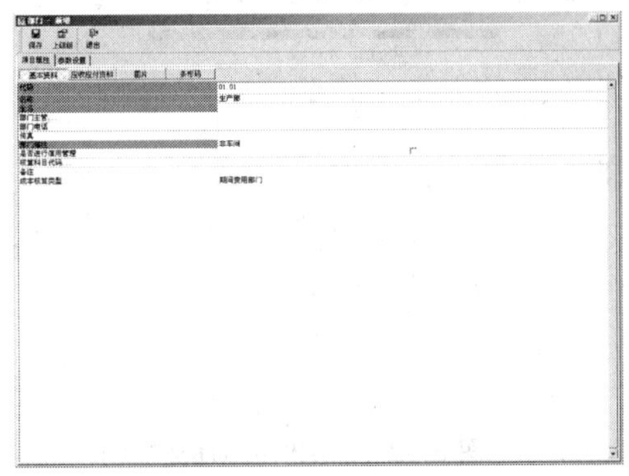

图 3-67 【部门-新增】对话框

❺ 单击【保存】按钮，将新增部门资料保存到系统中，如图 3-68 所示。此时用户可以继续录入新的部门资料，直至录入完毕或工作告一段落为止。

❻ 用户如果要修改某部门的档案资料，只用选中此档案，单击工具栏上的【属性】按钮，即可在如图 3-69 所示的对话框中进行相应修改。

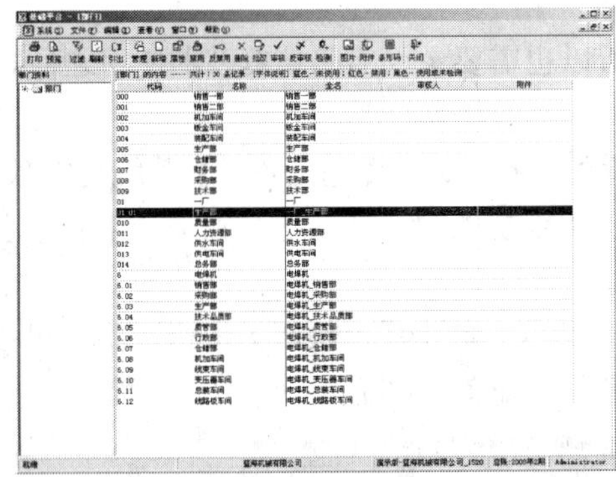

图 3-68 新增部门显示

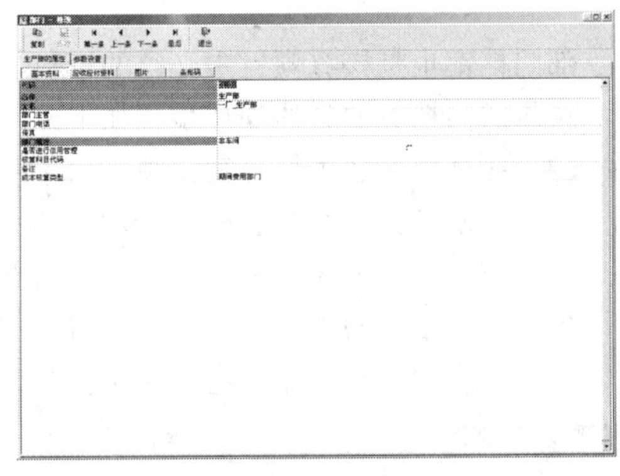

图 3-69 【部门-修改】对话框

3.2.4 录入职员档案

录入职员档案与录入部门档案相似，方法很简单，具体操作步骤如下：

❶ 在金蝶 K/3 主控台窗口中单击【系统设置】标签，选择【基础资料】系统功能项，双击【公共资料】子功能项下的“职员”明细功能项，打开【基础平台-[职员]】窗口，如图 3-70 所示。

❷ 单击【新增】按钮，打开【职员-新增】对话框。单击【上级组】按钮，用户可以增加职员组，输入增加职员组的代码和名称，如图 3-71 所示。

❸ 单击【保存】按钮，将新增职员组保存到系统中，如图 3-72 所示。

❹ 在【基础平台-[职员]】窗口中选择需要增加职员资料的职员组（即区域），单击工具栏上的【新增】按钮，打开【职员-新增】对话框，在其中可录入职员的具体资

料，如图 3-73 所示。

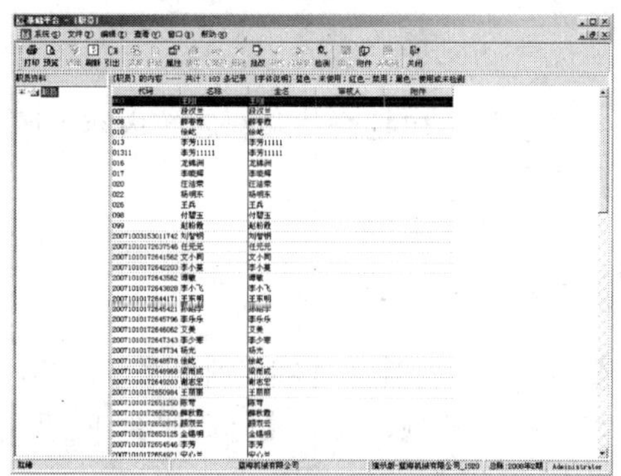

图 3-70 【基础平台-[职员]】窗口

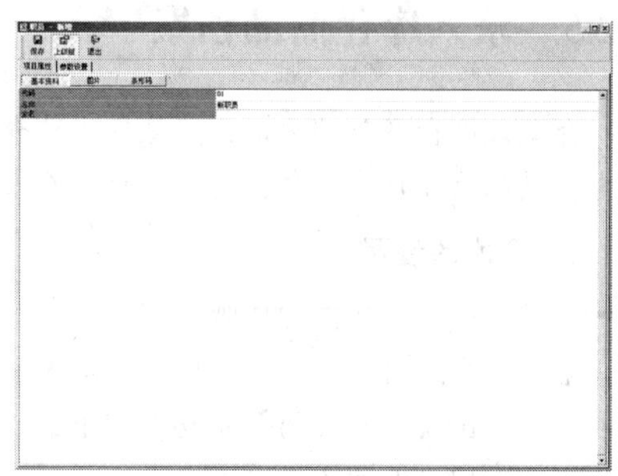

图 3-71 新增职员组

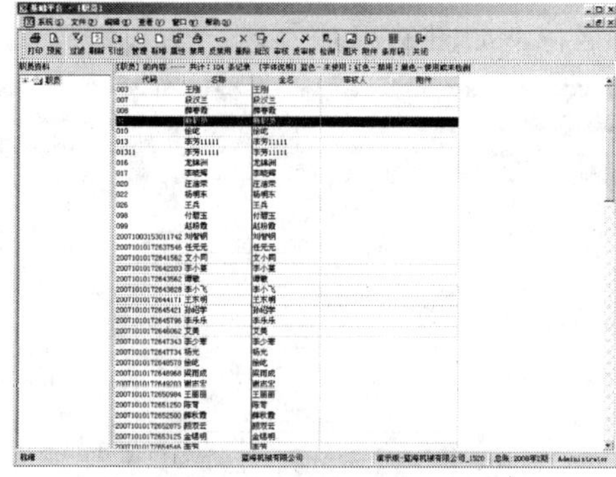

图 3-72 新增职员组显示

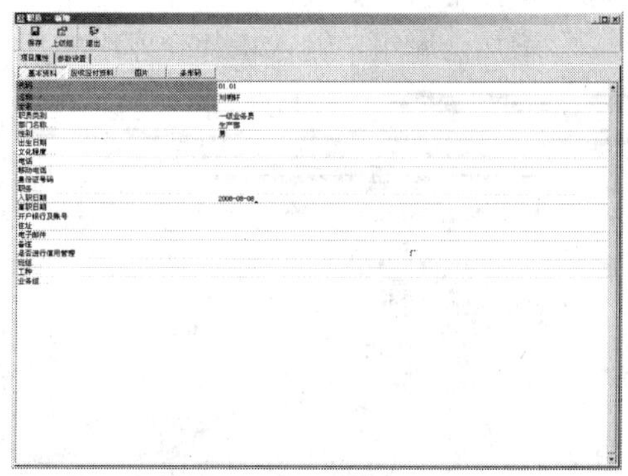

图 3-73 【职员-新增】对话框

❺ 单击【保存】按钮，将新增职员资料保存到系统中，如图 3-74 所示。此时用户可以继续录入新的部门资料，直至录入完毕或工作告一段落为止。

❻ 用户如果要修改某职员的档案资料，只用选中此档案，单击工具栏上的【属性】按钮，在如图 3-75 所示的对话框中进行相应修改。单击工具栏上的【退出】按钮，关闭该对话框。

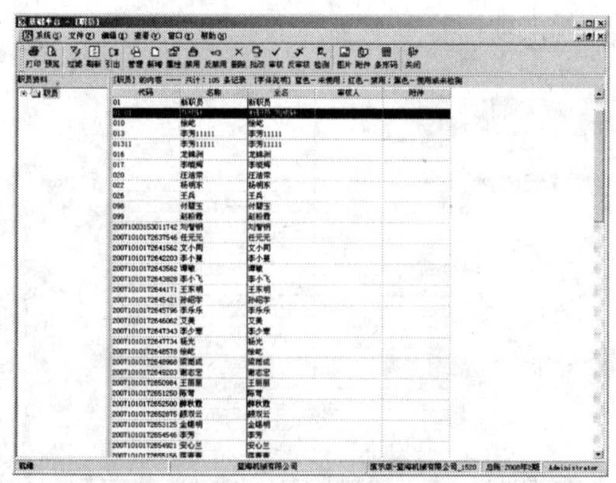

图 3-74 新增职员显示

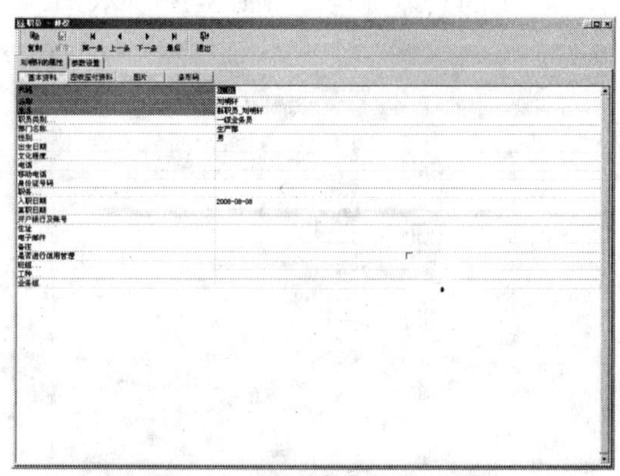

图 3-75 【职员-修改】对话框

3.2.5 录入库存商品档案

在录入库存商品档案前，必须先设置仓库的有关资料，包括仓位和仓库等内容，因为库存商品都是在仓库中存放的，没有仓库就无处存放商品。

1. 仓库的设置

仓库设置的具体操作步骤如下：

❶ 在金蝶 K/3 主控台窗口中单击【系统设置】标签，选择【基础资料】系统功能项，双击【公共资料】子功能项下的“仓库”明细功能项，打开【基础平台-[仓库]】窗口，如图 3-76 所示。

❷ 单击【新增】按钮，打开【仓库-新增】对话框。单击【上级组】按钮，用户可以增加仓库组，输入增加仓库组的代码和名称，如图 3-77 所示。

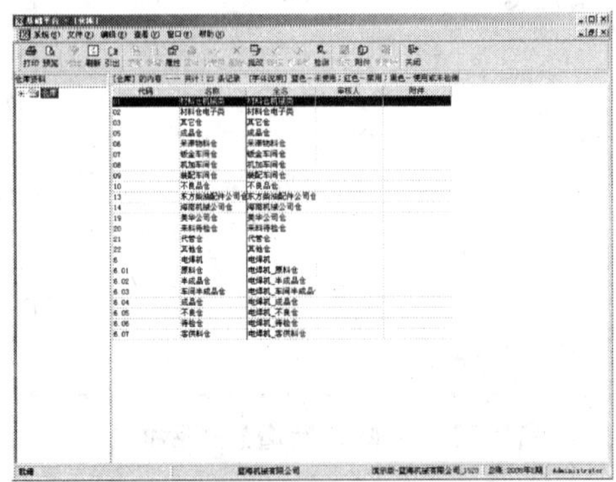

图 3-76 【基础平台-[仓库]】窗口

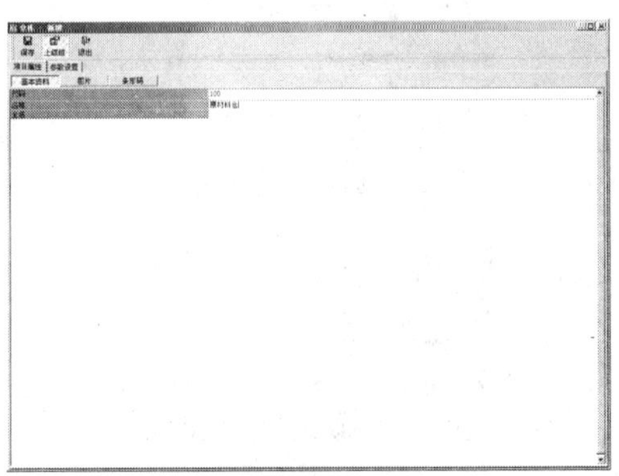

图 3-77 增加仓库组

❸ 单击【保存】按钮，将新增仓库组保存到系统中，如图 3-78 所示。

❹ 在【基础平台-[仓库]】窗口中选择需要增加仓库资料的仓库组（即区域），然后单击工具栏上的【新增】按钮，打开【仓库-新增】对话框，用户可在其中录入仓库的具体资料，如图 3-79 所示。

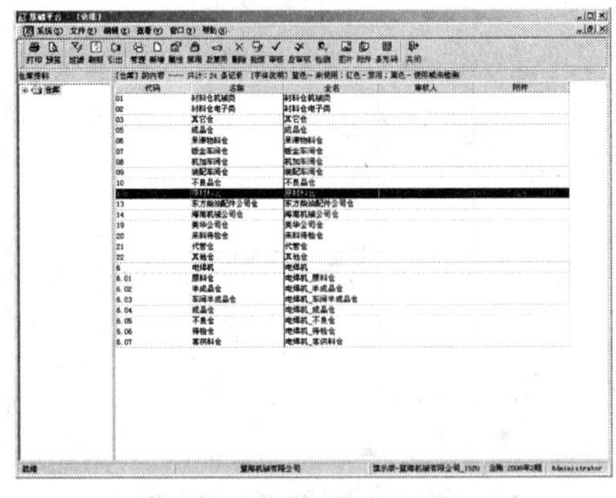

图 3-78 新增仓库组显示

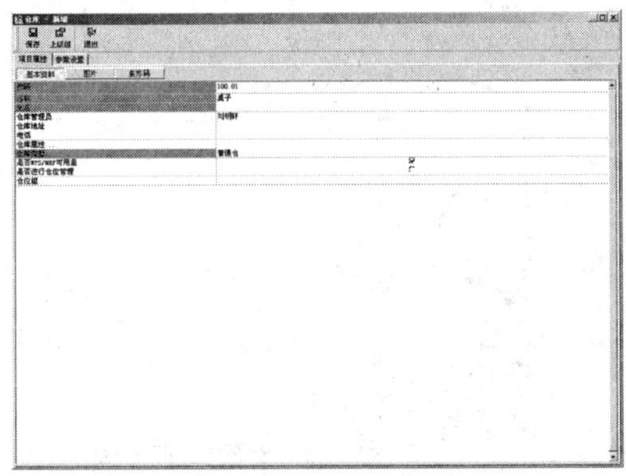

图 3-79 【仓库-新增】对话框

❺ 单击【保存】按钮，将新增仓库资料保存到系统中，如图 3-80 所示。

❻ 用户如果要修改某仓库的档案资料，只用选中此档案，单击工具栏上的【属性】按钮，在如图 3-81 所示的对话框中进行相应修改。

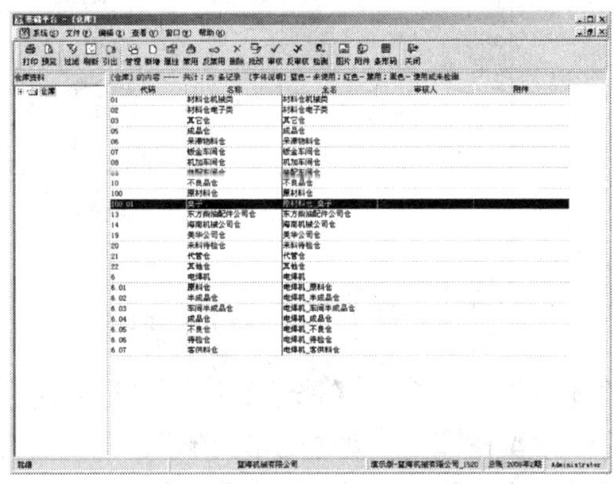

图 3-80 新增仓库显示

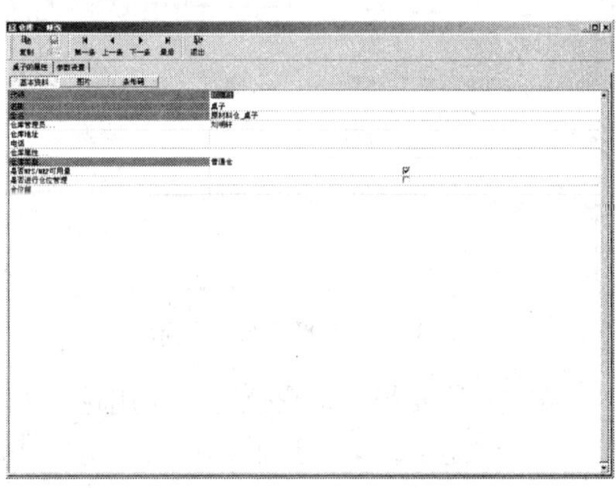

图 3-81 【仓库-修改】对话框

2．仓位的设置

仓位主要是为进行仓位管理而设置的一个基础资料，是专门被工业账套中的核算项目“仓库”使用的。仓位中允许存在多个仓位组，每个仓位组中可以设置若干个仓位。

设置仓位的具体操作步骤如下：

❶ 在金蝶 K/3 主控台窗口中单击【系统设置】标签，选择【基础资料】系统功能项，双击【公共资料】子功能项下的“仓位”明细功能项，打开【基础平台-[仓位]】窗口，如图 3-82 所示。

❷ 单击【新增】按钮，打开【仓位组新增】对话框，并在其中输入添加的仓位组的代码和名称，如图 3-83 所示。

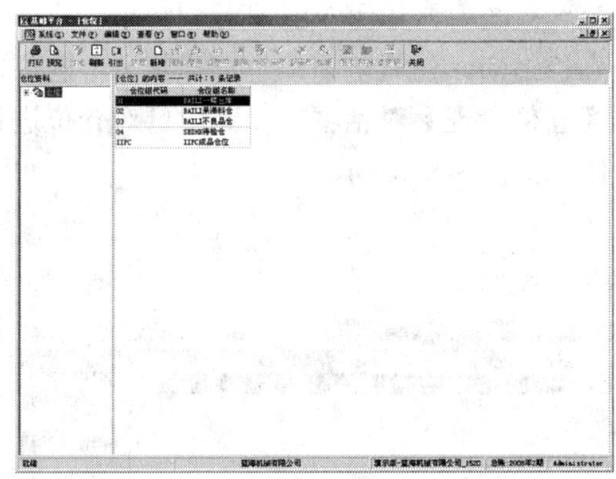

图 3-82 【基础平台-[仓位]】窗口

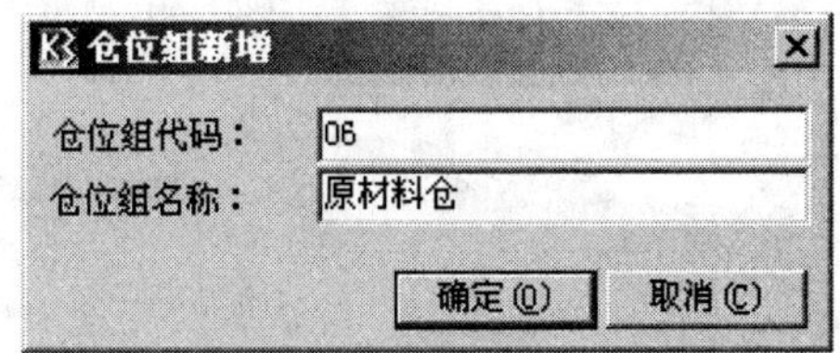

图 3-83 【仓位组新增】对话框

❸ 单击【确定】按钮，将添加的仓位组保存到系统中，如图 3-84 所示。

❹ 在“仓位资料”列表框中选取某一个仓位组，单击工具栏上的【管理】按钮，打开【仓位组】对话框，如图 3-85 所示。

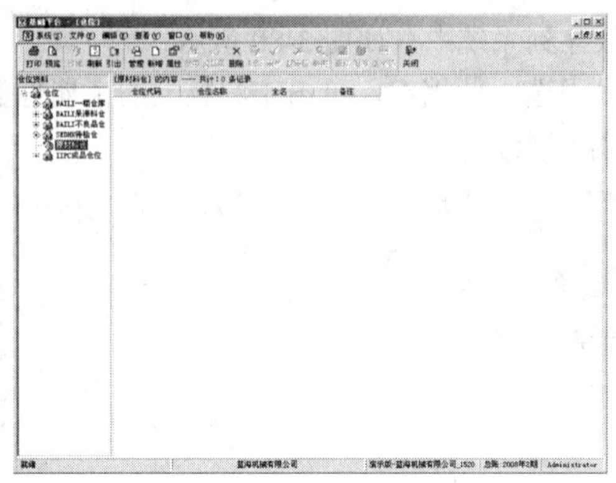

图 3-84　新增仓位组显示

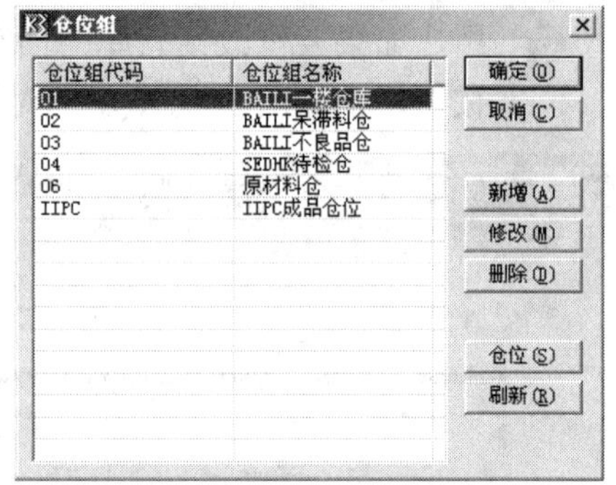

图 3-85　【仓位组】对话框

❺ 如果要修改某仓位组，只用选中相应的仓位组之后单击【修改】按钮，打开【仓位组编辑】对话框，在其中进行相应的修改操作即可，如图 3-86 所示。

❻ 在【基础平台-[仓位]】窗口中选择需要增加仓位资料的仓位组（即区域）之后，单击工具栏上的【新增】按钮，打开【仓位-新增】对话框，在其中可录入仓位的具体资料，如图 3-87 所示。

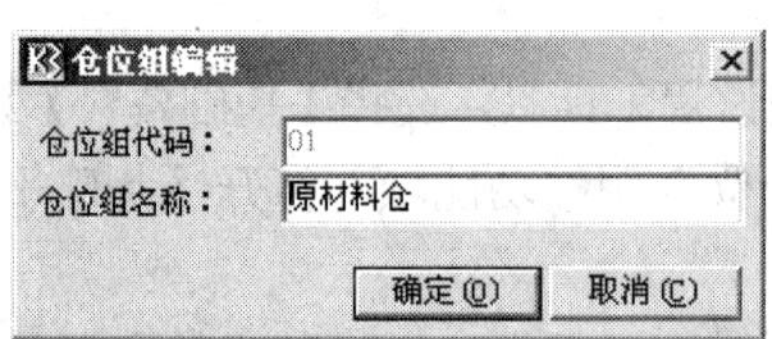

图 3-86　【仓位组编辑】对话框

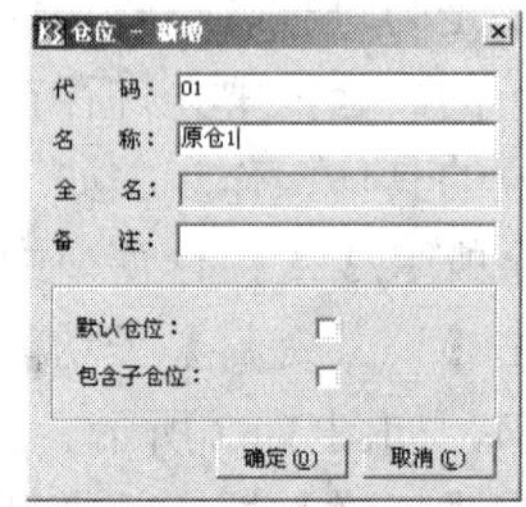

图 3-87　【仓位-新增】对话框

❼ 单击【确定】按钮，将添加的仓位保存到系统中，如图 3-88 所示。

❽ 在"仓位资料"列表框中选取某一个仓位之后，在右侧窗口中选择某一个仓位，单击工具栏上的【管理】按钮，打开【仓位管理】对话框，在其中可对仓位进行增加、修改、删除和设置默认值等操作，如图 3-89 所示。

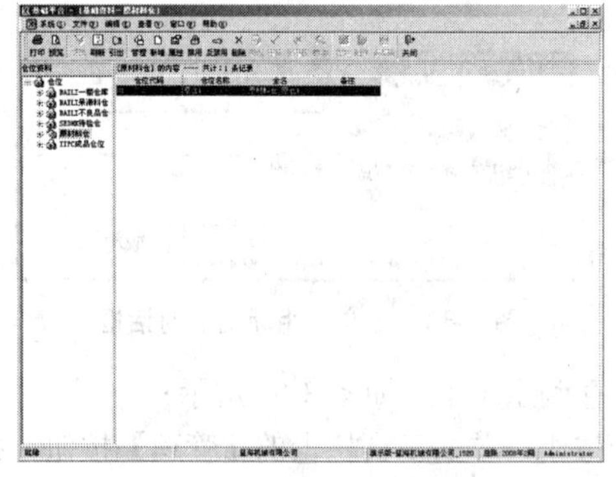

图 3-88　新增仓位显示

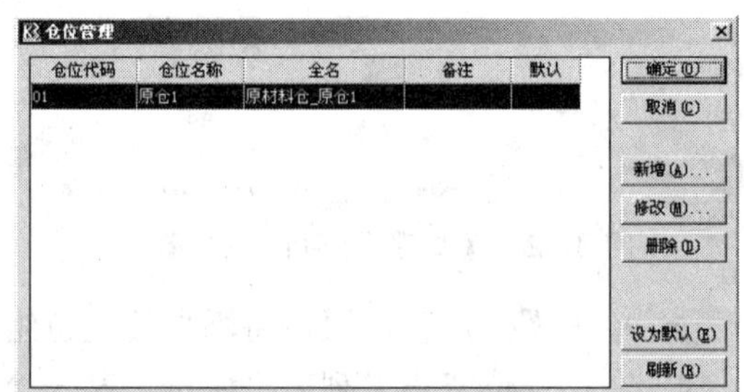

图 3-89　【仓位管理】对话框

3．库存商品的录入

所有准备工作就绪后，即可录入库存商品，具体操作步骤如下：

❶ 在金蝶 K/3 主控台窗口中单击【系统设置】标签，选择【基础资料】系统功能项，双击【公共资料】子功能项下的“物料”明细功能项，打开【基础平台-[物料]】窗口，如图 3-90 所示。

❷ 单击【新增】按钮，打开【物料-新增】对话框。单击【上级组】按钮，用户可以增加物料组，输入增加物料组的代码和名称，如图 3-91 所示。

图 3-90 【基础平台-[物料]】窗口

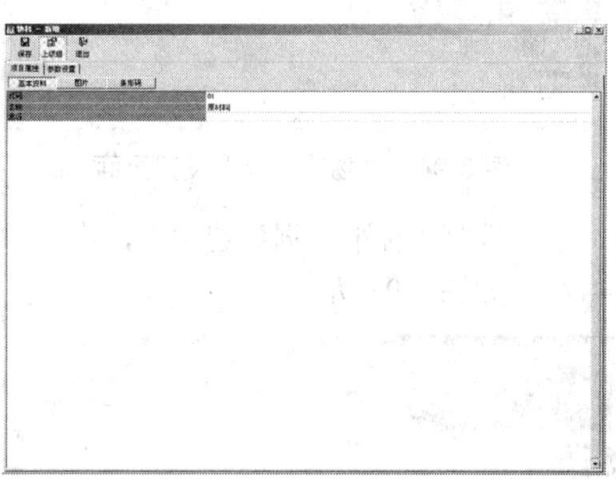

图 3-91 新增物料组

❸ 单击【保存】按钮，将新增物料组保存到系统中，如图 3-92 所示。

❹ 在【基础平台-[物料]】窗口中选择需要增加物料的物料组之后，单击工具栏上的【新增】按钮，打开【物料-新增】对话框，在其中输入物料的基本资料，如图 3-93 所示。

图 3-92 新增物料组显示

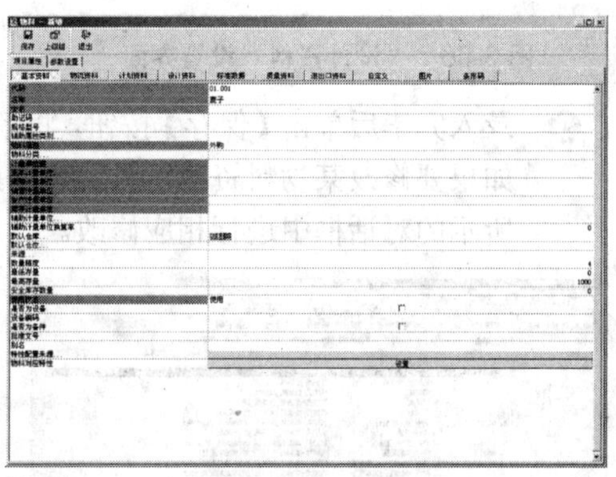

图 3-93 【物料-新增】对话框

❺ 选择“物流资料”选项卡，进入“物流资料”设置界面，在其中输入相应的物流资料，如图 3-94 所示。

❻ 选择“计划资料”选项卡，进入“计划资料”设置界面，在其中输入相应的计划资料，如图 3-95 所示。

❼ 选择“设计资料”选项卡，进入“设计资料”设置界面，在其中输入相应的设计

资料，如图 3-96 所示。

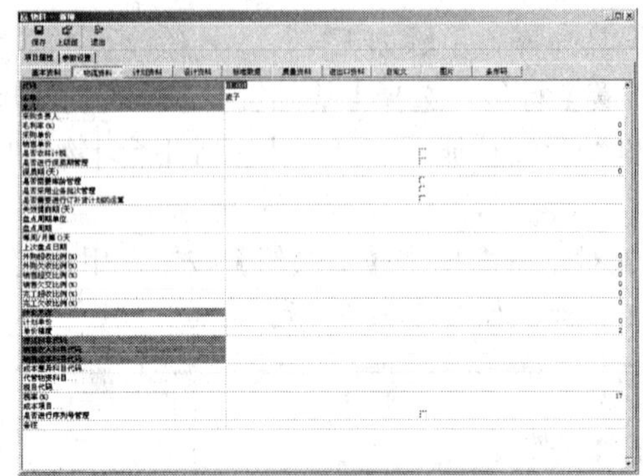

图 3-94 “物流资料”设置界面

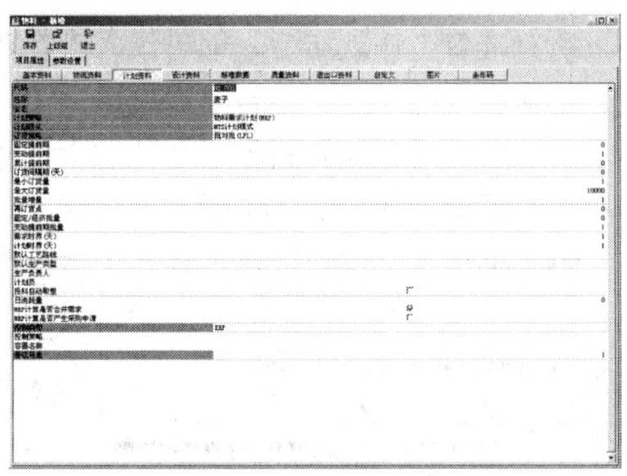

图 3-95 “计划资料”设置界面

❽ 选择“标准数据”选项卡，进入“标准数据”设置界面，在其中输入相应的数据，如图 3-97 所示。

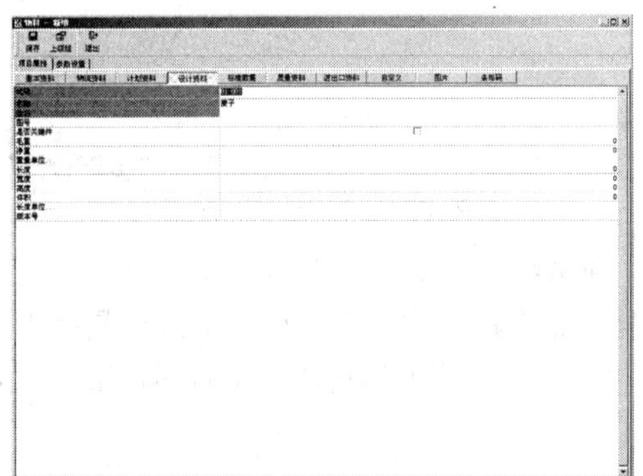

图 3-96 “设计资料”设置界面

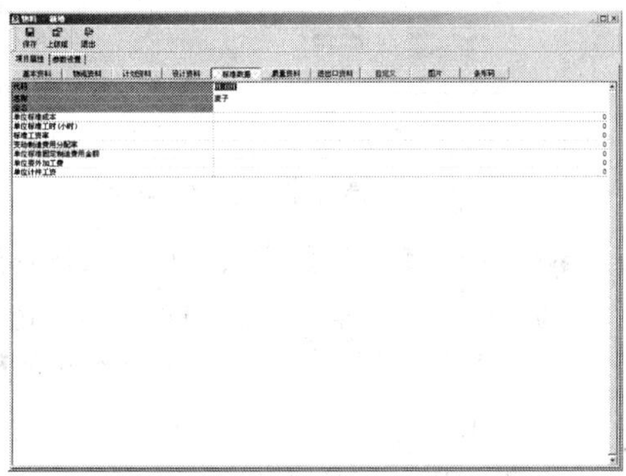

图 3-97 “标准数据”设置界面

❾ 录入完毕后单击【保存】按钮，将新增的物料资料保存到系统中，如图 3-98 所示。如果要修改某物料资料，只用选中此物料之后，单击【属性】按钮，在如图 3-99 所示的对话框中进行相应修改。

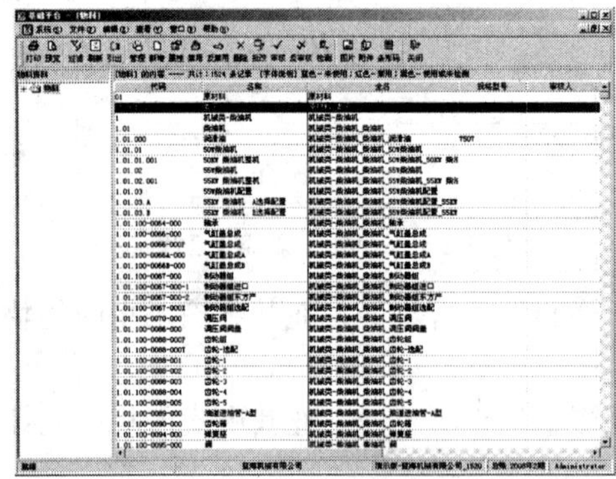

图 3-98 新增物料显示

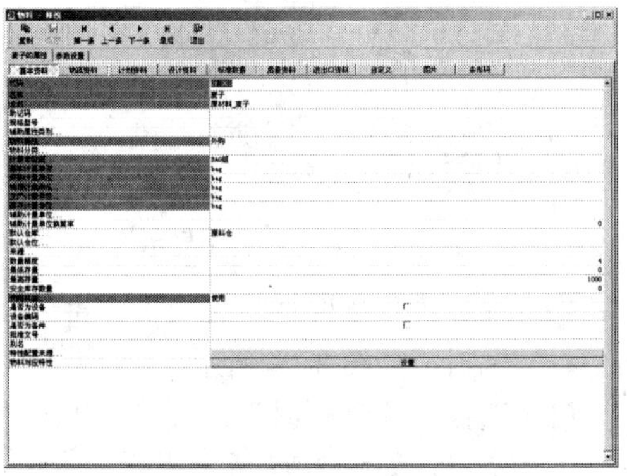

图 3-99 【物料-修改】对话框

3.3 期初余额录入

在金蝶 K/3 系统中，每个模块在启用前都必须录入期初余额（除非本单位是一个新建单位，在启用计算机会计信息系统前没有任何账务需要处理），否则将导致账套数据不准确。

初始余额的录入可分为下面两种情况进行处理：

- 账套的启用时间是会计年度的第一个会计期间，只需录入各个会计科目的初始余额。
- 账套的启用时间是非会计年度的第一个会计期间，此时需录入截止到账套启用期间各个会计科目的本年累计借、贷方发生额、损益的实际发生额和各科目的初始余额。

3.3.1 录入科目初始数据

除非是无初始余额及累计发生额，否则所有用户都要进行初始余额设置。

录入科目初始数据的具体操作步骤如下：

❶ 在金蝶 K3 主控台窗口中单击【系统设置】标签，选择【初始化】系统功能项，进入初始化窗口，如图 3-100 所示。

❷ 双击【总账】子功能项下的“科目初始数据录入”选项，进入【初始余额录入】窗口，如图 3-101 所示。

注意：在初始数据录入窗口中系统以不同的颜色来标识不同的数据；白色区域表示可以直接录入的账务数据资料，它们是最明细级普通科目的账务数据；黄色区域表示为非最明细科目的账务数据，这里的数据是系统根据最明细级科目的账务数据或核算项目数据自动汇总计算出来的；绿色区域为系统预设或文本状态，此处的数据不能直接输入。

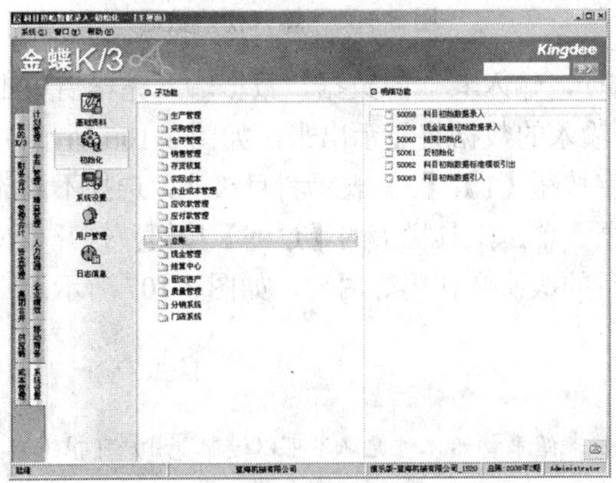

图 3-100　初始化窗口

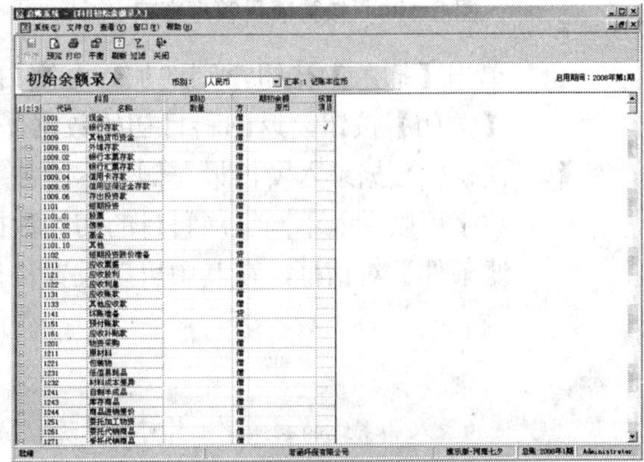

图 3-101　【初始余额录入】窗口

❸ 在“币别”下拉列表框中选择币种，若选择的是外币，则需要分别在“原币”和

“本位币”列相对应的科目中输入初始数据，如图3-102所示。

❹ 如果某个科目设置了核算项目，系统则会在科目的“核算项目”栏中显示“√”标记，单击“√”标记，弹出【核算项目初始余额录入】对话框，单击核算项目列的空白行，在该列的右侧将出现一个按钮，如图3-103所示。

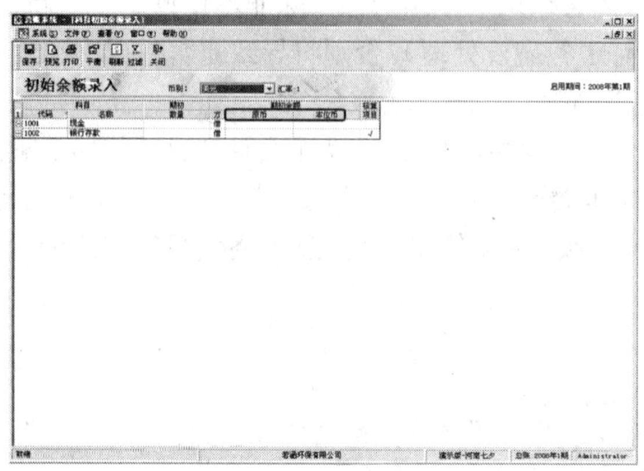

图3-102　选择外币

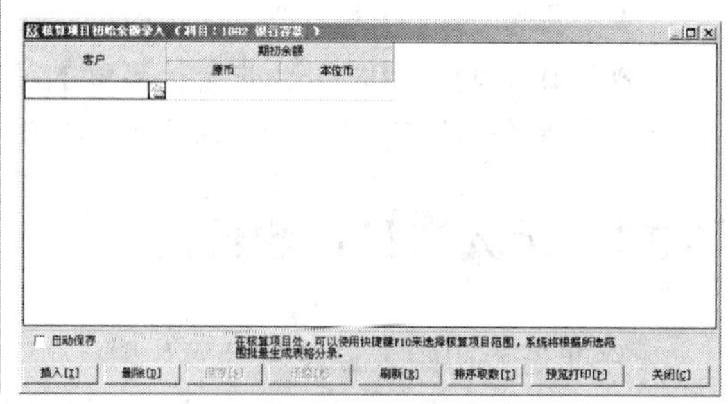

图3-103　【核算项目初始余额录入】对话框

❺ 单击按钮，打开相应的核算项目管理窗口，如图3-104所示。从中选取自己需要的核算项目之后，再在相应的栏中输入初始数据，如图3-105所示。

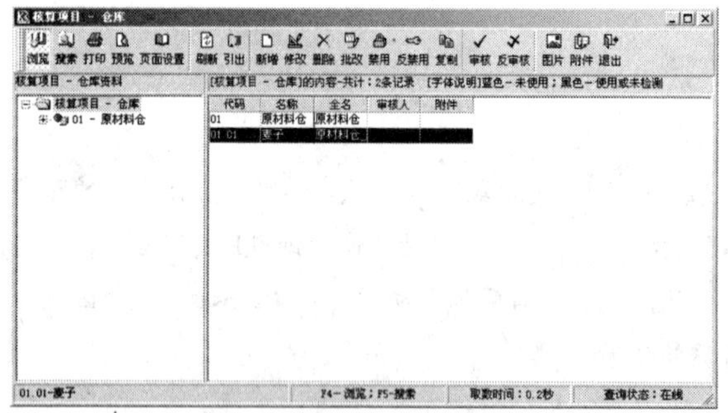

图3-104　核算项目管理窗口

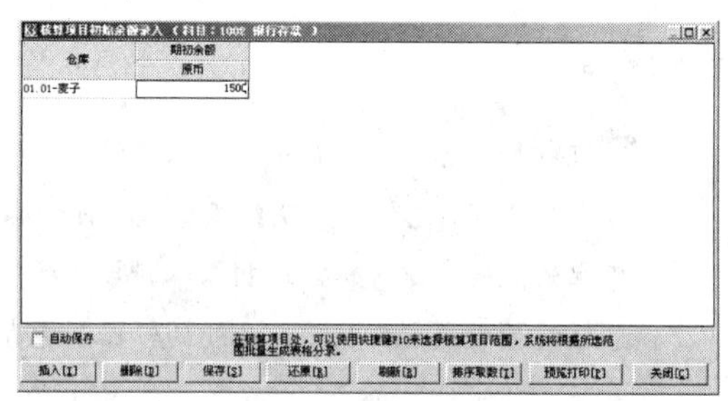

图3-105　输入初始数据

❻ 单击【插入】按钮，则增加一个空白行，输入其他的数据，数据输入完毕后单击【关闭】按钮，返回科目初始数据，输入的数据将显示出来，如图3-106所示。

❼ 在初始数据录入窗口最左侧显示的数字按钮【1】、【2】表示科目级次，选择不同的数字可以录入不同级次科目的初始数据。单击工具栏上的【过滤】按钮，打开【过滤条件】对话框，在其中可以设置科目的级次和代码等内容，如图3-107所示。

注意

凭证的录入和系统的初始化工作可同时进行，但未结束初始化时凭证不可以过账。用户可根据自己的需要将已经启用的账套反初始化到初始状态。不过，只有系统管理员才有权限进行这种操作。

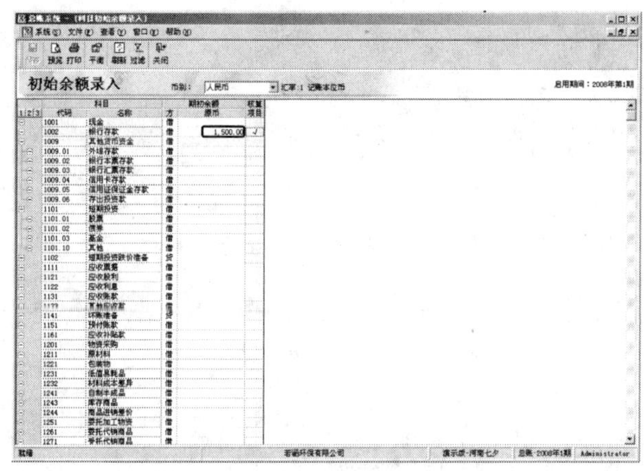

图 3-106　显示数据

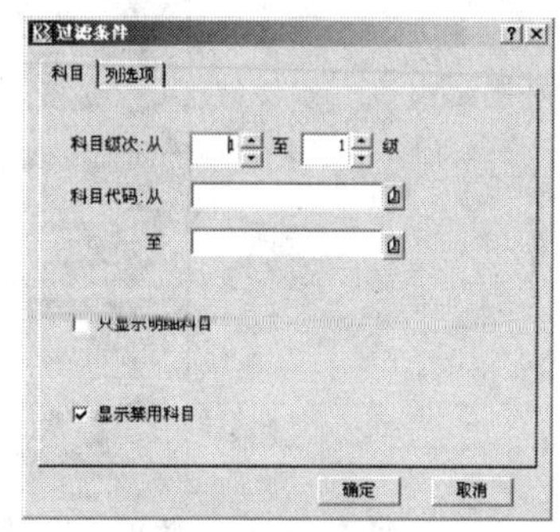

图 3-107　【过滤条件】对话框

❽ 在“列选项”选项卡中可以设置科目的“数量列”和“损益列”，如图 3-108 所示。单击【确定】按钮，科目初始数据录入窗口中显示所需要的科目。

❾ 当数据全部录入之后，单击工具栏上的【平衡】按钮，系统将对录入的数据进行试算平衡，并弹出试算平衡表以报告试算结果，如图 3-109 所示。如果试算不平衡，则总账系统不能结束初始化。

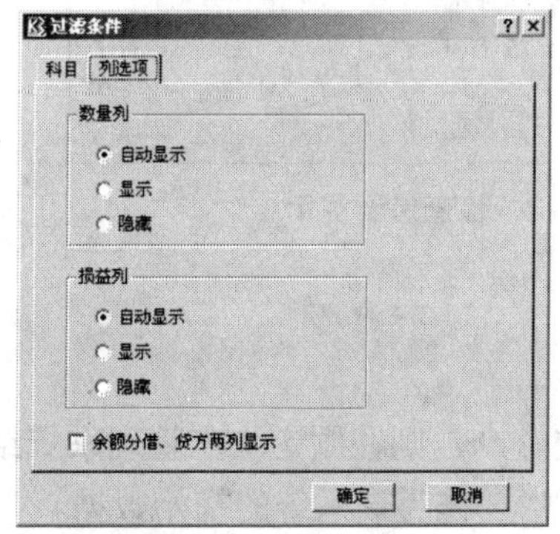

图 3-108　“列选项”选项卡

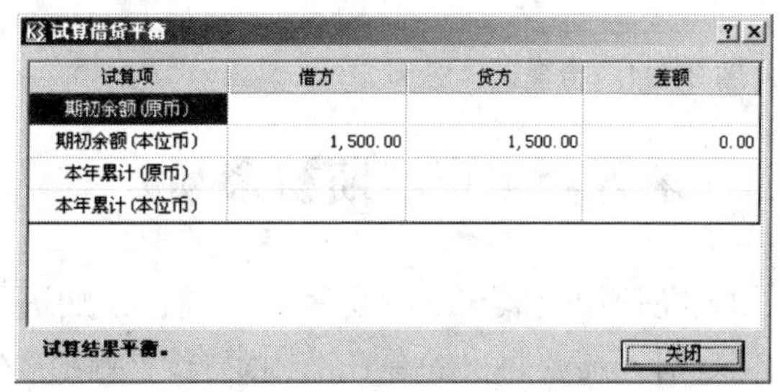

图 3-109　【试算借贷平衡】对话框

3.3.2　录入现金流量初始数据

如果用户新建账套不是启用会计年度的第一个会计期间，则需要录入现金流量初始数据。

录入现金流量初始数据的具体操作步骤如下：

❶ 在金蝶 K3 主控台窗口中单击【系统设置】标签，选择【初始化】系统功能项，双击【总账】子功能项下的“现金流量初始数据录入”选项，进入【现金流量初始余额录入】窗口，如图 3-110 所示。

❷ 在其中选择币别之后，再在显示的白色栏中输入相应项目的初始数据。

图 3-110 【现金流量初始余额录入】窗口

❸ 当初始数据录入完毕之后，单击工具栏上的【检查】按钮，检查现金流量项目间勾稽关系的正确性。如果数据相等，则给出检查正确的提示，如图 3-111 所示。如果检查结果不正确，则指出不正确的原因（数据检查结果不正确，则不允许系统初始化），如图 3-112 所示。

图 3-111 检查正确提示

图 3-112 检查错误提示

3.3.3 录入固定资产期初余额

如果在使用金蝶 K/3 财务系统之前已经购进了固定资产，则在固定资产管理系统结束初始化之前，需要将已经存在的固定资产数据录入系统中，作为该系统的初始数据。

1. 增加卡片

向固定资产系统录入数据，首先就是要增加存储数据的卡片，具体操作步骤如下：

❶ 在金蝶 K/3 主控台窗口中单击【财务会计】标签，选择【固定资产管理】系统功能项，双击【业务处理】子功能项下的“新增卡片”明细功能项，系统弹出一个信息提示框，提示用户输入卡片后将不能更改启用账套的会计期间，如图 3-113 所示。

❷ 单击【是】按钮，进入卡片管理窗口，同时弹出【卡片及变动-新增】对话框，在其中可以设置固定资产类别、编码、名称、计量单位、数量、入账日期、存放地点、经济用途、使用状况、变动方式、规格型号、产地、供应商、制造商、备注、附属设备和自定义项目数据等信息（录入初始固定资产卡片时，入账日期只能是初始化以前的日期），如图 3-114 所示。

图 3-113　信息提示框

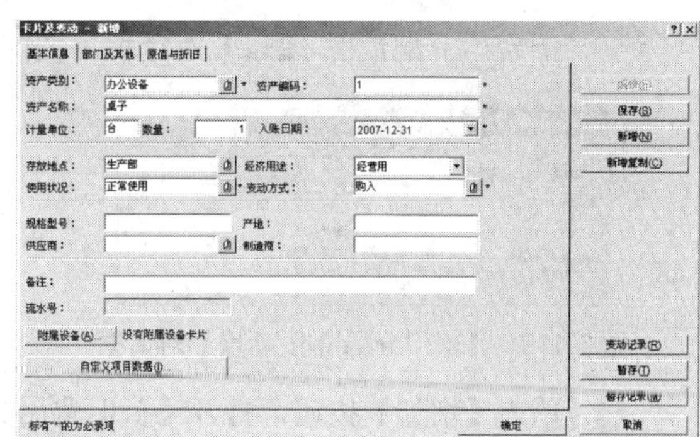

图 3-114　【卡片及变动-新增】对话框

❸ 如果当前固定资产有附属设备，则单击【附属设置】按钮，打开【附属设备清单-编辑】对话框，如图 3-115 所示。单击【增加】按钮，新增附属设备，如图 3-116 所示。

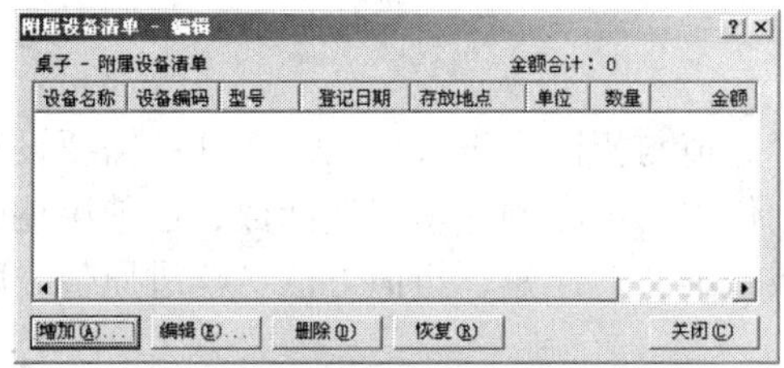

图 3-115　【附属设备清单-编辑】对话框

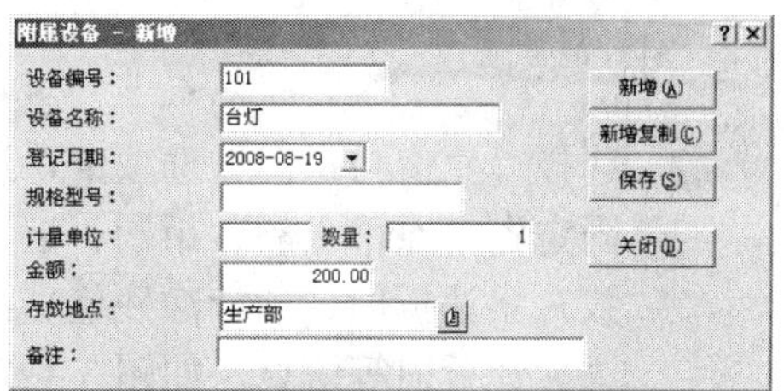

图 3-116　【附属设备-新增】对话框

❹ 选择“部门及其他”选项卡，进入“部门及其他”设置界面，在其中可以设置固定资产科目、累计折旧科目、使用部门和折旧费用分配等，如图 3-117 所示。

❺ 使用部门若有两个以上，则选中“多个”单选按钮，单击 ... 按钮，打开【部门分配情况-编辑】对话框，如图 3-118 所示。

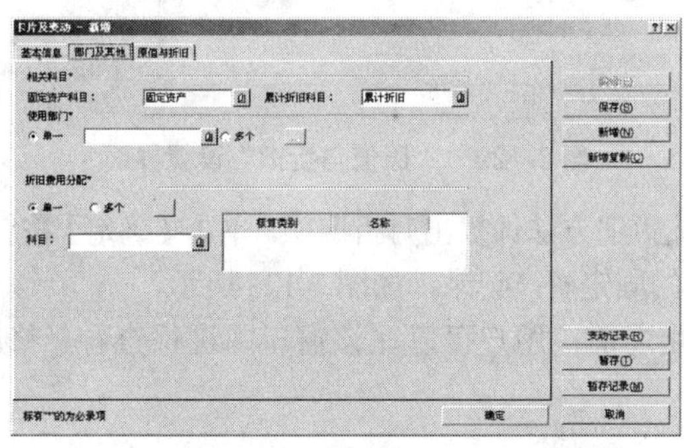

图 3-117　“部门及其他”设置界面

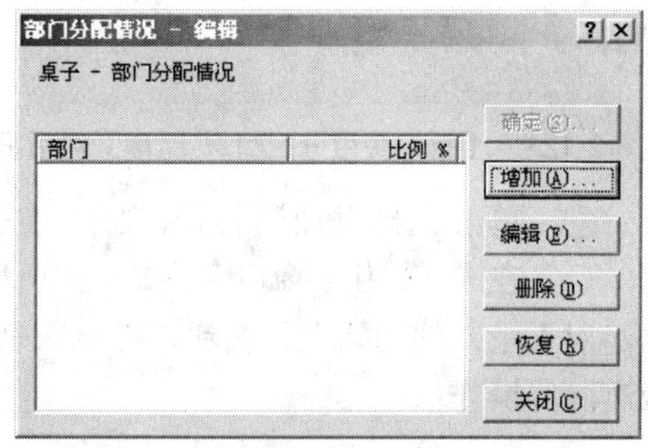

图 3-118　【部门分配情况-编辑】对话框

❻ 单击【增加】按钮，打开【部门分配情况-新增】对话框，在其中输入使用部门及分配比例，如图 3-119 所示。单击【保存】按钮，将设置信息添加到部门分配情况列表中。

❼ 折旧费用分配若有两个以上，则选中“多个”单选按钮，单击 ... 按钮，打开【折

旧费用分配情况-编辑】对话框，如图 3-120 所示。

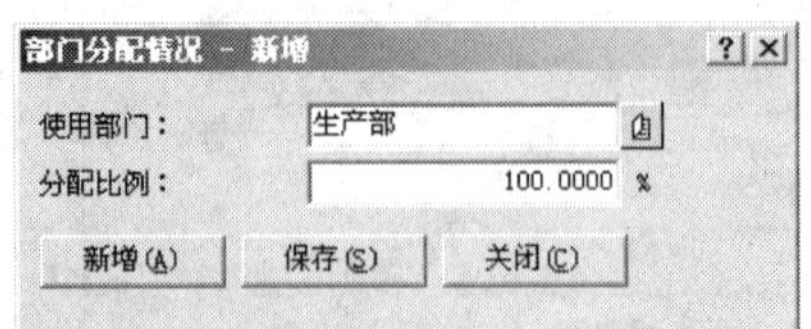

图 3-119 【部门分配情况-新增】对话框

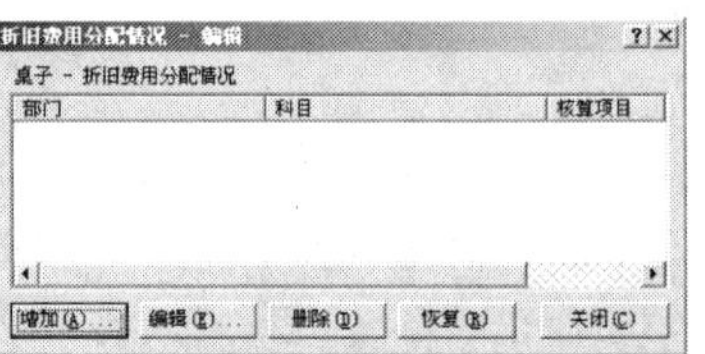

图 3-120 【折旧费用分配情况-编辑】对话框

❽ 单击【增加】按钮，打开【折旧费用分配情况-新增】对话框，在其中可根据提示输入相应的部门、科目和分配比例，如图 3-121 所示。单击【保存】按钮，即可将设置信息添加到折旧费用分配情况列表中。

注意

一定要保证使每一个使用部门的所有费用科目的分配比例之和均为 100%，否则不能完成多费用科目的设置。

❾ 选择“原值与折旧”选项卡，进入到“原值与折旧”设置界面，在其中需要设置固定资产原币金额、币别、汇率、开始使用日期、预计使用期间数、已使用期间数、累计折旧、预计净残值、净值、减值准备、净额、折旧方法、购进原值、购进累计折旧等信息，如图 3-122 所示。

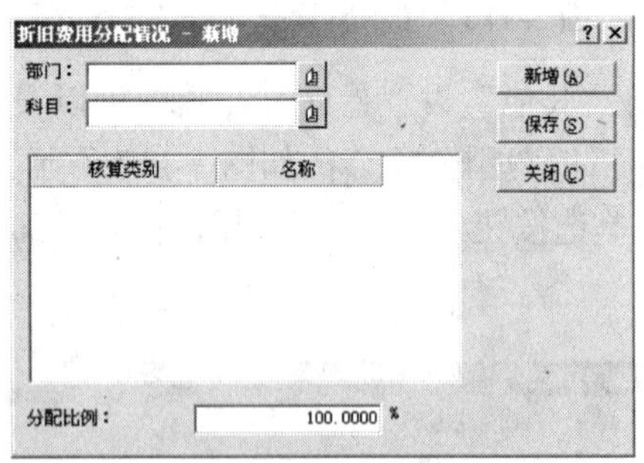

图 3-121 【折旧费用分配情况-新增】对话框

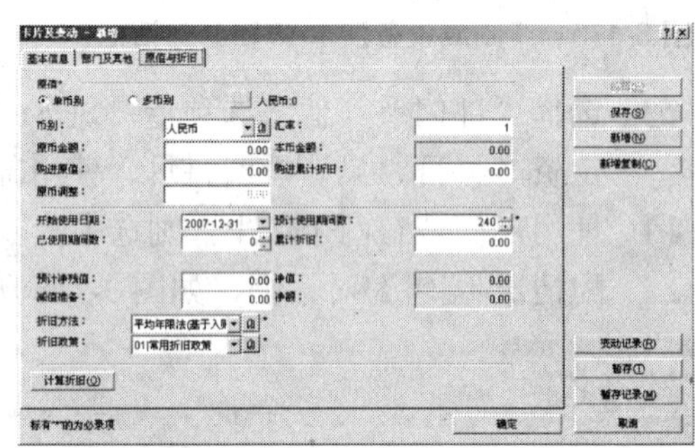

图 3-122 “原值与折旧”设置界面

❿ 单击【计算折旧】按钮，则自动按所选折旧方法计算出月折旧额。单击【确定】按钮，在【初始化】窗口中将显示出所增加的固定资产记录，如图 3-123 所示。

对于录入的初始卡片资料，在结束初始化之前，用户可以在该窗口中进行查看、修改或删除等操作。

提示

固定资产购进原值、购进累计折旧为备注信息，反映资产在购入时的原始信息，如评估后的资产，原购进原值与评估后的原值不一致，就可以反映在“购进原值”项目中，备注信息不参与计算，属非必录项，系统默认与原币金额和累计折旧一致。

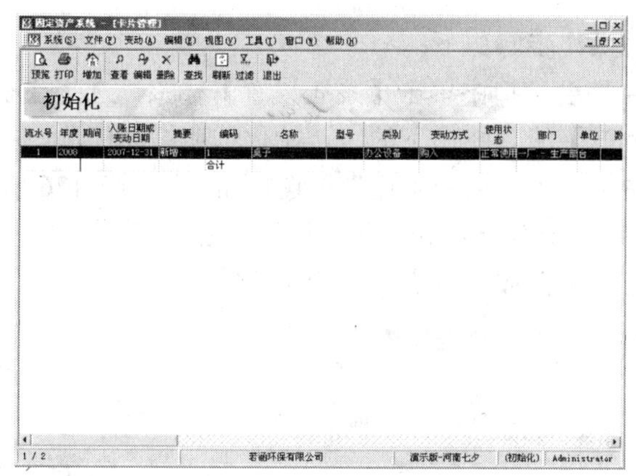

图 3-123 固定资产记录

2．将初始数据传递至总账

在结束初始化之前，可以将固定资产对应的固定资产、累计折旧和减值准备科目的数据传递到总账，可以重复传递，数据以最后一次传递为准。

在【固定资产系统-[卡片管理]】窗口中选择【工具】→【将初始数据传送总账】命令，即可给出提示，如图 3-124 所示。单击【是】按钮，完成操作并弹出传送成功的提示信息，如图 3-125 所示。

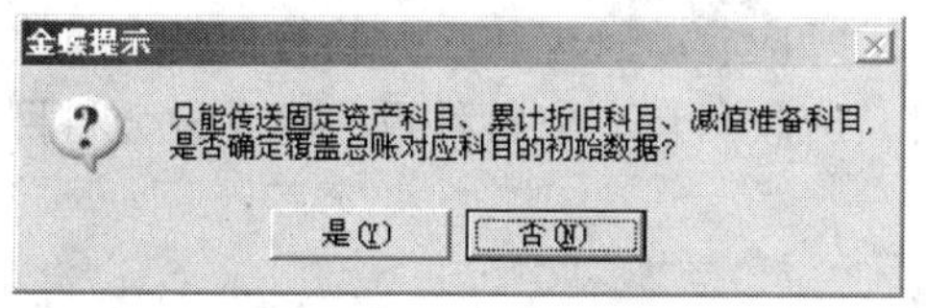

图 3-124 信息提示框

图 3-125 数据传送成功提示

应按照如下的对应关系传递数据。

（1）账套的启用时间是会计年度的第一个会计期间：进行固定资产初始化时，“新增卡片”下的“原值与折旧”中，Σ原值金额=》总账固定资产科目，Σ累计折旧=》总账固定资产累计折旧科目，Σ减值准备=》总账固定资产减值准备科目。

（2）账套的启用时间不是会计年度的第一个会计期间：进行固定资产初始化时，“新增卡片”下的“初始化数据”中，Σ（年初原值+本年原值调增-本年原值调减）=》总账固定资产科目，Σ（年初累计折旧+本年已提折旧+本年累计折旧调增-本年累计折旧调减）=》总账固定资产累计折旧科目，Σ（年初减值准备+本年减值准备调增-本年减值准备调减）=》总账固定资产减值准备科目。

以上两种情况都是将固定资产中的数据按本位币传递到总账对应的本位币科目。若总账系统已经结束初始化，则不能进行数据传递。

3．结束初始化

在核对原值、累计折旧、减值准备的余额与账务相符之后，即可将固定资产管理系统结束初始化，并进入正常使用状态。

结束初始化的具体操作步骤如下：

❶ 在金蝶 K/3 主控台窗口中单击【系统设置】标签，选择【初始化】系统功能项，双击【固定资产】子功能项下的“初始化”明细功能项，打开【结束初始化】对话框，在其中选中“结束初始化”单选按钮，如图 3-126 所示。

❷ 单击【开始】按钮，开始结束初始化操作，完成后会弹出一个信息提示框，如图 3-127 所示。单击【确定】按钮，完成初始化的结束操作。

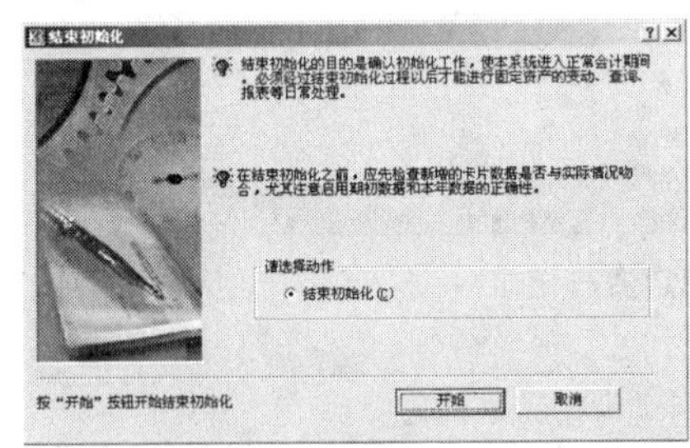

图 3-126　【结束初始化】对话框

图 3-127　结束初始化

3.3.4　录入往来科目期初余额

往来科目期初余额的录入包括应收款管理和应付款管理两个模块的初始数据录入。而且要进行往来科目期初余额的录入，必须先进行应收款管理和应付款管理两个模块的系统参数设置，以确定坏账科目、坏账准备科目、应收科目、应付科目、应交税金科目、预付账款科目和预交账款科目等。

1．应收款管理期初余额的录入

应收款管理系统通过销售发票、其他应收单和收款单等单据的录入，对企业的往来账款进行综合管理，及时、准确地提供给客户往来账款余额资料，提供各种分析报表，如账龄分析表、周转分析、欠款分析、坏账分析、回款分析和合同收款情况分析等，通过各种分析报表，帮助用户合理地进行资金的调配，提高资金的利用效率。

（1）系统设置

系统设置主要是对应收款管理系统的运行参数进行设置，对一些基础资料等进行维护，以保证日常的业务处理。

系统设置的具体操作步骤如下：

❶ 在金蝶 K/3 主控台窗口中单击【系统设置】标签，选择【系统设置】系统功能项，双击【应收款管理】子功能项下的“系统参数”明细功能项，打开【系统参数】对话框，如图 3-128 所示。

❷ 在“基本信息”选项卡中，可以设置公司名称、地址、电话、税务登记号、开户银行及银行账号等基本信息，并可设置启用会计期间和当期会计期间。在“坏账计提方法”选项卡中，可以设置坏账损失科目、坏账准备科目和坏账的计提方法等选项，如图 3-129 所示。

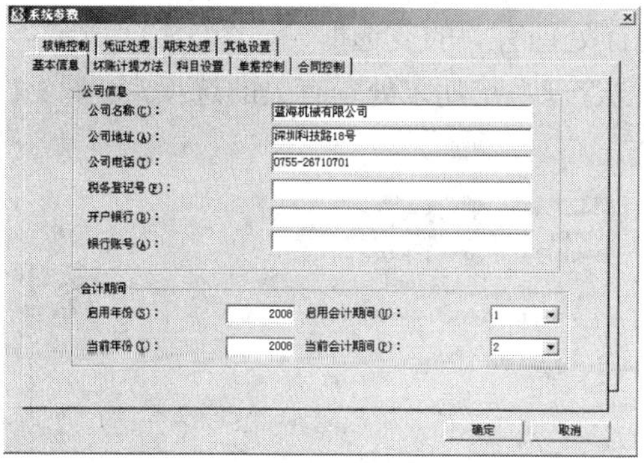

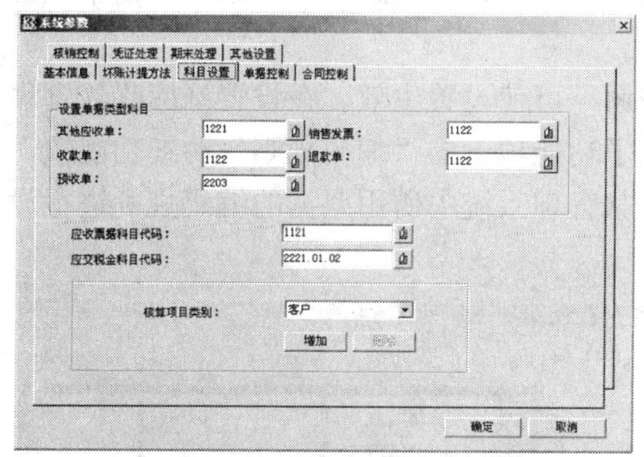

图 3-128　【系统参数】对话框

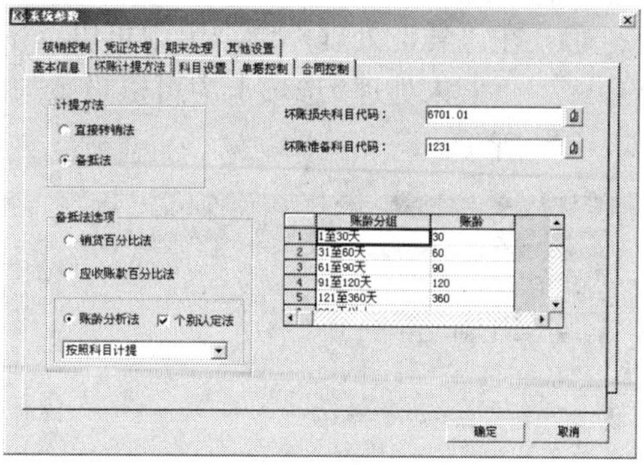

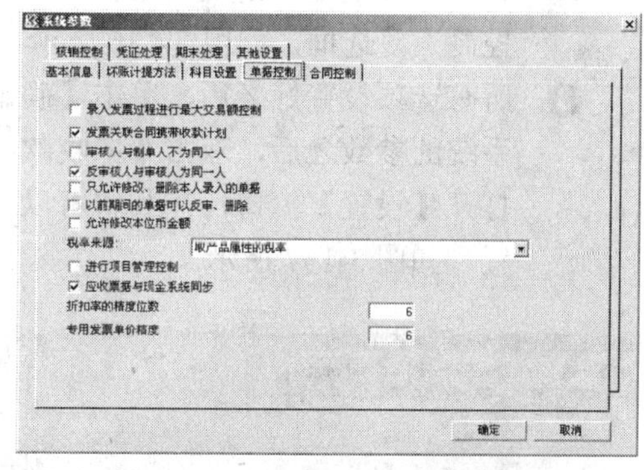

图 3-129　“坏账计提方法”设置界面

❸ 在“科目设置”选项卡中，可以设置单据类型科目、应收票据科目和应交税金科目。单击【增加】按钮，可设置核算项目类别，如图 3-130 所示。

❹ 在“单据控制”选项卡中，可以设置税率来源、折扣率的精度位数、专用发票单价精度以及其他的单据控制选项，如图 3-131 所示。

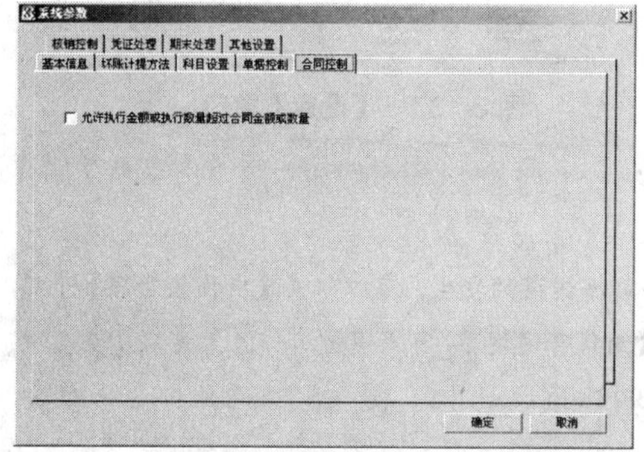

图 3-130　“科目设置”设置界面

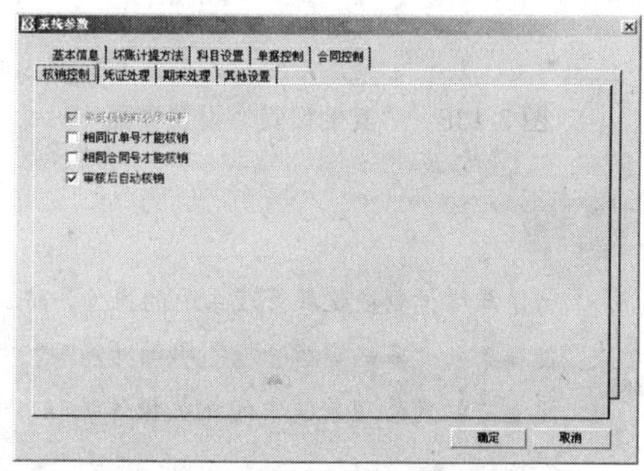

图 3-131　“单据控制”设置界面

❺ 在“合同控制”选项卡中可以选中“允许执行金额或执行数量超过合同金额或数量”复选框，如图 3-132 所示；在“核销控制”选项卡中可以设置与单据核销有关的选项，如图 3-133 所示。

图 3-132　“合同控制”设置界面

图 3-133　“核销控制”设置界面

❻ 在“凭证处理”选项卡中可以选中与凭证处理有关的复选框，如图 3-134 所示；在“期末处理”选项卡中可以设置与应收款管理系统期末处理有关的选项，如图 3-135 所示。

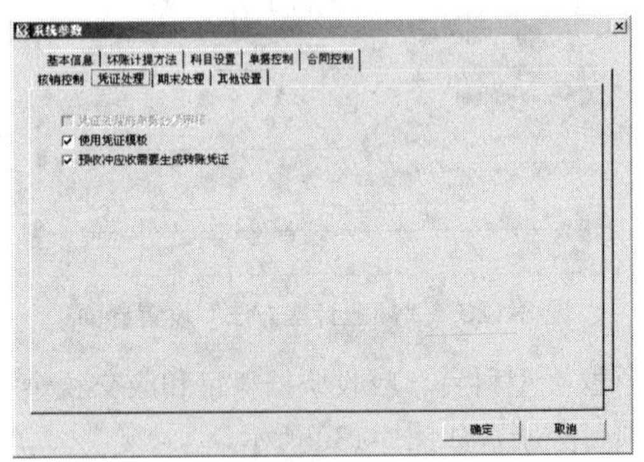

图 3-134 “凭证处理”设置界面

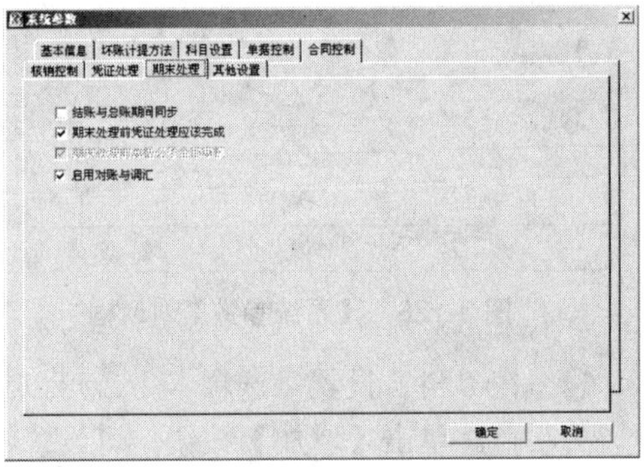

图 3-135 “期末处理”设置界面

❼ 若本企业使用的是集团账套，则还可以在“其他设置”选项卡中选中“使用集团控制”复选框，如图 3-136 所示。

❽ 所有选项设置好之后，单击【确定】按钮，可使设置生效。在设置好应收款管理系统的参数之后，双击【应收款管理】子功能项下的“编码规则”明细功能项，打开【设置】窗口，在其中可以对应收款管理系统中所用票据的编码规则进行设置，如图 3-137 所示。

图 3-136 “其他设置”设置界面

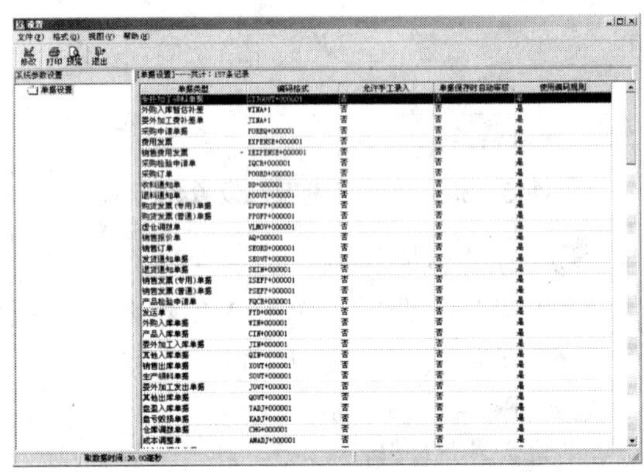

图 3-137 【设置】窗口

小技巧

为了严格控制应收款管理系统的操作，防止财务数据错误的发生，可以双击【应收款管理】子功能项下的“多级审核管理”明细功能项，打开【销售普通发票_多级审核工作流】窗口，在其中设置应收款管理系统中的相关操作流程，如图 3-138 所示。

（2）类别维护与信用管理

在正式使用应收款管理系统前，用户还需要设置与该系统有关的基础数据，以便更好地控制和使用应收款管理系统。

① 类型维护

类型维护的具体操作步骤如下：

❶ 在金蝶 K/3 主控台窗口中单击【系统设置】标签，选择【基础资料】系统功能项，双击【应收款管理】子功能项下的“类型维护”明细功能项，打开【类型维护】对话框，如图 3-139 所示。

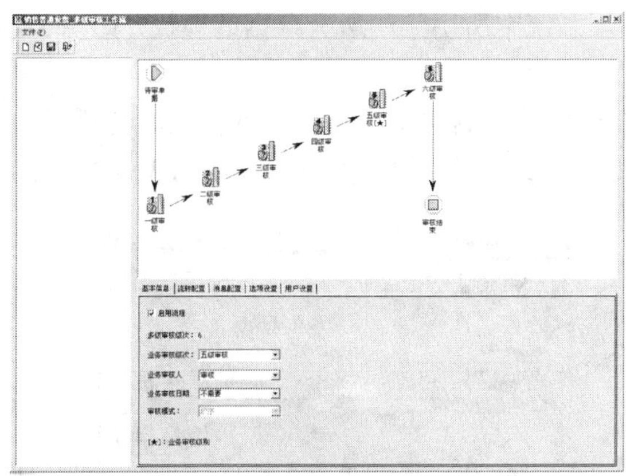

图 3-138　【销售普通发票_多级审核工作流】窗口

图 3-139　【类型维护】对话框

❷ 在左侧的类型列表框中选择需要操作的类型，单击工具栏上的【新增】按钮，打开相应类型的【新增项目】对话框，如图 3-140 所示。

❸ 在其中输入新增项目的代码和名称之后，单击【确定】按钮，继续新增项目。在新增项目输入完毕之后，单击【取消】按钮，即可关闭该对话框。

❹ 在【类型维护】窗口中选择需要修改的具体项目，单击工具栏上的【修改】按钮或直接双击，可打开【修改项目】对话框修改其中的内容，如图 3-141 所示。

❺ 选取需要删除的具体项目，单击工具栏上的【删除】按钮，在弹出的提示信息框中单击【是】按钮，即可将所选项目删除，如图 3-142 所示。

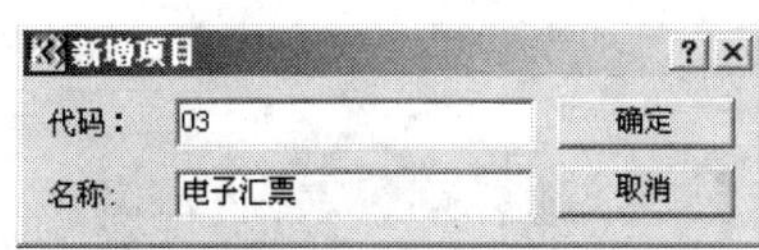

图 3-140　【新增项目】对话框

图 3-141　【修改项目】对话框

图 3-142　删除提示

注意：对于系统预设的项目，用户不能删除，但可以修改。用户自己增加的项目可以随意修改和删除。

❻ 单击工具栏上的【预览】按钮，可预览当前窗口中显示内容的打印效果；单击【打印】按钮，可将当前窗口中显示的内容打印输出。在操作完毕之后，单击工具栏上的【关闭】按钮，可退出类型维护的操作。

② 凭证模板

应收款管理系统提供了凭证模板的设置功能，用户可以对已经预设的凭证模板进行修改或增加。具体操作步骤如下：

❶ 在金蝶 K/3 主控台窗口中单击【系统设置】标签，选择【基础资料】系统功能项，双击【应收款管理】子功能项下的“凭证模板”明细功能项，打开【凭证模板设置】窗口，其中预设了在应收款管理系统中所用到的所有票据的模板，如图 3-143 所示。

❷ 在左侧的票据列表窗口中选择需要操作的票据类型，单击工具栏上的【新增】按钮，打开【凭证模板】窗口，在其中可以设置新的票据样式，如图 3-144 所示。

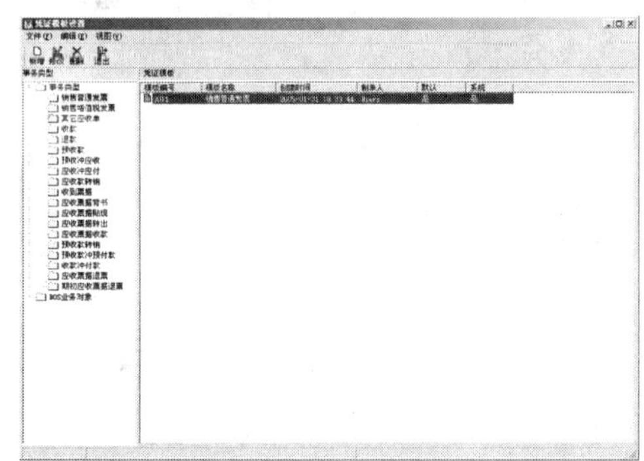

图 3-143 【凭证模板设置】窗口

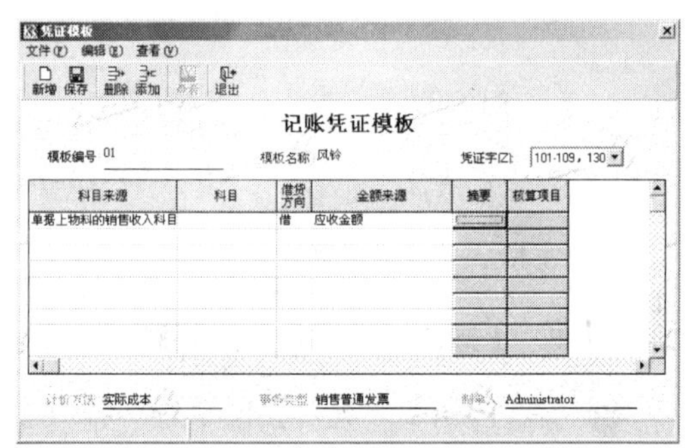

图 3-144 【凭证模板】窗口

❸ 在左侧的票据列表窗口中选择需要操作的票据类型，单击工具栏上的【修改】按钮，打开相应的凭证模板进行修改，如图 3-145 所示。

❹ 在左侧的票据列表窗口中选择需要操作的票据类型，单击工具栏上的【删除】按钮，在弹出的如图 3-146 所示的提示信息框中单击【是】按钮，可将所选的凭证模板删除。

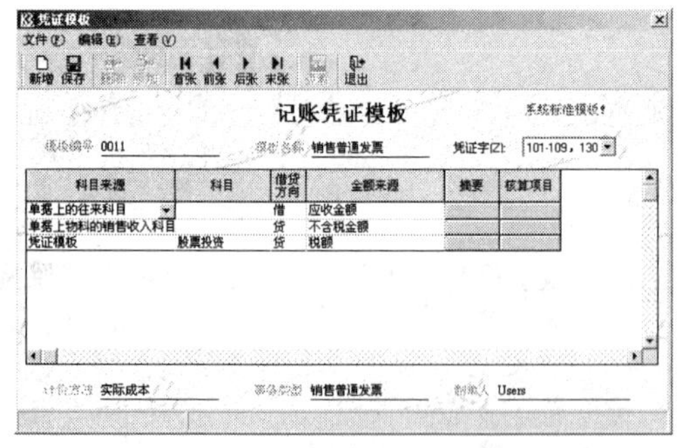

图 3-145 修改模板凭证

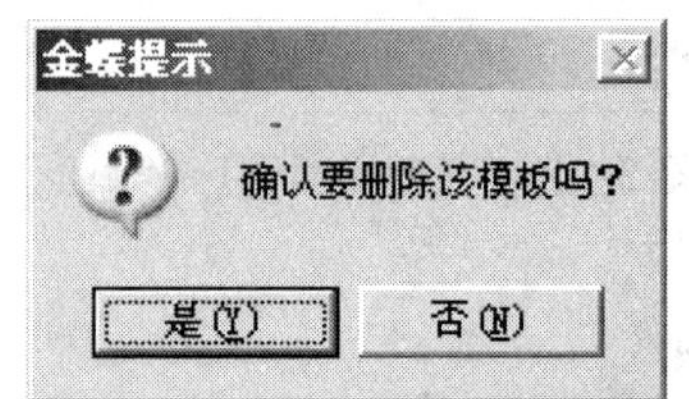

图 3-146 删除模板

❺ 单击工具栏上的【退出】按钮，关闭【凭证模板设置】窗口。

③ 信用管理

在信用管理功能中，用户可以对客户、业务员和部门进行信用管理，以避免给企业带来巨大的损失。

在金蝶 K/3 主控台窗口中单击【系统设置】标签，选择【基础资料】系统功能项，双击【应收款管理】子功能项下的“信用管理”明细功能项，打开【系统基本资料（信用管理)】窗口，在其中可以分别对客户和业务员进行信用管理，如图 3-147 所示。

提示

在【基础资料】→【公共资料】→【客户】资料管理窗口中，只有选取了客户属性中的“是否进行信用管理”选项之后，该客户的名称才能在信用管理窗口中显示。

下面以设置客户信用管理为例介绍其操作方法，具体操作步骤如下：

❶ 在信用管理窗口中单击工具栏上的【客户】按钮，在客户列表框中选择需要进行设置的客户之后，单击工具栏上的【管理】按钮，打开【信用管理】窗口，如图 3-148 所示。

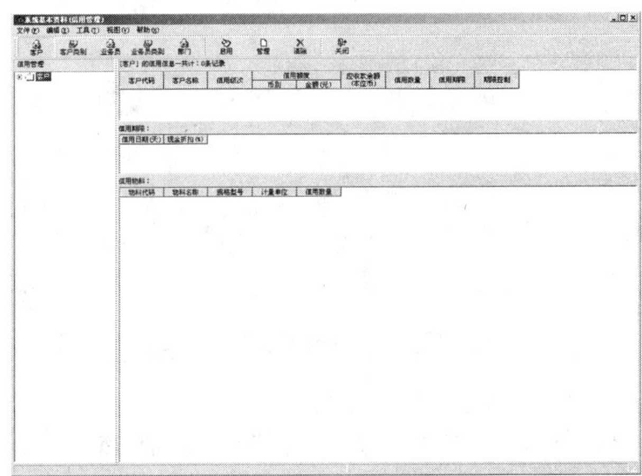

图 3-147 【系统基本资料（信用管理)】窗口

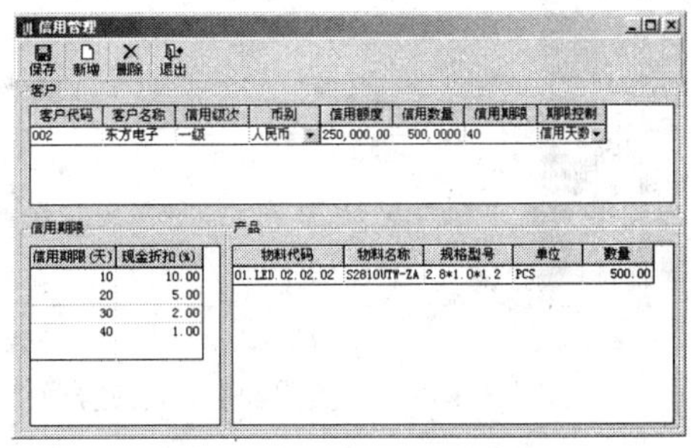

图 3-148 【信用管理】窗口

❷ 设置信用级次、币别、信用额度和期限控制，并在“信用期限”栏中设置信用期限和现金折扣率，还可以设置产品赊销的最大数量。

❸ 单击【保存】按钮将设置的信用资料保存到系统中。在“信用期限”和“产品”栏中，可以单击工具栏上的【新增】或【删除】按钮，增加或删除行。

❹ 单击工具栏上的【退出】按钮，关闭【信用管理】窗口。

❺ 按照上述操作方法为所有需要进行信用管理的客户设置信用资料。与设置客户信用资料的操作方法相同，用户可以分别设置“客户类别”、“业务员”、“业务员类别”和“部门”的信用资料。

❻ 选择【工具】→【选项】命令，打开【选项设置】对话框，在其中可以设置信用管理对象、信用控制强度以及信用管理选项，如图 3-149 所示。

❼ 选择【工具】→【公式】命令，打开【信用公式设置】对话框，在其中可以根据实际情况设置控制时点，如图 3-150 所示。

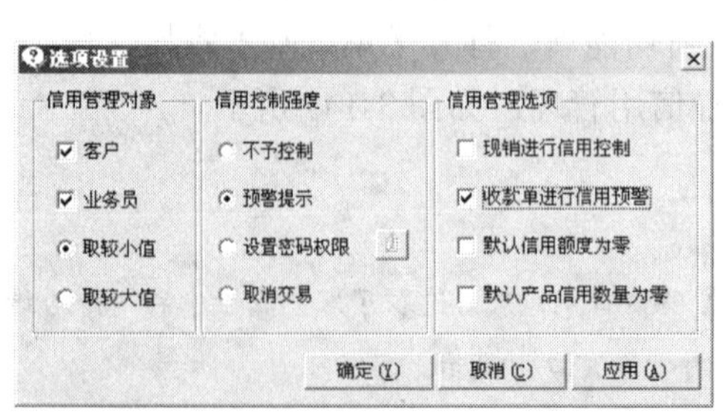

图 3-149 【选项设置】对话框

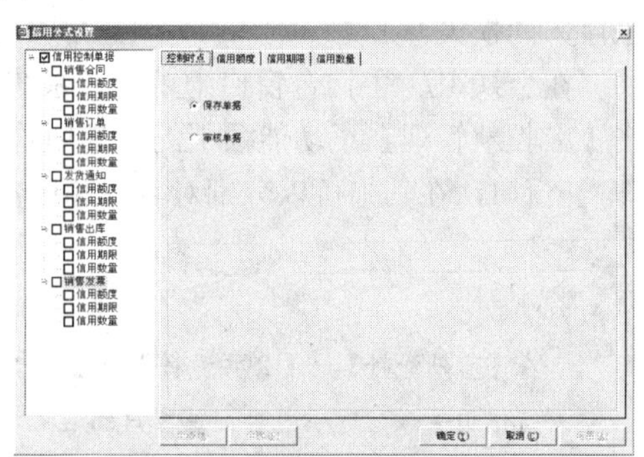

图 3-150 【信用公式设置】对话框

❽ 选择“信用额度”选项卡，进入“信用额度”设置界面，在其中可以根据实际情况设置相应的信用额度，如图 3-151 所示。

❾ 选择“信用期限”选项卡，进入“信用期限”设置界面，在其中可以设置相应的信用期限，如图 3-152 所示。

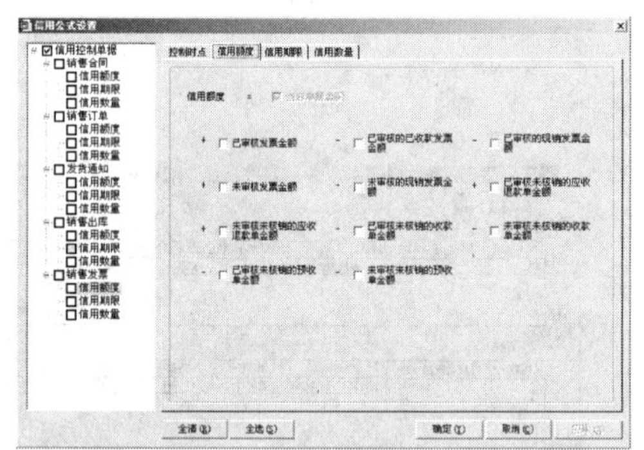

图 3-151 “信用额度”设置界面

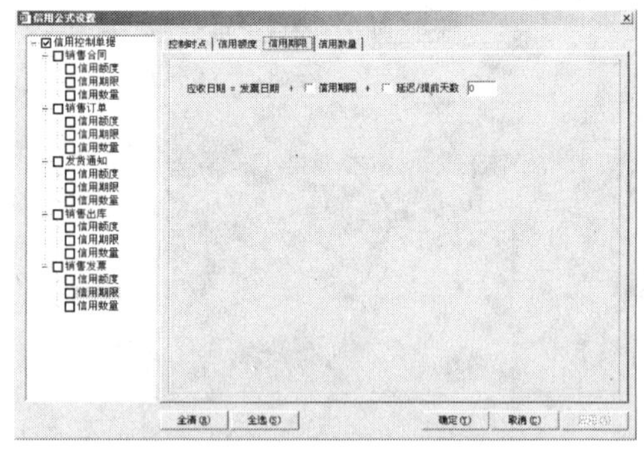

图 3-152 “信用期限”设置界面

❿ 选择“信用数量”选项卡，进入“信用数量”设置界面，在其中可以设置相应的信用数量，如图 3-153 所示。

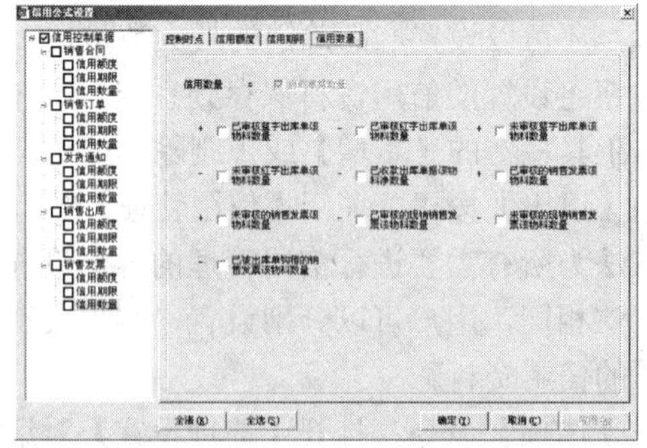

图 3-153 “信用数量”设置界面

⑪ 单击【确定】按钮，返回【系统基本资料（信用管理）】窗口。单击工具栏上的【启用】按钮，启用信用管理功能。单击工具栏上的【清除】按钮，并在弹出的提示信息框中单击【是】按钮，可将所选对象的信用资料删除。

⑫ 选择【文件】→【预览】命令，弹出【过滤】对话框，在其中设置信用对象、代码范围，如图3-154所示。单击【确定】按钮，进入预览窗口，如图3-155所示。选择【文件】→【引出】命令并设置引出的对象与代码范围，将符合条件的信用对象引出。

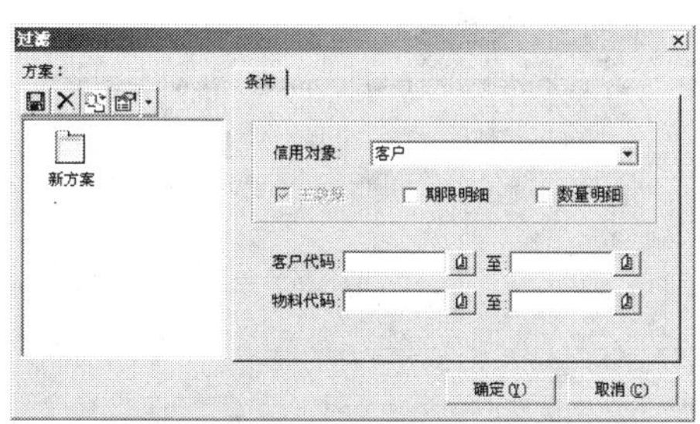

图3-154 【过滤】对话框

信用额度报表

日期：2006-08-06 17:28:45

编码	名称	信用级别	币种/单位	额度	数量	期限	天数控制
001	欧创贸易	二级	人民币	200000	0	30	信用天数
002	东方电子	一级	人民币	250000	500	40	信用天数
003	联泰	三级	人民币	100000	0	15	信用天数
004	菲码	三级	人民币	100000	0	15	信用天数
005	大宇电子	三级	人民币	100000	0	15	信用天数
006	凯加	三级	人民币	100000	0	15	信用天数
007	优普	三级	人民币	100000	0	15	信用天数
008	英至	三级	人民币	100000	0	15	信用天数
009	弘揚光电	二级	人民币	200000	0	30	信用天数
010	弘凯	一级	人民币	250000	0	40	信用天数
011	普耐	三级	人民币	100000	0	15	信用天数
012	平洋	二级	人民币	200000	0	30	信用天数
013	正达实业	二级	人民币	200000	0	30	信用天数
014	衡展贸易	一级	人民币	250000	0	40	信用天数

图3-155 预览效果

（3）系统初始化

应收款管理系统初始化时需要准备的资料主要有客户资料、存货资料、部门资料和职员资料。此处的职员主要是指往来核算的经办人或业务员等。这项功能用于统计业务员的销售业绩，不建议用来统计职员的个人借款。

① 录入初始单据

手工录入初始单据的具体操作步骤如下：

❶ 在金蝶K/3主控台窗口中单击【系统设置】标签，选择【初始化】系统功能项，双击【应收款管理】子功能项下的“初始应收单据-维护”明细功能项，打开【过滤】对话框，如图3-156所示。

❷ 在“事务类型”下拉列表框中选择需要录入的单据类型，如选择“初始化_其他应收单”选项，单击【确定】按钮，进入【初始化_其他应收单】窗口，如图3-157所示。

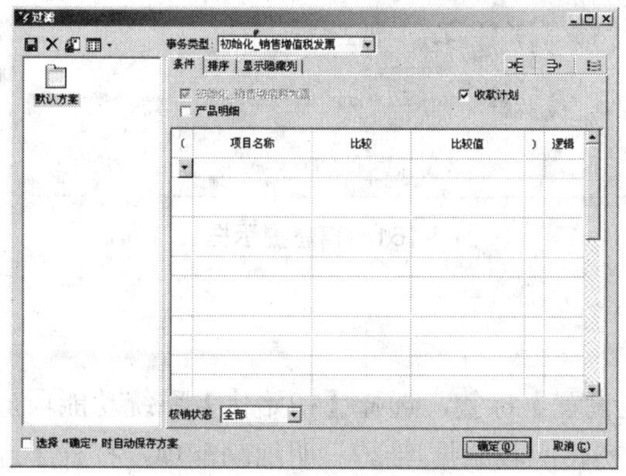

图3-156 【过滤】对话框

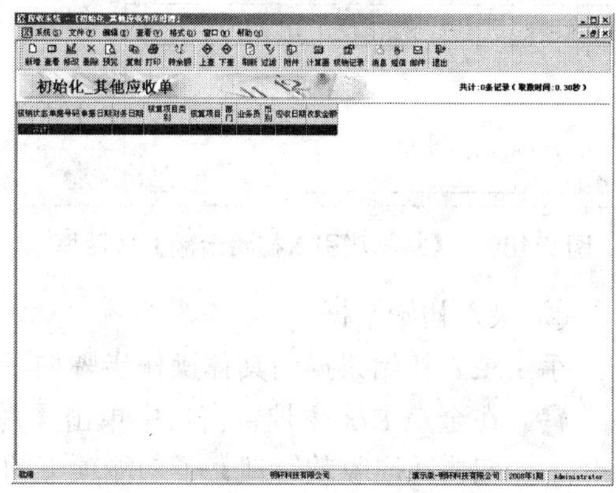

图3-157 【初始化_其他应收单】窗口

❸ 单击工具栏上的【新增】按钮，打开【初始化_其他应收单[新增]】窗口，在其中可以设置单据日期、财务日期、核算项目类别、核算项目、往来科目、摘要以及发生额、应收款金额等内容，并可以指定部门和业务员等选项，如图 3-158 所示。

❹ 单击工具栏上的【保存】按钮，将录入的单据保存到系统中；单击【新增】按钮可继续录入新的单据；单击【退出】按钮，返回【初始化_其他应收单】窗口，即可显示新增的单据，如图 3-159 所示。

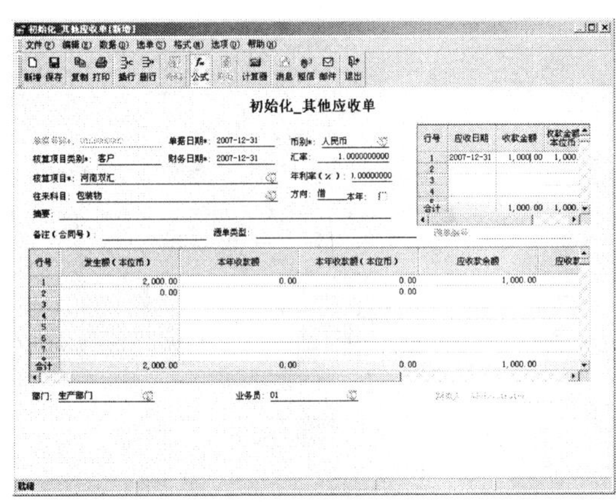

图 3-158 【初始化_其他应收单[新增]】窗口

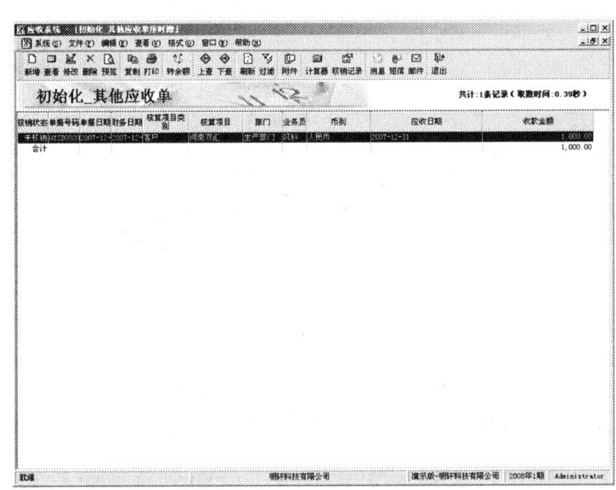

图 3-159 显示新增单据

❺ 当录入完一种单据的初始数据之后，单击工具栏上的【过滤】按钮，重新选择需要录入初始数据的单据类型，按照上述方法完成操作。

❻ 若总账系统已经启用且结束初始化之后，选择【文件】→【引入总账余额】命令，打开【从总账引入初始余额】对话框，如图 3-160 所示。

❼ 在设置引入的科目、单据类型及往来单位之后，单击【确定】按钮，完成操作。当将应收款管理系统的所有单据录入完毕之后，此时总账系统还没有结束初始化，选择【文件】→【转余额】命令，在系统显示的提示信息框中单击【是】按钮，即可将应收款管理系统中录入的数据传递到总账系统，如图 3-161 所示。

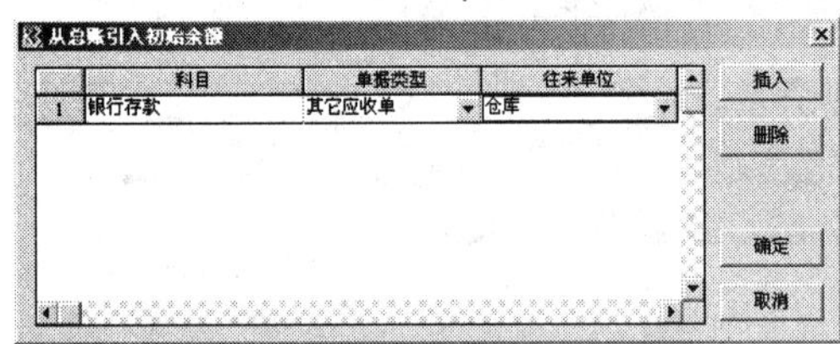

图 3-160 【从总账引入初始余额】对话框

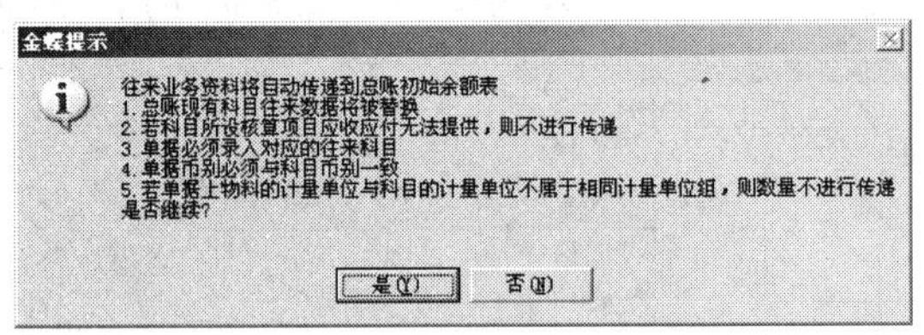

图 3-161 信息提示框

② 录入初始票据

手工录入初始票据的具体操作步骤如下：

❶ 在金蝶 K/3 主控台窗口中单击【系统设置】标签，选择【初始化】系统功能项，双击【应收款管理】子功能项下的“初始应收票据-维护”明细功能项，打开【过滤】对话框，如图 3-162 所示。

❷ 单击【确定】按钮，进入【初始化_应收票据】窗口，如图 3-163 所示。单击工具栏上的【新增】按钮，打开【初始化_应收票据[新增]】窗口，在其中可以设置票据类型、签发日期、财务日期、到期日期、付款期限、票面金额、承兑人、出票人和付款人等信息，并可设置摘要信息、部门与业务员等选项，如图 3-164 所示。

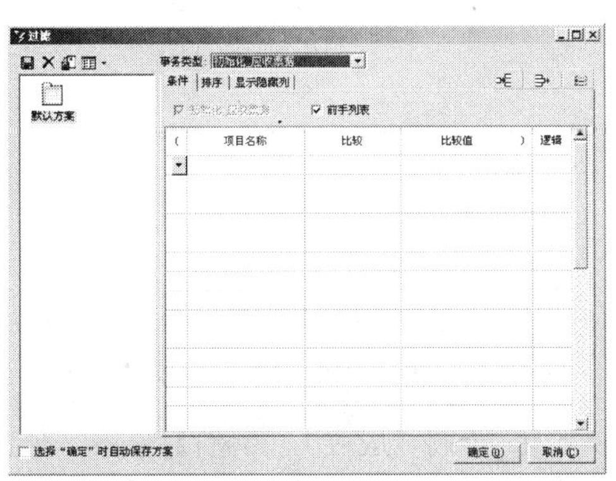

图 3-162 【过滤】对话框

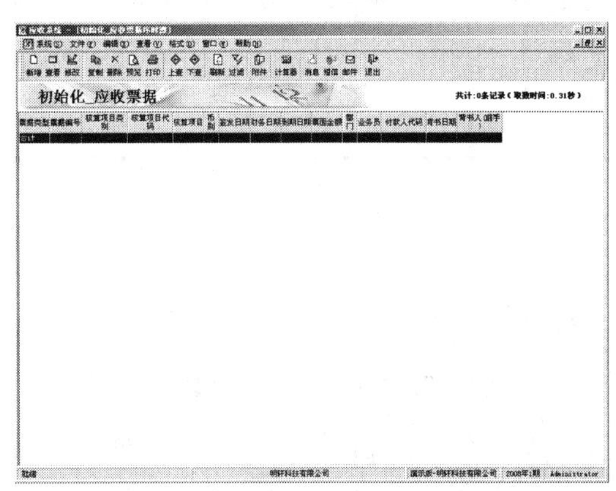

图 3-163 【初始化_应收票据】窗口

❸ 单击工具栏上的【保存】按钮，将该票据保存到系统中；单击【新增】按钮，可继续录入新的应收票据；单击【退出】按钮，返回【初始化_应收票据】窗口，即可显示新增的票据，如图 3-165 所示。

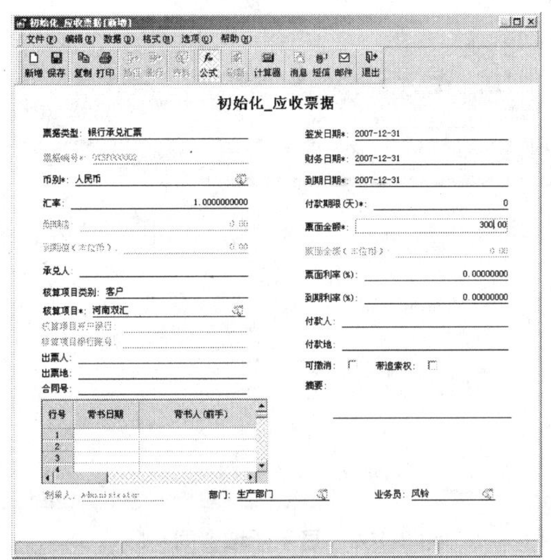

图 3-164 【初始化_应收票据[新增]】窗口

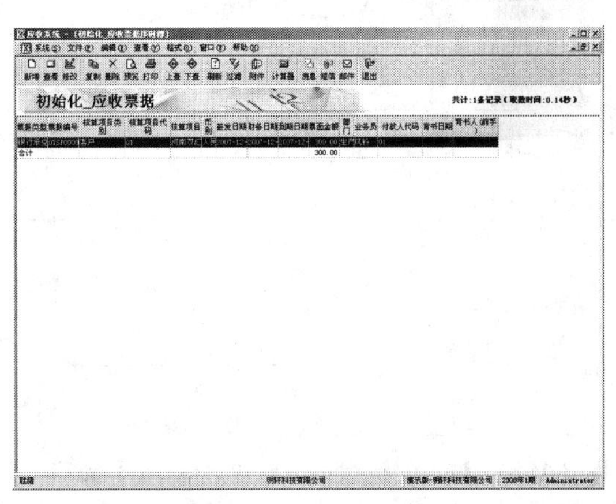

图 3-165 显示新增票据

③ 录入初始应收合同

录入初始应收合同的具体操作步骤如下：

❶ 在金蝶 K/3 主控台窗口中单击【系统设置】标签，选择【初始化】系统功能项，双击【应收款管理】子功能项下的“初始应收合同-维护”明细功能项，打开【过滤】对话框，如图 3-166 所示。

❷ 单击【确定】按钮，进入【初始化_合同（应收）】窗口，如图 3-167 所示。

图 3-166 【过滤】对话框

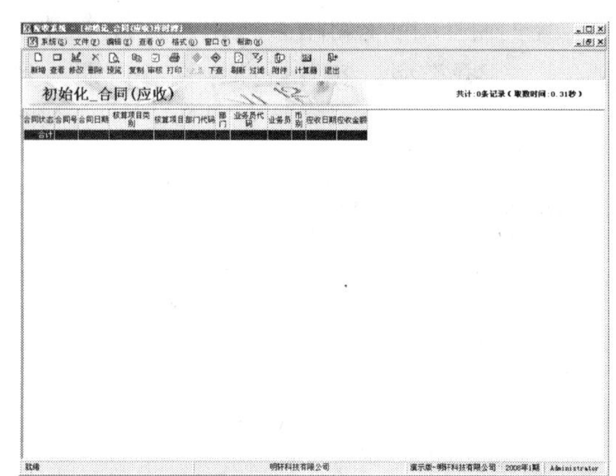

图 3-167 【初始化_合同（应收）】窗口

❸ 单击工具栏上的【新增】按钮，打开【初始化_合同（应收）[新增]】窗口，在其中可以设置合同名称、核算项目类别及客户名称等操作，如图 3-168 所示。若选中“录入产品明细”复选框，则可在产品列表框中输入该合同销售的产品具体信息，系统将自动计算出总金额与应收金额。

❹ 单击【保存】按钮，将录入的合同资料保存到系统中；单击【新增】按钮，可继续录入新的销售合同；单击【退出】按钮，返回【初始化_合同（应收）】窗口，即可显示出新增的合同，如图 3-169 所示。

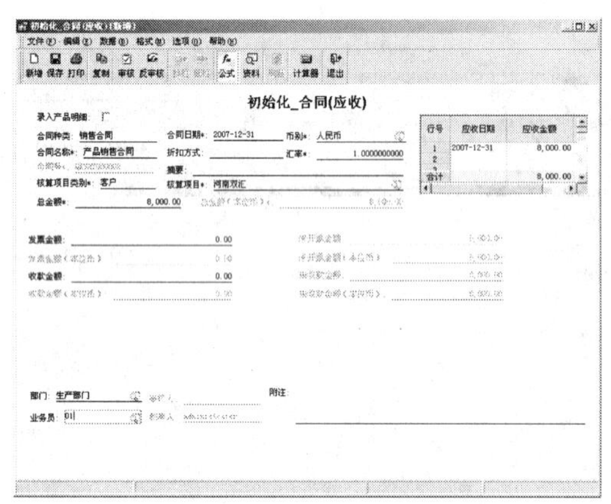

图 3-168 【初始化_合同（应收）[新增]】窗口

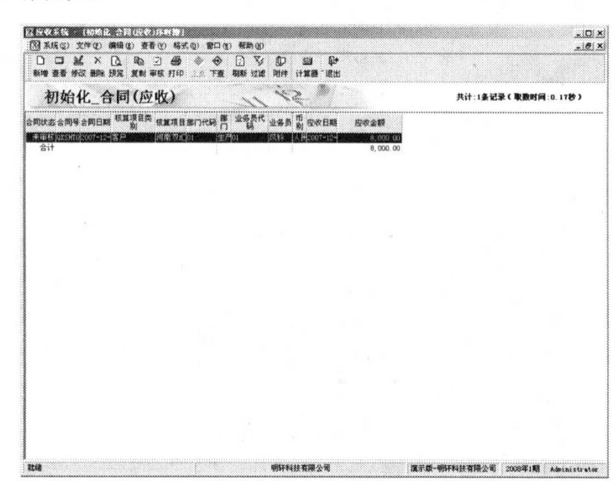

图 3-169 显示新增合同

④ 录入初始坏账

如果在启用应收款管理系统之前已经发生了坏账，则可将这些坏账作为初始数据录入系统。

录入初始坏账具体操作步骤如下：

❶ 在金蝶 K/3 主控台窗口中单击【系统设置】标签，选择【初始化】系统功能项，双击【应收款管理】子功能项下的“初始数据录入-期初坏账”明细功能项，打开

【坏账备查簿】窗口并弹出【过滤条件】对话框，如图 3-170 所示。

❷ 单击【确定】按钮，进入【坏账备查簿】窗口，如图 3-171 所示。

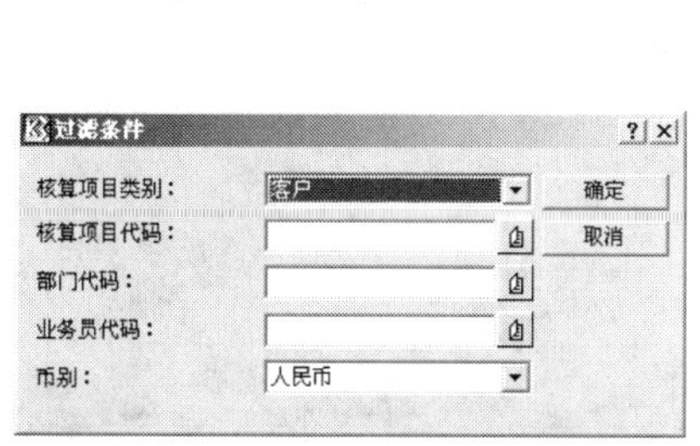

图 3-170 【过滤条件】对话框

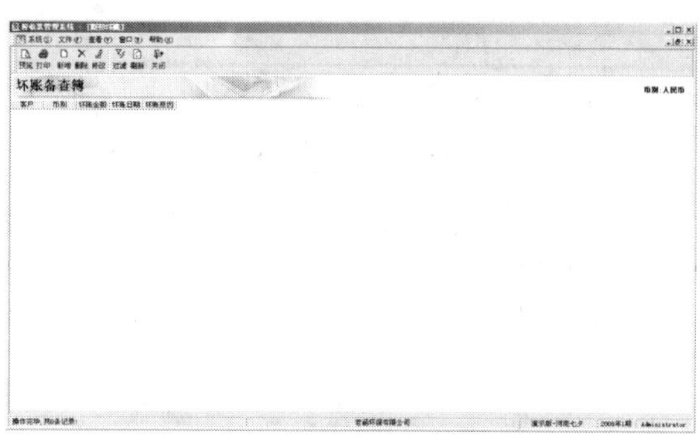

图 3-171 【坏账备查簿】窗口

❸ 单击【新增】按钮，打开【期初坏账录入】对话框，在其中可以设置核算项目名称、部门、业务员、坏账日期、金额、坏账原因等选项，如图 3-172 所示。

❹ 单击【存盘】按钮，将录入的坏账数据存入系统，继续录入下一条坏账记录。在全部坏账记录输入完毕之后单击【关闭】按钮，返回【坏账备查簿】窗口。此时将显示出刚才录入的坏账记录，如图 3-173 所示。

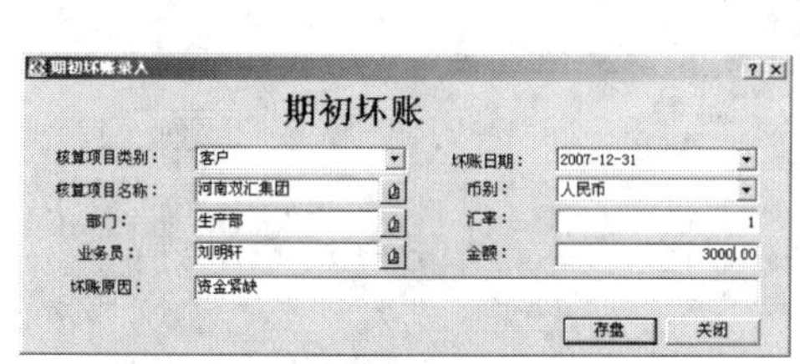

图 3-172 【期初坏账录入】对话框

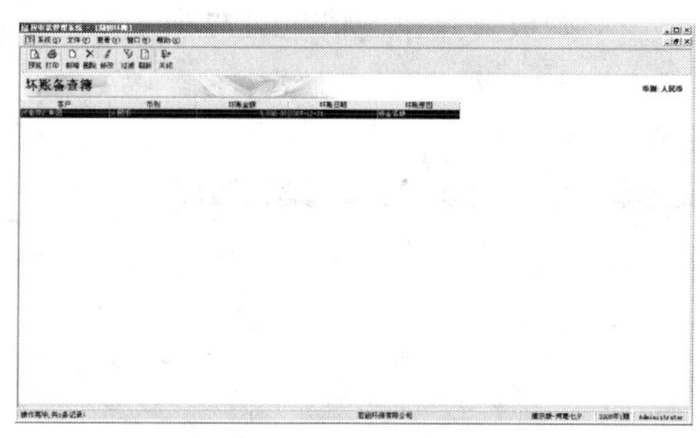

图 3-173 显示新增坏账记录

❺ 单击工具栏上的【关闭】按钮，结束坏账数据的录入操作。

⑤ 查看初始数据

当所有的初始数据录入完毕之后，即可进入【初始化数据_应收账款】窗口，在其中可以查看录入的初始数据是否有误。

查看初始数据的具体操作步骤如下：

❶ 在金蝶 K/3 主控台窗口中单击【系统设置】标签，选择【初始化】系统功能项，双击【应收款管理】子功能项下的“初始化数据-应收账款”明细功能项，打开【初始化数据_应收账款】窗口并弹出【过滤条件】对话框，如图 3-174 所示。

❷ 在设置核算项目代码范围、部门代码范围、业务员代码范围、币别、排序字段、科目代码范围和金额范围等选项之后，单击【保存】按钮，在弹出的对话框中输入方案名称并将过滤方案保存下来。

❸ 单击【确定】按钮，进入【初始化数据_应收账款】窗口，并按过滤条件汇总出初始数据记录，如图 3-175 所示。

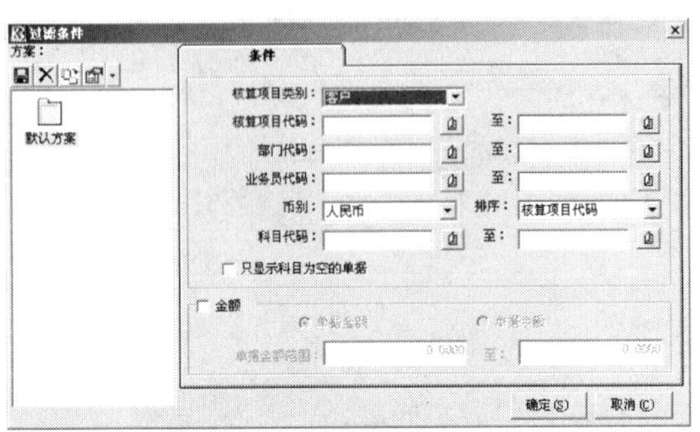

图 3-174 【过滤条件】对话框

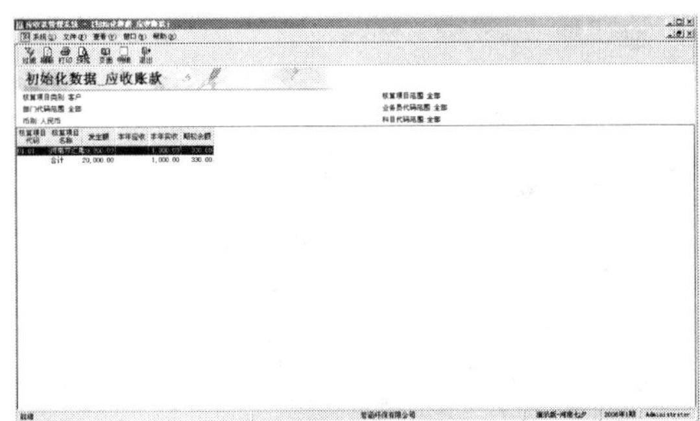

图 3-175 【初始化数据_应收账款】窗口

❹ 在选择需要查看的记录之后，单击工具栏上的【明细】按钮，打开【初始化数据_应收账款明细】窗口，在其中查看其明细数据，如图 3-176 所示。在该窗口中，用户还可以查看具体的单据信息。

❺ 当确认初始数据无误之后，可将初始数据打印输出。若选择【文件】→【引出内部数据】命令，则可打开【引出'初始化数据_应收账款'】对话框，在其中将初始数据引出，如图 3-177 所示。

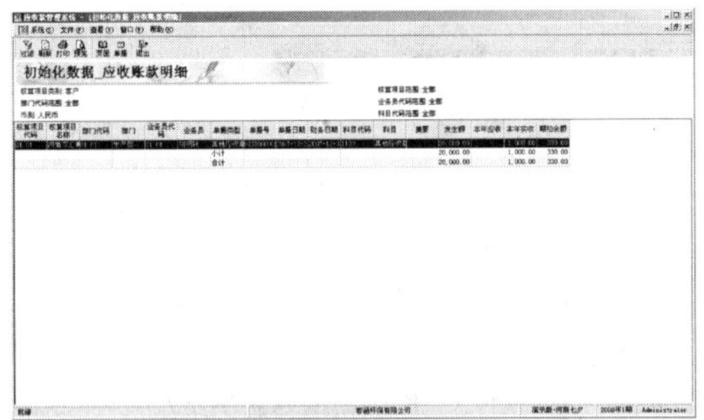

图 3-176 【初始化数据_应收账款明细】窗口

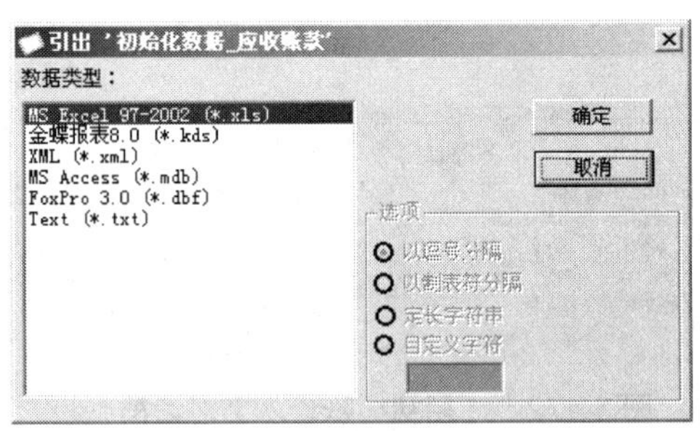

图 3-177 【引出'初始化数据_应收账款'】对话框

⑥ 结束系统初始化

在录入完初始数据之后，即可将应收款管理系统结束初始化，正式开始使用。

结束系统初始化的具体操作步骤如下：

❶ 在金蝶 K/3 主控台窗口中单击【财务会计】标签，选择【应收款管理】系统功能项，双击【初始化】子功能项下的"初始化检查"明细功能项，系统将对初始设置进行检查并给出提示，如图 3-178 所示。

图 3-178 初始化检查提示

❷ 双击【初始化】子功能项下的“初始化对账”明细功能项，打开【初始化对账-过滤条件】对话框，如图 3-179 所示。

❸ 在设置科目代码之后，单击【确定】按钮，进入【初始化对账】窗口，查看应收款管理系统与总账系统相同科目的数据是否有差异，如图 3-180 所示。若有差异应查明原因，纠正错误之后再次对账，直到应收款管理系统与总账系统的数据平衡。

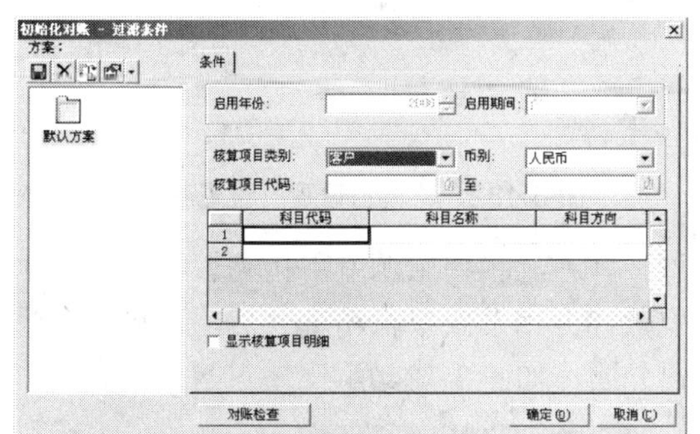

图 3-179 【初始化对账-过滤条件】对话框

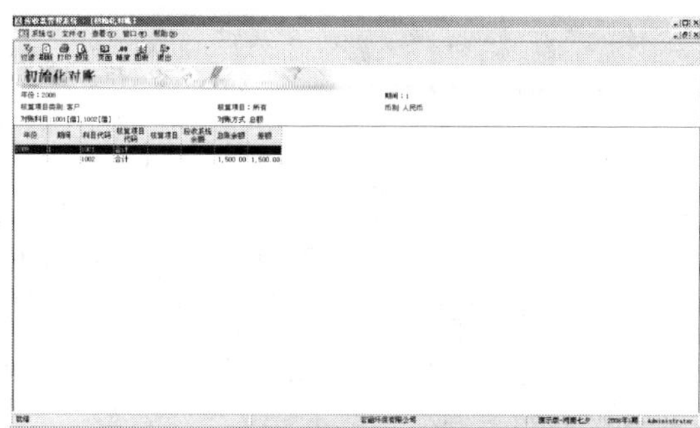

图 3-180 【初始化对账】窗口

❹ 双击【初始化】子功能项下的“结束初始化”明细功能项，在金蝶显示的提示信息框中连续单击【否】按钮，表示已经查看过初始检查结果与初始对账结果，即可完成初始化操作。

若因某种原因需要对初始数据进行修改，则可双击【初始化】子功能项下的“反初始化”明细功能项，将系统返回到未初始化状态再进行修改。

2．应付款管理期初余额的录入

应付款管理系统通过发票、其他应付单和付款单等单据的录入，对企业的往来账款进行综合管理，及时、准确地提供供应商的往来账款余额资料及各种分析报表，如账龄分析表、付款分析和合同付款情况等，通过各种分析报表，帮助用户合理地进行资金的调配，提高资金的利用效率。同时系统还提供了各种预警、控制功能，如到期债务列表的列示以及合同到期款项列表，帮助用户及时支付到期账款，以保证良好的信誉。

（1）系统设置

设置系统参数包括对基本信息、科目、单据控制、合同控制、核销控制、凭证处理、期末处理、预警和其他信息等参数的设置。具体操作步骤如下：

❶ 在金蝶 K/3 主控台窗口中单击【系统设置】标签，选择【系统设置】系统功能项，双击【应付款管理】子功能项下的“系统参数”明细功能项，打开【系统参数】对话框，如图 3-181 所示。

❷ 在其中输入公司的名称、地址、电话、税务登记号、开户银行和银行账号等内容，并在“会计期间”栏中选择相应的内容之后，选择“科目设置”选项卡，进入“科目设置”设置界面，如图 3-182 所示。

❸ 在其中输入相应的科目代码，并选择相应的核算项目类别之后，选择“单据控制”选项卡，进入“单据控制”设置界面，如图 3-183 所示。

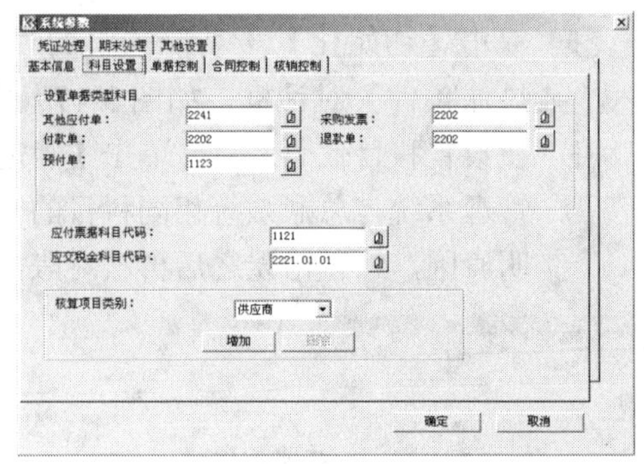

图 3-181　【系统参数】对话框　　图 3-182　“科目设置”设置界面

❹ 在其中根据实际情况选中相应的复选框，并在“税率来源”下拉列表框中选择本公司税率的来源，设置折扣率的精度位数和专用发票单价精度之后，选择“合同控制”选项卡，进入“合同控制”设置界面，如图 3-184 所示。

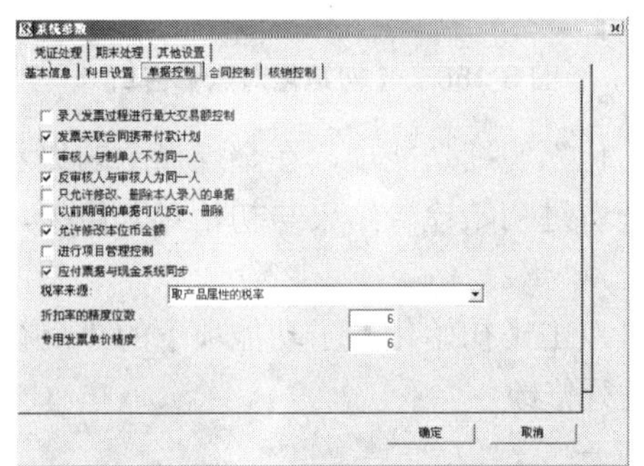

图 3-183　“单据控制”设置界面

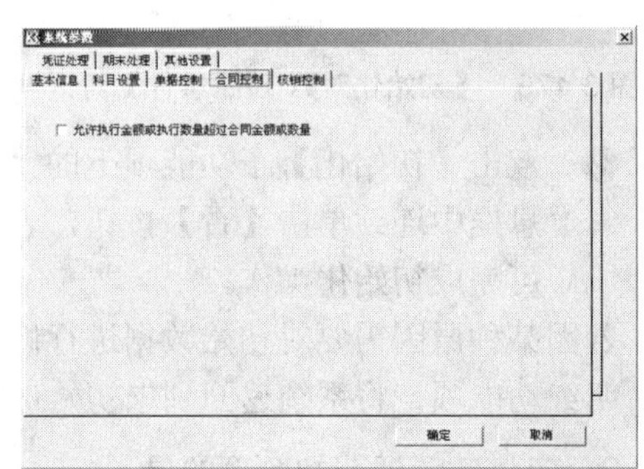

图 3-184　“合同控制”设置界面

❺ 在其中如果允许实际金额或数量超过合同规定的金额或数量，则需要选中“允许执行金额或执行数量超过合同金额或数量”复选框，如果不允许则取消选中此复选框。设置完毕后选择“核销控制”选项卡，进入“核销控制”设置界面，如图 3-185 所示。

❻ 在其中选中相应的复选框之后，选择“凭证处理”选项卡，进入“凭证处理”设置界面，如图 3-186 所示。

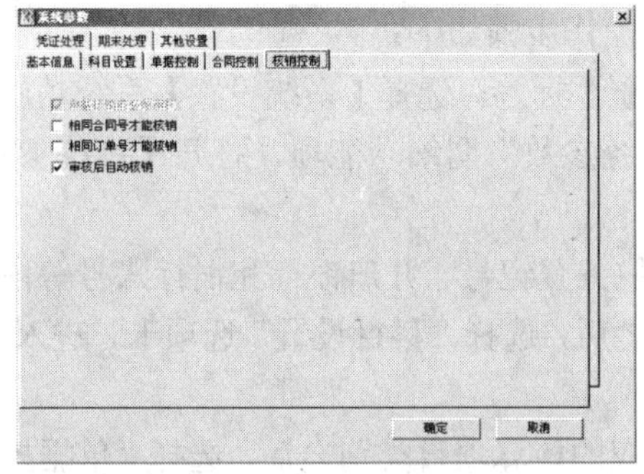

图 3-185　“核销控制”设置界面

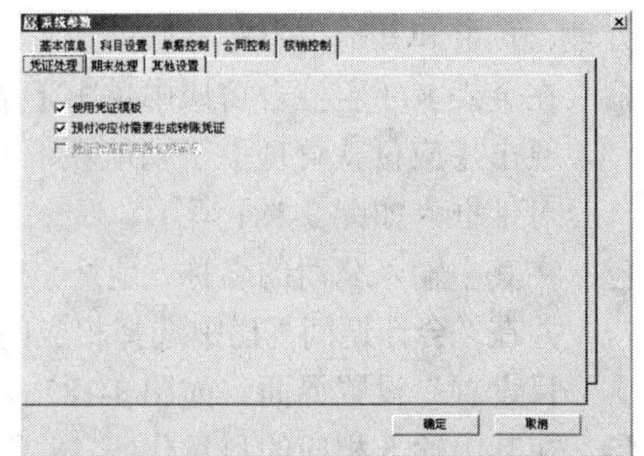

图 3-186　“凭证处理”设置界面

❼ 在其中提供了“使用凭证模板”和“预付冲应付需要生成转账凭证”两个复选框，用户根据实际情况选中相应的复选框之后，选择“期末处理”选项卡，进入“期末处理”设置界面，如图3-187所示。

❽ 在其中有两种预警类型，从中选择相应的预警方式并选择相应的预警天数之后，选择“其他设置”选项卡，进入“其他设置”设置界面设置其他信息，如图3-188所示。

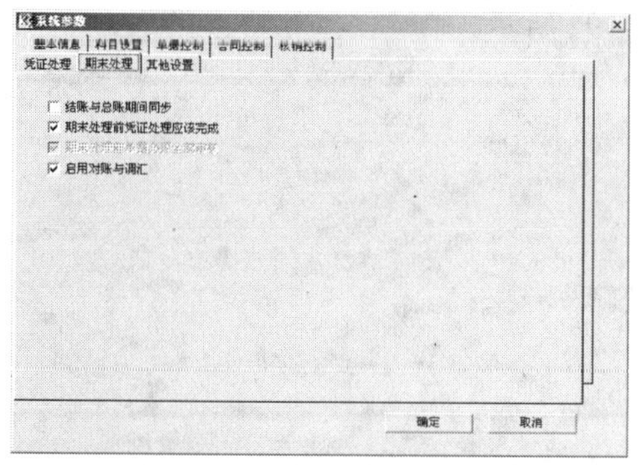

图3-187 “期末处理”设置界面

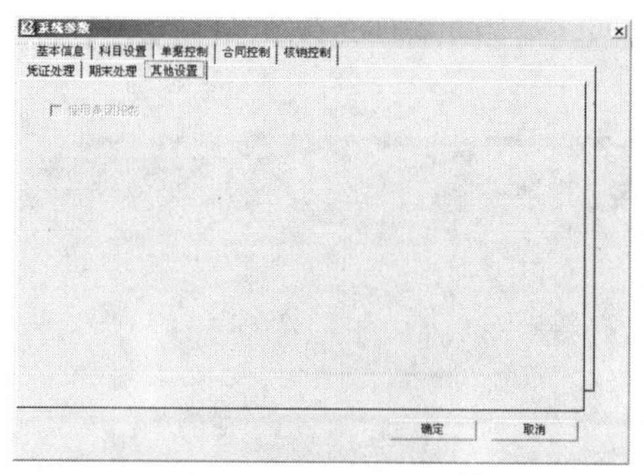

图3-188 “其他设置”设置界面

❾ 双击【应付款管理】功能项中的“编码规则”选项，打开【设置】窗口，在其中可以对应付款管理系统中所用票据的编码规则进行设置，如图3-189所示。

小技巧

在对应付款管理系统进行合理管理时，为了避免财务数据错误的发生，用户可以双击【应付款管理】功能项中“多级审核管理”选项，在打开的多级审核工作流窗口中设置应付款管理系统中的相关操作流程，如图3-190所示。

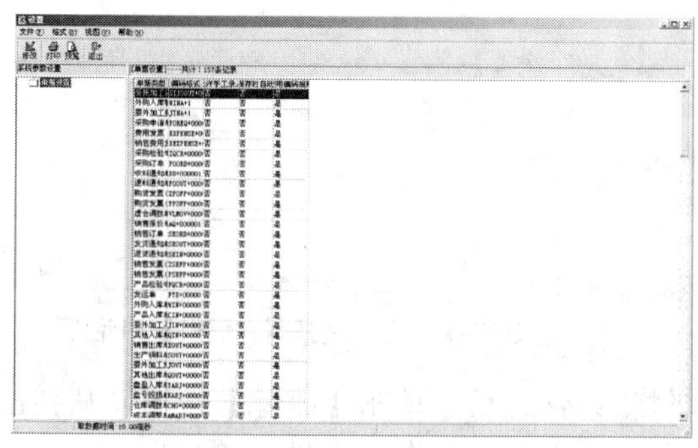

图3-189 【设置】窗口

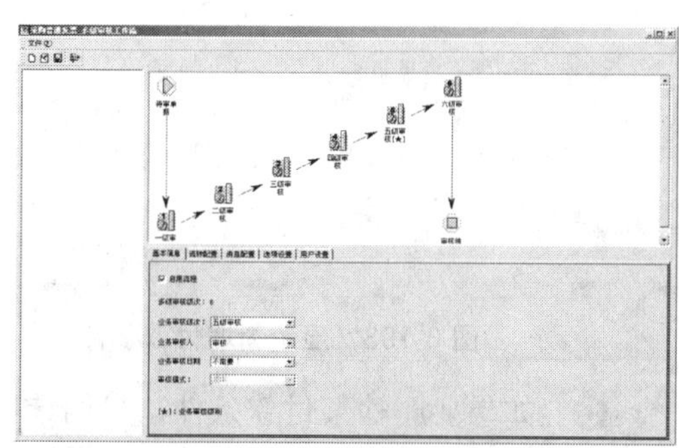

图3-190 多级审核工作流窗口

（2）基础资料设置

设置完系统参数后，还需要对与应付款管理系统有关的基础资料进行设置，包括付款条件的设置、类型维护以及凭证模板的设置等内容。

① 付款条件

付款条件的设置方法很简单，具体操作步骤如下：

❶ 在金蝶K/3主控台窗口中单击【系统设置】标签，选择【基础资料】系统功能项，双击【应付款管理】子功能项下的“付款条件”明细功能项，打开【基础资料-[付款条件]】窗口，如图3-191所示。

❷ 单击【新增】按钮，打开【付款条件[新增]】对话框，在其中输入付款条件的代码、名称以及结算方式等内容，如图3-192所示。

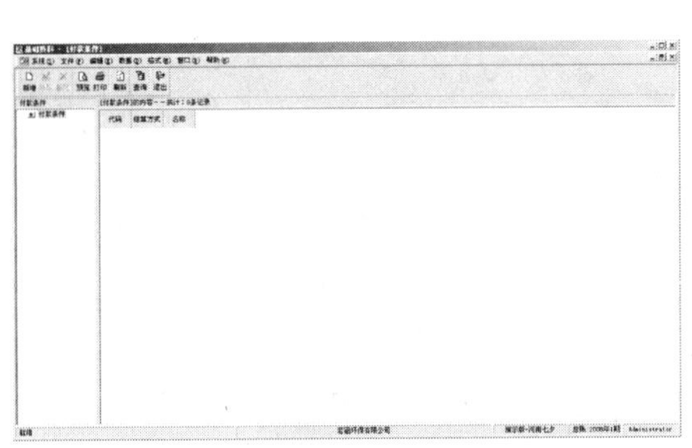

图3-191 【基础资料-[付款条件]】窗口

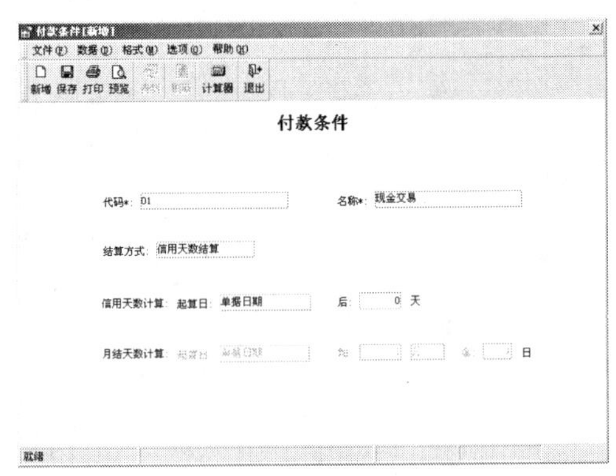

图3-192 【付款条件[新增]】对话框

❸ 单击【保存】按钮，完成付款条件的增加操作，如图3-193所示。

❹ 如果要修改某付款条件，只用选中此付款条件之后，单击【修改】按钮，打开【付款条件[修改]】对话框即可完成修改操作，如图3-194所示。

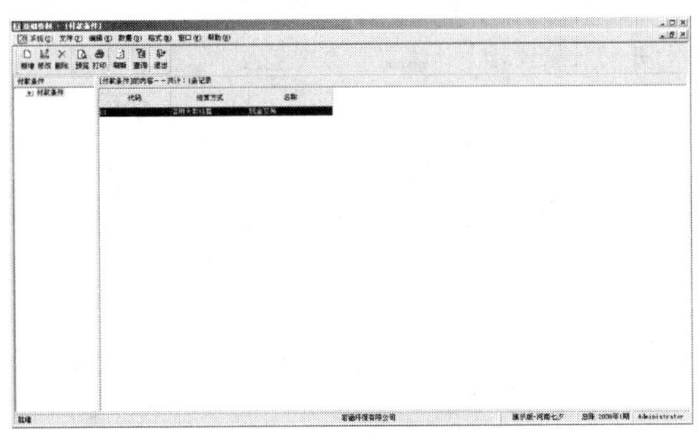

图3-193 显示新增付款条件

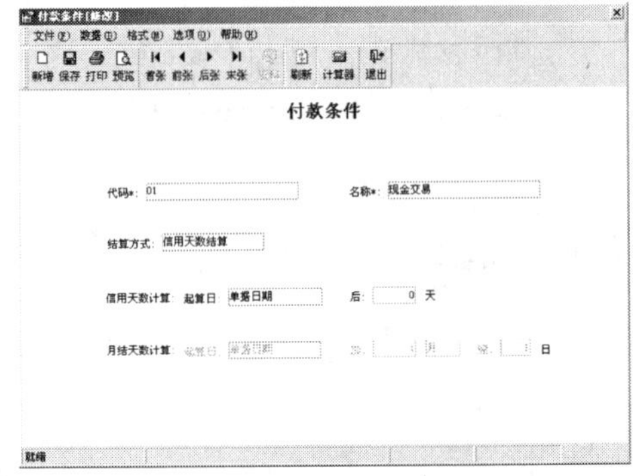

图3-194 【付款条件[修改]】对话框

❺ 如果要删除某付款条件，只用选中该付款条件之后，单击【删除】按钮，从弹出的删除信息提示框中单击【是】按钮即可完成删除操作，如图3-195所示。

② 类型维护

类型维护主要是对应付款管理系统的一些特殊项目进行维护，具体操作步骤如下：

❶ 在金蝶K/3主控台窗口中单击【系统设置】标签，选择【基础资料】系统功能项，双击【应付款管理】子功能项下的“类型维护”明细功能项，打开【类型维护】对话框，如图3-196所示。

❷ 在左侧的类型列表框中选择需要操作的类型之后，单击【新增】按钮，打开相应类型的【新增项目】对话框，如图3-197所示。

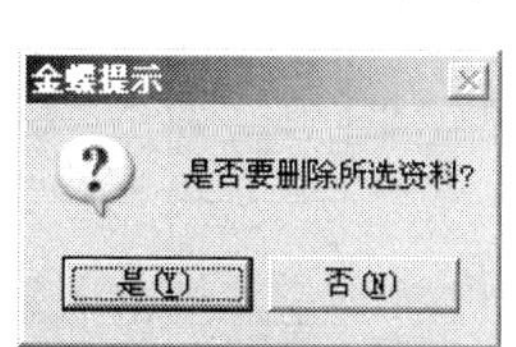

图3-195 删除所选资料

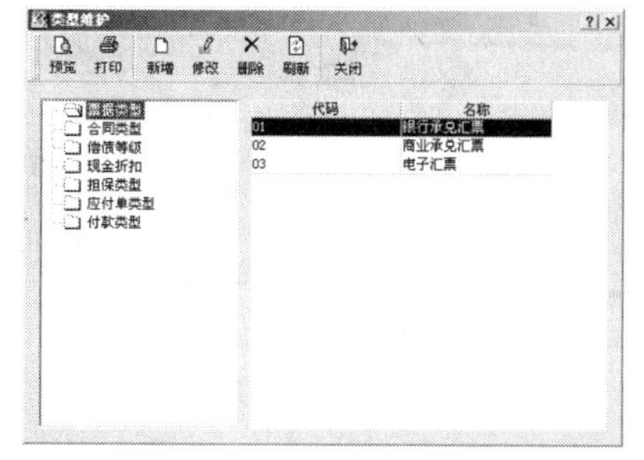

图3-196 【类型维护】对话框

图3-197 【新增项目】对话框

❸ 在其中输入新增项目的代码和名称之后，单击【确定】按钮，继续新增项目。新增项目输入完毕之后，单击【取消】按钮，关闭该对话框。

❹ 如果要修改某具体的项目，只用在【类型维护】对话框中选择此具体项目之后，单击【修改】按钮或直接双击，可打开【修改项目】对话框修改其中的内容，如图3-198所示。

对于系统预设的项目，用户不能删除，但可以修改。用户自己增加的项目可以随意修改和删除。

❺ 如果要删除某具体的项目，只用在【类型维护】对话框中选择此具体项目之后，单击【删除】按钮，在弹出的信息提示框中单击【是】按钮，即可将所选项目删除，如图3-199所示。

图3-198 【修改项目】对话框

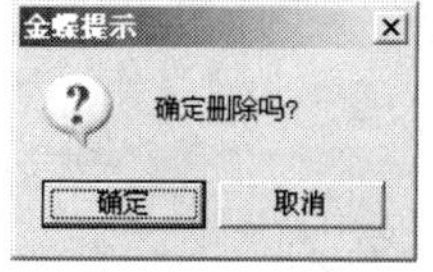

图3-199 删除项目

❻ 单击【预览】按钮，可预览当前窗口中显示内容的打印效果；单击【打印】按钮，可将当前窗口中显示的内容打印输出；单击【关闭】按钮，可退出类型维护操作。

③ 凭证模板

与应收款管理系统一样，应付款管理系统也提供了凭证模板功能，用户可以根据实际需要对系统提供的模板进行增加修改操作。具体操作步骤如下：

❶ 在金蝶K/3主控台窗口中单击【系统设置】标签，选择【基础资料】系统功能项，双击【应付款管理】子功能项下的“凭证模板”明细功能项，打开【凭证模板设置】窗口，在其中预设了在应付款管理系统中所用到的所有票据的模板，如图3-200所示。

❷ 在左侧票据列表框中选择需要操作的票据类型之后，单击【新增】按钮，打开【凭证模板】对话框，在其中可以根据实际情况设置新的票据样式，如图 3-201 所示。

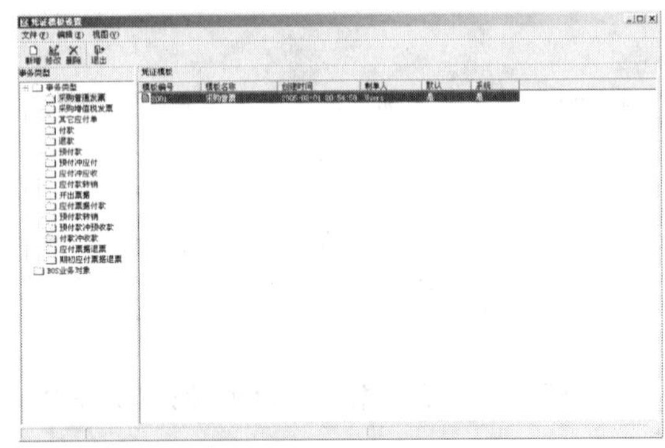

图 3-200　【凭证模板设置】窗口

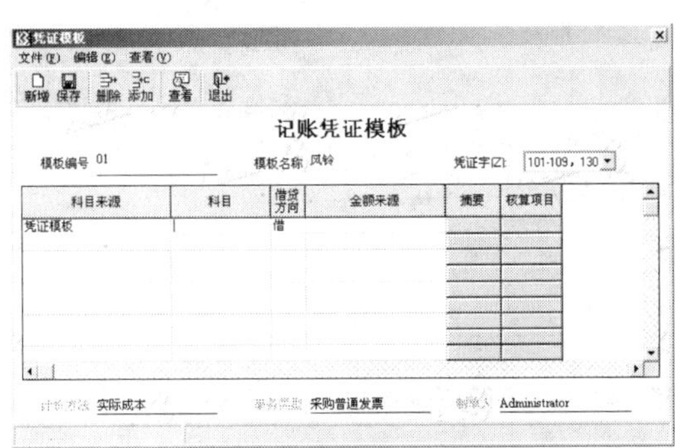

图 3-201　【凭证模板】对话框

❸ 如果要修改某票据类型，只用在【凭证模板设置】窗口左侧的票据列表框中选中该票据类型之后，单击【修改】按钮，打开相应凭证模板进行修改，如图 3-202 所示。

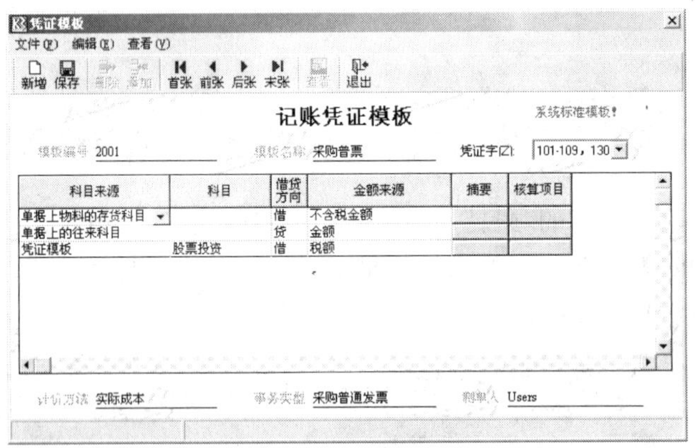

图 3-202　修改凭证模板

❹ 如果要删除某票据类型，只用在【凭证模板设置】窗口左侧票据列表框中选中该票据类型之后，单击【删除】按钮，在弹出的信息提示框中单击【是】按钮，可将所选凭证模板删除。

❺ 单击【退出】按钮，关闭【凭证模板设置】窗口。

（3）系统初始化

目前采购系统只在应付款管理系统结束初始化之后才提供采购发票的单向传递，而且是强制传递，即当应付款管理系统结束初始化后，采购系统新增的采购发票都会自动传递到应付款管理系统。在应付款管理系统结束初始化之前，两系统之间不进行采购发票的传递。

① 录入初始数据

录入初始数据的具体操作步骤如下：

❶ 在金蝶 K/3 主控台窗口中单击【系统设置】标签，选择【初始化】系统功能项，双击【应付款管理】子功能项下的“初始应付单据-维护”明细功能项，打开【过滤】对话框，如图 3-203 所示。

❷ 在“事务类型”下拉列表框中选择需要录入的单据类型，这里选择“初始化_其他应付单”选项，单击【确定】按钮，进入【初始化_其他应付单】窗口，如图 3-204 所示。

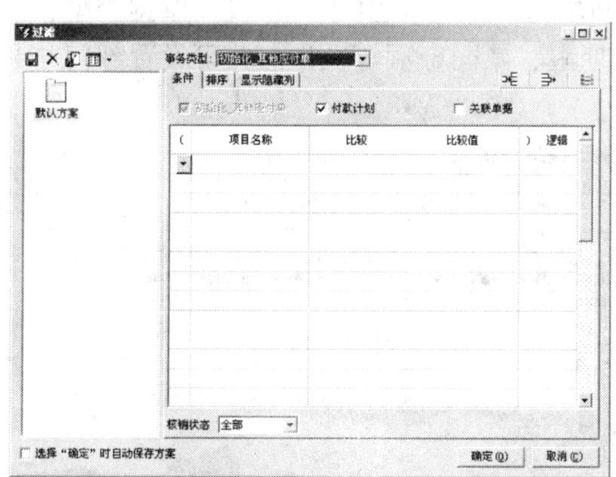

图 3-203 【过滤】对话框

图 3-204 【初始化_其他应付单】窗口

❸ 单击【新增】按钮，打开【初始化_其他应付单[新增]】窗口，在其中可以设置单据日期、财务日期、核算项目类别、核算项目、往来科目、摘要以及发生额等内容，并可以指定部门和业务员等，如图 3-205 所示。

❹ 单击【保存】按钮，可将录入的单据保存到系统中；单击【新增】按钮，可继续录入新的单据，单击【退出】按钮，返回【初始化_其他应付单】窗口，即可显示新增的单据，如图 3-206 所示。

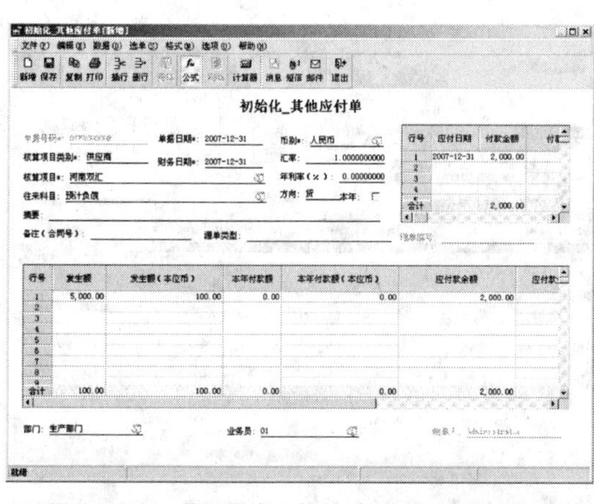

图 3-205 【初始化_其他应付单[新增]】窗口

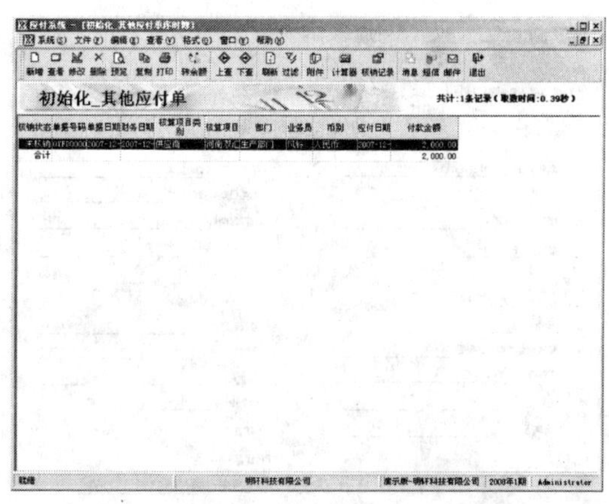

图 3-206 显示新增单据

❺ 当录入完一种单据的初始数据之后，单击【过滤】按钮，可重新选择需要录入的初始数据的单据类型，参照上述步骤完成所有操作。

② 录入初始票据

录入初始票据的具体操作步骤如下：

❶ 在金蝶 K/3 主控台窗口中单击【系统设置】标签，选择【初始化】系统功能项，双击【应付款管理】子功能项下的“初始应付票据-维护”明细功能项，打开【过滤】对话框，如图 3-207 所示。

❷ 单击【确定】按钮，进入【初始化_应付票据】窗口，如图 3-208 所示。单击【新增】按钮，打开【初始化_应付票据[新增]】窗口，在其中可以设置票据类型、签发日期、财务日期、到期日期、付款期限、票面金额等操作，并可设置部门与业务员等，如图 3-209 所示。

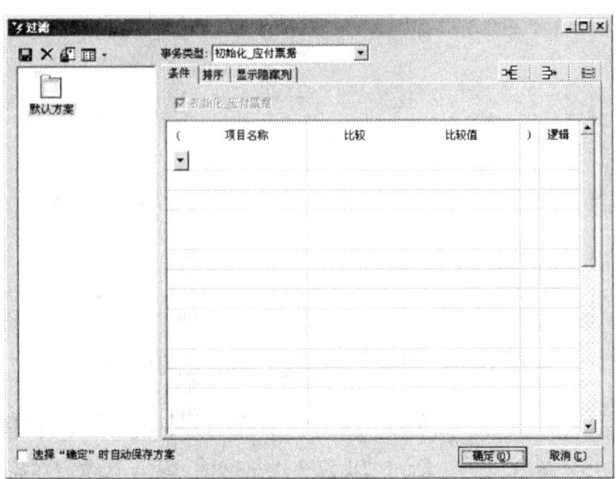

图 3-207 【过滤】对话框

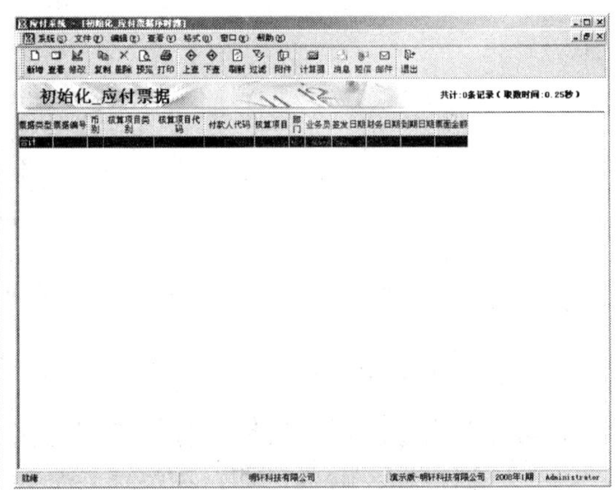

图 3-208 【初始化_应付票据】窗口

❸ 单击【保存】按钮，可将录入的单据保存到系统中；单击【新增】按钮，可继续录入新的应付票据；单击【退出】按钮，返回【初始化_应付票据】窗口，即可显示新增的票据，如图 3-210 所示。

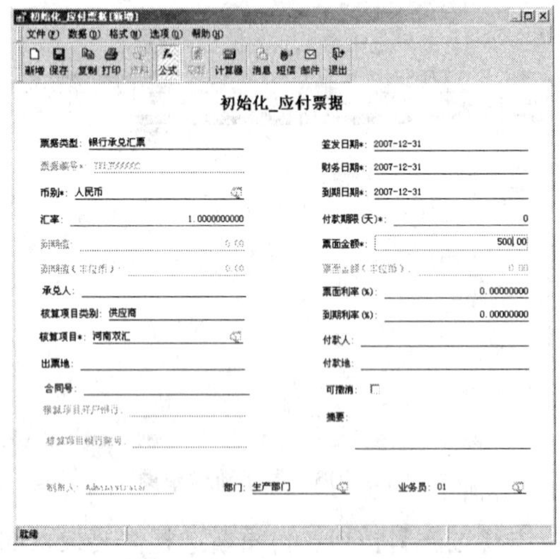

图 3-209 【初始化_应付票据[新增]】窗口

图 3-210 显示新增票据

③ 录入初始合同

在应付款管理系统中和客户签订交易合同是必须的，所以录入初始合同是必须的操作。录入初始合同的具体操作步骤如下：

❶ 在金蝶 K/3 主控台窗口中单击【系统设置】标签，选择【初始化】系统功能项，双击【应付款管理】子功能项下的“初始应付合同-维护”明细功能项，打开【过滤】对话框，如图 3-211 所示。

❷ 单击【确定】按钮，进入【初始化_合同（应付)】窗口，如图 3-212 所示。

图 3-211 【过滤】对话框

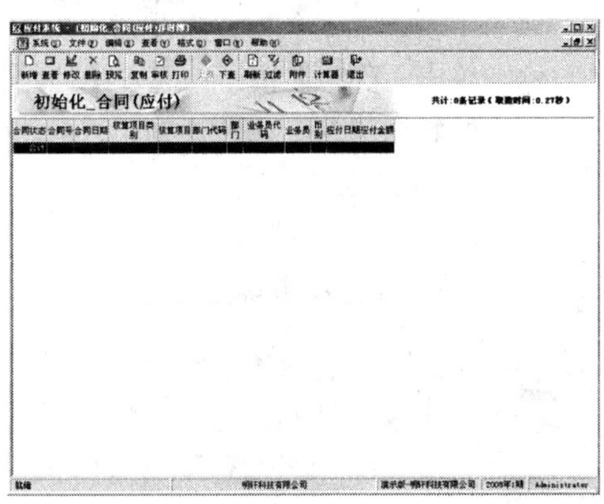

图 3-212 【初始化_合同（应付)】窗口

❸ 单击【新增】按钮，打开【初始化_合同（应付）[新增]】窗口，在其中可以设置合同名称、核算项目类别及客户名称。若选中“录入产品明细”复选框，则可在产品列表框中输入该合同销售的产品具体信息，系统将自动计算出总金额与应收金额，如图 3-213 所示。

❹ 单击【保存】按钮，可将录入的合同资料保存到系统中；单击【新增】按钮，可继续录入新的应付合同；单击【退出】按钮，返回【初始化_合同（应付)】窗口，即可显示新增的应付合同，如图 3-214 所示。

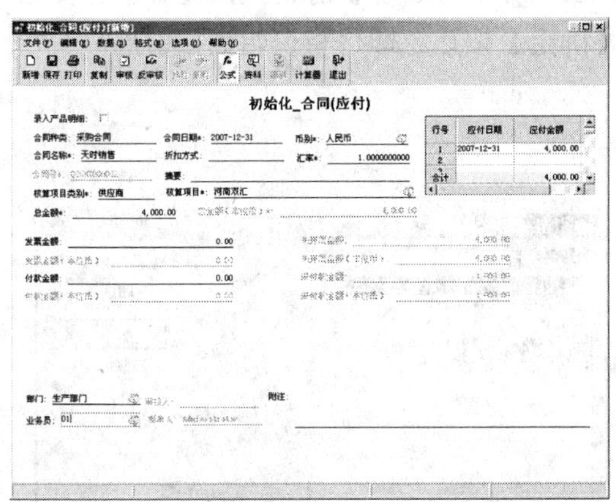

图 3-213 【初始化_合同（应付）[新增]】窗口

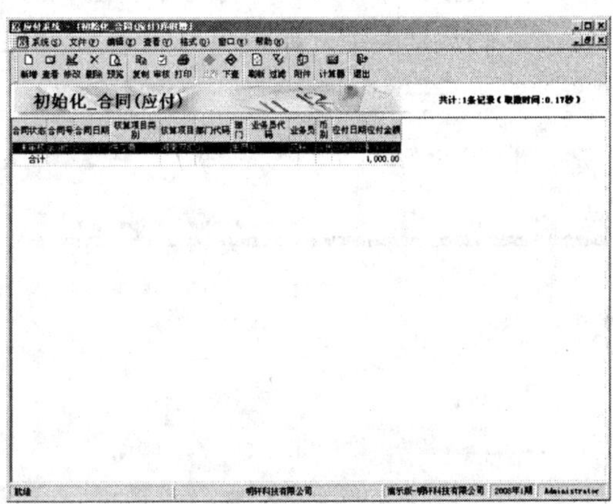

图 3-214 显示新增应付合同

④ 查看初始数据

在所有的初始数据录入完毕之后，用户即可查看录入的数据。具体操作步骤如下：

❶ 在金蝶 K/3 主控台窗口中单击【系统设置】标签，选择【初始化】系统功能项，双击【应付款管理】子功能项下的“初始化数据-应付账款”明细功能项，打开【初始化数据_应付账款】窗口并弹出【过滤条件】对话框，如图 3-215 所示。

❷ 在其中设置核算项目代码范围、部门代码范围、业务员代码范围、币别、排序字段、科目代码范围和金额范围等选项之后，单击【保存】按钮，在弹出的对话框中输入方案名称并将过滤方案保存下来。

❸ 单击【确定】按钮，进入【初始化数据_应付账款】窗口，并按过滤条件汇总出初始数据记录，如图 3-216 所示。

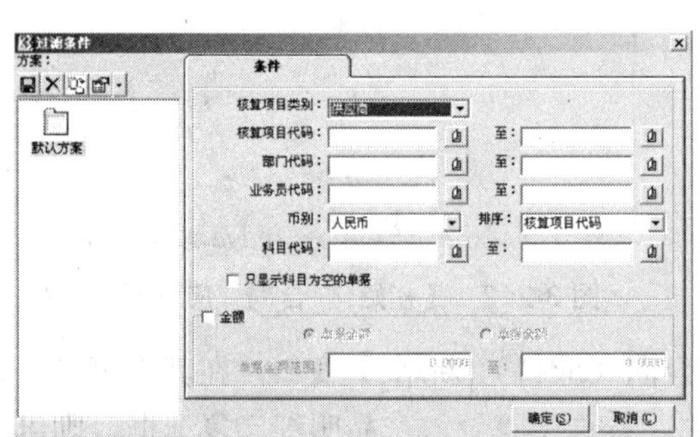

图 3-215 【过滤条件】对话框

图 3-216 【初始化数据_应付账款】窗口

❹ 在选择需要查看的记录之后，单击【明细】按钮，打开【初始化数据_应付账款明细】窗口，在其中可以查看其明细数据，如图 3-217 所示。

❺ 当确认初始数据无误之后，可将初始数据打印输出。若选择【文件】→【引出内部数据】命令，则可打开【引出‘初始化数据_应付账款’】对话框，在其中选择相应的数据类型，如图 3-218 所示。单击【确定】按钮，即可将初始数据引出。

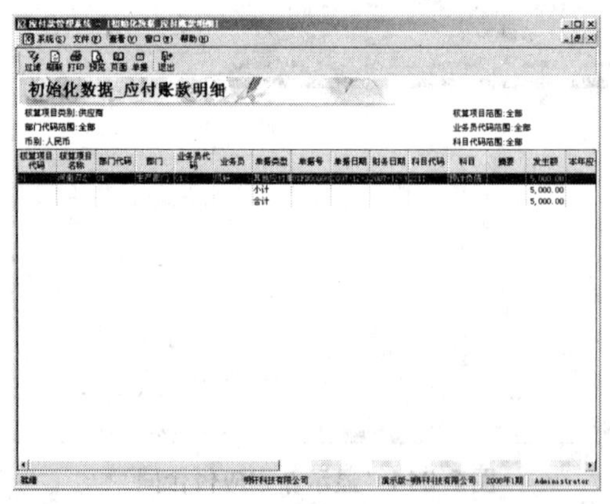

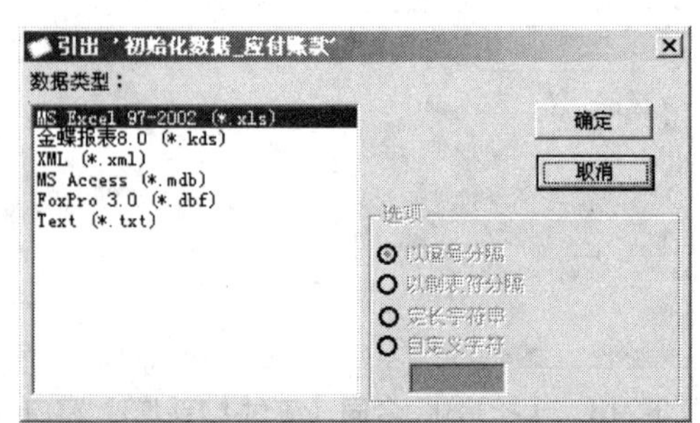

图 3-217 【初始化数据_应付账款明细】窗口　图 3-218 【引出‘初始化数据_应付账款’】对话框

⑤ 结束初始化

当所有期初数据录入完毕且审核无误之后，单击【财务会计】标签，选择【应付款管理】系统功能项，双击【初始化】子功能项下的“结束初始化”明细功能项，即可完成应付款管理系统的初始化工作。

3.4 上机实践：本章实务材料

（1）账套基本信息

公司名称：河南华鹏环保有限公司　　性质：工业企业

建账时间：2008 年 8 月 8 日　　会计期间界定方式：自然月份

税率：20%　　凭证字：记账凭证

通过模板引入工业企业标准会计科目。

（2）记账本位币和外币

记账本位币为：人民币。

外币为：美元、港币。

（3）计量单位

服装组		鞋帽组		衣帽组	
001	套（主）	001	双（主）	001	顶（主）
002	件				
003	条				

（4）公司部门设置

001 总经办；002 财务部；003 生产部；004 采购部；
005 销售部；006 医务室；007 企划部；008 仓储部。

（5）公司职员

001 段续南（总经办，管理）　002 段腾飞（财务部，管理）
003 王若涵（财务部，职员）　004 刘明轩（财务部，经理）
005 贺鹏（企划部，副经理）　006 李彤彤（采购部，职员）
007 冯雨亭（医务室，医生）　008 段晓磊（生产部，工人）
009 李静（生产部，管理）　010 齐欣（销售部，职员）
011 赵雷（仓储部，职员）

（6）仓库资料

001 一仓库（普通仓库）　002 二仓库（委托代销仓库）
003 三仓库（分期收款仓库）　004 其他库（锁库）

（7）物料属性设置（采用加权平均法）

上　级　组		产成品资料	
01 服装	01.01 女装	01.01.001 蜜雪儿	01.01.002 腾氏
	01.02 男装	01.02.001 杉杉	01.02.002 红豆
	01.03 童装	01.03.001 卡迪乐	01.03.002 米奇
02 鞋帽	02.01 成人	02.01.001 千里度	02.01.002 森达
	02.02 童鞋	02.02.001 万里	02.02.002 芭妮

（8）客户资料

01　普通客户

01.01　服装组

01.01.001　依沙菲尔时装有限公司

01.01.002　美尔姿集团

01.01.003　圣迪奥时装有限公司

01.02　鞋帽组

01.02.001　非常鞋城

01.02.002　深圳冬雨鞋业

01.02.003　中山鞋宫

01.03　其他组

01.03.001　利得隆实业有限公司

01.03.002　尼康百货公司

02　委托代销

02.001　佳雪服饰公司

02.002　丝韵百货公司

03　分期收款

03.001　恒星物资贸易公司

03.002　柔依运动服南京专卖店

（9）供应商资料

01　纺织

01.001　深圳蓝宇公司

01.002　工农兵纺织集团公司

01.003　南京化纤

01.004　拓源物贸有限公司

01.005　上海华实公司

01.006　成都腊梅公司

02　鞋类

02.001　金华鞋类有限公司

02.002　威曼皮革厂

02.003　永龙轻工集团

02.004　无锡古雪公司

（10）新增核算项目类别“产品费用”

01 直接材料　　02 直接工人　　03 燃料动力　　04 制造费用

（11）固定资产卡片类别管理

代　码	名　称	使用年限	净残值率	计量单位	预设折旧方法	卡片编码规则	是否计提折旧
001	房屋建筑物	30	5%	栋	平均年限法	FW-	不管使用状态如何一定折旧
002	运输设备	10	3%	辆	工作量法	YS-	由使用状态决定是否折旧
003	生产设备	10	5%	台	双倍余额递减法	SS-	由使用状态决定是否折旧
004	办公设备	5	3%	台	平均年限法	BS-	由使用状态决定是否折旧

（12）固定资产初始数据录入（初始化期间为 2008 年 8 月）

资产编码	FW001	SS001	BS001
名称	办公楼	车床	传真机
类别	房屋建筑物	生产设备	办公设备
计量单位	栋	台	台
数量	1	4	1
变动日期	2005 年 5 月 20 日	2006 年 7 月 3 日	2007 年 6 月 8 日
存放地点		生产部	财务部
经济用途	经营用	经营用	经营用
使用状态	正常使用	正常使用	正常使用
变动方式	自建	接受投资	购入
使用部门	行政部	生产部	财务部
折旧费用科目	管理费用-折旧费	制造费用-折旧费	管理费用-折旧费
币别	人民币	人民币	人民币
原币金额	2 000 000	800 000	2 500
购进累计折旧	无	无	无
开始使用日期	2005 年 6 月 10 日	2006 年 7 月 18 日	2007 年 6 月 8 日
已使用期间	49	36	14
累计折旧金额	200 000	250 000	800
折旧方法	平均年限法	双倍余额递减法	平均年限法

3.5 可能出现的问题与解答

（1）在对无用的卡片进行删除操作时，发现不能删除这些卡片。

解答：当出现这种情况时，用户最好检查一下要删除的卡片是否是已经审核过的卡片，因为已经审核的记录不能删除。只有执行反审核操作才能进行删除。另外，还需要检查一下要删除的卡片是不是已经进行过清理操作，因为固定资产清理记录不能使用该方法删除，需要通过【固定资产清理】对话框，并单击其中的【删除】按钮进行删除。

（2）在对制作好的卡片进行引出操作时，发现不能引出需要的卡片。

解答：当出现这种情况时，用户最好检查一下引出的卡片是否设置了自定义项目，如果设置了自定义项目，检查一下引出的账套中的自定义项目名称及属性是否一致，因为只有引出账套中的自定义项目名称及属性一致才能实现卡片的引出操作。

3.6 总结与经验积累

通过本章的学习，读者对初始会计资料的分类有了一个全面的认识。本章主要介绍了固定资产的分类设置、固定资产变动科目的准备、职员的分类与职务的设置，还介绍了如何录入核算项目资料和会计期初余额等内容。

在录入固定资产系统的初始数据时，一定要仔细审查录入的数据，否则在结束系统初始化后，这些初始数据将不能修改，只能通过变动、清理的方式来修正错误。

3.7 习　　题

1. 填空题

（1）________是指固定资产发生新增、变动或减少的方式，是固定资产卡片上的属性资料。

（2）固定资产系统共预设了________种折旧法，包括____________、加速折旧法的静态方法和动态方法，可以分别针对无变动的固定资产和变动折旧要素后的固定资产计提折旧。

（3）客户档案是指包括__________、名称、地址和电话等内容的客户信息，是对客户进行__________的基础。

2. 选择题

（1）以下几个选项哪个不是固定资产增加的主要途径（　　）。

A．企业购入　　B．自行建造及出包建造

C．所有者投入　　D．出租

（2）期初余额录入需要从（　　）个方面着手。

A．1　　B．2　　C．3　　D．4

（3）固定资产的分类设置包括（　　）种方式。

A．4　　B．5　　C．6　　D．7

3．简答题

（1）如何录入部门档案？

（2）如何录入职员档案？

（3）如何录入现金流量初始数据？

第4章 进行日常账务处理

- 日常账务处理的作用
- 凭证处理
- 过账
- 账簿管理

学习目标：

本章主要讲述了怎样设置总账模块的各个参数，有助于读者了解凭证录入的操作步骤，并以管理员身份对已经录入的凭证进行审核汇总，再对审核汇总的凭证实现过账操作，最后对系统中的账簿进行管理，彻底实现账务处理操作，从而完善企业的财务管理系统。

在金蝶 K/3 系统中，总账模块是整个系统的核心，其日常账务处理是整个账簿的关键所在。只有正确、准确地制作了凭证，才能保证各种账套数据的正确性。

4.1 日常账务处理的作用

在金蝶 K/3 系统中，其他模块都与总账模块或多或少地有着联系，因为它们有的需要从总账模块中提取数据，有的则将其数据传递到总账模块中，从而使所有会计信息在总账模块中进行汇总并编制成账簿，以满足各种财务管理需要，包括各种报表的生成、账簿编制等。

在计算机会计信息系统中，会计核算处理系统是以“证——账——表”为核心的有关企业财务信息加工系统。会计凭证是整个会计核算系统的主要数据来源，是整个核算系统的基础，会计凭证的正确性将直接影响到整个会计信息系统的真实性、可靠性，因此系统必须保证会计凭证录入数据的正确性。

而会计账簿则是以会计凭证为依据，对全部的经济业务进行全面、系统、连续、分类地记录和核算，并按照专门格式以一定形式连接在一起的账页所组成的簿籍。当凭证经过过账处理后，系统将记账凭证自动记入账簿。

只要所录入的凭证经过过账，就可以在账簿管理功能中迅速地查询到总分类账、明细分类账、多栏账、核算项目分类总账、数量金额总账和数量金额明细账中的有关数据资料，及各类账簿的有关本位币、各种外币以及综合本位币的发生额和余额数据。

由此可见，账务处理以记账凭证为依据，将凭证做成会计分录在账簿中进行登记，其主要作用是存储信息，并对凭证中的数据进行归类、汇总，使之系统化和条理化，以产生报表需要的账簿信息。

4.2 凭证处理

在金蝶 K/3 系统中，凭证处理主要包括凭证的填制、审核、汇总、查询与打印输出等内容。

4.2.1 设置系统参数

在录入总账模块的初始数据并对总账模块结束初始化之后，还需要对总账模块系统参数进行相应的设置，以便用户在使用总账模块时可以很好地控制系统的运行，保证账套数据的正确性。

设置系统参数的具体操作步骤如下：

❶ 在金蝶 K/3 主控台窗口中单击【系统设置】标签，选择【系统设置】系统功能项下的【总账】子功能项，进入“总账”界面，如图 4-1 所示。

❷ 双击“系统参数”明细功能项，可打开【系统参数】对话框，在其中可以设置账套公司的名称、地址以及电话等信息，如图 4-2 所示。

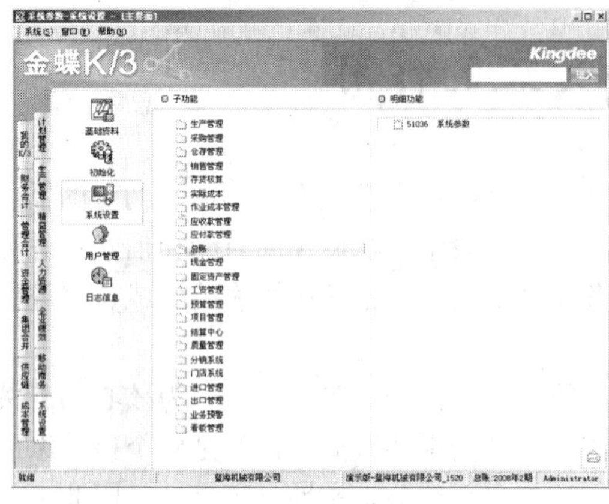

图 4-1 “总账”界面

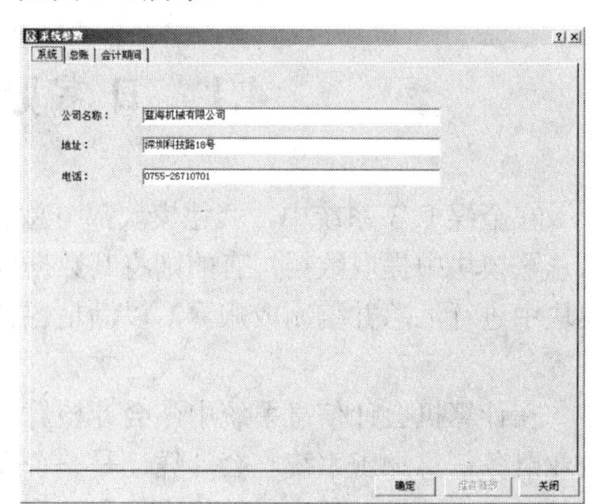

图 4-2 【系统参数】对话框

❸ 选择“总账”选项卡，进入“总账”设置界面，在其中又分别有“基本信息”、“凭证”、“预算”和“往来传递”4 个选项卡，如图 4-3 所示。

❹ 在“基本信息”选项卡中用户需要输入本年利润科目和利润分配科目，或单击“本年利润科目”和“利润分配科目”文本框右侧的按钮，打开【会计科目】对话框，在其中选择相应的科目，如图 4-4 所示。

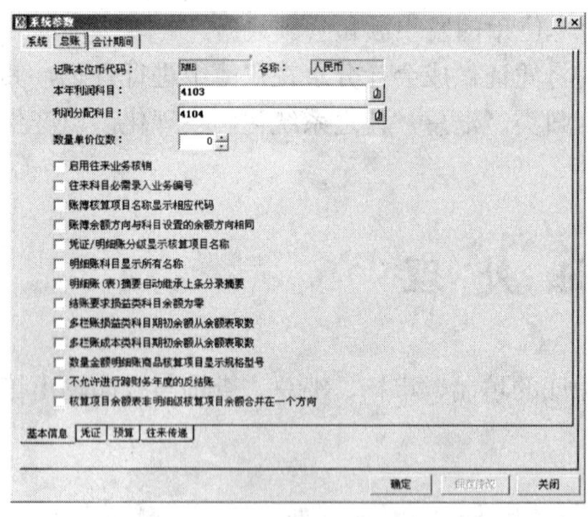

图 4-3 “总账”设置界面

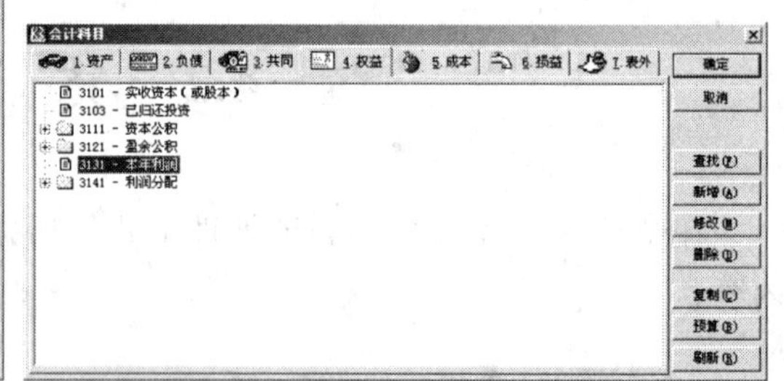

图 4-4 【会计科目】对话框

❺ 选择“凭证”选项卡，进入“凭证”设置界面，可以在“凭证审核”栏中选中“禁止成批审核”和“必需双敲审核”复选框，以控制凭证的审核操作，如图 4-5 所示。

❻ 在“凭证日期处理”栏中可以设置“凭证录入截止日期”和“月份调整系数”等选项。月份调整系数可输入正自然数和负自然数，实际的控制月是“当前账套期间加月份调整系数”。当月份为 0，只选择结账日，则默认该结账日为所有月份的结账日；当结账日为 0 时，则月份可随便输入不做控制；当结账月和结账日都为

0 时，则不控制结账月和结账日。

❼ 在“凭证号”栏中，用户可以选中“不允许手工修改凭证号”、“新增凭证检查凭证号”、“新增凭证自动填补断号”、“凭证号按年度排列”和“凭证号按期间统一排序”复选框，以控制凭证录入过程中凭证号的有关操作。

❽ 选择“预算”选项卡，进入“预算”设置界面，在其中可以选择是否进行预算控制，如图 4-6 所示。若要进行预算控制，可采取不检查、警告、禁止使用控制方法。

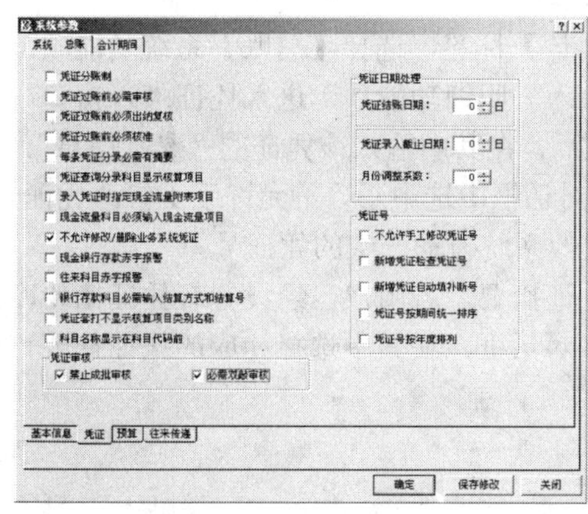

图 4-5 “凭证”设置界面

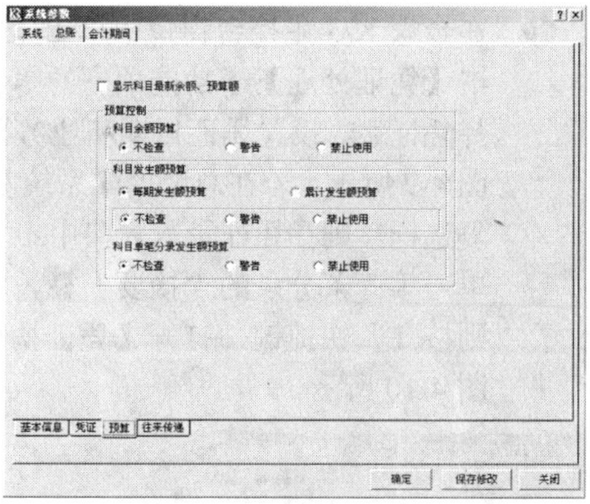

图 4-6 “预算”设置界面

❾ 选择“往来传递”选项卡，进入“往来传递”设置界面，在其中根据实际情况设置相应的选项，如图 4-7 所示。

❿ 选择“会计期间”选项卡，进入“会计期间”设置界面，由于在启用账套时已经设置了账套的会计期间、启用会计年度和启用会计期间等参数，因此只能查看而不能修改，如图 4-8 所示。

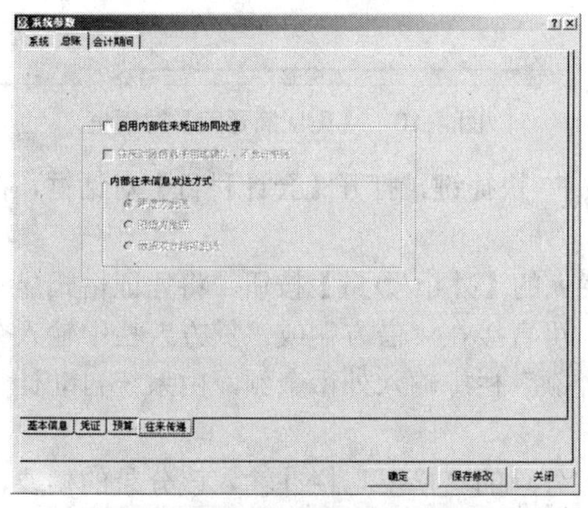

图 4-7 “往来传递”设置界面

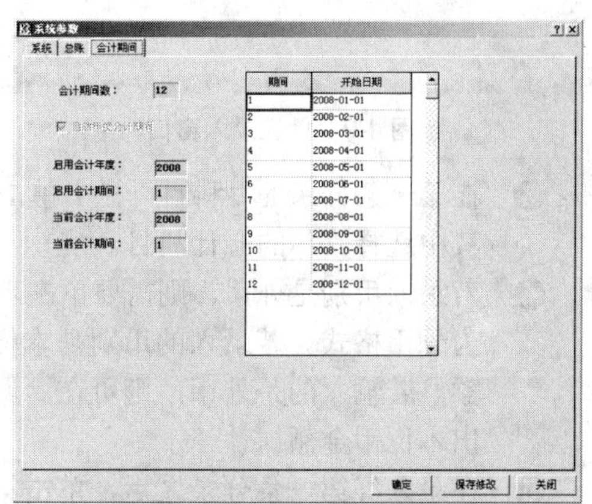

图 4-8 “会计期间”设置界面

⓫ 单击【保存修改】按钮，将用户所做的设置保存到系统中，但不关闭系统设置对话框；单击【确定】按钮，则可在保存用户设置时关闭系统设置对话框。

4.2.2 凭证的录入、查询、修改与删除

在系统参数设置完毕之后，即可实施凭证处理。本节主要介绍对凭证进行录入、查询、修改以及删除的处理工作，以供使用之便。

1. 录入凭证

录入凭证的具体操作步骤如下：

❶ 在金蝶 K/3 主控台窗口中单击【财务会计】标签，选择【总账】系统功能项，双击【凭证处理】子功能项下的“凭证录入”明细功能项，进入凭证录入窗口。选择凭证字、设置凭证日期和业务日期之后，在其中输入该凭证的“参考信息”，如图 4-9 所示。若在总账的【系统参数】对话框中选中了“不允许手工修改凭证号”复选框，则在凭证录入窗口中不允许更改系统自动产生的凭证号。

❷ 单击第一条分录的“摘要”栏，输入凭证摘要。若用户已经设置有凭证摘要库，则按 F7 快捷键，打开【凭证摘要库】对话框，在其中选择相应的凭证摘要，如图 4-10 所示。

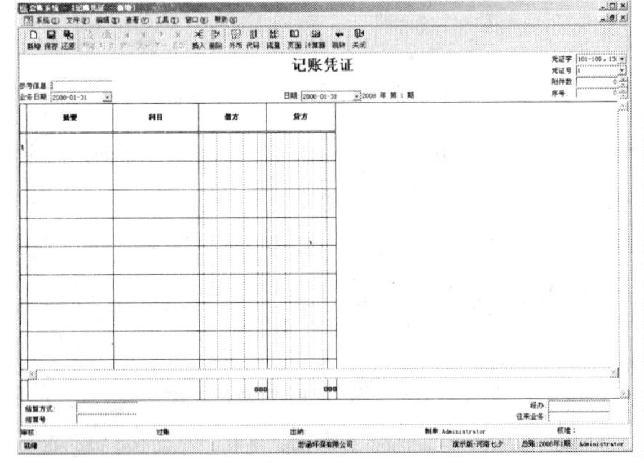

图 4-9 凭证录入窗口

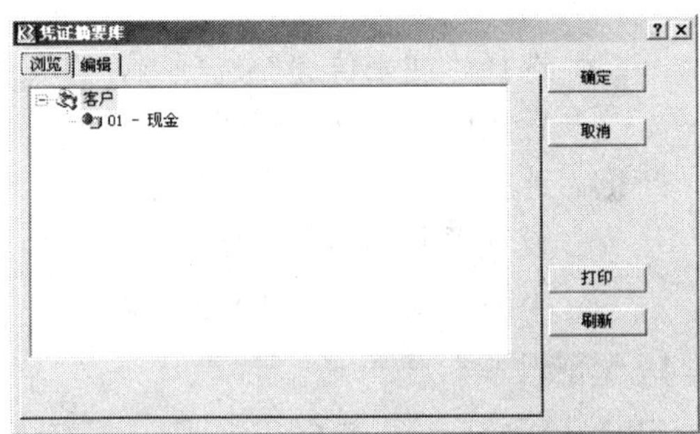

图 4-10 【凭证摘要库】对话框

❸ 在第一条分录的“科目”栏中单击，按 F7 快捷键，打开【会计科目】对话框，在其中选择具体的会计科目。

❹ 若录入币别是外币，则需要单击工具栏上的【外币/数量】按钮，将凭证格式显示为外币格式。若录入的币别是本位币，可直接在“借方”或“贷方”栏中输入金额。若输入的是外币，则可在“原币金额”栏中输入外币金额，由系统自动计算出本位币金额。

❺ 在录入好第一条分录之后，单击第二条分录的“摘要”栏并输入该分录的摘要，按照上述步骤录入该分录的科目和金额。

❻ 重复上述步骤，直至录入完该凭证中包含的所有分录。若分录过多，不能满足需要时，可单击工具栏上的【插入】按钮，插入一条空白分录；若插入的分录过多，可将光标置于多余的分录条中，单击工具栏上的【删除】按钮，将当前分录删除。

❼ 若录入的科目中有现金流量科目时，则用户需要指定现金流量项目；若录入的科目带有往来业务核算的会计科目，则需输入往来业务编号以及核算项目；若录入的科目是银行存款科目，则用户可以录入结算方式和结算号。

❽ 至此，一张凭证录入成功。单击工具栏上的【保存】按钮，将录入的凭证保存到系统中，如图 4-11 所示。

若需要给当前凭证添加附件，则可选择【查看】→【附件管理】命令，在打开的【附件管理】对话框中添加凭证附件。单击工具栏上的【新增】按钮，若当前凭证已经保存，则再显示一张新的空白凭证；若当前凭证没有保存，则出现提示信息，单击【是】按钮，可在保存凭证后新增一张空白凭证；单击【否】按钮，则不保存当前凭证，并新增空白凭证。

2. 凭证录入选项设置

在凭证录入窗口中选择【查看】→【选项】命令，打开【凭证录入选项】对话框，如图 4-12 所示。在其中选中“单价不随金额计算”复选框，则在单价、数量和金额已经存在的情况下，改变金额（包括原币和本位币）时单价将不随金额的改变而改变。如果此时单价×数量≠金额，则在保存时给出提示，由用户自己决定是否需要手工调整。

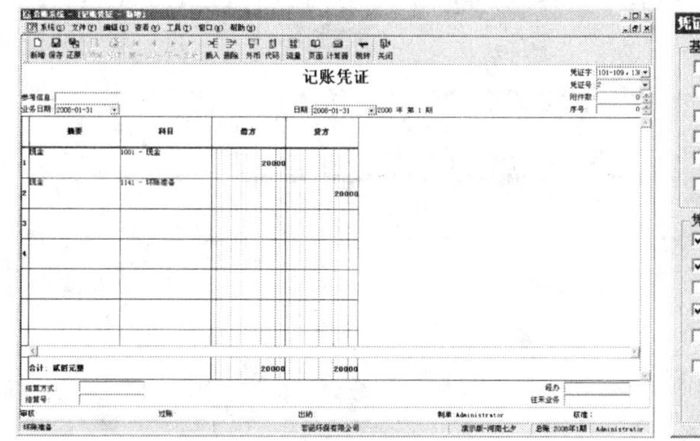

图 4-11　完成凭证录入

图 4-12　【凭证录入选项】对话框

3. 查询凭证

用户要想在众多凭证中快速找到需要的凭证，即可运用金蝶系统提供的查询凭证功能来实现。

查询凭证的具体操作步骤如下：

❶ 在金蝶 K/3 主控台窗口中单击【财务会计】标签，选择【总账】系统功能项，双击【凭证处理】子功能项下的“凭证查询”明细功能项，进入【会计分录序时簿】窗口，同时弹出【会计分录序时簿 过滤】对话框，如图 4-13 所示。

❷ 在该对话框中设置凭证查询的相关条件。如果用户需要删除某一行过滤条件，可用鼠标右键单击，在弹出的快捷菜单中选取【删除行】命令即可。

❸ 如果用户需要将过滤条件进行排序，可选择“排序”选项卡，选择需要进行排序的字段，单击 › 按钮，添加到“排序字段”列表框中，如图 4-14 所示。同时，用户还可以单击 上 或 下 按钮调整排序字段的先后顺序。

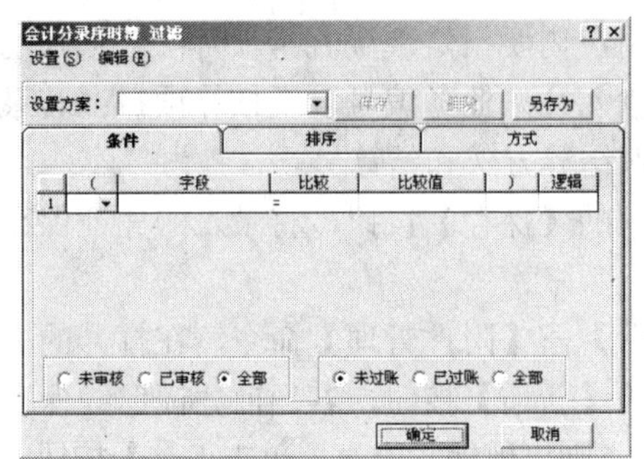
图 4-13 【会计分录序时簿 过滤】对话框

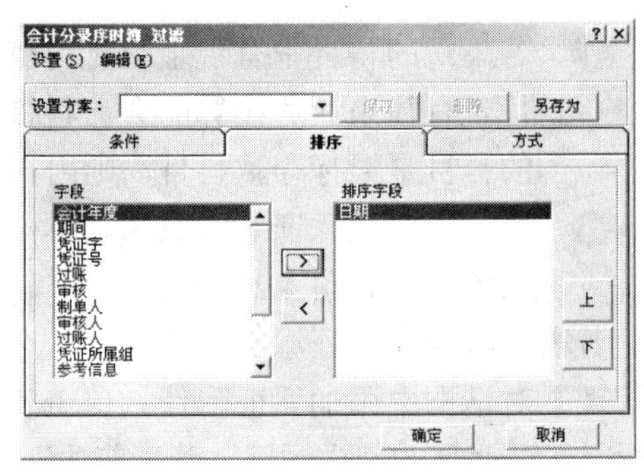
图 4-14 “排序”设置界面

❹ 选择“方式”选项卡，用户可以设置凭证过滤的方式，如图 4-15 所示为选中“按凭证过滤”单选按钮时的对话框。如果选中“按分录过滤”单选按钮，则无“凭证过滤”栏。

❺ 设置完毕后还可以单击【另存为】按钮，将设置的方案保存下来，以后需要时在“设置方案”下拉列表框中选择即可。

❻ 单击【确定】按钮，可在【会计分录序时簿】窗口中显示出所有符合过滤条件的凭证，如图 4-16 所示。

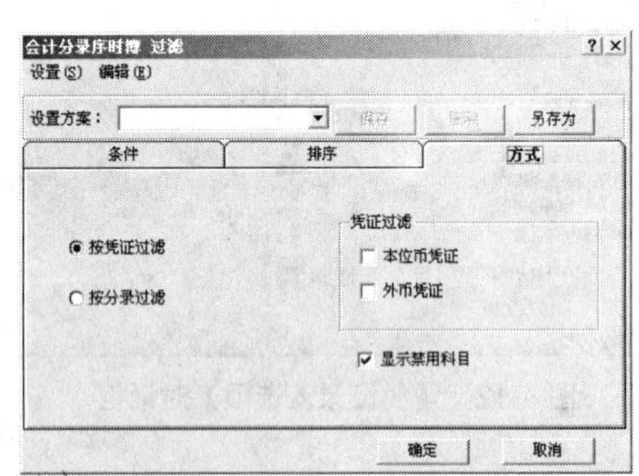
图 4-15 “方式”设置界面

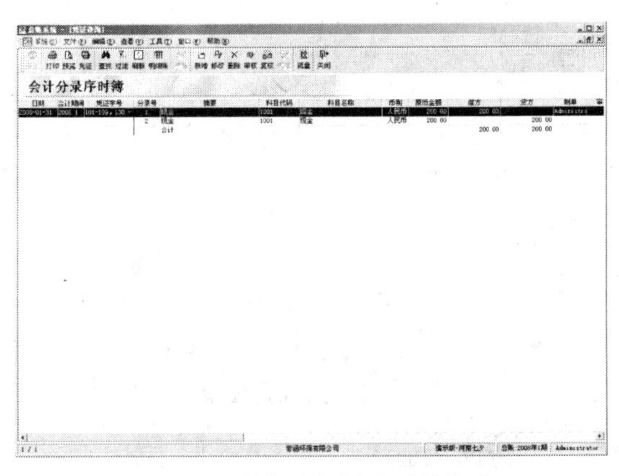
图 4-16 【会计分录序时簿】窗口

4．修改凭证

在凭证的运用过程中，如果需要修改凭证的某些信息，只需在【会计分录序时簿】窗口中选择需要修改的凭证，然后单击工具栏上的【修改】按钮，打开【总账系统-[记账凭证-修改]】窗口，在其中进行相应信息的修改，如图 4-17 所示。

5．删除凭证

如果需要删除凭证的某些信息，只用在【会计分录序时簿】窗口中选择需要删除的凭证，单击工具栏上的【删除】按钮，在如图 4-18 所示的信息提示框中单击【是】按钮，即可完成删除操作。

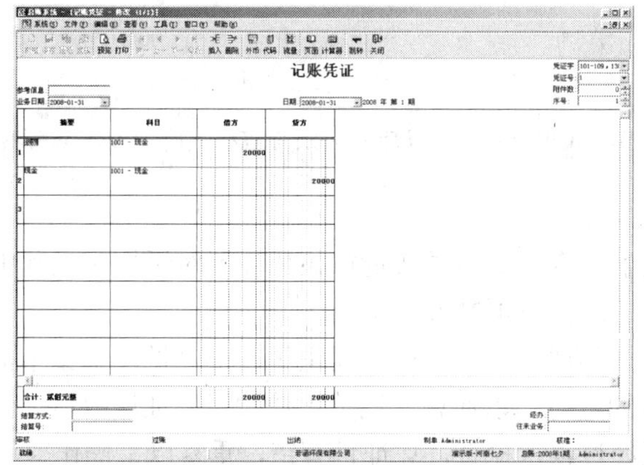

图 4-17 【总账系统-[记账凭证-修改]】窗口

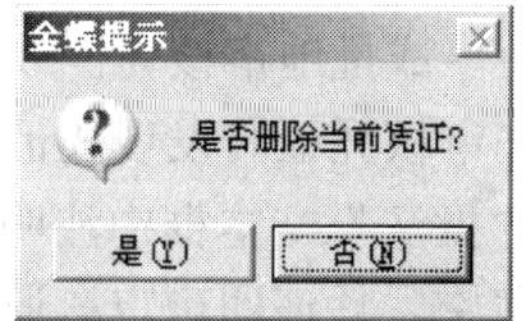

图 4-18 删除信息提示

4.2.3 凭证的审核与汇总

在所有的凭证录入完毕之后，具有审核权限的用户可以对制单人填制的凭证从业务内容的真实性、会计分录的合理性和数据的准确性等方面进行检查。

1. 凭证审核

凭证审核是有效组织会计核算和进行会计检查的一个重要元素，目的就是避免手工操作中可能出现的错误，并通过审核防止舞弊行为的发生，确保财务操作的公正与正确。

凭证审核的具体操作步骤如下：

❶ 在【会计分录序时簿】窗口中选择需要审核的凭证后，单击工具栏上的【审核】按钮，即可进入凭证审核窗口，如图 4-19 所示。

❷ 单击【审核】按钮，在凭证下方的审核人处将显示出当前操作员的名字，如图 4-20 所示。

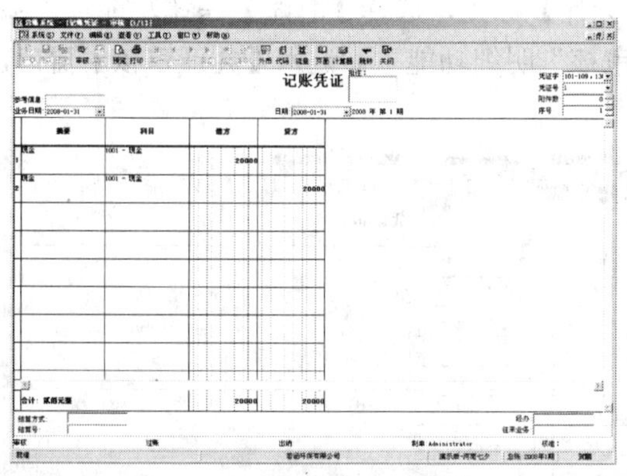

图 4-19 凭证审核窗口

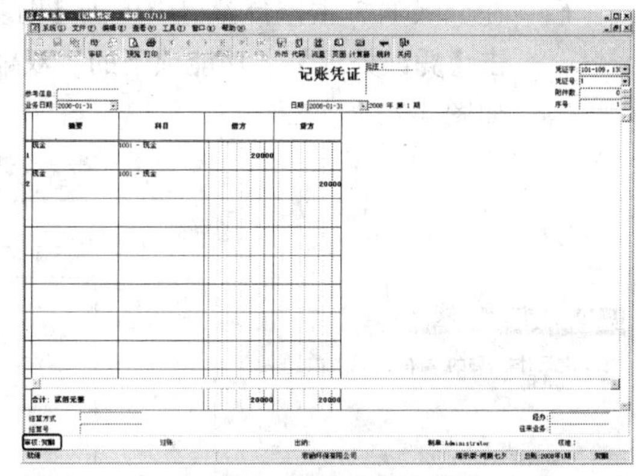

图 4-20 完成审核操作

❸ 用户如果要取消审核，只用再次单击工具栏上的【审核】按钮，即可取消凭证审核（即反审核）。

注意

凭证审核与制单不能是同一人，而且要有审核权限。反审核必须与审核是同一人，否则不能反审核。

❹ 选择【编辑】→【成批审核】命令，弹出【成批审核凭证】对话框，在其中可以成批地审核凭证或反审核凭证，如图 4-21 所示。

在审核凭证时发现凭证有错则审核不通过。在凭证上提供了一个“批注”文本框，可以在“批注”文本框中注明凭证出错的地方，以便凭证制单人修改。凭证修改后批注内容自动清空，凭证即可审核通过。如果经过再次检查，凭证仍有错，重复以上操作即可。

小技巧

如果未经审核的凭证数量很多，为明确哪张凭证是已经审核但未通过的，会计分录序时簿中提供了“批注”过滤条件，方便查找到此类标记为“有”或“无”的凭证，以做进一步的修改。

注意

具有审核权限的用户才能录入批注。录入批注后，表明凭证有错，此时不允许审核，除非清空批注或凭证完成修改并保存后才能继续进行审核。

2. 双敲审核

所谓双敲审核是指通过二次录入凭证的方式对已录入的凭证进行审核，只有第二次录入的凭证与已录入的凭证完全相同时，才能通过审核。

双敲审核的具体操作步骤如下：

❶ 在金蝶 K/3 主控台窗口中单击【财务会计】标签，选择【总账】系统功能项，双击【凭证处理】子功能项下的“双敲审核”明细功能项。进入【凭证审核】窗口，如图 4-22 所示。

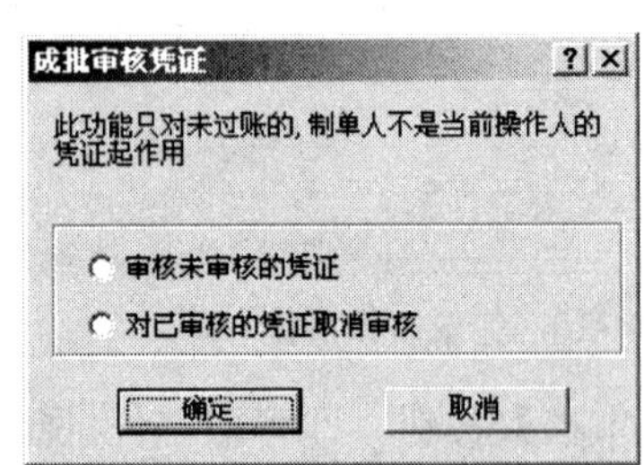

图 4-21 【成批审核凭证】对话框

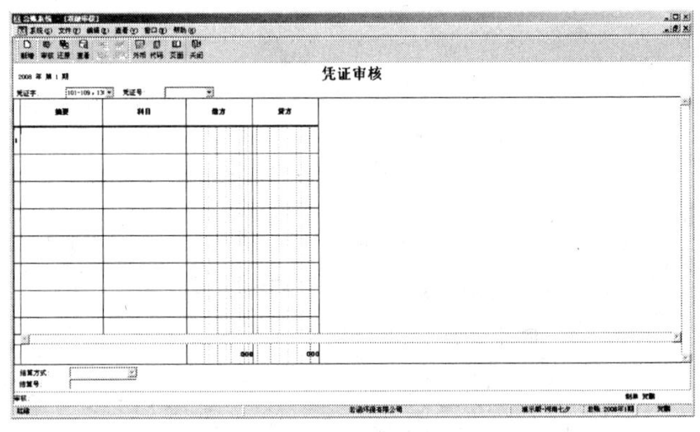

图 4-22 【凭证审核】窗口

❷ 选择未经审核的凭证字和凭证号后，按一般凭证录入的操作方法录入会计分录。

❸ 在凭证录入完毕之后，单击工具栏上的【审核】按钮，若录入的凭证与已有的凭证完全一致，则审核通过，否则不能通过审核。用户可以在该窗口中连续审核多张凭证。进行“双敲审核”操作时也应遵循审核人和制单人不为同一人的原则。

3．核准凭证

凭证核准是在审核的基础上增加会计主管核准的功能，对于已结账的凭证，不允许使用该功能。

核准凭证的具体操作步骤如下：

❶ 在【会计分录序时簿】窗口中选择已审核过的凭证，然后单击工具栏上的【核准】按钮，进入记账凭证核准窗口，如图 4-23 所示。

❷ 单击工具栏上的【核准】按钮，在核准人处将显示出当前操作员的名字，如图 4-24 所示。

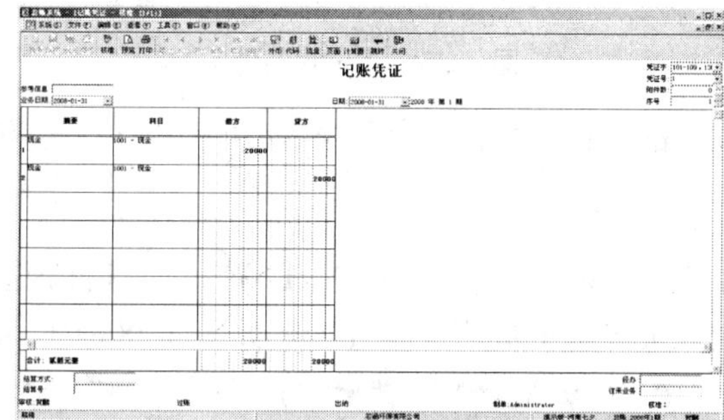

图 4-23 记账凭证核准窗口

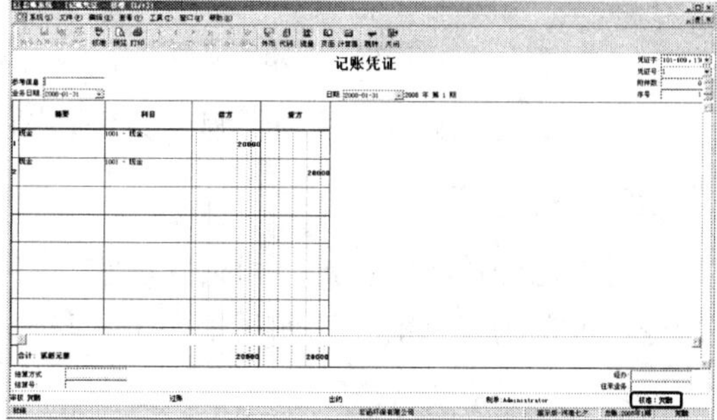

图 4-24 完成核准操作

❸ 用户如果要撤销核准操作，只需再次单击【核准】按钮，即可反核准。

注意

核准与反核准必须是同一人，否则不能反核准。凭证核准若处于已审核、已核准状态，需要反审核凭证时，必需先反核准。核准不是必需的流程，系统参数可提供选择。凭证过账前必需核准，则凭证在过账前必需检测，没有核准的凭证不允许过账。

如果登录的用户具有出纳权限，那么就可以复核凭证，单击工具栏上的【复核】按钮，在出纳人处显示操作员的名字，即可完成复核操作，如图 4-25 所示。

4．汇总凭证

凭证汇总就是指将记账凭证按照指定的范围和条件汇总凭证中会计科目所对应的一级科目的借贷方发生额，并生成会计科目汇总表的过程。运用不同条件对会计凭证进行汇总，可以使财务人员随时查看已填制的各种凭证的情况，以便于对日常的财务核算工作加强管理，防止漏记、错记等情况的发生，及时掌握日常经营业务情况。

汇总凭证的具体操作步骤如下：

❶ 在金蝶K/3主控台窗口中单击【财务会计】标签，选择【总账】系统功能项，双击【凭证处理】子功能项下的“凭证汇总”明细功能项，打开【过滤条件】对话框，在其中选择过滤凭证的日期、科目级别、币别、范围以及凭证字范围，如图4-26所示。

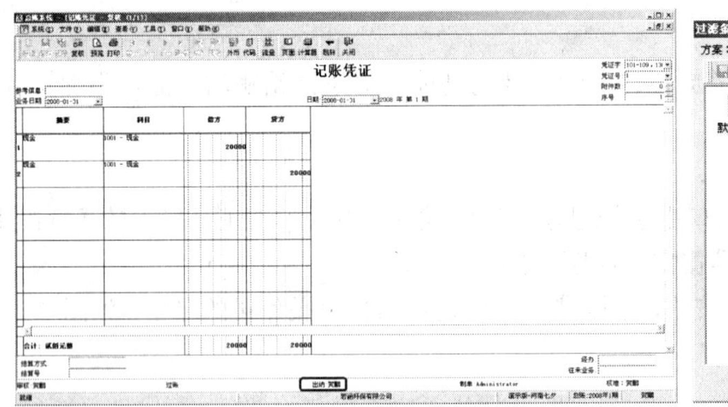

图4-25 完成复核操作

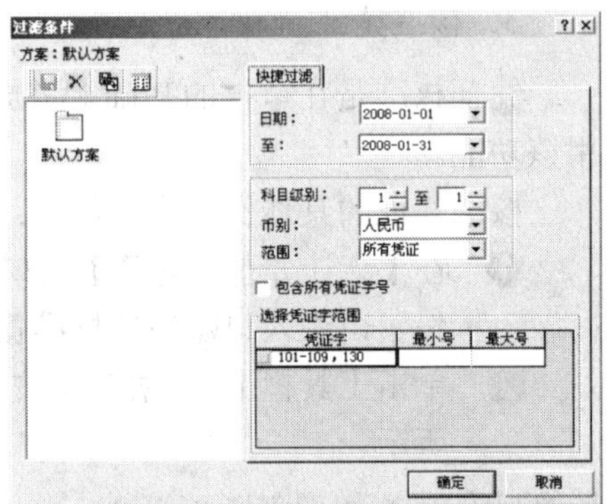

图4-26 【过滤条件】对话框

❷ 单击【确定】按钮，显示系统自动生成的凭证汇总表，如图4-27所示。

5. 冲销凭证

对于已经过账的凭证，如果发现它不符合企业的财务规则，则选择【编辑】→【冲销】命令，可自动在当前会计期间生成一张与选定凭证一样的红字冲销凭证，如图4-28所示。

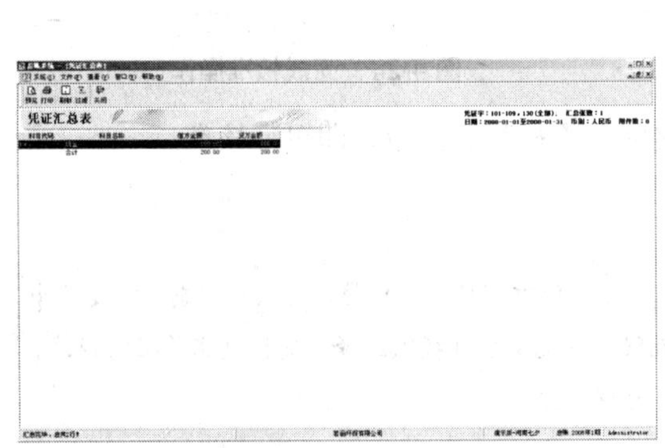

图4-27 凭证汇总表

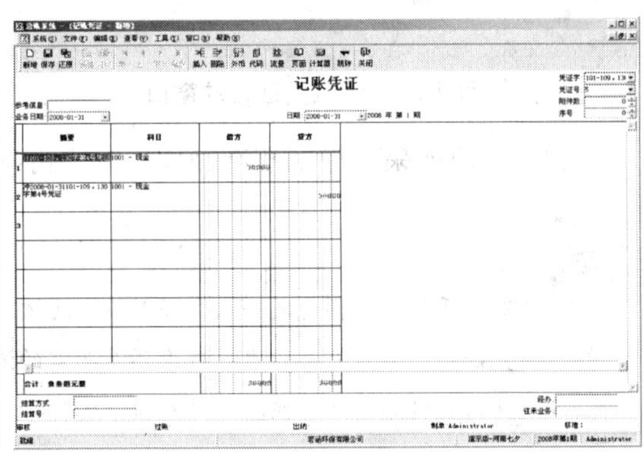

图4-28 冲销凭证

4.2.4 凭证的检查、输出与管理

凭证处理除了包括上述介绍的操作之外，还有对凭证的检查、输出和管理等操作，下面进行详细介绍。

1. 查看凭证

如果在【会计分录序时簿】窗口中双击某张凭证，可以打开该凭证，用户可以查看其中的具体内容，但不能修改。

2. 查找凭证

如果在【会计分录序时簿】窗口中单击工具栏上的【查找】按钮，可打开【会计分录序时簿查找】对话框。在设置查询条件之后，单击【确定】按钮，可在【会计分录序时簿】窗口中显示出符合条件的凭证。

3. 复制凭证

在【会计分录序时簿】窗口中选取需要复制的凭证，选择【编辑】→【复制】命令，系统将生成和原有凭证相同的凭证。这样可以减少操作员的工作量，提高工作效率。

提示

如果在【凭证录入选项】对话框中选中“新增凭证时取系统日期”复选框，则业务期间为当前系统日期所在的期间，否则业务期间为当前账套所在期间。

4. 凭证页面设置

为了更加方便用户操作，满足其使用习惯，提高工作效率，金蝶K/3在凭证录入窗口中还提供了凭证页面的设置功能。

凭证页面设置的具体操作步骤如下：

❶ 在凭证录入窗口中选择【查看】→【页面设置】命令，打开【凭证页面设置】对话框，如图4-29所示。

❷ 在其中根据实际情况设置相应的凭证选项之后，选择“分录”选项卡，进入“分录”设置界面，在其中可以设置相应的分录信息，如图4-30所示。

图4-29 【凭证页面设置】对话框

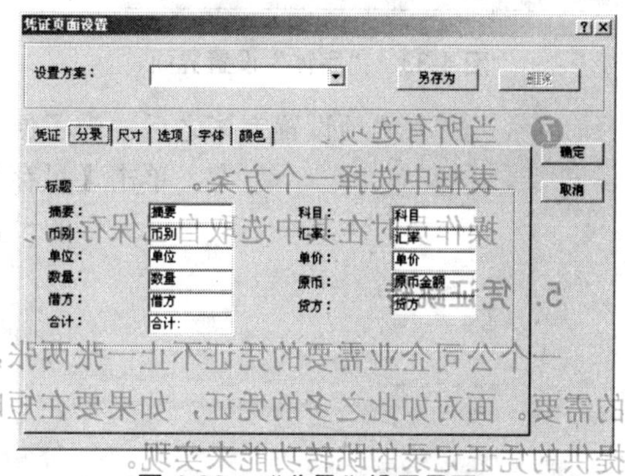

图4-30 “分录”设置界面

❸ 选择“尺寸”选项卡，进入“尺寸”设置界面，在其中可设置凭证页面的相应尺寸选项，如图4-31所示。

❹ 选择“选项”选项卡，进入“选项”设置界面，在其中可对凭证页面的币别和打印数量进行相应设置，如图4-32所示。

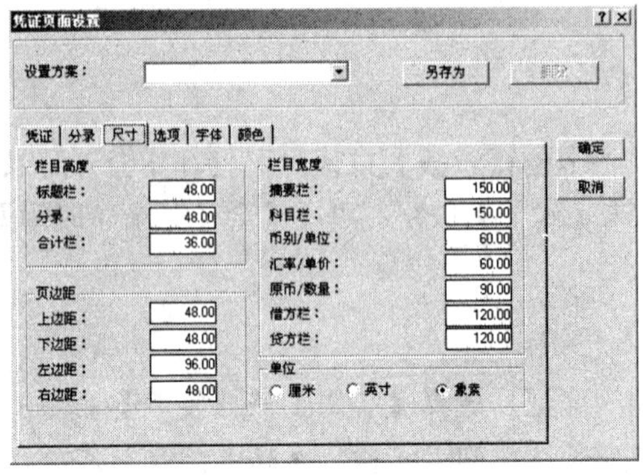

图 4-31 “尺寸”设置界面

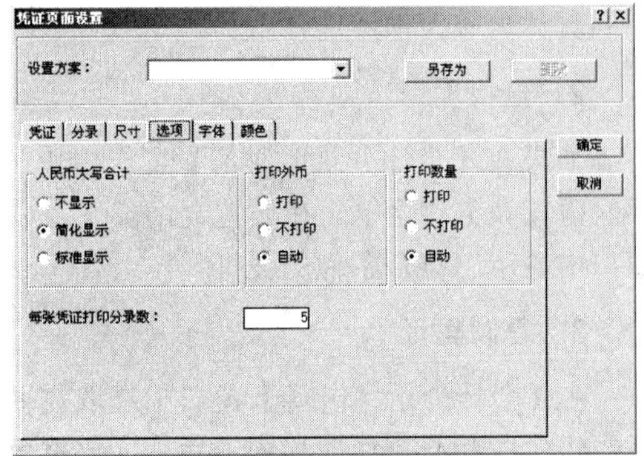

图 4-32 “选项”设置界面

❺ 选择“字体”选项卡，进入“字体”设置界面，在其中可以对凭证头、分录标题、分录内容和分录数字的字体进行相应设置，如图 4-33 所示。

❻ 选择“颜色”选项卡，进入“颜色”设置界面，在其中可以设置凭证页面的相应颜色，如图 4-34 所示。

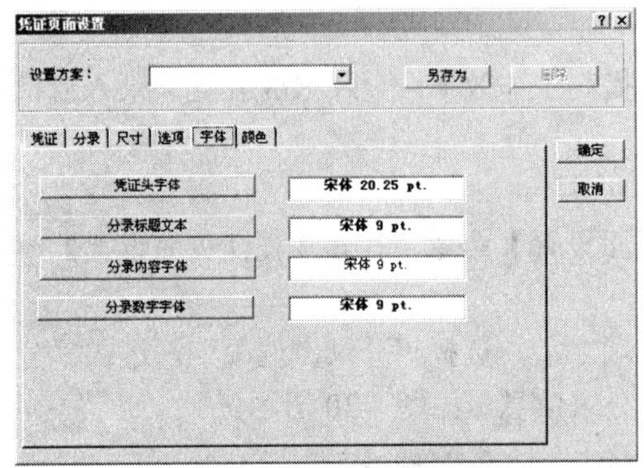

图 4-33 “字体”设置界面

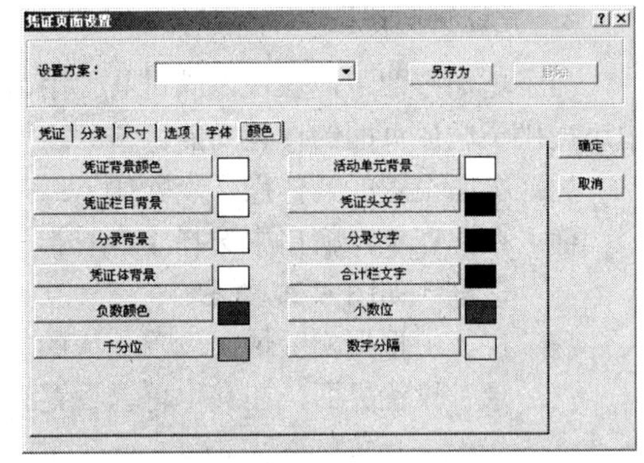

图 4-34 “颜色”设置界面

❼ 当所有选项设置完毕之后，为了便于以后使用，用户可以在“设置方案”下拉列表框中选择一个方案。单击【另存为】按钮，将本次设置保存到磁盘中。当更改操作员时在其中选取自己保存的设置方案，单击【确定】按钮即可。

5．凭证跳转

一个公司企业需要的凭证不止一张两张，有时可能会需要录入很多张的凭证以供使用的需要。面对如此之多的凭证，如果要在短时间内迅速找到相应的凭证，就需要金蝶软件提供的凭证记录的跳转功能来实现。

凭证跳转的具体操作步骤如下：

❶ 在凭证录入窗口中单击工具栏上的【跳转】按钮，打开【凭证跳转到…】对话框，在“查询名称”下拉列表框中选择适当的字段，在“包含参数”文本框中输入需要定位的凭证所包含的内容，如图 4-35 所示。

❷ 根据需要选中“未过账”和“当前期”复选框，单击【查询】按钮，将符合条件

的凭证显示在右侧的列表框中。

❸ 为了更准确、更迅速地查找到所需的凭证，用户可以选中“高级”复选框，在其下的栏中设置字段名称、比较符、字段值、查询条件之间的逻辑等内容，单击【增加】按钮，将所设置的查询条件添加到其下的条件查询框中。

❹ 单击【查询】按钮，在右侧的列表框中将显示出符合条件的凭证。在符合条件的凭证列表中选取打开的凭证之后，单击【跳转】按钮，在凭证录入窗口中将显示该凭证内容。如需要修改该凭证中的某些内容，只要在相应位置单击并输入新的内容即可。

6. 打印凭证

在凭证录入窗口中录入的记账凭证经过保存之后，如果需要可以将其打印出来。选择【文件】→【打印设置】命令，打开【打印设置】对话框，在其中可以选择打印机，设置纸张大小、打印方向等选项，如图4-36所示。

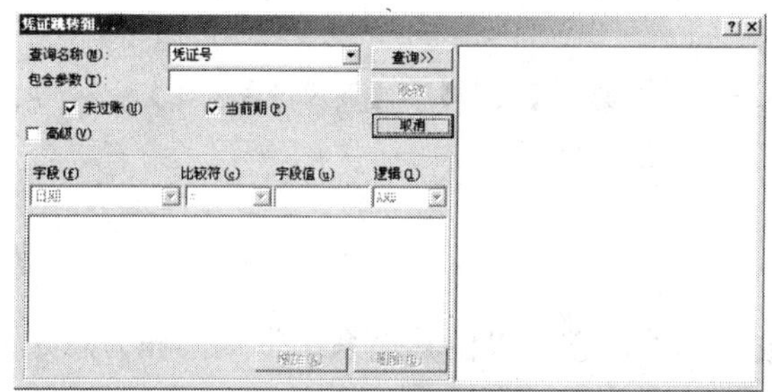

图4-35 【凭证跳转到...】对话框

图4-36 【打印设置】对话框

选择【文件】→【打印预览】命令，进入打印预览窗口浏览打印效果，如图4-37所示。如果选择【文件】→【使用套打】命令，则凭证以套打格式显示。

如果预览效果满意，可直接单击预览窗口上方的打印(P)...按钮或在凭证录入窗口中选择【文件】→【打印】命令，即可开始打印。

如果一张凭证存在大量的明细科目分录，为了节省纸张及提高打印的速度，选择【文件】→【汇总打印】命令，打开【汇总打印】对话框，在其中进行设置即可，如图4-38所示。

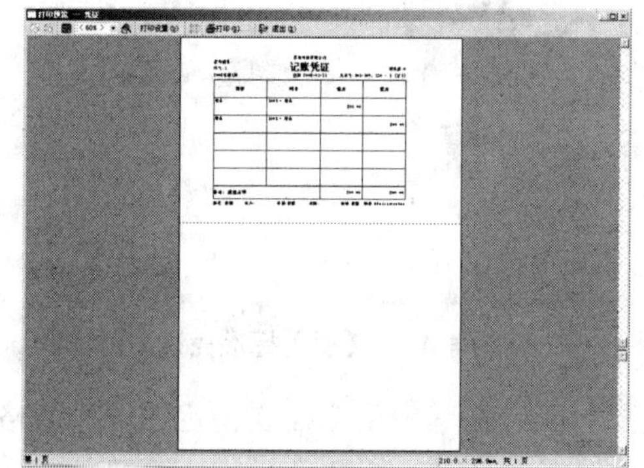

图4-37 预览效果显示

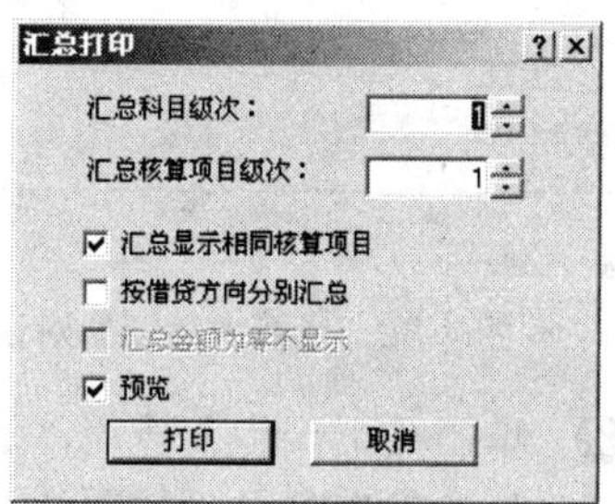

图4-38 【汇总打印】对话框

用户可以对需要汇总的科目和汇总核算项目的级次进行选择。若选中“汇总显示相同核算项目”复选框，则在汇总科目的基础上还要考虑核算项目是否相同，只有科目相同且核算项目相同时才汇总；若选中“按借贷方向分别汇总”复选框，则在进行凭证汇总时按借贷方分别汇总，也即如果借方与贷方有相同的科目不进行汇总，只汇总同一方向相同的科目；若选中“汇总金额为零不显示”复选框，则当某一科目借方或贷方汇总金额为零时，该科目在打印预览时不显示；若选中“预览”复选框，则可进行汇总凭证的打印预览。

7. 模式凭证

为了方便用户重复录入，系统提供了模式凭证功能，它可以保存为常用凭证，在录入凭证时可以调用。在总账系统模块中，选择子功能列表中的【凭证处理】子功能项，再双击明细功能列表中的“模式凭证”选项，打开【模式凭证】对话框，进入模块凭证功能模块，在其中可以设置自己需要的模式凭证，如图 4-39 所示。

小技巧

如果要调入自己设置的模式凭证，在凭证录入窗口中选择【文件】→【调入模式凭证】命令，打开【模式凭证】对话框，在其中选择需要的模式凭证即可。

8. 引入和引出标准凭证

标准格式凭证是总账系统之外的一个数据文件，它可以由其他系统生成，作为总账系统与其他系统传递数据的接口。

引入和引出标准凭证的具体操作步骤如下：

❶ 在金蝶 K/3 主控台窗口中单击【财务会计】标签，选择【总账】系统功能项，双击【凭证处理】子功能项下的“标准凭证引入”明细功能项，打开【引入标准凭证】对话框，如图 4-40 所示。

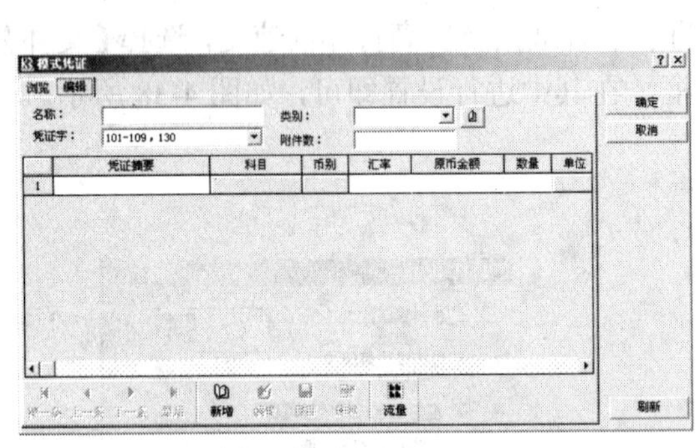

图 4-39 【模式凭证】对话框

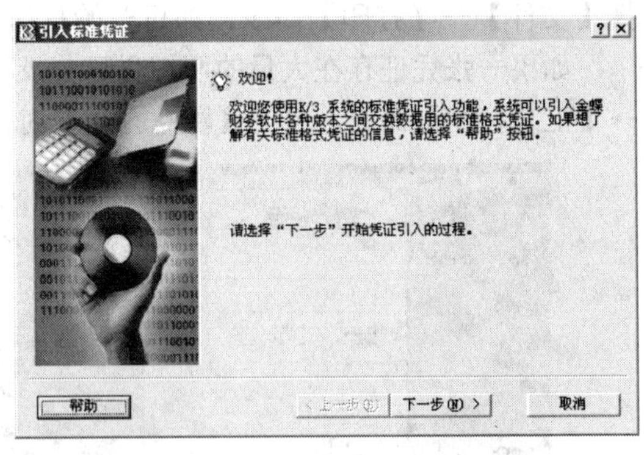

图 4-40 【引入标准凭证】对话框

❷ 单击【下一步】按钮，进入路径选择界面，在其中用户需要指定凭证库或格式文件的保存路径，如图 4-41 所示。

❸ 单击【下一步】按钮，打开凭证范围界面，在其中可以设置引入凭证的范围，如

图 4-42 所示。

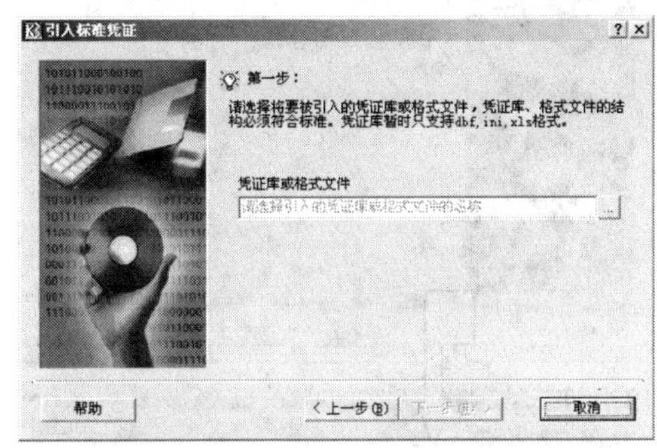

图 4-41　路径选择界面

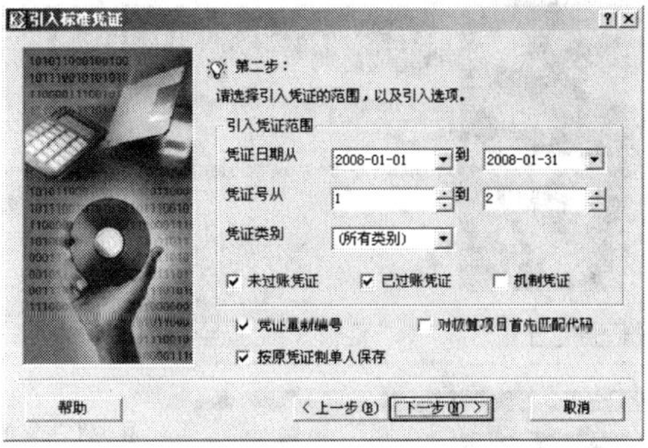

图 4-42　凭证范围界面

❹ 单击【下一步】按钮，进入错误处理方式界面，用户需要选择在凭证引入过程中凭证有错误时的处理方式，如图 4-43 所示。

❺ 单击【下一步】按钮，打开操作方式选择界面，如图 4-44 所示。

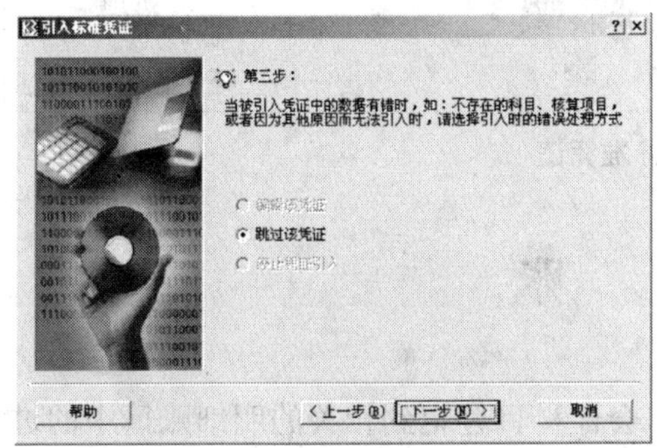

图 4-43　错误处理方式界面

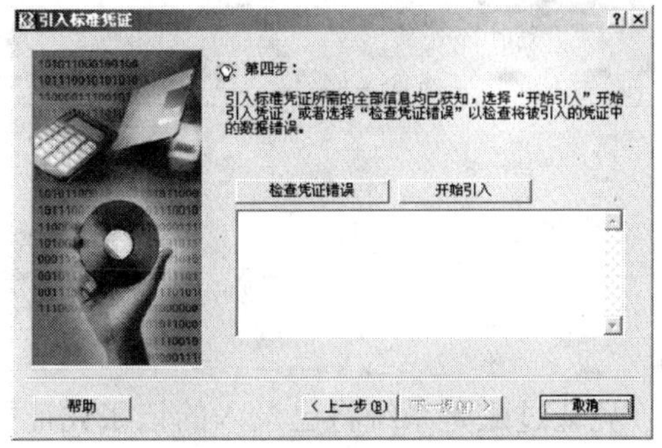

图 4-44　操作方式选择界面

❻ 单击【检查凭证错误】按钮，检查引入的凭证是否有错误，并把检查结果显示出来，如图 4-45 所示。

❼ 单击【开始引入】按钮，则可将标准凭证引入到总账系统中，如图 4-46 所示。标准凭证的引出操作与引入操作相似，如图 4-47 所示。

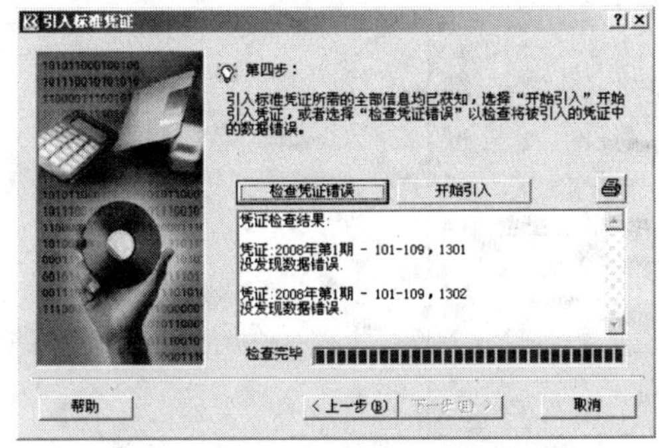

图 4-45　检查结果显示

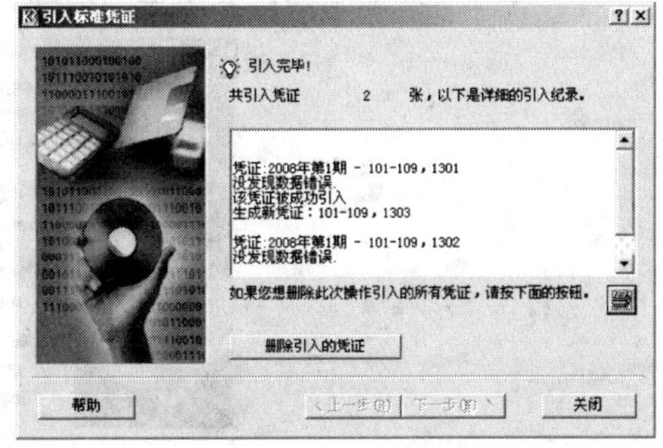

图 4-46　引入标准凭证

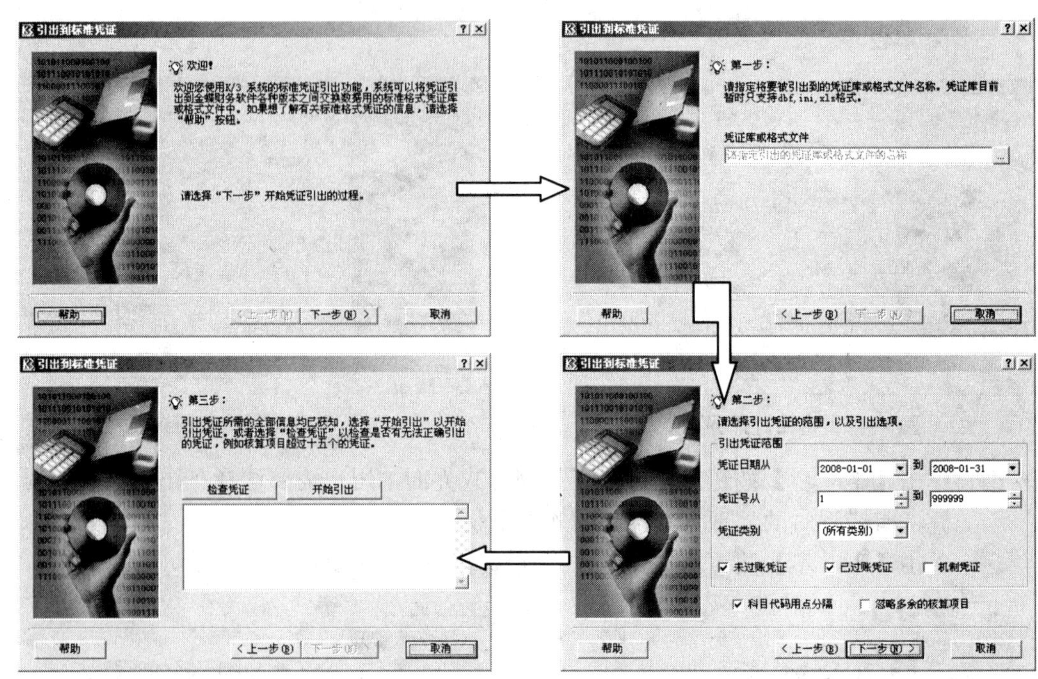

图 4-47　引出标准凭证

4.3　过　　账

凭证过账是系统将已录入的记账凭证根据其会计科目登记到相关的明细账簿中的过程（经过记账的凭证将不能修改，只能通过补充凭证或红字冲销凭证的方式进行更正）。因此，在过账前应对记账凭证的内容仔细审核，因为系统只能检验记账凭证中的数据关系错误，而无法检查业务逻辑关系错误。

凭证过账的具体操作步骤如下：

❶ 在总账系统模块中选择【凭证处理】子功能项，双击"凭证过账"明细功能项，打开【凭证过账】对话框，如图 4-48 所示。

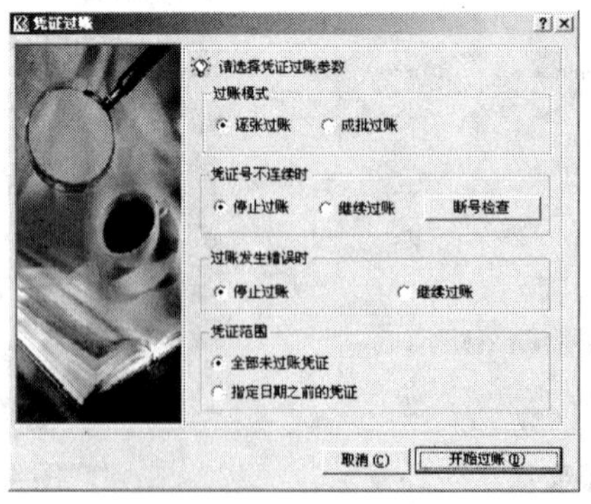

图 4-48　【凭证过账】对话框

❷ 在“凭证号不连续时”栏中，可以通过选中“停止过账”或“继续过账”单选按钮来决定凭证号不连续时的应对措施。若单击【断号检查】按钮，则可对凭证号进行检查并报出断号检查结果，如图4-49所示。

❸ 在“过账发生错误时”栏中，通过选中“停止过账”或“继续过账”单选按钮来决定检查出凭证错误时的应对措施。

❹ 在“凭证范围”栏中，用户可以设定过账凭证的范围。单击【开始过账】按钮，进入过账过程，此时可对所有的记账凭证数据关系进行检查。若在“过账发生错误时”栏中选中了“停止过账”单选按钮，则一旦发现错误将给出错误提示信息并中止过账，更正错误之后重新开始过账，如图4-50所示。

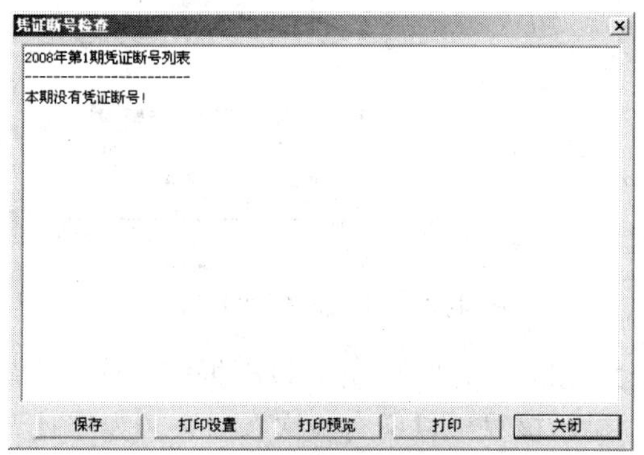

图4-49 断号检查结果

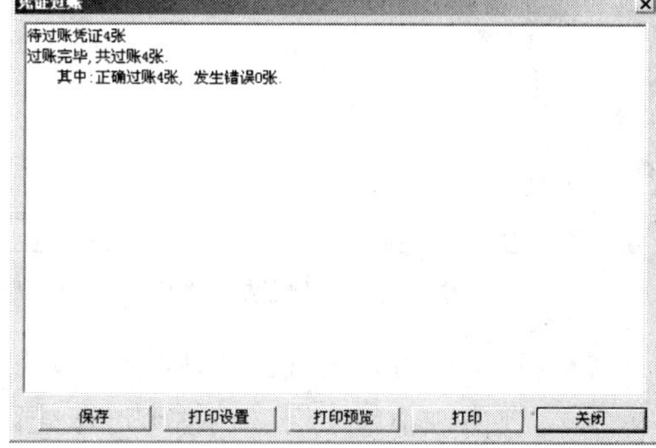

图4-50 凭证过账信息

若需要修改已经过账的凭证时，必须对已过账的凭证进行反过账操作。此时在【会计分录序时簿】窗口中选择【编辑】→【反过账】命令，将所选的凭证进行反过账操作；选择【编辑】→【全部反过账】命令，将所有已过账的凭证进行反过账操作。

4.4 账簿管理

只要所录入的凭证经过过账，用户就可以在此功能中迅速地查询到总分类账、明细分类账、多栏式明细账、核算项目总账、核算项目明细账、数量金额总账、数量金额明细账中的有关数据资料及各类账簿的有关本位币、各种外币以及综合本位币的发生额和余额等数据。

4.4.1 对总分类账进行管理

通过总分类账可以查询总分类账的账务数据，如可以查询总账科目的本期借方发生额、本期贷方发生额、本年借方累计、本年贷方累计、期初余额和期末余额等项目的总账数据。

1. 查询总分类账

在金蝶财务软件中，查询总分类账的方法很简单，具体操作步骤如下：

❶ 在金蝶 K/3 主控台窗口中单击【财务会计】标签，选择【总账】系统功能项，选择【账簿】子功能项，进入“账簿”界面，如图 4-51 所示。

❷ 双击“总分类账”明细功能项，打开【总分类账】窗口并弹出【过滤条件】对话框，如图 4-52 所示。

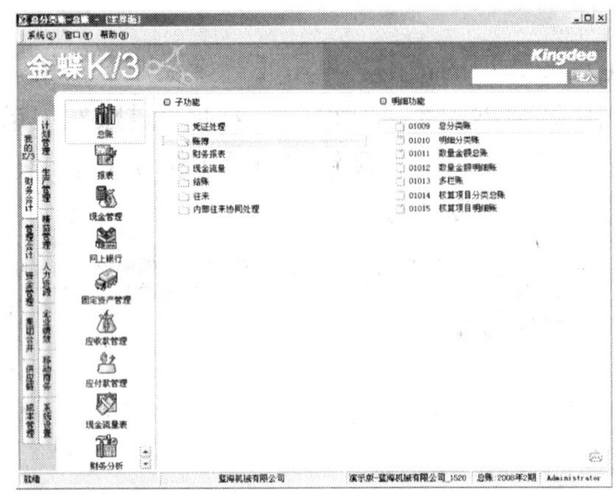

图 4-51 “账簿”界面

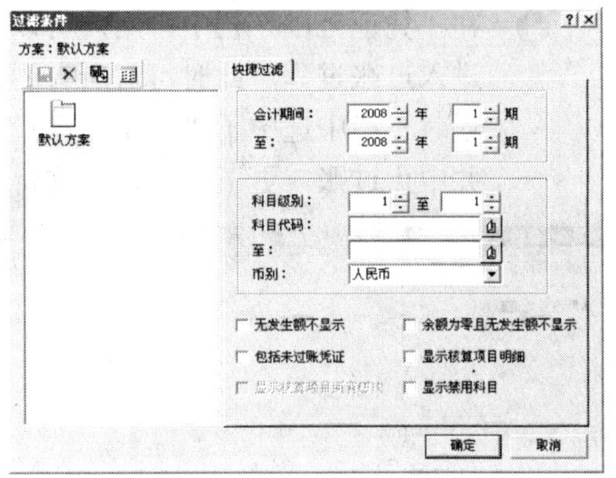

图 4-52 【过滤条件】对话框

❸ 在其中可以设置会计期间范围、科目级别范围、币别等，并可以根据需要选中“无发生额不显示”、“包括未过账凭证”、“显示核算项目所有级次”、“余额为零且无发生额不显示”、“显示核算项目明细”或“显示禁用科目”等复选框。

❹ 单击【确定】按钮，进入【总分类账】窗口并显示相应的总分类账，如图 4-53 所示。如果选择本位币，输出的总分类账只是本位币的原币发生额，不包括外币折合的本位币数额。

❺ 如果需要查看其他总分类账，单击工具栏上的【过滤】按钮，重新设置过滤条件，并生成一个新的总分类账。

❻ 在【总分类账】窗口中选取要查询的总账科目后，单击工具栏上的【明细账】按钮，调出相应的明细账窗口，进行明细账的查询，如图 4-54 所示。

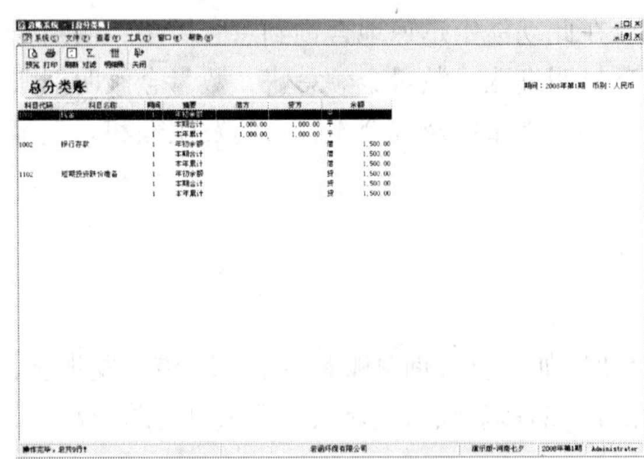

图 4-53 【总分类账】窗口

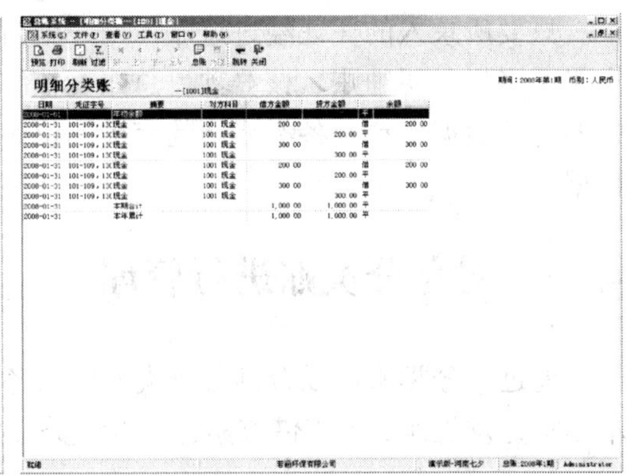

图 4-54 【明细分类账】窗口

2. 打印总分类账

在查询到需要的总分类账之后，根据需要还可对总分类账进行打印操作。

打印总分类账的具体操作步骤如下：

❶ 在【总分类账】窗口中选择【查看】→【页面设置】命令，打开【页面设置】对话框，如图 4-55 所示。

❷ 单击【前景色】、【背景色】和【合计色】按钮，在【颜色】对话框中选择相应的颜色，如图 4-56 所示。在选中“自定义行高”复选框之后，用户还可以设置账表的行高数值。

❸ 单击【页面设置】按钮，打开【页面选项】对话框，在其中可以设置“打印选项”、“打印页选择”、“居中方式”、“页边距”和“缩放比例”等内容，如图 4-57 所示。若选中“表格延伸”复选框，则当最后一页表格内容不能占满整页时，将以空白表格方式填满剩余部分。

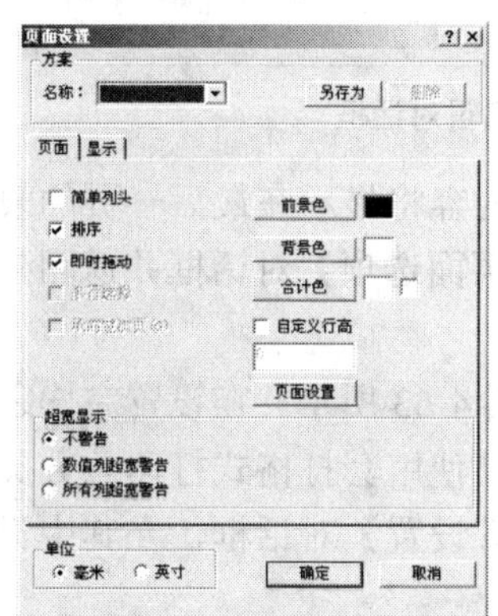

图 4-55 【页面设置】对话框

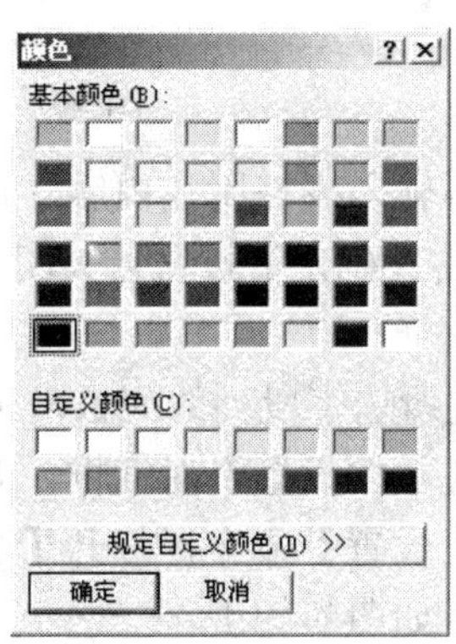

图 4-56 【颜色】对话框

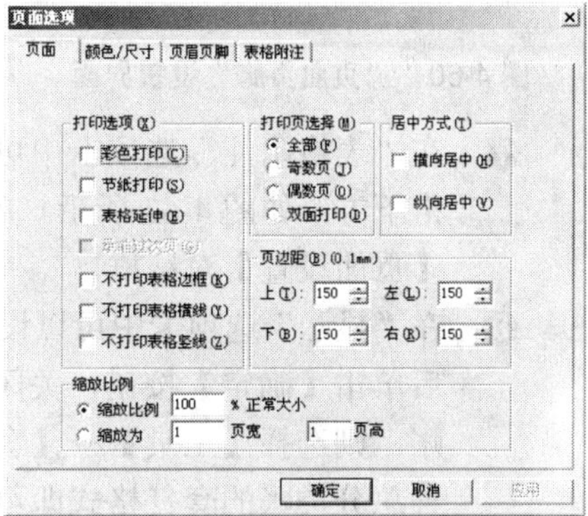

图 4-57 【页面选项】对话框

❹ 在如图 4-58 所示的“颜色/尺寸”选项卡中单击【表格字体】按钮，打开【字体】对话框，在其中可以设置表格字体的字形、大小和颜色等内容，如图 4-59 所示。

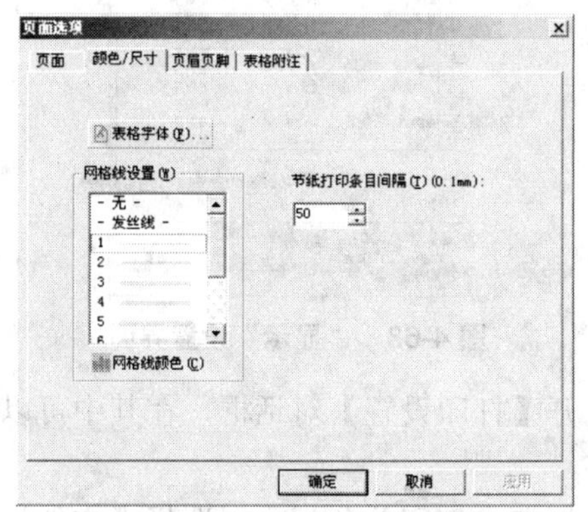

图 4-58 “颜色/尺寸”设置界面

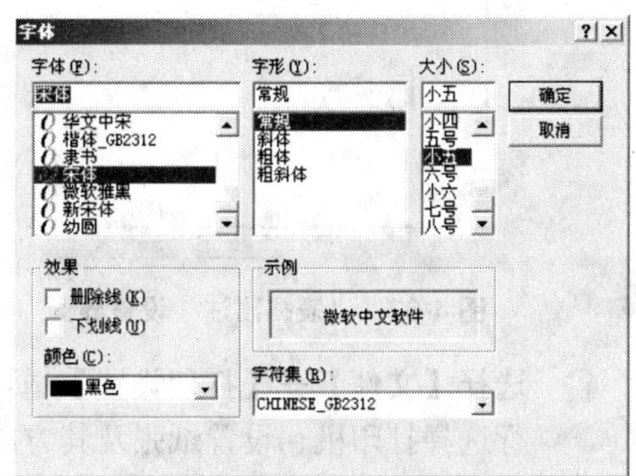

图 4-59 【字体】对话框

❺ 单击【网格线颜色】按钮，打开【颜色】对话框，在其中可以选择网格线颜色与

类型。若在“页面”选项卡中选中“节纸打印”复选框，则可以在其中设置“节纸打印条目间隔”。

❻ 在“页眉页脚”选项卡中可以设置页眉和页脚的不同打印方式，如图 4-60 所示。单击【编辑】按钮，打开编辑对话框，在其中可以编辑相应的页眉或页脚，如图 4-61 所示。

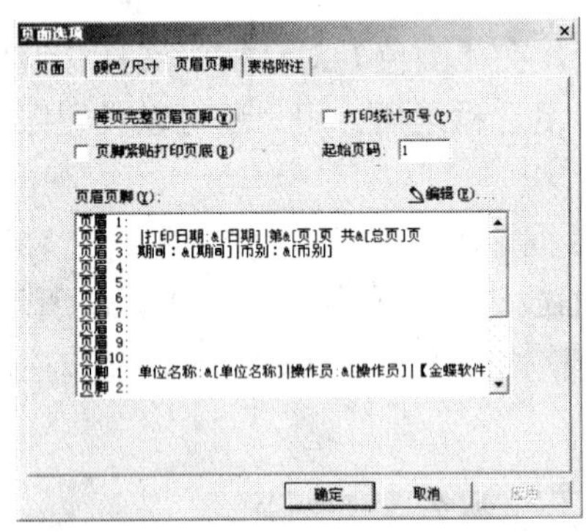

图 4-60　“页眉页脚”设置界面

图 4-61　编辑对话框

❼ 在“表格附注”选项卡中可以输入表格附注内容，该内容将显示在最后一页的表格下方，如图 4-62 所示。单击【确定】按钮，关闭【页面选项】对话框并返回到【页面设置】对话框。

❽ 在“显示”选项卡中可以设置所选字段列的列宽，如图 4-63 所示。在设置完毕之后单击【确定】按钮，关闭【页面设置】对话框。若要使用套打格式打印总分类账，则选择【工具】→【套打设置】命令，打开【套打设置】对话框，在其中设置总分类账的套打格式即可，如图 4-64 所示。

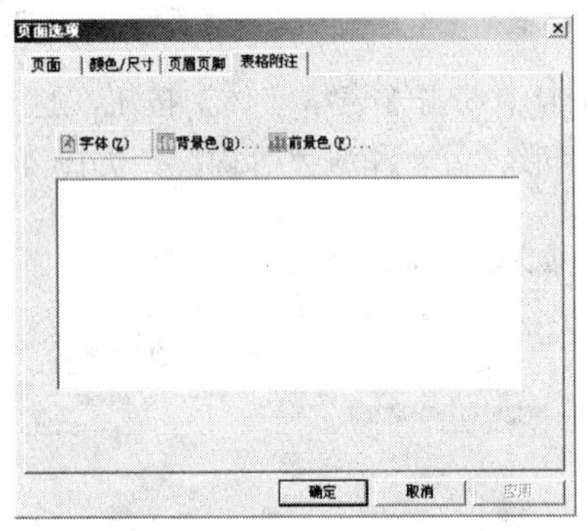

图 4-62　“表格附注”设置界面

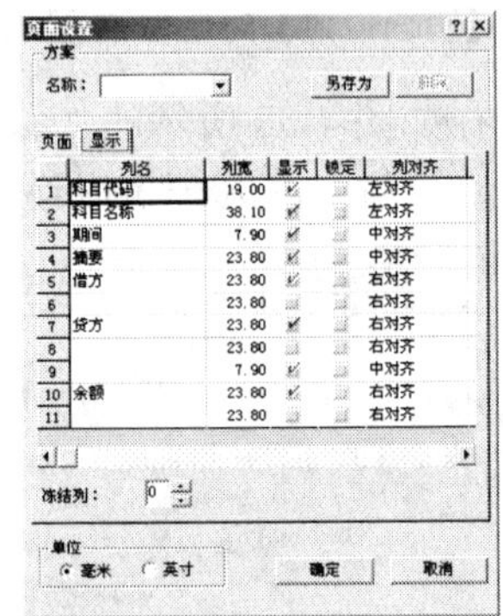

图 4-63　“显示”设置界面

❾ 选择【文件】→【打印设置】选项卡，打开【打印设置】对话框，在其中可以进行选择打印机、设置纸张及其方向等操作。

❿ 选择【文件】→【使用套打】命令，以套打方式打印总分类账；选择【文件】→【按科目分页打印】命令，按科目分页方式打印总分类账；选择【文件】→【打印预览】命令，在显示窗口中浏览打印效果，如图 4-65 所示。

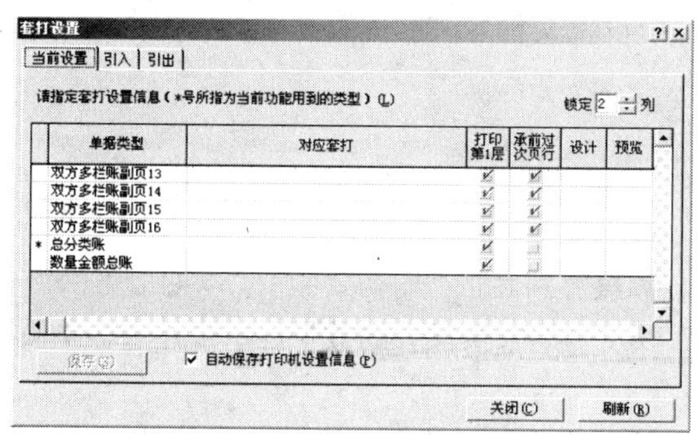

图 4-64　【套打设置】对话框

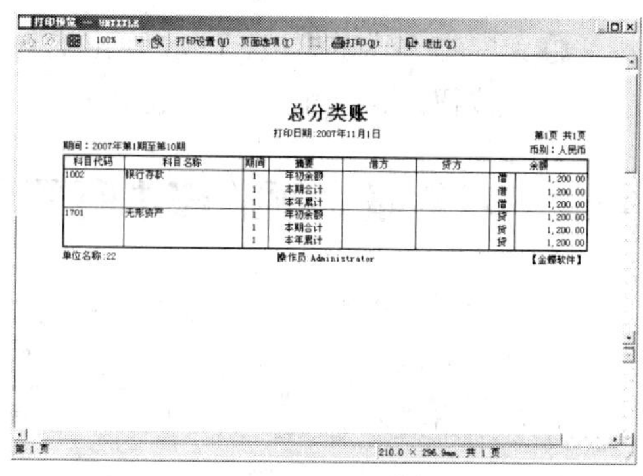

图 4-65　预览打印效果

⓫ 选择【文件】→【打印】命令，打开【打印】对话框，在其中可以设置相关选项，如图 4-66 所示。单击【确定】按钮，即可将总分类账打印输出。

图 4-66　【打印】对话框

3. 引出总分类账

为了方便以后的重复查看使用，也为了保存方便，用户可以将需要的总分类账以一种特定文件格式保存起来。

引出总分类账的具体操作步骤如下：

❶ 在【总分类账】窗口中选择【文件】→【引出】命令，打开【引出‘总分类账’】对话框，在其中选择需要保存的文件格式，如图 4-67 所示。

❷ 若选择 Text 文件格式，则还需要设置其相应的选项，如图 4-68 所示。

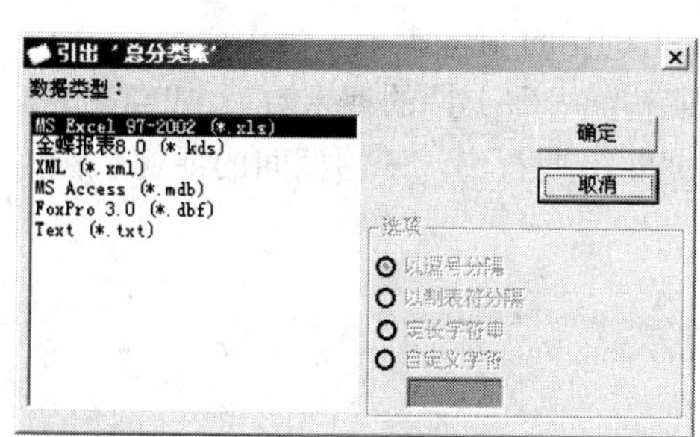

图 4-67　【引出‘总分类账’】对话框

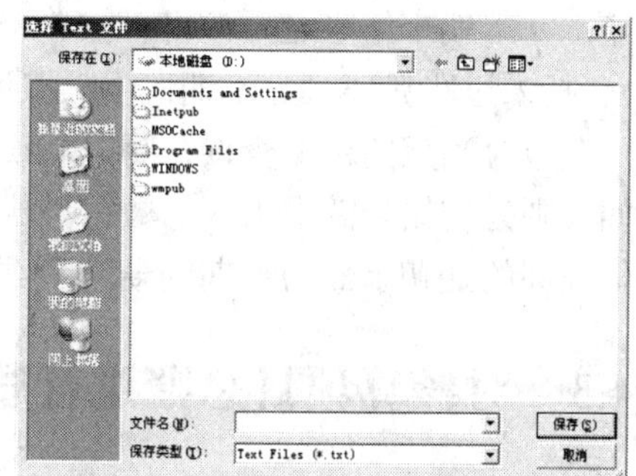

图 4-68　设置相应选项

❸ 单击【确定】按钮，在弹出的对话框中设置文件名称和保存路径，再单击【保存】按钮，将当前总分类账引出。

4.4.2 对数量金额总账进行管理

通过数量金额总账可以查询设置为数量金额核算科目的“期初余额”、“本期借方”、“本期贷方”、“本年累计借方”、“本年累计贷方”以及“期末余额”的数量、单价及金额数据。

查看数量金额总账的具体操作步骤如下：

❶ 在金蝶 K/3 主控台窗口中单击【财务会计】标签，选择【总账】系统功能项，双击【账簿】子功能项下的“数量金额总账”明细功能项，打开【数量金额总账】窗口并弹出【过滤条件】对话框，在其中可以设置会计期间、科目级次范围和币别等，如图 4-69 所示。

❷ 单击【确定】按钮，进入【数量金额总账】窗口，并按过滤条件生成相应的数量金额总账，如图 4-70 所示。同样可将所生成的账簿打印输出，并可以更改过滤条件生成其他数量金额总账，还可以将数量金额总账引出。

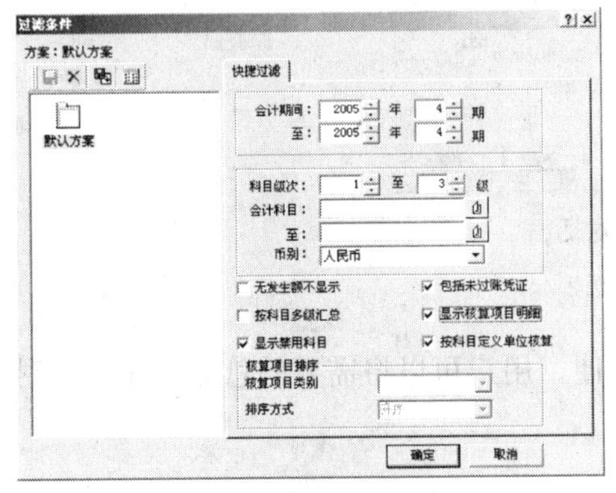

图 4-69 设置过滤条件

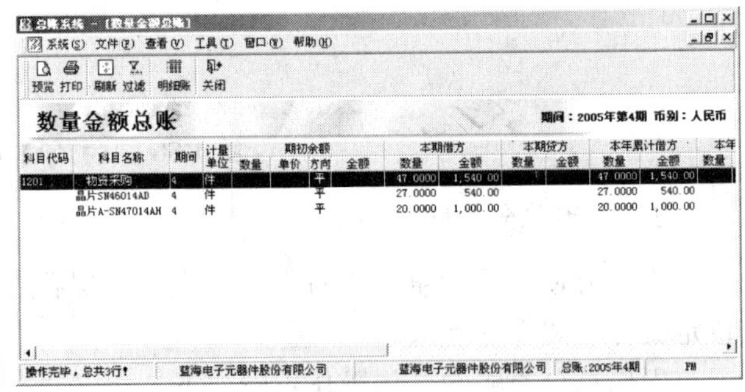

图 4-70 【数量金额总账】窗口

❸ 双击数量金额总账中的记录，即可进入数量金额明细账查看该记录的明细信息。

在本期末结账时，可以查询本期以后期间的数据，但暂时不提供实时计算期初余额的功能；在本期末结账之后，可以按单个期间查询本期以后的数量金额总账，若期初余额为 0，包括未过账凭证时，本期发生额取所选期间发生的借贷方数据。

若包含当期的跨期查询，期初余额为当期的期初数（即上期的期末数），如当期为启用期间，则为初始余额中录入的数据。若未包含当期的跨期查询，开始期间的期初余额为 0，其他期间的期初余额为上期的期末余额。

4.4.3 对核算项目总账进行管理

核算项目分类总账是以核算项目为依据，全面反映核算项目所涉及科目中的借、贷方发生额及余额的数据。

对核算项目总账查询的具体操作步骤如下：

❶ 在金蝶 K/3 主控台窗口中单击【财务会计】标签，选择【总账】系统功能项，双击【账簿】子功能项下的“核算项目分类总账”明细功能项，打开【核算项目分类总账】窗口并弹出【过滤条件】对话框，如图 4-71 所示。

❷ 在其中设置会计期间、项目类别、会计科目、币别、排序方法等后，单击【确定】按钮，生成核算项目明细分类总账，如图 4-72 所示。同样可将所生成的账簿打印输出，并可以更改过滤条件生成其他核算项目分类总账。

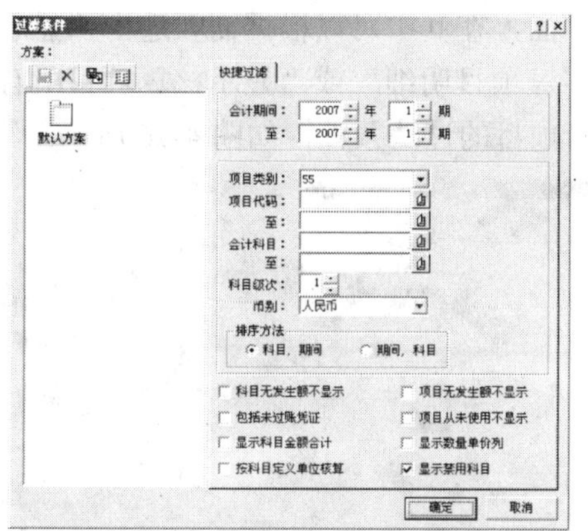

图 4-71 【过滤条件】对话框

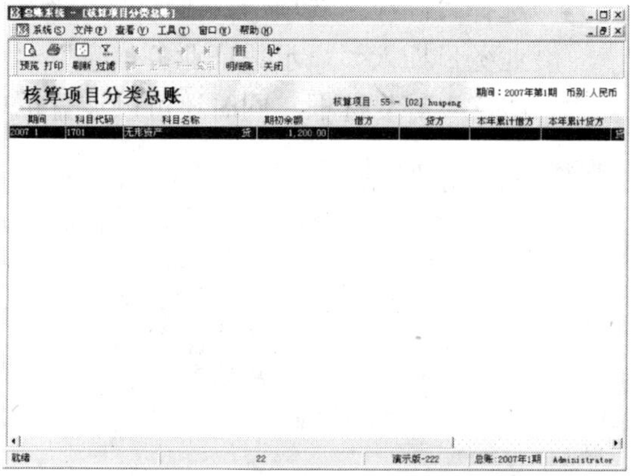

图 4-72 核算项目明细分类总账

❸ 选择【文件】→【引出】命令，打开【引出‘核算项目分类总账’】对话框，在其中将当前窗口中的核算项目分类总账引出，如图 4-73 所示。

❹ 选择【文件】→【引出所有】命令，将指定会计期间的所有核算项目分类总账信息引出。双击核算项目分类总账中的记录，即可进入【核算项目明细账】窗口查看该记录的明细信息，如图 4-74 所示。

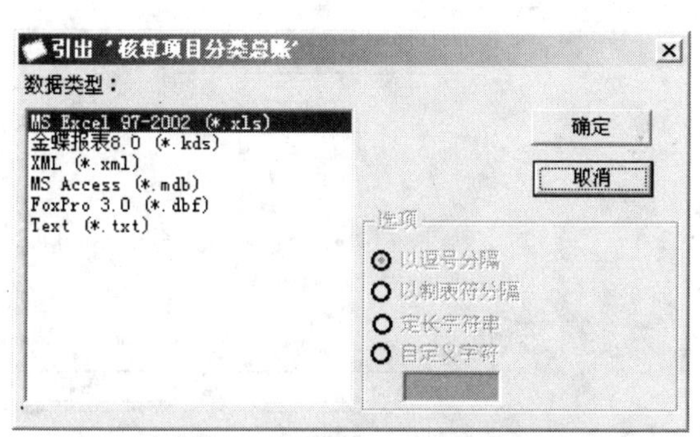

图 4-73 【引出‘核算项目分类总账’】对话框

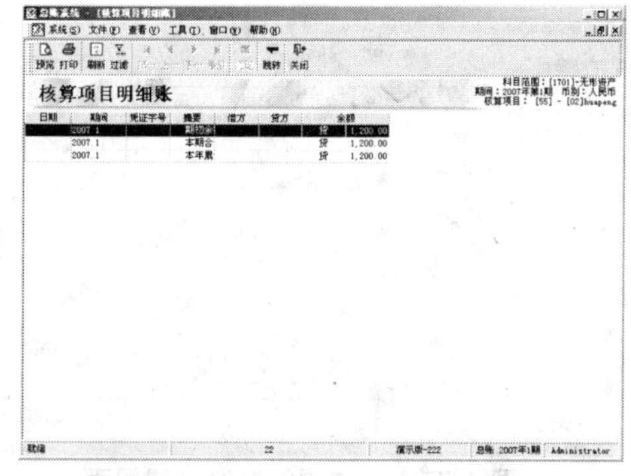

图 4-74 【核算项目明细账】窗口

4.4.4 对明细分类账进行管理

通过明细分类账可以查询各科目的明细分类账账务数据，可以输出现金日记账、银行存款日记账和其他各科目三栏式明细账的账务明细数据。在明细分类账查询功能中，还可以按照各种币别输出某一币别的明细账；同时系统还提供了按非明细科目输出明细分类账的功能。

对明细账进行管理的具体操作步骤如下：

❶ 在金蝶 K/3 主控台窗口中单击【财务会计】标签，选择【总账】系统功能项，双击【账簿】子功能项下的“明细分类账”明细功能项，打开【明细分类账】窗口并弹出【过滤条件】对话框，在其中设置相应的过滤条件，如图 4-75 所示。

❷ 选择“高级”选项卡，进入“高级”设置界面，在其中可以根据需要选中“显示业务日期”、“显示凭证业务信息”、“显示核算项目明细”或“显示核算项目所有级次”等复选框，同时还可以设置单项核算项目的过滤条件，如图 4-76 所示。

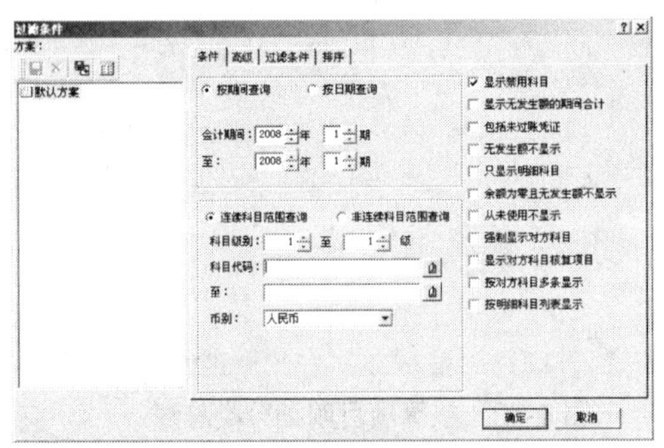

图 4-75 【过滤条件】对话框

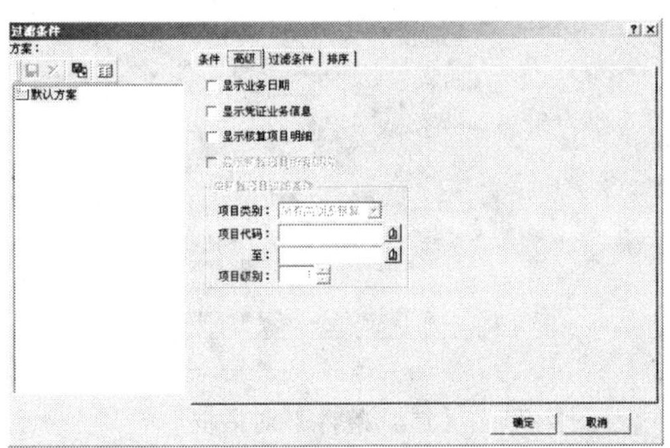

图 4-76 “高级”设置界面

❸ 选择“过滤条件”选项卡，进入“过滤条件”设置界面，在其中可以具体设置明细分类账的过滤条件，如图 4-77 所示。

❹ 选择“排序”选项卡，进入“排序”设置界面，在其中可以设置排序字段及排序方式，如图 4-78 所示。单击【确定】按钮，进入【明细分类账】窗口，如图 4-79 所示。

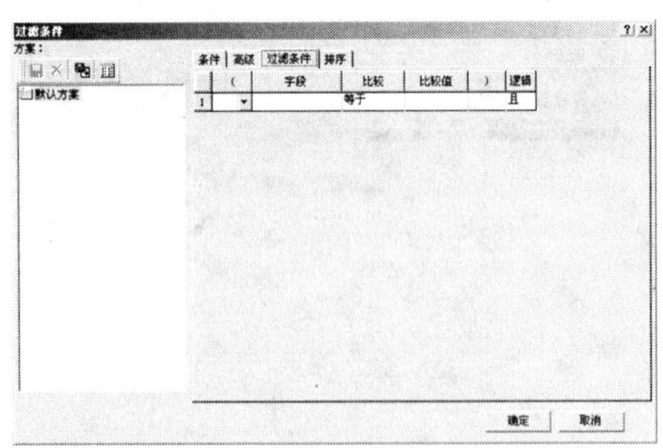

图 4-77 “过滤条件”设置界面

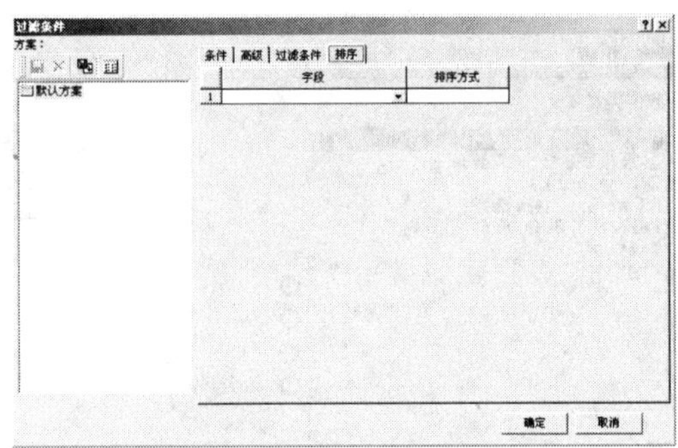

图 4-78 “排序”设置界面

❺ 单击工具栏上的【第一】、【上一】、【下一】或【最后】按钮，即可按科目浏览明细分类账。选取明细账中的某一记录，单击工具栏上的【总账】按钮，查看当前科目的总账内容，如图 4-80 所示。同样可以将所生成的明细分类账打印输出，并可以更改过滤条件生成其他的明细分类账。

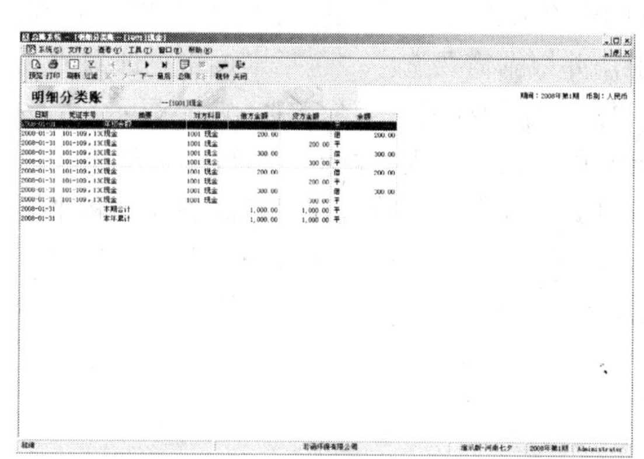

图 4-79 【明细分类账】窗口

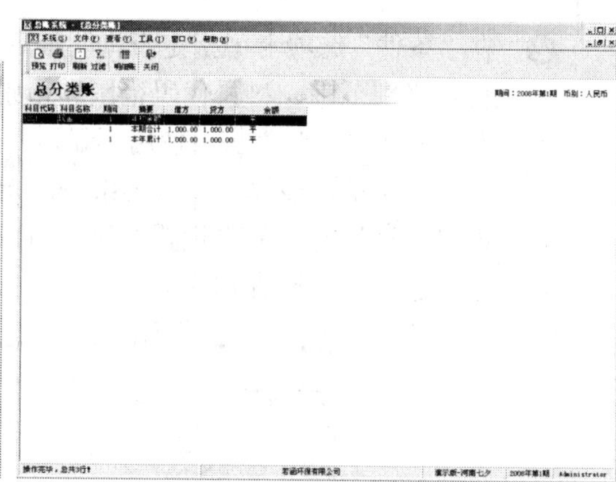

图 4-80 显示总账内容

此外，【明细分类账】窗口中还提供了连续打印、汇总打印、明细账目录打印和引出所有明细账等功能。如果在【页面选项】对话框中选中“节纸打印”复选框，则可在一张纸上根据分录的多少打印多个明细账。

注意

明细账中对同一凭证下不同分录进行汇总的规则，与在【会计分录序时簿】窗口中进行凭证打印时的汇总规则一样。在连续打印（预览）情况下，系统不支持对明细账中同一凭证中不同分录的汇总打印。

4.4.5 对数量金额明细账进行管理

通过数量金额明细账可以查询下设数量金额的辅助核算科目的明细账务数据，包括收入、发出、结存的数量、单价、金额等各项数据。

对数量金额明细账进行管理的具体操作步骤如下：

❶ 在金蝶 K/3 主控台窗口中单击【财务会计】标签，选择【总账】系统功能项，双击【账簿】子功能项下的“数量金额明细账”明细功能项，打开【数量金额明细账】窗口并弹出【过滤条件】对话框，如图 4-81 所示。

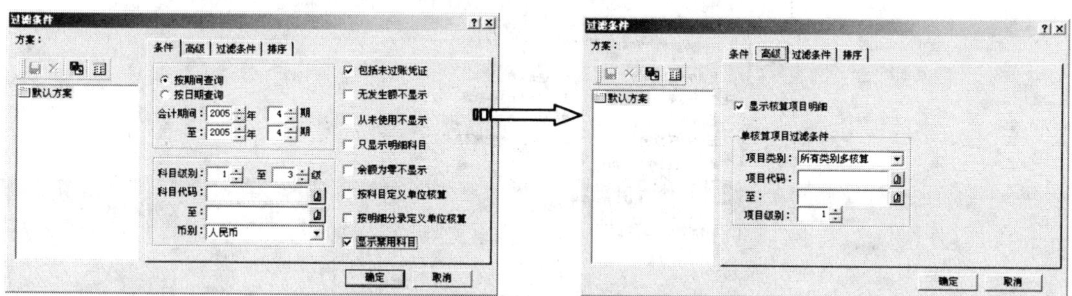

图 4-81 设置过滤条件

❷ 在“条件”选项卡中指定查询明细账的查询方式之后，在其中设置会计期间范围、科目级别范围、科目代码范围和币别，并根据需要选中“包括未过账凭证”、“无发生额不显示”、“从未使用不显示”、“只显示明细科目”、“余额为零不显示”、“按科目定义单位核算”、“按明细分录定义单位核算”或“显示禁用科目”复选框。

❸ 在“高级”选项卡中设置核算项目的过滤条件之后，分别在“过滤条件”和“排序”选项卡中设置相应的选项。单击【确定】按钮，即可按过滤条件生成数量金额明细账，如图 4-82 所示。

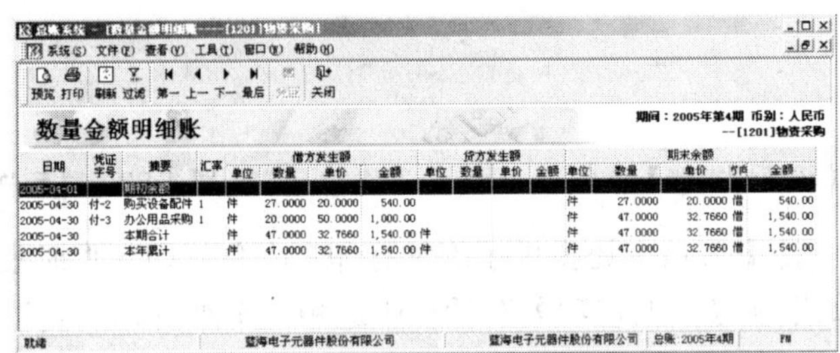

日期	凭证字号	摘要	汇率	借方发生额 单位	数量	单价	金额	贷方发生额 单位	数量	单价	金额	期末余额 单位	数量	单价	方向	金额
2005-04-01		期初余额														
2005-04-30	付-2	购买设备配件	1	件	27.0000	20.0000	540.00					件	27.0000	20.0000	借	540.00
2005-04-30	付-3	办公用品采购	1	件	20.0000	50.0000	1,000.00					件	47.0000	32.7660	借	1,540.00
2005-04-30		本期合计		件	47.0000	32.7660	1,540.00	件				件	47.0000	32.7660	借	1,540.00
2005-04-30		本年累计		件	47.0000	32.7660	1,540.00	件				件	47.0000	32.7660	借	1,540.00

图 4-82　数量金额明细账

在该窗口中同样提供了方便快捷的账证一体化查询功能，而且用户可以引出当前窗口显示的数量金额明细账，也可以引出指定会计期间所有的数量金额明细账。当查询多个科目的数量金额明细账时，可以使用连续预览和连续打印功能。

4.4.6 对多栏式明细账进行管理

为满足财会日常工作的需要，便于对明细科目的综合查询，系统提供了多栏式明细账查询功能。

对多栏式明细账进行管理的具体操作步骤如下：

❶ 在金蝶 K/3 主控台窗口中单击【财务会计】标签，选择【总账】系统功能项，双击【账簿】子功能项下的“多栏账”明细功能项，打开【多栏式明细账】窗口并弹出【多栏式明细分类账】对话框，如图 4-83 所示。

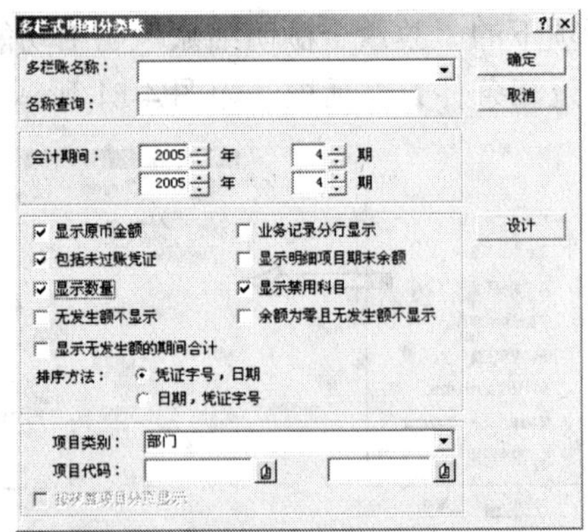

图 4-83　设置多栏式明细账生成条件

❷ 单击【设计】按钮，打开【多栏式明细账定义】对话框。在其中选择“编辑”选项卡并单击【新增】按钮，可自己设计多栏式明细账，如图 4-84 所示。

❸ 单击【保存】按钮，并在“浏览”选项卡中选择已经设置好的多栏式明细账方案名称之后，单击【确定】按钮，返回【多栏式明细分类账】对话框。

❹ 设置多栏账的会计期间、项目类别、项目代码范围及多栏账的排序方法后，根据需要选中所需的复选框，单击【确定】按钮，生成多栏式明细账，如图 4-85 所示。

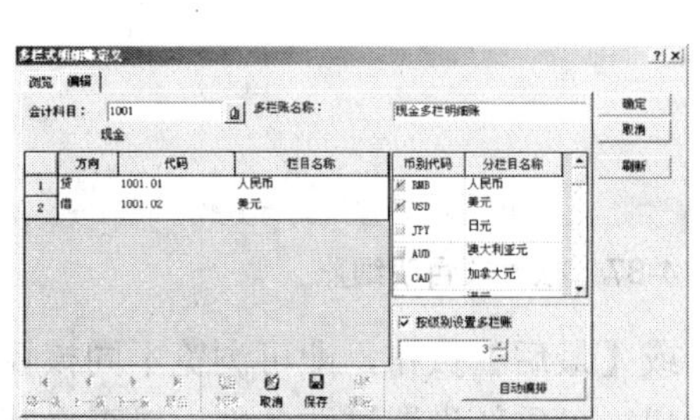

图 4-84 设置多栏式明细账

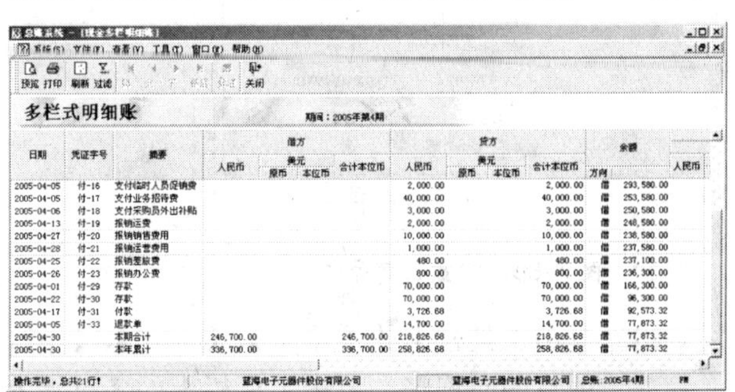

图 4-85 多栏式明细账

提示

如果科目下设核算项目，系统会自动生成核算项目多栏账。多栏账设计总栏目数不得超过 1 024 栏，否则将不允许保存。在多栏式明细账窗口中同样提供了方便快捷的账证一体化查询功能，以及连续打印（预览）功能和“引出所有”功能。

4.4.7 对核算项目明细账进行管理

通过核算项目明细账可以进行分类汇总后的明细查询，如显示“在建工程”项目所涉及的所有科目明细值，这个功能有利于企业了解核算项目的明细情况，以进行决策和业绩考核。

核算项目明细账支持同一核算项目对应的所有科目在同一账簿中显示，过滤条件中的科目范围可以多选，如果不选表示所有。在过滤条件中选择了核算项目后，如果不选择科目范围，核算项目明细账可显示此核算项目对应的所有明细科目所选查询期间的明细发生情况，并显示所有科目的合计数。

对核算项目明细账进行管理的具体操作步骤如下：

❶ 在金蝶 K/3 主控台窗口中单击【财务会计】标签，选择【总账】系统功能项，双击【账簿】子功能项下的“核算项目分类明细账”明细功能项，打开【核算项目明细账】窗口并弹出【过滤条件】对话框，选择查询方式并设置会计期间范围、科目范围和币别等，如图 4-86 所示。

❷ 单击【另存为】按钮，将设置的查询方案保存下来，以便日后查询使用。单击【确定】按钮，生成核算项目明细账，如图 4-87 所示。

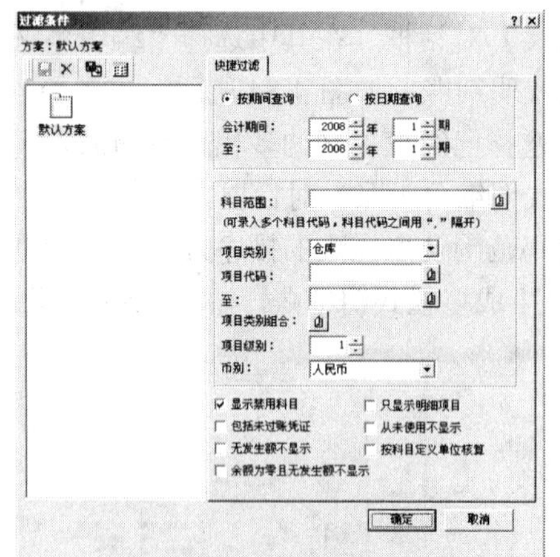
图 4-86　设置过滤条件

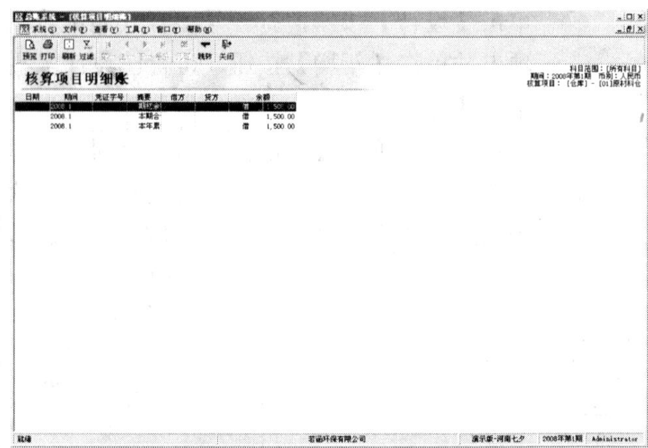
图 4-87　核算项目明细账

❸ 单击工具栏上的【第一】、【上一】、【下一】或【最后】按钮，即可浏览不同核算项目的明细账。单击工具栏上的【过滤】按钮，可重新设置过滤条件，以查看其他核算项目类别的明细账。还可以将当前窗口内容引出，或将所选核算项目类别中的所有核算项目的明细账引出。

❹ 在【文件】菜单下也有【连续打印】、【连续预览】等命令，可进行核算项目明细账的连续打印或连续预览操作。

4.5　上机实践：本章实务材料

（1）录入凭证。

① 凭证字：合并抵消
凭证号：750115
日期：2008年8月8日
摘要：销售商品
科目名称：实收资本
借方金额：8 000元

② 凭证字：合并抵消
凭证号：750116
日期：2008年8月25日
摘要：银行借款
科目名称：实收利息
贷方金额：8 000元

（2）在会计分录序时簿中查询已经录入的凭证。

（3）对查询的凭证进行审核操作。

（4）对查询的凭证进行复核和核准。

（5）将已经通过审核的凭证过账。

4.6 可能出现的问题与解答

（1）具有审核凭证权限的用户，发现在对填制凭证进行审核时系统提示不能进行审核操作。

解答：因为金蝶 K/3 系统规定，凭证录入与凭证审核不能是同一人，也即制单人与审核人不能是同一人。当出现这种情况时，最好先检查一下用户审核的凭证是谁制作的。若不是用户自己制作的，则需要检查该凭证是否存在审核批注。若有批注存在，则表示该凭证有错误存在，不能通过审核，只有将批注清空，或制单人修改凭证并保存后，该凭证才能进行审核。

（2）在对一个录入凭证进行凭证核准时，发现不能进行凭证核准操作。

解答：当出现这种情况时，用户最好检查一下进行核准的凭证是否是已经审核过的凭证，因为只有审核过的凭证才能进行凭证核准操作。

4.7 总结与经验积累

本章主要介绍了凭证录入的具体操作方法，以及如何审核凭证、如何将审核后的凭证过账、如何进行系统账簿的管理等内容。在凭证录入窗口中，用户不能直接对凭证进行审核、复核和修改等操作，只能在打开会计分录序时簿之后才能对目标凭证进行操作。

在金蝶 K/3 系统中为用户提供了许多便于用户操作、提高用户录入速度的工具和技巧，用户在实际操作中，如果能够尽快熟悉和掌握这些操作技巧，将会达到事半功倍的效果。

4.8 习　　题

1. 填空题

（1）在金蝶 K/3 系统中，__________的日常账务处理是整个系统的核心，也是整个系统的基础。

（2）凭证审核是有效组织__________和进行__________的一个重要元素，目的就是避免手工操作中可能出现的错误，并通过审核防止舞弊行为的发生，确保财务操作的公正与正确。

（3）__________是指通过二次录入凭证的方式对已录入的凭证进行审核，只有第二次录入的凭证与已录入的凭证完全相同时，才能通过审核。

2．选择题

（1）金蝶 K/3 V10.4 版本的审核方法有（　　）。

A．1 种　　B．2 种　　C．3 种　　D．4 种

（2）要想在短时间内迅速找到正确的凭证，可以使用凭证的（　　）功能实现。

A．查询　　B．跳转　　C．汇总　　D．以上方法都可以

（3）外币的处理有（　　）方式。

A．1 种　　B．2 种　　C．3 种　　D．4 种

3．简答题

（1）什么是凭证过账？

（2）什么是凭证汇总？

（3）如何对核算项目明细账进行管理？

第5章 进行日常业务处理

- 工资核算业务日常处理
- 固定资产核算业务日常处理
- 出纳业务日常处理
- 往来核算业务日常处理

学习目标：

本章主要介绍金蝶 K/3 系统中有关会计业务日常处理的操作方法，其中包括工资核算业务日常处理方法、固定资产核算业务日常处理方法、出纳业务日常处理方法以及往来核算业务日常处理方法等内容。

日常业务处理就是通过不同模块，将日常产生的经济业务录入到计算机会计信息系统中，从而利用计算机对这些数据进行分类、汇总，通过记账凭证或转账凭证传递到总账模块中，同时也通过凭证过账功能登记到各种账簿中，为编制会计报表提供数据。

5.1 工资核算业务日常处理

在金蝶 K/3 系统中，工资核算业务是通过工资管理模块进行的。工资管理系统在金蝶 K/3 系统中是相对比较独立的子系统，可通过部门管理和职员管理模块从总账、人力资源或其他系统中引入部门及职员信息。另提供数据接口管理，可按文本、FoxPro、Access、Excel 或 mdb 等数据格式引入与引出各种数据（向总账、成本、会计中心等提供数据，并向报表系统提供取数函数 FOG_PA，基金取数函数可满足自定义报表直接从工资系统取数、从车间取得计件、计时工资数据并满足自定义报表直接从工资系统取数）。

工资管理系统具有提供用户自定义的特点，这些特点使该系统能适用于不同的商业环境，满足不同的管理要求，可以对薪资以及社会保障基金进行有效的管理。

5.1.1 设置工资项目及计算方法

在金蝶 K/3 系统的工资管理模块中，用户必须先设置工资类别，才能进入工资管理模块进行各种业务的操作。

1. 类别管理

类别管理是用于工资核算的分类处理方式。可按部门、人员类别或人员等任意选择，如定义在建工程人员（包括各部门某些人员）或定义某企业或大型企业的某一部门为一个类别，统一计算工资。

类别管理的具体操作步骤如下：

❶ 在金蝶 K/3 主控台窗口中单击【人力资源】标签，选择【工资管理】系统功能项，双击【类别管理】子功能项下的“新建类别”明细功能项，打开【打开工资类别】对话框，如图 5-1 所示。

❷ 在该对话框中单击【类别向导】按钮，打开【新建工资类别】对话框，如图 5-2 所示。

❸ 在“类别名称”文本框中输入创建的工资类别的名称之后，单击【下一步】按钮，打开工资类别参数对话框，如图 5-3 所示。

❹ 如果选择“是否多类别”选项，则表示为汇总工资类别，否则表示为单一工资类别（如果选择“是否多类别”选项，则不需要进行基础项目的设置），在“币别”下拉列表框中选择相应的币种，单击【下一步】按钮，打开完成工资类别创建对话框，如图 5-4 所示。单击【完成】按钮，完成工资类别的创建操作。

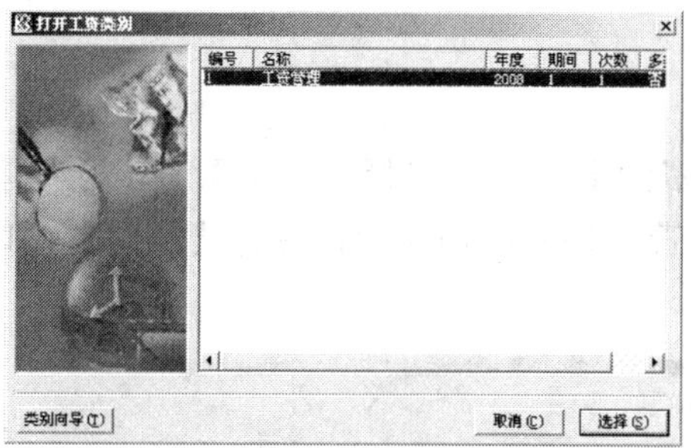

图 5-1 【打开工资类别】对话框

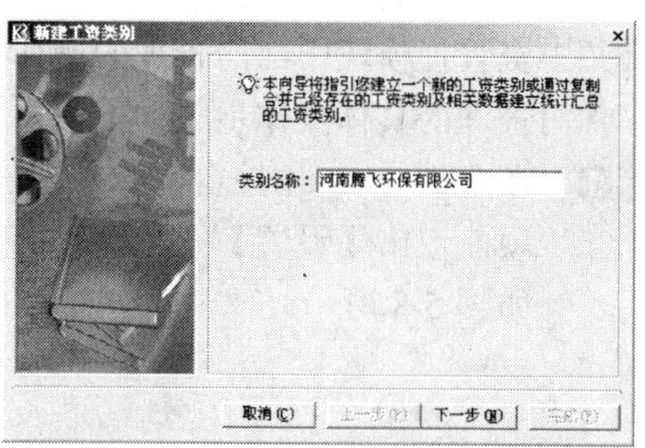

图 5-2 【新建工资类别】对话框

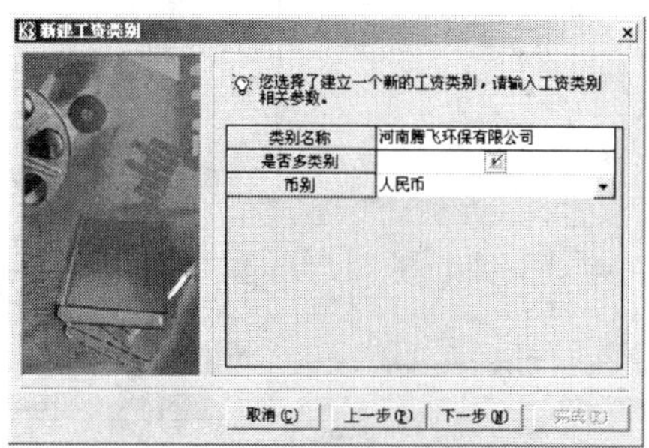

图 5-3 工资类别参数对话框

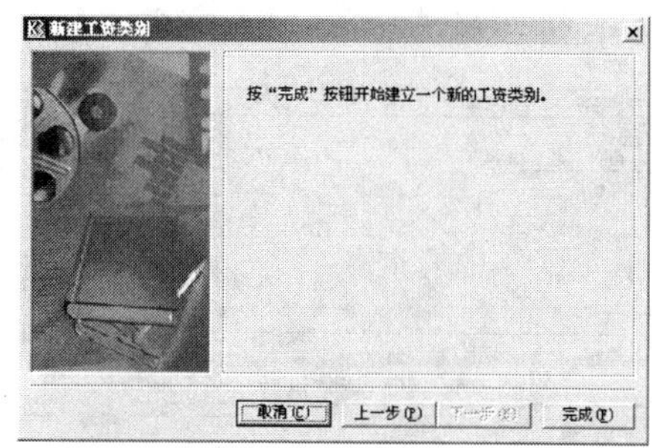

图 5-4 完成工资类别创建对话框

❺ 在金蝶 K/3 主控台窗口中单击【人力资源】标签，选择【工资管理】系统功能项，双击【类别管理】子功能项下的“选择类别”明细功能项，打开【打开工资类别】对话框选择某一工资类别，如图 5-5 所示。

❻ 单击【选择】按钮，工资管理系统将按所选工资类别进行工资核算。

❼ 在金蝶 K/3 主控台窗口中单击【人力资源】标签，选择【工资管理】系统功能项，双击【类别管理】子功能项下的“类别管理”明细功能项，打开【工资类别管理】对话框，如图 5-6 所示。

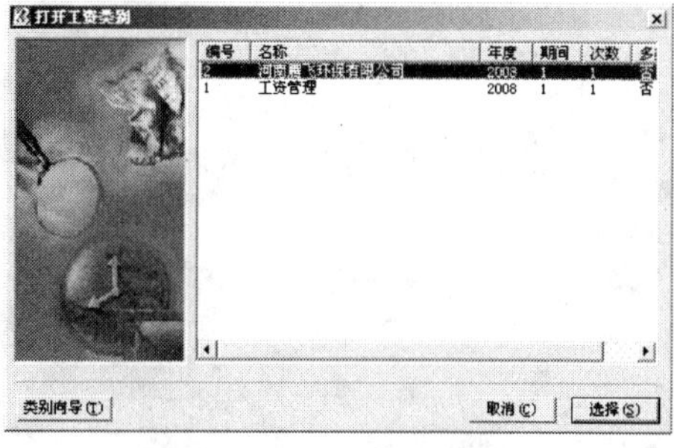

图 5-5 选择工资类别

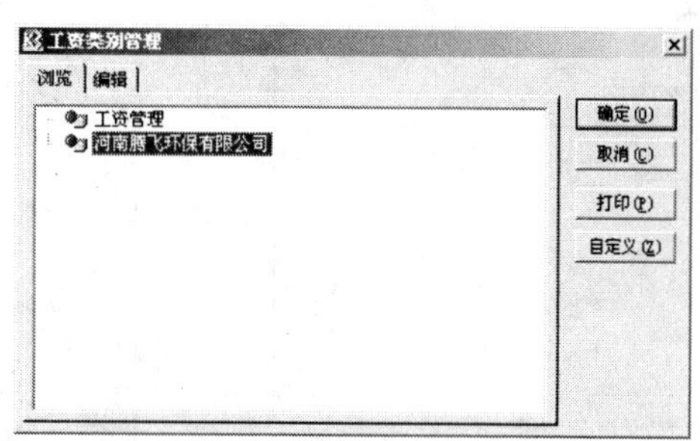

图 5-6 【工资类别管理】对话框

❽ 选择“编辑”选项卡，进入“编辑”设置界面，在其中可以新增、编辑或删除工资类别，如图 5-7 所示。

2. 部门管理

工资管理模块中的部门管理与基础资料中的部门管理有一定的区别，所以在这里简略地介绍工资管理模块中部门管理的操作方法。

部门管理的具体操作步骤如下：

❶ 在金蝶 K/3 主控台窗口中单击【人力资源】标签，选择【工资管理】系统功能项，双击【设置】子功能项下的“部门管理”明细功能项，打开【部门】窗口，如图 5-8 所示。

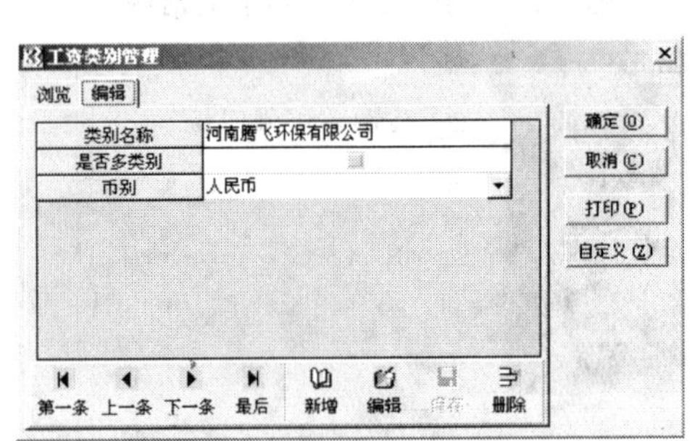

图 5-7 “编辑”设置界面

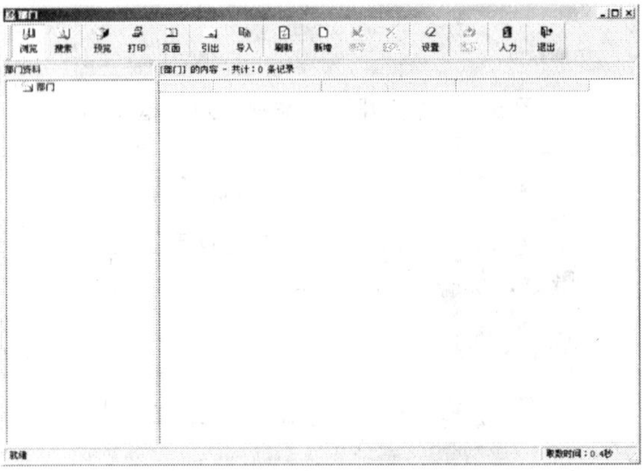

图 5-8 【部门】窗口

❷ 单击【新增】按钮，打开【部门-新增】对话框，在其中根据提示输入部门代码与名称，如图 5-9 所示。

❸ 单击【保存】按钮，完成部门的添加操作，如图 5-10 所示。如果要继续添加其他的部门，只用重新单击【新增】按钮即可添加。

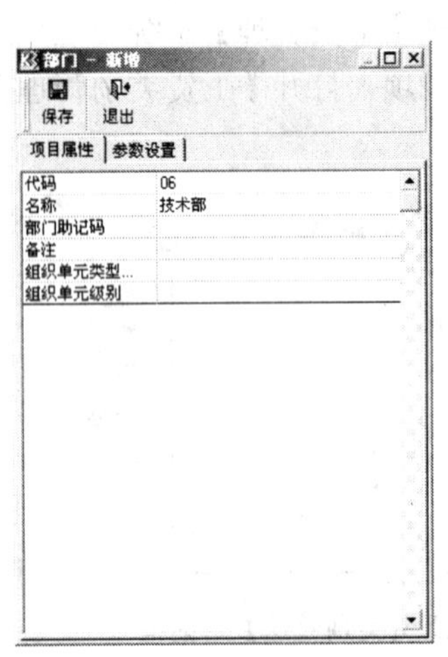

图 5-9 【部门-新增】对话框

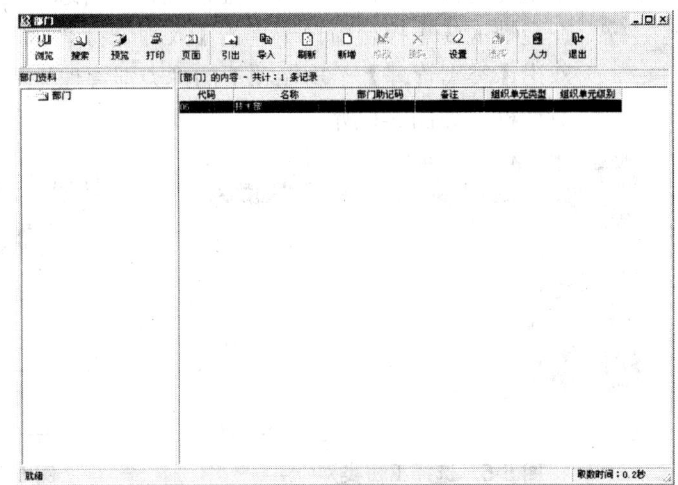

图 5-10 添加部门显示

❹ 如果要修改某个部门信息，只用选中此部门之后单击【修改】按钮，打开【部门-修改】对话框，在其中修改代码、名称、部门助记码以及备注等内容，如图 5-11 所示。单击【保存】按钮，可将修改的信息进行保存。

❺ 单击【导入】按钮，进入导入设置界面，在“导入数据源”栏中选择数据来源，并在“选择需导入的数据”列表框中选择导入的数据，如图 5-12 所示。单击【导入】按钮，即可完成操作。

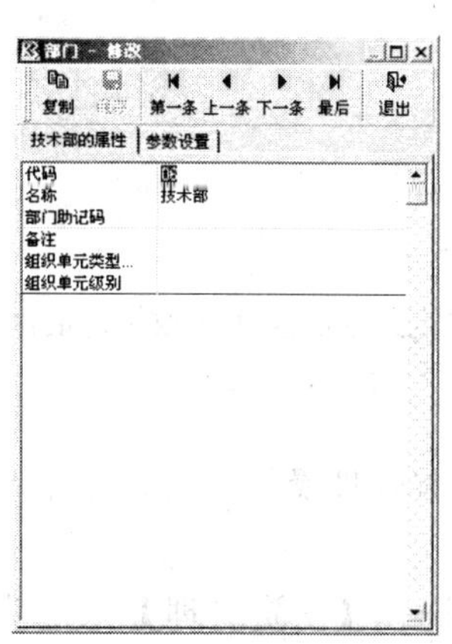

图 5-11 【部门-修改】对话框

图 5-12 导入设置界面

❻ 如果要删除某个部门信息，只用选中此部门，单击【删除】按钮，弹出一个信息提示框，如图 5-13 所示。单击【是】按钮，即可完成删除操作。如果该部门已有下级的明细部门，需要将下级明细部门从最低起开始删除；如果被删除的某个部门在另外一个工资类别已经被使用，则只在当前类别中被删除。

❼ 单击【人力】按钮，打开【引出人力资源 EXCEL 文件】对话框，如图 5-14 所示。单击“引出文件”文本框右侧的 按钮，可打开【指定输出的人力资源 EXCEL 表】对话框，如图 5-15 所示。

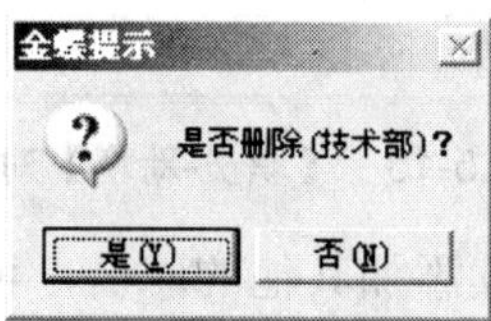

图 5-13 删除提示

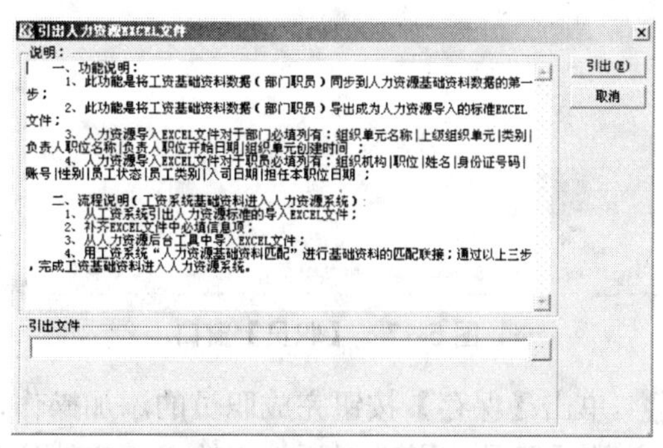

图 5-14 【引出人力资源 EXCEL 文件】对话框

❽ 在选择相应的保存路径并输入文件的名称之后，单击【保存】按钮，可将其保存。在【引出人力资源 EXCEL 文件】对话框中单击【引出】按钮，可将工资管理系统中的部门和职员资料导出为 Excel 文件，以备人力资源系统使用。

❾ 单击【设置】按钮，可打开【自定义附加信息-修改】对话框，在其中对部门属性进行修改、增加和删除等操作，如图 5-16 所示。

图 5-15 【指定输出的人力资源 EXCEL 表】对话框

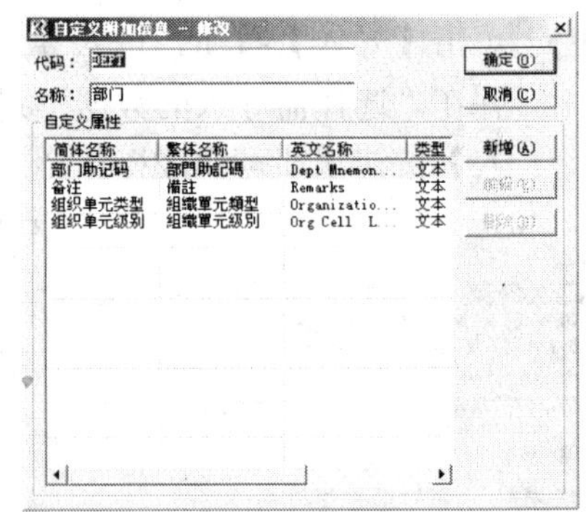

图 5-16 【自定义附加信息-修改】对话框

3. 职员管理

进行部门管理之后，就需要对工资系统的主角职员进行设置管理操作，具体操作步骤如下：

❶ 在金蝶 K/3 主控台窗口中单击【人力资源】标签，选择【工资管理】系统功能项，双击【设置】子功能项下的“职员管理”明细功能项，打开【职员】窗口，如图 5-17 所示。

❷ 单击【新增】按钮，打开【职员-新增】对话框，在其中录入职员的代码、名称、性别、出生日期、电子邮件以及地址等信息，如图 5-18 所示。

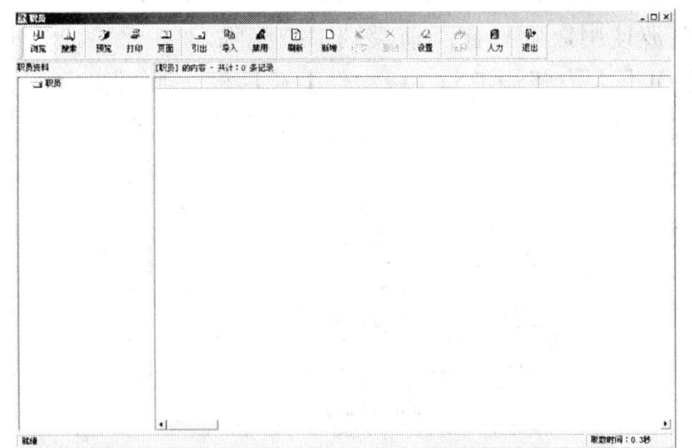

图 5-17 【职员】窗口

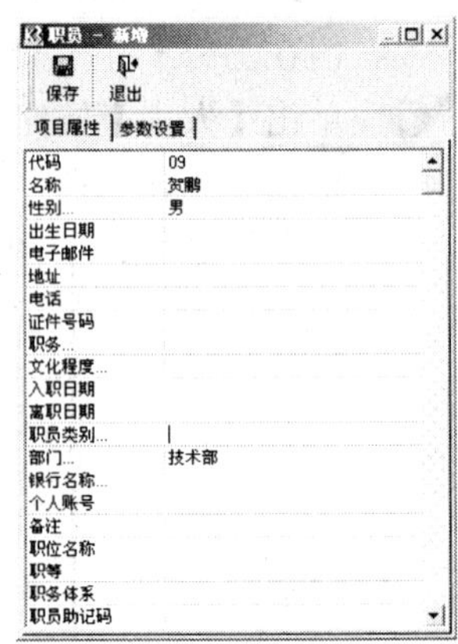

图 5-18 【职员-新增】对话框

❸ 单击【保存】按钮完成职员的添加操作，如果还要继续添加其他的职员，可继续在【职员-新增】对话框中输入相应的信息，则添加的职员显示在【职员】窗口中，如图 5-19 所示。

❹ 如果要修改某个职员信息，只用选中此职员之后单击【修改】按钮，打开【职员-修改】对话框，在其中修改代码、名称、性别以及出生日期等内容即可，如图 5-20 所示。

❺ 单击【保存】按钮，可将修改的信息进行保存。如果要删除某个职员信息，只用选中此职员后单击【删除】按钮，可弹出一个信息提示框，如图 5-21 所示。单击

【是】按钮，即可完成删除操作。

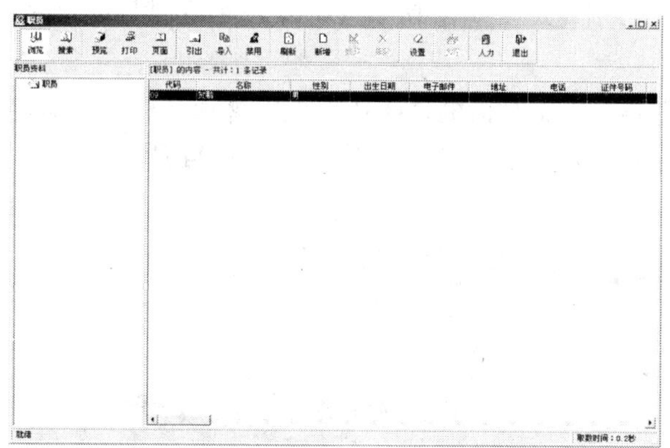

图 5-19　显示新增职员

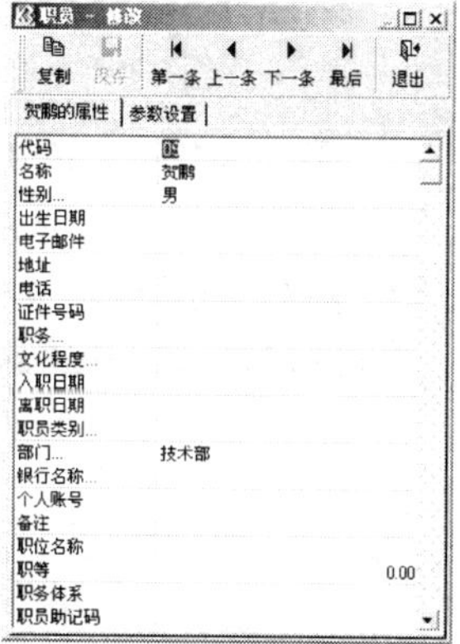

图 5-20　【职员-修改】对话框

❻ 单击【禁用】按钮，进入禁用设置界面，在其中查找需要恢复禁用的职员信息并将其选中，如图 5-22 所示。单击【恢复职员】按钮，完成禁用操作。

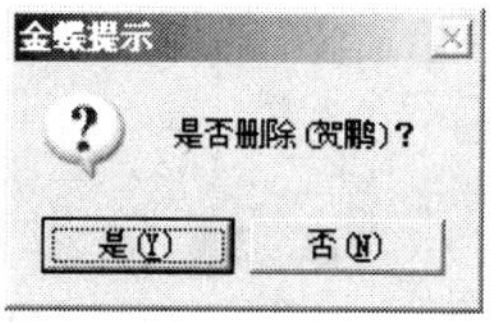

金蝶提示

是否删除(贺鹏)?

是(Y)　否(N)

图 5-21　删除职员

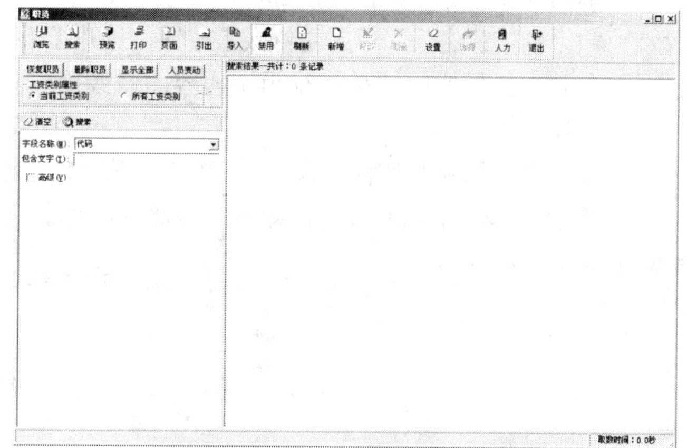

图 5-22　禁用设置界面

此外，用户还可以将职员信息进行引入、导出和设置等操作，其方法和部门的设置方法一样，这里不再赘述。

提示

职员的禁用应在人员变动模块中进行，职员属性中的类别选项如果不选取，进行工资费用分配时会出现最终工资分配数据小于工资发放表数据的情况。职员各类日期填列不全时，相关的年龄工龄分析表将会出现空白。

4. 币别管理

发放的工资可以是人民币也可以是美元，针对不同币别情况，需要对币别进行管理设置。币别管理的具体操作步骤如下：

❶ 在金蝶 K/3 主控台窗口中单击【人力资源】标签，选择【工资管理】系统功能项，双击【设置】子功能项下的“币别管理”明细功能项，打开【币别】对话框，如图 5-23 所示。

❷ 单击【新增】按钮，打开【币别-新增】对话框，在其中设置币别名称、币别代码、记账汇率、折算方式、汇率方式以及金额小数位数等，如图 5-24 所示。

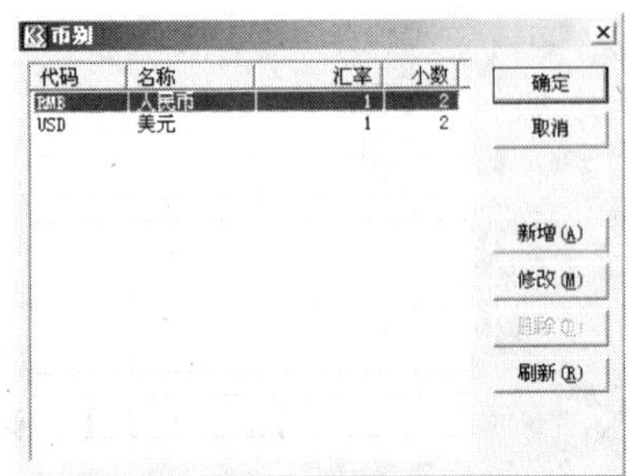

图 5-23 【币别】对话框

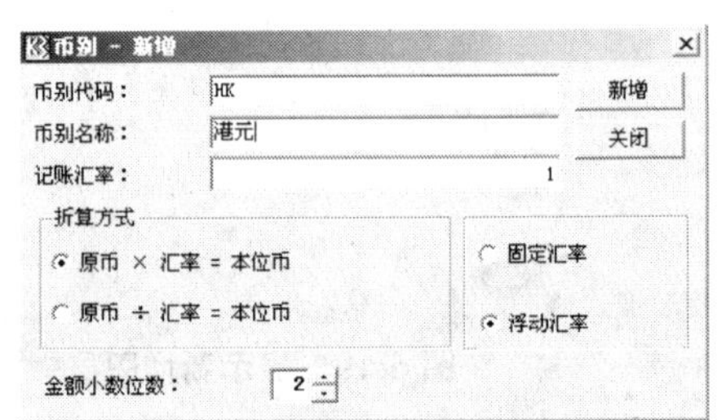

图 5-24 【币别-新增】对话框

❸ 单击【新增】按钮，可添加新的币别，如图 5-25 所示。在其中选择需要修改的某种币别信息之后，单击【修改】按钮，打开【币别-修改】对话框，如图 5-26 所示。在其中根据实际情况进行币别内容的修改操作，单击【确定】按钮，即可完成修改操作。

❹ 在选中要删除的某种币别之后，单击【删除】按钮，弹出一个信息提示框，如图 5-27 所示。单击【是】按钮，即可完成删除操作。

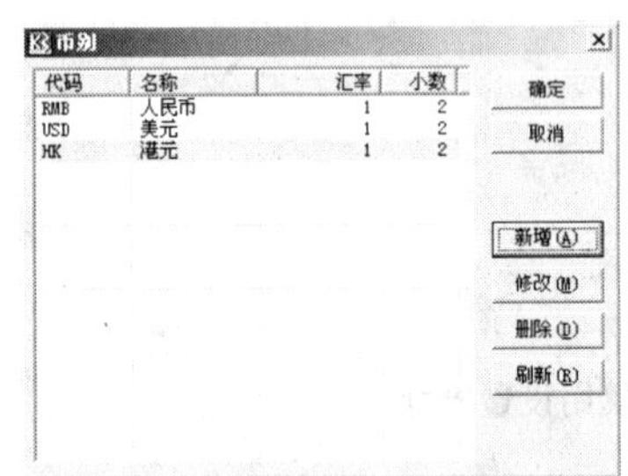

图 5-25 新增币别显示

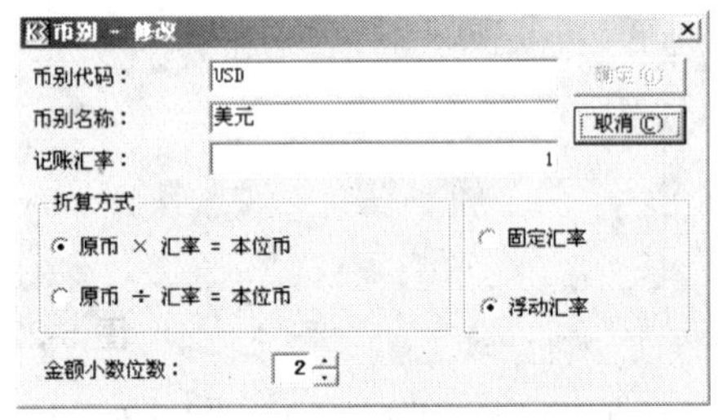

图 5-26 【币别-修改】对话框

图 5-27 删除币别

5. 银行管理

工资与银行是紧密相连的，所以设置完币别后还需要对银行进行管理设置。

银行管理的具体操作步骤如下：

❶ 在金蝶 K/3 主控台窗口中单击【人力资源】标签，选择【工资管理】系统功能项，双击【设置】子功能项下的“银行管理”明细功能项，打开【银行】窗口，如图 5-28 所示。

❷ 单击【新增】按钮，打开【银行-新增】对话框，在其中输入银行代码、名称和账号长度等信息，如图 5-29 所示。

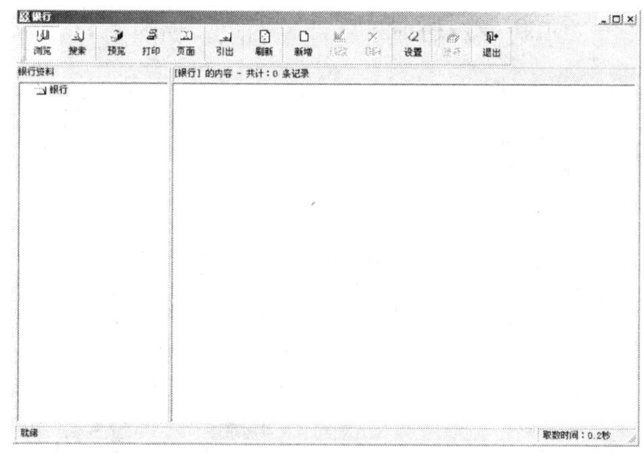

图 5-28 【银行】窗口

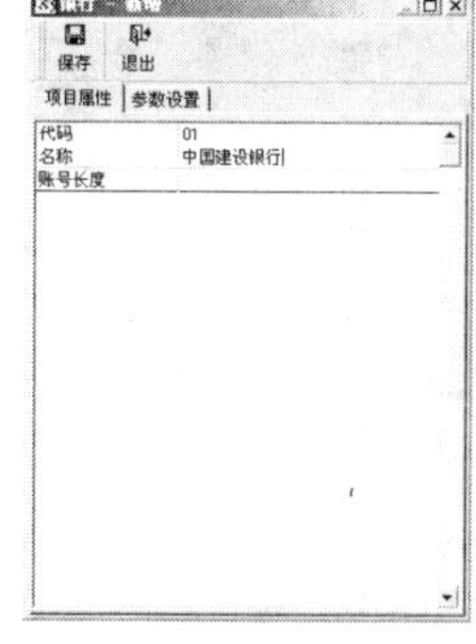

图 5-29 【银行-新增】对话框

❸ 单击【保存】按钮，将添加的银行信息保存起来。继续添加其他的银行信息，这些银行信息可在【银行】窗口中显示出来，如图 5-30 所示。

❹ 如果要修改某个银行信息，只用选中此银行，单击【修改】按钮，打开【银行-修改】对话框，在其中对该条记录信息进行修改，如图 5-31 所示。

❺ 如果要删除某个银行，只用选中此银行，单击【删除】按钮，弹出一个信息提示框，如图 5-32 所示。单击【是】按钮，即可完成删除操作。单击【设置】按钮，可从打开的对话框中增加、修改和删除银行的自定义附加信息。

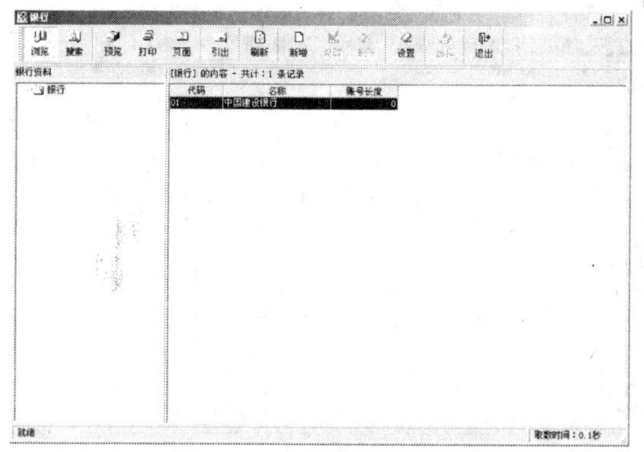

图 5-30 显示新增银行信息

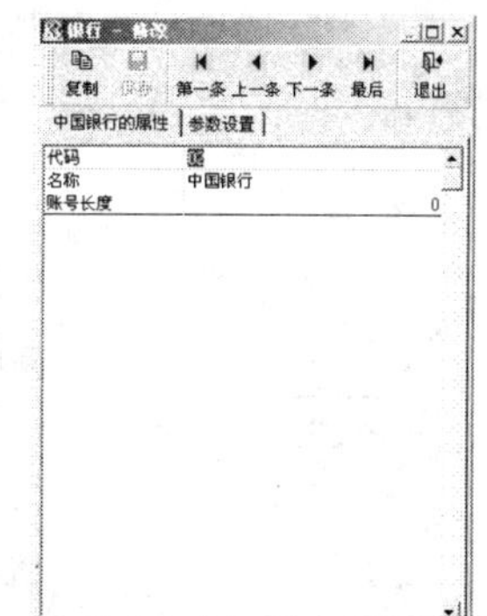

图 5-31 【银行-修改】对话框

图 5-32 删除银行

6. 项目设置

项目设置是为了对工资核算项目进行相应的设置，从而方便工资计算公式或其他工资报表采用。

项目设置的具体操作步骤如下：

❶ 在金蝶 K/3 主控台窗口中单击【人力资源】标签，选择【工资管理】系统功能项，双击【设置】子功能项下的“项目设置”明细功能项，打开【工资核算项目设置】对话框，如图 5-33 所示。

❷ 单击【新增】按钮，打开【工资项目-新增】对话框，在其中输入或选择项目名称

和数据类型，并设置数据长度、小数位数和项目属性等选项，如图5-34所示。

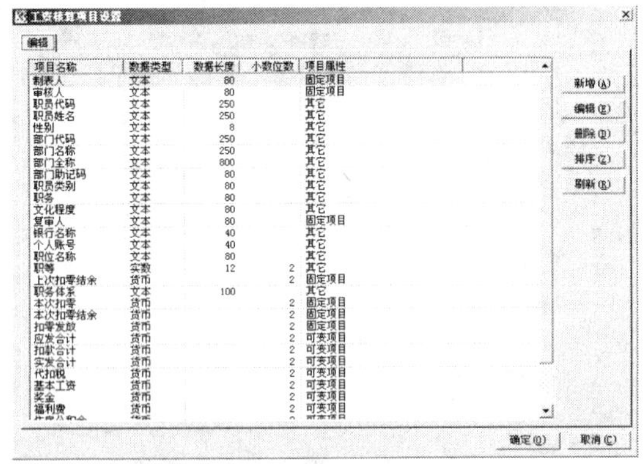

图5-33 【工资核算项目设置】对话框

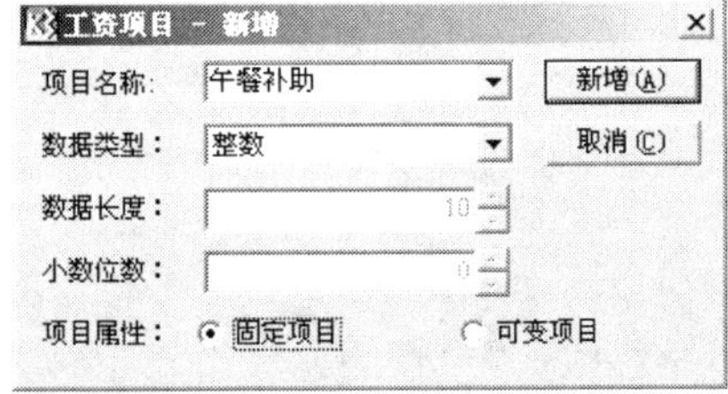

图5-34 【工资项目-新增】对话框

❸ 单击【新增】按钮，完成添加操作。在选择要修改某个工资项目之后，单击【编辑】按钮，打开【工资项目-修改】对话框，在其中可对工资项目的属性进行修改，如图5-35所示。

❹ 选中要删除的某个工资项目之后单击【删除】按钮，弹出一个信息提示框。单击【是】按钮，即可完成删除操作。

❺ 单击【排序】按钮，打开【设置工资项目显示顺序】对话框。单击【上移】或【下移】按钮，即可更改所选项目的排列顺序，如图5-36所示。

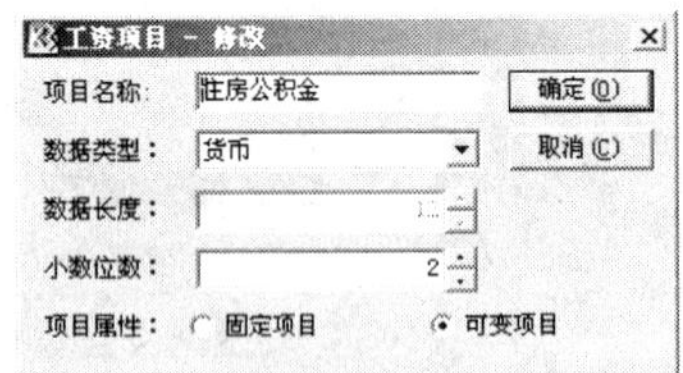

图5-35 【工资项目-修改】对话框

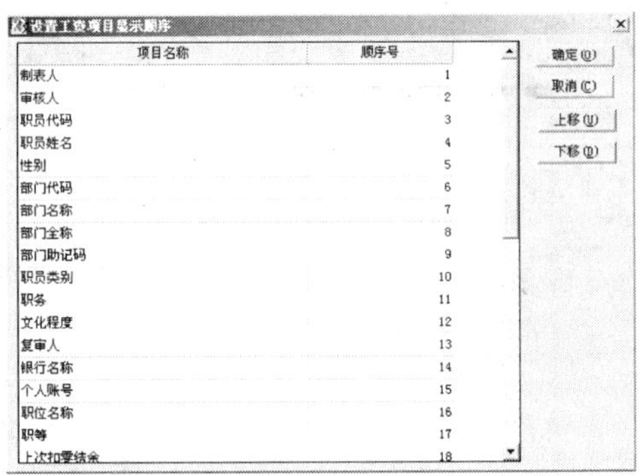

图5-36 【设置工资项目显示顺序】对话框

注意

只有定义了的工资项目，才能在公式设置时被引用，否则将提示某变量未定义。人力资源系统中的考勤数据和绩效考核数据可以在工资系统中设置对应的工资项目，根据这些项目的内容计算工资，排序后工资录入和工资报表等将按调整后的工资项目顺序进行显示。

7. 公式设置

由于企业不同其工资的计算方法也就不一样，所以各个公司企业还需要根据本公司的财务制度设置相应公式。

公式设置的具体操作步骤如下：

❶ 在金蝶 K/3 主控台窗口中单击【人力资源】标签，选择【工资管理】系统功能项，双击【设置】子功能项下的“公式设置”明细功能项，打开【工资公式设置】对话框，在其中可以新增、修改、删除和导入计算公式，如图 5-37 所示。

❷ 选择“计算公式说明”选项卡，进入“计算公式说明”设置界面，在其中阅读计算公式所使用的自定义函数的使用规则，如图 5-38 所示。

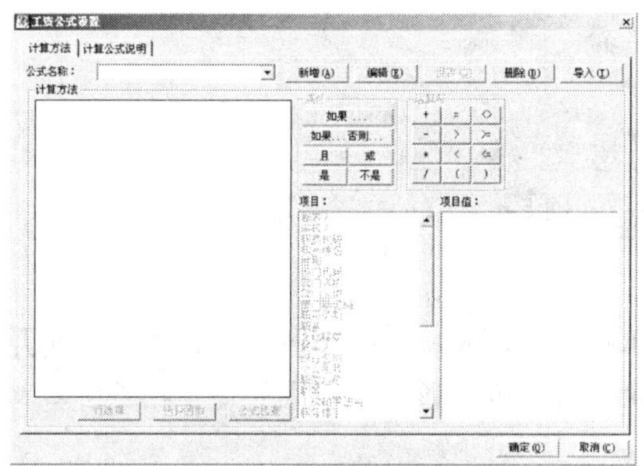

图 5-37 【工资公式设置】对话框

图 5-38 “计算公式说明”设置界面

❸ 单击【新增】按钮，使【工资公式设置】对话框处于编辑状态，用户只用在“公式名称”下拉列表框中输入新增计算公式的名称，并在“条件”、“运算符”、“项目”和“项目值”栏中选择不同的选项，再根据计算公式制作规则设计出符合要求的计算公式，如图 5-39 所示。

❹ 单击【公式检查】按钮，对设计的计算公式进行检查，看是否存在错误，并显示出检查结果，如图 5-40 所示。如果设计的公式存在错误，则只用单击【编辑】按钮，对错误的公式进行修改。

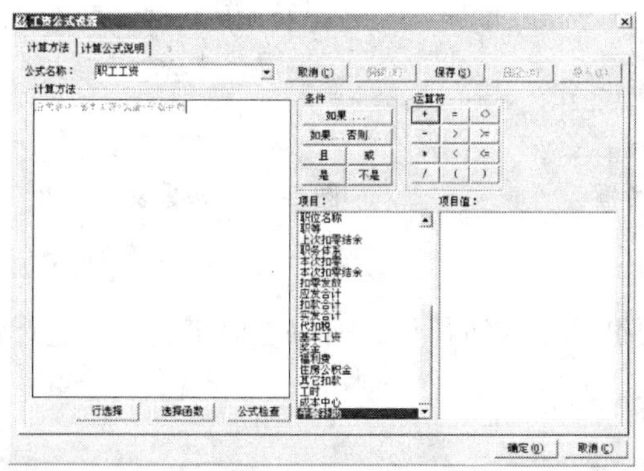

图 5-39 设计计算公式

图 5-40 公式检查结果显示

❺ 选中要删除的某设计公式之后，单击【删除】按钮，弹出一个信息提示框，如图 5-41 所示。单击【是】按钮，即可完成删除操作。

❻ 单击【导入】按钮，打开【公式导入】对话框，在其中选择需要导入的公式，如图 5-42 所示。单击【导入】按钮，即可完成导入操作。

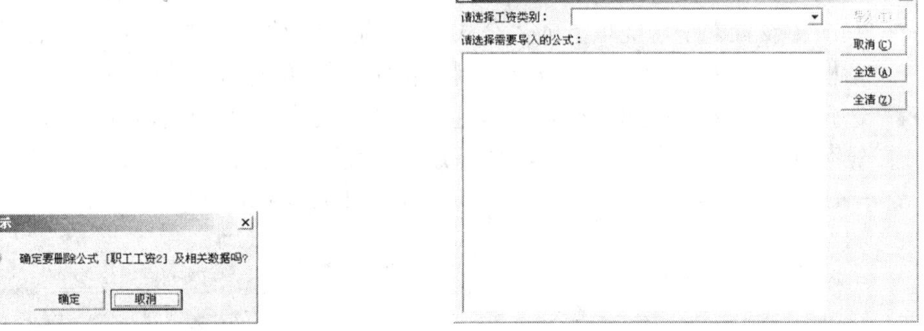

图 5-41　删除公式提示　　　　图 5-42　【公式导入】对话框

8．扣零设置

企业不同其工资的发放方式也不同，针对那些直接发放现金的企业，工资中有几角几分的情况是普遍存在的，发放起来非常的繁琐，这时就可以通过扣零来处理，扣除的零头部分通过累积，达到一定数目后再进行发放。

扣零设置的具体操作步骤如下：

❶ 在金蝶 K/3 主控台窗口中单击【人力资源】标签，选择【工资管理】系统功能项，双击【设置】子功能项下的“扣零设置”明细功能项，打开【扣零设置】对话框，如图 5-43 所示。

❷ 在“扣零项目”下拉列表框中选择扣零项目，在“扣零标准”文本框中输入相应的标准数据，系统将以该数据为依据，从扣零值扣除低于这个标准的数，在“扣零后项目”下拉列表框中选择扣零后的工资项目。单击【确定】按钮，即可设置成功，如图 5-44 所示。

图 5-43　【扣零设置】对话框

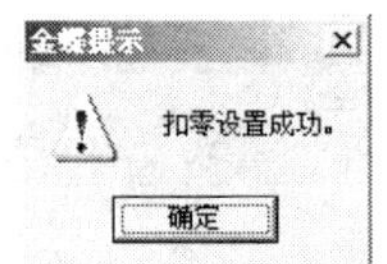

图 5-44　扣零设置成功

9．所得税设置

个人工资收入达到一定程度时需要缴纳个人所得税，所以在对工资系统进行管理的过程中，还需要对所得税进行相应的设置。

所得税设置的具体操作步骤如下：

❶ 在金蝶 K/3 主控台窗口中单击【人力资源】标签，选择【工资管理】系统功能项，双击【设置】子功能项下的“所得税设置”明细功能项，打开【个人所得税初始设置】对话框，在其中可以查看已建立的个人所得税方案，如图 5-45 所示。

❷ 选择“编辑”选项卡，进入“编辑”设置界面，在其中可以新增、修改、删除和

查看所得税具体设置方案，如图5-46所示。

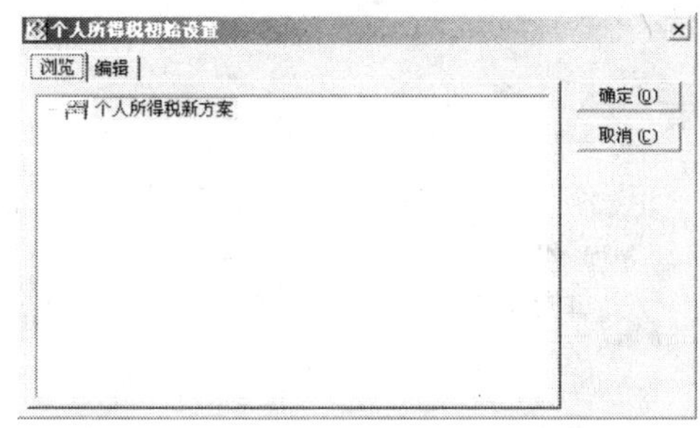

图5-45 【个人所得税初始设置】对话框

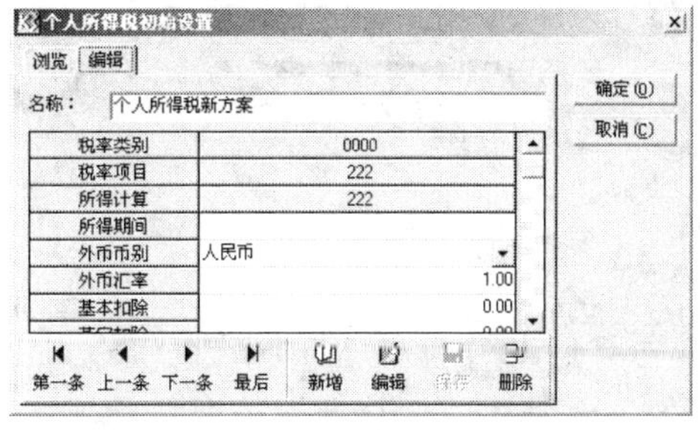

图5-46 “编辑”设置界面

❸ 单击【新增】按钮，再单击“税率类别”右侧的按钮，打开【个人所得税税率设置】对话框，在其中可以增加、修改和删除个人所得税税率方案，如图5-47所示。

❹ 单击“税率项目”和“所得计算”右侧的按钮，打开【所得项目计算】对话框，在其中选择需要的所得项目，如图5-48所示。

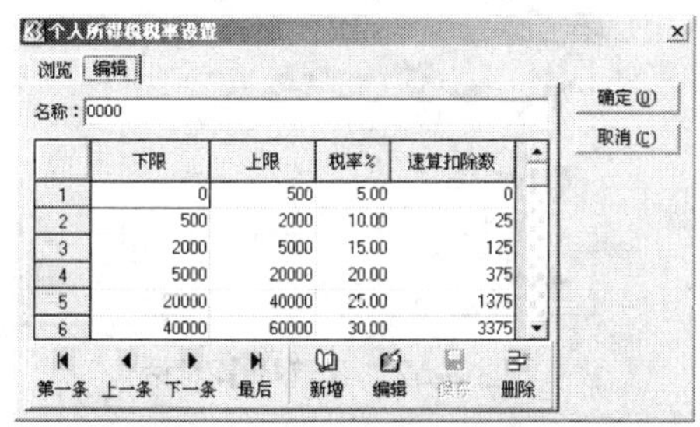

图5-47 【个人所得税税率设置】对话框

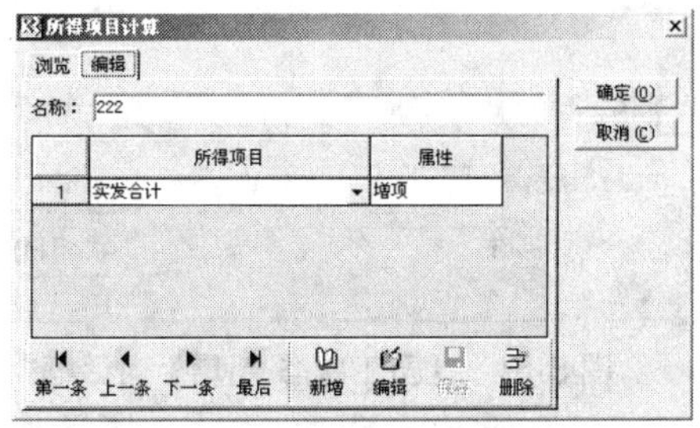

图5-48 【所得项目计算】对话框

❺ 单击【确定】按钮，返回到【个人所得税初始设置】对话框，并设置所得期间、外币币别、外币汇率、基本扣除和其他扣除等选项，单击【保存】按钮即可完成设置操作。

10. 辅助属性设置

在工资管理系统中，还涵盖有一些辅助属性选项，所以也需要对这些辅助属性进行相应的设置。

辅助属性设置的具体操作步骤如下：

❶ 在金蝶K/3主控台窗口中单击【人力资源】标签，选择【工资管理】系统功能项，双击【设置】子功能项下的“辅助属性”明细功能项，打开【辅助属性】窗口，如图5-49所示。

❷ 在左侧的列表框中选择辅助资料类别之后，单击【新增】按钮，打开【新增辅助资料类别】对话框，在其中输入需要添加辅助资料类别的名称，如图5-50所示。

❸ 单击【确定】按钮，即可完成类别的添加操作。在右侧的窗格中选择具体的辅助资料（这里选择的是“员工状态”）之后，单击【新增】按钮，打开【员工状态-新增】对话框，在其中输入新增员工状态的代码和名称，如图5-51所示。

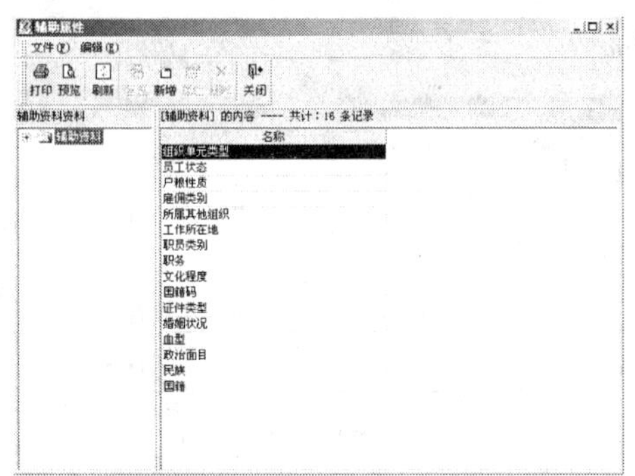
图 5-49 【辅助属性】窗口

图 5-50 【新增辅助资料类别】对话框

❹ 在选择具体的辅助资料之后，单击【管理】按钮，打开【选择】对话框，在其中可以对当前辅助资料类别中的辅助资料进行新增、修改和删除等操作，如图 5-52 所示。

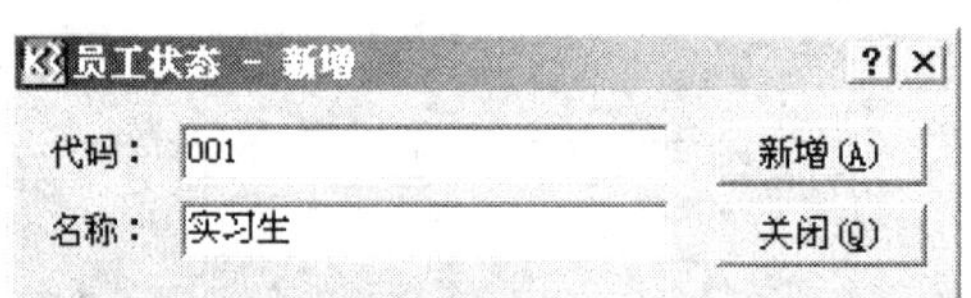
图 5-51 【员工状态-新增】对话框

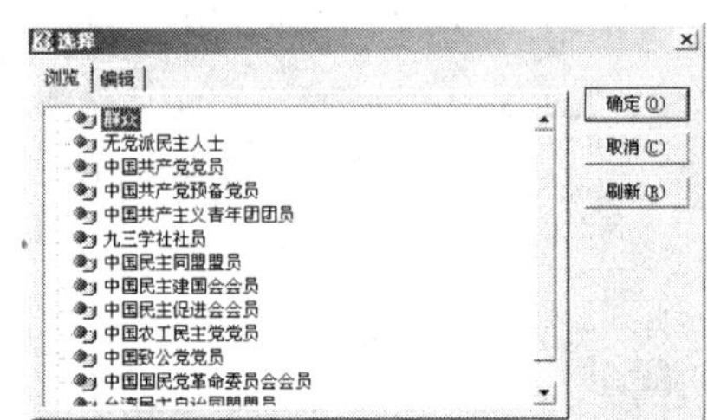
图 5-52 【选择】对话框

11．基础资料的引入与引出

用户可以将基础资料引出或引入，以供日后使用之便。

基础资料引出的具体操作步骤如下：

❶ 在金蝶 K/3 主控台窗口中单击【人力资源】标签，选择【工资管理】系统功能项，双击【设置】子功能项下的“基础资料引出”明细功能项，打开【引出工资基础数据】对话框，如图 5-53 所示。

❷ 单击【下一步】按钮，打开指定数据库对话框，如图 5-54 所示。

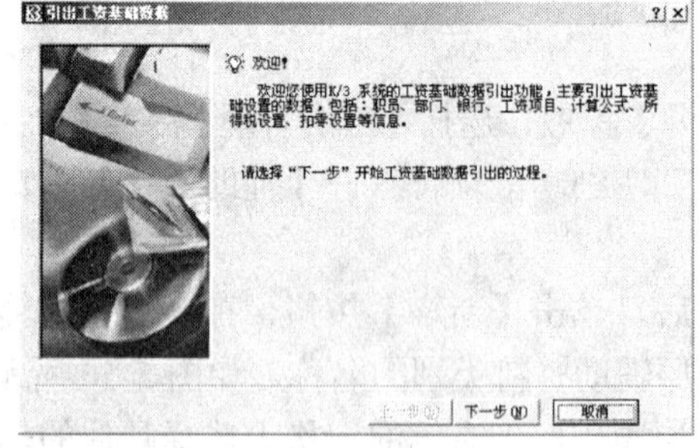
图 5-53 【引出工资基础数据】对话框

图 5-54 指定数据库对话框

❸ 单击文本框右侧的...按钮，打开【指定输出工资基础数据库】对话框，在其中设

置引出数据所保存的文件名及路径，如图 5-55 所示。

❹ 单击【下一步】按钮，打开【引出工资基础数据】对话框，在其中设置引出数据的范围及其相关选项，如图 5-56 所示。单击【开始引出】按钮，即可开始数据的引出，并在结束时给出相应的引出报告，如图 5-57 所示。

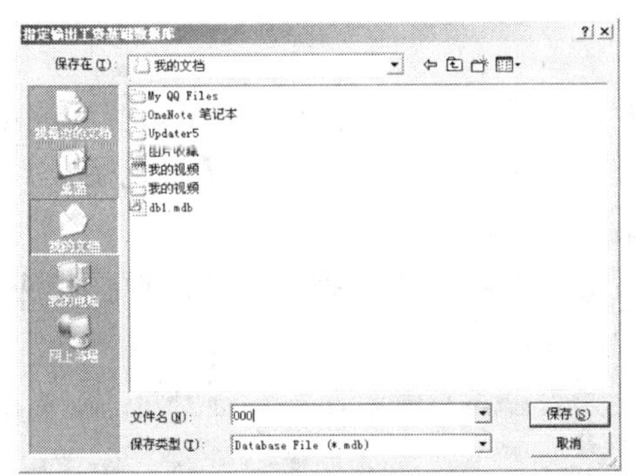

图 5-55 【指定输出工资基础数据库】对话框

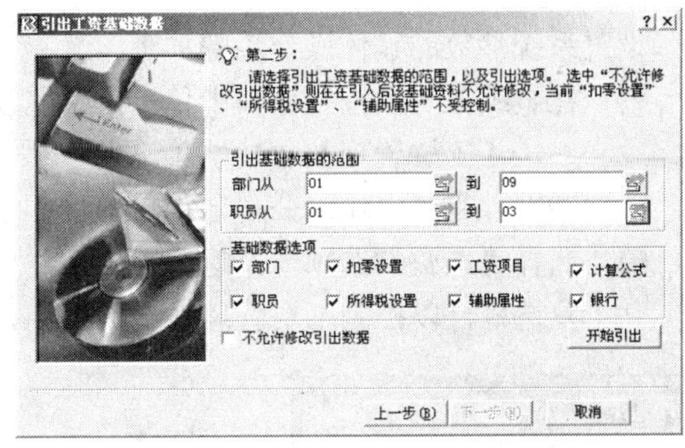

图 5-56 【引出工资基础数据】对话框

基本资料的引入操作与引出操作相似，用户只用参照引出的方法，即可完成基础资料的引入操作，这里不再赘述。

12．初始数据删除

在整个工资管理系统过程中，对于无用的初始数据可将其删除，具体操作步骤如下：

❶ 在金蝶 K/3 主控台窗口中单击【人力资源】标签，选择【工资管理】系统功能项，双击【设置】子功能项下的"初始数据删除"明细功能项，打开【删除工资初始数据】对话框，如图 5-58 所示。

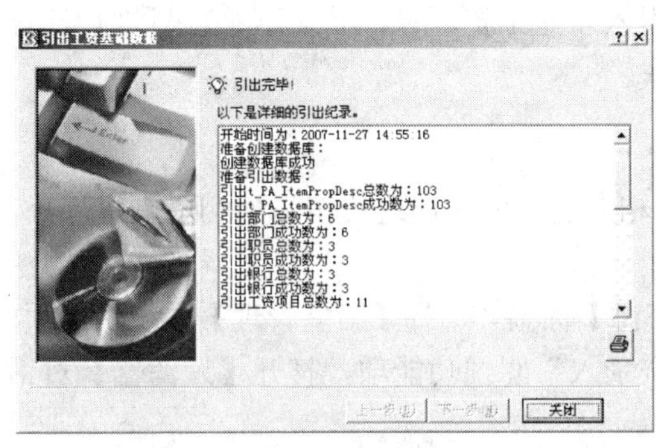

图 5-57 引出报告

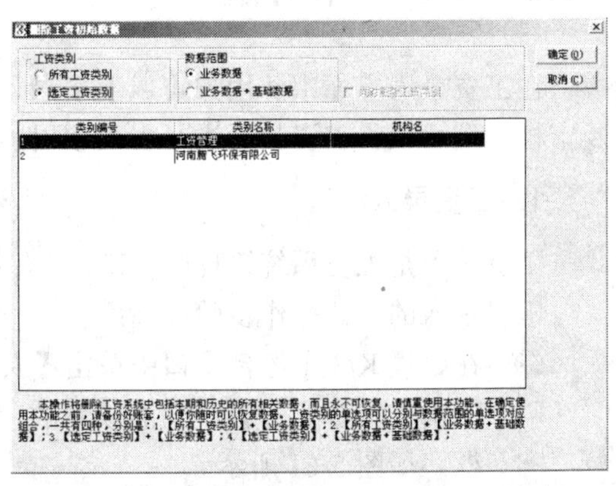

图 5-58 【删除工资初始数据】对话框

❷ 在"工资类别"栏中选择删除工资类别的范围，并在"数据范围"栏中选中"业务数据"或"业务数据+基础数据"单选按钮。

❸ 用户如果要删除工资类别，在选中"同时删除工资类别"复选框之后，单击【确定】按钮，即可完成初始数据的删除操作。

这里的删除操作将删除工资系统中包括本期和历史的所有相关数据，而且永不可恢复，所以用户一定要慎重使用本功能，在确定使用之前，应先备份好数据以便随时恢复账套。

13．设置系统参数

系统参数在整个系统管理过程中起着重要的引导作用，因此也需要对系统参数进行设置。

设置系统参数的具体操作步骤如下：

❶ 在金蝶 K/3 主控台窗口中单击【系统设置】标签，选择【系统设置】系统功能项，双击【工资管理】子功能项下的“系统参数”明细功能项，打开【系统参数】对话框，在其中输入公司名称、地址和电话等内容，如图 5-59 所示。

❷ 选择“工资”选项卡，进入“工资”设置界面，在其中根据实际情况选择相应的复选框，以控制工资管理系统的使用，如图 5-60 所示。

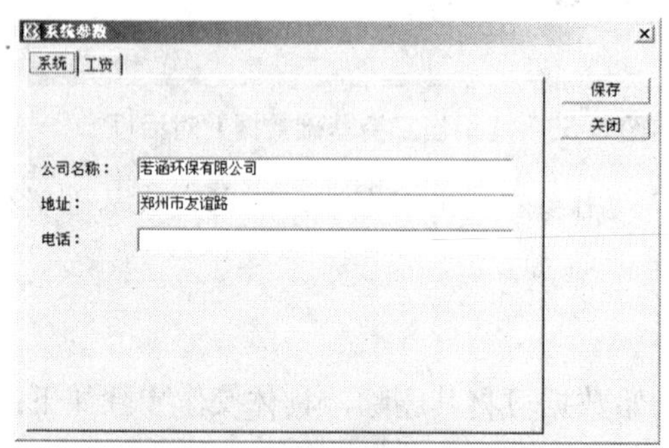

图 5-59 【系统参数】对话框

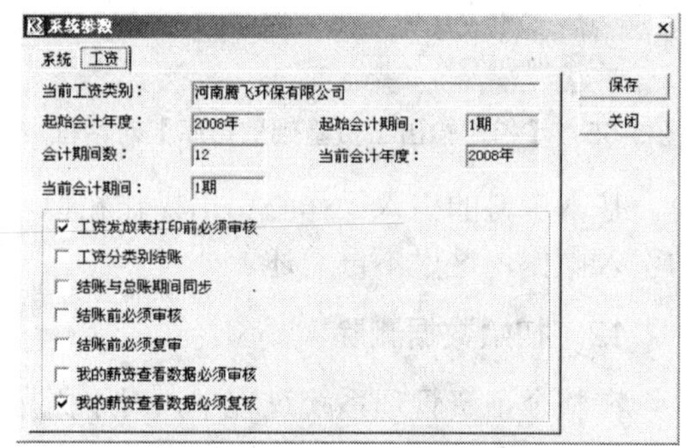

图 5-60 “工资”设置界面

5.1.2 工资数据的输入

在工资录入界面中，用户可以手工录入或引入一些工资项目，并对这些项目进行计算及审核，还可以将工资数据进行引入和引出操作。

1．工资录入

工资录入是工资系统管理的基础，只有录入相应的工资才能进行工资的相应管理操作。工资录入的具体操作步骤如下：

❶ 在金蝶 K/3 主控台窗口中单击【人力资源】标签，选择【工资管理】系统功能项，双击【工资业务】子功能项下的“工资录入”明细功能项，打开【过滤器】对话框，如图 5-61 所示。

❷ 单击【增加】按钮，打开【定义过滤条件】对话框，在“过滤名称”文本框中输入相应的名称，选择已经设置好的计算公式，也可以单击【公式编辑】按钮编辑新的计算公式，并在“工资项目”列表框中选择相应的工资项目，如图 5-62 所示。

❸ 选择“条件”选项卡，进入“条件”设置界面，在其中可以设置工资项目的过滤条件，如图 5-63 所示。选择“排序”选项卡，进入“排序”设置界面，在其中可以设置工资项目的排序方式，如图 5-64 所示。

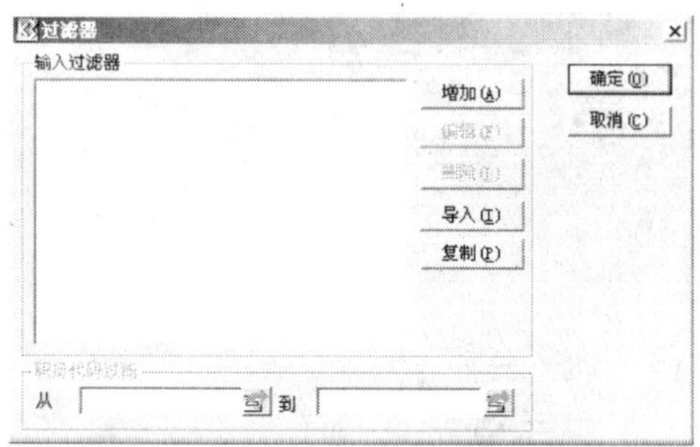
图 5-61 【过滤器】对话框

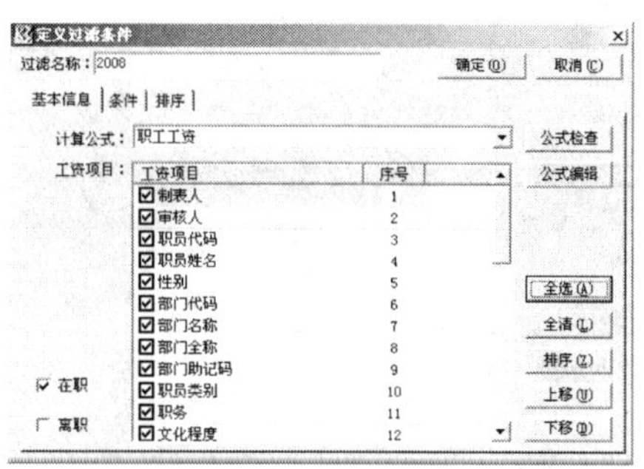
图 5-62 【定义过滤条件】对话框

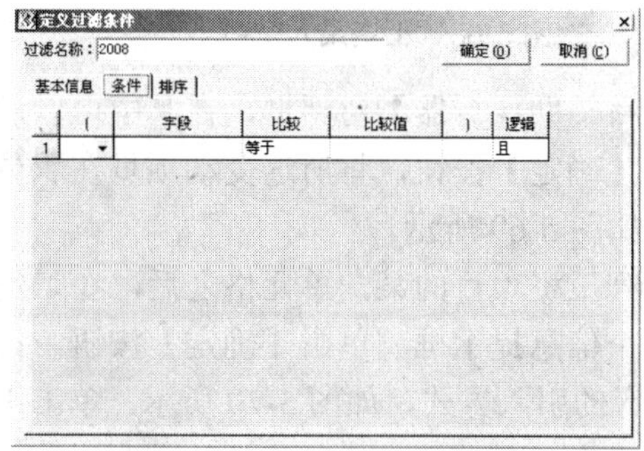
图 5-63 “条件”设置界面

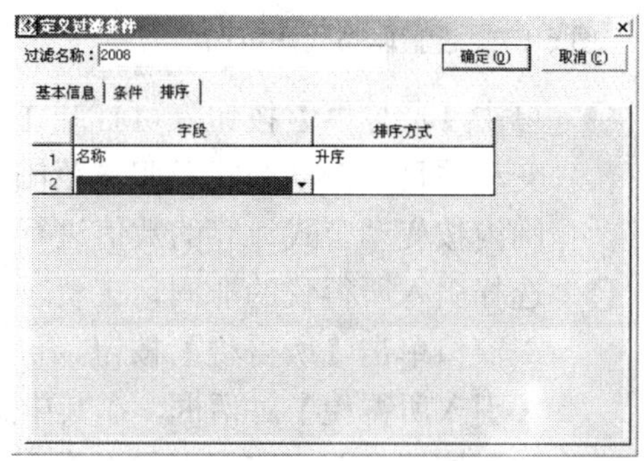
图 5-64 “排序”设置界面

❹ 单击【确定】按钮，弹出一个信息提示框。单击【确定】按钮，可将所设置的过滤方案添加到【过滤器】对话框中，如图 5-65 所示。

❺ 选中需要修改的方案，单击【编辑】按钮，可对已存在的方案进行修改。选中需要删除的方案，单击【删除】按钮，可对存在的过滤方案进行删除。

❻ 单击【导入】按钮，打开【方案导入】对话框，在其中选择工资类别及过滤方案，如图 5-66 所示。

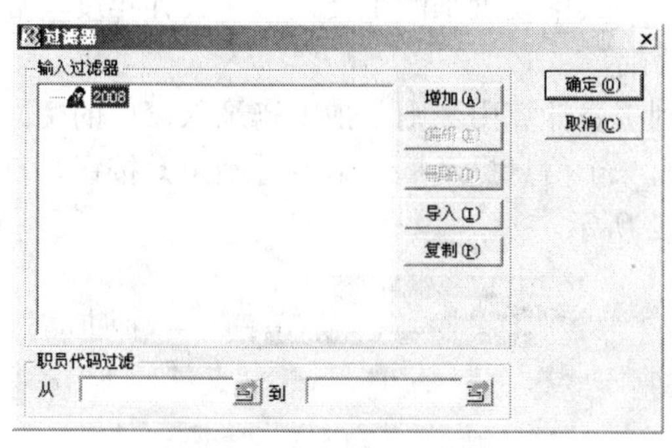
图 5-65 新增过滤方案

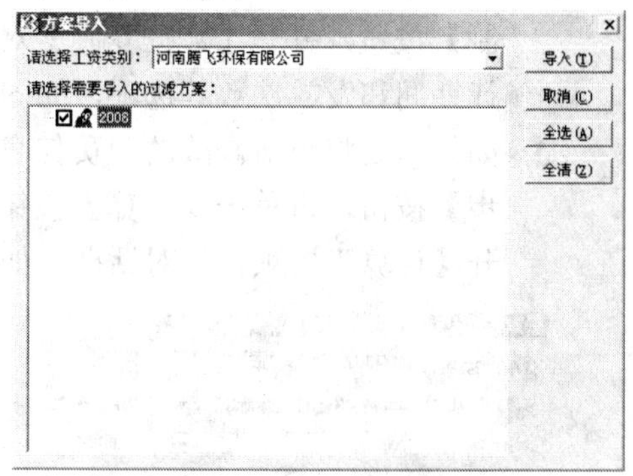
图 5-66 【方案导入】对话框

❼ 此外，还可以在【过滤器】对话框的“职员代码过滤”栏中设置职员代码范围，如图 5-67 所示。单击【确定】按钮，进入工资录入窗口，单击其中的白色区域录入相应工资数据，如图 5-68 所示。

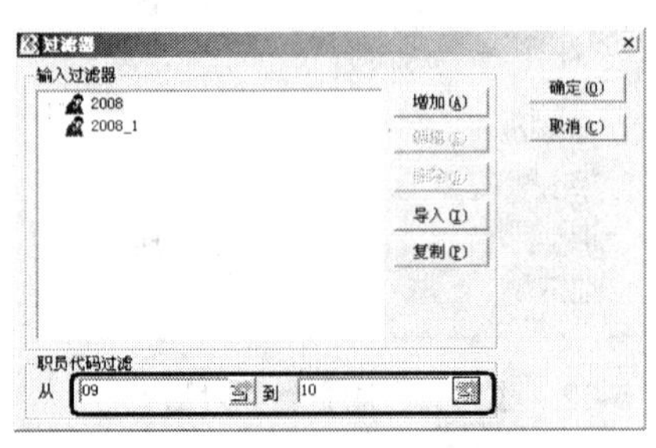

图 5-67　设置职员代码范围

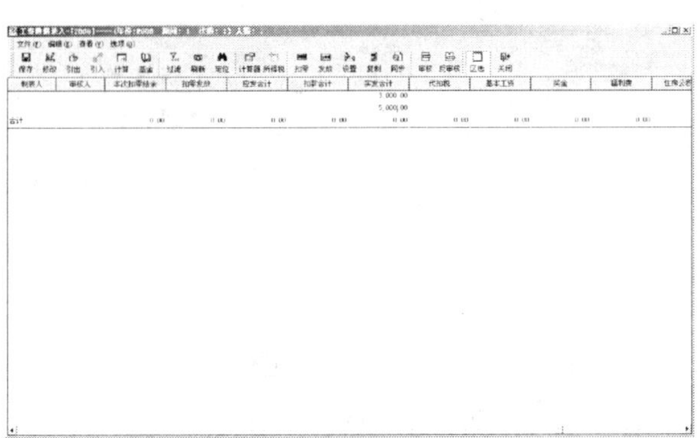

图 5-68　工资录入窗口

❽ 单击【计算器】按钮，可打开【工资项目辅助计算器】对话框，在其中可以设置变动项目、变动公式及职员范围。单击【确定】按钮，将所选变动项目在职员范围内按变动公式计算的数值进行录入，如图 5-69 所示。

❾ 选择引入所得税的非固定工资项目或该列工资项目的某一单元格之后，在工资录入窗口单击【所得税】按钮，可弹出一个信息提示框。单击【确定】按钮，打开【引入所得税】对话框，在其中选择相应的引入方式，如图 5-70 所示。单击【确定】按钮，即可完成引入操作。

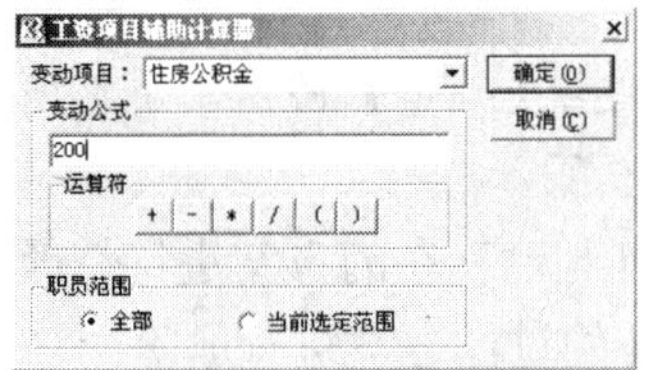

图 5-69　【工资项目辅助计算器】对话框

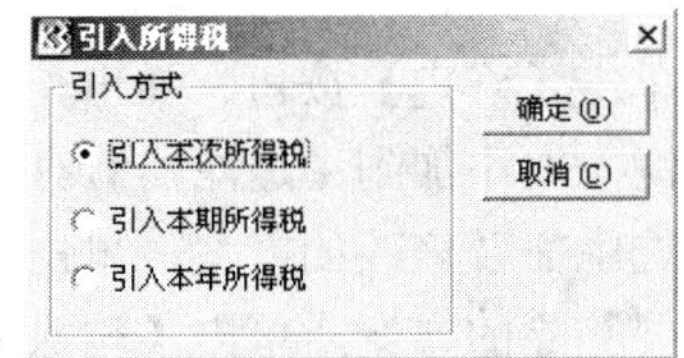

图 5-70　【引入所得税】对话框

❿ 若某个工资项目历史记录中的计算结果与当前工资项目的数据相同，则单击【复制】按钮，打开【数据复制】对话框，在其中设置来源工资项目、会计年度、会计期间和发放次数等选项，如图 5-71 所示。

⓫ 如果需要将当前修改的职员信息同步到工资计算中，则单击工资录入窗口的【同步】按钮，再单击【计算】按钮，弹出一个信息提示框。单击【确定】按钮，打开【计算工资项目】对话框，如图 5-72 所示。

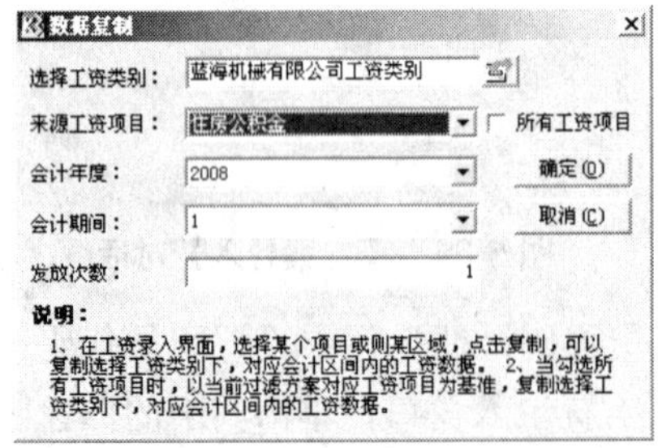

图 5-71　【数据复制】对话框

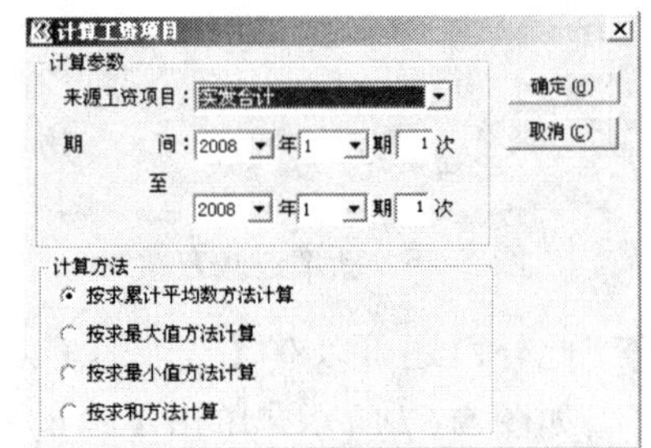

图 5-72　【计算工资项目】对话框

⑫ 将工资系统中历史工资数据的某项工资项目经过平均值、最大值等方式求出当前工资计算中某项工资项目的数据，在“计算参数”栏中设置来源工资项目，并设置期间范围；在“计算方法”栏中选择计算方法，单击【确定】按钮，即可将来源工资项目经过计算填入所定位的工资项目中。

⑬ 单击工资录入窗口中的【基金】按钮，在弹出的基金计提数据提示框中单击【确定】按钮，打开【引入基金计提数据】对话框，如图 5-73 所示。

⑭ 在“基金类型”下拉列表框中可以选择不同的基金；在“方法”下拉列表框中可以选择“次数”、“期间”和“年度”3 个选项并设置相应的参数。单击【确定】按钮，将所计算的数据填入所定位的工资项目中。

⑮ 单击【引入】按钮，打开【引入数据】对话框，如图 5-74 所示。在其中设置好各选项后，单击【执行引入】按钮，即可完成工资数据的引入操作。

图 5-73　【引入基金计提数据】对话框

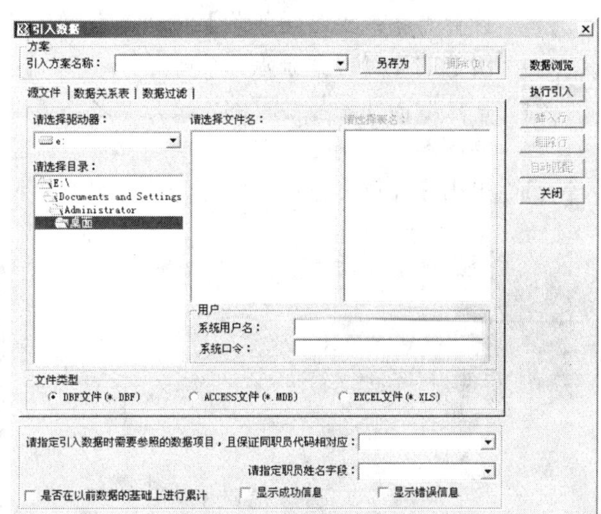

图 5-74　【引入数据】对话框

⑯ 当所有工资项目都设置完毕且无误之后，选择需要审核职员的工资所在行中的任意单元格，单击【审核】按钮，可将该职员工资进行审核，如图 5-75 所示。若发现还有错误，则选择该项后单击【反审核】按钮即可。

如果在系统参数设置时要求对工资表进行复审，则可在审核之后，选择【编辑】→【复审】命令。若要取消复审操作，则可选择【编辑】→【反复审】命令。

2. 工资计算

在工资数据录入完毕之后，即可根据录入的数据进行计算，从而得出最终的工资总数。工资计算的具体操作步骤如下：

❶ 在金蝶 K/3 主控台窗口中单击【人力资源】标签，选择【工资管理】系统功能项，双击【工资业务】子功能项下的“工资计算”明细功能项，打开【工资计算向导】对话框，如图 5-76 所示。

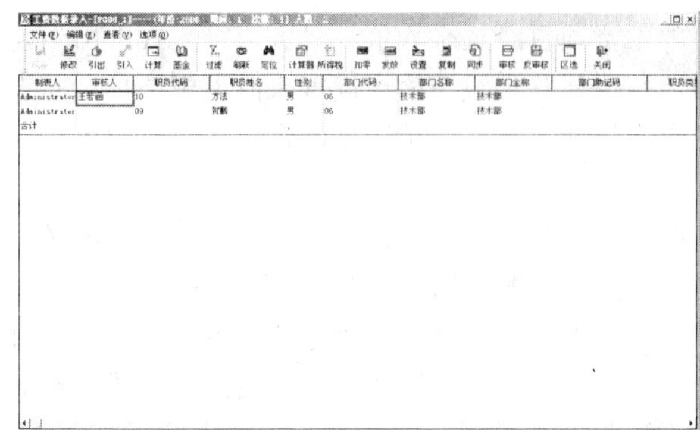

图 5-75 审核职员工资

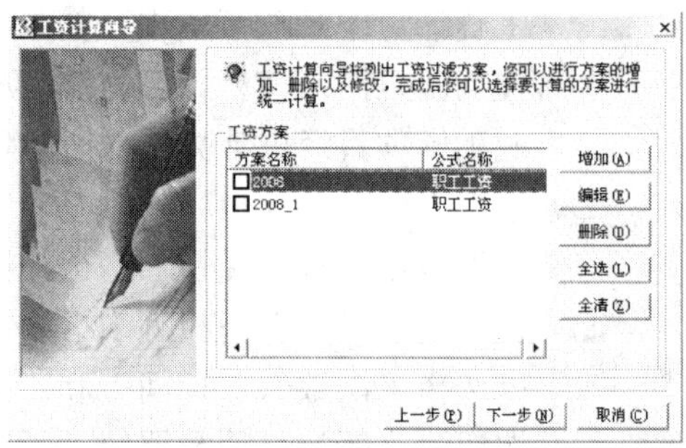

图 5-76 【工资计算向导】对话框

❷ 单击【增加】按钮，可新增工资的计算方案；单击【编辑】按钮，可修改所选的计算方案；单击【删除】按钮，在弹出的信息提示框中单击【确定】按钮，可将所选的计算方案删除。

❸ 在选取需要参与计算的工资方案之后，单击【下一步】按钮，可打开计算对话框，如图 5-77 所示。

❹ 单击【计算】按钮，即可开始计算并显示最终报告，如图 5-78 所示。

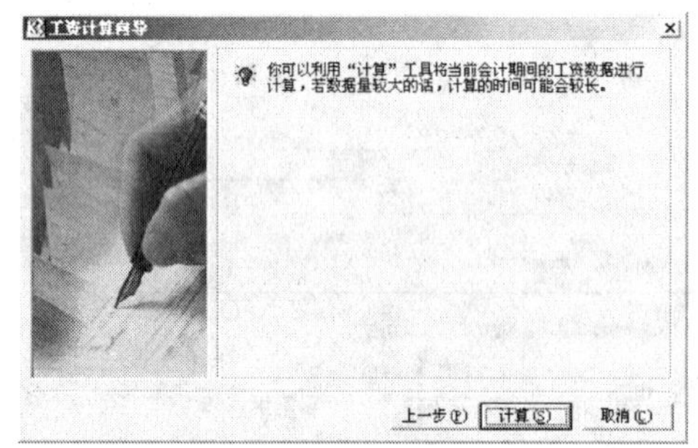

图 5-77 计算对话框

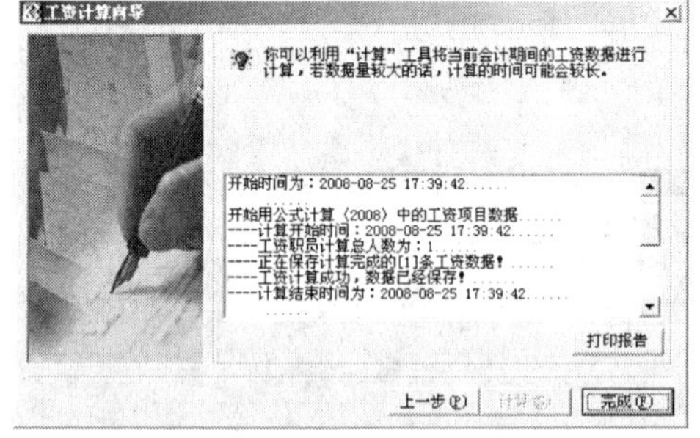

图 5-78 计算报告显示

3．所得税计算

工资达到一定数量时需要缴纳相应的个人所得税，所以还需要对这个所得税进行计算。所得税计算的具体操作步骤如下：

❶ 在金蝶 K/3 主控台窗口中单击【人力资源】标签，选择【工资管理】系统功能项，双击【工资业务】子功能项下的“所得税计算”明细功能项，打开【过滤器】对话框，如图 5-79 所示。

❷ 单击【增加】按钮，打开【定义过滤条件】对话框，在其中设置所得税过滤条件，并在“过滤名称”文本框中输入相应的名称，如图 5-80 所示。

❸ 选择“排序”选项卡，进入“排序”设置界面，在其中选择相应的排序方式，如图 5-81 所示。单击【确定】按钮，在弹出的信息提示框中单击【确定】按钮，完成所得税方案的添加操作，如图 5-82 所示。

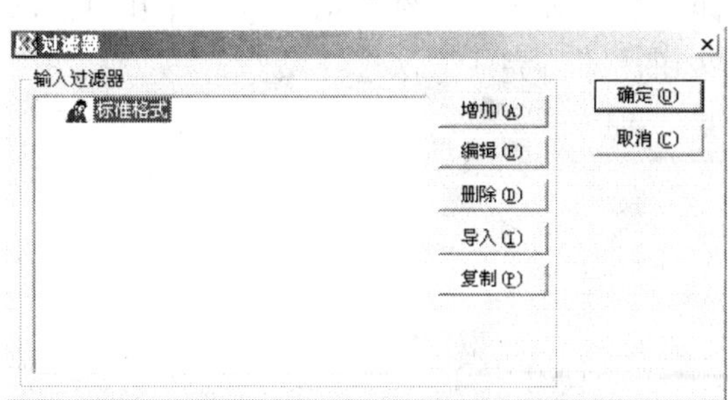

图 5-79 【过滤器】对话框

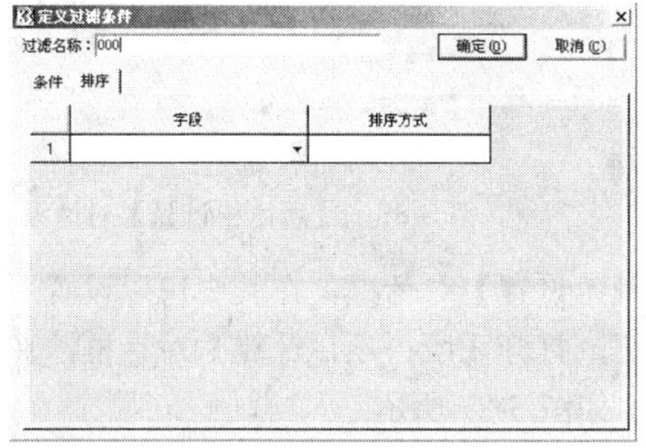

图 5-80 【定义过滤条件】对话框

图 5-81 “排序”设置界面

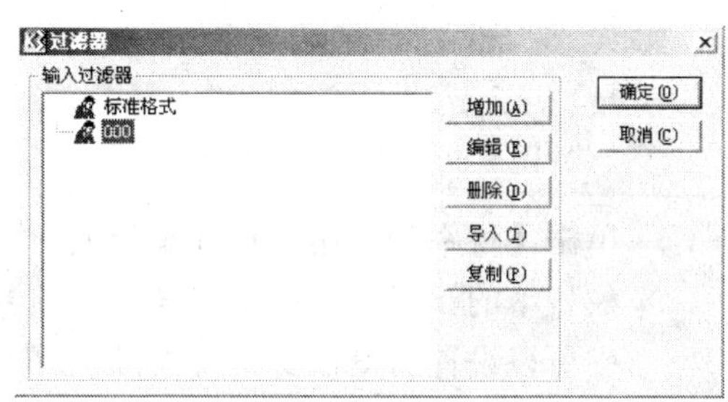

图 5-82 添加所得税方案

❹ 单击【编辑】按钮，修改所选所得税过滤方案。单击【删除】按钮，在弹出的信息提示框中单击【确定】按钮，将所选所得税方案删除。

❺ 单击【导入】按钮，打开【方案导入】对话框，如图 5-83 所示。在其中选择需要导入的所得税方案之后，单击【导入】按钮，将所选方案添加到【过滤器】对话框中，如图 5-84 所示。

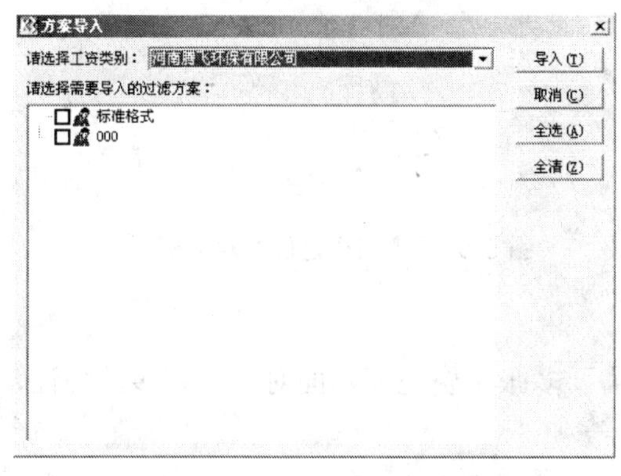

图 5-83 【方案导入】对话框

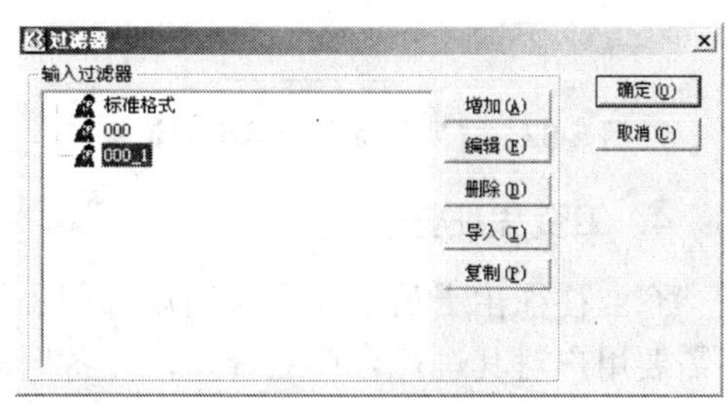

图 5-84 添加的方案

❻ 在选择所得税计算方案之后，单击【确定】按钮，进入所得税录入窗口，如图 5-85 所示。在白色区域中输入所得税数据之后，单击【计算器】按钮，可批量填入所得税数据。

❼ 单击【方法】按钮，打开【所得税计算】对话框，如图 5-86 所示。在其中选择所得税计算方法之后，单击【确定】按钮，即可完成方法选择操作。

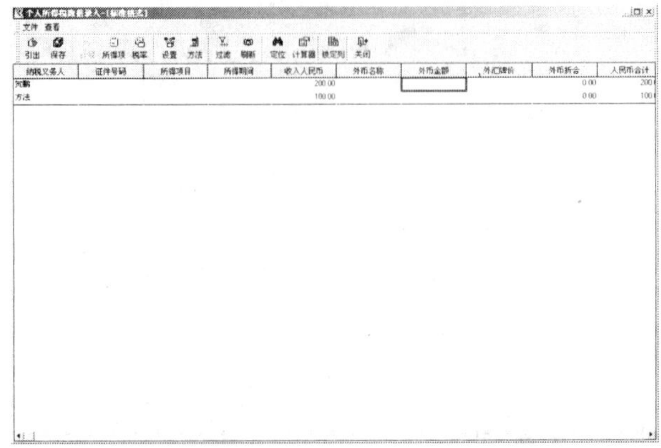

图 5-85　所得税录入窗口

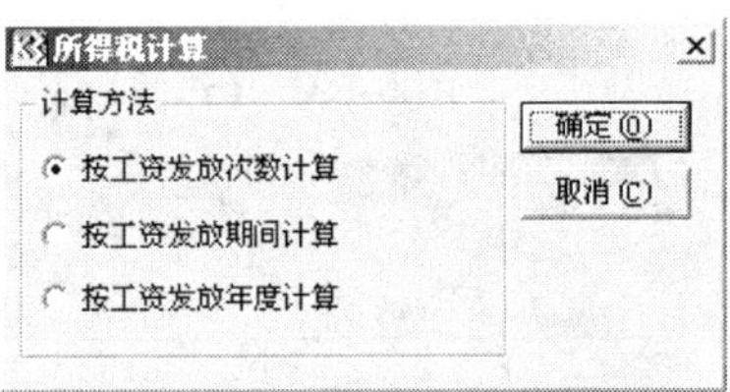

图 5-86　【所得税计算】对话框

❽ 单击【税率】按钮，打开【个人所得税税率设置】对话框，在其中可以设置所得税税率的计算方案。单击【所得项】按钮，打开【所得项目计算】对话框，在其中可以设置所得税的所得项目计算方式，如图 5-87 所示。

❾ 单击【设置】按钮，打开【个人所得税初始设置】对话框，在其中可以设置所得税扣除方案。在修改所得税设置相关选项之后，系统均会提示是否按新设置的条件重新进行所得税计算并保存。

❿ 单击【计税】按钮，可对所得税数据重新计算。单击【定位】按钮，打开【职员定位】对话框，从中定位查找公司职员，如图 5-88 所示。

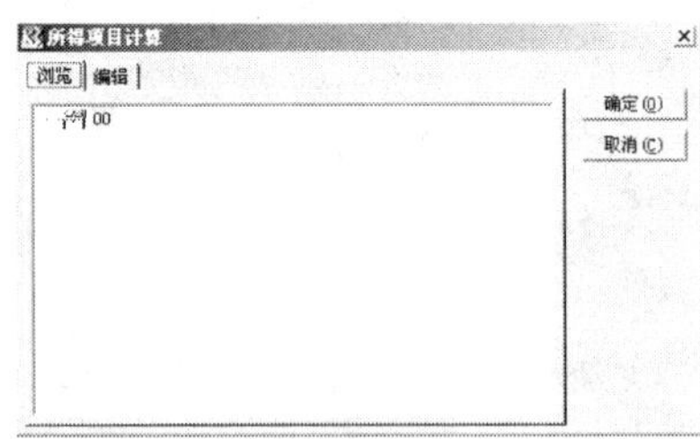

图 5-87　【所得项目计算】对话框

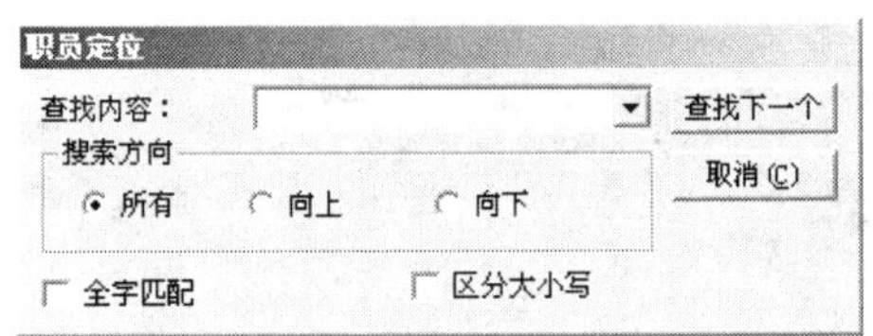

图 5-88　【职员定位】对话框

4．工资凭证管理

企业往往由于员工众多且所属部门不同而需要多张工资凭证，面对如此繁多的凭证，还需要用户对其进行合理的管理，以备用时之需。

工资凭证管理的具体操作步骤如下：

❶ 在金蝶 K/3 主控台窗口中单击【人力资源】标签，选择【工资管理】系统功能项，双击【工资业务】子功能项下的“工资凭证管理”明细功能项，打开【凭证查询】窗口，如图 5-89 所示。

❷ 双击凭证记录，打开记账凭证窗口具体查看凭证内容。

❸ 单击【选择】按钮，打开【选择账套】对话框，切换到其他账套查看其相应的凭证记录。单击【默认】按钮，可将账套切换回系统默认账套。

5. 审核工资

工资数据牵涉到职工的劳动报酬，为避免出现错误，还需要对录入的工资数据进行审核，以做到万无一失。

审核工资的具体操作步骤如下：

❶ 在金蝶K/3主控台窗口中单击【人力资源】标签，选择【工资管理】系统功能项，双击【工资业务】子功能项下的“工资审核”明细功能项，打开【工资审核】对话框，如图5-90所示。

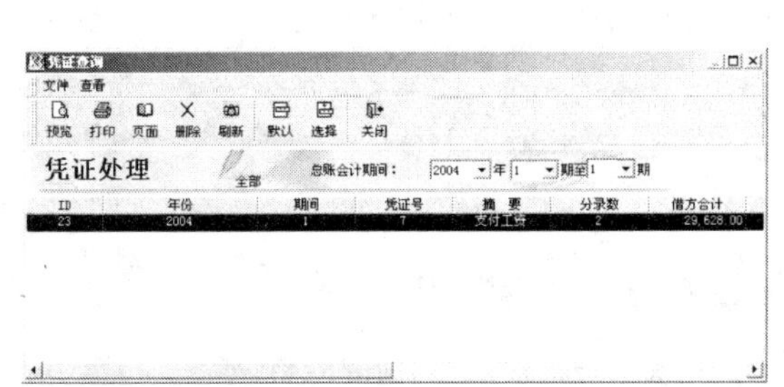

图5-89 【凭证查询】窗口

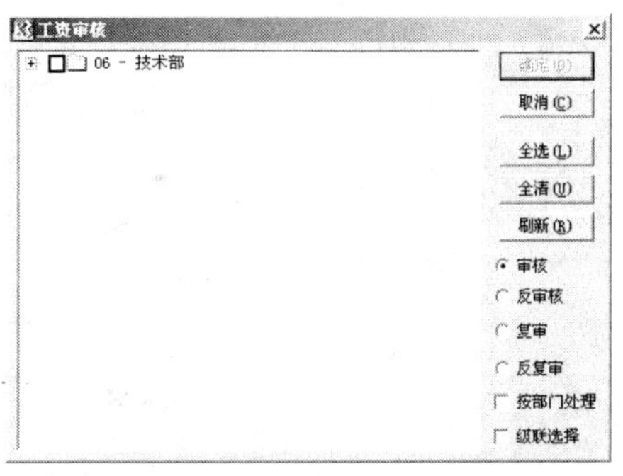

图5-90 【工资审核】对话框

❷ 若选中“按部门处理”复选框，则审核和反审核等操作按部门进行，否则按单一职员进行；若选中“级联选择”复选框，则当用户选取上级部门时，其下级部门将自动处于被选中状态。

❸ 选中“审核”单选按钮，并选择需要审核的工资数据之后，单击【确定】按钮，可完成审核操作；选中“复审”单选按钮，再选择需要复审的工资数据之后，单击【确定】按钮，可完成复审操作。如果工资数据需要修改，则可选中“反复审”或“反审核”单选按钮。

5.1.3 工资费用分配

金蝶软件提供了强大、灵活的工资费用分配功能，同时也可对各种费用计提，如计提福利费、计提工会经费、自定义计提等进行分配。

工资费用分配的具体操作步骤如下：

❶ 在金蝶K/3主控台窗口中单击【人力资源】标签，选择【工资管理】系统功能项，双击【工资业务】子功能项下的“费用分配”明细功能项，打开【费用分配】对话框，如图5-91所示。

❷ 选择“编辑”选项卡，进入“编辑”设置界面。单击【新增】按钮，可在“编辑”设置界面中设置分配名称、凭证字、摘要内容和分配比例等内容，如图5-92所示。

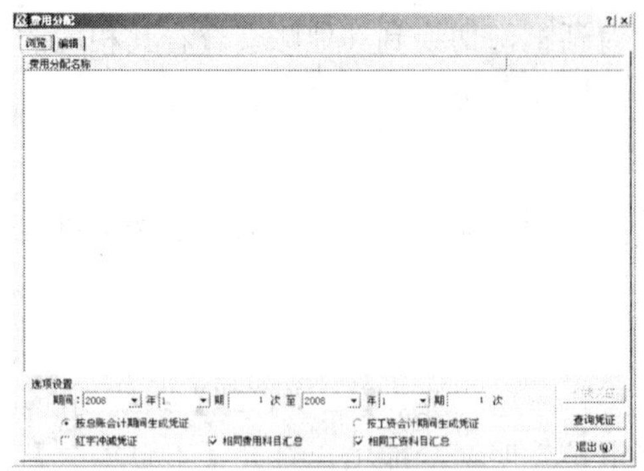

图 5-91　【费用分配】对话框

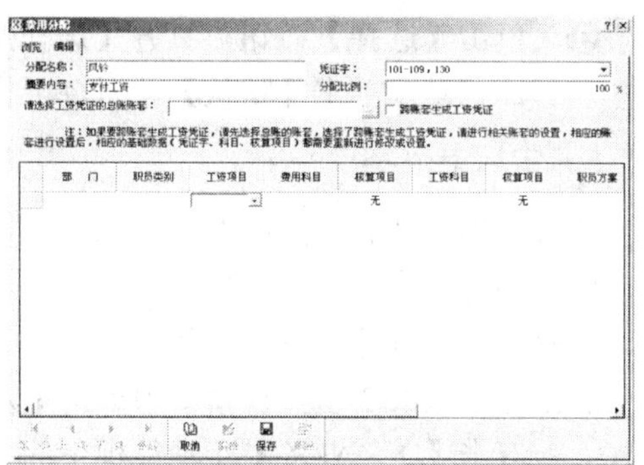

图 5-92　“编辑”设置界面

❸ 若选中“跨账套生成工资凭证”复选框，则可单击按钮，打开【选择账套】对话框，在其中可设置账套数据库、用户名及密码，如图 5-93 所示。

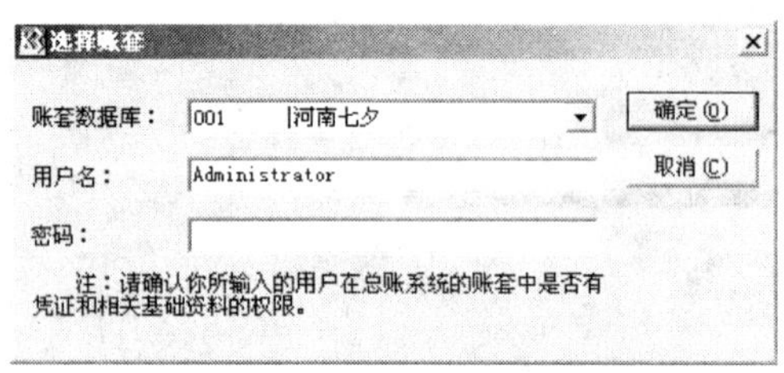

图 5-93　【选择账套】对话框

❹ 单击【确定】按钮，完成工资凭证的总账账套。在对话框下方可设置“部门”、“职员类别”、“工资项目”、“费用科目”、“核算项目”、“工资科目”等内容，如图 5-94 所示。

❺ 单击【保存】按钮，可将费用分配方案保存到系统中，运用同样的方法可添加其他费用方案。

❻ 在选择费用分配方案及生成凭证方式之后，单击【费用分配】对话框中的【生成凭证】按钮，即可按费用分配方案生成凭证，如图 5-95 所示。

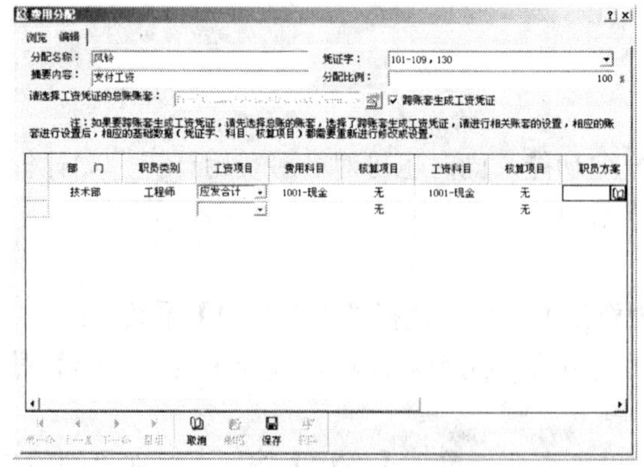

图 5-94　输入费用分配内容

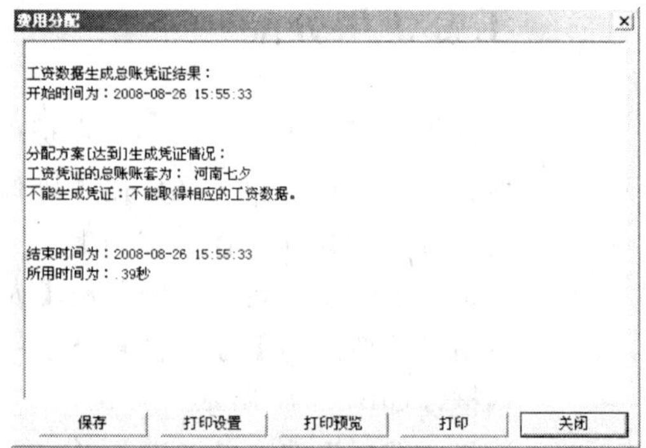

图 5-95　生成凭证

5.1.4 工资报表的输出

工资报表主要提供工资管理所需要的一些基本报表，如工资发放表、工资汇总表和银行代发表等，通过这些报表，可以全面地掌握企业工资总额、分部门水平构成、人员工龄和年龄结构等，可为制定合理的工资管理提供详细的报表。

1. 工资条

工资条用于分条输出每位员工的工资数据信息，如果要打印输出职员的工资条，可进行如下操作。

❶ 在金蝶 K/3 主控台窗口中单击【人力资源】标签，选择【工资管理】系统功能项，双击【工资报表】子功能项下的“工资条”明细功能项，打开【过滤器】对话框，如图 5-96 所示。

❷ 单击【增加】按钮，打开【定义过滤条件】对话框，在其中输入过滤名称，并在“工资项目”列表框中选择需要被打印的工资项目，如图 5-97 所示。

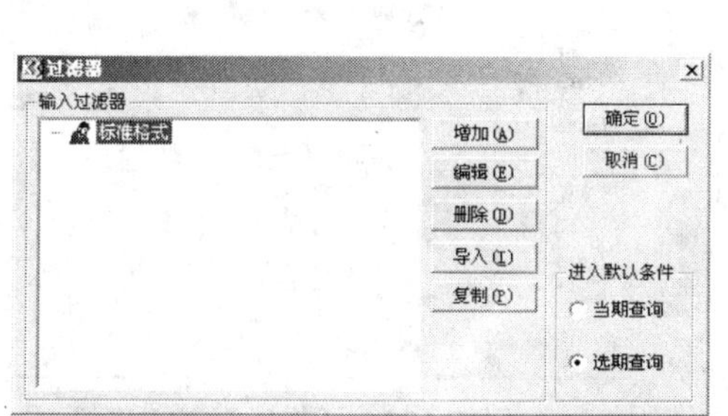

图 5-96 【过滤器】对话框

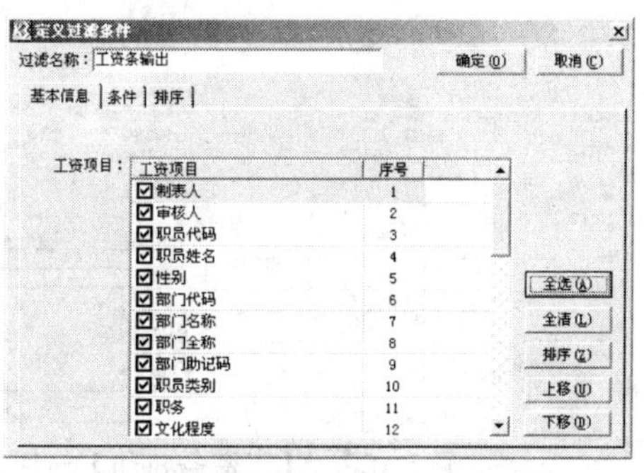

图 5-97 【定义过滤条件】对话框

❸ 选择“条件”选项卡，进入“条件”设置界面，在其中可以设置相应的过滤条件，如图 5-98 所示；选择“排序”选项卡，进入“排序”设置界面，在其中可以设置相应的排序方式，如图 5-99 所示。

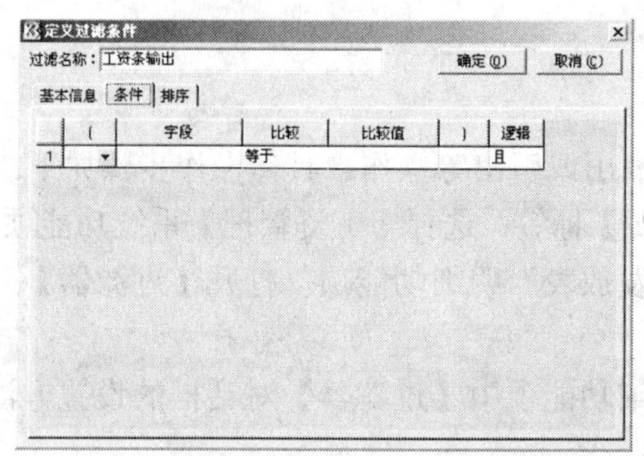

图 5-98 “条件”设置界面

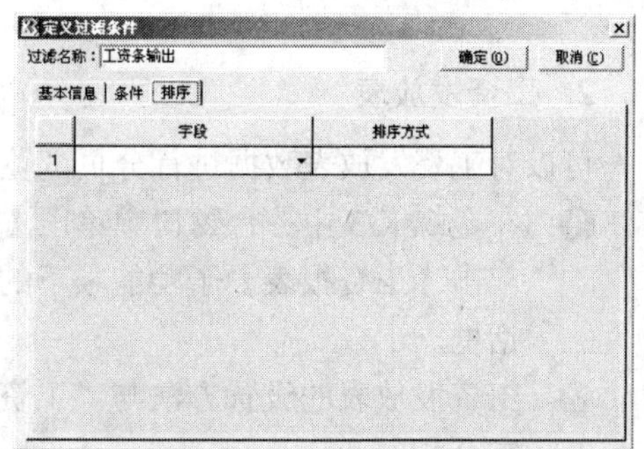

图 5-99 “排序”设置界面

❹ 单击【确定】按钮，弹出一个建立数据提示框，如图 5-100 所示。再次单击【确

定】按钮，将新建的过滤条件添加到“输入过滤器”列表框中，如图 5-101 所示。

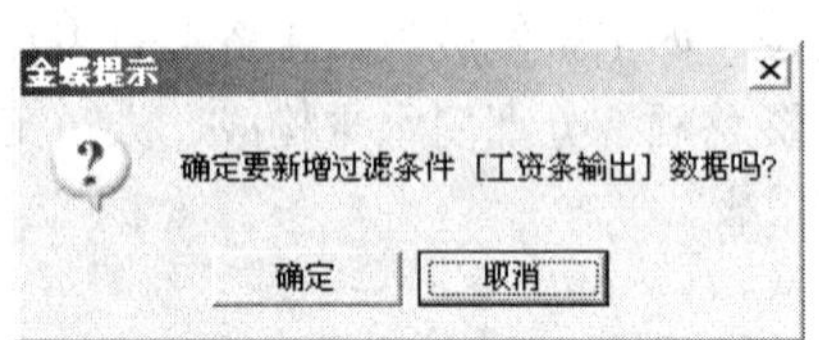

图 5-100　建立数据提示

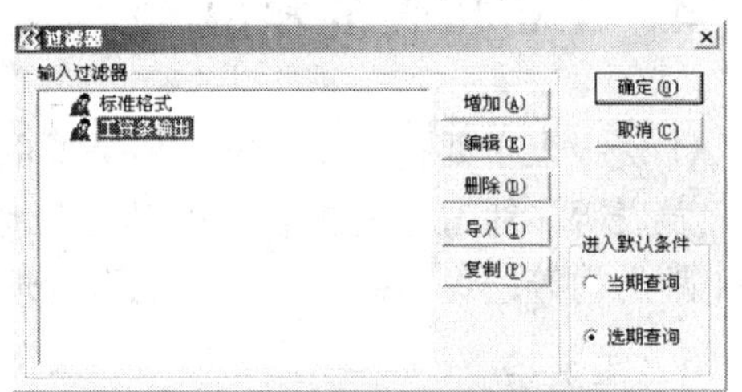

图 5-101　添加过滤条件显示

❺ 选择已经设置好的过滤方案后单击【确定】按钮，打开【工资条打印】对话框，如图 5-102 所示。在“字体设置”栏中分别单击【更改数值字体】和【更改文本字体】按钮，打开【字体】对话框，在其中可以选择字体、字形和字体大小，如图 5-103 所示。

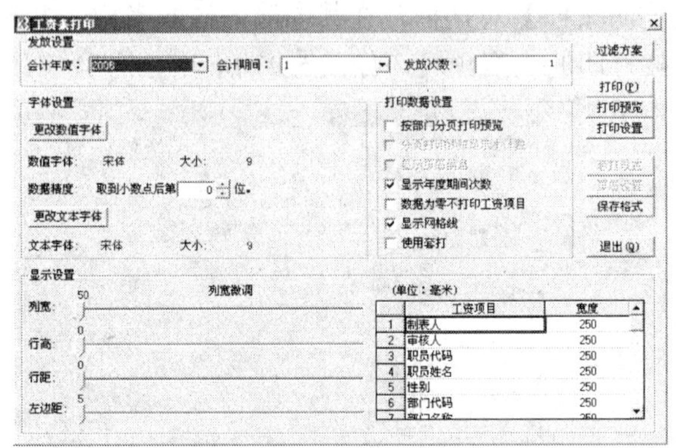

图 5-102　【工资条打印】对话框

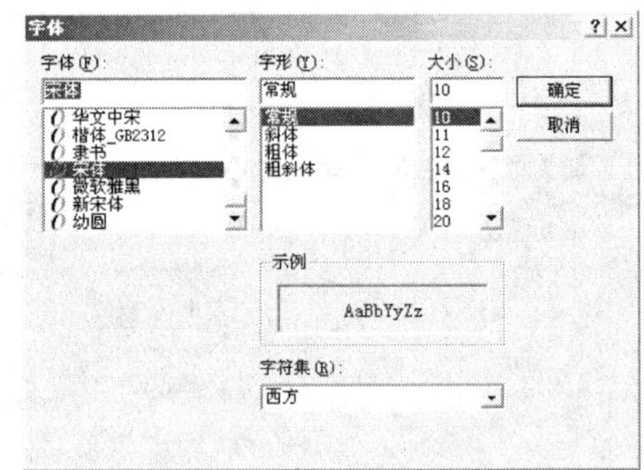

图 5-103　【字体】对话框

提示

为了方便用户工资条的打印输出，用户可以选中“按部门分页打印预览”复选框，使工资条按部门分别打印输出。

2．工资发放表

可以对工资发放表数据进行分页浏览、打印输出或引出等操作。具体操作步骤如下：

❶ 在金蝶 K/3 主控台窗口中单击【人力资源】标签，选择【工资管理】系统功能项，双击【工资报表】子功能项下的“工资发放表”明细功能项，打开【过滤器】对话框。

❷ 工资发放表的设置方法与“工资条”明细功能项中【过滤器】对话框的设置方法完全相同。

❸ 在增加过滤方案之后，选择设置的过滤方案并单击【确定】按钮，可打开【工资发放表】窗口，在其中可以设置期间范围，还可以查看工资发放情况，如图 5-104

所示。

3．工资汇总表

工资汇总表中存放着所有职工的工资数据，用户可以从中查看工资的发放情况。具体操作步骤如下：

❶ 在金蝶 K/3 主控台窗口中单击【人力资源】标签，选择【工资管理】系统功能项，双击【工资报表】子功能项下的“工资汇总表”明细功能项，打开【工资汇总表】对话框并弹出【过滤器】对话框。

❷ 单击【增加】按钮，可打开【定义过滤条件】对话框，在其中可以根据实际情况设置相应的选项，如图 5-105 所示。

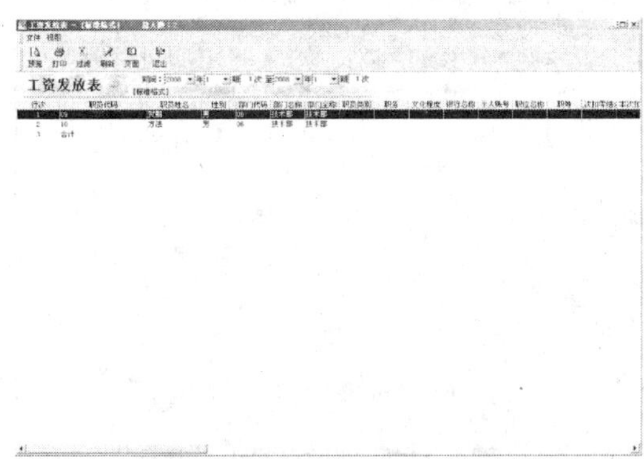

图 5-104 【工资发放表】窗口

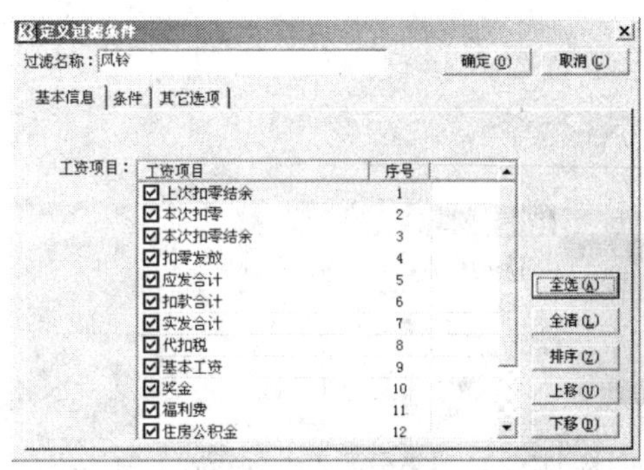

图 5-105 【定义过滤条件】对话框

❸ 选择“条件”选项卡，进入“条件”设置界面，在其中可以设置相应的过滤条件，如图 5-106 所示。

❹ 选择“其他选项”选项卡，进入“其他选项”设置界面，在其中可以设置汇总关键字，如图 5-107 所示。单击【确定】按钮，返回到【过滤器】对话框。

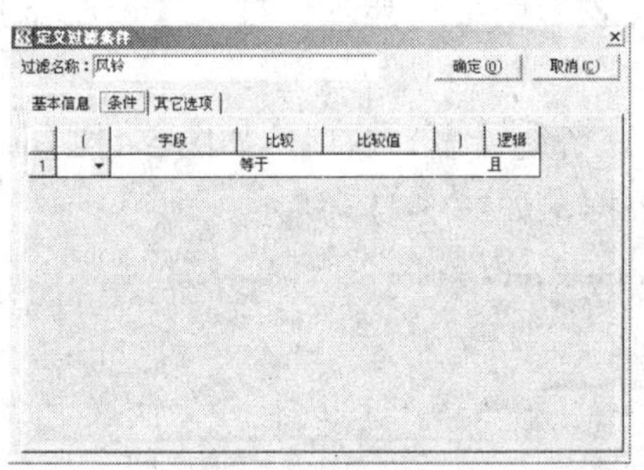

图 5-106 “条件”设置界面

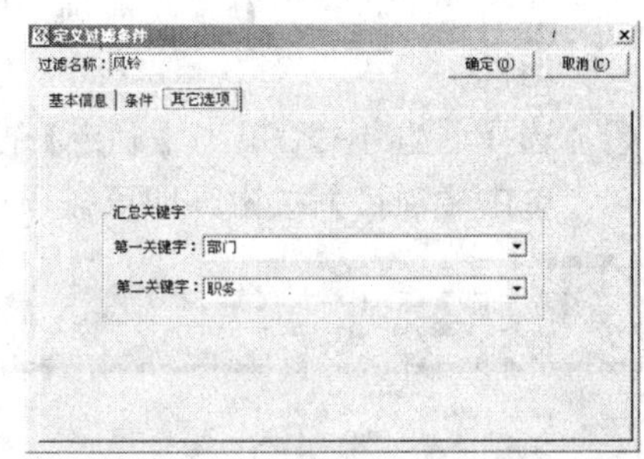

图 5-107 “其他选项”设置界面

❺ 选择过滤方案后单击【确定】按钮，打开【工资汇总表】窗口，如图 5-108 所示。单击【职员】按钮，即可查看每个职员的工资发放情况，如图 5-109 所示。

❻ 单击【部门分级】按钮，打开【设置分级汇总的级次】对话框，如图 5-110 所示。在设置分级汇总的级次范围之后，单击【确定】按钮，即可按所选部门级次进行分级汇总，如图 5-111 所示。

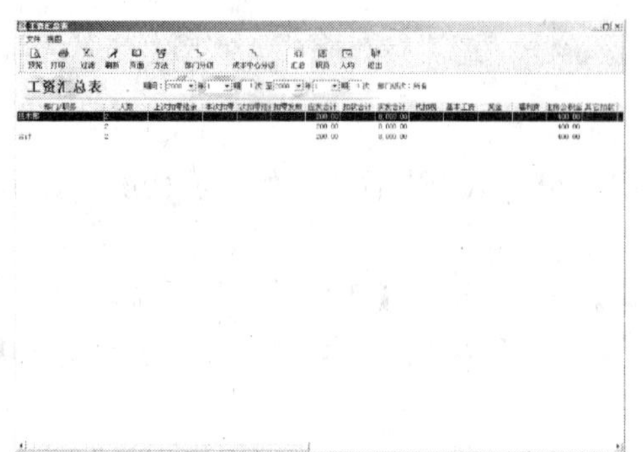

图 5-108　【工资汇总表】窗口

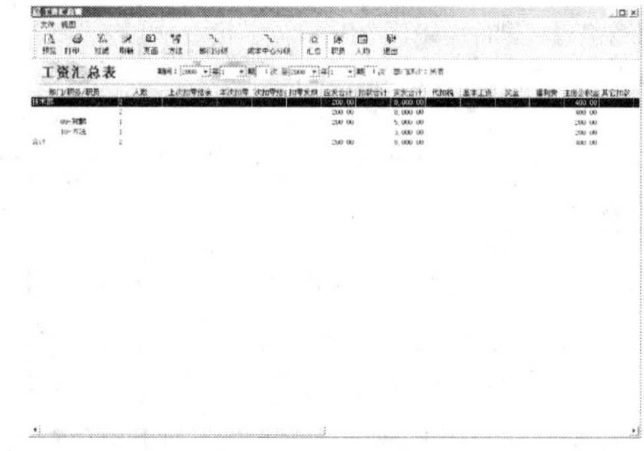

图 5-109　查看职员工资发放情况

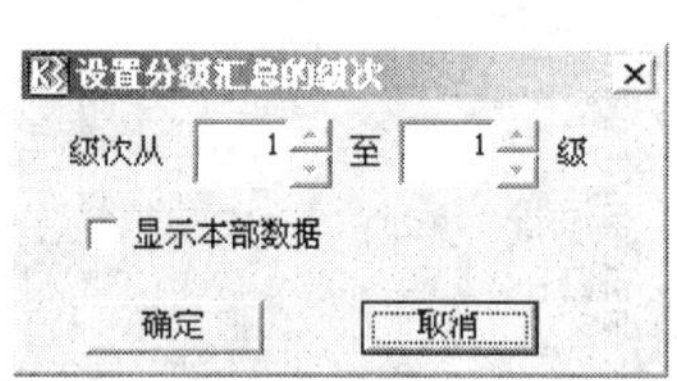

图 5-110　【设置分级汇总的级次】对话框

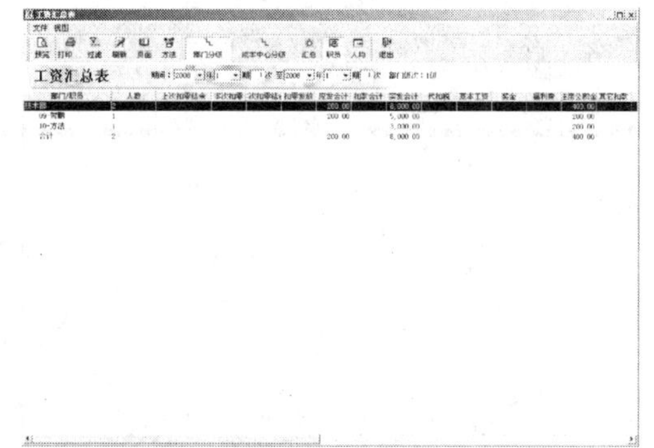

图 5-111　部门分级汇总显示

4．工资统计表

工资统计表存储着工资的组合体，包括扣零结余、奖金和基本工资等，用户可以通过工资统计表对职工的工资详情进行查阅。具体操作步骤如下：

❶ 在金蝶 K/3 主控台窗口中单击【人力资源】标签，选择【工资管理】系统功能项，双击【工资报表】子功能项下的“工资统计表”明细功能项，打开【过滤器】对话框。

❷ 选择过滤方案后单击【确定】按钮，打开【工资统计表】窗口，如图 5-112 所示。单击【项目】按钮，即可按项目查看统计数据，如图 5-113 所示。

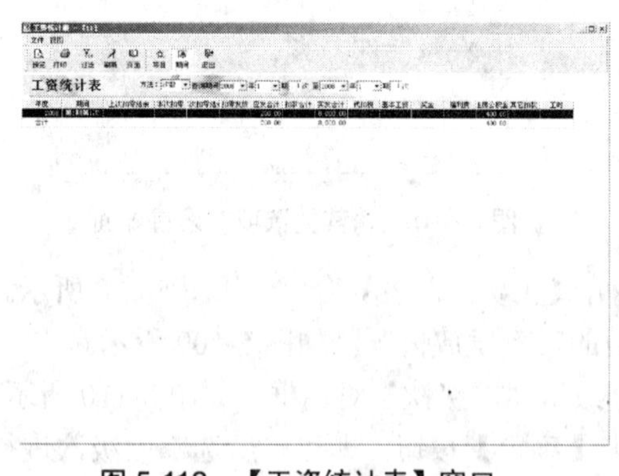

图 5-112　【工资统计表】窗口

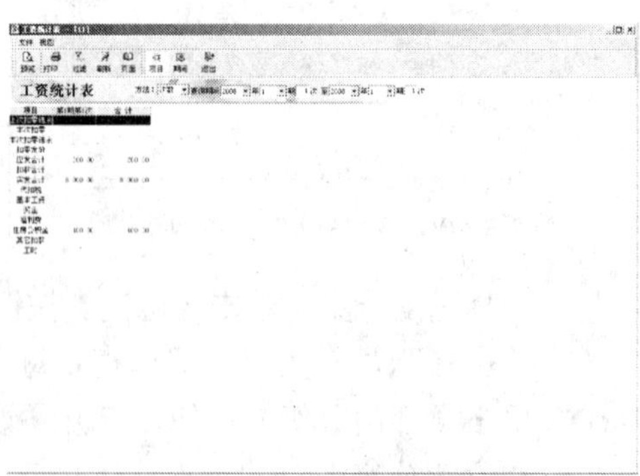

图 5-113　查看统计数据

5. 银行代发表

在工资报表中，用户还可以查看银行代发表，具体操作步骤如下：

❶ 在金蝶K/3主控台窗口中单击【人力资源】标签，选择【工资管理】系统功能项，双击【工资报表】子功能项下的“银行代发表”明细功能项，打开【过滤器】对话框。

❷ 在选择过滤方案之后，单击【确定】按钮，打开【银行代发表】窗口，在其中可以查看相应的银行代发信息，如图5-114所示。

6. 职员台账表

在工资报表中也可以查看职员台账表，具体操作步骤如下：

❶ 在金蝶K/3主控台窗口中单击【人力资源】标签，选择【工资管理】系统功能项，双击【工资报表】子功能项下的“职员台账表”明细功能项，打开【过滤器】对话框。

❷ 在选择过滤方案之后，单击【确定】按钮，打开【职员台账表】窗口，在其中可以查看每位员工在一定期间内的工资发放情况，如图5-115所示。

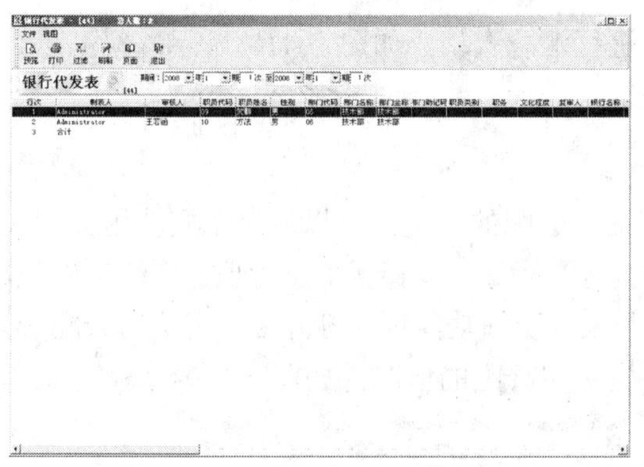

图5-114 【银行代发表】窗口

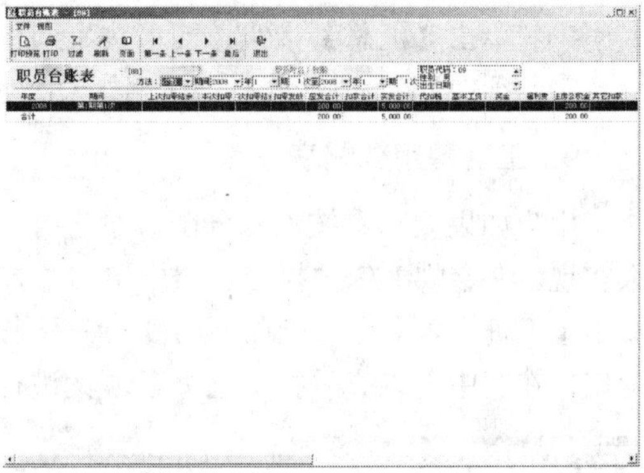

图5-115 【职员台账表】窗口

7. 职员台账汇总表

职员台账汇总表是职员台账表的汇总，在工资报表中也可以查看职员台账汇总表。具体操作步骤如下：

❶ 在金蝶K/3主控台窗口中单击【人力资源】标签，选择【工资管理】系统功能项，双击【工资报表】子功能项下的“职员台账汇总表”明细功能项，打开【过滤器】对话框。

❷ 在选择过滤方案之后，单击【确定】按钮，打开【职员台账汇总表】窗口，在其中可以查看每位员工在一定期间内的工资发放汇总情况，如图5-116所示。

8. 个人所得税报表

用户如果要查看每位员工在一定期间内的个人所得税的缴纳情况，可以通过个人所得税报表来实现。具体操作步骤如下：

❶ 在金蝶 K/3 主控台窗口中单击【人力资源】标签，选择【工资管理】系统功能项，双击【工资报表】子功能项下的“个人所得税报表”明细功能项，打开【过滤器】对话框。

❷ 在选择过滤方案之后，单击【确定】按钮，打开【个人所得税报表】窗口，在其中可以查看每位员工在一定期间内的个人所得税的缴纳情况，如图 5-117 所示。

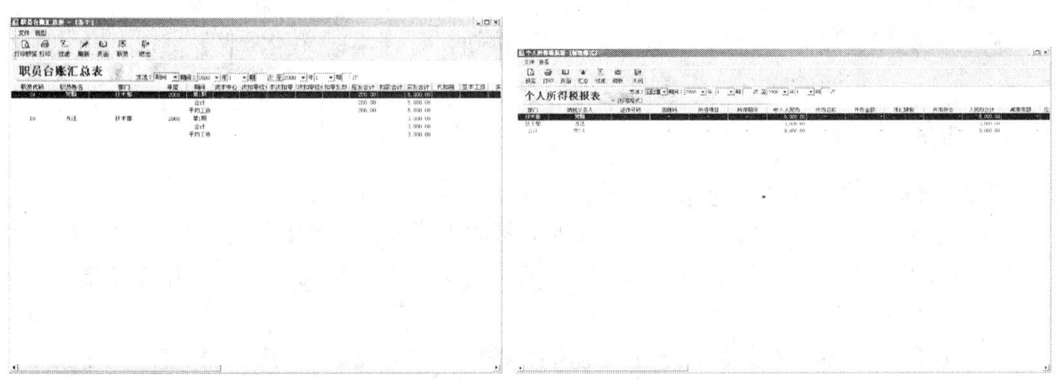

图 5-116 【职员台账汇总表】窗口　　　　图 5-117 【个人所得税报表】窗口

❸ 单击【汇总】按钮，即可按不同税率进行汇总查询，如图 5-118 所示。但汇总必须在同年、同月、同期、同次之间进行汇总。

9. 工资费用分配表

用户如果要查看按不同分配方案进行工资费用分配的情况，可以通过工资费用分配表来实现。在金蝶 K/3 主控台窗口中单击【人力资源】标签，选择【工资管理】系统功能项，双击【工资报表】子功能项下的“工资费用分配表”明细功能项，打开【工资费用分配表】窗口，在其中可以查看按不同分配方案进行工资费用分配的情况，如图 5-119 所示。

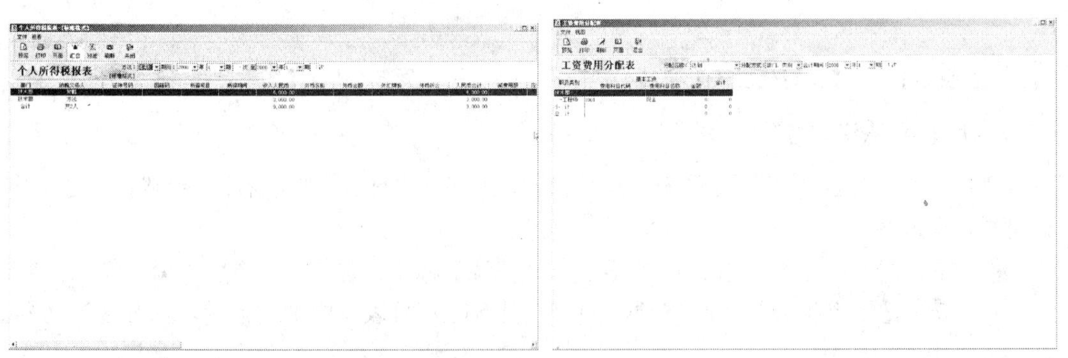

图 5-118 个人所得税汇总查询　　　　图 5-119 【工资费用分配表】窗口

10. 工资配款表

工资配款表可以按照不同的货币面值大小以不同的配款方案进行配款，方便一些未通过银行代发的公司进行货币组织，提高工作效率。

查看及设置工资配款表的具体操作步骤如下：

❶ 在金蝶K/3主控台窗口中单击【人力资源】标签，选择【工资管理】系统功能项，双击【工资报表】子功能项下的“工资配款表”明细功能项，打开【工资配款表】窗口，如图5-120所示。

❷ 在“工资项目”下拉列表框中可以选择不同的工资项目，在“配款设置”下拉列表框中可以通过选择不同的配款方案来查看配款表。若没有设置配款方案，则单击【设置】按钮，打开【配款设置】对话框，如图5-121所示。

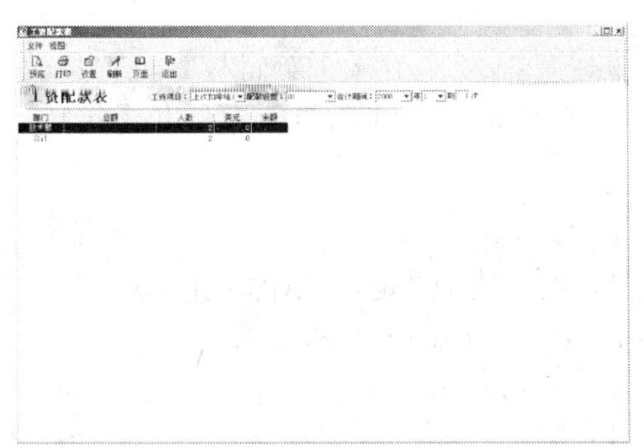

图5-120 【工资配款表】对话框

图5-121 【配款设置】对话框

❸ 选择“编辑”选项卡，进入“编辑”设置界面。单击【新增】按钮，进行配款的方案设置，如图5-122所示。

11. 人员结构分析表

在工资报表中还有人员结构分析表，具体查看步骤如下：

❶ 在金蝶K/3主控台窗口中单击【人力资源】标签，选择【工资管理】系统功能项，双击【工资报表】子功能项下的“人员结构分析”明细功能项，打开【人员工资结构分析】窗口，如图5-123所示。

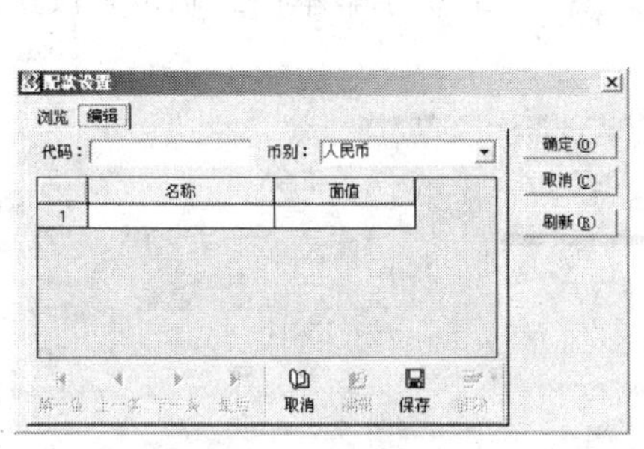

图5-122 设置配款方案

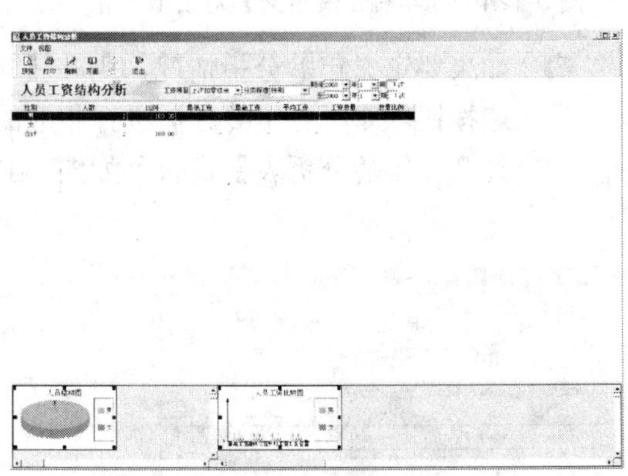

图5-123 【人员工资结构分析】窗口

❷ 在“工资项目”下拉列表框中可以选择不同的工资项目，在“分类标准”下拉列表框中可以选择不同的分类，如性别、职员类别、部门、职务和文化程度等。

❸ 在选择工资发放的期间范围之后，单击【刷新】按钮，即可按用户设置的条件显示出人员工资结构分析表、人员结构图和人员工资比较图。

❹ 选择【文件】→【保存图形】命令，即可将所得到的数据及图表保存到系统中，便于以后查看。

12. 年龄工龄分析表

一个企业的员工年龄是不同的，每个员工进公司的时间不同，其待遇也就不同，针对这些年龄、工龄问题，用户可以通过查看工资报表中的年龄工龄分析表来了解相应的情况。

查看年龄工龄分析表的具体操作步骤如下：

❶ 在金蝶 K/3 主控台窗口中单击【人力资源】标签，选择【工资管理】系统功能项，双击【工资报表】子功能项下的“年龄工龄分析”明细功能项，打开【年龄工龄定义】对话框，如图 5-124 所示。

❷ 选中“工龄分析”单选按钮，即可设置相应分析表的第一关键字、第二关键字、截止日期及分段标准。若需要统计禁用人员，则可选中“是否统计禁用人员”复选框。

❸ 单击【确定】按钮，打开【工龄分析表】窗口，如图 5-125 所示。

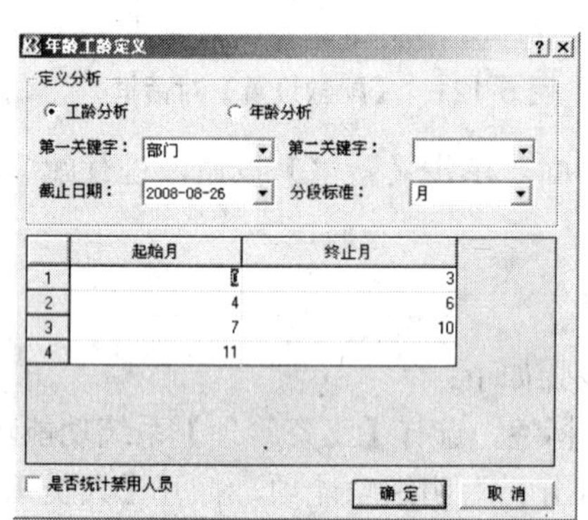

图 5-124 【年龄工龄定义】对话框

图 5-125 【工龄分析表】窗口

❹ 如果要定义年龄分析情况，则在【年龄工龄定义】对话框中选中“年龄分析”单选按钮，即可对年龄分析进行相应的设置，如图 5-126 所示。单击【确定】按钮，打开【年龄分析表】窗口，如图 5-127 所示。

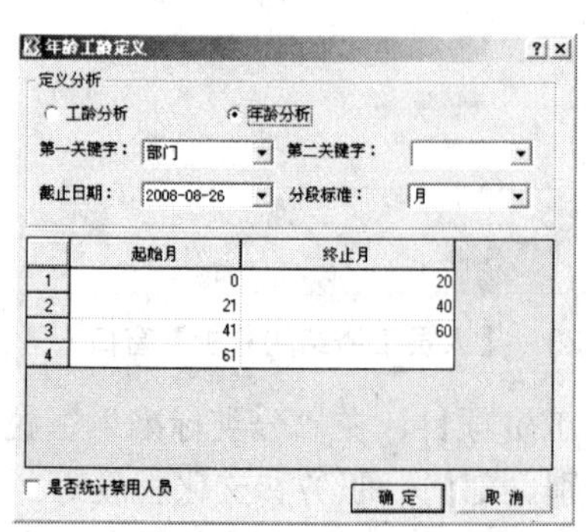

图 5-126 设置年龄分析选项

图 5-127 【年龄分析表】窗口

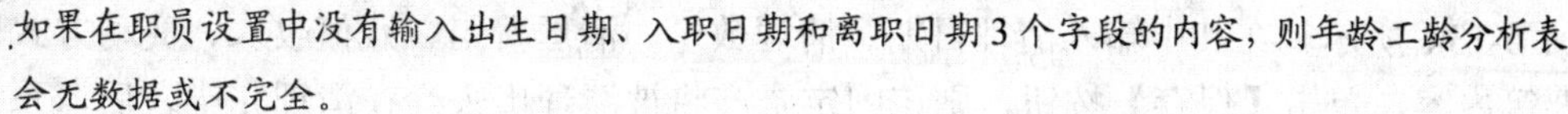

注意 如果在职员设置中没有输入出生日期、入职日期和离职日期3个字段的内容，则年龄工龄分析表会无数据或不完全。

5.2 固定资产核算业务日常处理

固定资产的业务核算是对固定资产日常发生的各种业务进行管理和核算。固定资产的日常业务包括固定资产的增加、固定资产的减少和固定资产的其他变动（如价值变动和折旧方法的变动）等。

5.2.1 固定资产增加/减少核算

固定资产的增加是通过录入新卡片的方式增加的，这些内容在前面已有详细的介绍，这里不再赘述。下面主要介绍固定资产减少方面的操作。

1. 固定资产卡片查询

当固定资产管理系统初始化结束之后，在金蝶 K/3 系统的主控台窗口中单击【财务会计】标签，选择【固定资产管理】系统功能项，双击【业务处理】子功能项下的“新增卡片”明细功能项，进入【卡片管理】窗口，此时系统还将自动打开新增卡片对话框，而且初始化前输入的卡片记录也不会显示出来。

此时可关闭新增卡片对话框，单击工具栏上的【过滤】按钮，在打开的【过滤】对话框中输入适当的过滤条件，如图 5-128 所示。单击【确定】按钮，即可查看初始化前新增的卡片记录，如图 5-129 所示。

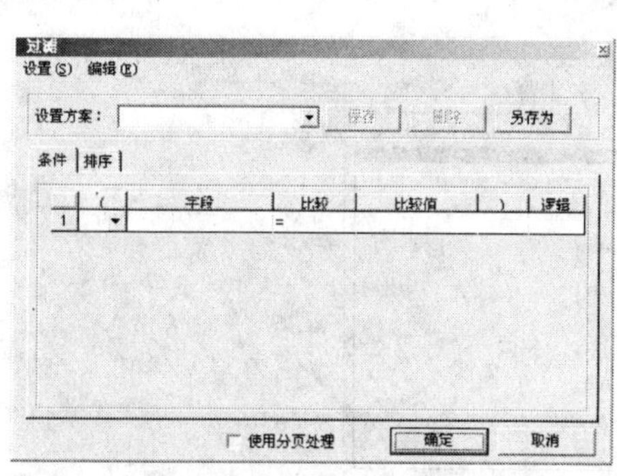

图 5-128 【过滤】对话框

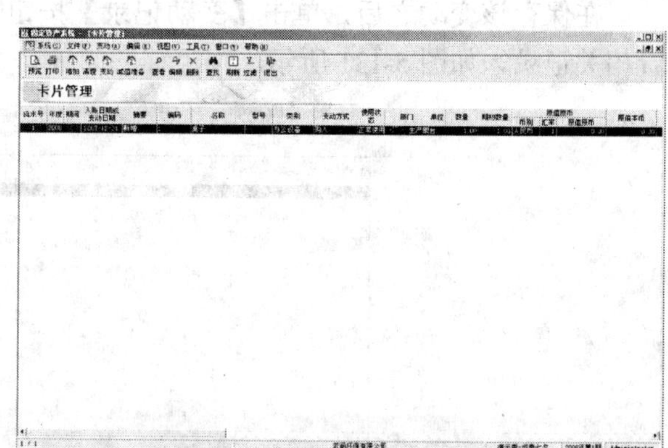

图 5-129 查看新增的卡片记录

如果单击工具栏上的【增加】按钮，即可打开新增卡片对话框输入新的固定资产信息。

2．固定资产清理

在【卡片管理】窗口中单击【清理】按钮，打开【固定资产清理-新增】对话框，如图 5-130 所示。在其中输入清理日期、清理数量、清理费用、残值收入、变动方式以及摘要等内容，单击【保存】按钮，则该固定资产将被清理出去。在清理完毕之后，系统将生成一条清理记录，以便以后用户查询。卡片清理后，该资产的价值为零，并且已经从用户的管理中消失。

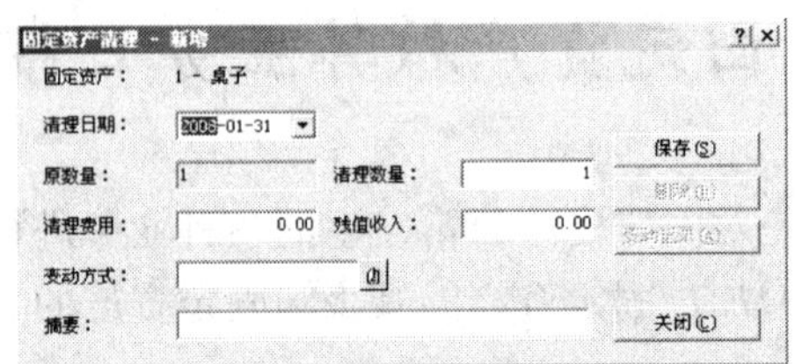

图 5-130　【固定资产清理-新增】对话框

因误操作需要将已清理的资产反清理时，可先选取被清理的资产卡片，单击【清理】按钮，即可打开【固定资产清理-编辑】对话框，单击【删除】按钮，将选取的被清理资产卡片内容删除。

5.2.2　固定资产其他变动的核算

固定资产除了增加和减少核算之外，还包括其他变动的核算。

1．固定资产变动处理

在【卡片管理】窗口中单击工具栏上的【变动】按钮，打开【卡片及变动-新增】对话框，在其中可对所选的记录内容进行更改，如改变变动方式、折旧方法或附属设备等。

在保存该变动之后，单击【变动记录】按钮，可打开【卡片变动历史记录】对话框查看相关记录，如图 5-131 所示。

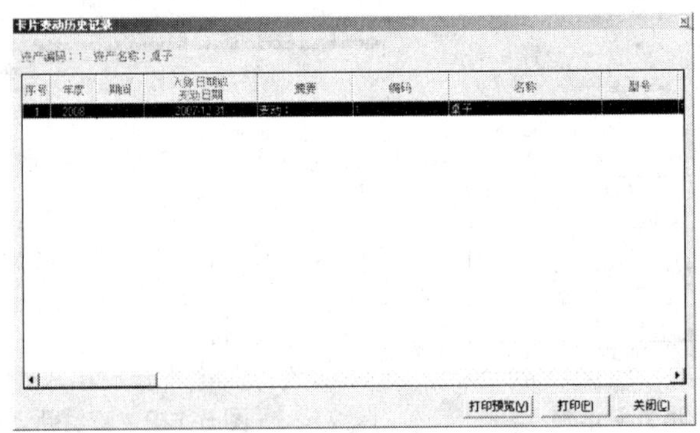

图 5-131　【卡片变动历史记录】对话框

在【卡片管理】窗口中选择【变动】→【拆分】命令，显示【卡片拆分】对话框，如图 5-132 所示。在其中录入需要拆分的卡片数量之后，再选择拆分类型，单击【确定】按钮，可打开另一个对话框，在其中可以查看被拆分后卡片的基本内容，如图 5-133 所示。在确认所有拆分资料无误之后，单击【完成】按钮，即可完成卡片的拆分。

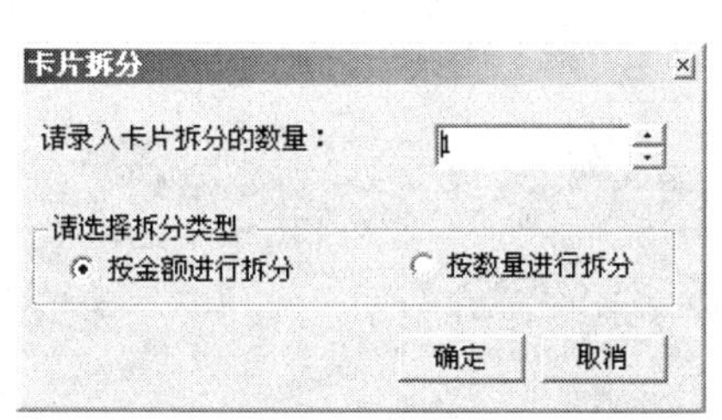

图 5-132 【卡片拆分】对话框

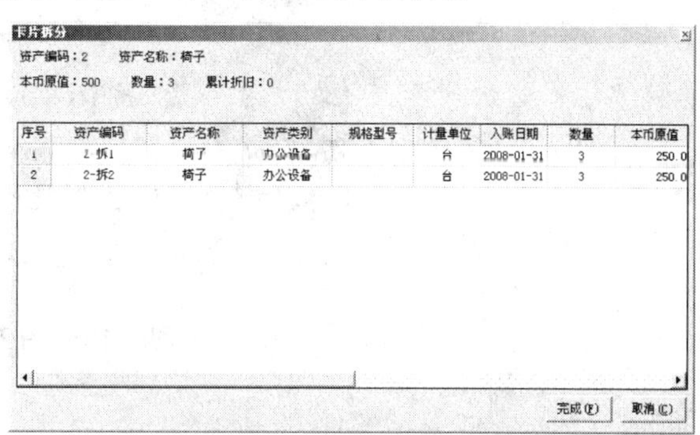

图 5-133 查看被拆分后卡片的内容

注意

卡片拆分主要是为方便用户细化管理而设置的，可以通过卡片拆分将原来的成批、成套的资产拆分成单个资产进行管理。卡片拆分既可以处理当期新的卡片，也可以拆分以前期间录入的卡片。

2．固定资产凭证管理

选择【固定资产管理】系统功能项，双击【业务处理】子功能项下的“凭证管理”明细功能项，进入【凭证管理】窗口，并显示【凭证管理——过滤方案设置】对话框，如图 5-134 所示。

用户可在其中设置卡片的事务类型、会计年度、会计期间和凭证状态等，单击【确定】按钮，即可在【凭证管理】窗口中显示出符合条件的卡片记录，如图 5-135 所示。

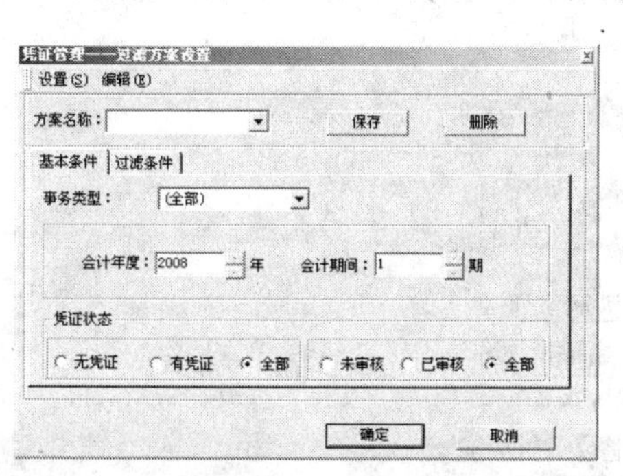

图 5-134 【凭证管理——过滤方案设置】对话框

图 5-135 【凭证管理】窗口

在此窗口中可以按单或汇总生成凭证。在选择需要生成凭证的记录之后，单击工具栏上的【按单】或【汇总】按钮，打开【凭证管理——按单生成凭证】对话框，如图 5-136

所示。单击【开始】按钮，系统将调出凭证录入窗口，在其中需要用户选择凭证字和相关科目。单击【保存】按钮，即可完成生成凭证的操作。

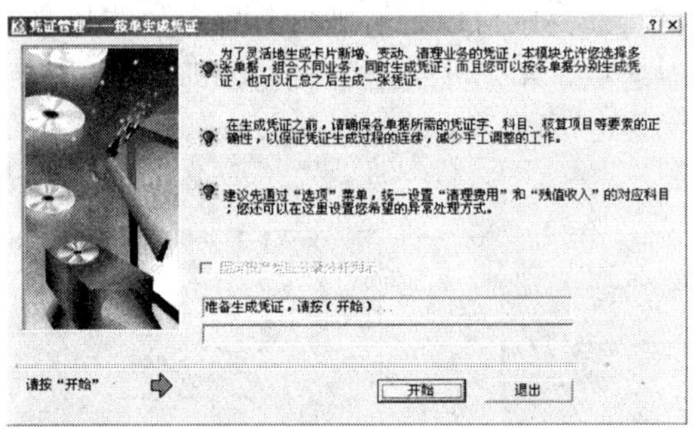

图 5-136　生成凭证

汇总生成凭证时，该生成凭证对话框中的“固定资产凭证分录分开列示”复选框可用；若按单生成凭证时则不可用。

在生成凭证之后，授权用户可以对已生成的凭证进行查看、修改、删除和审核等操作。单击工具栏上的【序时簿】按钮，即可进入固定资产的【会计分录序时簿】窗口，在其中可对凭证进行查看、修改、删除和审核等操作。

3．设备检修

选择【固定资产管理】系统功能项，双击【业务处理】子功能项下的“设备检修”明细功能项，打开【固定资产设备检修】窗口并显示【设备检修】对话框，如图 5-137 所示。单击【确定】按钮，进入【固定资产设备检修表】窗口，在其中可以录入设备维修单并查看设备维修记录。

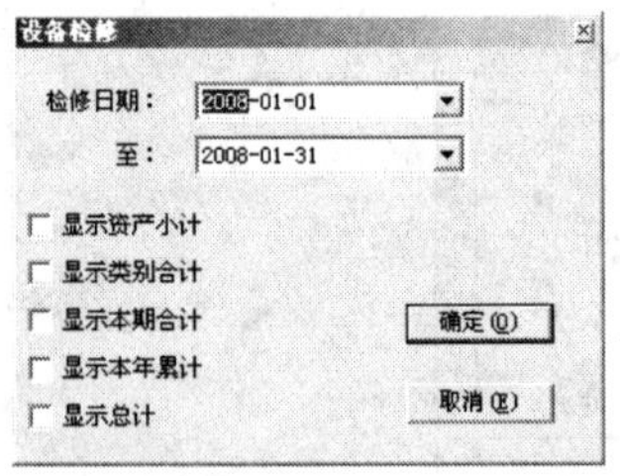

图 5-137　【设备检修】对话框

单击工具栏上的【增加】按钮，可弹出【设备检修记录单-新增】对话框，如图 5-138 所示。单击【自定义项目】按钮，可增加所选设备的自定义项目（还可以对设备检修单进行查看、修改和删除等操作）。

在检修单录入完毕之后，单击【确定】按钮，可返回【固定资产设备检修表】窗口，如图 5-139 所示。

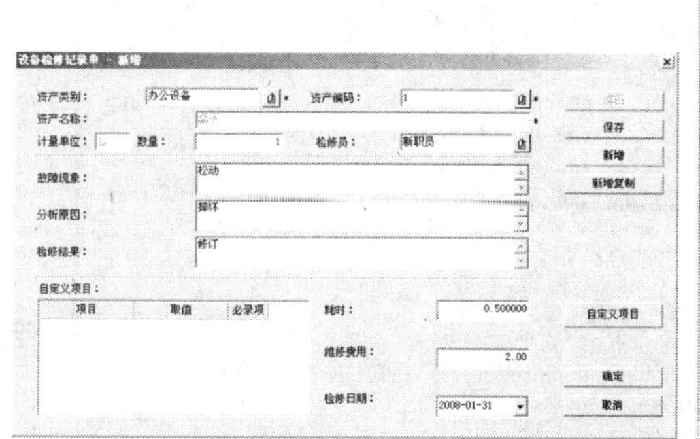

图 5-138　【设备检修记录单-新增】对话框

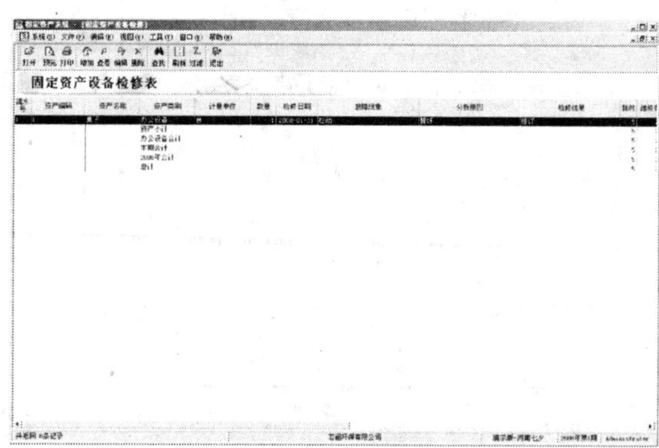

图 5-139　【固定资产设备检修表】窗口

5.3　出纳业务日常处理

出纳业务日常处理主要是在金蝶 K/3 系统的【现金管理】模块中进行的。现金管理既可同总账系统联合起来使用，也可单独提供给出纳人员使用。现金管理系统能处理企业中的日常出纳业务，包括现金业务、银行业务、票据管理及其相关报表、系统维护等内容，同时会计人员能在该系统中根据出纳录入的收、付款信息生成凭证并传递到总账系统。

5.3.1　出纳业务管理系统初始设置

在使用现金管理系统前，必须对该系统进行初始化和系统参数设置，否则该系统将不能正常使用。

1. 系统参数设置

系统参数设置的具体操作步骤如下：

❶ 在金蝶 K/3 主控台窗口中单击【系统设置】标签，选择【系统设置】系统功能项，双击【现金管理】子功能项下的“系统参数”明细功能项，打开【系统参数】对话框，如图 5-140 所示。

❷ 在其中输入单位名称、地址和电话等信息之后，选择“总账”选项卡，进入“总账”设置界面，在其中可查看总账系统的启用会计年度、启用会计期间、当前会计年度、当前会计期间和本位币等信息，如图 5-141 所示。

❸ 选择“现金管理”选项卡，进入“现金管理”设置界面，在其中可设置现金日记账和银行存款日记账的汇率模式与汇率小数位长度，并可以启用支票密码，如图 5-142 所示。

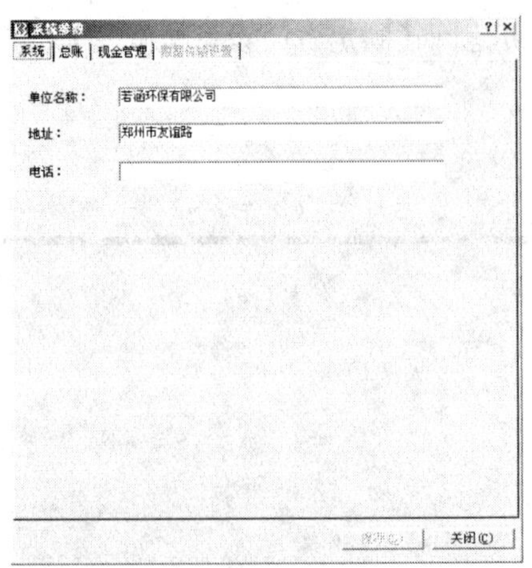

图 5-140　【系统参数】对话框

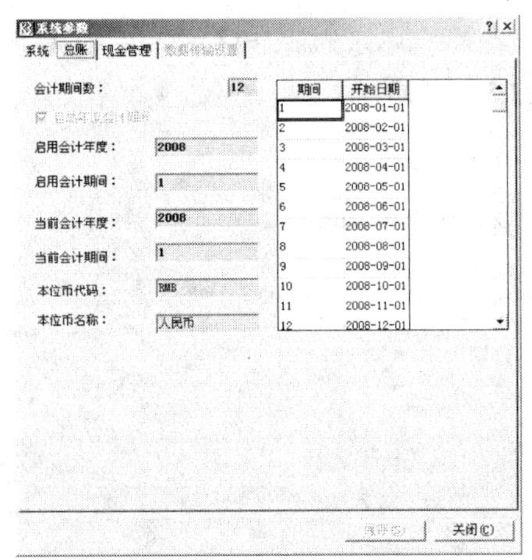

图 5-141　“总账”设置界面

❹ 如果选中“与结算中心联用”复选框，则可在“数据传输设置”设置界面中设置结算中心的服务器地址与端口号，如图 5-143 所示。

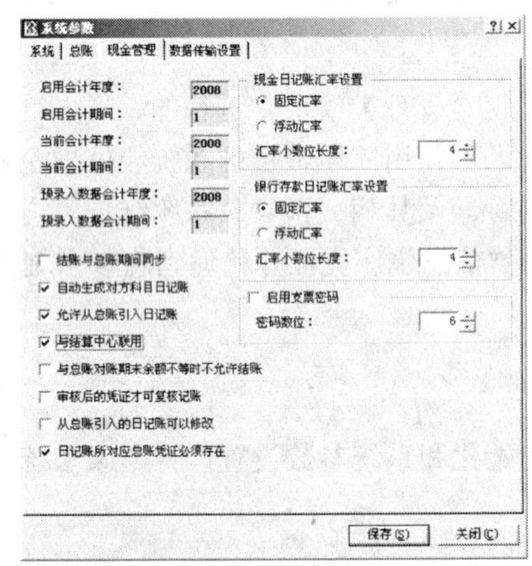

图 5-142　“现金管理”设置界面

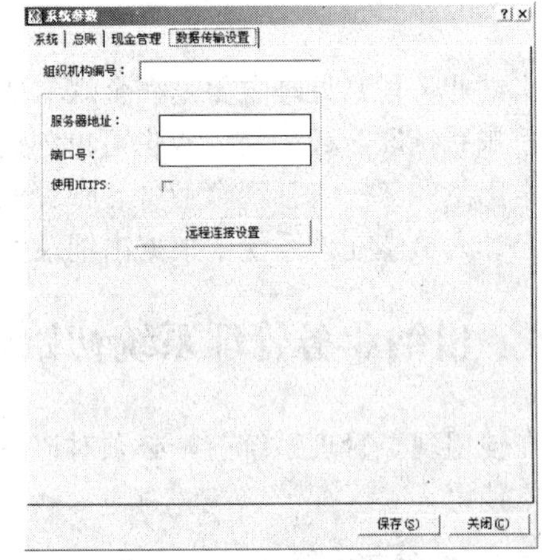

图 5-143　“数据传输设置”设置界面

❺ 单击【保存】按钮，可将设置保存下来。单击【关闭】按钮，可完成系统参数的设置操作。

2．系统初始化

在现金管理系统参数设置完毕之后，可根据设置的参数进行初始数据的录入，实现系统的初始化操作。

系统初始化的具体操作步骤如下：

❶ 在金蝶 K/3 主控台窗口中单击【系统设置】标签，选择【初始化】系统功能项，双击【现金管理】子功能项下的“初始数据录入”明细功能项，打开【初始数据录入】窗口，如图 5-144 所示。

❷ 单击【引入】按钮，打开【从总账引入科目】对话框，如图 5-145 所示。

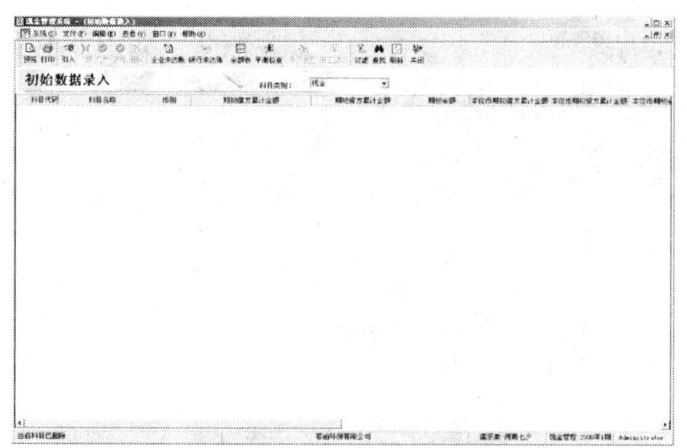

图 5-144 【初始数据录入】窗口

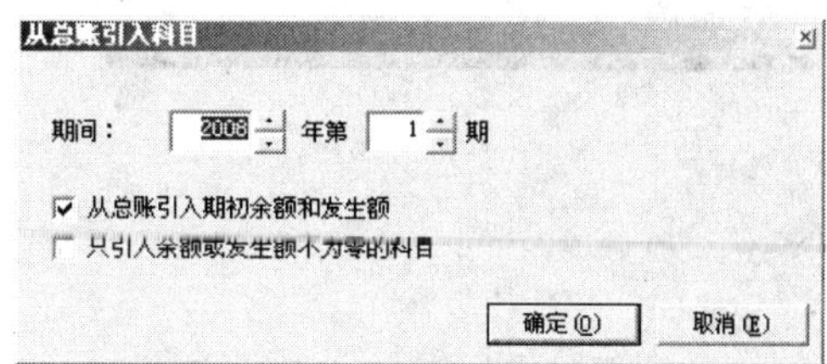

图 5-145 【从总账引入科目】对话框

❸ 在设置引入科目的会计期间并根据实际情况选中“从总账引入期初余额和发生额”或“只引入余额或发生额不为零的科目”复选框之后，单击【确定】按钮，即可开始按照用户的设置引入科目，如图 5-146 所示。

❹ 选择【编辑】→【新增综合币科目】命令，打开【综合币科目】对话框，在其中选择需综合的科目并输入科目代码和科目名称，如图 5-147 所示。

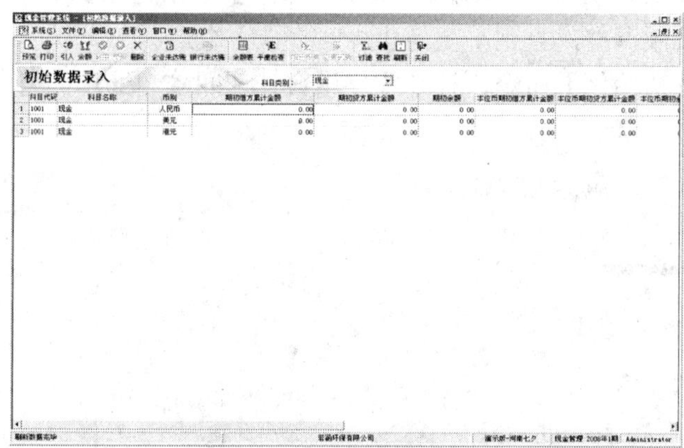

图 5-146 引入总账科目

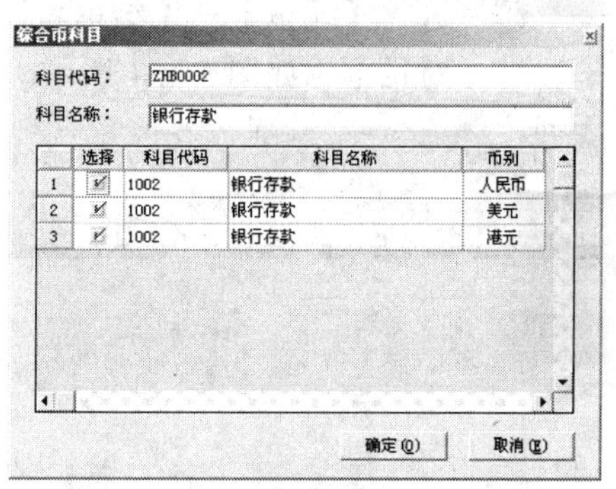

图 5-147 【综合币科目】对话框

注意

从总账系统引入的科目属性必须是“科目设置”中的现金科目或银行科目，否则，科目将不被引入，且只引入总账中的明细科目。

❺ 在新增综合币科目之后，选择【编辑】→【维护综合币科目】命令，打开【综合币科目】对话框，在其中可进行科目维护。

❻ 在【初始数据录入】窗口中单击【企业未达账】按钮，进入【企业未达账】窗口。在“科目”下拉列表框中选择科目类别，在“币别”下拉列表框中选择未达账所涉及的币种，即可显示出符合条件的未达账，如图 5-148 所示。

❼ 单击【新增】按钮，打开【企业未达账-新增】对话框，在其中可设置未达账的科

目、币别、日期、摘要、结算方式、结算号、借方金额和贷方金额等，如图 5-149 所示。单击【保存】按钮，即可将未达账保存到系统中。

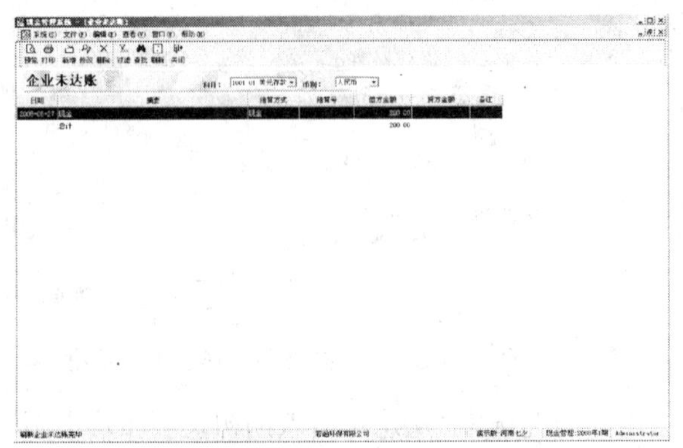

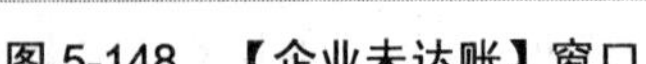
图 5-148 【企业未达账】窗口

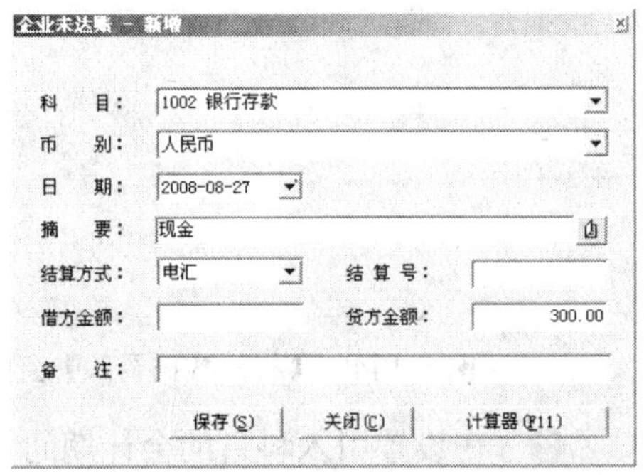

图 5-149 【企业未达账-新增】对话框

❽ 在【初始数据录入】窗口中单击【平衡检查】按钮，当存在未达账时将提示银行存款科目余额调节表不平衡，单击【确定】按钮，再单击【余额表】按钮，打开【余额调节表】窗口，如图 5-150 所示。此时需要重新进入【企业未达账】窗口或【银行未达账】窗口进行余额调整，直到平衡为止。

❾ 选择【编辑】→【结束新科目初始化】命令，打开【启用会计期间-结束初始化】对话框，如图 5-151 所示。

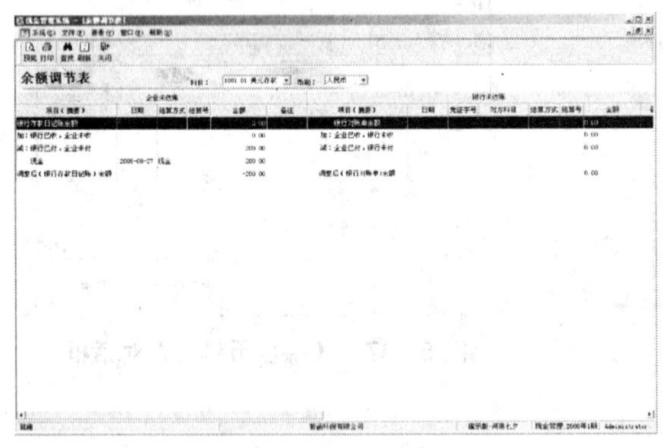

图 5-150 【余额调节表】窗口

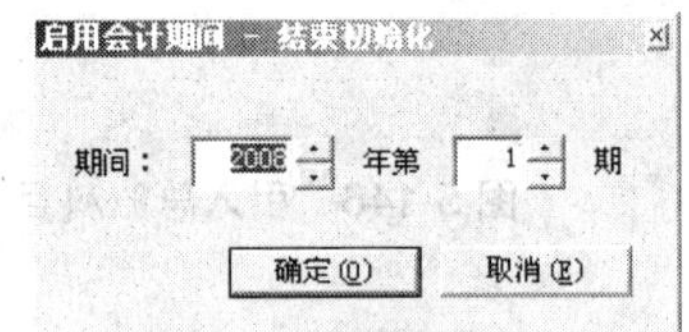

图 5-151 【启用会计期间-结束初始化】对话框

在选择相应的期间之后，单击【确定】按钮，弹出一个信息提示框，询问用户是否继续结束初始化，如图 5-152 所示。单击【确定】按钮，即可开始结束初始化操作，并在完成后弹出一个提示初始化完毕的信息框，如图 5-153 所示。

图 5-152 信息提示框

图 5-153 初始化完毕信息提示框

5.3.2 查询日记账

【现金管理】模块的功能是企事业单位财务部门按照国家的政策和规定，对现金收入、付出和库存进行的预算、监督和控制，是财务管理中资金管理的重要内容，也是出纳会计的一项重要工作。现金日记账是用来逐日、逐笔反映库存现金的收入、支出和结存的情况，以便于对现金的保管、使用及现金管理制度的执行情况进行严格的日常监督及核算的账簿。现金日记账的登记依据是经过复核无误的收款记账凭证和付款记账凭证。

查询日记账的具体操作步骤如下：

❶ 在金蝶K/3主控台窗口中单击【财务会计】标签，选择【现金管理】系统功能项，双击【现金】子功能项下的“现金日记账”明细功能项，打开【现金日记账】窗口并弹出【现金日记账】对话框，如图5-154所示。

❷ 在其中设置会计科目、币别、日记账查询方式、币别的显示方式、会计期间范围等选项，并根据需要选中“显示期初余额”、“显示本日合计”、“显示本年累计”、“显示明细记录”、“显示本期合计”或“显示总计”等复选框。

❸ 单击【确定】按钮，进入【现金日记账】窗口，在其中显示了满足条件的现金日记账记录，如图5-155所示。

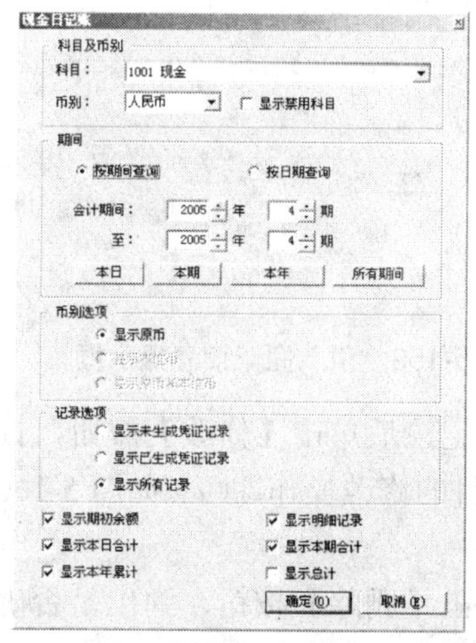

图5-154 【现金日记账】对话框

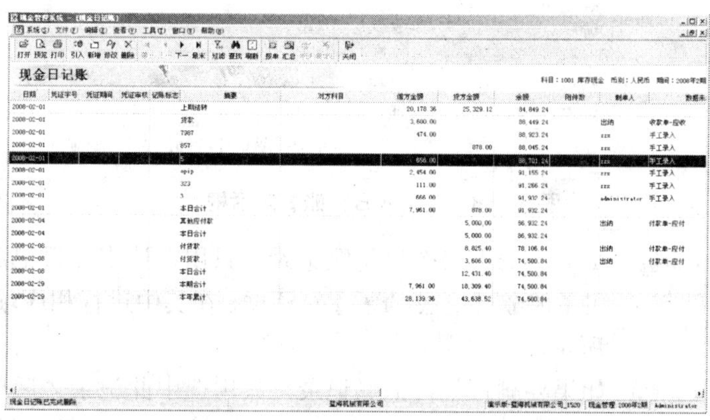

图5-155 满足条件的现金日记账记录

❹ 单击【新增】按钮，打开【现金日记账-新增】对话框，在其中根据实际情况输入相应的日记账内容，如图5-156所示。单击【保存】按钮，即可完成现金日记账的添加操作，如图5-157所示。

❺ 单击【引入】按钮，打开【引入日记账】对话框，在其中可以选择引入日记账的会计期间、引入方式、凭证范围及状态等，如图5-158所示。

❻ 单击【引入】按钮，弹出引入完毕信息提示框，如图5-159所示。单击【确定】按钮，即可将总账数据引入到现金管理系统中。

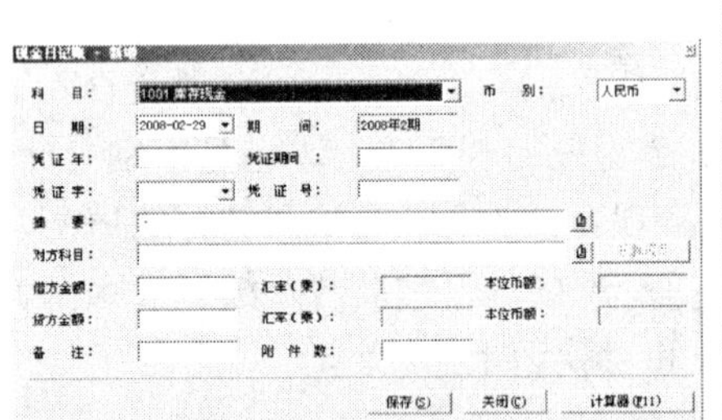

图 5-156　【现金日记账-新增】对话框

图 5-157　新增的日记账记录

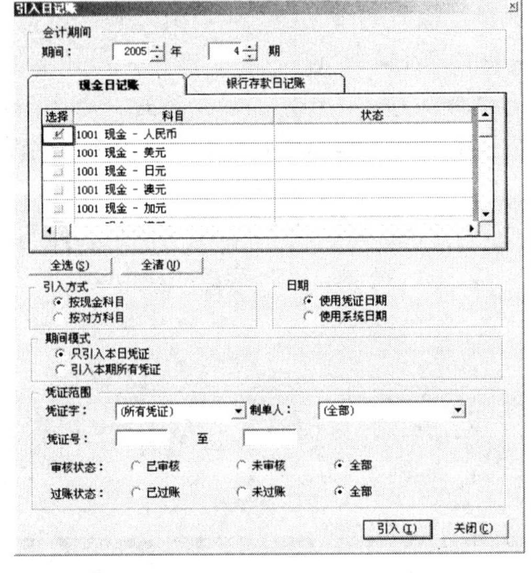

图 5-158　【引入日记账】对话框

图 5-159　引入完毕信息提示框

❼ 如果要修改某个日记账记录，只用在选中此日记账记录后单击【修改】按钮，打开【现金日记账-查看】对话框，在其中进行相应项目的修改操作即可，如图 5-160 所示。

❽ 如果要删除某日记账记录，只用选中此记录之后单击【删除】按钮，弹出是否确定删除信息提示框，如图 5-161 所示。单击【是】按钮，即可完成删除。

注意

在已经审核并生成凭证，由其他系统转入现金管理系统的日记账记录之后，将禁止对其进行修改和删除。

❾ 在选取已经生成凭证的日记账记录之后，单击【凭证】按钮，即可查看所生成的凭证。若单击【删除凭证】按钮，在弹出的提示信息框中单击【是】按钮，可将所生成的凭证删除，如图 5-162 所示。

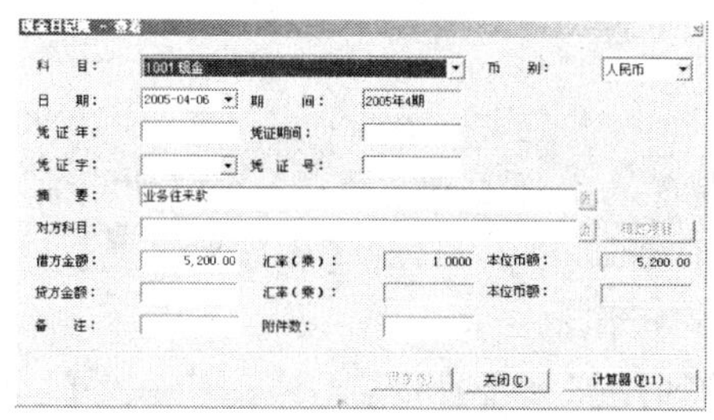

图 5-160 【现金日记账-查看】对话框

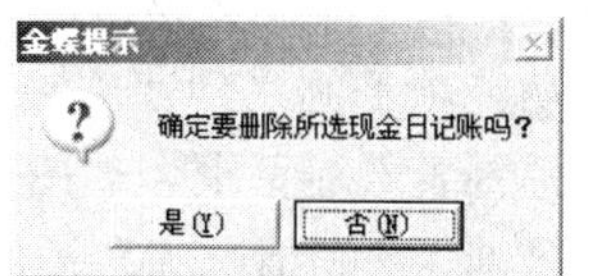

图 5-161 删除现金日记账提示框

图 5-162 删除凭证提示

5.3.3 查询出纳报表

现金管理系统除了在【现金】和【银行存款】子功能项下提供了多种相应的报表外，还在【报表】子功能项下提供了资金头寸表和到期预警表。

1. 资金头寸表

资金头寸表是根据现金日记账和银行存款日记账自动生成的，用于查阅各个日期或期间的资金（现金和银行存款）余额。

资金寸头表的具体查询步骤如下：

❶ 在金蝶 K/3 主控台窗口中单击【财务会计】标签，选择【现金管理】系统功能项，双击【报表】子功能项下的“资金寸头表”明细功能项，打开【资金头寸表】窗口并显示【资金头寸表】对话框，如图 5-163 所示。

❷ 在其中设置查询方式、币别显示方式及其他选项之后，单击【确定】按钮，生成资金头寸表，如图 5-164 所示。

❸ 拖动窗口中的垂直滚动条和水平滚动条，查看资金头寸表信息。单击【关闭】按钮，结束资金头寸表的查询操作。

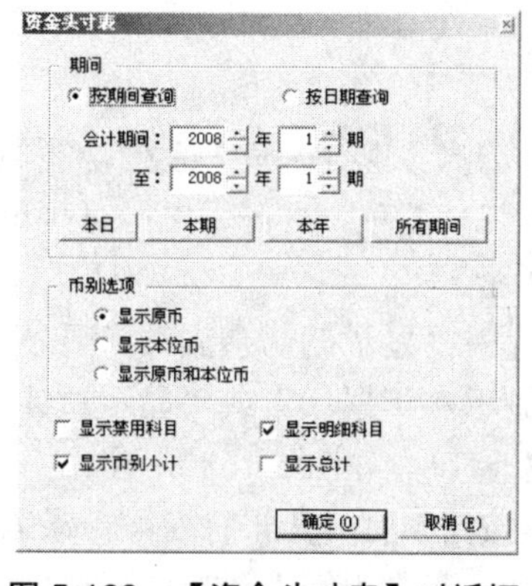

图 5-163 【资金头寸表】对话框

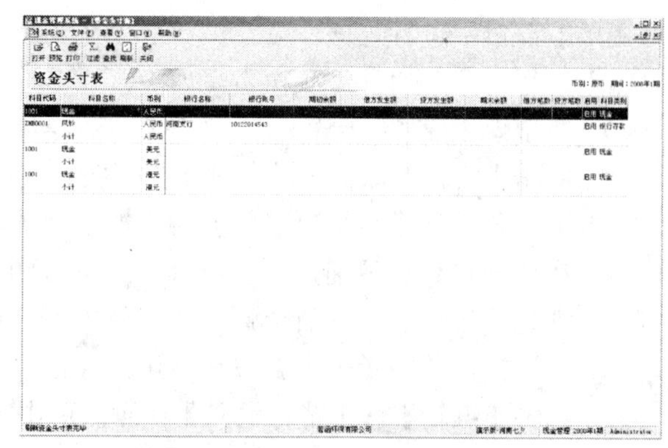

图 5-164 资金头寸表

2. 到期预警表

到期预警表提供对应收票据及应付票据的到期预警功能，用户指定一个预警期间，待到达这个预警期间或超过这个预警期间时，则从该表可以查阅得到即将到期和已过期的应收票据及应付票据。

到期预警表的具体查询步骤如下：

❶ 在金蝶K/3主控台窗口中单击【财务会计】标签，选择【现金管理】系统功能项，双击【报表】子功能项下的“到期预警表”明细功能项，打开【到期预警表】窗口并弹出【到期预警表】对话框，如图5-165所示。

❷ 在其中设置预警日期、核销情况和票据属性等后，单击【确定】按钮，可进入【到期预警表】窗口，在其中显示了符合条件的到期预警信息，如图5-166所示。对于已经到期或将要到期的应收款应及时催款，避免坏账的出现。

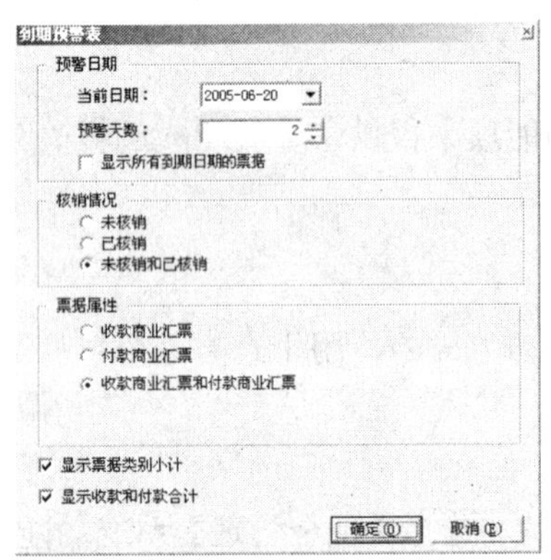

图5-165 【到期预警表】对话框

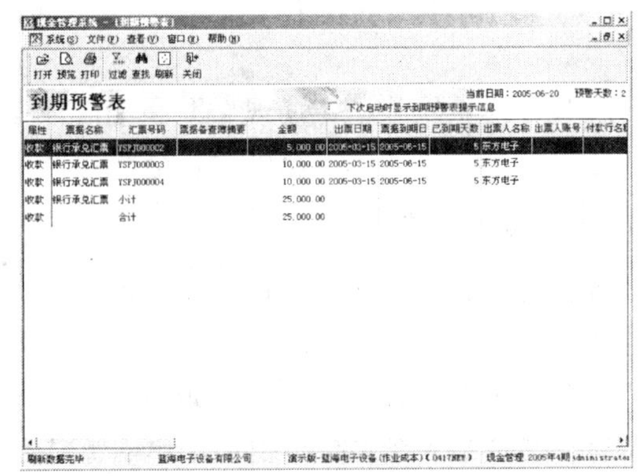

图5-166 【到期预警表】窗口

❸ 单击【关闭】按钮，结束到期预警表的查询操作。

5.3.4 输入银行对账单

银行对账单可以逐笔登记，也可以从外部直接导入文档，由银行出具的对账单均在【银行对账单】窗口中进行管理。

输入银行对账单的具体操作步骤如下：

❶ 在金蝶K/3主控台窗口中单击【财务会计】标签，选择【现金管理】系统功能项，双击【银行存款】子功能项下的“银行对账单”明细功能项，打开【银行对账单】窗口并弹出【银行对账单】对话框，如图5-167所示。

❷ 在选择科目及币别，设置查询方式及范围后，再选中“显示期初余额”、“显示明细记录”、“显示本日合计”、“显示本期合计”、“显示本年累计”或“显示总计”复选框，单击【确定】按钮，进入【银行对账单】窗口，如图5-168所示。

❸ 选择【编辑】→【多行输入】命令，单击【新增】按钮，打开【银行对账单录入】窗口，在“科目”下拉列表框中选择对账单的科目，在“币别”下拉列表框中选择币别并设置会计期间，再逐条录入日期、摘要、结算方式、结算号和发生金额等内容，如图5-169所示。

❹ 在录入完毕之后，单击【保存】按钮，可将录入的银行对账单保存到系统中。单击【关闭】按钮，结束银行对账单的录入，并返回【银行对账单】窗口。

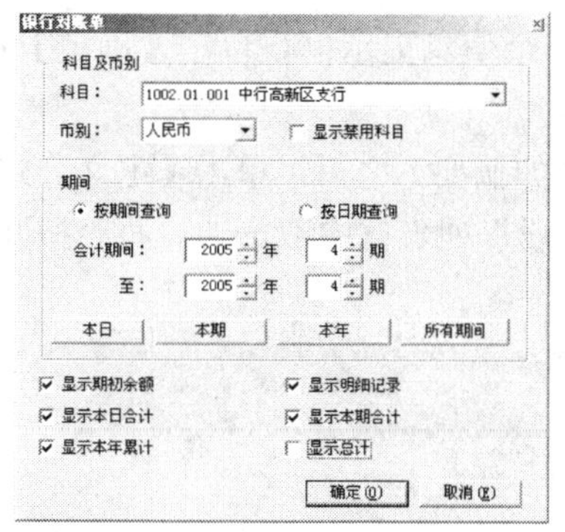
图 5-167 【银行对账单】对话框

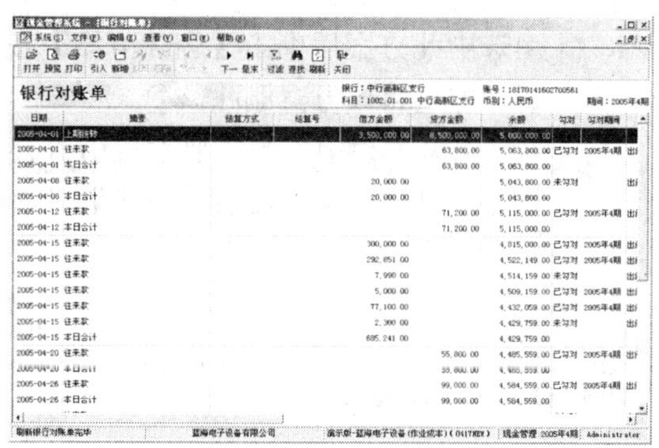
图 5-168 【银行对账单】窗口

❺ 如果没有选择【编辑】→【多行输入】命令就单击【新增】按钮，则可在弹出的【银行对账单-新增】对话框中录入银行对账单信息，如图 5-170 所示。单击【保存】按钮，即可连续增加银行对账单。

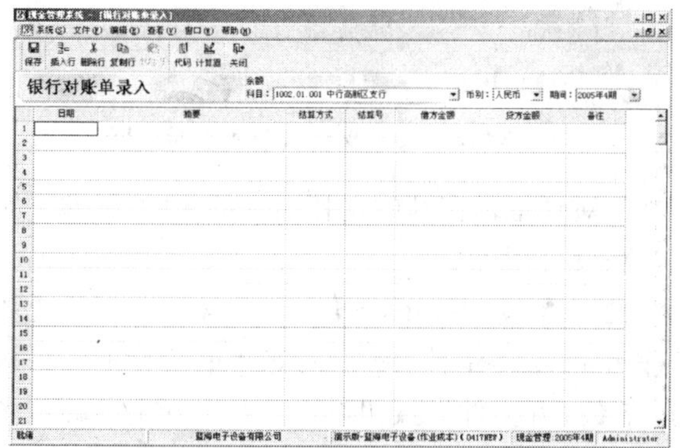
图 5-169 【银行对账单录入】窗口

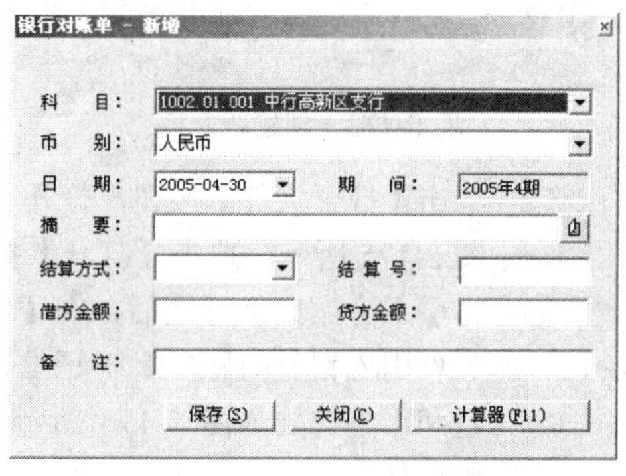
图 5-170 【银行对账单-新增】对话框

❻ 选择【文件】→【定义引入方案】命令，打开【定义引入方案】对话框，如图 5-171 所示。单击【新增方案】按钮，打开【新增引入方案】对话框，在其中输入方案的名称，如图 5-172 所示。

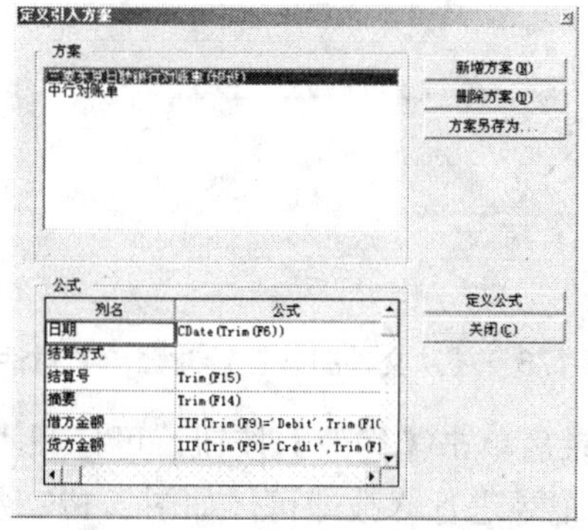
图 5-171 【定义引入方案】对话框

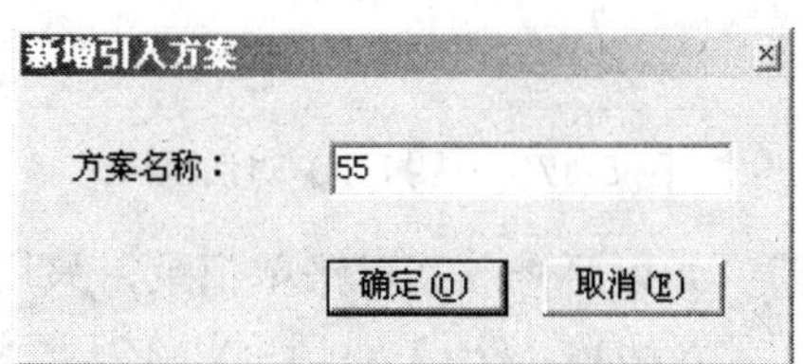
图 5-172 【新增引入方案】对话框

❼ 单击【确定】按钮即可创建新的方案，如图 5-173 所示。如果要删除某方案，只

用选中此方案后单击【删除方案】按钮，弹出一个信息提示框，单击【确定】按钮，即可将该方案删除。

❽ 在“公式”栏中单击需要设置引入公式的字段（如摘要）之后，单击【定义公式】按钮，可打开【定义引入公式】对话框，在“字段”列表框中双击 f1，将“摘要”字段定义为 f1，如图 5-174 所示。

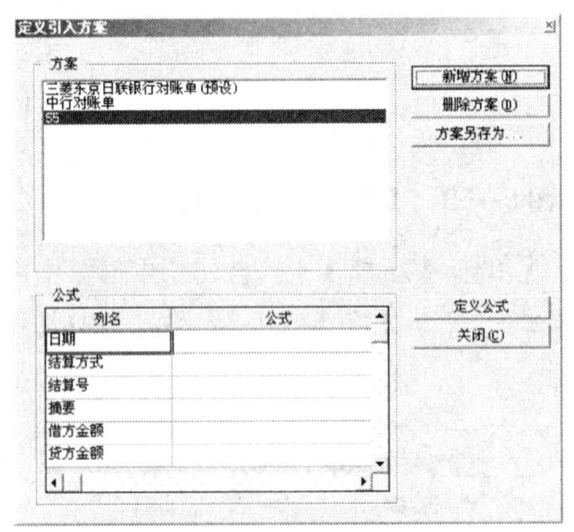

图 5-173　创建新方案

图 5-174　【定义引入公式】对话框

❾ 单击【打开文件】按钮，打开【打开】对话框，在其中选择引入的 TXT 文件，如图 5-175 所示。单击【打开】按钮，将文件引入。

❿ 将引入方案定义好之后，在【银行对账单】窗口中单击【引入】按钮，打开【从文件引入银行对账单】对话框，在其中可以选择引入银行对账单的会计期间、科目和币别等，如图 5-176 所示。单击【打开文件】按钮，在其中选择引入的对账单文件。

图 5-175　【打开】对话框

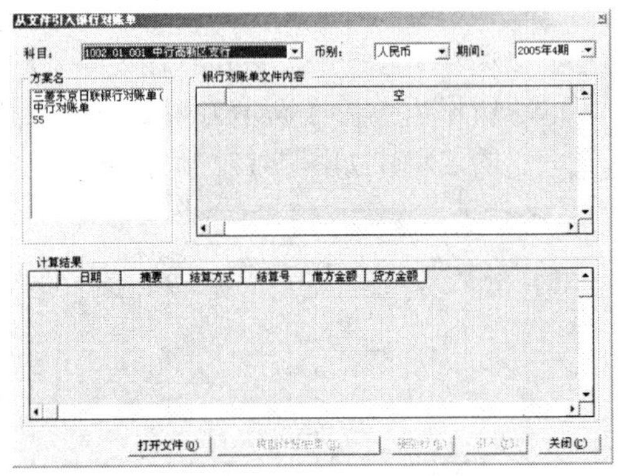

图 5-176　【从文件引入银行对账单】对话框

⓫ 如果要修改某对账单记录，只用选中此记录后单击【修改】按钮，可打开【银行对账单-修改】对话框，在其汇总对对账单记录进行修改即可，如图 5-177 所示。

⓬ 如果要删除某对账单记录，只用选中此记录后单击【删除】按钮，弹出一个删除记录提示框，如图 5-178 所示，单击【是】按钮，完成删除操作（已经选中的银

行对账单不能进行删除或修改)。

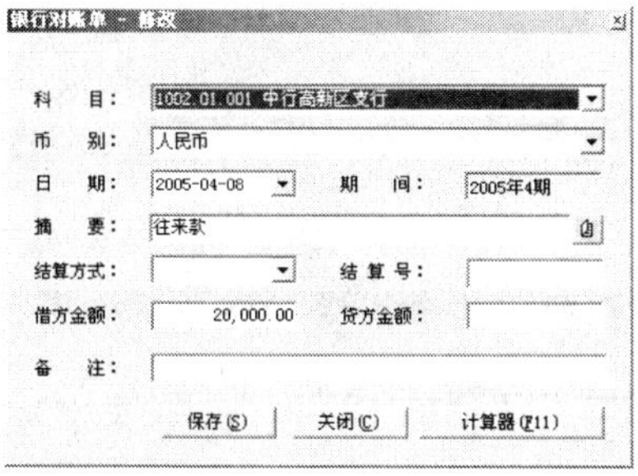

图 5-177 【银行对账单-修改】对话框

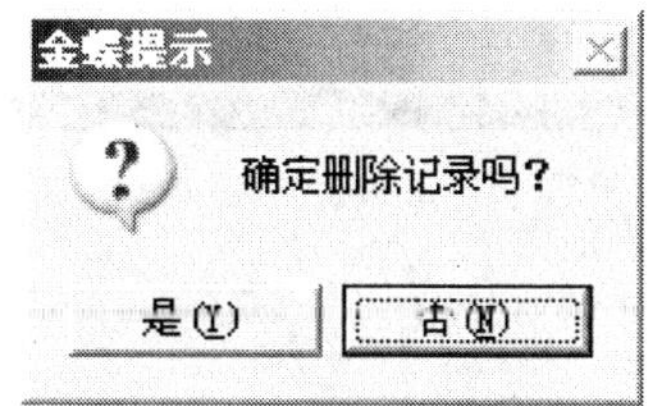

图 5-178 删除记录提示框

5.3.5 支票管理

所谓支票是指由出票人签发的，委托办理支票存款业务的银行或其他金融机构在见票时无条件支付确定金额给收款人或持票人的票据。

1. 登记支票

由于支票是资金支付业务的重要凭证，所以必须要加强管理，严禁支票出现遗漏、丢失等现象，避免给企业带来巨大损失，购买过来的空白支票必须登记，严加管理。

登记支票的具体操作步骤如下：

❶ 在金蝶 K/3 主控台窗口中单击【财务会计】标签，选择【现金管理】系统功能项，双击【票据】子功能项下的“支票管理”明细功能项，进入【支票管理】窗口，如图 5-179 所示。

❷ 单击【购置】按钮，打开【支票购置】窗口，如图 5-180 所示。

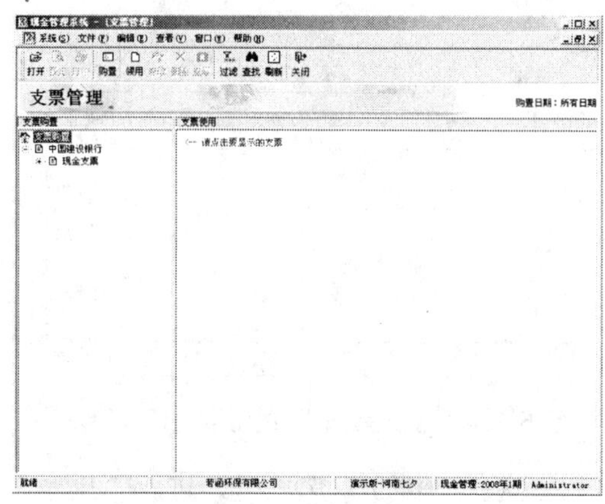

图 5-179 【支票管理】窗口

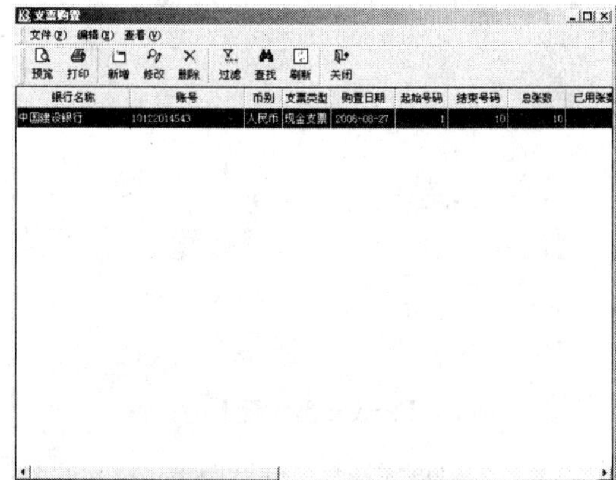

图 5-180 【支票购置】窗口

❸ 单击【新增】按钮，打开【新增支票购置】对话框，在“账号和币别”列表框中选择购置支票的银行，在“支票号码”栏中设置支票类型、支票规则、起始号码、结束号码和购置日期等选项，如图 5-181 所示。

❹ 单击【确定】按钮，在【支票购置】窗口中显示新增的支票，如图 5-182 所示。再次单击【新增】按钮，添加其他的支票。

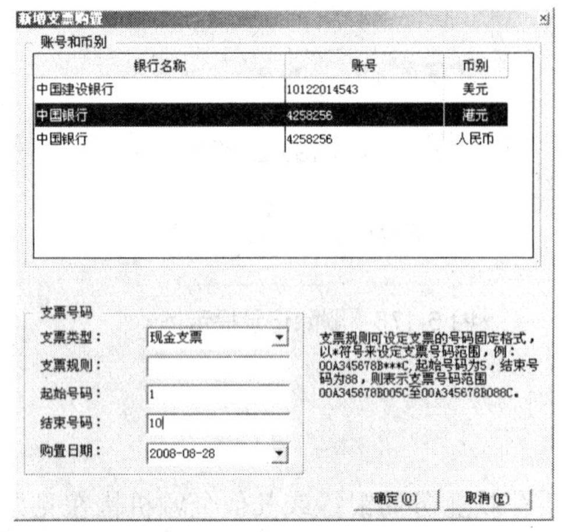

图 5-181 【新增支票购置】对话框

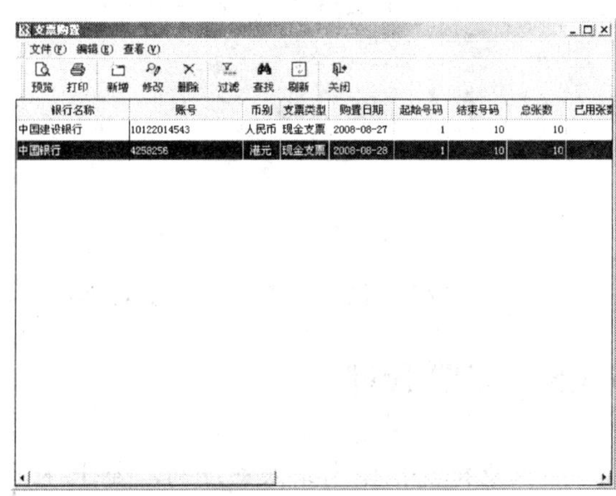

图 5-182 显示新增的支票

❺ 如果要修改已经购置支票的购置信息，只用选中此支票记录后单击【修改】按钮，打开【修改支票购置】对话框进行相应信息的修改（已经领用的支票不能修改或删除），如图 5-183 所示。

❻ 如果要删除已经购置支票的购置信息，只用选中此支票记录后单击【删除】按钮，弹出一个信息提示框，单击【确定】按钮，即可完成删除操作。

❼ 单击【过滤】按钮，打开【支票购置 过滤】对话框，如图 5-184 所示。

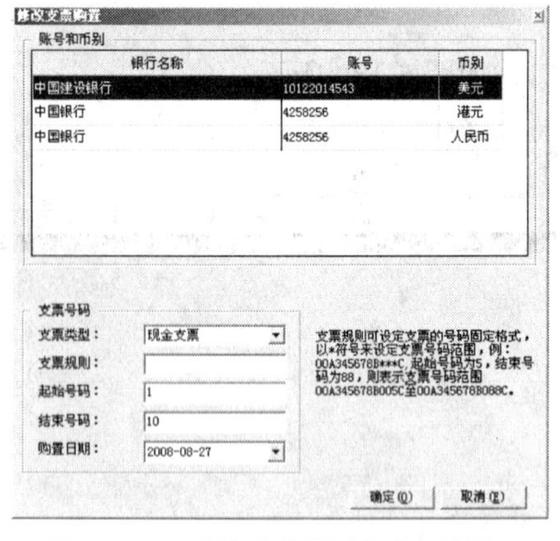

图 5-183 【修改支票购置】对话框

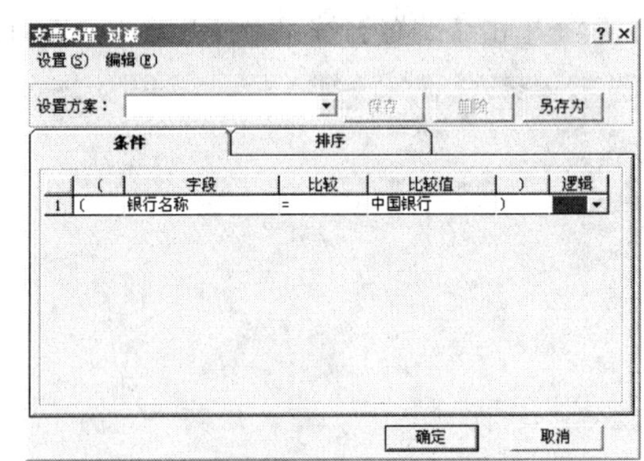

图 5-184 【支票购置 过滤】对话框

❽ 在根据实际情况设置相应的过滤条件之后，选择“排序”选项卡，进入“排序”设置界面，在其中可以设置相应的排序方式，如图 5-185 所示。

❾ 单击【确定】按钮，使窗口中只显示符合条件的支票购置记录，如图 5-186 所示。单击【查找】按钮，打开【支票购置 查找】对话框。

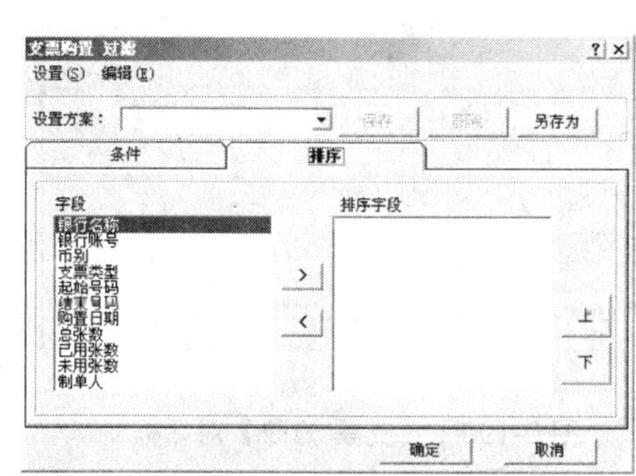

图 5-185 “排序”设置界面

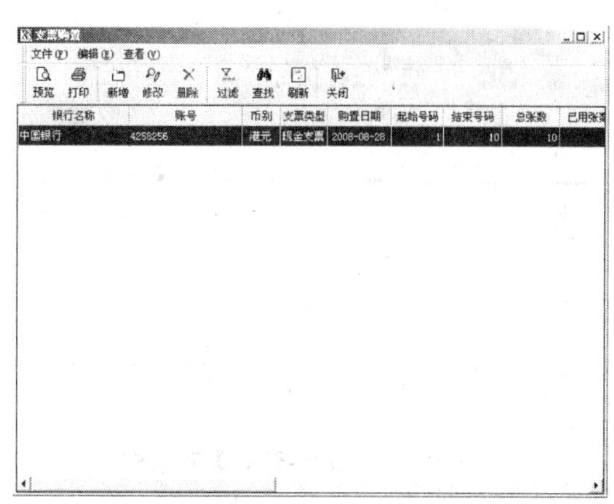

图 5-186 过滤结果显示

在设置所需的查找条件之后，单击【确定】按钮，找到当前窗口中符合条件的支票购置记录。选择【文件】菜单下的相应命令，将当前窗口中显示的支票购置记录打印输出和引出。单击【关闭】按钮，退出支票购置窗口。

2．领用及报销支票

在购置支票之后，当某些部门需要使用支票向其他单位支付资金时，需要向财务部门申请领用报销支票，财务部门必须认真登记。

领用及报销支票的具体操作步骤如下：

❶ 在【支票管理】窗口中单击【领用】按钮，打开【支票领用】对话框，在其中选择支付资金的银行及支票类型，输入领取的支票号码、领用部门、领用人、领用用途、对方单位，设置领用日期、预计报销日期和该支票所能够支付的最大限额，如图 5-187 所示。

❷ 单击【确定】按钮，登记完毕并返回【支票管理】窗口，如图 5-188 所示。

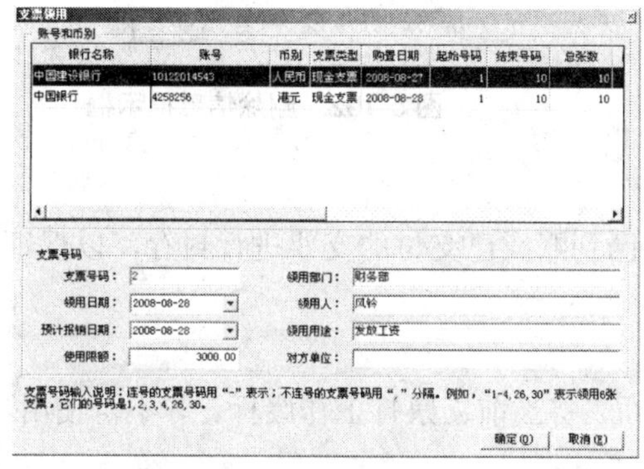

图 5-187 【支票领用】对话框

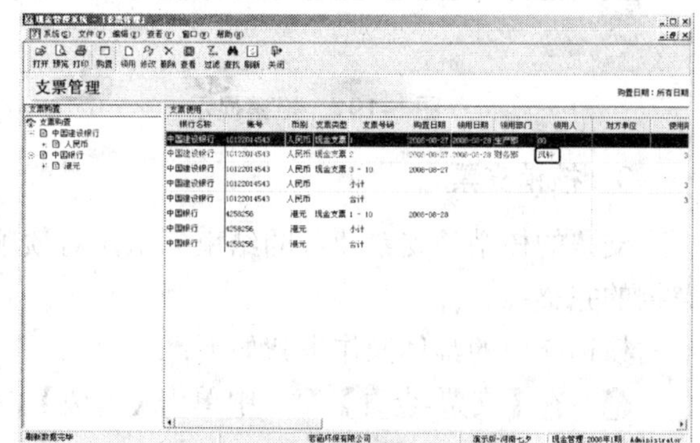

图 5-188 完成支票领用

❸ 如果要查看某支票记录的详细信息，只用选中此记录后单击【查看】按钮，打开【支票-查看】对话框，即可在其中进行查看，如图 5-189 所示。

❹ 如果要修改某已经领用的支票记录，只用选中此记录后单击【修改】按钮，打开【支票-修改】对话框，在其中可以对支票的领用信息进行修改，如图 5-190 所示。

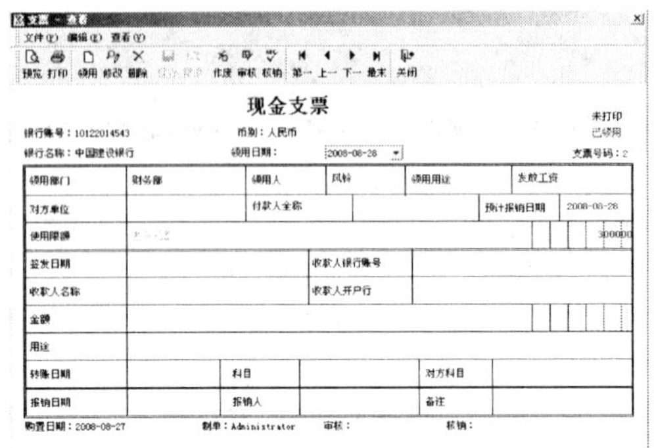

图 5-189 【支票-查看】对话框

图 5-190 【支票-修改】对话框

❺ 在录入签发日期、收款人银行账号、收款人名称、金额、用途、报销日期和报销人等信息之后，单击【保存】按钮，完成该支票的报销操作，如图 5-191 所示。

❻ 如果要删除某已经领用或报销的支票记录，只用选中此记录后单击【删除】按钮，弹出删除信息提示框，如图 5-192 所示。单击【是】按钮，删除该支票的信息。凡是进行过作废、审核和核销等操作的支票不允许修改或删除。单击【关闭】按钮，退出【支票管理】窗口。

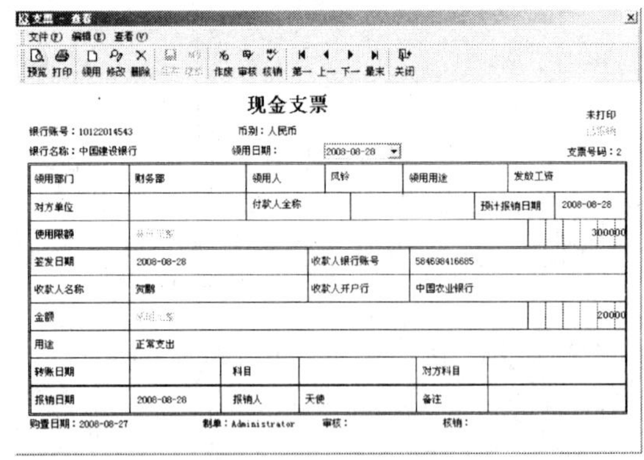

图 5-191 报销显示

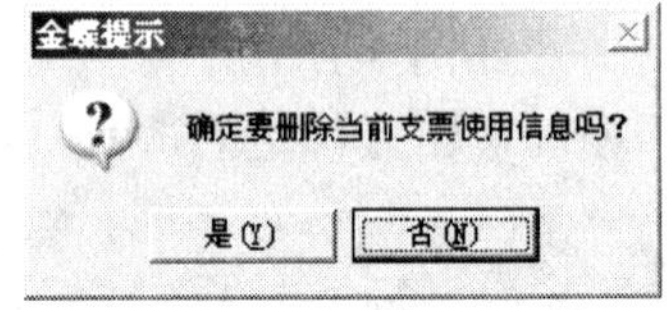

图 5-192 删除信息提示框

3. 核销支票

支票的核销是支票业务的结束标识，对款项已到账或已支付的支票进行封存，以保证票据的完整性。

核销支票的具体操作步骤如下：

❶ 在【支票-查看】窗口中单击【作废】按钮，将当前支票打上作废标记，不得使用，如图 5-193 所示。

❷ 在【支票管理】窗口左侧的“支票购置”列表框中单击需要查看支票信息的银行，在右侧的支票使用记录窗格中显示该银行的支票使用信息。其中没有领用的支票以黑色显示；已经领用的支票以蓝色显示；报销后的支票以绿色显示；作废后的支票以红色显示，如图 5-194 所示。

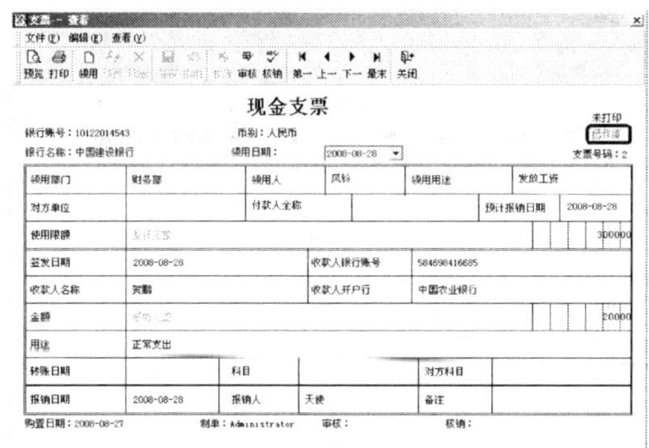

图 5-193　作废支票

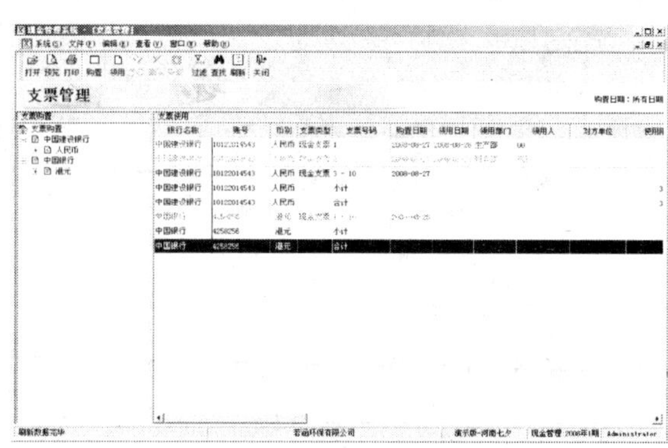

图 5-194　支票使用信息显示

❸ 选择【编辑】→【取消作废】命令，则可消除支票上的作废标记。以具有审核权限的用户登录到该系统，在【支票-查看】对话框中单击【审核】按钮，即可将当前支票进行审核，如图 5-195 所示。

❹ 选择【编辑】→【反审核】命令，则可取消当前支票的审核状态。单击【核销】按钮，可将当前支票进行核销，如图 5-196 所示。选择【编辑】→【反核销】命令，可取消当前支票的核销状态。

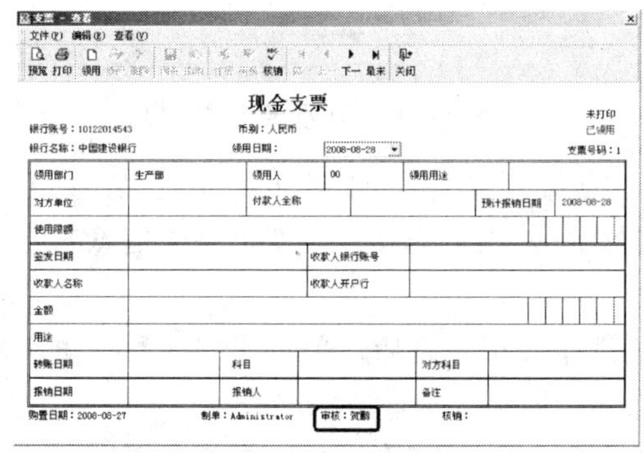

图 5-195　审核支票

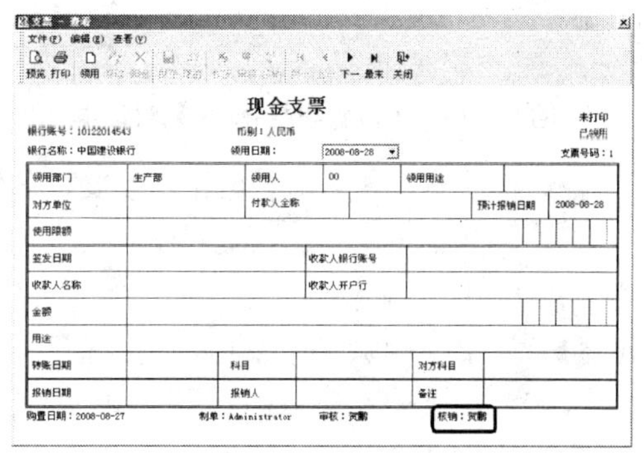

图 5-196　核销支票

4．查询支票

在【支票管理】窗口中的支票进行购置并领用之后，通过【票据备查簿】窗口进行查询。查询支票的具体操作步骤如下：

❶ 在金蝶 K/3 主控台窗口中单击【财务会计】标签，选择【现金管理】系统功能项，双击【票据】子功能项下的“票据备查簿”明细功能项，打开【票据备查簿】窗口并弹出【票据备查簿】对话框，如图 5-197 所示。

❷ 在根据实际情况设置出票日期范围、核销情况、记录选项和票据类别等选项之后，单击【确定】按钮，在【票据备查簿】窗口中将显示相应的记录，如图 5-198 所示。

❸ 单击【新增】按钮，打开【付款票据-修改】对话框，在其中根据提示输入相应的内容，如图 5-199 所示。单击【保存】按钮，完成票据的增加操作，如图 5-200 所示。

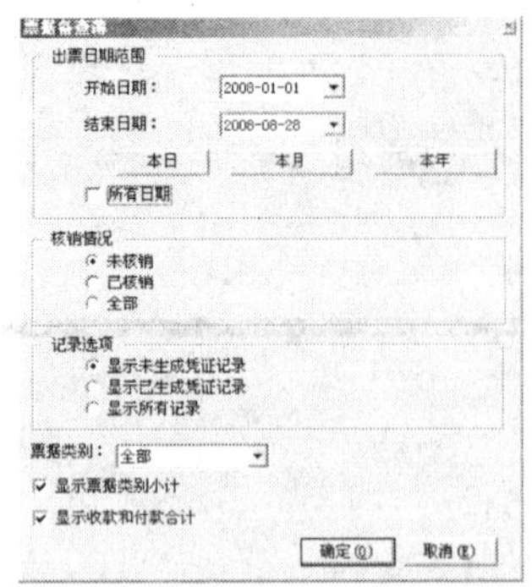
图 5-197 【票据备查簿】对话框

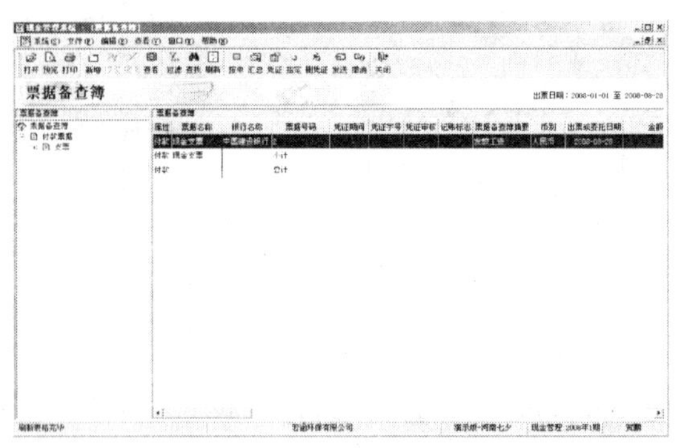
图 5-198 【票据备查簿】窗口

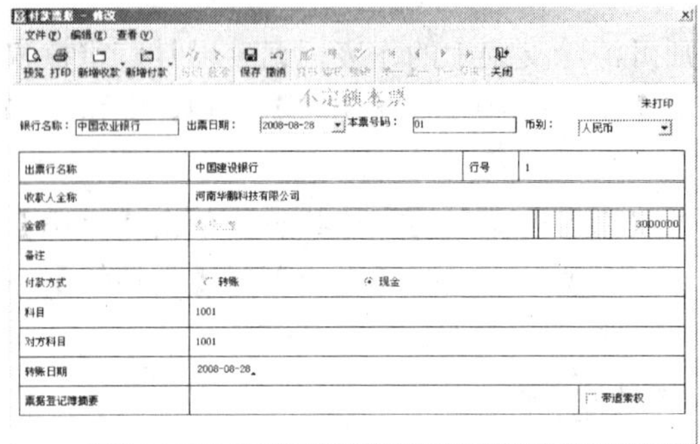
图 5-199 【付款票据-修改】对话框

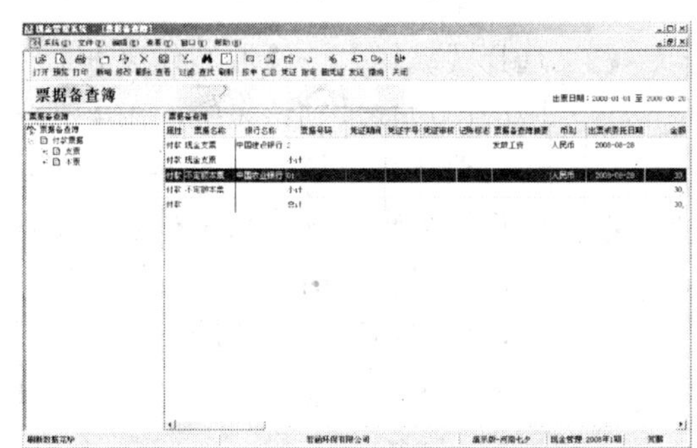
图 5-200 显示增加的票据

❹ 再次单击【新增】按钮添加其他的票据。如果要修改某个票据的记录信息，只用选中此记录，单击【修改】按钮，打开【票据-修改】对话框，即可完成信息的修改操作。

❺ 如果要删除某个票据的记录信息，只用选中此记录之后，单击【删除】按钮，弹出一个删除信息提示框，单击【是】按钮，即可完成删除操作。

❻ 单击【按单】或【汇总】按钮，打开【记账凭证-新增】窗口，在其中根据提示输入相应的内容，如图 5-201 所示。单击【保存】按钮，将票据生成相应的凭证。

❼ 如果要查看某票据的凭证信息，只用选中此凭证之后，单击【查看凭证】按钮，打开【记账凭证-查看】窗口，即可在其中查看相应凭证信息，如图 5-202 所示。

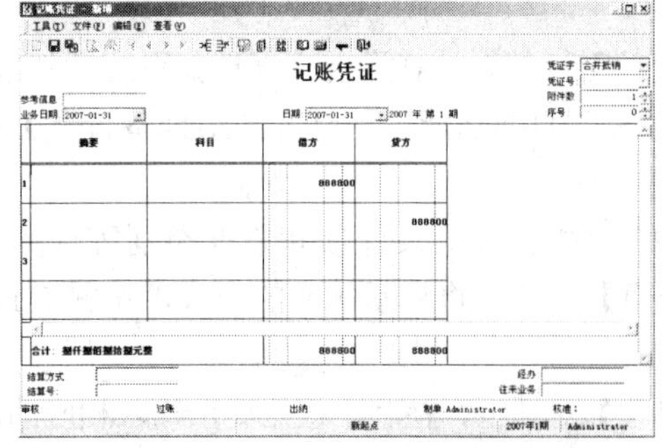
图 5-201 【记账凭证-新增】窗口

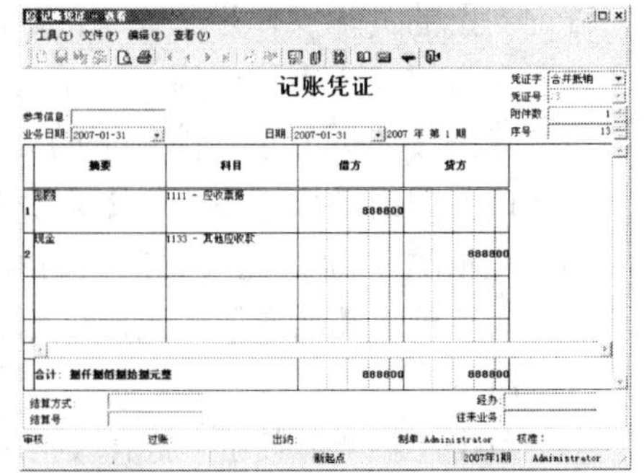
图 5-202 【记账凭证-查看】窗口

5.4 往来核算业务日常处理

对于同一个核算项目中不同业务编号的尚未核销的数据，如果其发生方向同会计科目相同则以正数来显示；如果同会计科目的方向相反则以负数来显示；如果是相同业务编号但方向相反的业务没有进行核销，则余额为当前余额，账龄是分开计算的。

5.4.1 往来业务核销

往来业务的核销可以对企业的往来账款进行综合管理，及时、准确地提供客户、供应商的往来账款余额资料，实现部门、项目、往来单位、货品、员工等多种辅助核功能，提高数据管理效率。业务核销可以动态地进行账龄数据分析，及时了解往来款项的财务信息。

在总账模块中进行往来业务核销的具体操作步骤如下：

❶ 在金蝶K/3主控台窗口中单击【财务会计】标签，选择【总账】系统功能项，双击【往来】子功能项下的“核销管理”明细功能项，打开【核销日志】窗口，并同时显示核销日志查询的【过滤条件】对话框，如图5-203所示。

❷ 如果不进行核销日志的查询，则可单击【取消】按钮。若要进行核销日志查询，则可设置会计科目、核算类别、核算项目范围、币别、核销日期范围、业务日期范围、核销人和业务编号范围等选项。

❸ 单击【确定】按钮，进入【核销日志】窗口，如图5-204所示。

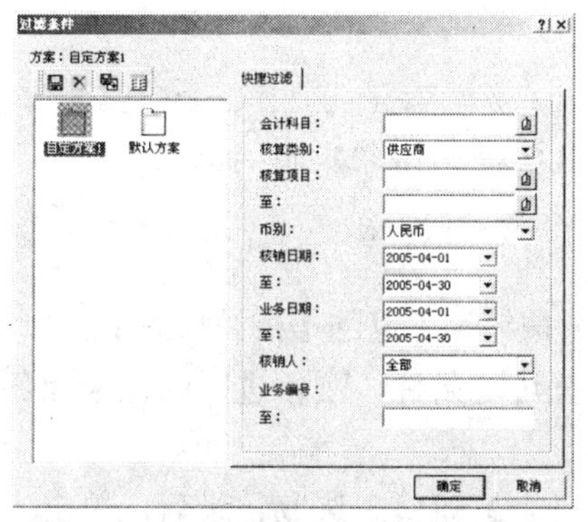

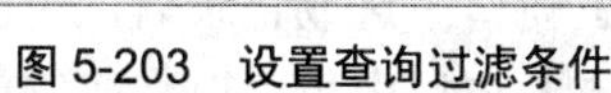
图5-203 设置查询过滤条件

图5-204 【核销日志】窗口

❹ 单击工具栏上的【核销】按钮，打开【往来业务核销】窗口并弹出【过滤条件】对话框，如图5-205所示。

❺ 在其中设置业务日期范围、会计科目、核算类别、核算项目、业务编号范围、币别和金额范围等选项之后，单击【确定】按钮，进入【往来业务核销】窗口，其中提供了“金额”和“数量”两种核销方式，如图5-206所示。

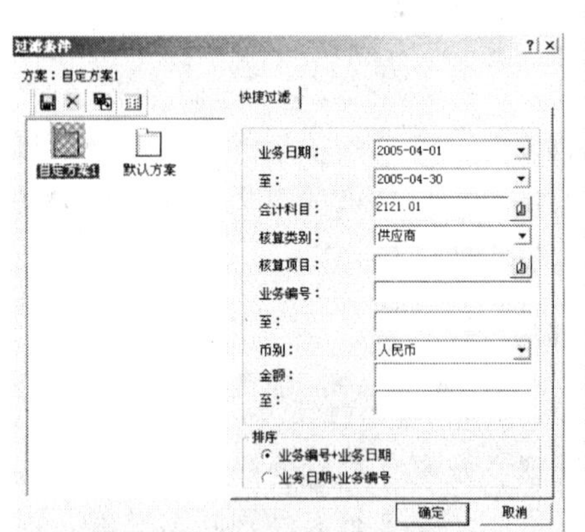

图 5-205　设置核销过滤条件

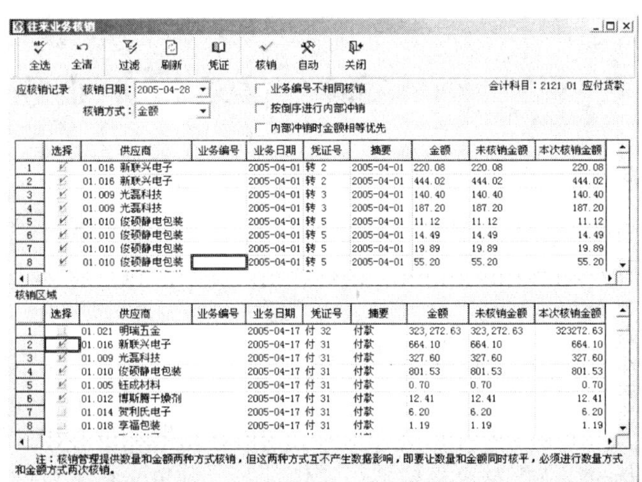

图 5-206　【往来业务核销】窗口

❻ 如果用户一时大意未输入业务编号或输入错误业务编号，则可选中“业务编号不相同核销”复选框。但如果没有出现这些现象，则最好取消选中该复选框。

❼ 在【往来业务核销】窗口中选择一条记录，单击工具栏上的【凭证】按钮，即可打开【记账凭证-查看】窗口，在其中可以查看凭证的详细信息。

❽ 如果是手动核销，则可以在核销区域中选取与业务记录相反的记录，单击工具栏上的【核销】按钮。如果单击工具栏上的【自动核销】按钮，则系统自动对所有业务编号相同但业务发生相反的记录进行核销，余额为未核销金额。

注意

如果是用户的红字冲销，则用户必须录入同一笔业务相同的业务编号，由用户自己确定，否则该笔业务将无法核销。如果全部金额都核销，则该笔记录在【往来业务核销】窗口中不再显示，表示这笔记录已被核销完成，如果是部分核销则显示未核销金额。

❾ 单击【往来业务核销】窗口工具栏上的【关闭】按钮，可返回【核销日志】窗口，单击工具栏上的【过滤】按钮，在其中重新设置过滤条件，刚才进行的往来业务核销记录将显示在该窗口中。

❿ 若发现核销过的往来业务有误，则可在【核销日志】窗口中选取记录后，单击工具栏上的【反核销】按钮进行反核销。在【核销日志】窗口中也可以将核销记录打印输出和引出。

5.4.2　合同管理

在金蝶 K/3 系统中，合同管理分别在【应收款管理】模块和【应付款管理】模块中对销售合同、采购合同进行管理，但其操作方法相似，所以这里以【应收款管理】模块中合同管理的操作方法为例，介绍金蝶K/3系统中的合同管理操作方法。

1. 合同资料

合同管理包括多项操作，下面先介绍合同资料的管理，具体操作步骤如下：

❶ 在金蝶K/3主控台窗口中单击【财务会计】标签，选择【应收款管理】系统功能项，双击【合同】子功能项下的“合同资料-维护”明细功能项，打开【过滤】对话框，如图5-207所示。

❷ 在设置好各种选项之后，单击【确定】按钮，进入【合同（应收）】窗口，如图5-208所示。

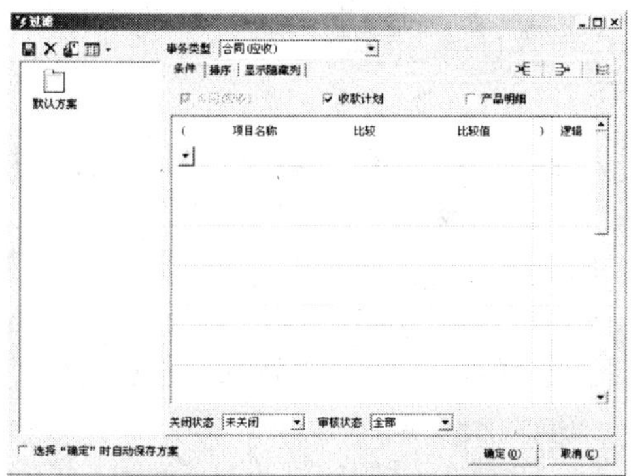

图5-207 【过滤】对话框

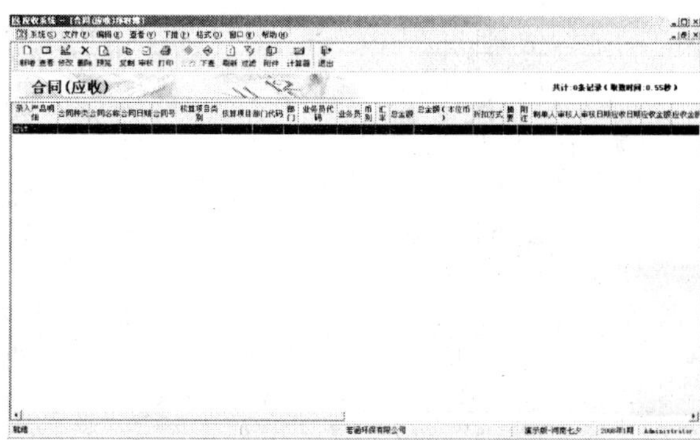

图5-208 【合同（应收）】窗口

❸ 单击工具栏上的【新增】按钮，打开【合同（应收）[新增]】对话框，在其中根据实际情况输入相应的合同内容，如图5-209所示。

❹ 单击【保存】按钮，将录入的合同信息保存到系统中，如图5-210所示。

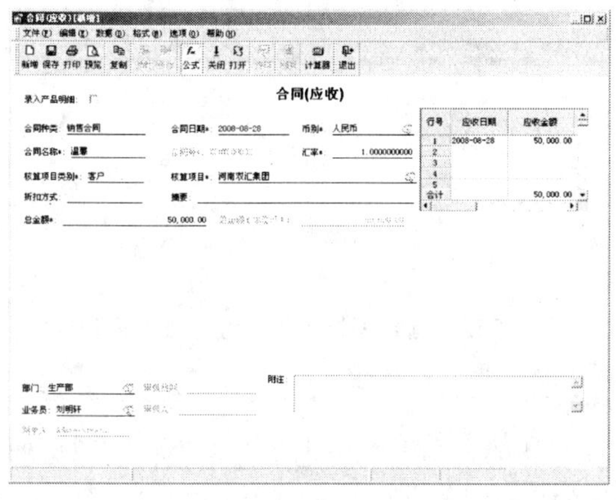

图5-209 【合同（应收）[新增]】对话框

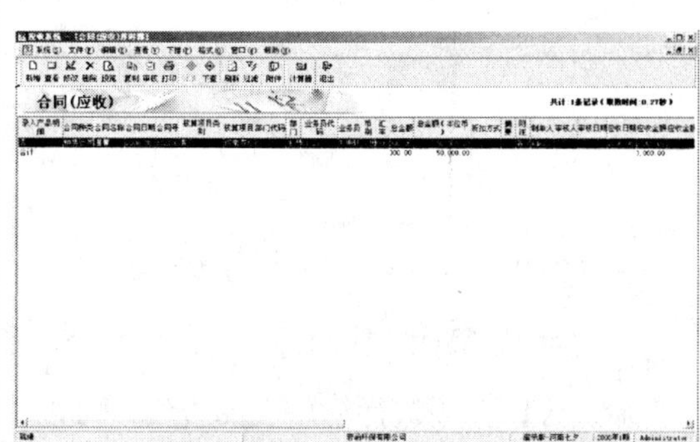

图5-210 新增合同显示

❺ 单击工具栏上的【关闭】按钮，将当前合同关闭。关闭后的合同（应收）（也即执行完毕的合同）不能再被销售发票和其他应收单引用，也不能下推销售发票（应收管理系统）和销售订单（销售管理系统）。

2. 合同金额执行明细表

在金蝶 K/3 主控台窗口中单击【财务会计】标签，选择【应收款管理】系统功能项，双击【合同】子功能项下的“合同金额执行明细表”明细功能项，打开【过滤条件】对话框。

在设置好各种选项之后，单击【确定】按钮，进入【合同金额执行明细表】窗口，如图 5-211 所示。

3. 合同执行情况汇报表

通过合同执行情况汇报表的查询，可以了解产品销售合同的数量执行情况。因为合同签订的销售数量在实际执行时，不一定完全按合同中所签订的数量执行。

查询合同执行情况汇报表的具体操作步骤如下：

❶ 在金蝶 K/3 主控台窗口中单击【财务会计】标签，选择【应收款管理】系统功能项，双击【合同】子功能项下的“合同执行情况汇报表”明细功能项，打开【过滤条件】对话框。

❷ 在“条件”选项卡中设置核算项目类别、核算项目代码范围、部门、业务员、币别、合同日期范围、合同名称、合同号范围，并根据需要选中“包括未审核单据”、“显示合同未执行情况”或“按合同小计”等复选框。

❸ 在“高级”选项卡中设置项目任务、项目资源、项目订单、客户地区、客户行业以及阶段类型等。单击【确定】按钮，进入【合同执行情况汇报表】窗口，如图 5-212 所示。拖动窗口中的垂直滚动条和水平滚动条，即可查看应收合同的执行情况。

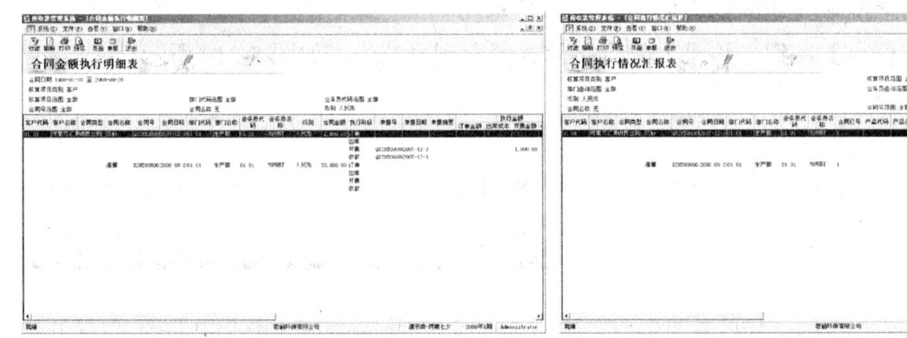

图 5-211 【合同金额执行明细表】窗口　　图 5-212 【合同执行情况汇报表】窗口

4. 合同金额执行汇总表

通过合同金额执行汇总表的查询，可以了解产品销售合同在一定条件下进行汇总后的完成情况，可以查询在一定期间内企业产品销售的实际总量。

查询合同金额执行汇总表的具体操作步骤如下：

❶ 在金蝶 K/3 主控台窗口中单击【财务会计】标签，选择【应收款管理】系统功能项，双击【合同】子功能项下的“合同金额执行汇总表”明细功能项，打开【过滤条件】对话框。

❷ 在“条件”选项卡中设置核算项目类别、核算项目代码范围、部门、业务员、币别、合同日期范围、合同名称、合同号范围、排序字段及排序方式，并可根据需要选中“包括未审核单据”或“显示合同未执行情况”等复选框。

❸ 在“高级”选项卡中设置项目任务、项目资源、项目订单、客户地区、客户行业以及阶段类型等。

❹ 单击【确定】按钮，进入【合同金额执行汇总表】窗口，如图 5-213 所示。拖动窗口中的垂直滚动条和水平滚动条，即可查看应收合同的执行汇总情况。

5. 合同到期款项列表

在金蝶 K/3 主控台窗口中单击【财务会计】标签，选择【应收款管理】系统功能项，双击【合同】子功能项下的“合同到期款项列表”明细功能项，打开【过滤条件】对话框。

当设置好各种选项之后，单击【确定】按钮，进入【合同到期款项列表】窗口，如图 5-214 所示。

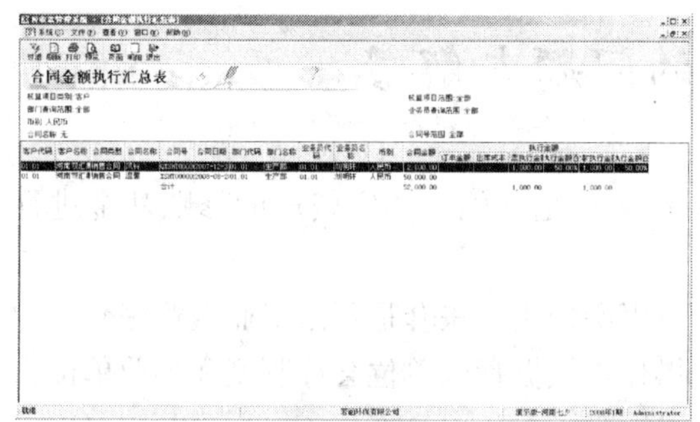

图 5-213 【合同金额执行汇总表】窗口

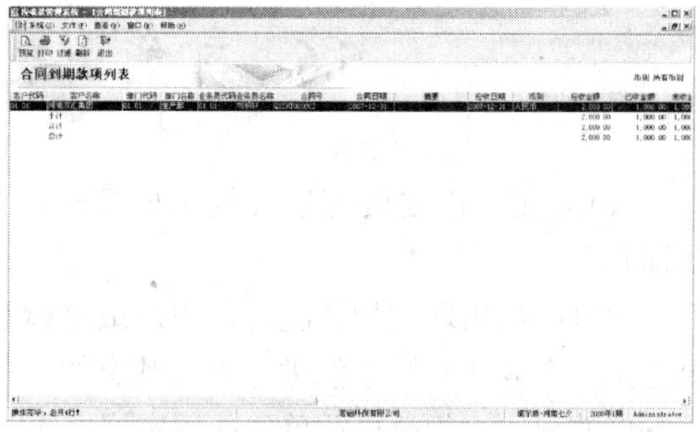

图 5-214 【合同到期款项列表】窗口

5.5 上机实践：本章实务材料

（1）新建一个工资类别，类别名称为“如意”，单一工资类别，币别为“人民币”。

（2）选择新建的风铃工资类别。

（3）根据本公司的实际情况创建以下部门。

代码：01 名称：生产部

代码：02 名称：财务部

代码：03 名称：人事部

代码：04 名称：销售部

（4）根据本公司的实际情况新增以下职员。

代码：01 姓名：王若涵 性别：女 部门：财务部

代码：02 姓名：贺鹏 性别：男 部门：人事部

代码：03　　姓名：段腾飞　　性别：男　　部门：生产部
代码：04　　姓名：段续男　　性别：女　　部门：财务部

（5）根据本公司的实际情况新增以下银行。

代码：01　　名称：中国银行
代码：02　　名称：中国建设银行
代码：03　　名称：中国农业银行
代码：04　　名称：中国商业银行

（6）根据本公司的实际情况，录入现金初始余额。

（7）根据本公司的实际情况，录入银行存款初始余额。

（8）根据本公司的实际情况，录入现金日报表，并查询需要的现金日报表。

（9）根据本公司的实际情况，录入银行对账单，并对银行存款进行对账操作。

（10）根据本公司的实际情况，查询银行存款的报表。

5.6　可能出现的问题与解答

（1）在对固定资产进行期末处理时，为什么总是不能对固定资产的修购基金进行计提？

解答：当出现这种情况时，用户最好检查一下所使用的账套是否是工业企业账套，如果是工业企业账套则不能进行修购基金的计提操作。根据行政单位会计制度和事业单位会计制度的规定，行政事业单位的固定资产不计提折旧。

因此，在核算固定资产时，一般对于增加的固定资产应同时增加固定基金；对于减少的固定资产应同时减少固定基金；固定资产对外转让取得的收入应增加修购基金；报废、毁损固定资产在清理过程中发生的损失应冲减修购基金。

因为修购基金的计提功能是专为行政事业单位固定资产管理提供的，所以在工业企业账套中不能使用。

（2）在对固定资产进行期末结账时，为什么总是无法实现结账操作？

解答：当出现这种情况时，用户最好检查一下固定资产的相应数据是否输入正确，是否已经全部进行计提操作，因为如果存在一项数据未计提，就不能进行结账操作。

（3）在管理现金日记账时，发现不能删除一些废弃的日记账记录。

解答：当出现这种情况时，用户最好检查一下删除的日记账记录是否已经审核并生成凭证，因为已经审核并生成凭证以及由其他系统转入现金管理系统的日记账记录，不能进行修改和删除。

（4）根据本公司的实际情况创建了一个工龄分析表，却发现此表中的数据不完全。

解答：当出现这种情况时，用户最好检查一下本公司的职员设置是否输入了出生日期、入职日期和离职日期 3 个字段内容，因为如果在职员设置中没有输入出生日期、入职日期和离职日期这3个字段的内容，则年龄工龄分析表数据将会显示为无数据或不完全。

（5）在运用设置的公式计算工资时，为什么总是出现“某变量未定义”提示，而不能进行计算操作？

解答：当出现这种情况时，用户最好检查一下在公式设置时，引用的工资项目是否已经过了定义，因为只有在定义了的工资项目之后，公式设置才可在计算工资时被引用。

5.7 总结与经验积累

在进行固定资产系统期末结账处理之前，用户要先输入以工作量法为折旧方法的固定资产工作量，并通过折旧计提功能进行本期所有固定资产的折旧计提，在自动对账、确认固定资产系统与总账系统的数据平衡且无误之后，才可进行期末结账。

如果要严格控制固定资产系统和总账系统数据的一致性，则在固定资产的【系统参数】对话框中选中“期末结账前先进行自动对账”复选框，这样，在进行结账处理时，系统将会先自动进行对账检查。如果没有设置对账方案或对账不平，则系统将会给予不允许结账的提示。

通过对本章的学习，可以全面了解工资核算业务、固定资产核算业务、出纳业务和往来核算业务等会计业务的日常处理操作。但在对工资费用分配时需要注意：在费用分配参数设置界面中，只要选项中存在内容就形成一组对应关系，有对应关系的在进行工资分配时就会按该项目对应关系进行分配。因此，在设置完参数对应关系之后，应作一下检查，以防误输入对应关系，要取消对应关系只要将对应的科目代码框清空即可。

在进行费用分配的过程中，设置费用科目和工资科目时，所选取的科目和核算项目均是从总账中取出的。如果是工资管理系统中自己增加的部门，而总账中没有将费用分配到总账科目，由于工资管理系统和总账是一起联用的，因此，部门信息最好直接从总账引入，以保持两个系统的一致，分配时才不会出错。

5.8 习　　题

1. 填空题

（1）____________是对固定资产日常发生的各种业务进行管理和核算。

（2）____________是用来逐日、逐笔反映库存现金的收入、支出和结存的情况，以便于对现金的保管、使用及____________的执行情况进行严格的日常监督及核算的账簿。

（3）现金管理系统的科目分为两大类，即____________与____________。

2. 选择题

（1）引入所得税的方式有（　　）。

A. 1种　　B. 2种　　C. 3种　　D. 4种

（2）所得税的计算方法有（　　）。

A. 1种　　B. 2种　　C. 3种　　D. 4种

（3）用转账支票支付前欠货款，应填制（　　）。

A. 转账凭证　　B. 收款凭证　　C. 付款凭证　　D. 原始凭证

3. 简答题

（1）如何计算所得税？

（2）往来业务核销的作用是什么？

（3）如何分配工资费用？

第6章 期末处理的一般方法

- 工资核算业务期末处理
- 固定资产核算业务期末处理
- 出纳业务期末处理
- 往来业务期末处理
- 其他核算业务期末处理

学习目标：

本章着重介绍金蝶 K/3 系统各常用功能模块的期末处理方法，包括工资核算业务、固定资产核算业务、出纳业务、往来业务及其他核算业务的期末处理方法。

当一个会计期间结束时，也即到期末时对每个启用的功能模块都要进行期末处理，从而对本期的会计数据进行汇总、过账，为期末编制会计报表做准备。

6.1 工资核算业务期末处理

工资核算业务在整个财务管理中占据着重要的位置，所以当工资核算业务结束时还需要对整个工资核算业务进行期末处理操作，以达到管理的目的。

6.1.1 基金的设置

基金设置主要是对工资基金的一些基础性内容（如基金类型、基金计提标准、基金计提方案、基金初始数据等）进行分别设定，只有设置好这些相关的资料，才可以进行基金的计提和计算。

1. 基金类型设置

基金按照不同的分类标准可以划分为不同的基金类型，设置工资基金首先要对这些不同类型的基金进行相应的设置操作。

设置基金类型的具体操作步骤如下：

❶ 在金蝶K/3主控台窗口中单击【人力资源】标签，选择【工资管理】系统功能项，双击【基金设置】子功能项下的“基金类型设置”明细功能项，打开【基金类型】对话框，如图6-1所示。

❷ 单击【增加】按钮，打开【基金类型设置】对话框，在其中输入相应的基金代码、基金名称，并设置数据类型、数据长度和小数位数等，如图6-2所示。

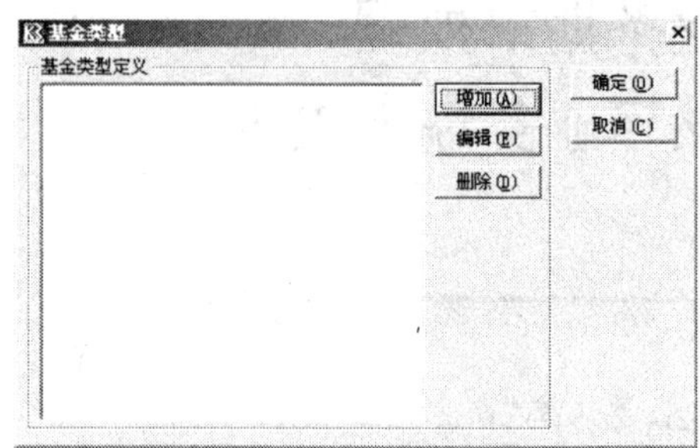

图6-1 【基金类型】对话框

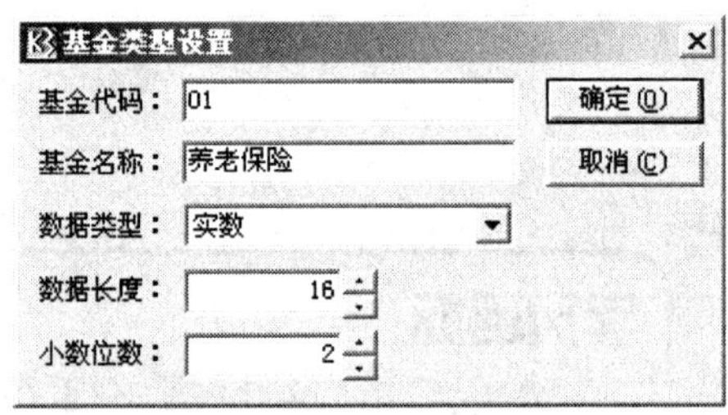

图6-2 【基金类型设置】对话框

❸ 单击【确定】按钮，即可完成操作，如图6-3所示。

❹ 如果要修改已经存在的基金类型信息，只用选中此基金类型，单击【编辑】按钮，即可在弹出的对话框中进行相应的修改操作。如果要删除已经存在的基金类型，只用选中此基金之后，单击【删除】按钮，弹出一个信息提示框，如图6-4所示。单击【确定】按钮，即可完成删除操作。

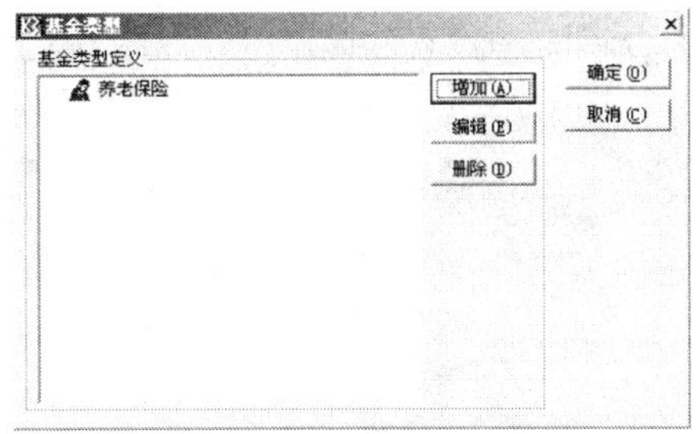

图 6-3 增加基金类型

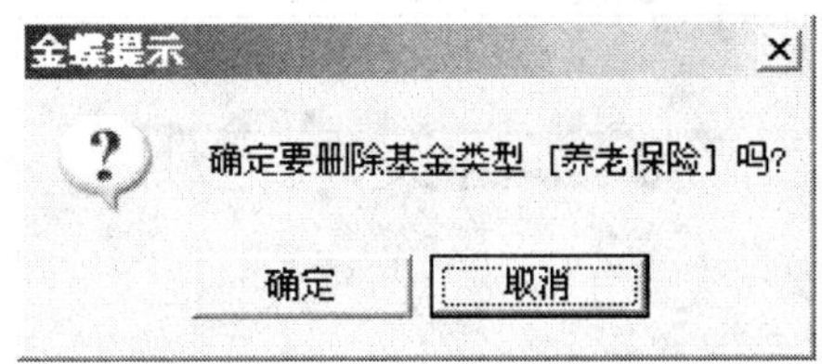

图 6-4 信息提示框

在删除基金类型过程中需要注意如下情况：

- 如果基金类型中已存在相关数据，则不能进行删除基金类型的操作，需要先删除此基金类型中的相关数据后方能删除基金类型。
- 只能在工资基金初始化状态下才能进行基金初始化数据的删除，并在初始化期间后不能有基金计提、转入和转出数据，否则不能删除基金初始化数据。删除基金的初始数据是针对全部的基金数据，而不是当前显示的基金数据。
- 删除基金初始数据包括初始化期间（到发放次数）工资基金初始数据、计提数据、转入和转出数据，不包括工资发放数据。
- 在删除工资基金数据之后，基金初始化期间可随工资结账或反结账向前或向后顺延。

2. 职员过滤方案设置

职员过滤方案用来指定哪些职员适用于哪些基金计提的标准，不同的职员过滤范围可以设定为不同的过滤条件方案。这些过滤条件方案可以根据职员的属性（如职员类别、部门、文化程度以及其他一些辅助属性信息等）来进行指定筛选。

设置职员过滤方案的具体操作步骤如下：

❶ 在金蝶 K/3 主控台窗口中单击【人力资源】标签，选择【工资管理】系统功能项，双击【基金设置】子功能项下的“职员过滤方案设置”明细功能项，打开【基金职员方案过滤器】对话框，如图 6-5 所示。

❷ 单击【增加】按钮，打开【定义过滤条件】对话框，在其中输入过滤名称，并根据实际情况设置相应的条件，如图 6-6 所示。

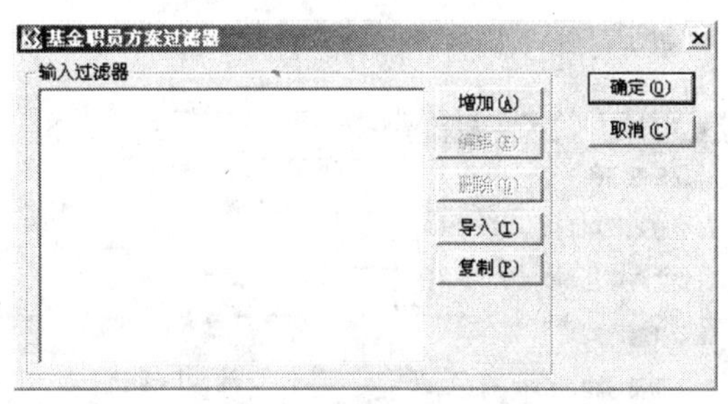

图 6-5 【基金职员方案过滤器】对话框

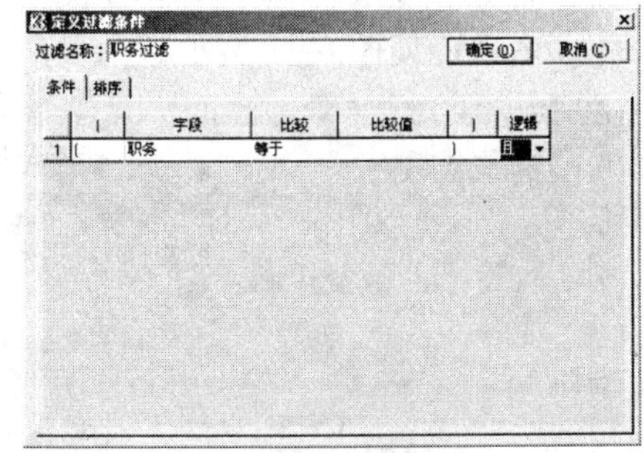

图 6-6 【定义过滤条件】对话框

❸ 选择“排序”选项卡，进入“排序”设置界面，在其中可以设置相应的排序方式，

如图 6-7 所示。单击【确定】按钮，弹出是否新增过滤条件提示框，如图 6-8 所示。

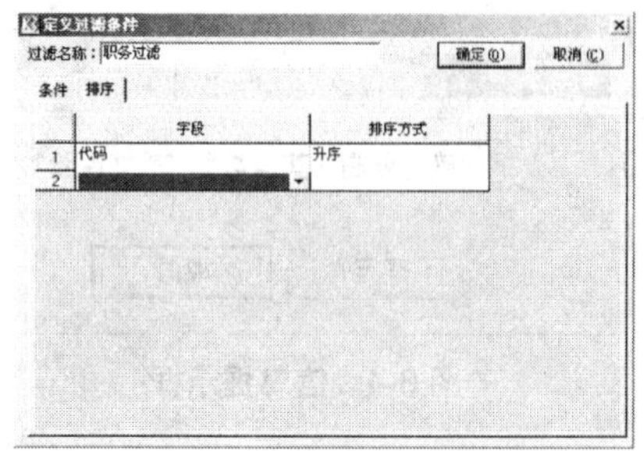

图 6-7 “排序”设置界面

图 6-8 新增过滤条件提示框

❹ 单击【确定】按钮，完成方案的新增操作，如图 6-9 所示。在【基金职员方案过滤器】对话框中还可以修改和删除已经存在的基金职员过滤方案。

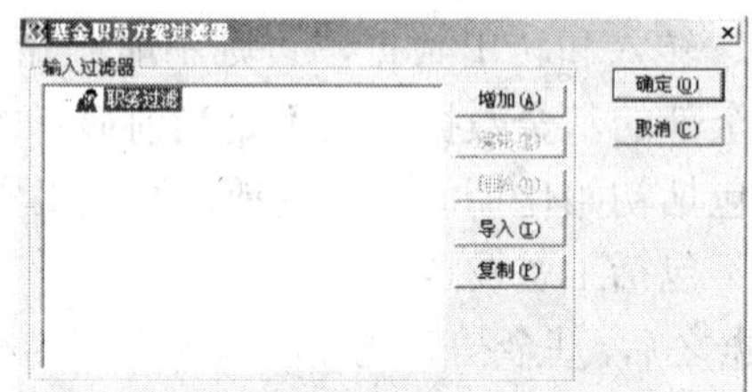

图 6-9 新增的过滤方案

3. 基金计提标准设置

基金不同其相应的计提标准也不相同，针对这些不同的基金计提标准也需要进行相应的设置。

设置基金计提标准的具体操作步骤如下：

❶ 在金蝶 K/3 主控台窗口中单击【人力资源】标签，选择【工资管理】系统功能项，双击【基金设置】子功能项下的“基金计提标准设置”明细功能项，打开【基金计提标准】对话框，如图 6-10 所示。

❷ 单击【增加】按钮，打开【基金计提标准设置】对话框，在其中分别输入计提标准名称和基金计提比例，并设置计提开始日期、计提工资项目和对应职员方案选项，如图 6-11 所示。

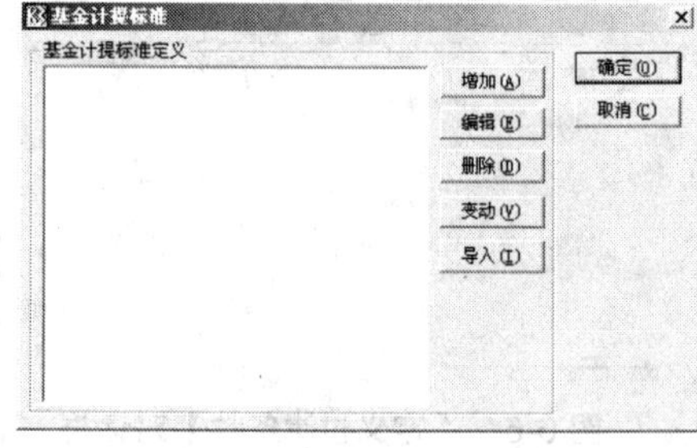

图 6-10 【基金计提标准】对话框

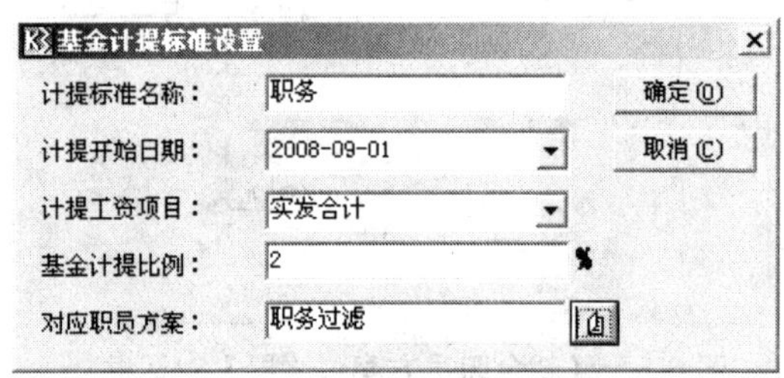

图 6-11 【基金计提标准设置】对话框

❸ 单击【确定】按钮完成操作，如图 6-12 所示。单击【导入】按钮，即可打开【基金计提标准导入】对话框，在其中选择基金计提标准。单击【导入】按钮，将所选基金计提标准导入。

❹ 在【基金计提标准】对话框中单击【编辑】按钮，修改基金计提标准；单击【删除】按钮，弹出一个删除信息提示框，如图 6-13 所示。单击【确定】按钮，将所选基金计提标准删除。

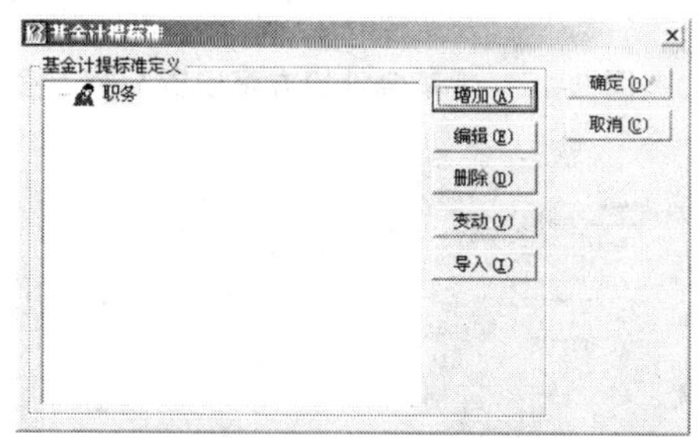

图 6-12 增加计提标准

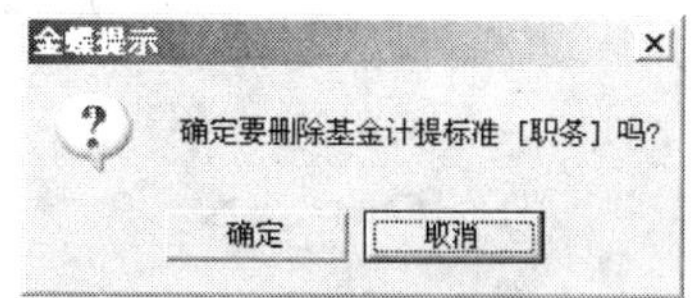

图 6-13 删除基金计提标准提示框

如果用户想在基金计提变动情况表中反映基金计提标准的修改变更记录，则必须通过基金计提标准变动来实现。操作方法是在选择需要变动的基金计提标准之后，单击【变动】按钮，即可修改相关参数。

注意

计提标准的变动日期和变动后的计提标准何时生效没有关系，变动日期只是反映计提标准进行变动的日期。变动后的新计提标准在进行基金计算时生效（即如果当期已经进行了基金计算，再变动计提标准，则在当期重新执行基金计算时，系统将按新计提标准进行基金计提的计算）。

如果没有重新执行基金计算，则基金计算的数据还是按原标准进行计算。如果在计提标准变动前没有进行当期基金的计算，则在后续基金计算时，系统将以变动后的计提标准执行基金计算。

4. 基金计提方案设置

基金计提方案是基金计提工作的方向，要想合理地管理基金，对基金计提方案的设置是必不可少的操作。

设置基金计提方案的具体操作步骤如下：

❶ 在金蝶 K/3 主控台窗口中单击【人力资源】标签，选择【工资管理】系统功能项，双击【基金设置】子功能项下的“基金计提方案设置”明细功能项，打开【基金计提方案】对话框，如图 6-14 所示。

❷ 单击【增加】按钮，打开【基金计提方案设置】对话框，在其中输入基金计提方案的名称，并选择方案对应的基金类型，设置基金计提标准，如图 6-15 所示。

❸ 单击【上】或【下】按钮，改变基金计提标准的排列顺序。单击【确定】按钮，完成基金计提方案的设置，如图 6-16 所示。

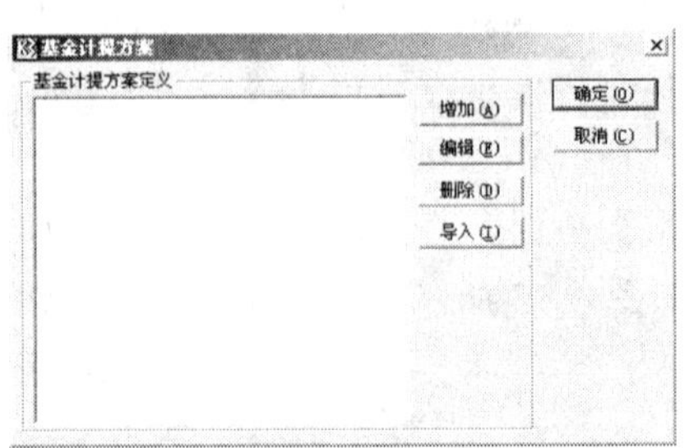
图 6-14 【基金计提方案】对话框

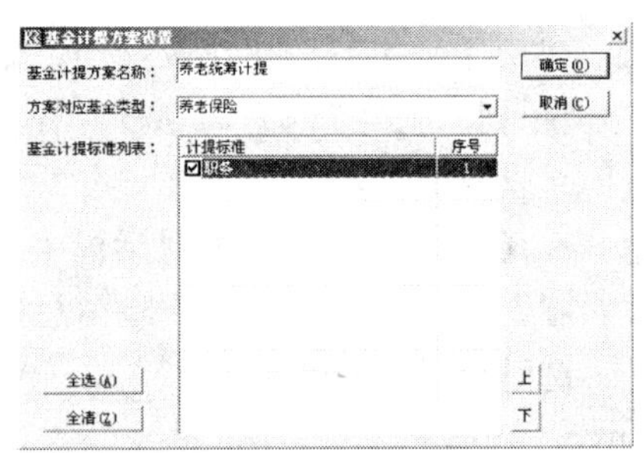
图 6-15 【基金计提方案设置】对话框

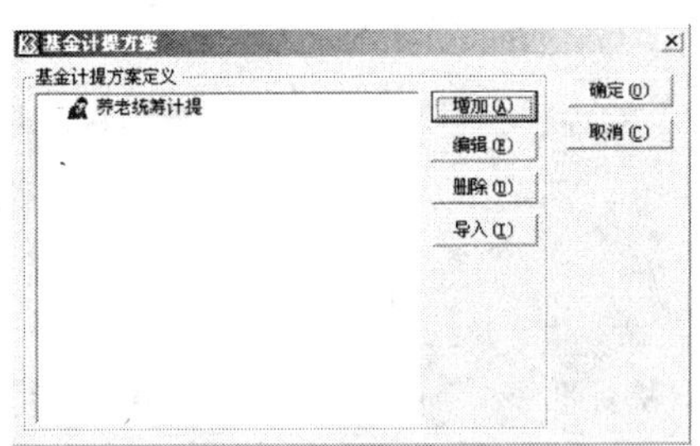
图 6-16 增加基金计提方案

❹ 单击【导入】按钮，在打开的对话框中导入需要的基金计提方案；单击【编辑】按钮，可修改所选的基金计提方案；单击【删除】按钮，可将所选基金计提方案删除。

5. 录入基金初始数据

在所有计提方案设置完毕之后，即可对设置的基金计提方案录入相应的初始数据。

录入基金初始数据的具体操作步骤如下：

❶ 在金蝶 K/3 主控台窗口中单击【人力资源】标签，选择【工资管理】系统功能项，双击【基金设置】子功能项下的“基金初始数据录入”明细功能项，打开【基金初始数据录入职员过滤器】对话框，如图 6-17 所示。

❷ 在选择需要过滤的方案之后，单击【确定】按钮，打开【基金初始数据录入】窗口，在白色区域中根据实际情况输入相应的基金初始数据。

❸ 单击【保存】按钮，将输入的数据保存起来，如图 6-18 所示。单击【结束】按钮，结束基金初始化设置；若单击【取消】按钮，则可完成基金的反初始化操作。

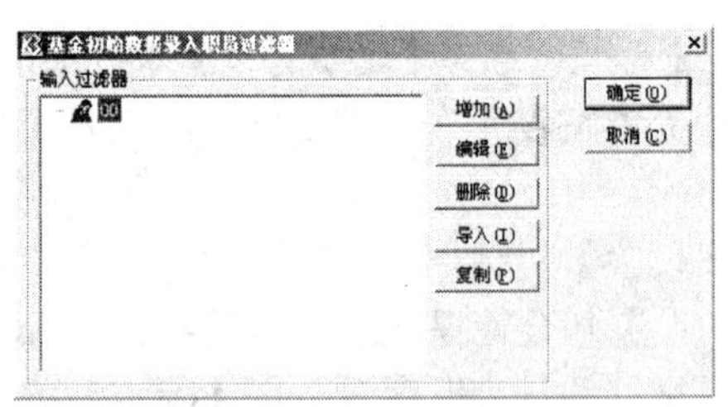
图 6-17 【基金初始数据录入职员过滤器】对话框

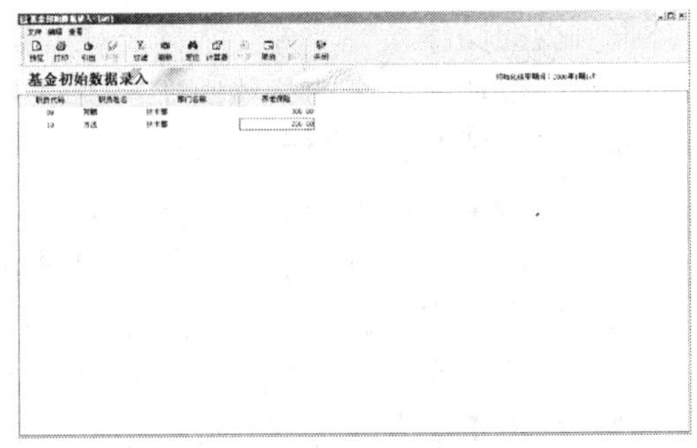
图 6-18 【基金初始数据录入】窗口

6.1.2 基金的转入与转出

基金都是随着职工的变动而变化的，当职工入职本企业时就可以将原有基金转入本企业，如果职工要调离本企业，其基金也将随之转出本企业，所以基金的转入与转出也是工资基金管理的重要举措。

1．计算基金

计算基金即根据不同的基金计提方案利用计算机进行高速运算，提高工作效率，并实现基金的自由转入和转出计算。

计算基金的具体操作步骤如下：

❶ 在金蝶 K/3 主控台窗口中单击【人力资源】标签，选择【工资管理】系统功能项，双击【基金计算】子功能项下的“基金计算”明细功能项，打开【基金计算过滤器】对话框，如图 6-19 所示。

❷ 单击【增加】按钮，打开【定义过滤条件】对话框，在其中输入相应的过滤名称，并选择需要计算的计提方案，如图 6-20 所示。

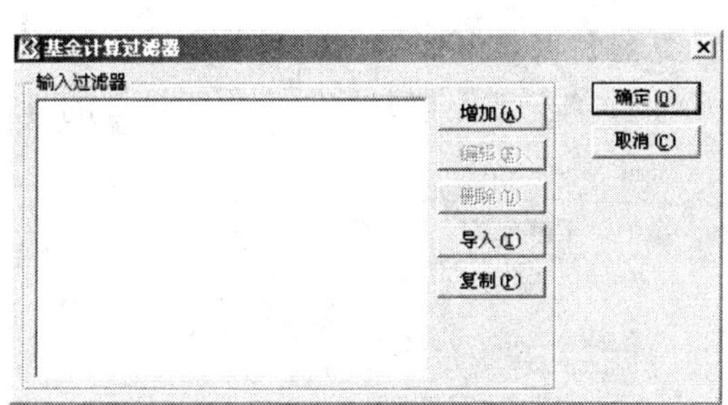

图 6-19 【基金计算过滤器】对话框

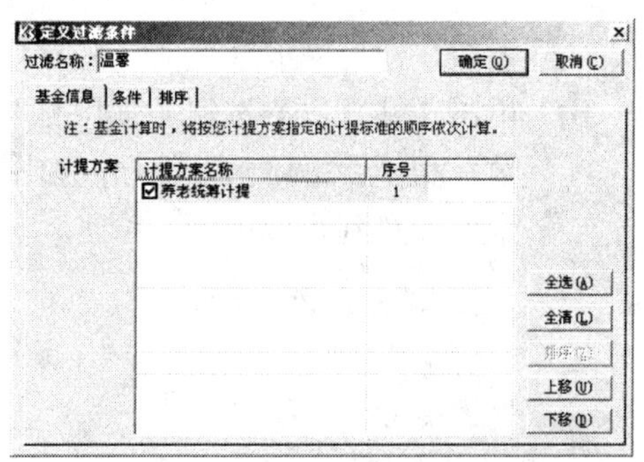

图 6-20 【定义过滤条件】对话框

❸ 选择“条件”选项卡，进入“条件”设置界面，根据实际情况选择相应的条件，如图 6-21 所示；选择“排序”选项卡，进入“排序”设置界面，在其中选择相应的排序方式，如图 6-22 所示。

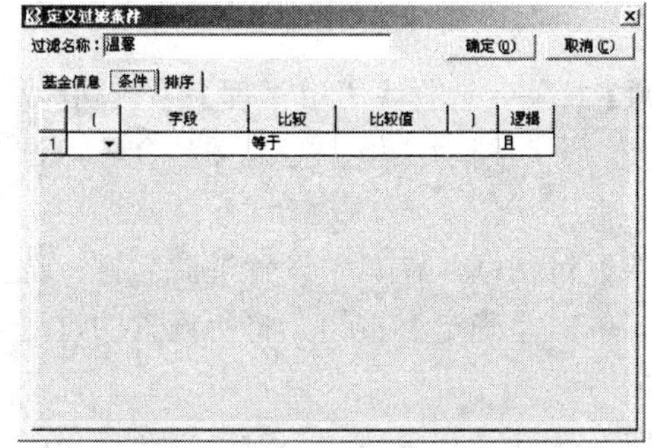

图 6-21 “条件”设置界面

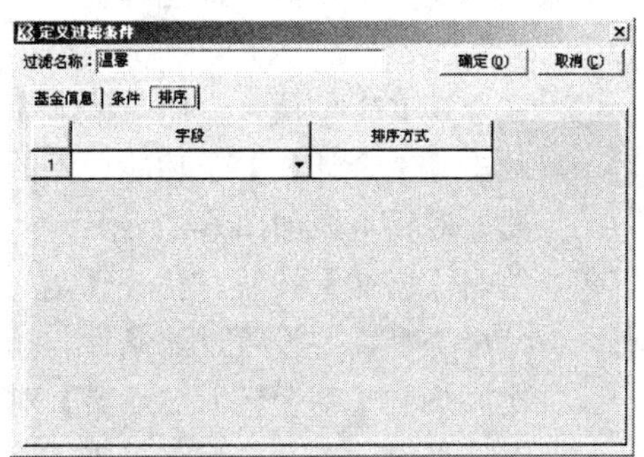

图 6-22 “排序”设置界面

❹ 单击【确定】按钮，完成基金计算过滤方案的设置，如图 6-23 所示。在选择过滤方案之后，单击【确定】按钮，打开【基金计算】窗口，在白色区域输入计提基数和计提比例，则系统将自动计算出计提金额，如图 6-24 所示。

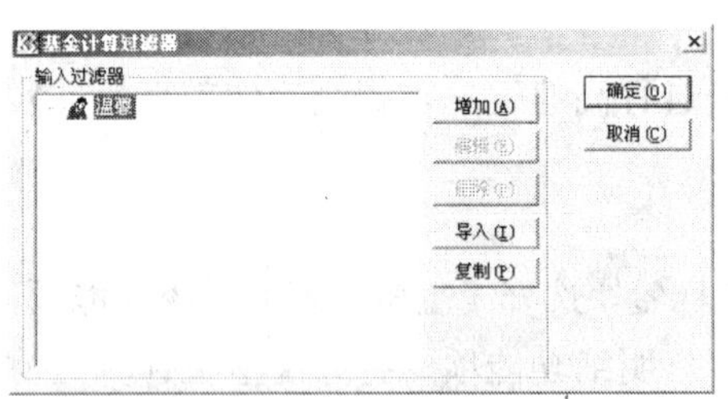

图 6-23　基金计算过滤方案的设置

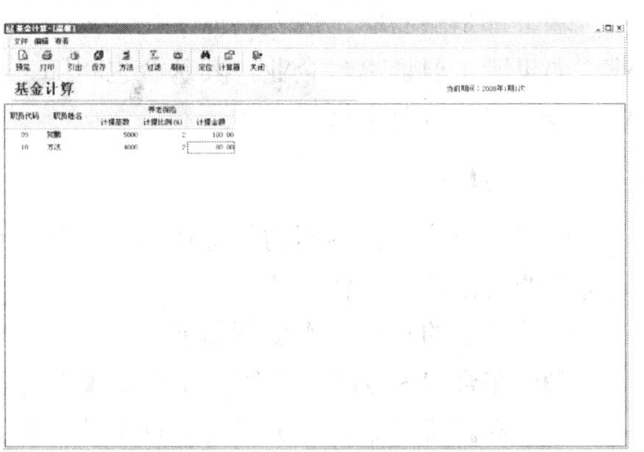

图 6-24　【基金计算】窗口

❺ 单击【方法】按钮，打开【基金计提方法】对话框，在其中选择按工资发放次数计提、按工资发放期间计提或按工资发放年份计提，如图 6-25 所示。单击【确定】按钮，即可完成基金的计提操作。

❻ 单击【计算器】按钮，使用打开的【计算器】对话框成批地输入或更改"计提基数"和"计提比例"数据，如图 6-26 所示。单击【保存】按钮，将所计算的计提金额保存到系统中。

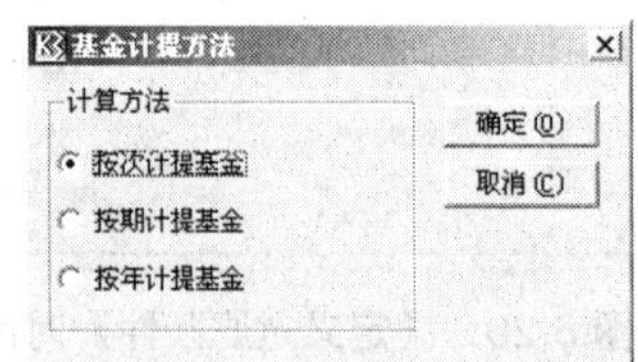

图 6-25　【基金计提方法】对话框

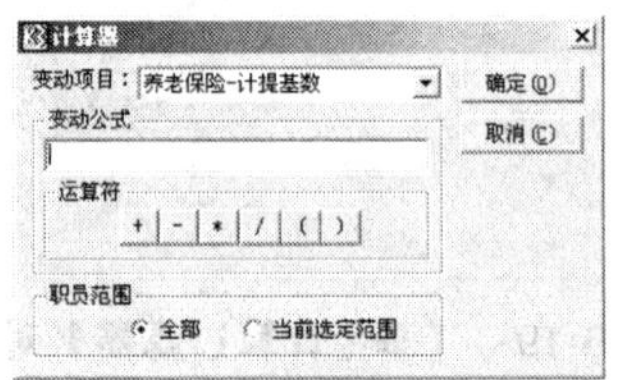

图 6-26　【计算器】对话框

2. 转入基金

如果入职的职员在前单位已有基金，则可按下列方法将其基金转入本企业的工资管理系统中。

❶ 在金蝶 K/3 主控台窗口中单击【人力资源】标签，选择【工资管理】系统功能项，双击【基金计算】子功能项下的"基金转入"明细功能项，打开【基金转入过滤器】对话框，如图 6-27 所示。

❷ 单击【增加】按钮，打开【定义过滤条件】对话框，在其中设置过滤名称，选择基金类型，并设置过滤条件与排序方式。单击【确定】按钮，将所设置的过滤方案添加到【基金转入过滤器】对话框中。

❸ 在选择过滤方案之后，单击【确定】按钮，打开【基金转入】窗口，在白色区域输入转入时间、转入金额和转入说明等信息，如图 6-28 所示。

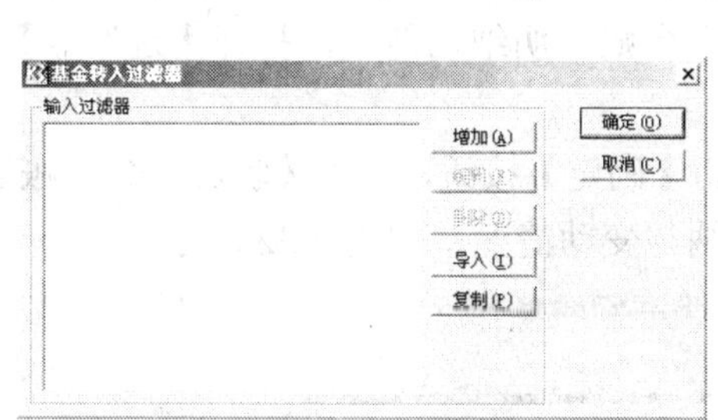

图 6-27 【基金转入过滤器】对话框

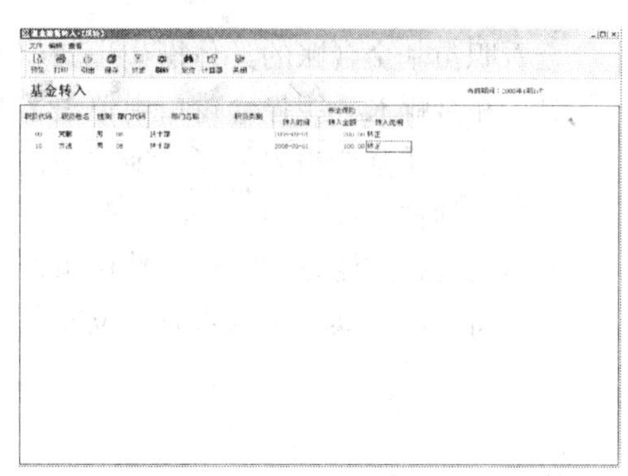

图 6-28 【基金转入】窗口

❹ 单击【计算器】按钮，使用打开的【计算器】对话框成批地输入或更改“转入金额”栏的数据。单击【保存】按钮，将基金转入数据保存到系统中。

3. 转出基金

当职工离职时，可以通过如下方法将其基金转出。

❶ 在金蝶 K/3 主控台窗口中单击【人力资源】标签，选择【工资管理】系统功能项，双击【基金计算】子功能项下的“基金转出”明细功能项，打开【基金转出过滤器】对话框，如图 6-29 所示。

❷ 在选择过滤方案之后，单击【确定】按钮，打开【基金转出】窗口，在白色区域输入转出时间、转出金额和转出说明等信息，如图 6-30 所示。

图 6-29 【基金转出过滤器】对话框

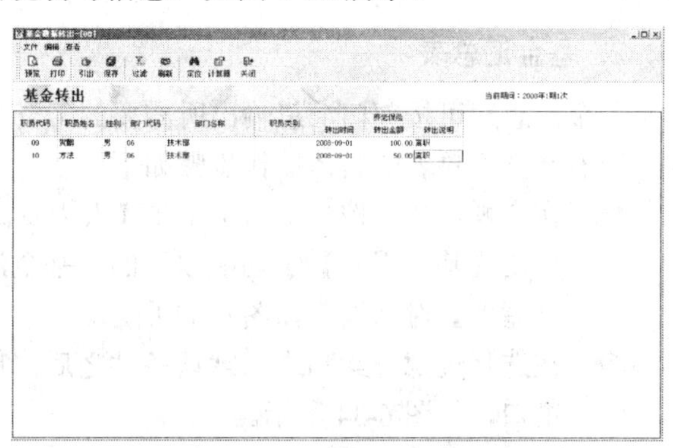

图 6-30 【基金转出】窗口

6.1.3 基金报表与期末处理

基金报表包括职员基金台账、基金汇总表和基金计提变动情况表等报表，通过对这些报表的查看和输出，可以了解职员基金的有关情况，以此对整个工资核算业务进行期末处理，完成整个工资核算业务的管理操作。

1. 职员基金台账

职员基金台账表主要是按职员查询与输出相关的工资基金数据。

查看职员基金台账的具体操作步骤如下：

❶ 在金蝶 K/3 主控台窗口中单击【人力资源】标签，选择【工资管理】系统功能项，双击【基金报表】子功能项下的“职员基金台账”明细功能项，打开【过滤器】对话框，如图 6-31 所示。

❷ 在选择过滤方案和进入默认条件之后，单击【确定】按钮，进入【职员基金台账】窗口，在其中可以查看每位职员的基金交纳与变动情况，如图 6-32 所示。

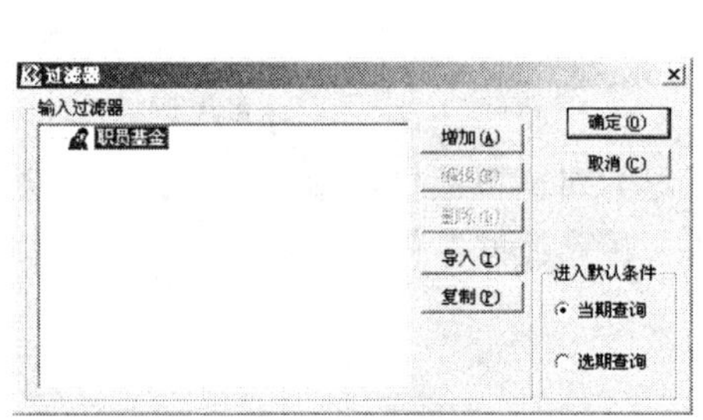

图 6-31 【过滤器】对话框

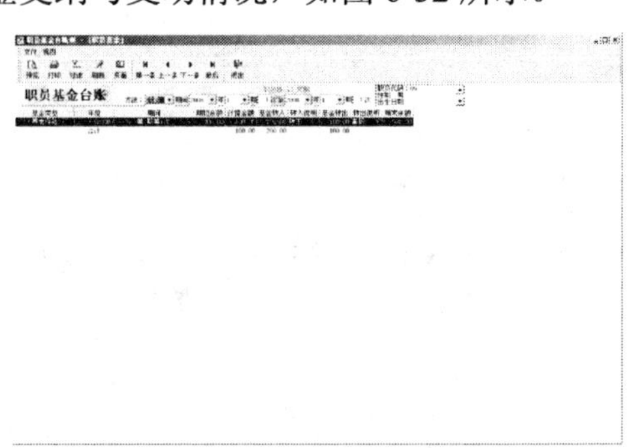

图 6-32 【职员基金台账】窗口

离职或禁用人员尽管离职（禁用）后已不在原单位交纳基金，但对于离职（禁用）期间以前的历史数据仍然应该保留，不能删除。根据“工资发放数据中关于职员离职（禁用）的原则”规定，当选择离职（禁用）以前期间时，原有的基金数据应该能被过滤出来以供查询。

2. 基金汇总表

基金汇总表可按部门汇总输出所需要的工资基金汇总报表数据。

查看基金汇总表的具体操作步骤如下：

❶ 在金蝶 K/3 主控台窗口中单击【人力资源】标签，选择【工资管理】系统功能项，双击【基金报表】子功能项下的“基金汇总表”明细功能项，打开【基金汇总表过滤器】对话框，如图 6-33 所示。

❷ 在选择过滤方案和进入默认条件之后，单击【确定】按钮，打开【基金汇总表】窗口，如图 6-34 所示。

图 6-33 【基金汇总表过滤器】对话框

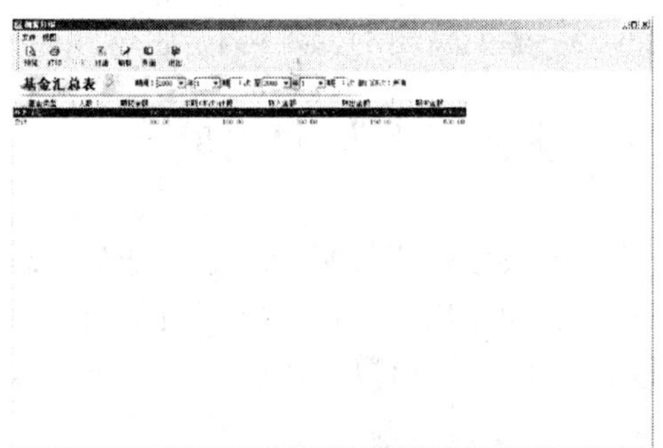

图 6-34 【基金汇总表】窗口

❸ 单击【分级】按钮，按部门分级汇总查看基金数据（跨期跨次查询时不能对基金数据进行汇总查询）。

3．基金计提变动情况表

基金计提变动情况表用来记录基金计提标准的变动情况，每一次变动产生一条变动记录。在金蝶K/3主控台窗口中单击【人力资源】标签，选择【工资管理】系统功能项，双击【基金报表】子功能项下的“基金计提变动情况表”明细功能项，打开【基金计提变动情况表】窗口，在其中可以查询相应的变动情况，如图6-35所示。

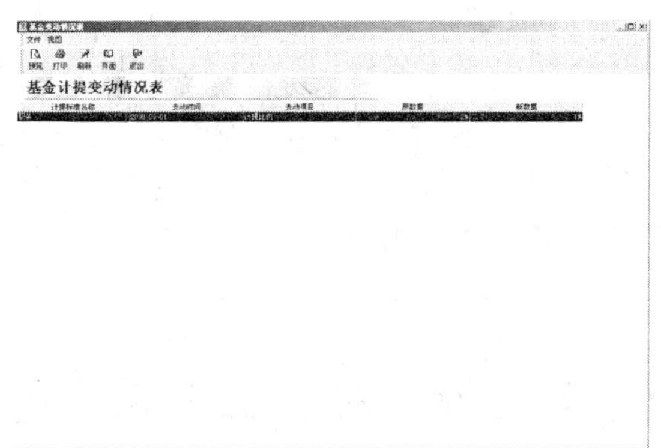

图6-35 【基金计提变动情况表】窗口

4．期末结账

工资的基本日常处理已经就绪，接下来就需要对这些日常处理工作进行期末结账，彻底完成工资的日常处理工作。

期末结账的具体操作步骤如下：

❶ 在金蝶K/3主控台窗口中单击【人力资源】标签，选择【工资管理】系统功能项，双击【工资业务】子功能项下的“期末结账”明细功能项，打开【期末结账】对话框，如图6-36所示。

提示

因金蝶K/3 V11.0版本支持工资同期间内多次结算，所以用户可在工资管理系统中每发一次工资就可以结一次账。若是整个期间的期末结账，可选中“本期”单选按钮，否则可选中“本次”单选按钮。

❷ 选中“结账”单选按钮，单击【开始】按钮，可完成结账操作。若有必要，可选中“反结账”单选按钮，使已结账的账套恢复到未结账状态，如图6-37所示。

❸ 若选中“删除当前工资和基金数据”复选框，则在反结账到上一期时会把本期的工资和工资基金数据全部删除。否则在反结账时，不删除已经存在的工资数据，再结账时将保留修改过后的固定工资项目数据。

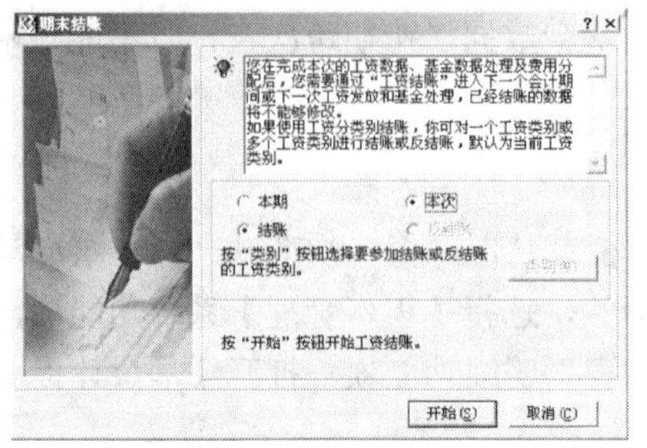

图 6-36 【期末结账】对话框

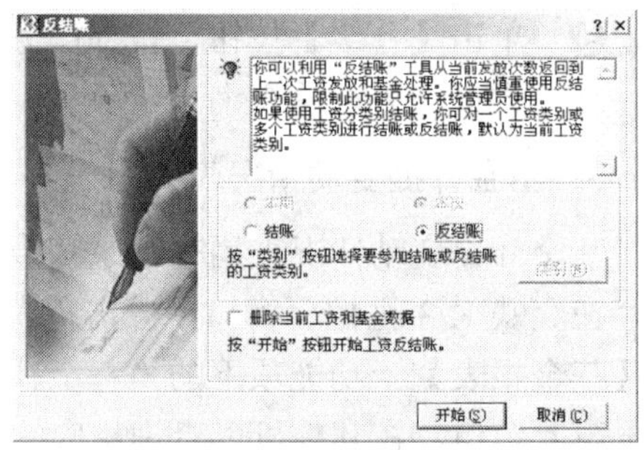

图 6-37 【反结账】对话框

结账和反结账功能是针对整个工资系统的所有工资类别的，而不是单独针对当前工资类别的，即对其中一个工资类别进行结账，自动复制固定工资项目数据时，其他所有工资类别也同时跟着结账并自动复制固定工资项目数据；当对其中一个工资类别进行反结账操作，选取删除当前工资数据功能，自动删除当前工资数据时，其他所有工资类别也同时跟着反结账并自动删除当前工资数据。

6.2 固定资产核算业务期末处理

固定资产的所有账务处理操作都已经就绪，最后就是要对处理的固定资产进行期末处理，彻底完成对固定资产系统的管理操作。

6.2.1 工作量管理

对于折旧方法是工作量法的固定资产，在固定资产系统期末结账前，需要输入该固定资产的工作量，从而为折旧计提提供基础数据。

工作量管理的具体操作步骤如下：

❶ 在金蝶 K/3 主控台窗口中单击【财务会计】标签，选择【固定资产管理】系统功能项，双击【期末处理】子功能项下的“工作量管理”明细功能项，打开【工作量管理】窗口并弹出【工作量编辑过滤】对话框，如图 6-38 所示。

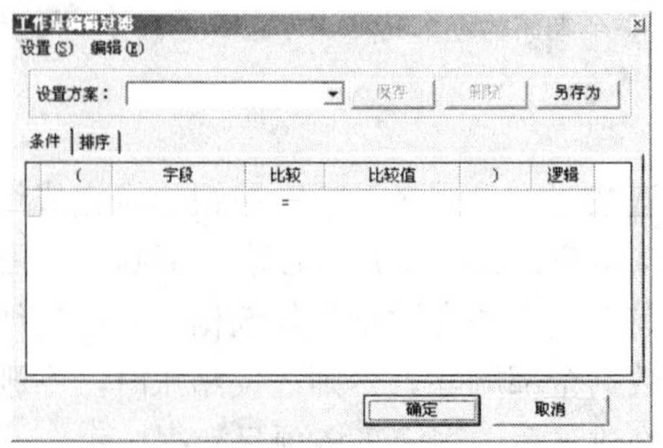

图 6-38 【工作量编辑过滤】对话框

❷ 设置适当的过滤条件，使需要输入工作量的固定资产显示在窗口中。若不设置任何过滤条件，则将显示本期所有以工作量法为折旧方法的固定资产。

❸ 选择“排序”选项卡，进入“排序”设置界面，在其中汇总设置固定资产的排序方式，如图6-39所示。

❹ 单击【确定】按钮，弹出【方案名称】对话框，在其中确定输入的方案名称，如图6-40所示。继续单击【确定】按钮，进入【工作量管理】窗口，在其中汇总显示了符合过滤条件的固定资产记录，如图6-41所示。

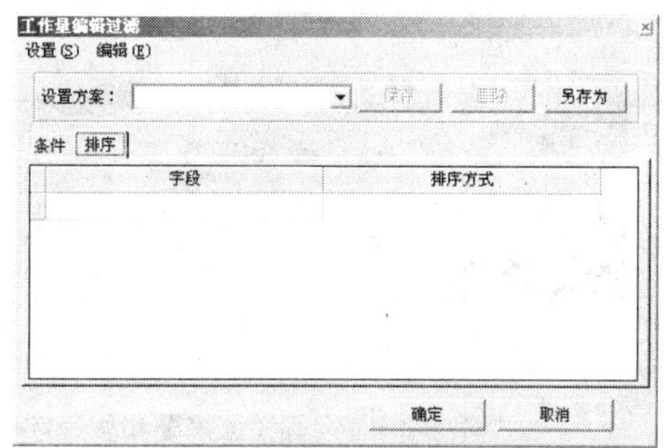

图6-39 “排序”设置界面

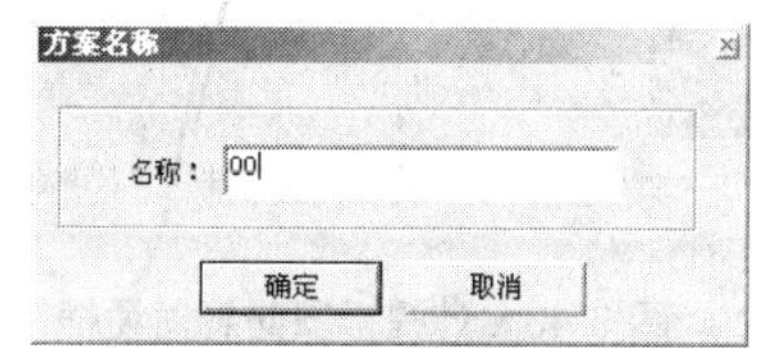

图6-40 【方案名称】对话框

❺ 在单击需要输入工作量数据的固定资产所对应的“本期工作量”栏之后，在其中汇总输入该固定资产在本期完成的工作量数据。

❻ 单击工具栏上的【保存】按钮，将输入的工作量保存到系统中；单击工具栏上的【还原】按钮，则刚输入的工作量数据将被清除，并恢复到上次保存时的状态。

❼ 在输入需要批量指定工作量的固定资产记录之后，单击工具栏上的【调整】按钮，打开【工作量辅助计算器】对话框，在其中输入工作量数据并选中“当前选定范围”单选按钮，如图6-42所示。单击【确定】按钮，在所选固定资产的“本期工作量”栏中输入相同数值。

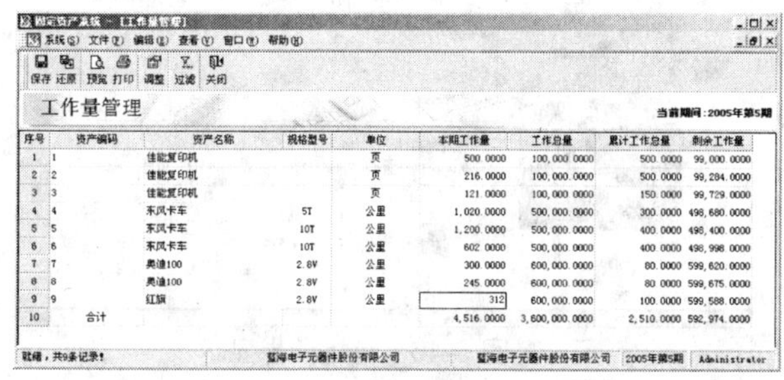

图6-41 【工作量管理】窗口

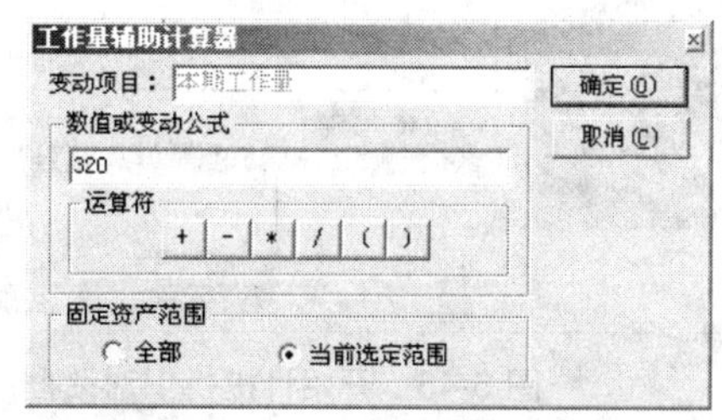

图6-42 【工作量辅助计算器】对话框

6.2.2 计提折旧

固定资产管理系统为用户提供了计提折旧和费用分摊向导，在各项数据设置的基础上，能够自动计提本期各项固定资产的折旧，并将折旧费用根据使用部门的情况分别计入有关费用科目，自动生成计提折旧的转账凭证并传送到账务系统中。

计提折旧的具体操作步骤如下：

❶ 在金蝶 K/3 主控台窗口中单击【财务会计】标签，选择【固定资产管理】系统功能项，双击【期末处理】子功能项下的“计提折旧”明细功能项，打开计提折旧向导对话框，如图 6-43 所示。

❷ 单击【下一步】按钮，为将要生成的凭证指定凭证摘要和凭证字，如图 6-44 所示。

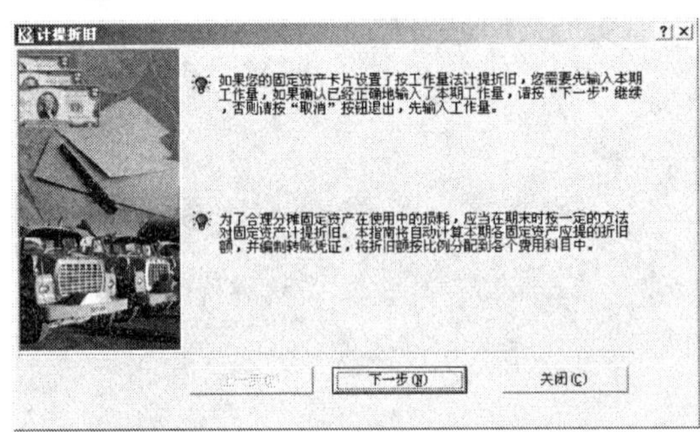

图 6-43　计提折旧向导对话框

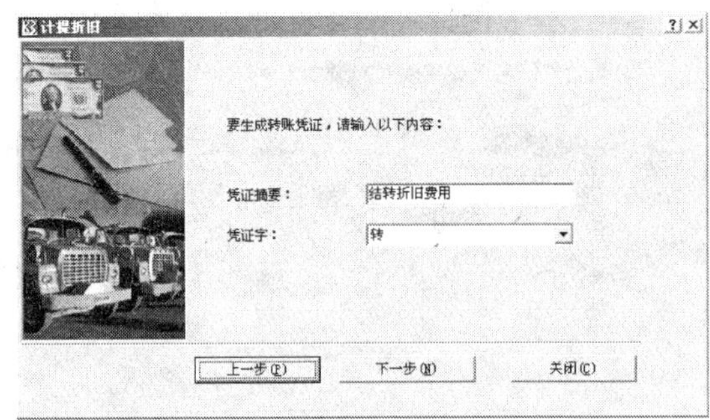

图 6-44　设置凭证摘要和凭证字

❸ 单击【下一步】按钮，打开开始计提折旧对话框，如图 6-45 所示。单击【计提折旧】按钮，开始本期的折旧计提。若选中“保留修改过的折旧额”复选框，则不再计提本期已经修改过的折旧额；若选择了生成凭证，则可能导致固定资产系统与总账系统的余额不等。

❹ 在计提过程中如果本期已进行过折旧计提操作，则会弹出信息提示框，询问是否要重新计算折旧，单击【是】按钮，开始计提折旧操作并给出计提结果，如图 6-46 所示。单击【完成】按钮，结束计提折旧的操作。

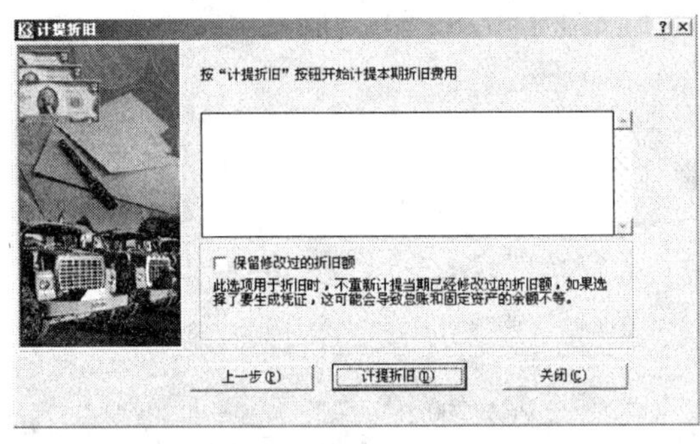

图 6-45　开始计提折旧对话框

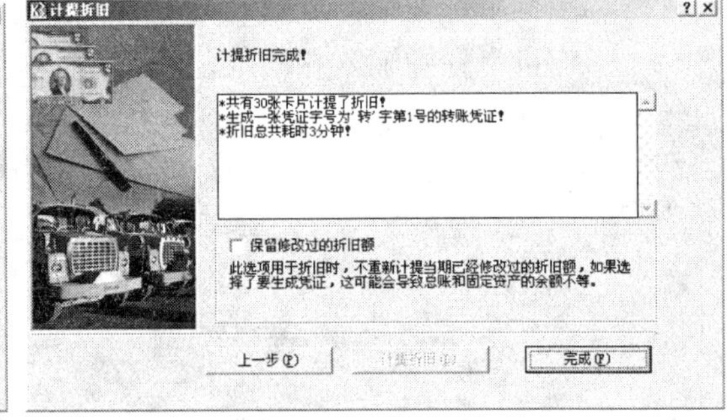

图 6-46　计提结果显示

为了保证折旧数据的正确性，计提折旧时不允许其他用户同时使用系统，如果此时有用户使用，系统将给予提示。这时需要联系系统管理员，让其在中间层服务器上用账套管理中的网络控制功能来清除并发操作。

6.2.3 折旧管理

用户如果要查看和修正已经计提折旧的记录，则可以通过折旧管理来完成。

折旧管理的具体操作步骤如下：

❶ 在金蝶 K/3 主控台窗口中单击【财务会计】标签，选择【固定资产管理】系统功能项，双击【期末处理】子功能项下的“折旧管理”明细功能项，打开【折旧管理】窗口并弹出【折旧管理过滤】对话框，如图 6-47 所示。

❷ 设置适当的过滤条件，使需要查看或修改折旧额的固定资产显示在窗口中。选择“排序”选项卡，进入“排序”设置界面，如图 6-48 所示。

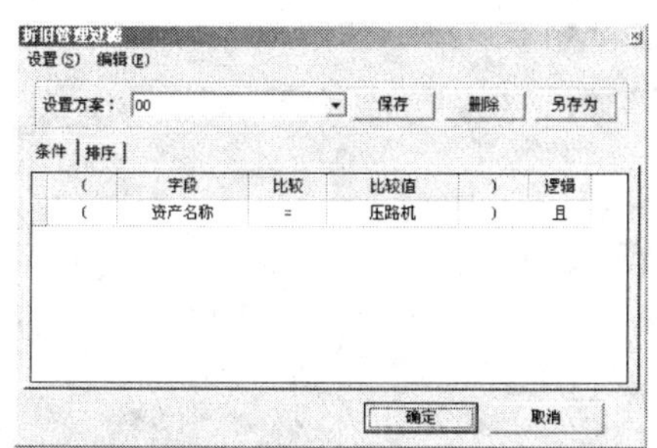

图 6-47 【折旧管理过滤】对话框

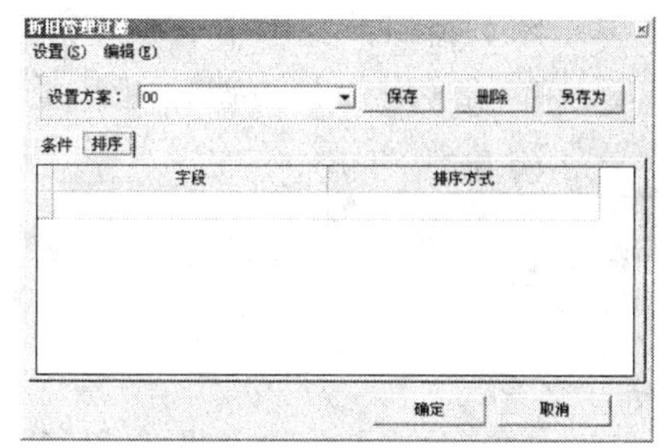

图 6-48 “排序”设置界面

❸ 在设置固定资产的排序方式之后，单击【确定】按钮，在弹出的对话框中输入方案名称。单击【确定】按钮，进入【折旧管理】窗口，在其中显示了符合过滤条件的固定资产记录，如图 6-49 所示。

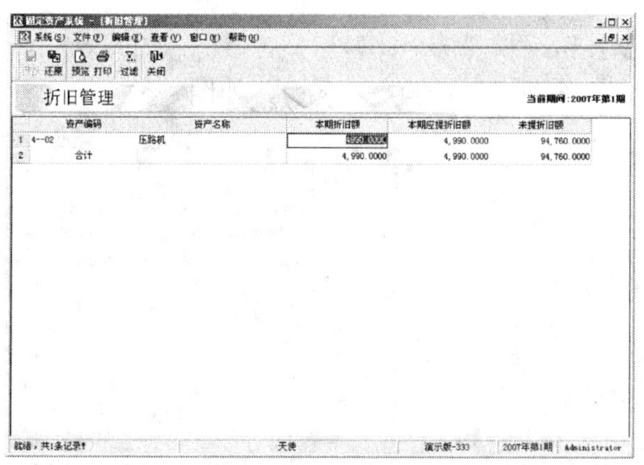

图 6-49 【折旧管理】窗口

❹ 在需要修改折旧额的固定资产记录对应的“本期折旧额”栏中单击之后，输入新的折旧额并单击工具栏上的【保存】按钮，完成该固定资产本期折旧额的修改操作。

❺ 单击工具栏上的【还原】按钮，可将修改后的折旧数据恢复到上次保存时的状态。在将折旧额修改完毕之后，还可以将当前窗口中显示的折旧数据打印输出和引出。

6.2.4 自动对账

固定资产管理系统实现了固定资产业务处理和总账财务核算处理的无缝连接，但为了防止用户不通过固定资产系统直接在总账系统中录入固定资产凭证，导致业务与财务数据核对不上，系统还提供了自动对账功能，以帮助用户将固定资产系统的业务数据与总账系统的财务数据进行核对，从而及时发现错误。

自动对账的具体操作步骤如下：

❶ 在金蝶K/3主控台窗口中单击【财务会计】标签，选择【固定资产管理】系统功能项，双击【期末处理】子功能项下的“自动对账”明细功能项，打开【自动对账】窗口并弹出【对账方案】对话框，如图6-50所示。

❷ 单击【增加】按钮，打开【固定资产对账】对话框，在其中输入方案名称，如图6-51所示。

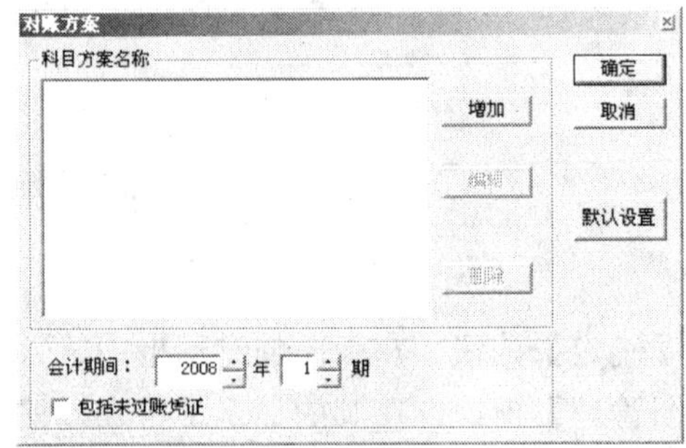

图6-50 【对账方案】对话框

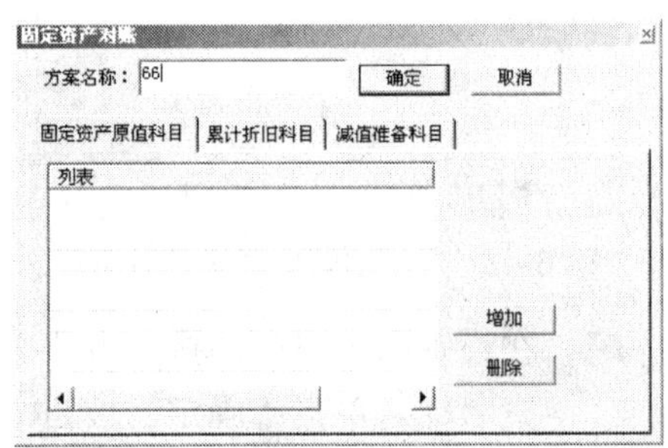

图6-51 【固定资产对账】对话框

❸ 单击【增加】按钮，打开【会计科目】对话框，如图6-52所示。在其中为“固定资产原值科目”选项卡添加相应的科目，如图6-53所示。

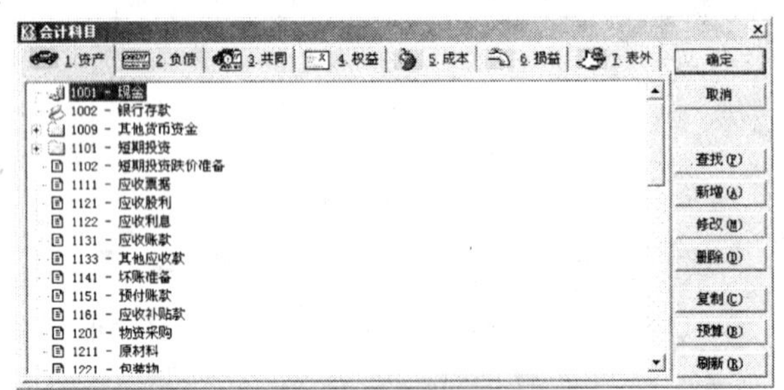

图6-52 【会计科目】对话框

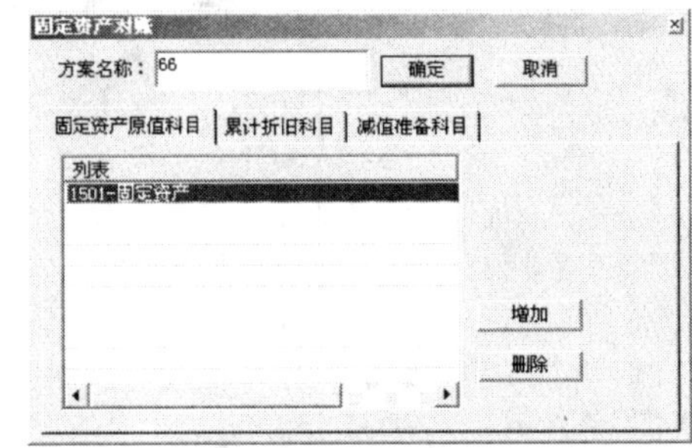

图6-53 添加固定资产原值科目

❹ 运用同样的方法为“累计折旧科目”和“减值准备科目”选项卡添加相应的会计科目，如图6-54和图6-55所示。

❺ 单击【确定】按钮，弹出一个信息提示框。继续单击【确定】按钮，可将自己设置的对账方案添加到【对账方案】对话框中，如图6-56所示。

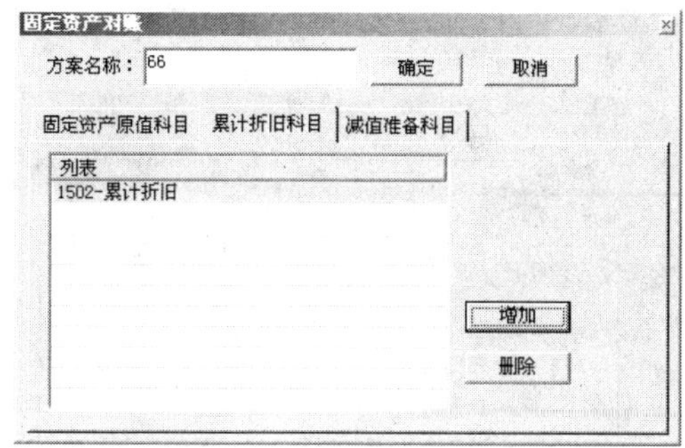

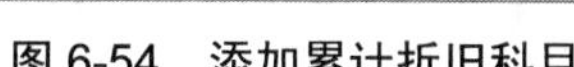

图 6-54 添加累计折旧科目

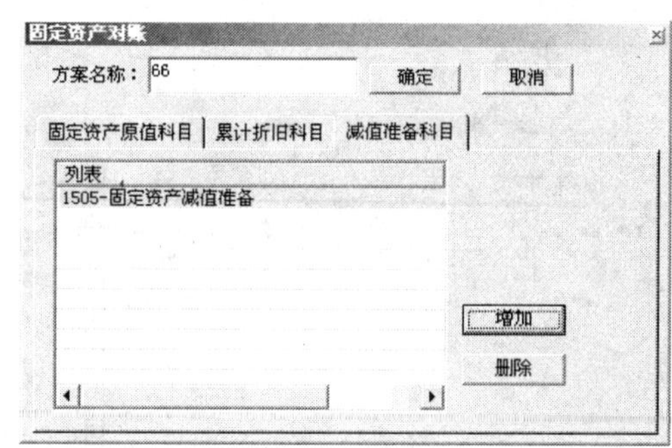

图 6-55 添加减值准备科目

❻ 在指定会计期间并根据需要选中“包括未过账凭证”复选框之后，单击【确定】按钮，进入【自动对账】窗口，如图 6-57 所示。

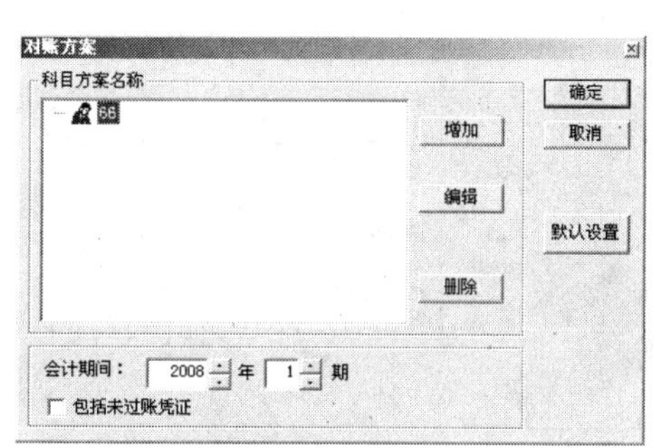

图 6-56 添加对账方案

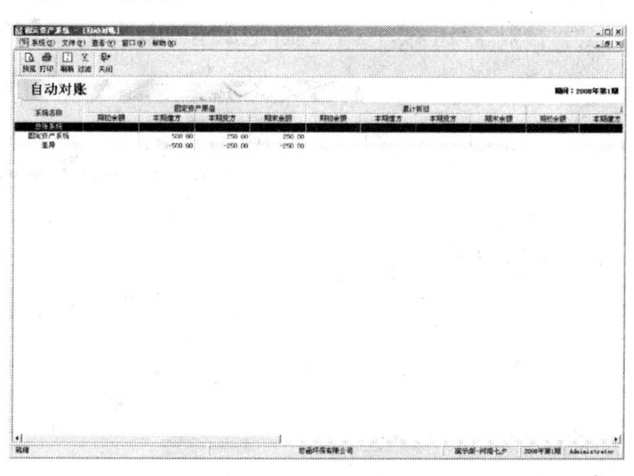

图 6-57 【自动对账】窗口

❼ 拖动窗口中的水平滚动条，即可查看固定资产系统和总账系统的固定资产原值、累计折旧、减值准备的期初余额、本期发生额、期末余额及其差异等数据。

如果对账后发现数据不平衡，用户应及时对两系统数据进行检查，找出错误，及时更正，避免将数据错误累计到以后期间，系统将会控制对前期数据的修改。如果对账平衡，即可进行结账处理。

6.2.5 工作总量查询

通过工作总量查询，用户可以查看各项固定资产在各个会计期间的工作量以及累计工作量的数据。

工作量查询的具体操作步骤如下：

❶ 在金蝶 K/3 主控台窗口中单击【财务会计】标签，选择【固定资产管理】系统功能项，双击【期末处理】子功能项下的“工作总量查询”明细功能项，打开【工作量汇总查询】窗口并弹出【工作量查询汇总过滤】对话框，如图 6-58 所示。

❷ 在设置相应的条件之后，选择“排序”选项卡，进入“排序”设置界面，如图 6-59

所示。

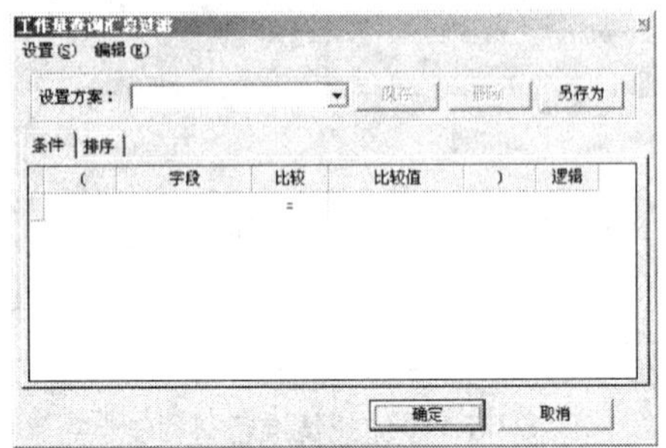

图 6-58　【工作量查询汇总过滤】对话框

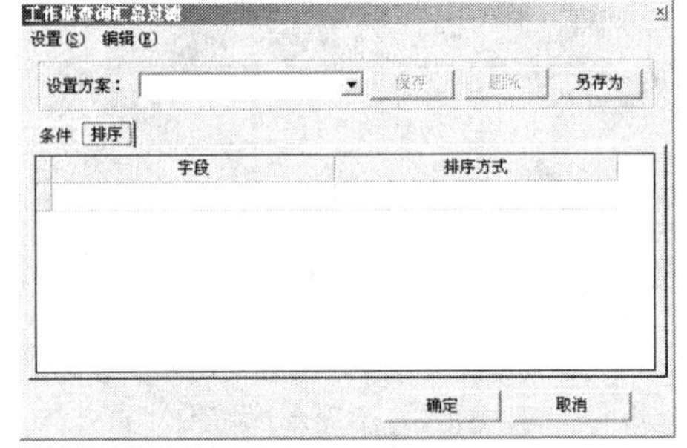

图 6-59　“排序”设置界面

❸ 在设置相应的排序方式之后，单击【确定】按钮，在弹出的对话框中输入方案名称。继续单击【确定】按钮，进入【工作量汇总查询】窗口，如图 6-60 所示。

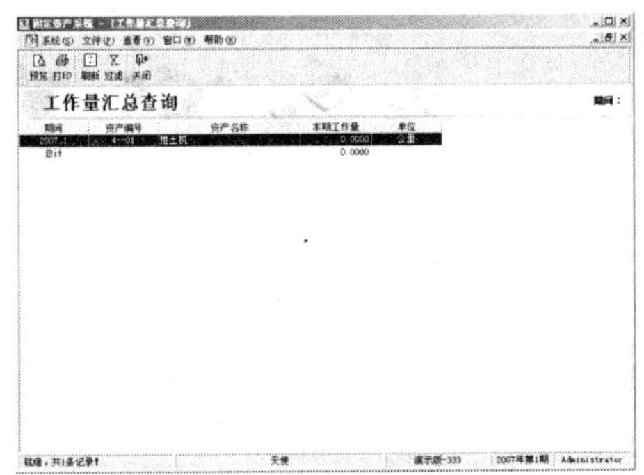

图 6-60　【工作量汇总查询】窗口

6.2.6　期末结账

当本期的所有账务处理完毕，并且也将固定资产进行折旧计提后，即可进行期末结账。期末结账的具体操作步骤如下：

❶ 在金蝶 K/3 主控台窗口中单击【财务会计】标签，选择【固定资产管理】系统功能项，双击【期末处理】子功能项下的“期末结账”明细功能项，打开【期末结账】对话框，如图 6-61 所示。

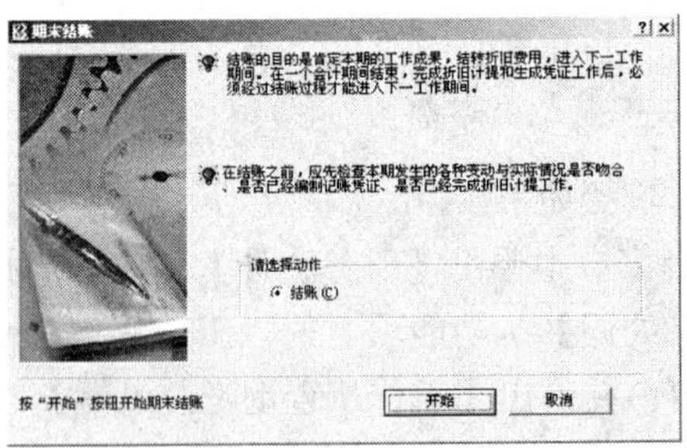

图 6-61　【期末结账】对话框

❷ 单击【开始】按钮，自动完成固定资产管理系统的结账操作。

❸ 若在结账之后发现财务数据有问题，则可打开【期末结账】对话框，在选中其中的“反结账”单选按钮之后，单击【开始】按钮，将固定资产管理系统进行反结账操作。

6.3　出纳业务期末处理

【现金管理】模块中，在期末结账之前，用户还需要对现金和银行存款等数据与总账模块数据进行比较，查看是否有出入。

6.3.1　对账

现金管理系统的对账内容包括现金对账和银行存款对账两个部分，下面分别进行详细介绍。

1．现金对账

现金对账是指系统自动将出纳账与日记账（总账）当期现金发生额、余额进行核对，并生成对账表。

现金对账的具体操作步骤如下：

❶ 在金蝶K/3主控台窗口中单击【财务会计】标签，选择【现金管理】系统功能项，双击【现金】子功能项下的“现金对账”明细功能项，打开【现金对账】窗口并弹出【现金对账】对话框，如图6-62所示。

❷ 在选择需要对账的科目、币别及对账方式等后，单击【确定】按钮，进入【现金对账】窗口，如图6-63所示。

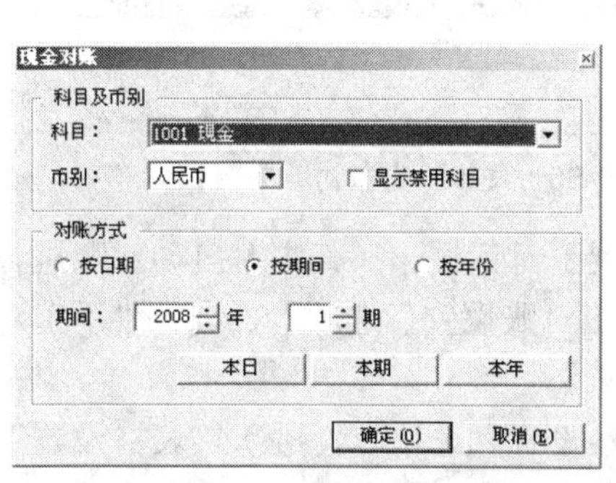

图6-62　【现金对账】对话框

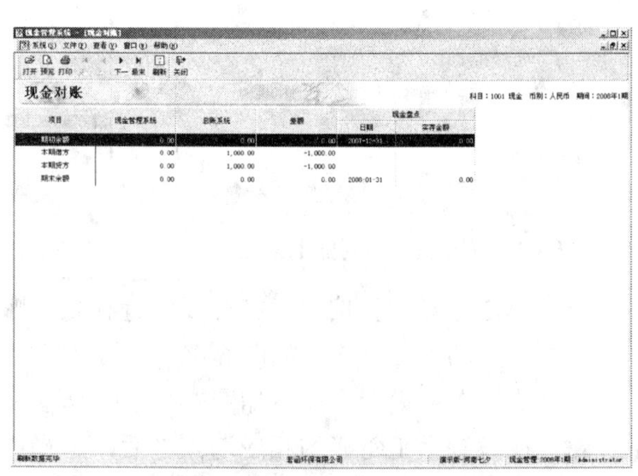

图6-63　【现金对账】窗口

❸ 如果在“差额”栏中的数值不是0，则表明现金管理系统与总账系统的余额或发

生额有差异，即需要核对明细账，查明差异的原因。

④ 单击工具栏上的【打开】按钮，打开【现金对账】对话框，在其中可以重新设置科目、币别及对账方式，用来查询其他对账内容。

现金对账实际是现金管理系统出纳账与总账日记账的对账。可以根据借贷方发生额的核对找到一些差异的线索。

2. 银行存款对账

银行存款对账是指企业的银行存款日记账与银行出具的银行对账单之间的核对。企业的结算业务大部分要通过银行进行结算，但由于企业与银行的账务处理和入账时间不一致，往往会发生双方账面不一致的情况。为了准确掌握银行存款的实际金额，企业必须定期将企业银行存款日记账与银行出具的对账单进行核对。

银行存款对账的具体操作步骤如下：

① 在金蝶 K/3 主控台窗口中单击【财务会计】标签，选择【现金管理】系统功能项，双击【银行存款】子功能项下的“银行存款对账”明细功能项，打开【银行存款对账】窗口并弹出【银行存款对账】对话框，如图 6-64 所示。

② 在其中设置科目、币别及会计期间，并选中“包含已勾对记录”复选框之后，单击【确定】按钮，进入【银行存款对账】窗口，如图 6-65 所示。

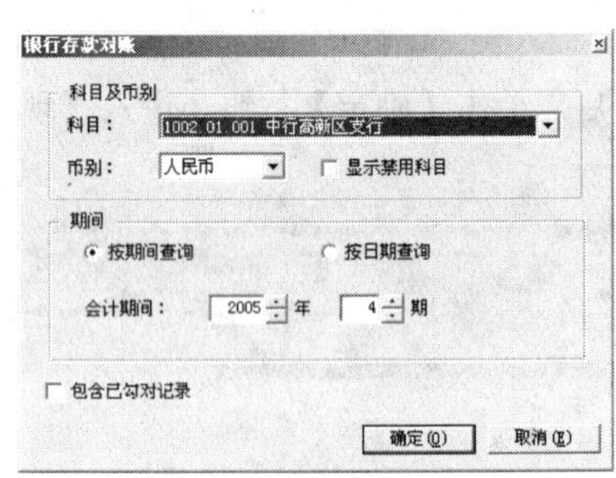

图 6-64 【银行存款对账】对话框

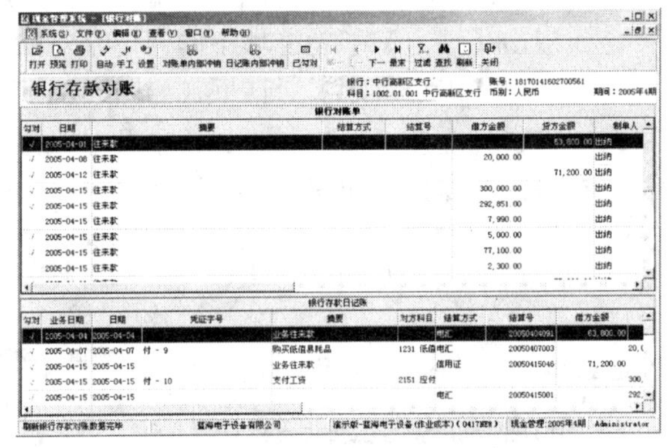

图 6-65 【银行存款对账】窗口

③ 单击【设置】按钮，打开【银行存款对账设置】对话框，在其中对自动对账进行相应的设置操作，如图 6-66 所示。选择“手工对账设置”选项卡，进入“手工对账设置”设置界面，如图 6-67 所示。

④ 在设置手工对账的相应选项之后，选择“表格设置”选项卡，进入“表格设置”设置界面，在其中对相应的表格进行相应的设置操作，如图 6-68 所示。

⑤ 单击【确定】按钮，再单击【自动】按钮，可按照相关设置进行自动对账。在上下窗口中选择可以勾销的记录之后，单击【手工】按钮，即可进行手工对账。

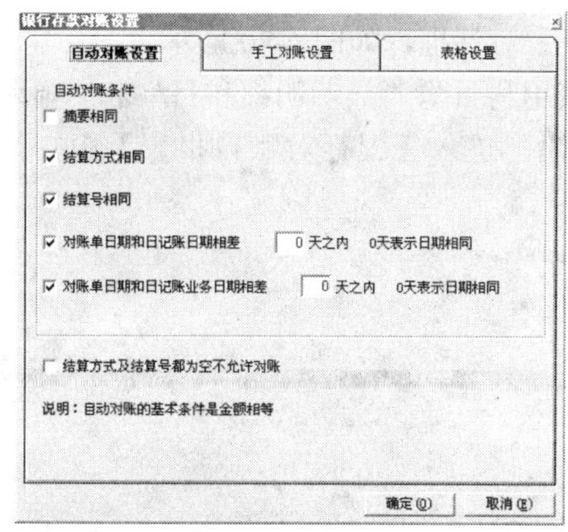

图 6-66 【银行存款对账设置】对话框

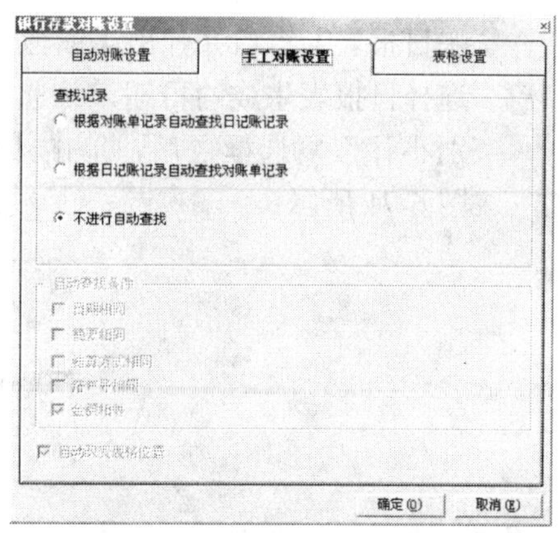

图 6-67 “手工对账设置”设置界面

❻ 单击【已勾对】按钮，打开【已勾对记录列表】窗口，在其中可以查看对账结果，如图 6-69 所示。

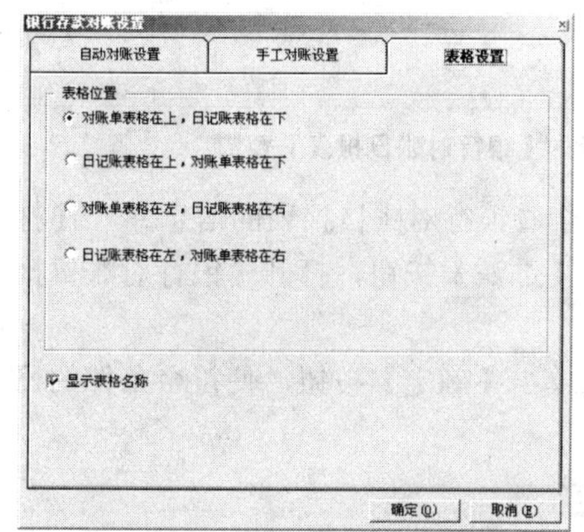

图 6-68 “表格设置”设置界面

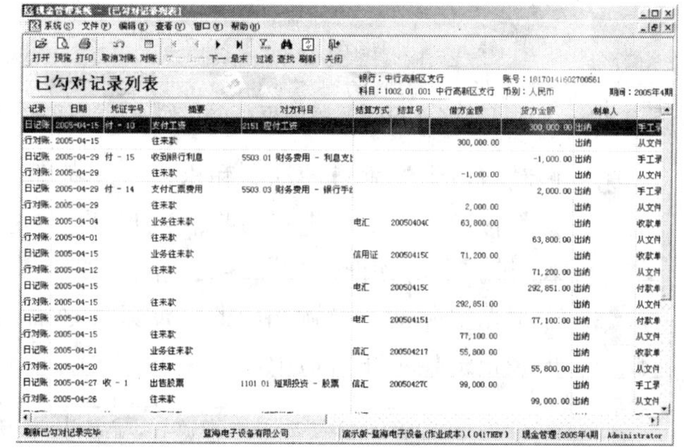

图 6-69 【已勾对记录列表】窗口

当银行对账单中存在调账或内部冲销记录时，如借贷方向相同、金额相同（或一正一负）或借贷方向相反、金额相同的记录等，可选择【编辑】→【对账单内部冲销】命令将对账单内部的记录核销。

账务中对以前的凭证进行更正的现象是比较常见的，日记账也同样会遇到这种情况，日记账内部冲销就是处理这类记录在日记账中的内部冲销业务。可选择【编辑】→【日记账内部冲销】命令将日记账内部的记录核销。

3．银行对账日报表

为了方便客户了解企业某一天各银行的实际存款情况，系统提供了银行对账日报表，通过当日银行存款的收支和对账单余额的输出，使企业了解到存储在银行资金的实际余额。

银行对账日报表的具体查询步骤如下：

❶ 在金蝶 K/3 主控台窗口中单击【财务会计】标签，选择【现金管理】系统功能项，双击【银行存款】子功能项下的“银行对账日报表”明细功能项，打开【银行对

账日报表】窗口并弹出【银行对账日报表】对话框，如图 6-70 所示。

❷ 选择日报表生成的日期，并选中“显示禁用科目”、“显示明细科目”和“显示币别小计”复选框之后，单击【确定】按钮，进入【银行对账日报表】窗口，如图 6-71 所示。

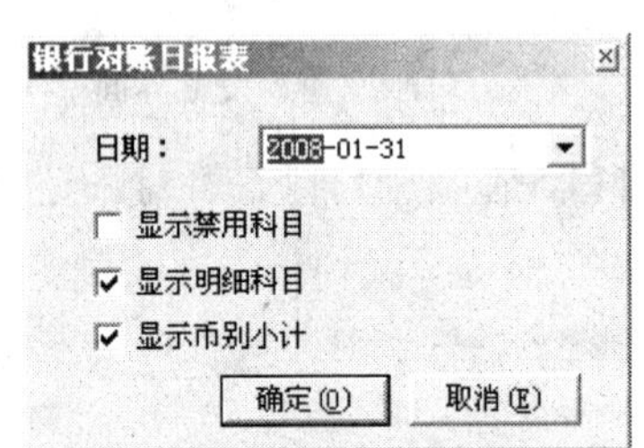

图 6-70 【银行对账日报表】对话框

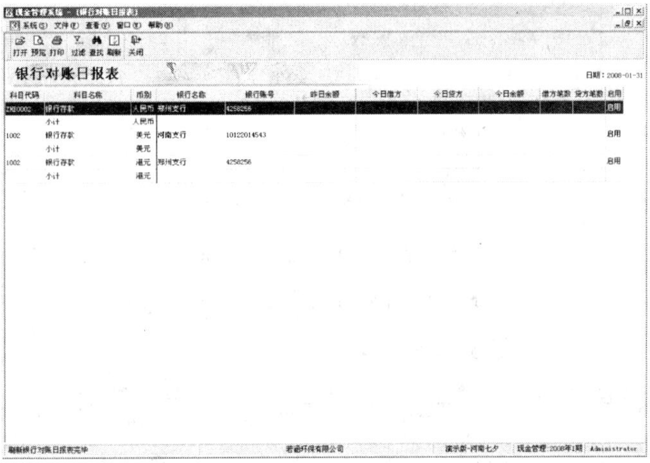

图 6-71 【银行对账日报表】窗口

❸ 拖动窗口中的垂直滚动条和水平滚动条即可查看银行对账日报表的信息。单击【打开】按钮，可重新选择日报表的日期。单击【过滤】按钮，打开【银行对账日报表 过滤】对话框，如图 6-72 所示。

❹ 在根据实际情况设置相应的过滤条件之后，单击【确定】按钮，使符合条件的日报表记录显示在窗口中，如图 6-73 所示。

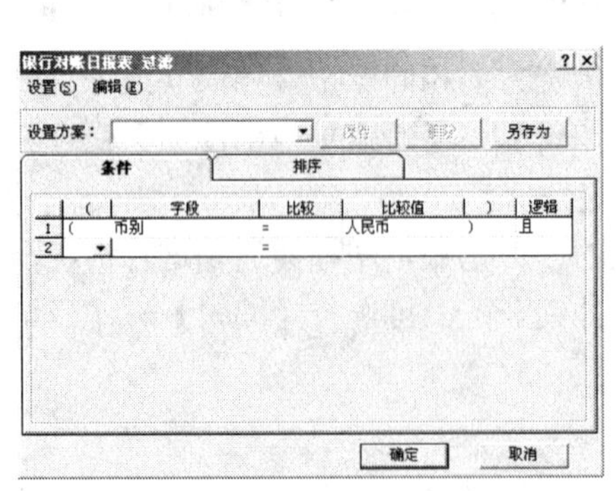

图 6-72 【银行对账日报表 过滤】对话框

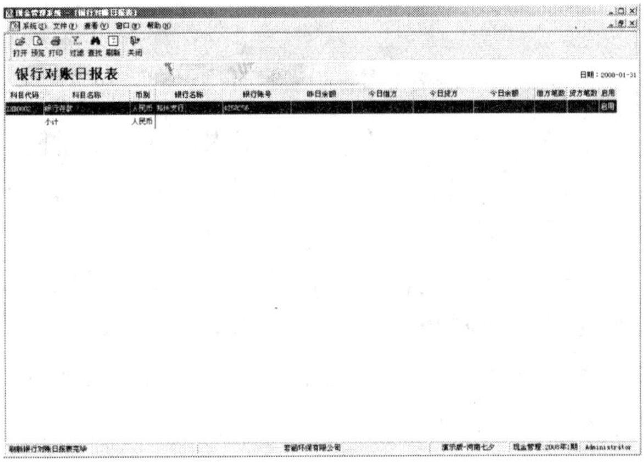

图 6-73 过滤结果显示

❺ 单击【查找】按钮，打开【银行对账日报表 查找】对话框，在其中根据实际情况设置相应的查找条件，如图 6-74 所示。单击【确定】按钮，使符合条件的日报表记录显示在窗口中，如图 6-75 所示。

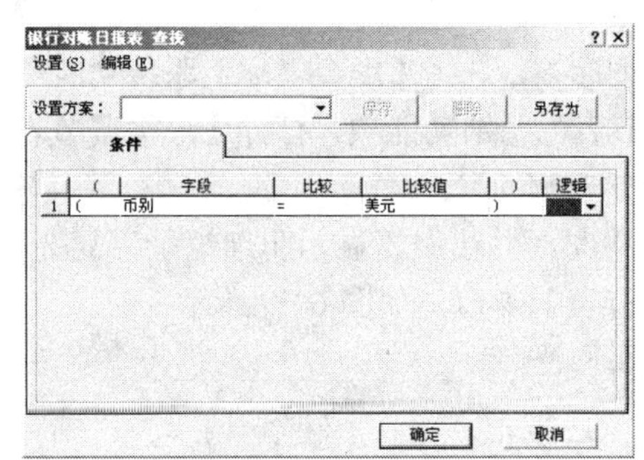
图 6-74 【银行对账日报表 查找】对话框

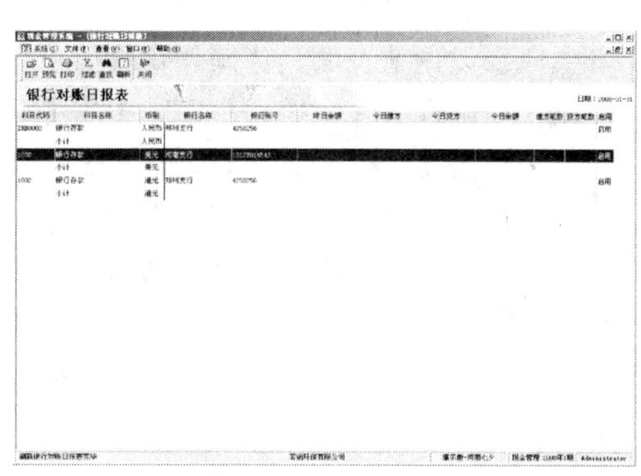
图 6-75 查找结果显示

4．银行存款与总账对账

银行存款与总账对账是指系统自动将现金管理系统出纳账与总账日记账的当期银行存款发生额、余额进行核对，并生成对账表的过程。

银行存款与总账对账的具体操作步骤如下：

❶ 在金蝶 K/3 主控台窗口中单击【财务会计】标签，选择【现金管理】系统功能项，双击【银行存款】子功能项下的“银行存款与总账对账”明细功能项，打开【银行存款与总账对账】窗口并弹出【银行存款与总账对账】对话框，如图 6-76 所示。

❷ 在选择科目、币别及对账方式之后，单击【确定】按钮，进入【银行存款与总账对账】窗口，如图 6-77 所示。

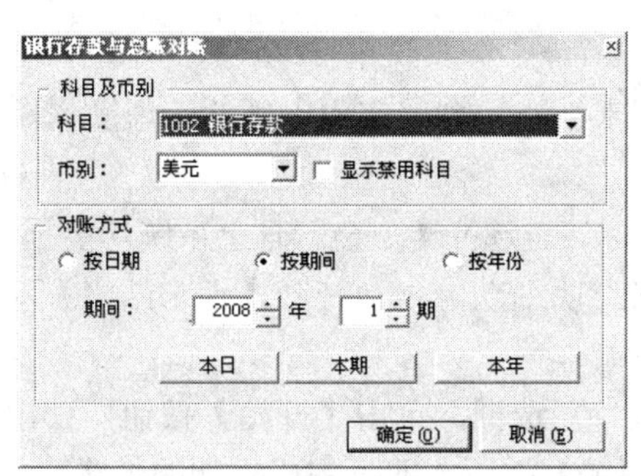
图 6-76 【银行存款与总账对账】对话框

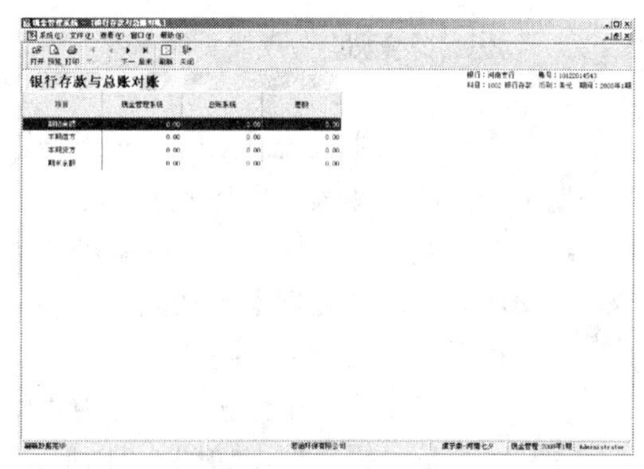
图 6-77 【银行存款与总账对账】窗口

❸ 单击【关闭】按钮，结束银行存款与总账对账的查询操作。

现金管理系统与总账系统中的数据应该完全一致，若两者余额或发生额有差异，则需要核对明细账，查明差异的原因。

6.3.2 生成余额调节表

为查询对账结果，检查对账结果是否正确，应编制银行存款余额调节表，查看企业未达账和银行存款未达账的调节情况。

生成余额调节表的具体操作步骤如下：

❶ 在金蝶 K/3 主控台窗口中单击【财务会计】标签，选择【现金管理】系统功能项，双击【银行存款】子功能项下的“余额调节表”明细功能项，打开【余额调节表】窗口并弹出【余额调节表】对话框，如图 6-78 所示。

❷ 在其中选择需要查询的科目、币别和会计期间，并选中“显示明细记录”复选框之后，单击【确定】按钮，进入【余额调节表】窗口，如图 6-79 所示。

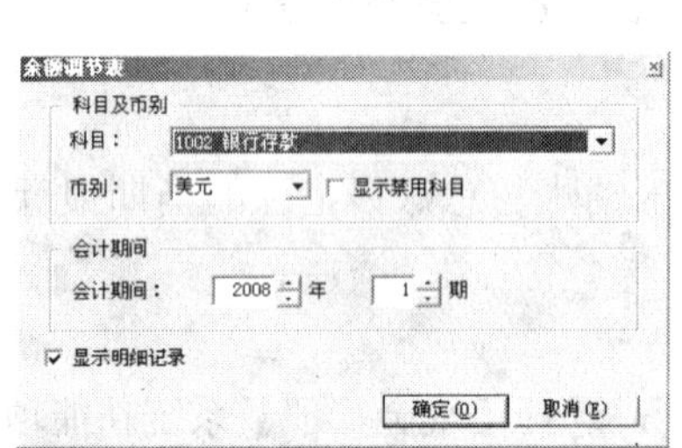

图 6-78 【余额调节表】对话框

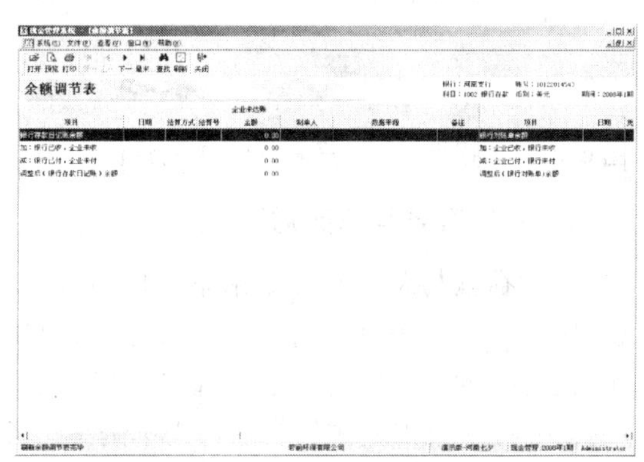

图 6-79 【余额调节表】窗口

❸ 拖动窗口中的垂直滚动条和水平滚动条可查看余额调节表信息。单击【关闭】按钮，结束余额调节表的查询操作。

6.3.3 期末结账

所有的管理操作就绪后，即可对现金管理进行期末结账，彻底完成出纳的管理操作。

期末结账的具体操作步骤如下：

❶ 在金蝶 K/3 主控台窗口中单击【财务会计】标签，选择【现金管理】系统功能项，双击【期末处理】子功能项下的“期末结账”明细功能项，打开【期末结账】对话框，如图 6-80 所示。

❷ 选中“结账”单选按钮并选中“结转未达账”复选框，单击【开始】按钮，弹出一个信息提示框，如图 6-81 所示。单击【确定】按钮，即可完成本期的结账。

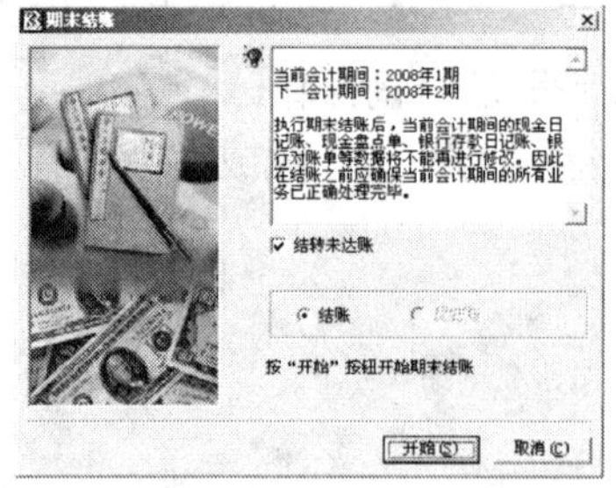

图 6-80 【期末结账】对话框

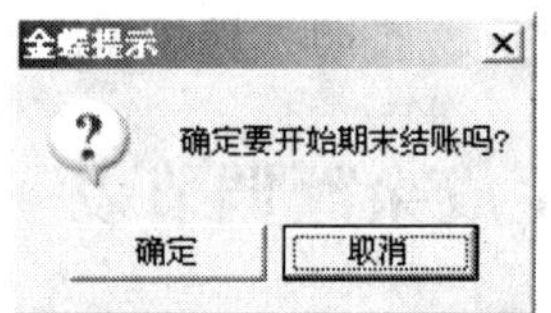

图 6-81 信息提示框

在期末结账时，必须选中“结转未达账”复选框，否则将会造成下期余额调节表不平衡。

执行期末结账之后，当前会计期间的现金日记账、现金盘点单、银行存款日记账和银行对账单的数据将不能再进行修改，因此，在结账之前应确保当前会计期间的所有业务已正确处理完毕。

若再次双击【期末处理】子功能项下的“期末结账”明细功能项，则可进行反结账。进行反结账时，系统提供了“取消本期对以前期记录的勾对”复选框。如果选中该复选框，则在反结账时，本期对以前期记录所作的勾对全部取消；若取消选中该复选框，上期结转的银行存款日记账、银行对账单以及与这些记录进行勾对的银行存款日记账、银行对账单的勾对标志将被取消，反结账回本期后需要重新进行勾对。

6.4 往来业务期末处理

为了总结某一会计期间（年度或月度）的经营活动情况，必须定期进行结账，结账就是在一定时期内发生的经济业务在全部登记入账的基础上，将各种账簿记录结出本期发生额和期末余额，从而根据账簿记录编制会计报表。在本期所有的会计业务全部处理完毕之后，即可进行期末结账处理。

系统的数据处理都是针对于本期的，要进行下一期间的处理前，必须将本期的账务全部进行结账处理，这样，系统才能进入下一期间。在结账之前，应先检查本期发生的各种经济业务是否都已经编制记账凭证并登记入账。

6.4.1 往来对账

在金蝶 K/3 系统中，总账系统、应收款管理系统和应付款管理系统都提供了往来对账功能。

1. 总账系统中的往来对账

在金蝶 K/3 系统中，总账系统提供的往来管理主要是基于按余额核销的，系统自动把往来会计科目余额属性方向（如应收账款为借方）的最后一笔业务发生的时间订为账龄起算点，所有业务自动从凭证中提取，采用统一的按余额核销模式，不需要进行手动核销，即可自动生成往来对账单和账龄分析表，如要进行手动核销或更详细的管理，可采用应收账和应付账系统。

往来业务管理在企业的财务管理中占有重要的地位，往来业务资料的准确与否直接关系到企业财务工作的各个方面，及时进行往来业务的对账可有效地对往来业务进行管理。

系统提供了往来对账的功能进行往来业务的管理。

总账系统中往来对账的具体操作步骤如下：

❶ 在金蝶 K/3 主控台窗口中单击【财务会计】标签，选择【总账】系统功能项，双击【往来】子功能项下的“往来对账单”明细功能项，打开【往来对账单】窗口并弹出【过滤条件】对话框，如图 6-82 所示。

❷ 在其中设置会计期间、会计科目、币别、项目类别、项目代码范围、业务日期范围和业务编号范围等内容后，单击【项目类别组合】按钮，在弹出的如图 6-83 所示的对话框中设置核算项目组合。

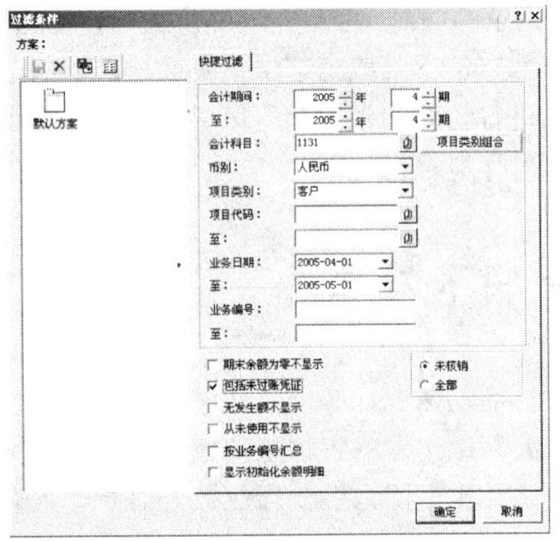

图 6-82 【过滤条件】对话框

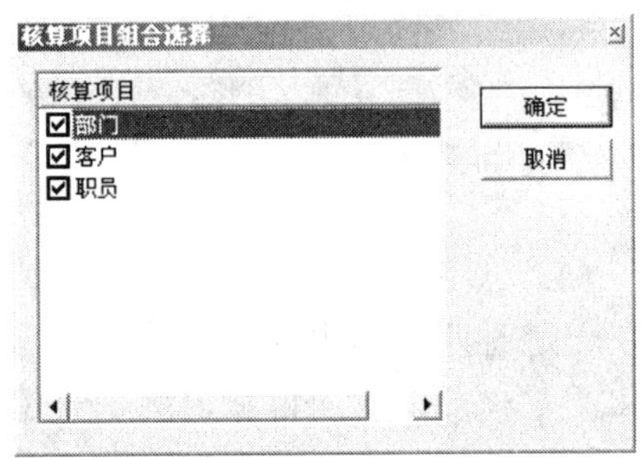

图 6-83 【核算项目组合选择】对话框

❸ 单击【确定】按钮，进入【往来对账单】窗口，如图 6-84 所示。选取窗口中具体的记录，单击工具栏上的【凭证】按钮，打开【记账凭证】窗口查看该记录的凭证信息，如图 6-85 所示。

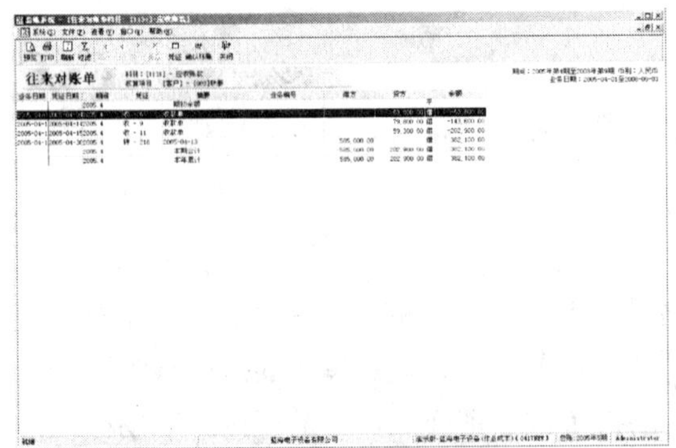

图 6-84 【往来对账单】窗口

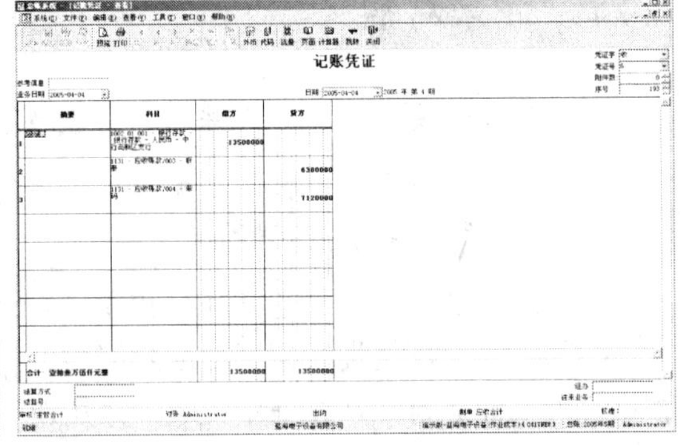

图 6-85 查看凭证信息

❹ 选取窗口中具体的记录之后，单击工具栏上的【确认坏账】按钮，弹出【确认坏账】对话框，如图 6-86 所示。单击【下一步】按钮，设置坏账凭证生成的日期、凭证字、凭证摘要以及坏账准备科目等内容，如图 6-87 所示。单击【完成】按钮，

生成坏账凭证。

图 6-86　输入坏账信息

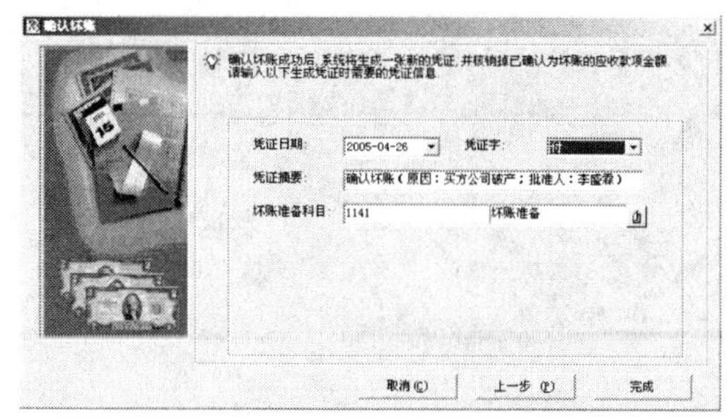

图 6-87　设置坏账凭证选项

2．应收款管理系统中的往来对账

应收款管理系统的往来对账单主要用来与客户进行对账，与总账系统中的往来对账单功能有所不同，各有重点。

应收款管理系统中往来对账的具体操作步骤如下：

❶ 在金蝶 K/3 主控台窗口中单击【财务会计】标签，选择【应收款管理】系统功能项，双击【账表】子功能项下的“往来对账”明细功能项，打开【过滤条件】对话框，如图 6-88 所示。

❷ 在其中设置日期范围、核算项目类别、核算项目代码范围、部门代码、业务员代码、币别和查询余额，并根据需要选中相应的复选框之后，选择“高级”选项卡，进入“高级”设置界面，在其中根据实际情况设置相应的选项，如图 6-89 所示。

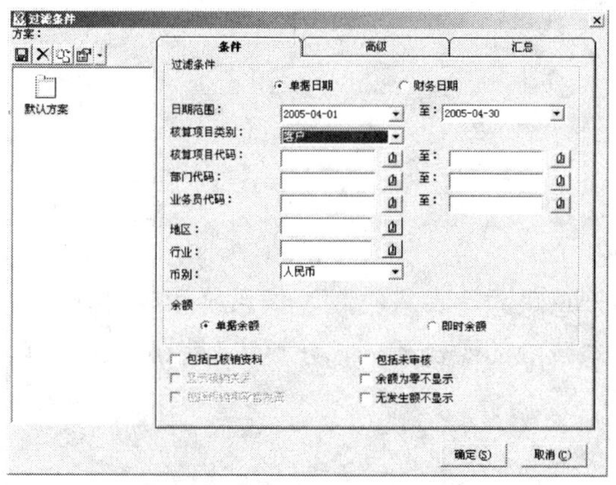

图 6-88　【过滤条件】对话框

图 6-89　“高级”设置界面

❸ 选择“汇总”选项卡，进入“汇总”设置界面，在其中设置相应的汇总选项，如图 6-90 所示。单击【确定】按钮，进入【往来对账】窗口，选取一条具体的单据记录，如图 6-91 所示。

❹ 单击工具栏上的【单据】按钮，打开该单据进行查看，如图 6-92 所示。单击【退出】按钮，即可关闭应收款汇总表窗口。

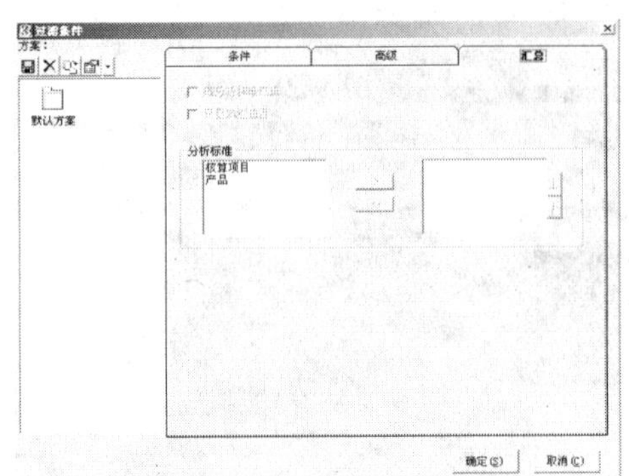

图 6-90 “汇总”设置界面

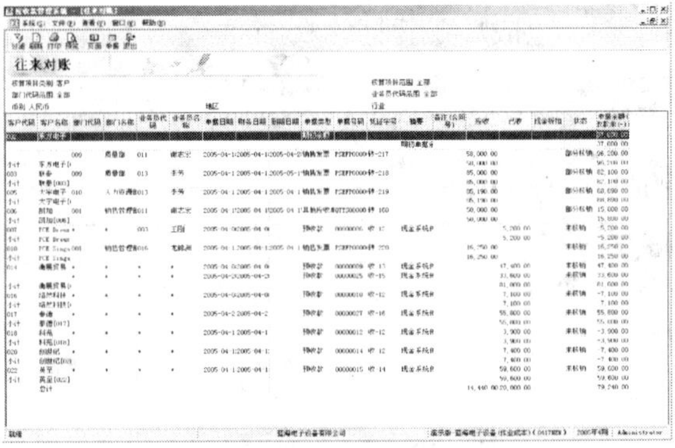

图 6-91 【往来对账】窗口

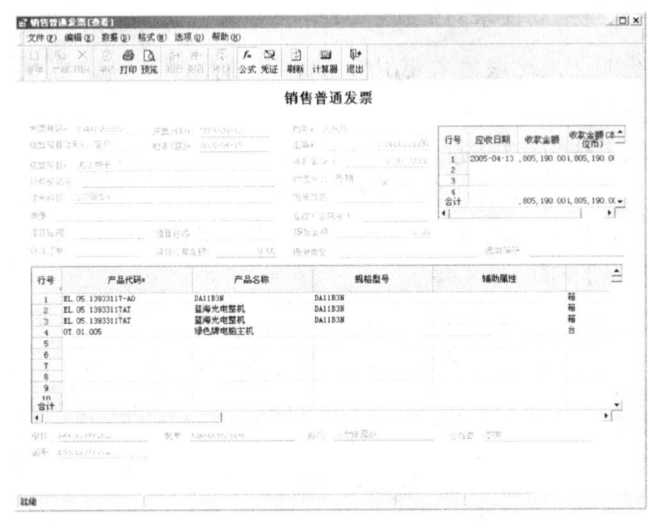

图 6-92 查看单据

6.4.2 账龄分析

与对账功能一样，账龄分析也是同时存在于总账系统、应收款管理系统和应付款管理系统中的。因在应收款管理系统和应付款管理系统中的操作相同，在这里只以应收款管理系统中的账龄分析为例介绍其操作方法。

1. 总账系统中的账龄分析

在总账系统中，账龄分析表主要是用来对设置为往来核算科目的往来款项余额的时间分布进行分析的。在账龄分析表中，只提供单核算的账龄分析表，或把往来核算科目下所设置的所有核算项目都列示出来。

总账系统中账龄分析的具体操作步骤如下：

❶ 在金蝶 K/3 主控台窗口中单击【财务会计】标签，选择【总账】系统功能项，双击【往来】子功能项下的“账龄分析表”明细功能项，打开【账龄分析表】窗口并弹出【过滤条件】对话框，如图 6-93 所示。

❷ 在其中设置会计科目范围、项目类别、核算项目范围、币别、截止日期以及账龄分组方式等选项，并根据需要选中相应的复选框之后，单击【确定】按钮，进入【账龄分析表】窗口，如图 6-94 所示。

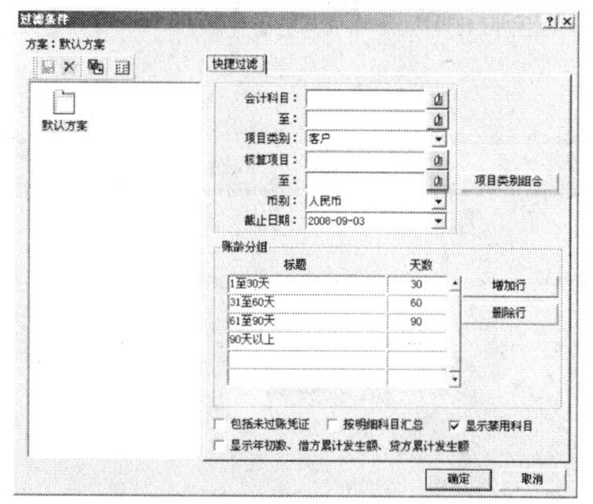

图 6-93　【过滤条件】对话框

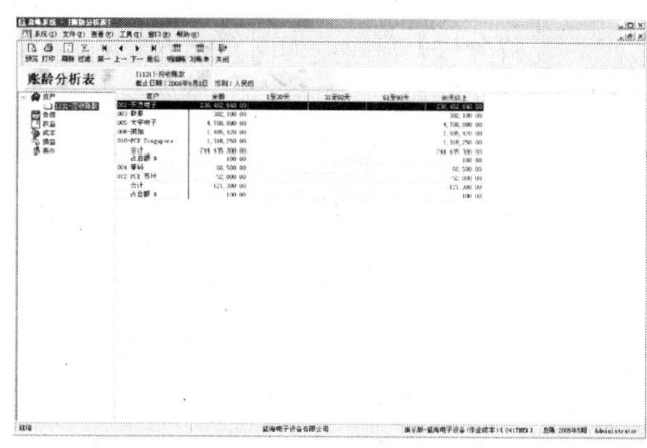

图 6-94　【账龄分析表】窗口

❸ 在其中选择需要查看的记录之后，单击工具栏上的【明细账】按钮，可查看所选记录的核算项目明细账，如图 6-95 所示。单击工具栏上的【对账单】按钮，可查看所选记录的往来对账单。

2. 应收款管理系统中的账龄分析

在应收（付）款管理系统中，账龄分析主要用来对未核销的往来账款进行分析。

应收款管理系统中账龄分析的具体操作步骤如下：

❶ 在金蝶 K/3 主控台窗口中单击【财务会计】标签，选择【应收款管理】系统功能项，双击【分析】子功能项下的“账龄分析”明细功能项，打开【过滤条件】对话框，如图 6-96 所示。

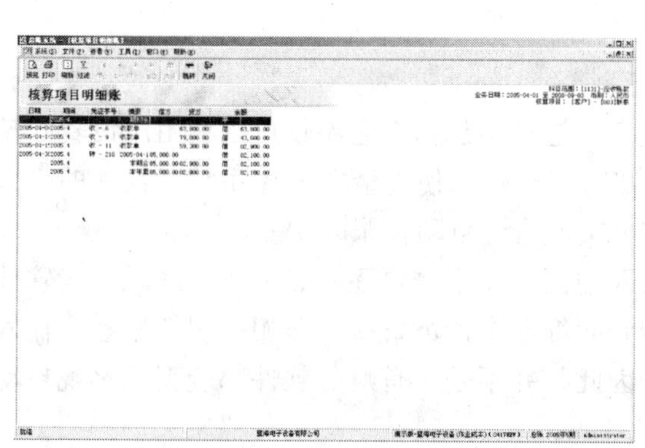

图 6-95　查看明细账

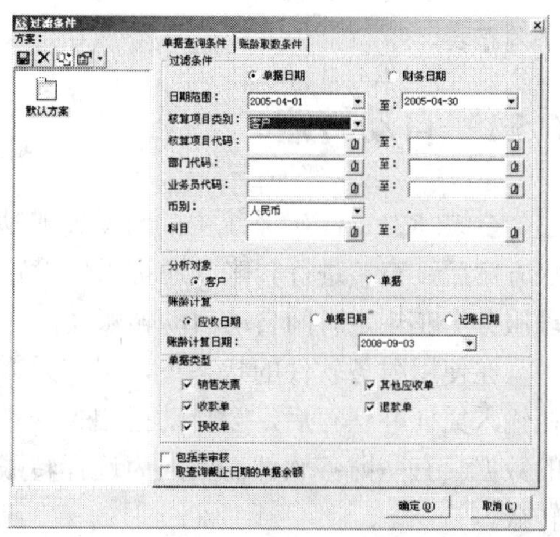

图 6-96　【过滤条件】对话框

❷ 在其中设置过滤条件、分析对象、账龄计算的日期、单据类型及是否包括未审核

单据、是否取查询截止日期的单据余额等选项之后，选择“账龄取数条件”选项卡，进入“账龄取数条件”设置界面，如图 6-97 所示。

❸ 在其中设置账龄的分组方式、排序字段和汇总类型，并选中“按分管部门与专营业务员查询”和“包括已出库未开票”复选框后，单击【确定】按钮，进入【账龄分析】窗口，如图 6-98 所示。

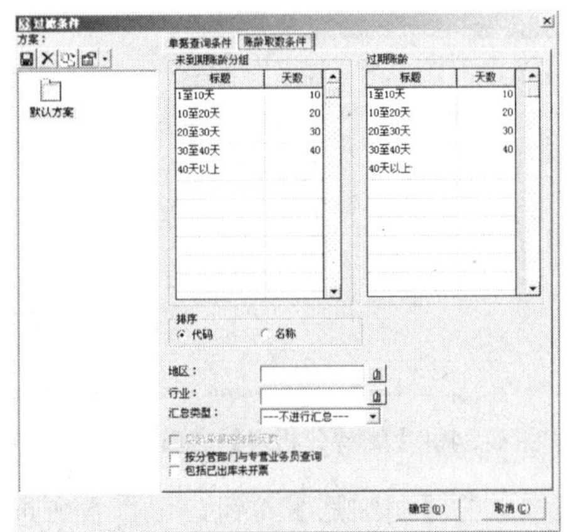

图 6-97 “账龄取数条件”设置界面

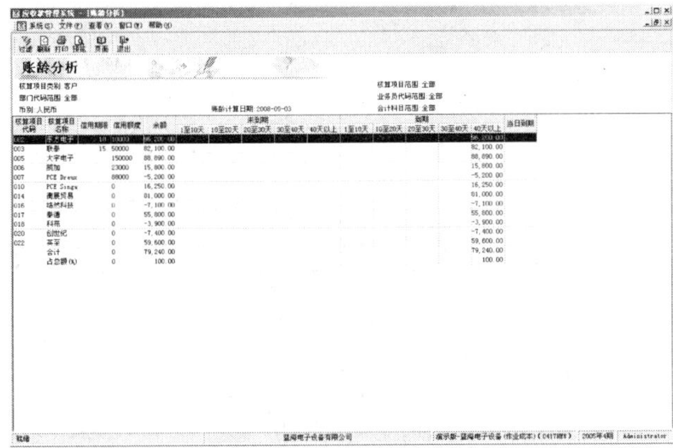

图 6-98 【账龄分析】窗口

6.5 其他核算业务期末处理

为了总结某一会计期间（如月度和年度）的经营活动情况，必须定期进行结账。结账之前，按企业财务管理和成本核算的要求，必须进行制造费用、产品生产成本的结转以及期末调汇、损益结转等工作。若为年底结转，还必须结平本年利润和利润分配账户。本功能主要用于对外币核算的账户在期末自动计算汇兑损益，生成汇兑损益转账凭证及期末汇率调整表。

6.5.1 自动转账

金蝶 K/3 V11.0 系统中的自动转账功能有了进一步加强，它不仅可以在用户设置好转账方案后，直接进行转账，还可以先设置转账方案，然后使用金蝶 K/3 系统工具中的“代理服务”在规定时间自动启动转账功能，完全实现后台自动转账的功能。

在使用财务软件的状态下，用户只需录入凭证，而不需要逐笔登录明细账。有些软件在输入凭证并保存后，会自动把相关分录转到明细账中，可直接打开相关明细账看到输入的数据。有些财务软件需要人为选择转账，因此，并不是所有财务软件都能真正实现自动转账。

1. 手工转账

在日常账务处理过程中，转账可以运用手工的方式实现，也可以运用系统的自动转账功能实现。下面首先介绍手工转账的操作方法，具体操作步骤如下：

❶ 在金蝶 K/3 主控台窗口中单击【财务会计】标签，选择【总账】系统功能项，双击【结账】子功能项，即可显示各个明细功能，如图 6-99 所示。双击明细功能列表中的“自动转账”选项，打开【自动转账凭证】对话框，如图 6-100 所示。

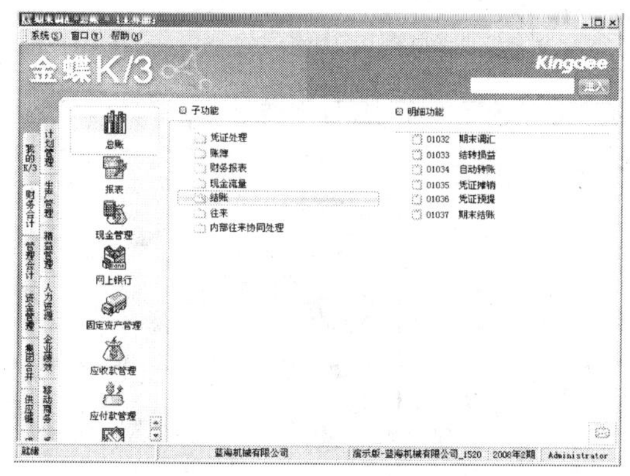

图 6-99 “结账”明细功能显示

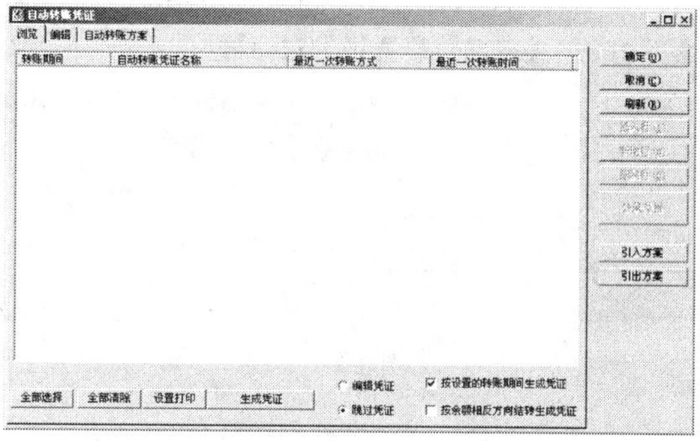

图 6-100 【自动转账凭证】对话框

❷ 选择“编辑”选项卡，进入“编辑”设置界面，如图 6-101 所示。单击【新增】按钮，设置转账凭证的相关选项，如图 6-102 所示。

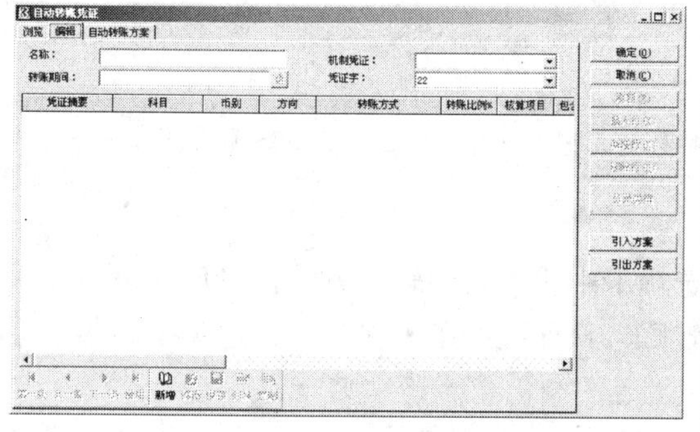

图 6-101 “编辑”设置界面

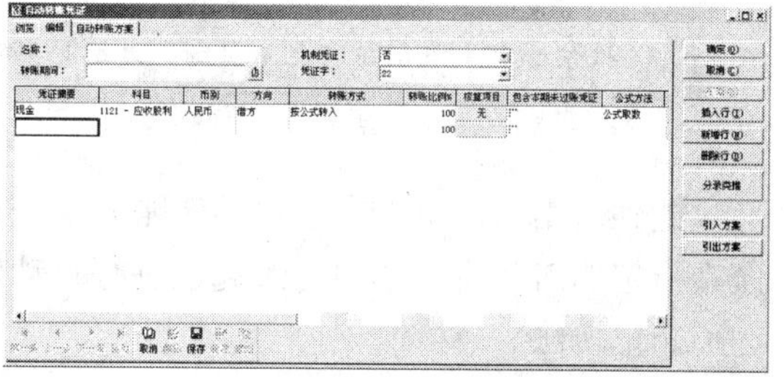

图 6-102 设置凭证选项

❸ 单击“转账期间”文本框右侧的按钮，打开【自动转账凭证】对话框，在其中选择需要转账的会计期间，如图 6-103 所示。

❹ 在“机制凭证”下拉列表框中可选择“否”、“期末调汇”、“结转损益”或“自动转账”选项，并选择相应的凭证字，如图 6-104 所示。

❺ 单击【保存】按钮，将设置保存到系统中，并在“浏览”设置界面的列表框中显示出来，如图 6-105 所示。在选取一个或几个凭证名称之后，单击【生成凭证】按钮，完成自动转账操作。

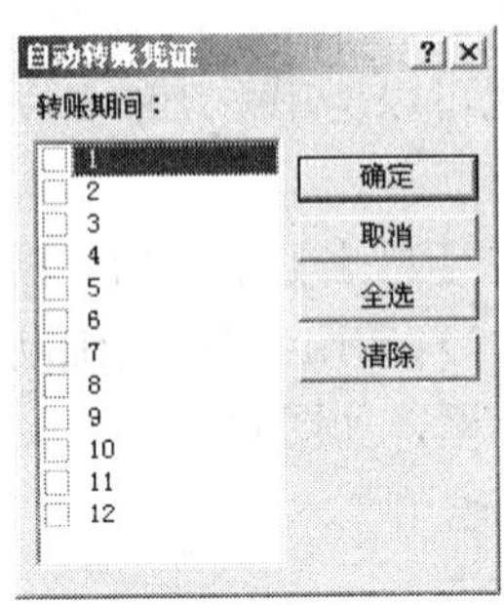

图 6-103 【自动转账凭证】对话框

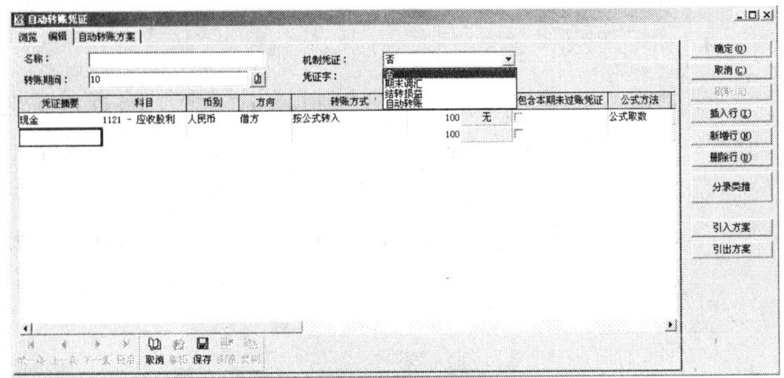

图 6-104 选择“机制凭证”类型

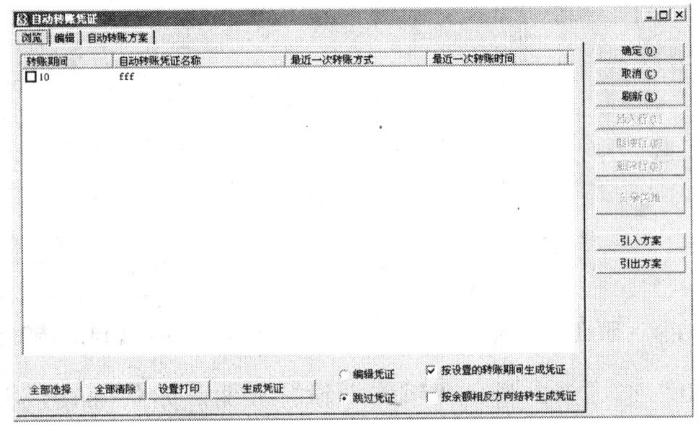

图 6-105 “浏览”设置界面

注意

“按余额相反方向结转生成凭证”复选框只对自定义转账中的“按比例转出余额、按比例转出借方发生额（贷方发生额）”有效。

此外，用户还可以在“自动转账方案”选项卡中设置自动转账方案，以后就可以让系统在指定的时间将所选的转账凭证进行自动转账，从而减少了工作量，也避免了因某些原因而忘记转账。

2. 自动转账

转账的第二种方法就是自动转账，其方法也很简单，具体操作步骤如下：

❶ 在【自动转账凭证】对话框中选择“自动转账方案”选项卡，进入“自动转账方案”设置界面，如图 6-106 所示。单击【新建方案】按钮，打开【自动转账方案设置】对话框，如图 6-107 所示。

❷ 选择需要进行自动转账的凭证名称并单击【增加】按钮，将其从左侧窗口添加到右侧窗口，同时还可以指定自动转账方案执行的时间，如图 6-108 所示。

❸ 在“方案名称”文本框中输入方案名称，单击【保存】按钮，即可关闭该对话框并返回到【自动转账凭证】对话框中。此时，在“自动转账方案”选项卡中显示

已经设置好的自动转账方案，如图6-109所示。

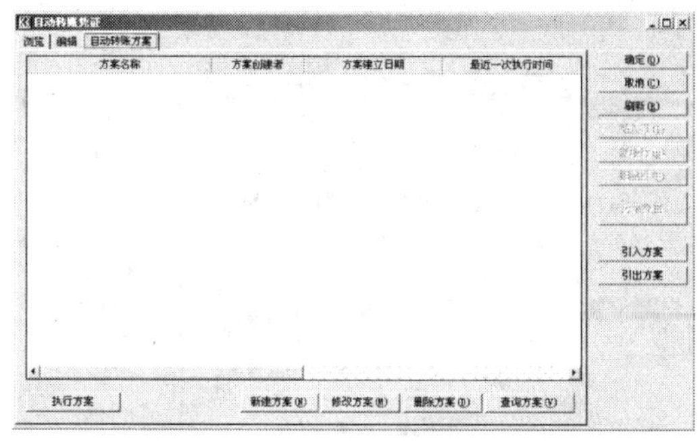

图6-106 “自动转账方案”设置界面

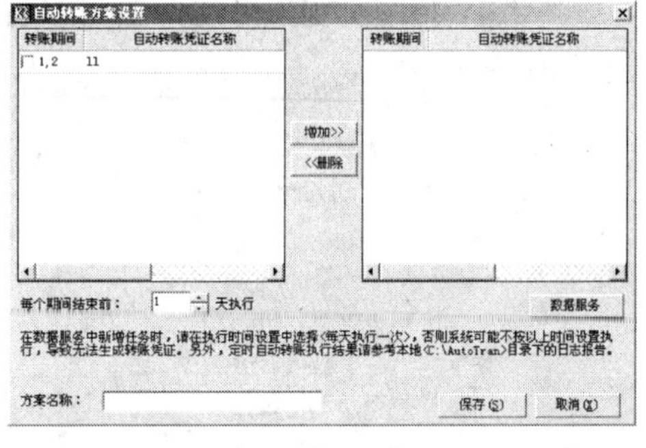

图6-107 【自动转账方案设置】对话框

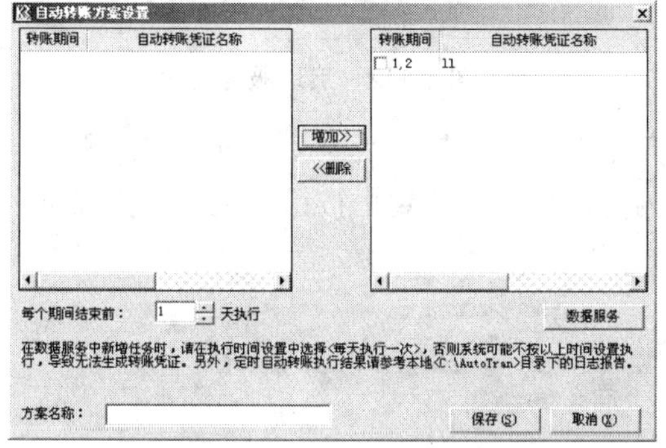

图6-108 增加凭证设置

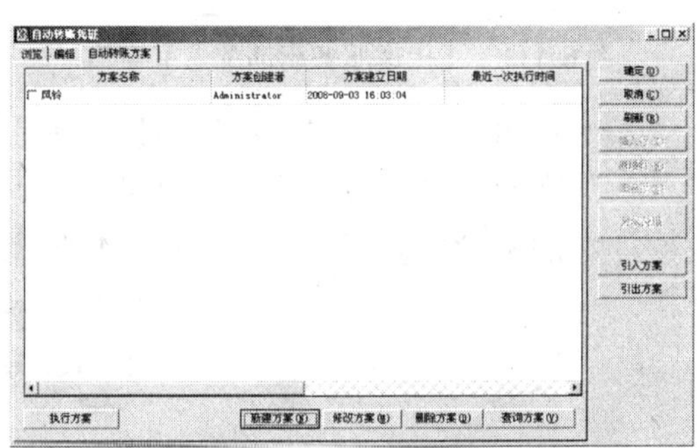

图6-109 已设置好的自动转账方案

❹ 单击【执行方案】按钮，启动自动转账操作。单击【确定】按钮，保存转账方案并退出【自动转账凭证】对话框。但要完全、自动地实现后台自动转账功能，用户还必须启用金蝶K/3系统工具中的“代理服务”工具，否则将不能实现自动转账。

❺ 在金蝶K/3主控台窗口中选择【系统】→【K/3客户端工具包】命令，打开【金蝶K/3客户端工具包】窗口，并选择【辅助工具】→【代理服务】命令，如图6-110所示。

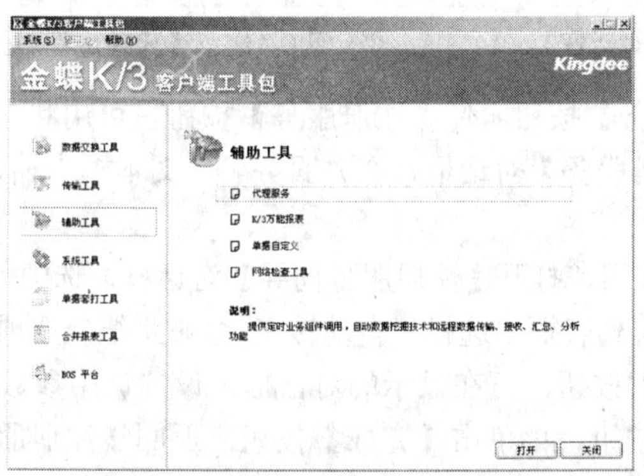

图6-110 【金蝶K/3客户端工具包】窗口

❻ 单击【打开】按钮，打开【代理服务启动配置】窗口，如图6-111所示。选中“仅

作后台进程服务启动”单选按钮，并单击【启动服务】按钮，使【打开进程管理程序】按钮变为可用，如图 6-112 所示。

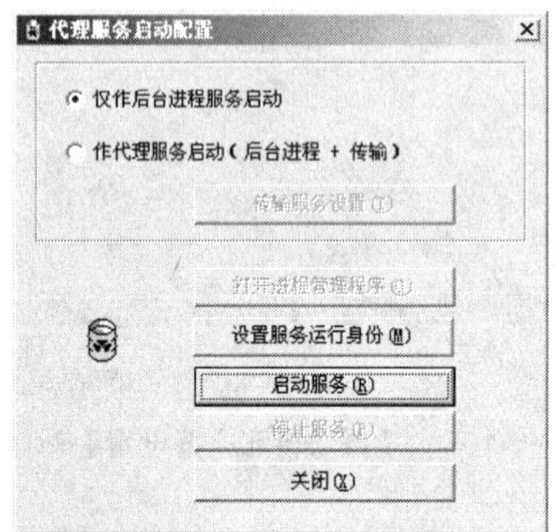

图 6-111　【代理服务启动配置】窗口

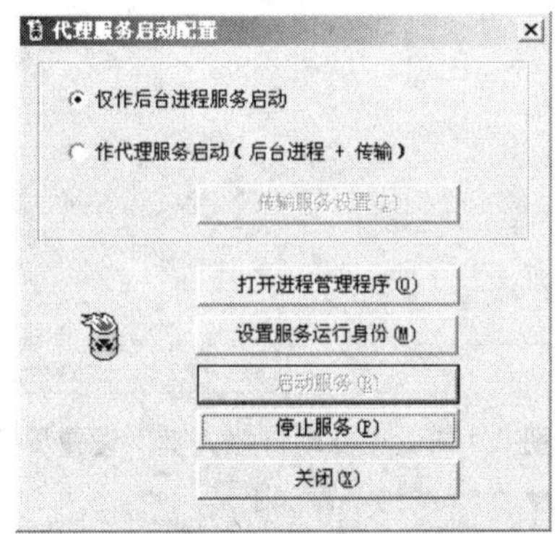

图 6-112　启动服务

❼ 单击【打开进程管理程序】按钮，打开【用户登录】对话框，如图 6-113 所示。在其中输入服务器、用户名和密码等内容，单击【确定】按钮，进入【代理进程服务管理】窗口，如图 6-114 所示。

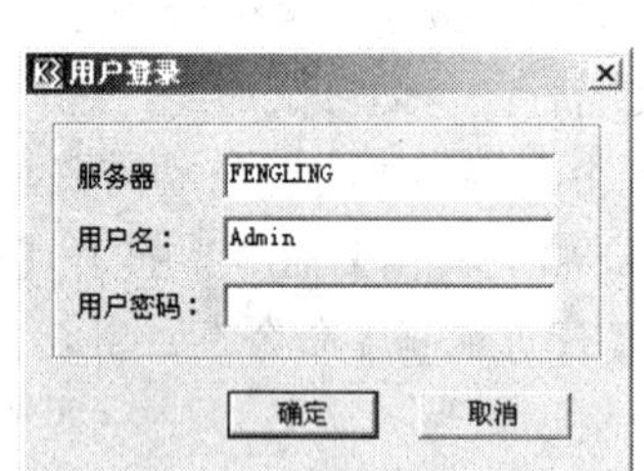

图 6-113　【用户登录】对话框

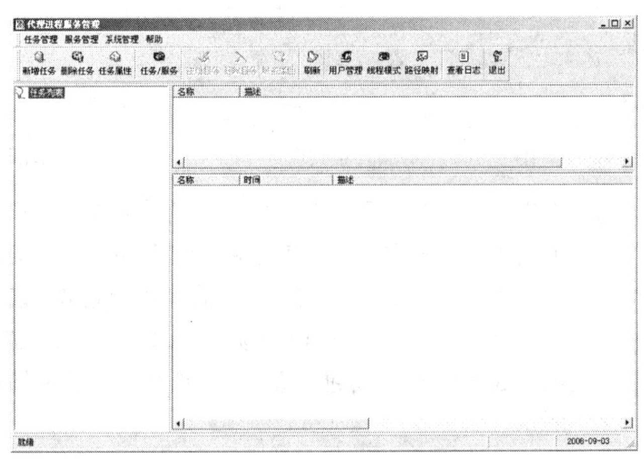

图 6-114　【代理进程服务管理】窗口

❽ 单击【任务/服务】按钮，使【注册服务】按钮呈可用状态，单击【注册服务】按钮，打开【注册服务】对话框，在“服务名”文本框中输入服务名称，如图 6-115 所示。

❾ 单击【添加】按钮，打开【注册服务向导】对话框，选中“调用 COM”单选按钮，并在其后的下拉列表框中选择“自动转账_总账系统”选项，如图 6-116 所示。

❿ 单击【下一步】按钮，可在显示的对话框中设置调用参数，如图 6-117 所示。单击【下一步】按钮，再单击【完成】按钮，返回【注册服务】对话框。单击【确定】按钮，完成注册服务的设置操作。此时，在【代理进程服务管理】窗口中将添加一个服务项，如图 6-118 所示。

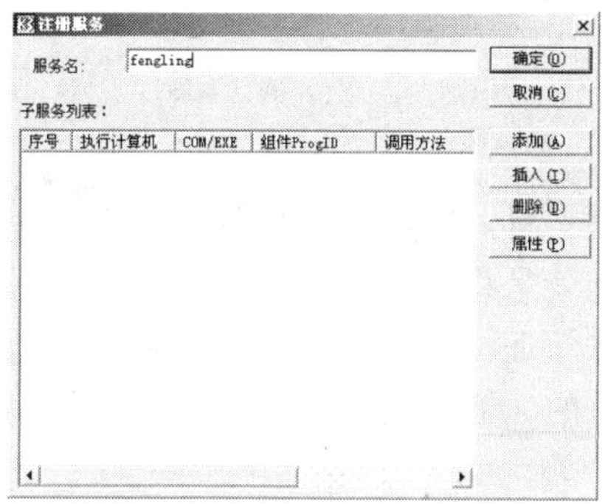
图 6-115 【注册服务】对话框

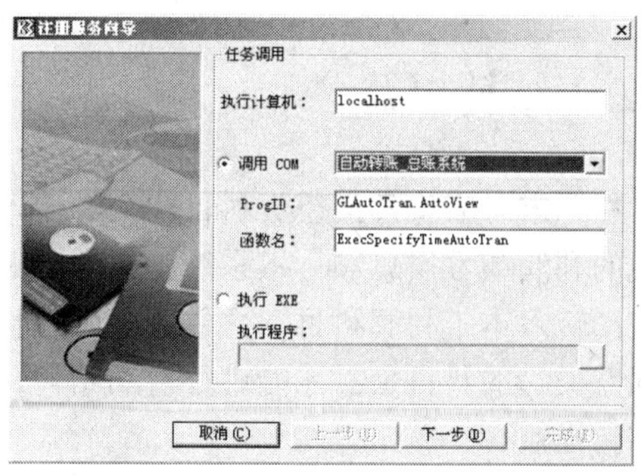
图 6-116 【注册服务向导】对话框

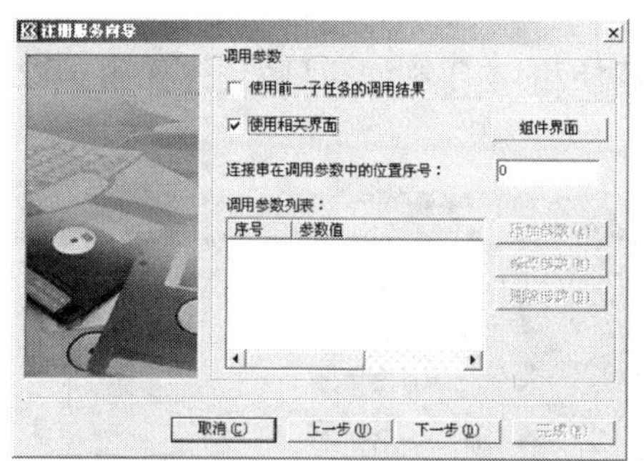
图 6-117 设置调用参数

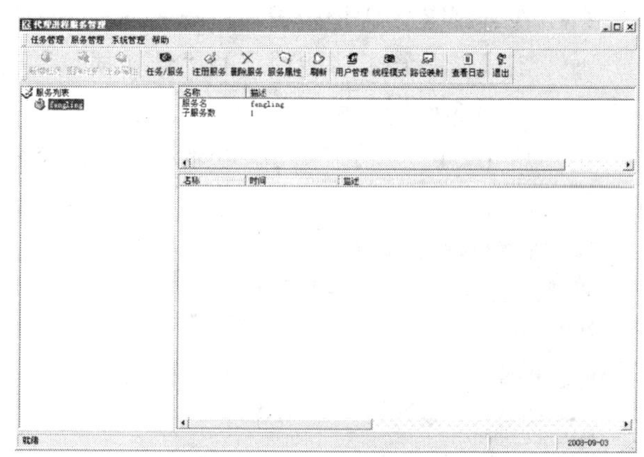
图 6-118 添加的服务项

⑪ 选中添加的服务项并单击工具栏上的【任务/服务】按钮，再单击【新增任务】按钮，可打开【添加执行任务】对话框，如图 6-119 所示。

⑫ 选择已注册的服务，单击【下一步】按钮，在显示的对话框中设置任务的执行时间，如图 6-120 所示。单击【完成】按钮，完成执行任务的添加操作。

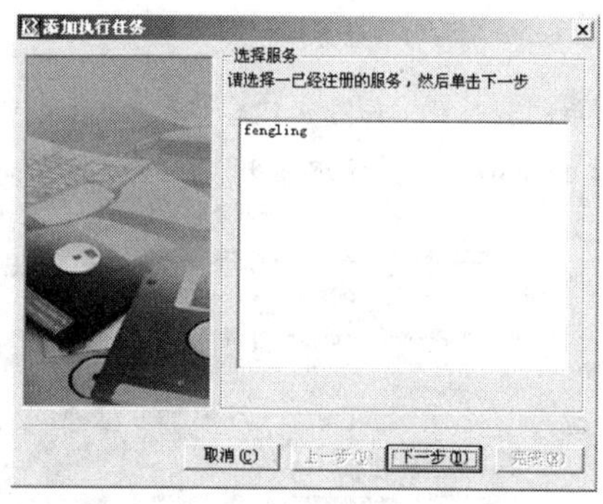
图 6-119 【添加执行任务】对话框

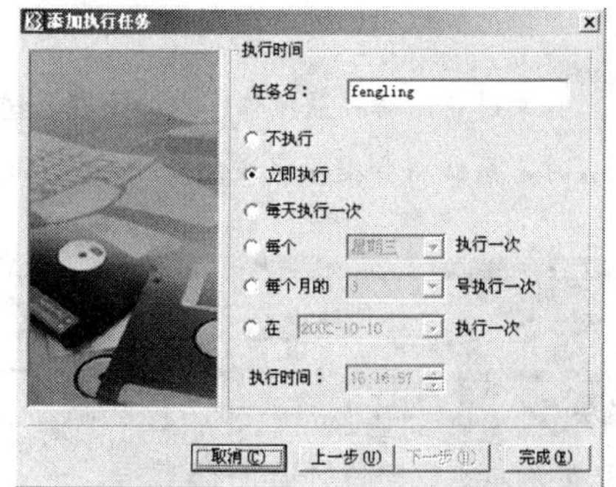
图 6-120 设置执行情况

使用金蝶 K/3 系统工具中的“代理服务”工具，用户不仅可以完成自动转账，而且可以完成凭证摊销、预提等。添加执行任务后，用户必须在自动任务执行时运行代理服务，否则任务将不能自动执行。

6.5.2 结转损益

在期末时应将各损益类科目的余额转入本年利润科目，以反映企业在一个会计期间内实现的利润或亏损总额。本系统提供的结转损益功能就是将所有损益类科目的本期余额全部自动转入本年利润科目，并生成一张结转损益记账凭证。只有在“科目类别”中设定为“损益类”的科目余额才能进行自动结转，而且所有的凭证要录入完毕并审核过账才能完成结转损益。

结转损益的具体操作步骤如下：

❶ 在金蝶 K/3 主控台窗口中单击【财务会计】标签，选择【总账】系统功能项，双击【结账】子功能项下的“结转损益”明细功能项，打开【结转损益】对话框，如图 6-121 所示。

❷ 单击【下一步】按钮，即可显示与损益类科目对应的本年利润科目列表，如图 6-122 所示。

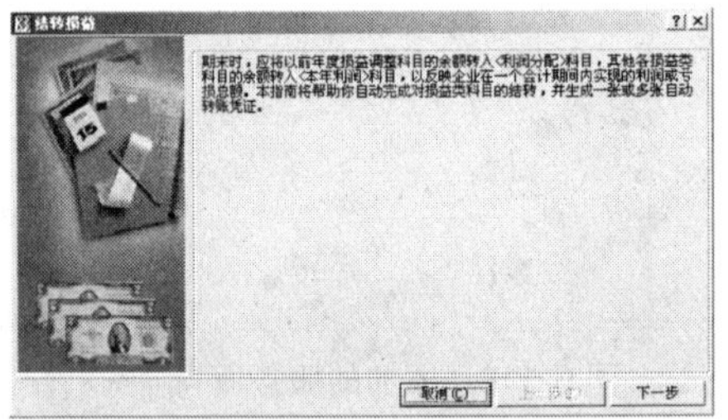

图 6-121 【结转损益】对话框

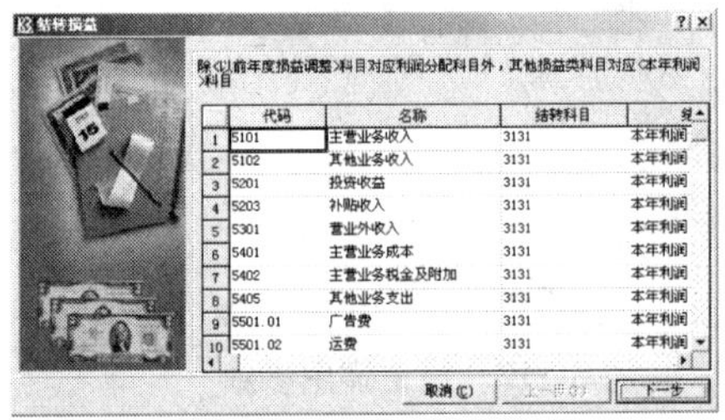

	代码	名称	结转科目	结
1	5101	主营业务收入	3131	本年利润
2	5102	其他业务收入	3131	本年利润
3	5201	投资收益	3131	本年利润
4	5203	补贴收入	3131	本年利润
5	5301	营业外收入	3131	本年利润
6	5401	主营业务成本	3131	本年利润
7	5402	主营业务税金及附加	3131	本年利润
8	5405	其他业务支出	3131	本年利润
9	5501.01	广告费	3131	本年利润
10	5501.02	运费	3131	本年利润

图 6-122 损益类科目对应的本年利润科目列表

❸ 单击【下一步】按钮，设置生成凭证的相关选项，如图 6-123 所示。单击【完成】按钮，即可生成新凭证。

注意

如果进行结转损益操作，则必须在系统参数中设置本年利润科目，如图 6-124 所示。在生成凭证时，系统将会提示生成的凭证号。可以在会计分录序时簿中进行结转损益生成的凭证的查询。

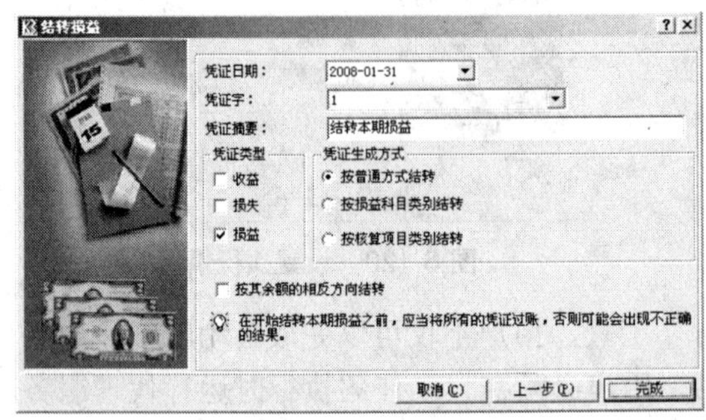

图 6-123 设置凭证选项

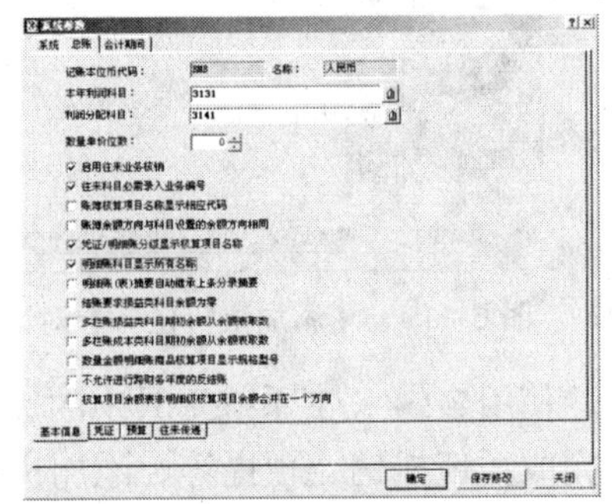

图 6-124 设置本年利润科目

6.5.3 期末调汇

期末调汇主要用于对外币核算的账户在期末自动计算汇兑损益，生成汇兑损益转账凭证及期末汇率调整表。该功能根据在会计科目中的科目属性来进行，只有在会计科目中设定为期末调汇的科目才会进行期末调汇处理。而且要求所有涉及外币业务的凭证和要调汇的会计科目全部录入完毕并审核过账。

期末调汇的具体操作步骤如下：

❶ 在金蝶 K/3 主控台窗口中单击【财务会计】标签，选择【总账】系统功能项，双击【结账】子功能项下的“期末调汇”明细功能项，打开【期末调汇】对话框，如图 6-125 所示。

❷ 单击【下一步】按钮，选择汇兑损益科目以及生成凭证的类型，并设置生成凭证的日期、凭证字和凭证摘要等，如图 6-126 所示。

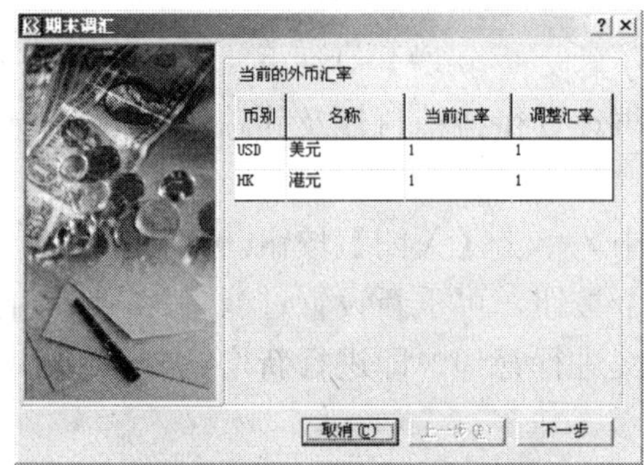

图 6-125 【期末调汇】对话框

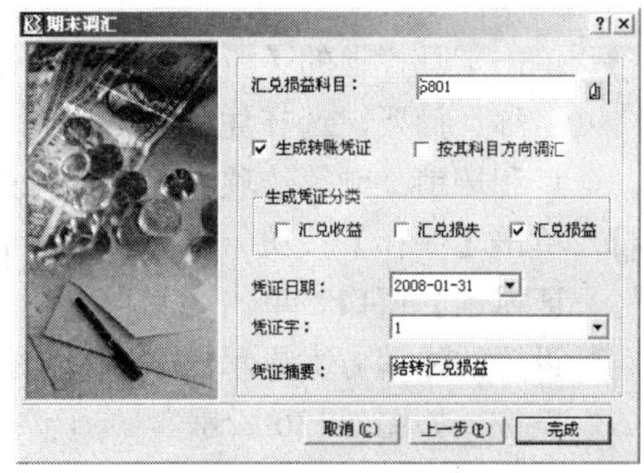

图 6-126 设置生成凭证选项

❸ 单击【完成】按钮，生成一个新凭证。参与期末调汇的会计科目及核算项目下的汇兑差额转入汇兑损益科目，暂不实现下设核算项目的对应结转。

6.5.4 凭证摊销

凭证摊销用来帮助用户对已经计入待摊费用的数据进行每一期的摊销，将其转入费用类科目，如预付保险费和固定资产修理费用。当然也可以用于一些长期资产的摊销，如低值易耗品摊销、无形资产摊销和递延资产摊销等。通过系统的处理可简化用户每个期间都需要手工录入类似凭证的工作量。系统提供手工执行方法，也可以设置在后台定时自动执行。

1．制作摊销凭证

制作摊销凭证的具体操作步骤如下：

❶ 在金蝶 K/3 主控台窗口中单击【财务会计】标签，选择【总账】系统功能项，双击【结账】子功能项下的“凭证摊销”明细功能项，打开【凭证摊销】窗口并弹出【过滤条件】对话框，如图 6-127 所示。

❷ 设置待摊科目范围、币别和转入科目范围等选项之后，单击【确定】按钮，进入【凭证摊销】窗口，如图 6-128 所示（因为没有设置摊销方案，所以该窗口没有相关数据）。

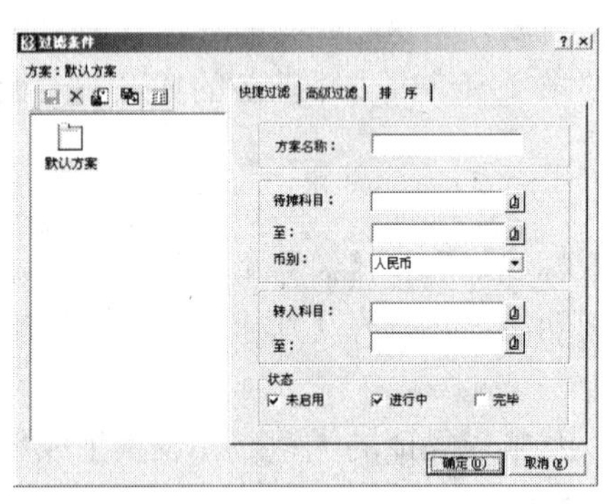

图 6-127 【过滤条件】对话框

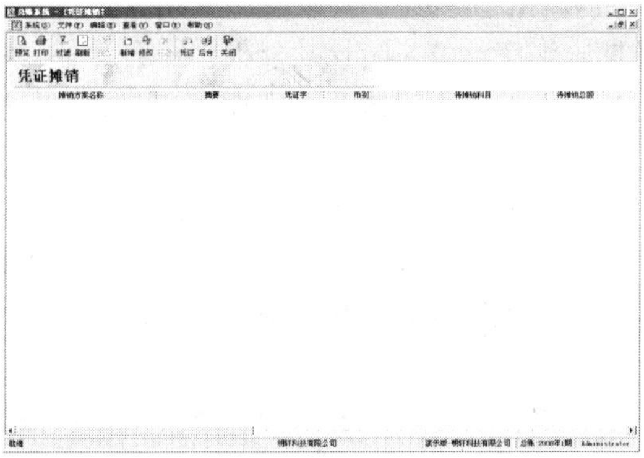

图 6-128 【凭证摊销】窗口

❸ 单击工具栏上的【新增】按钮，打开【方案设置-新增】对话框，在其中输入方案名称、摘要，选择凭证字、币别之后，再设置待摊销科目及其总额、转入费用科目和摊销金额等选项，如图 6-129 所示。

❹ 单击【保存】按钮，将设置保存到系统中。单击【关闭】按钮，则可返回到【凭证摊销】窗口。单击工具栏上的【过滤】按钮，可重新设置过滤条件，并使刚才设置的摊销方案显示出来，以对摊销方案进行管理，即进行新增、修改或删除等操作，如图 6-130 所示。

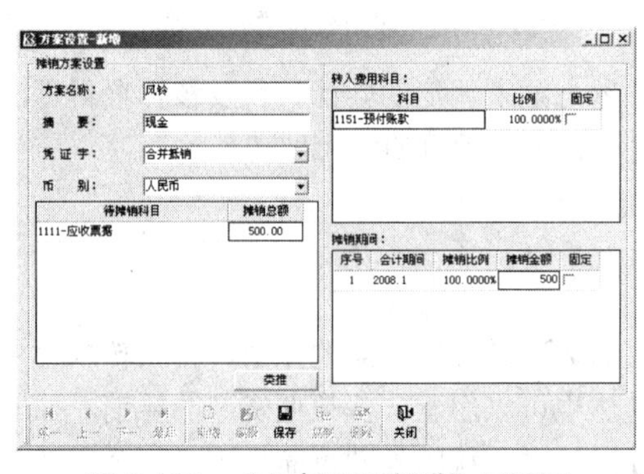

图 6-129 【方案设置-新增】对话框

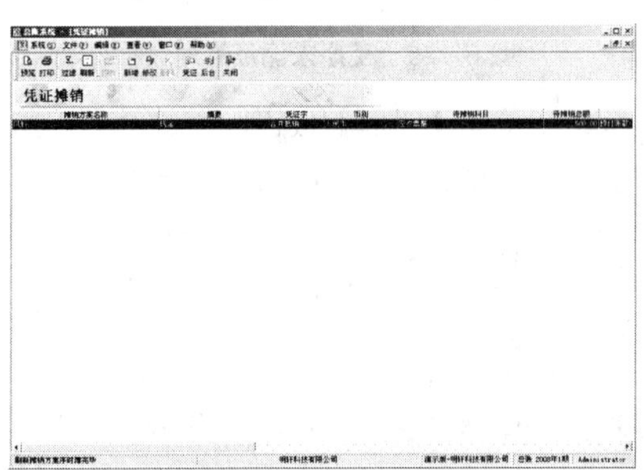

图 6-130 显示摊销方案

❺ 在选择凭证摊销方案之后，单击工具栏上的【凭证】按钮，即可弹出一个记事本提示表明按摊销方案生成凭证，如图 6-131 所示。

❻ 若要让后台自动生成凭证，只需单击工具栏上的【后台】按钮，打开【后台服务设置】对话框，在其中输入服务器、用户名和用户密码，如图 6-132 所示。

❼ 单击【登录】按钮，进入后台服务设置对话框，在其中输入任务名称，设置执行时间，如图 6-133 所示。

图 6-131 生成凭证

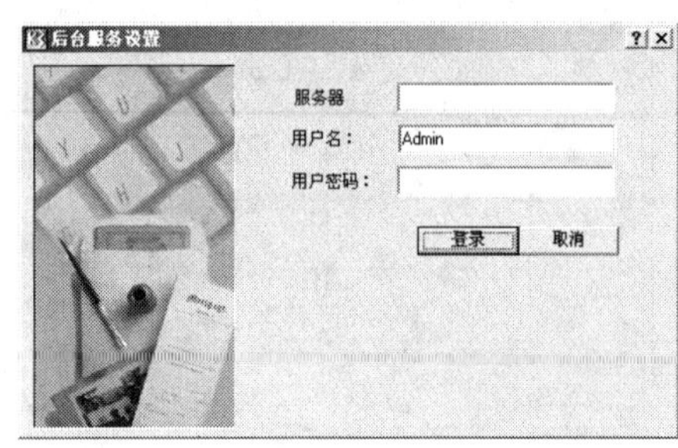

图 6-132 【后台服务设置】对话框

❽ 单击【确定】按钮，则在金蝶 K/3“代理服务”工具启动的情况下，在特定时间会自动执行所选凭证摊销方案。

2．查看凭证摊销报告

在生成摊销凭证之后，为了对已生成摊销凭证数据信息进行查询，并对剩余的摊销数据有一定掌握，用户可以查看凭证摊销报告。

查看凭证摊销报告的具体操作步骤如下：

❶ 在【凭证摊销】窗口中单击工具栏上的【过滤】按钮，在弹出的对话框中重新设置过滤条件，特别是要选中“完毕”复选框，单击【确定】按钮，使需要查看报告的凭证摊销方案显示在窗口中。

❷ 选择需要查看报告的方案之后，单击工具栏上的【报告】按钮，进入【凭证摊销报告】窗口，如图 6-134 所示。

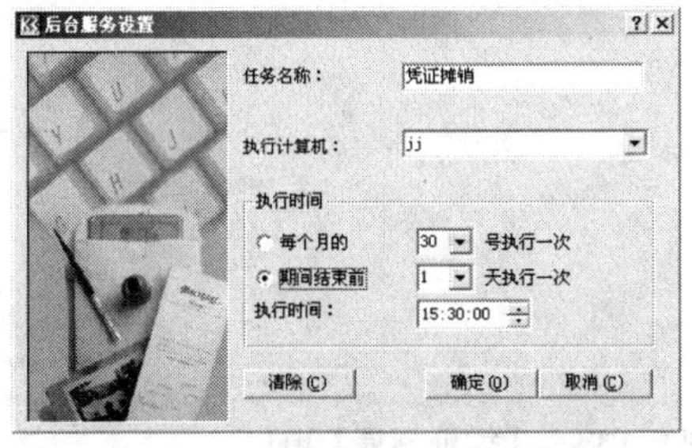

图 6-133 后台服务设置对话框

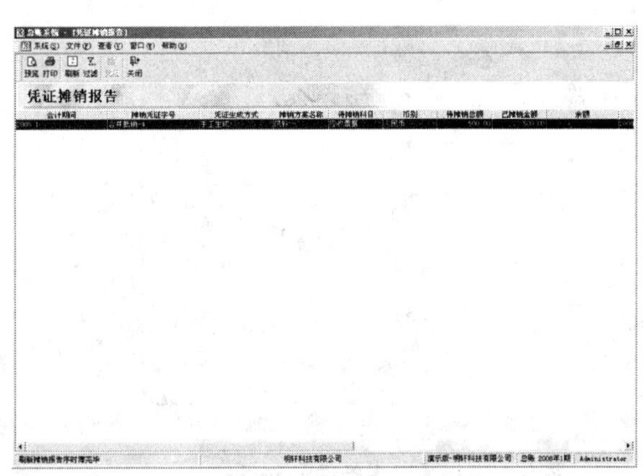

图 6-134 【凭证摊销报告】窗口

❸ 选取生成的摊销凭证记录，单击工具栏上的【凭证】按钮，打开凭证查看窗口查看生成的摊销凭证信息，如图 6-135 所示。如果要查看其他摊销方案，则可单击【过滤】按钮设置过滤条件，过滤出其他的摊销报告，如图 6-136 所示。

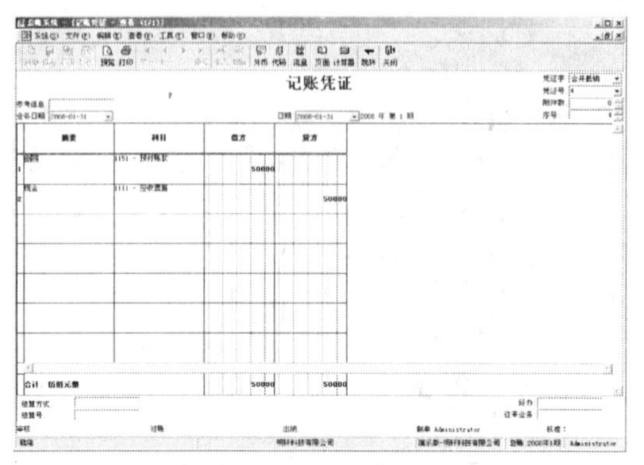

图 6-135 摊销凭证信息

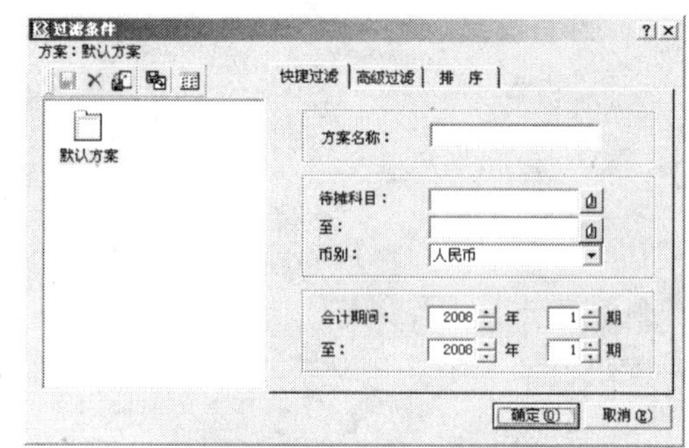

图 6-136 设置过滤条件

6.5.5 凭证预提

凭证预提是用来帮助用户处理每期对租金、保险费、借款利息和固定资产修理费等的预提，将其按一定金额计入预提费用。凭证预提的操作与凭证摊销的操作相似，需要先设置凭证预提方案，再根据凭证预提方案生成预提凭证，并可查看凭证预提报告。

凭证预提的具体操作步骤如下：

❶ 在金蝶 K/3 主控台窗口中单击【财务会计】标签，选择【总账】系统功能项，双击【结账】子功能项下的“凭证预提”明细功能项，打开【凭证预提】窗口并弹出【过滤条件】对话框，如图 6-137 所示。

❷ 单击【确定】按钮，进入【凭证预提】窗口，如图 6-138 所示。

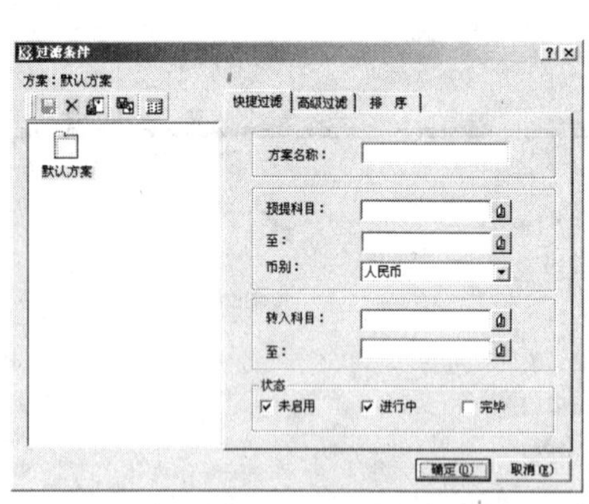

图 6-137 【过滤条件】对话框

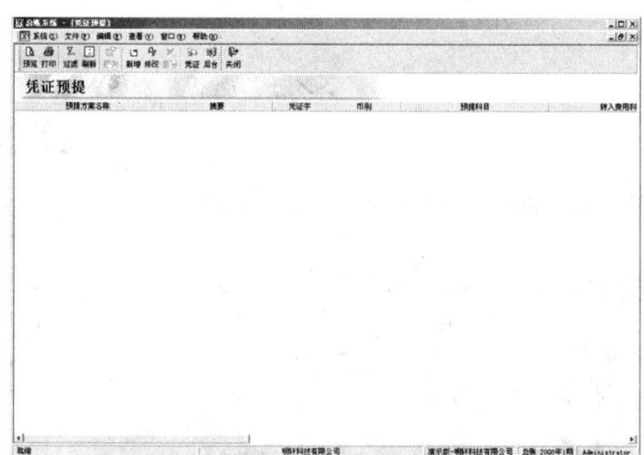

图 6-138 【凭证预提】窗口

❸ 单击工具栏上的【新增】按钮，打开【方案设置-新增】对话框，在其中输入方案名称、摘要，选择凭证字、币别，设置预提科目、转入费用科目及预提金额等选项，如图 6-139 所示。单击【保存】按钮，将该方案保存到系统中并返回【凭证预提】窗口。

❹ 重新设置凭证预提方案的过滤条件，使刚设置的凭证预提方案显示出来，如

图 6-140 所示。

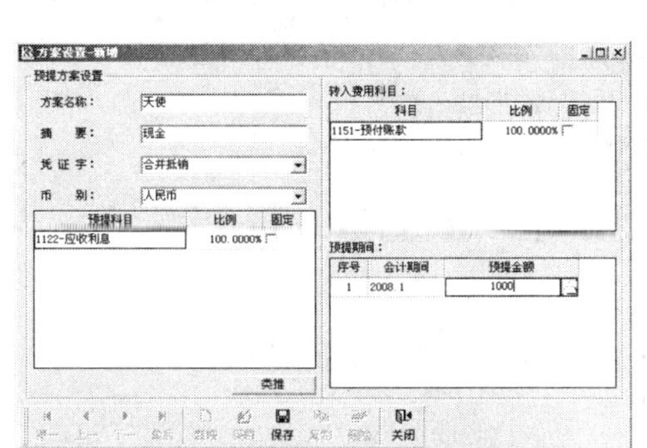

图 6-139 【方案设置-新增】对话框

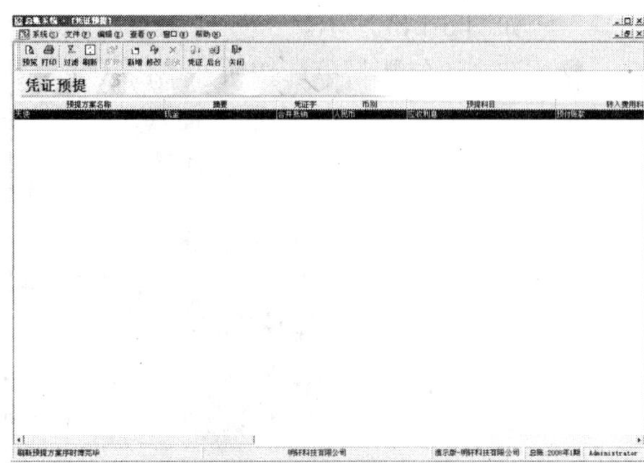

图 6-140 显示凭证预提方案

❺ 在选择凭证预提方案之后，单击【凭证】按钮，可生成预提凭证，如图 6-141 所示。在选择凭证预提方案之后，单击【报告】按钮，可查看凭证预提报告，如图 6-142 所示。

图 6-141 生成预提凭证

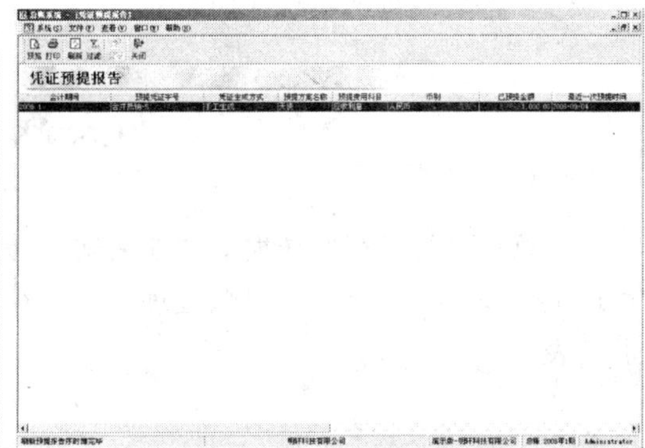

图 6-142 预提报告

凭证摊销和凭证预提都需要有相应的权限才能进行操作。要查看凭证摊销报告或凭证预提报告时，在【过滤条件】对话框中必须选中“完毕”复选框，才能过滤出生成凭证后的方案，对其进行选择后才能查看其报告。

6.5.6 期末结账

在本期所有的会计业务全部处理完毕之后，即可进行期末结账处理。系统的数据处理都是针对于本期的，要进行下一期间的处理，必须将本期的账务全部进行结账处理，系统才能进入下一会计期间。

期末结账的具体操作步骤如下：

❶ 在金蝶 K/3 主控台窗口中单击【财务会计】标签，选择【总账】系统功能项，双

击【结账】子功能项下的“期末结账”明细功能项，打开【期末结账】对话框，如图 6-143 所示。

❷ 选中“结账”单选按钮并单击【开始】按钮，即可开始进行结账处理。

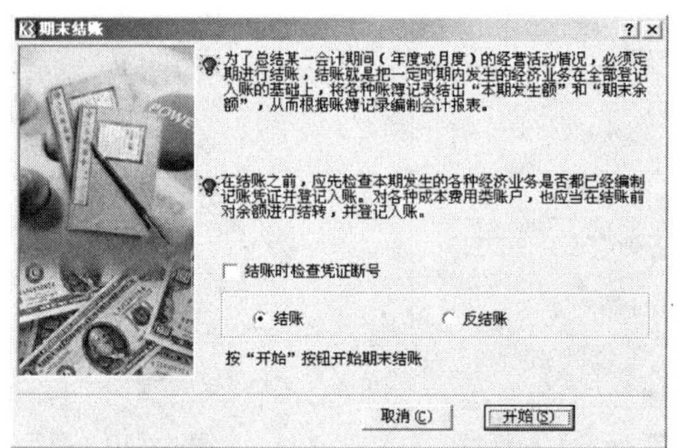

图 6-143 【期末结账】对话框

❸ 若本期结账之后发现账务有问题，还可在【期末结账】对话框中选中“反结账”单选按钮，单击【开始】按钮，将本期进行反结账操作（有结账权限的都可以反结账，包括系统管理员）。

6.6 上机实践：本章实务材料

对总账系统进行结转损益和期末结账；对固定资产管理系统进行固定资产的计提折旧；对现金管理系统进行现金对账处理、银行存款与总账对账处理、银行对账处理并生成余额调节表。

6.7 可能出现的问题与解答

（1）在录入基金初始数据时，发现不能执行删除操作。

解答：当出现这种情况时，用户最好检查一下删除的基金初始数据是否在初始化状态下，因为只有在工资基金初始化状态下才能进行基金初始化数据的删除操作。

（2）在对录入凭证进行结转损益操作过程中，发现不能进行结转损益操作。

解答：当出现这种情况时，用户最好检查一下要进行结转损益的凭证是否已经录入完毕，并且是否已经审核过账，因为只有录入完毕并且已经审核过账的凭证才能进行结转损益。

6.8 总结与经验积累

在【工资基金】模块的管理操作过程中需要注意：离职或禁用人员，尽管离职（禁用）

后已经不在原单位交纳基金，但是对于离职（禁用）期间以前的历史数据仍然应该保留，不能删除。根据“工资发放数据中关于职员离职（禁用）的原则”的规定，当选择离职（禁用）以前期间时，原有的基金数据应该能被过滤出来以供查询。

在本章中，着重介绍了固定资产管理系统期末处理的操作方法、现金管理系统期末处理的操作方法、总账系统期末处理的操作方法以及应收款管理系统和应付款管理系统期末处理的操作方法。当完成账套的结账操作之后，上一个会计期间的数据余额将结转到下一个会计期间，成为下一个会计期间的期初余额。

6.9 习　题

1. 填空题

（1）基金设置主要是对＿＿＿＿＿＿＿＿的一些基础性内容（如基金类型、基金计提标准、基金计提方案、基金初始数据等）进行分别设定。

（2）现金管理系统的对账内容包括＿＿＿＿＿＿和＿＿＿＿＿＿两个部分。

（3）在总账系统中，＿＿＿＿＿＿主要是用来对设置为往来核算科目的往来款项余额的时间分布进行分析的。

2. 选择题

（1）设置工资基金包含（　　）项内容。

A．2　B．4　C．5　D．7

（2）用户要查看每位职员的基金交纳与变动情况，可以查阅（　　）。

A．职员基金台账　B．基金汇总表

C．基金计提变动情况表　D．职员台账表

（3）基金的计提方法有（　　）种。

A．1　B．2　C．3　D．4

3. 简答题

（1）在总账系统中，期末调汇的作用是什么？

（2）在总账系统中，凭证摊销的作用是什么？

（3）在固定资产管理系统中如何计提折旧？

第7章 报表编制与财务分析

- 会计报表的编制
- 进行多方位的财务分析

学习目标：

本章主要介绍会计报表的编制方法，以及利用金蝶 K/3 系统所提供的财务分析功能，对企业的财务状况、经营情况等进行分析，进而指导企业领导的下一步决策。

当一个会计期间结束之后，对各种账务进行了期末处理，各个功能模块也结了账，此时就可以按要求编制会计报表，进行本期财务分析，从而查看企业本期的经营情况和财务情况，为以后企业的经营活动和决策提供依据。

7.1 会计报表的编制

金蝶 K/3 系统给用户提供了功能强大的会计报表编制功能，用户可以根据本企业的实际情况以及财务报表的要求，设计出符合要求的会计报表。

7.1.1 创建与打开报表

金蝶 K/3 的自定义报表是一个独立的系统，它与 Excel 的操作窗口和操作方法都很相似，其报表的创建和打开操作方法也与 Excel 大同小异。

创建与打开报表的具体操作步骤如下：

❶ 在金蝶 K/3 主控台窗口中单击【财务会计】标签，选择【报表】系统功能项，双击【新建报表...】子功能项下的“新建报表文件”明细功能项，进入自定义报表操作窗口后，自动打开一个空白表格，单击【新建报表】按钮或选择【文件】→【新建】命令，可打开一个新的空白报表文件，如图 7-1 所示。

❷ 如果需要打开一个已经保存过的报表文件，则可单击【打开报表】按钮或选择【文件】→【打开】命令，打开【打开】对话框，如图 7-2 所示。

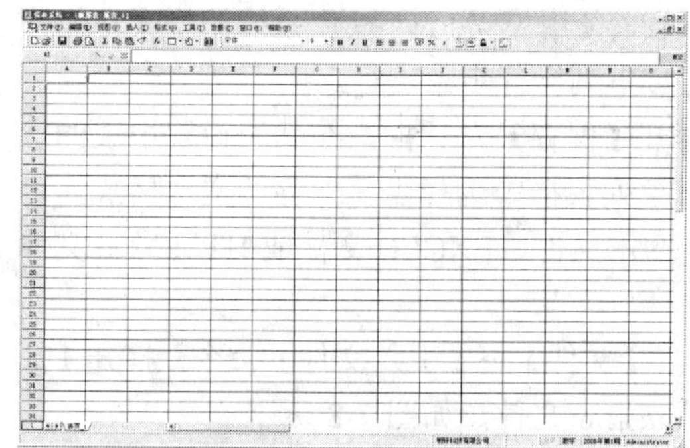

图 7-1 空白报表

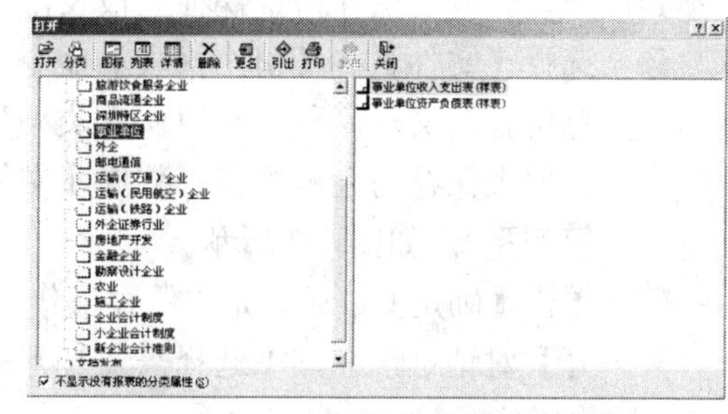

图 7-2 【打开】对话框

❸ 在选择需要打开的文件之后，单击【打开】按钮，在自定义报表窗口中打开所选的报表文件，如图 7-3 所示。

❹ 在【打开】对话框中单击【分类】按钮，打开【分类方案管理】对话框，在其中可以自己定义报表的分类方式，如图 7-4 所示。

❺ 选择报表文件并单击【删除】按钮，在如图 7-5 所示的信息提示框中单击【是】按钮，将所选的报表文件删除。创建一个新的报表文件或打开一个已经保存过的报表文件之后，即可对当前报表文件进行编辑。当编辑结束之后，还需要进行报

表文件的保存，以便日后使用。

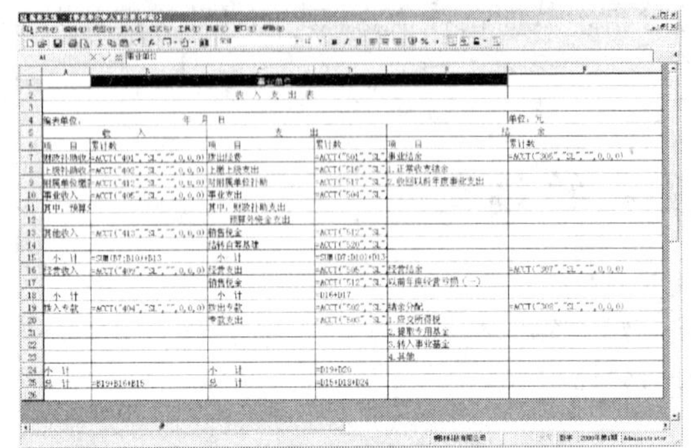
图 7-3　打开所选报表文件

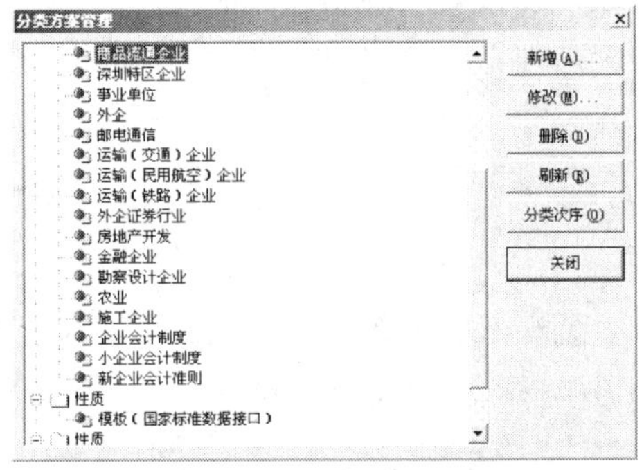

图 7-4　【分类方案管理】对话框

❻ 对于打开的报表文件，单击【保存报表】按钮，完成当前报表的保存操作。对于新建的报表，单击【保存报表】按钮，打开【另存为】对话框，如图 7-6 所示。在指定保存位置并输入报表名称之后，单击【保存】按钮，将当前报表保存到系统中。

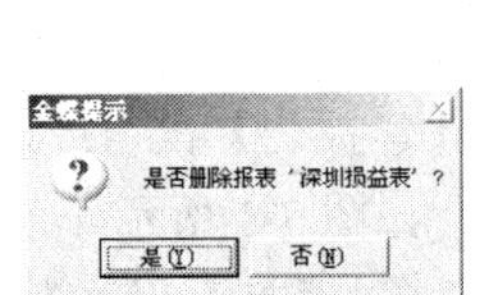

图 7-5　删除提示

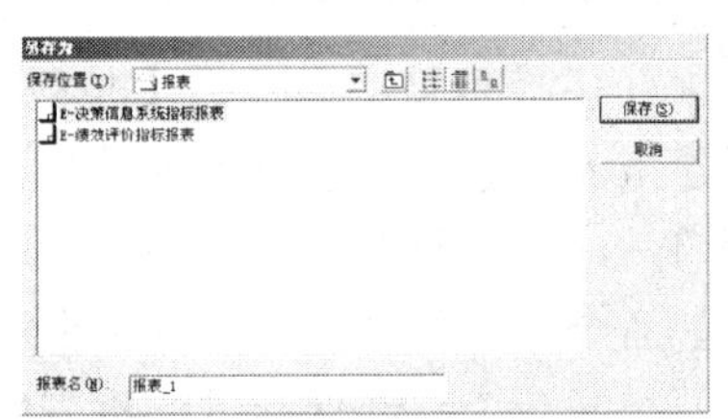

图 7-6　【另存为】对话框

使用上述保存方法不能将报表保存为金蝶报表，使用 Windows 操作系统的搜索功能搜索不到该报表。若要保存为金蝶独立报表，则可按下列操作步骤进行。

❶ 选择【文件】→【引出报表】命令，打开【保存】对话框，在其中设置报表的保存位置及文件名称，在“保存类型”下拉列表框中选择需要保存的文件格式（可将报表保存为金蝶报表、数据库文件、文本文件、EXCEL 文件或 HTM 网页文件等类型），如图 7-7 所示。

❷ 单击【确定】按钮，完成保存操作。选择【文件】→【引入文件】命令，打开【打开】对话框，在其中选择需要打开的独立报表文件，如图 7-8 所示。

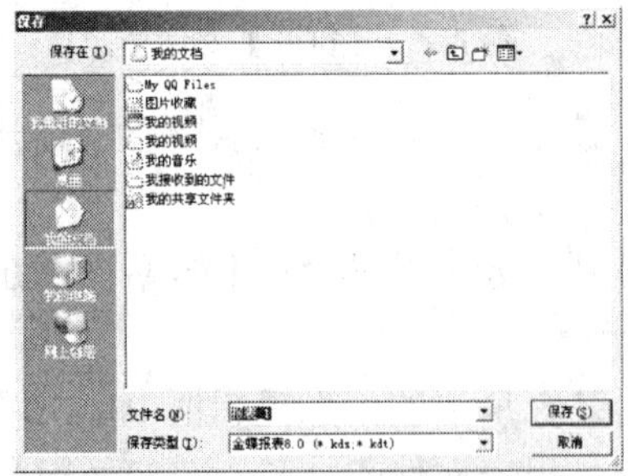

图 7-7　【保存】对话框

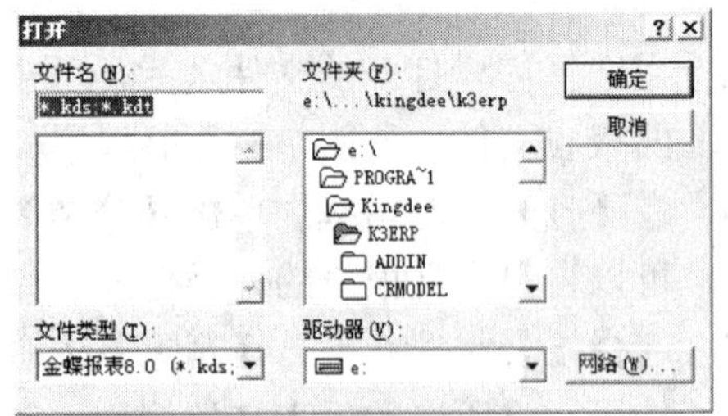

图 7-8　打开独立报表文件

7.1.2 设计合适的报表格式

制作财务报表不仅需要正确输入相应的数据，还需要设计舒适的报表环境，让人看起来赏心悦目，这样才会使枯燥的财务管理工作显得有生机。而金蝶 K/3 的自定义报表系统提供了全面的表格属性设置功能，用户不仅可以完成设置表格的行高、列宽等基本操作，而且还可以完成设置单元格中内容的对齐方式和单元格的融合、锁定等复杂操作。

1. 设置报表属性

对报表属性的设置采取从整体到局部的方法，首先设置整个报表的属性，具体操作步骤如下：

❶ 在打开需要设置的报表之后，选择【格式】→【表属性】命令，打开【报表属性】对话框，如图 7-9 所示。

❷ 分别在“总行数”和“总列数”文本框中输入适当的数字，以控制整个报表总的行数与列数，分别在“冻结行数”和“冻结列数”文本框中输入适当的数字，可设置表格中被冻结的行数与列数，被冻结的行与列在移动滚动条时不会移动。选择“外观”选项卡，进入“外观”设置界面，如图 7-10 所示。

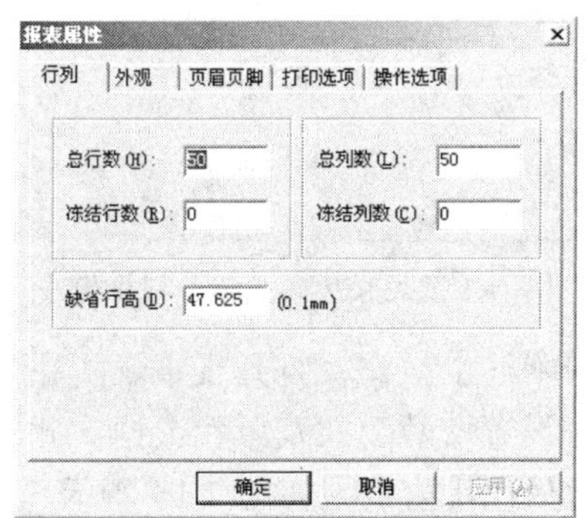

图 7-9 【报表属性】对话框

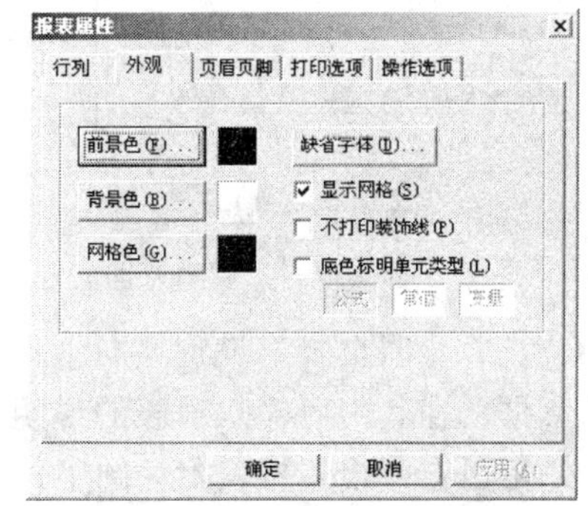

图 7-10 “外观”设置界面

❸ 分别单击【前景色】、【背景色】和【网格色】按钮，从打开的【颜色】对话框中改变报表的前景色、背景色和网格色，如图 7-11 所示。

❹ 若选中“显示网格”复选框，则报表屏幕将显示网格线；若选中“底色标明单元类型”复选框，则报表单元格的底色将根据数据类型的不同而显示不同的颜色，单击该复选框下相应数据类型的色块，则可在【颜色】对话框中自定义颜色。

❺ 单击【缺省字体】按钮，打开【字体】对话框，在其中可设置表格默认的字体、字形、文字大小以及文字颜色等选项，如图 7-12 所示。

❻ 选择“页眉页脚”选项卡，进入“页眉页脚”设置界面，可以设置报表页眉与页脚区域中显示的内容。在“页眉页脚”列表框中，前 5 项为页眉内容，而后两项为页脚内容，选择“|报表名称|”选项时，其下方将显示“页眉 1 预定义类型”字样，单击其下的下拉按钮，即可从系统预设的页眉页脚内容中选择一个适当的内

容，如图 7-13 所示。

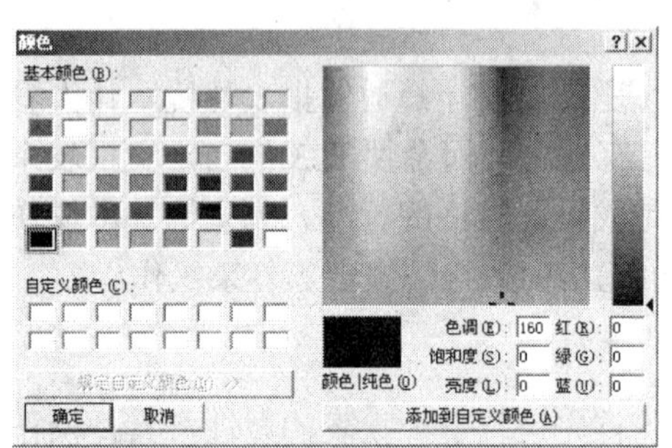

图 7-11 【颜色】对话框

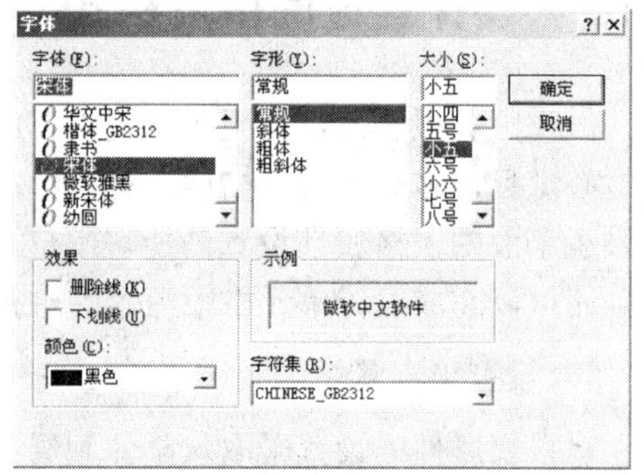

图 7-12 【字体】对话框

❼ 若要自己定义该页眉内容，则可单击【编辑页眉页脚】按钮，在【自定义页眉页脚】对话框中设置页眉显示的内容，如图 7-14 所示。

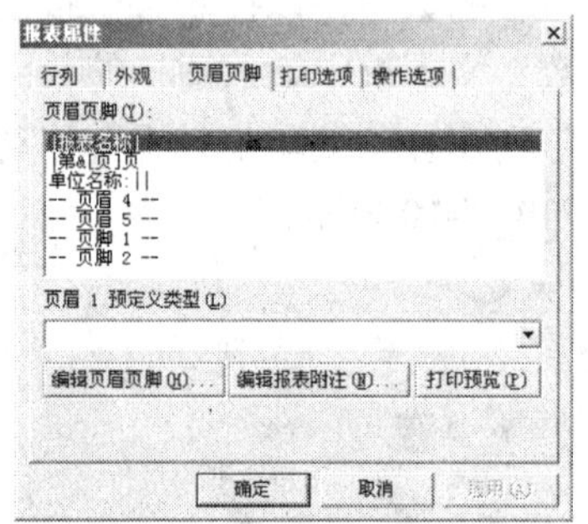

图 7-13 "页眉页脚"设置界面

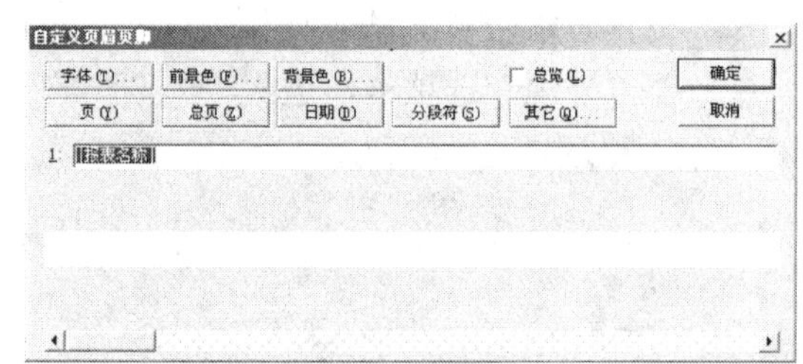

图 7-14 【自定义页眉页脚】对话框

❽ 在"页眉页脚"设置界面中单击【编辑报表附注】按钮，打开【报表附注】对话框，在其中可输入报表的说明性文字，又可设置取数公式及单元数据，此外，还可以在此设置报表附注的字体、前景色和背景色等内容，如图 7-15 所示。

❾ 选择"打印选项"选项卡，进入"打印选项"设置界面，在其中设置打印报表每页皆显示的行标题和列标题等选项，如图 7-16 所示。

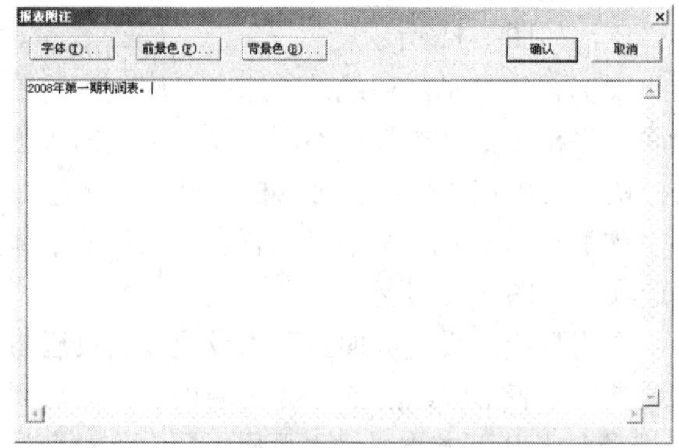

图 7-15 【报表附注】对话框

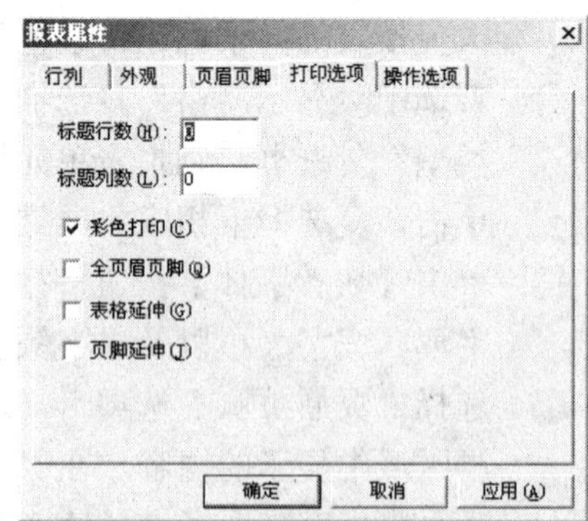

图 7-16 "打印选项"设置界面

注意

只有当报表纵向总页数大于1时，才能看到行标题和列标题的设置效果。当标题行数与纵向融合单元存在交叉冲突时，该标题行数必须调整。

⑩ 选择“操作选项”选项卡，进入“操作选项”设置界面，在其中选中“拖动填充函数字符型参数”复选框，则当拖动填充单元格公式时，自动更新字符型参数，在“报表计算”栏中选中“自动重算”单选按钮，则改变任意单元格的公式或数值之后，系统自动计算此单元及相关单元，如图7-17所示。单击【确定】按钮，即可完成选项设置并关闭对话框。

2. 设置单元格属性

单元格属性只针对表格中所选取的单元格，用户可以设置所选单元格的字体颜色、对齐方式、数字格式及边框等内容。

设置单元格属性的具体操作步骤如下：

❶ 在报表中选取需要设置属性的单元格之后，选择【格式】→【单元格属性】命令，打开所选单元格的单元属性对话框，如图7-18所示。

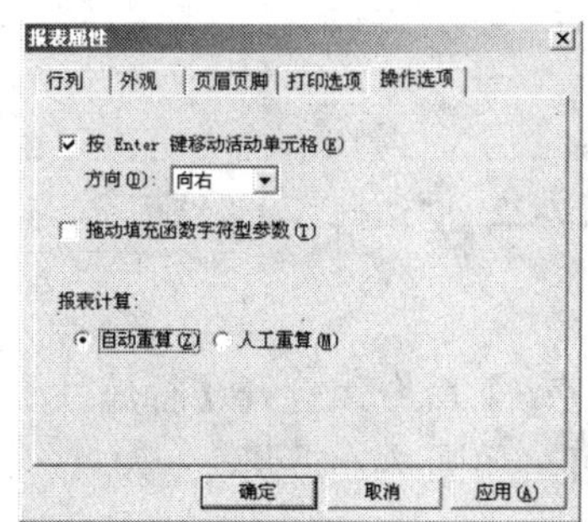

图7-17 “操作选项”设置界面

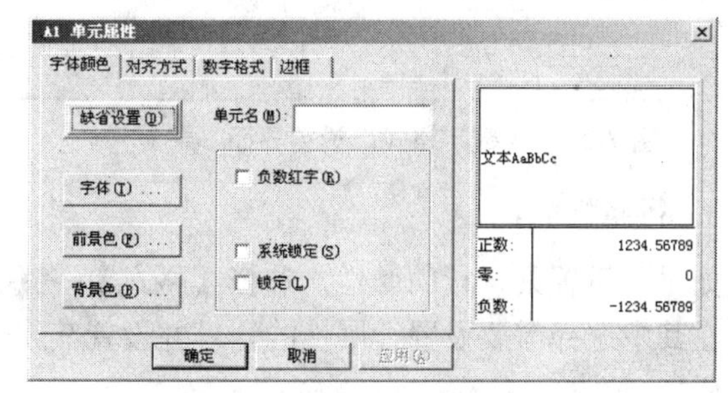

图7-18 【A1单元属性】对话框

❷ 在其中可设置当前单元格的字体、前景色和背景色等选项，选中“负数红字”复选框，则表示当前单元格所取到的数据或填列数据为负数时，报表将在该单元格以红色数据显示。否则，负数是以负号来显示，选中“系统锁定”复选框，则可将所选单元格锁定，若要解锁时，需要正确输入解锁密码才能解锁，单击【缺省设置】按钮，则可将该单元格以默认参数值设置，如图7-19所示。

提示

选中“负数红字”复选框时只对彩色打印机起作用，如果使用黑白打印机时，建议不要选中该复选框。

❸ 选择“对齐方式”选项卡，进入“对齐方式”设置界面，在其中可设置当前单元格中数据在水平和垂直方向上的对齐方式，如图7-20所示。

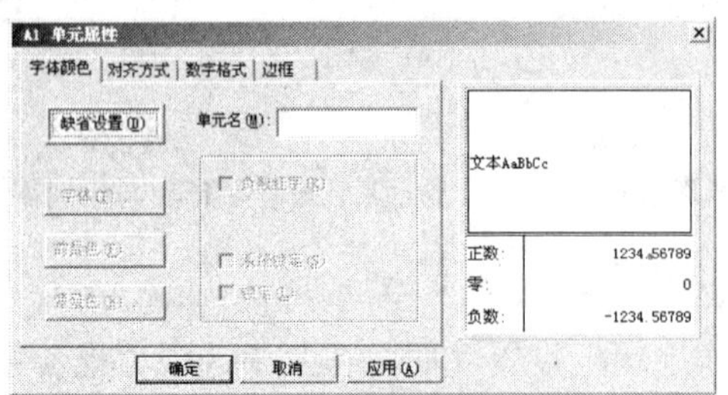
图 7-19　默认参数值设置

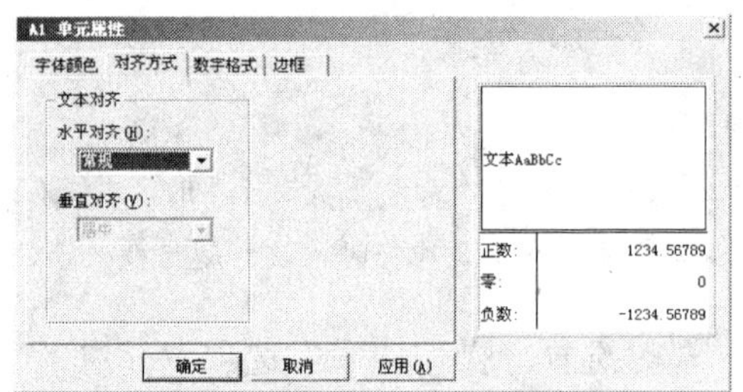
图 7-20　“对齐方式”设置界面

❹ 选择“数字格式”选项卡，进入“数字格式”设置界面，在其中可设置当前单元格中的数字显示格式，如图 7-21 所示。

❺ 选择“边框”选项卡，进入“边框”设置界面，在其中可设置所选单元格的边框线形和颜色等属性，如图 7-22 所示。单击【确定】按钮，完成单元格属性的设置操作。

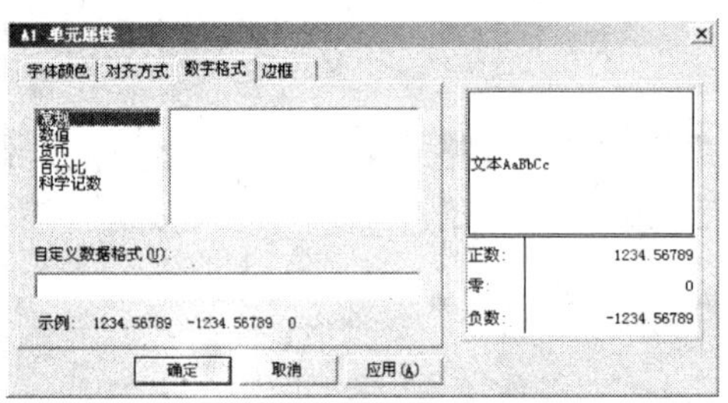
图 7-21　“数字格式”设置界面

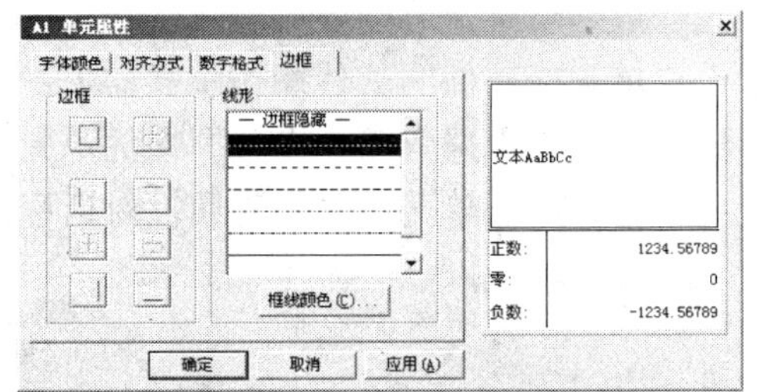
图 7-22　“边框”设置界面

3．行属性

如果要设置某一行的属性，选择【格式】→【行属性…】命令，打开【行属性】对话框，在其中选择需要设置行属性的行号并设置其属性即可，如图 7-23 所示。

4．列属性

如果要设置某一列的属性，选择【格式】→【列属性…】命令，打开【列属性】对话框，在其中选择需要设置列属性的列号并设置其属性即可，如图 7-24 所示。若选中“超界警告”复选框，则在报表列宽过小数据无法全部显示出来时，将显示“########”以示警告。从而避免了老版本中经常出现的由于数字过长被截去某些数字而不容易查出的现象。

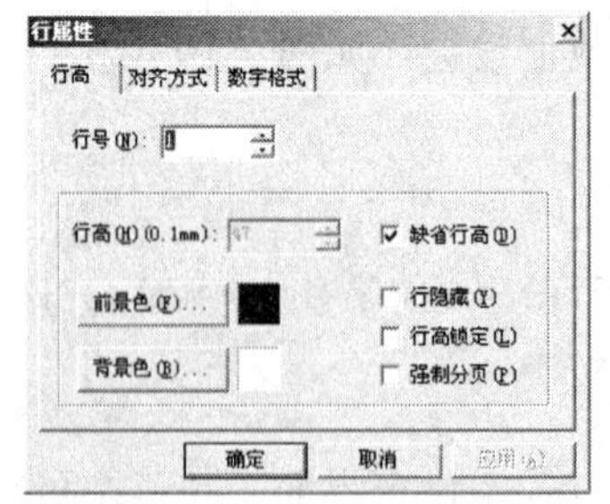
图 7-23　【行属性】对话框

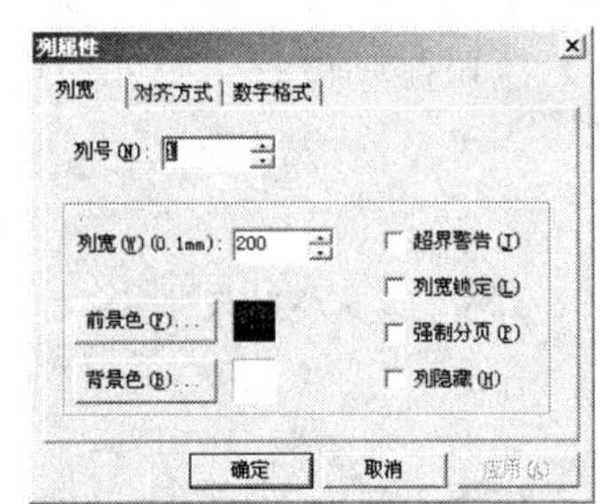
图 7-24　【列属性】对话框

5．单元格的融合

在制作表格时，往往需要将相临的多个单元格融合成一个单元格，以满足数据输入的需要，在金蝶 K/3 的自定义报表系统中也可以实现该功能。

在报表窗口中选取需要融合的多个单元格之后，选择【格式】→【单元融合】命令，将所选的多个单元格融合成一个单元格，如图 7-25 所示。

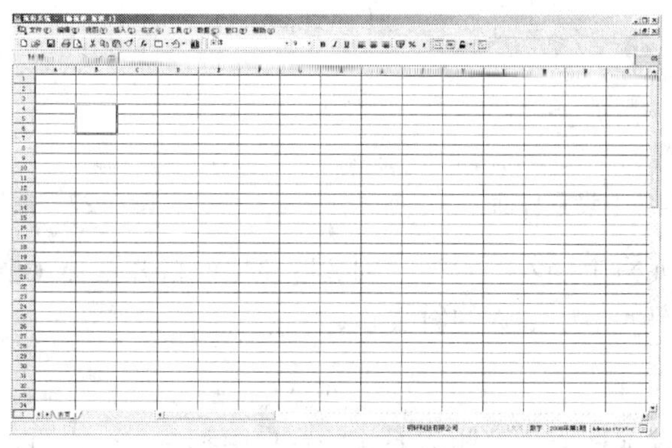

图 7-25 融合单元格

由于误操作而需要将融合在一起的单元格拆分成原来的多个单元格时，可先选取已经融合的单元格，再选择【格式】→【解除融合】命令即可。

6．单元格的锁定

当报表中的某些单元格已经编辑完成后，为了避免其他用户对其修改或自己的误操作，可将这些单元格锁定。

在报表窗口中选取需要锁定的单元格，选择【格式】→【单元锁定】命令，锁定选取的单元格。若要解除单元格的锁定状态，则可先选取已经锁定的单元格，选择【格式】→【单元解锁】命令，即可对锁定的单元格解锁。

7．插入单元格斜线

金蝶 K/3 的自定义报表系统功能强大，为了满足一些报表的特殊需要，用户可以在所选单元格中插入斜线。

插入单元格斜线的具体操作步骤如下：

❶ 选取需要插入斜线的单元格，选择【格式】→【定义斜线】命令，打开【单元属性】对话框具体设置单元格中字体的格式。

❷ 选择“单元斜线”选项卡，进入“单元斜线”设置界面，在其中选择斜线类型、内容排列方式，设置线宽，定义斜线单元格的名称，如图 7-26 所示。

❸ 若选中“自动调整”复选框，则斜线单元格中的名称字体将随着“字体颜色”选项卡中的设置改变而变化。单击【斜线颜色】按钮，在颜色列表中选择需要的线条颜色。单击【确定】按钮，可在所选单元格中插入斜线，如图 7-27 所示。

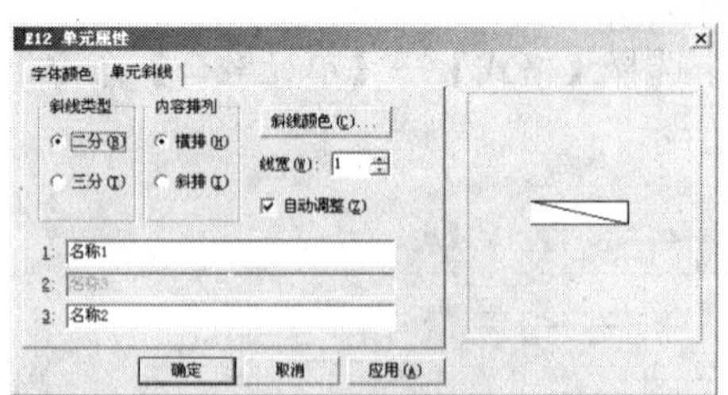
图 7-26 “单元斜线”设置界面

图 7-27 插入斜线

❹ 若要删除单元格中插入的斜线，则选取该单元格并选择【格式】→【删除斜线】命令，删除单元格中插入的斜线。

8．表页管理

默认情况下，金蝶 K/3 自定义报表系统的窗口中都在一个表页，但用户可以根据需要添加表页，从而将内容相似的报表保存在一个账簿中，方便地管理自己的各种报表。

表页管理的具体操作步骤如下：

❶ 在报表窗口中选择【格式】→【表页管理】命令，打开【表页管理】对话框，如图 7-28 所示。

❷ 单击【添加】按钮，即可添加一个新的表页。为了让用户能够更直观地了解报表的类型与内容，可在“表页标识”文本框中输入该表页的标识性文字，并设置其关键字及关键字值，以便于报表的查找。

❸ 单击【确认】按钮，设置即可生效。如果表页较多，用户可以单击表页列表框右侧的↑或↓按钮对表页进行排序。如果系统预设的关键字不能满足自己的需要，则可在“关键字”选项卡中的“添加关键字”栏中输入新的关键字，如图 7-29 所示。

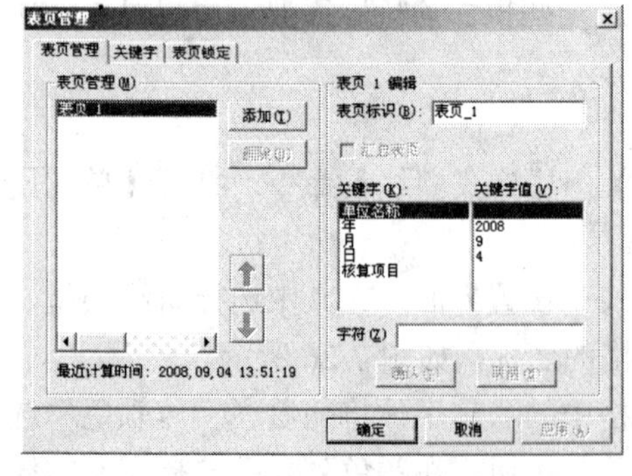
图 7-28 【表页管理】对话框

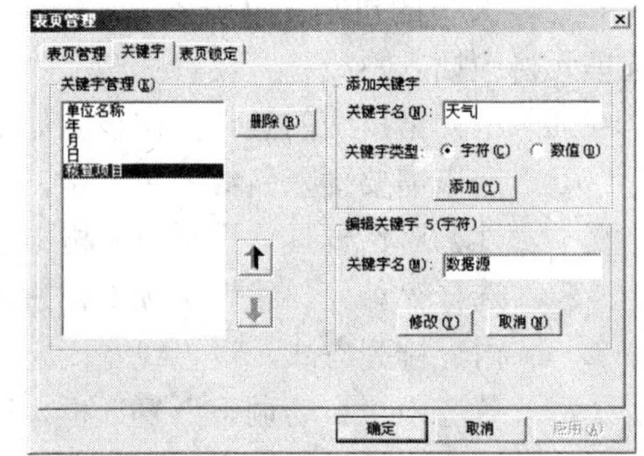
图 7-29 “关键字”设置界面

❹ 设置关键字类型并单击【添加】按钮，新关键字即被添加到“关键字管理”列表

框中。

❺ 当报表制作完成之后，为了防止其他用户修改其中的数据，可以在“表页锁定”选项卡中选取需要锁定的表页，并选中“锁定”复选框，如图 7-30 所示。

❻ 单击【确定】按钮，添加的表页即可显示在窗口下方，如图 7-31 所示。用户可以通过单击表页标识左侧的◀和▶按钮来查找自己需要的表页。

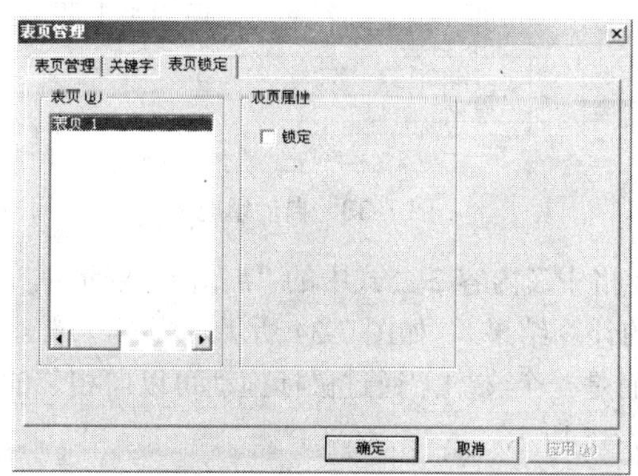

图 7-30 “表页锁定”设置界面

图 7-31 添加表页显示

7.1.3 编辑报表内容

在报表的编辑过程中，可通过复制、剪切和粘贴等一般编辑软件进行数据的移动和填充操作，还可以像 Excel 那样，通过鼠标拖动快速向具有相同或一定规律数据的相邻单元格填充数据。

1. 鼠标拖动填充数据

例如，在单元格 D1、D2、D3、D4 和 D5 中分别输入如表 7-1 所示的内容。

表 7-1 在单元格中输入的内容

单 元 格	输入内容 1	输入内容 2
D1	=SUM(A1:C1)	=A1/C#1
D2	=SUM(A2:C2)	=A2/C#1
D3	=SUM(A3:C3)	=A3/C#1
D4	=SUM(A4:C4)	=A4/C#1
D5	=SUM(A5:C5)	=A5/C#1

具体操作步骤如下：

❶ 在编辑的报表中选中 D1 单元格，并使用公式向导输入公式“=SUM(A1:C1)”，将鼠标箭头移动至 D1 单元格的右下角，此时鼠标箭头右下角将显示“填充”字样，如图 7-32 所示。

❷ 按下鼠标左键并向下移动至 D5 单元格，即可自动按要求将公式填充到相应的单元格中，如图 7-33 所示。

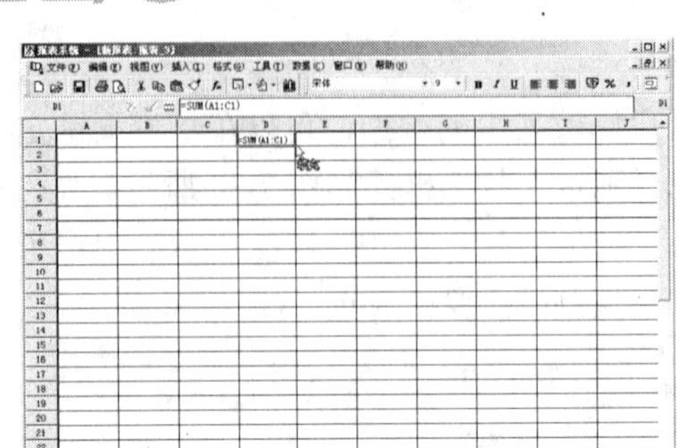

图 7-32 “填充”字样显示

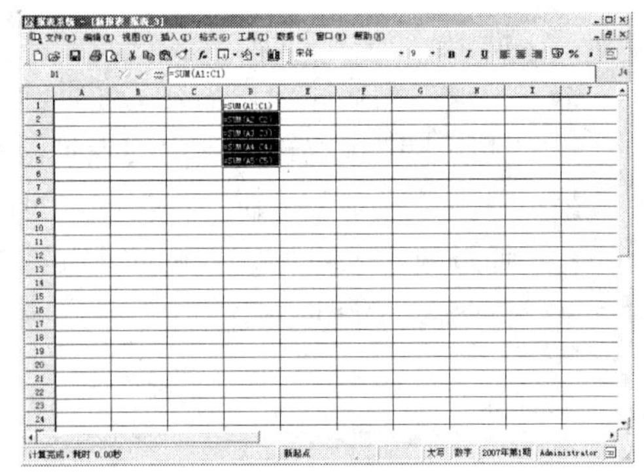

图 7-33 自动填充

❸ 运用同样的方法，将内容 2 输入到单元格中（内容 2 公式中的“#”符号表示填充时后续号不变，此符号不会影响最终的计算结果），如图 7-34 所示。

❹ 如果在 D1 单元格中输入的不是公式而是一个文本，通过鼠标拖动可以向相邻的单元格中快速填充相同的内容，如图 7-35 所示。

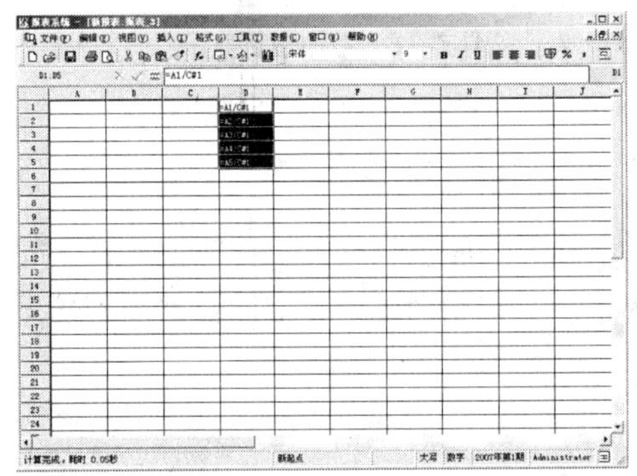

图 7-34 输入内容 2 的填充效果

图 7-35 填充相同数据

❺ 若要通过鼠标拖动向相邻的单元格填充连续的日期或序号，则需要向相邻的两个单元格中分别输入不同的数据，然后同时选取这两个单元格，再使用鼠标拖动进行填充即可，如图 7-36 所示。

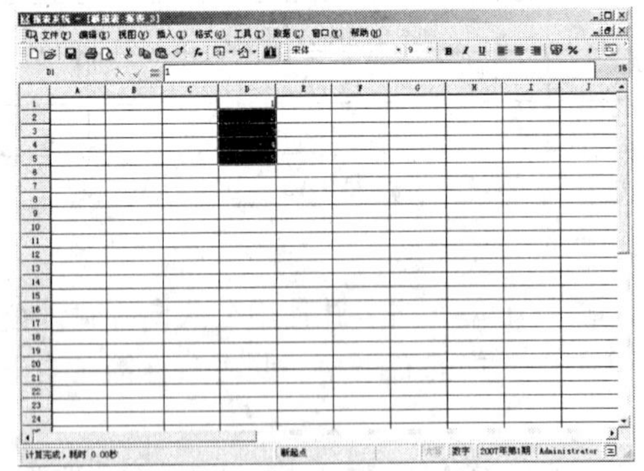

图 7-36 实现连续数据的填充

2. 查找与替换功能

使用系统提供的查找与替换功能，用户可以查找出自己的数据，并可以将查找到的内容替换为新内容。

查找与替换数据的具体操作步骤如下：

❶ 选择【编辑】→【查找替换】命令，打开【查找和替换】对话框，并在“查找内容”文本框中输入需要查找的内容，如图 7-37 所示。

❷ 单击【查找下一处】按钮，可查找出当前报表中符合条件的数据，如图 7-38 所示。再次单击【查找下一处】按钮，查找出符合条件的下一处数据。

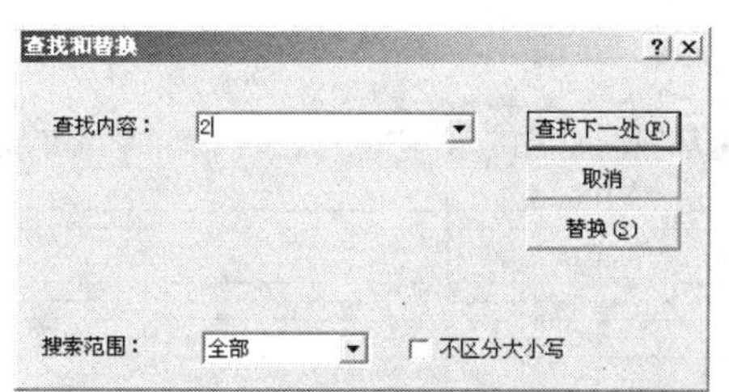

图 7-37 【查找和替换】对话框

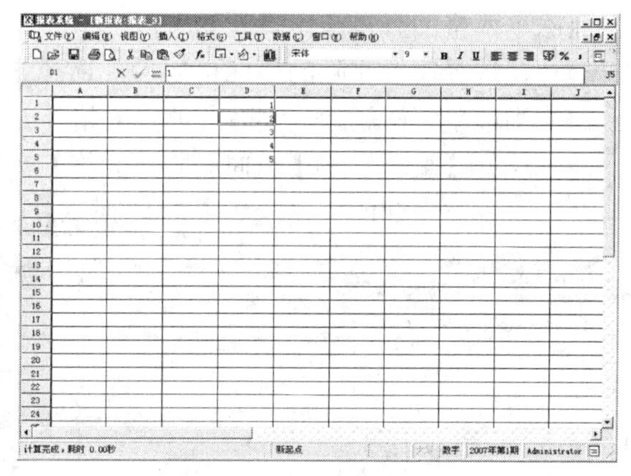

图 7-38 查找结果显示

❸ 单击【替换】按钮，打开如图 7-39 所示的对话框。在“查找内容”文本框中输入需要查找的内容，在“替换为”文本框中输入需要替换的新内容，单击【查找下一处】按钮，可在当前报表中查找出符合条件的内容，单击【替换】按钮，可将查找到的内容替换为新内容，如图 7-40 所示。

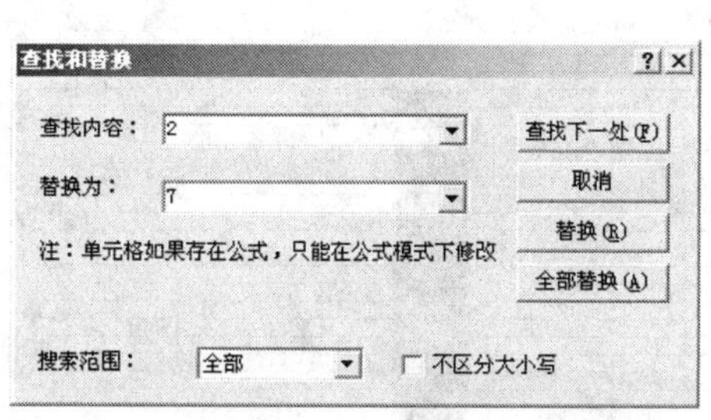

图 7-39 运用替换功能

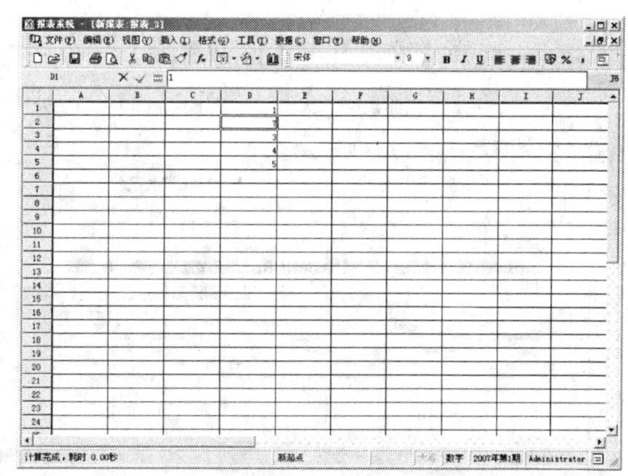

图 7-40 显示替换内容

❹ 再次单击【查找下一处】按钮，继续查找下一个符合条件的内容，然后单击【替换】按钮进行替换。

❺ 如此重复操作，直至全部替换完毕为止。若单击【全部替换】按钮，则可将当前报表中所有符合条件的内容都替换为新内容。

逐个进行查找和替换速度较慢且操作较复杂，但可以避免一些不需要替换的内容也被替换。而单击【全部替换】按钮，替换速度很快，但可能将不需要替换的内容也替换成了新内容。用户应根据情况选择应用。

3．删除单元格

自定义报表窗口提供了多种单元格删除功能，其中包括横向删除单元格、纵向删除单元格、整行删除和整列删除等。

删除单元格的具体操作步骤如下：

❶ 在选择需要删除的单元格之后，选择【编辑】→【横向删除单元格】命令，可将当前单元格删除，其右边的单元格补充当前的位置，如图7-41所示。

❷ 选择【编辑】→【纵向删除单元格】命令，可将当前单元格删除，其下边的单元格补充当前的位置，如图7-42所示。

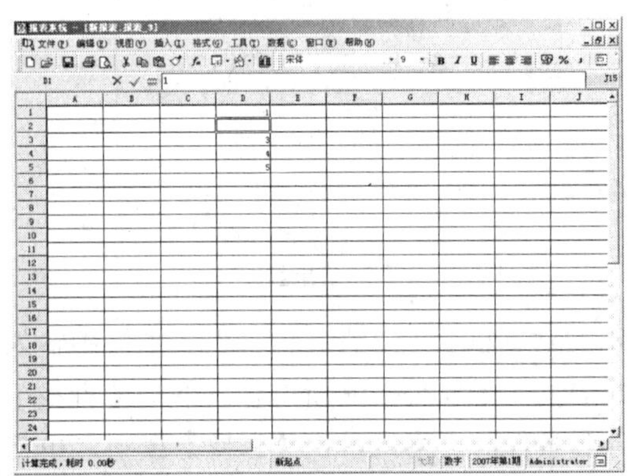

图7-41　横向删除单元格

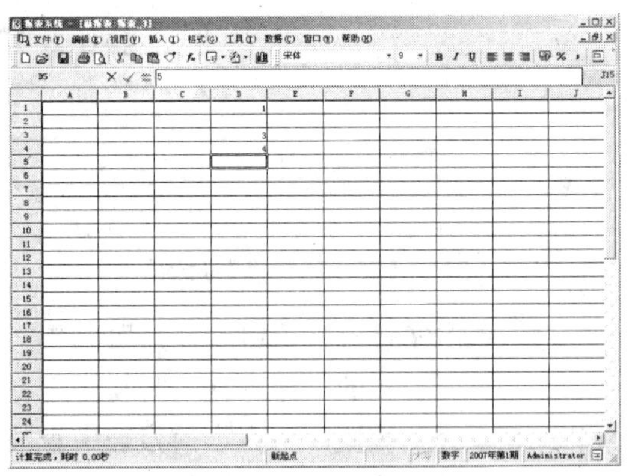

图7-42　纵向删除单元格

❸ 选择【编辑】→【整行删除】命令，将单元格所在行全部删除，如图7-43所示；选择【编辑】→【整列删除】命令，则可将单元格所在列全部删除，如图7-44所示。

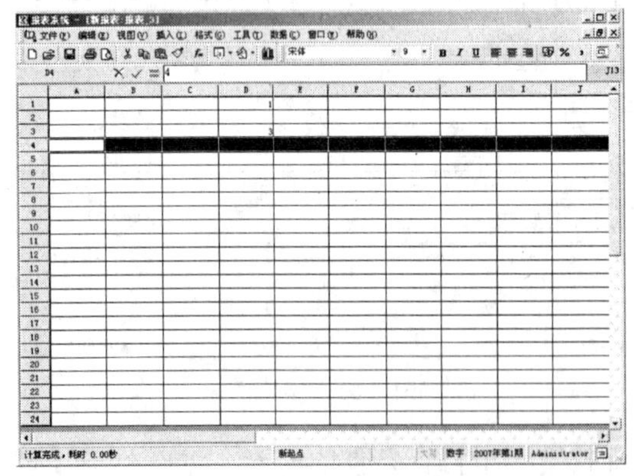

图7-43　整行删除单元格

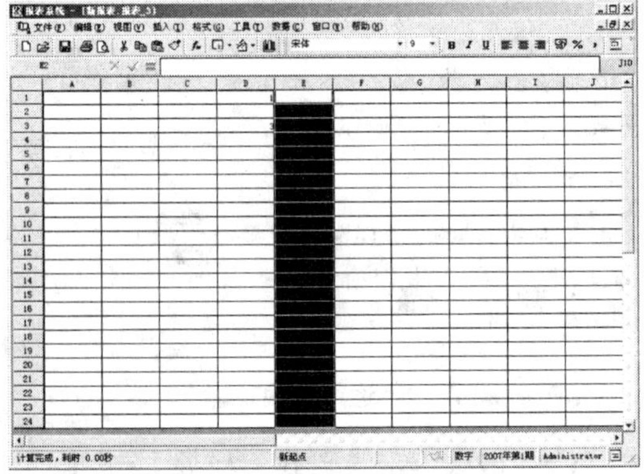

图7-44　整列删除单元格

❹ 选择【编辑】→【清除】命令，将光标所在单元格内容清除，但不删除单元格，如图 7-45 所示。

4．单元格的插入

与单元格的删除相反，自定义报表系统也提供了单元格的插入功能。具体操作步骤如下：

- 将光标放置于需要在其左边插入单元格的单元格中，选择【插入】→【横向插入单元格】命令，则在当前单元格的左边插入一个单元格；将光标放置于需要在其上方插入单元格的单元格中，选择【插入】→【纵向插入单元格】命令，则在当前单元格的上方插入一个单元格。
- 选择【插入】→【整行插入】命令，则在当前单元格的上方插入一个空白行；选择【插入】→【整列插入】命令，则在当前单元格的左边插入一个空白列。

5．自动套用格式

设计漂亮优美的报表环境是每个财务人员的愿望，但有时由于时间原因不能很好地进行设计规划，这时就可以运用系统提供的表格自动套用格式功能来满足财务人员的工作需要。

自动套用格式的具体操作步骤如下：

❶ 选取需要套用格式的所有单元格，选择【格式】→【自动套用格式】命令，打开【自动套用格式】对话框，如图 7-46 所示。

图 7-45　清除单元格内容

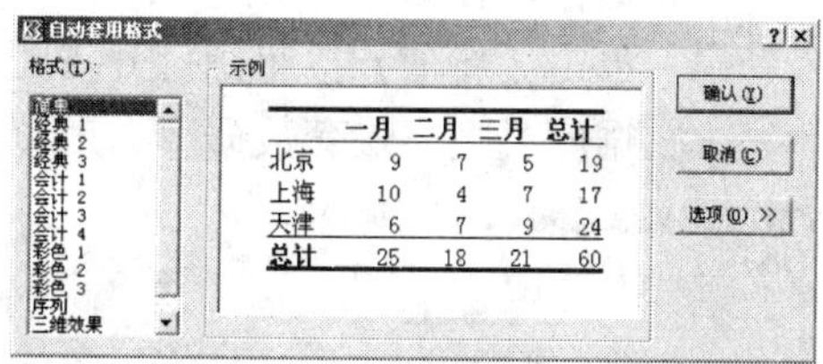

图 7-46　【自动套用格式】对话框

❷ 单击【选项】按钮，展开“应用格式种类”栏，在其中可以选择需要套用格式的种类，如图 7-47 所示。

❸ 在“格式”列表框中选择一种格式，在右侧的“示例”栏中将显示该格式的效果。在选择一种满意的格式之后，单击【确认】按钮，可将所选格式应用于所选的表格，如图 7-48 所示。

小技巧

使用工具栏上的“格式刷”按钮，可将已经套用格式的单元格恢复原状，还可将没有套用格式的单元格套用所选格式。

图 7-47　选择套用格式种类

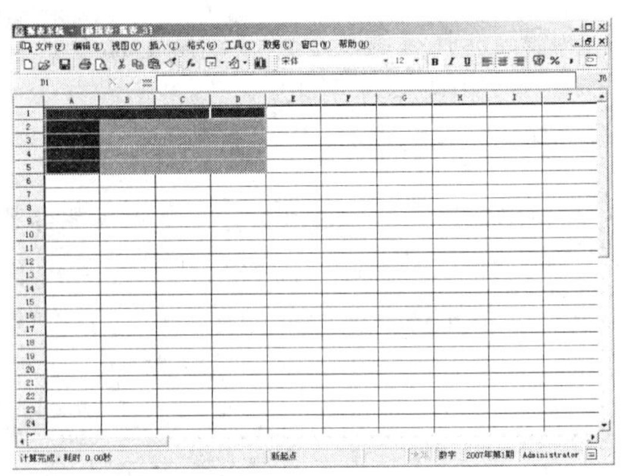

图 7-48　自动套用格式结果

7.1.4　编辑报表公式

在报表的实际应用过程中，经常会运用一些公式进行报表的计算操作，所以在编制报表的过程中还需要对报表的公式进行编辑，以供使用之便。

1. 定义取数账套

由于报表的数据一般来自于账套，所以必须先定义取数账套，才能使用报表正确取数，从而生成一个数据正确、真实的财务报表。

定义取数账套的具体操作步骤如下：

❶ 在报表窗口中选择【工具】→【多账套管理】命令，打开【设置多账套取数】对话框，如图 7-49 所示。

❷ 单击【新增】按钮，打开【配置取数账套】对话框，在其中设置账套配置名、数据库类型、账套数据库、用户名及密码等选项，如图 7-50 所示。

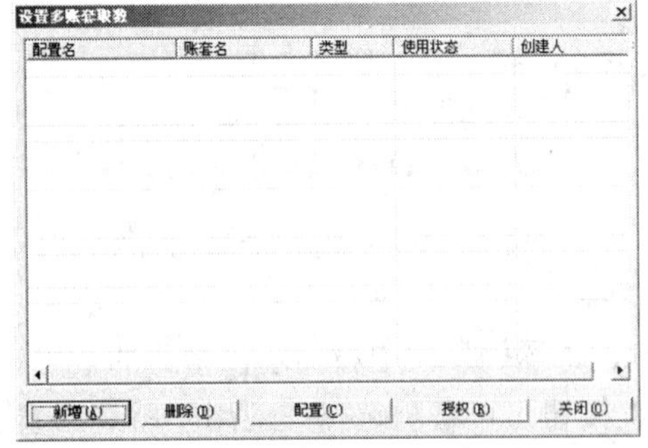

图 7-49　【设置多账套取数】对话框

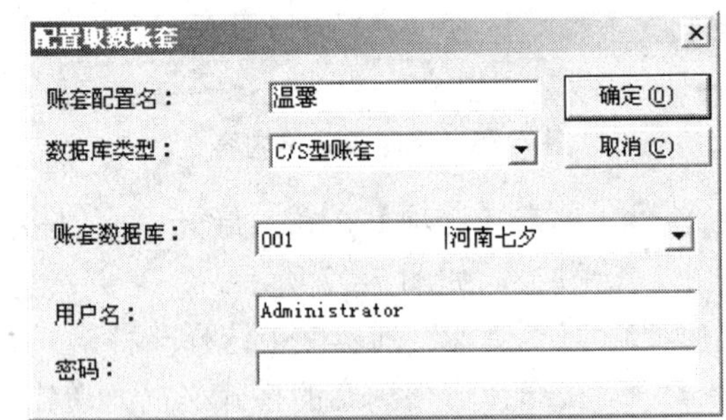

图 7-50　【配置取数账套】对话框

注意

如果在“数据库类型”下拉列表框中选择“ACCESS 账套”选项，则必须指定系统数据库和账套数据库的路径。

❸ 单击【确定】按钮，弹出如图 7-51 所示的信息提示框。单击【是】按钮，则在【设置多账套取数】对话框中显示出所设置的取数账套，如图 7-52 所示。

图 7-51 信息提示框

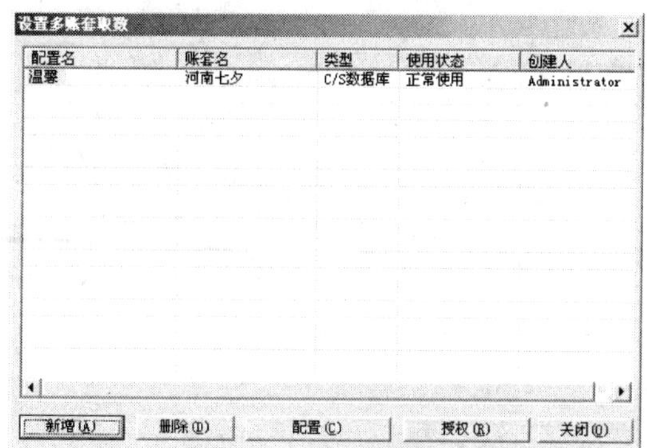

图 7-52 取数账套

❹ 在选择已经配置好的取数账套之后，单击【配置】按钮，打开【配置取数账套】对话框，对其中的选项进行修改。

❺ 单击【授权】按钮，在【设置多账套取数】对话框的右侧显示出授权操作区域，如图 7-53 所示。只有已被授权的用户才可以使用已配置的账套信息，如果未被授权，则无法使用账套配置的信息。

❻ 如果要删除某配置的账套，只用选中此账套，单击【删除】按钮，弹出删除信息提示框，如图 7-54 所示。单击【确定】按钮，即可完成删除操作。

❼ 在设置多个取数账套之后，选择【工具】→【设置默认取数账套】命令，可打开【默认取数账套】对话框，在其中选择某个账套为默认取数账套即可，如图 7-55 所示。

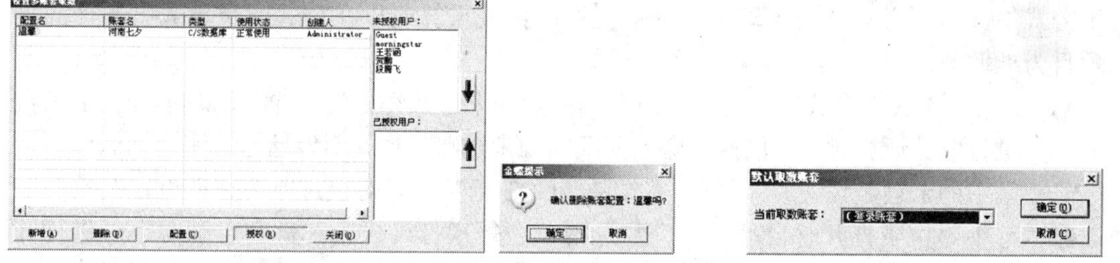

图 7-53 授权操作　　图 7-54 删除信息提示框　图 7-55 【默认取数账套】对话框

2. 设置公式取数参数

通过设置公式取数参数，可对每张表页设置报表期间以及其他的一些表页中对所有的取数公式均可共用的信息。

设置公式取数参数的具体操作步骤如下：

❶ 选择【工具】→【公式取数参数】命令，打开【设置公式取数参数】对话框，在其中根据需要设置相关选项，如图 7-56 所示。

❷ 在“缺省年度”、“开始期间”及“结束期间”文本框中分别设置基于会计期间的公式（如账上取数 ACCT）的默认年度和默认期间值。在设置取数公式时，如果

未设置会计年度和会计期间值，则取数时系统自动采用此处设置的年度和期间进行取数。

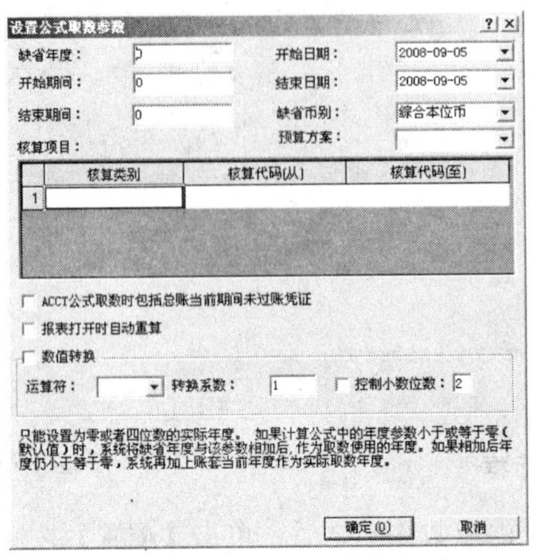

图 7-56 【设置公式取数参数】对话框

❸ 在“开始日期”和“结束日期”下拉列表框中设置基于按日的取数函数 ACCTEXT 的开始日期和结束日期。如果设置 ACCTEXT 函数时未设置开始日期和结束日期，则以此处设置为准进行取数。该参数对其他函数无效。

❹ 在“预算方案”下拉列表框中选择已经设置好的预算方案。在公式取数参数中提供核算项目选择，减少定义报表取数公式的工作量。公式取数参数设置提供核算项目选择，其中公式的范围现仅限于 ACCT 和 ACCTEXT 两个函数。

对于公式中定义了具体的核算项目的单元格，报表重算时以具体的核算项目为准取数；对于公式中没有定义具体的核算项目的单元格，报表重算时以在公式取数参数中选择的核算项目为准取数。

❺ 选中“ACCT 公式取数时包括总账当前期间未过账凭证”复选框，则在 ACCT 函数进行取数计算时，会包括账套当前期间的未过账凭证（不包括当前账套期间以后期间中的未过账凭证）。否则，系统的 ACCT 函数只是对已过账的凭证进行取数。

❻ 选中“报表打开时自动重算”复选框，在每次打开报表时都会自动对报表进行计算。否则，打开报表时将显示最后一次计算后的结果。建议用户一般不要选中该复选框，否则每次打开报表时都会执行一遍报表计算，影响报表的打开时间。但如果报表的数据是在动态的变化，每次都需要看到最新的计算结果，此时应选中该复选框。

❼ 选中“数值转换”复选框，则可以设置数值转换时的运算符（乘或除）、转换系数和计算结果保留的小数位数等选项。

数值转换的作用在于：可以将报表的数据进行转换，如报表的数据计算出来为元，需要转换为以万元为单位的报表，则可以通过数值转换中除的转换运算来实现。还可以设置报表币别的转换，如将美元的报表转换为人民币的报表，这时可以将转换系数设置为汇率，进行相乘运算。

3. 批量填充

批量填充用于减少用户单个公式定义的重复性工作量，是对于有规律的公式的定义。批量定义主要用于按核算项目类别编制报表时的自动公式定义或是定义一些费用明细表，可以大大减少编制报表的工作量。

选择【工具】→【批量填充】命令，打开【批量填充】对话框，在“取数公式”下拉列表框中选择需要的取数公式，如图 7-57 所示。其中有 ACCT（账务按期间取数函数）、ACCTCASH（账务按日取数函数）、ACCTGROUP（从集团账套中取数函数）3 个公式，选择不同的公式，设置的选项也有所不同。

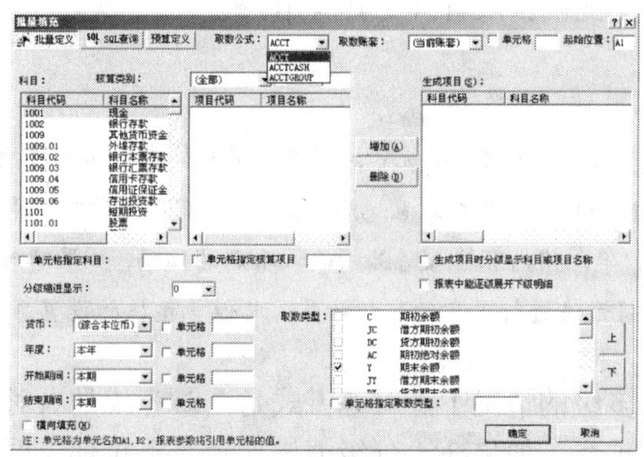

图 7-57 【批量填充】对话框

下面以 ACCT 函数批量填充设置为例，讲述各选项的设置步骤。

❶ 在“取数公式”下拉列表框中选择 ACCT 函数，在“取数账套”下拉列表框中选择需要的取数账套，在“起始位置”文本框中输入填充报表时第一个单元格。系统默认为在进入批量填充时鼠标所在的单元格，可根据需要自由设置。选中“横向填充”复选框，则编制报表的项目值以横向方式填充，否则以纵向方式填充。

❷ 设置编制报表涉及的会计科目。在选择了核算类别后，会计科目处会自动显示出设置了该核算项目类别的所有会计科目；若未选择核算项目，则可显示全部会计科目。如编制部门报表时，可能显示的会计科目有工资费用、折旧费用及销售收入等涉及部门核算的会计科目，可根据需要编制该报表时要涉及的会计科目。

❸ 设置编制报表核算类别涉及的核算项目时，在设置核算类别之后，在核算项目处将自动显示该核算类别下的所有核算项目，用户可根据需要进行选择。在设置会计科目和核算项目时，分别选择“科目代码”、“科目名称”选项，可以分别按照科目代码或科目名称进行排序；分别选择“项目代码”、“项目名称”选项可以按项目代码或是项目名称进行排序。

❹ 在“货币”下拉列表框中设置编制报表时的币别（默认为“(综合本位币)”)，取数类型设置编制报表时会计科目和核算项目的取数类型，如资产负债表一般取余额，日报等一般取发生额（默认为“期末余额”）。

❺ 年度是指设置编制报表取数的年度（默认的“本年”是指当前账套期间的年度）；期间的设置包括开始期间和结束期间，可以设置编制报表取数的期间值（默认

为“本期”)。

❻ 在【批量填充】对话框中有许多“单元格”复选框，若选中，则其前面的选项不可用，而其后的框处于可编辑状态。这是因为对于所有可变的项目，都可以通过单元格来进行指定，报表参数将可以直接引用指定单元格中的值进行相应公式的计算。

这种通过单元格指定报表参数的方法可以灵活地实现报表参数的变化。改变一个参数，可以生成不同的报表，无须逐一修改计算公式。一套报表的计算公式可以生成多种不同的报表，如果需要保存，则直接进行另存为一个报表即可，这样可以大大节约定义报表公式的时间。这一功能对于集团的报表管理尤其有用。

注意

对于指定的单元格中的输入内容，系统只是将这个单元格中的内容替换到公式中，所以替换内容的输入必须符合取数公式中的公式设置规则，如在 ACCT 函数中，币别参数是以代码形式在公式中显示的，在进行单元格内容输入时必须输入币别的代码，如果输入的是币别的名称，替换到公式中之后，公式将无法进行正常的取数计算。其他单元格的设置原则也是如此。

❼ 如果在科目有多级的情况下，对齐方式是左对齐或是右对齐时，无法很直观地看到科目的级次关系。如果在“分级缩进显示”下拉列表框中选择不同的缩进值进行不同缩进的显示，对下级科目进行缩进处理，则很容易看出科目之间的级次关系，使报表更加美观。

❽ 如果选中“生成项目时分级显示科目或项目名称”复选框，在生成报表时会将各个级次的科目名称或项目名称都显示出来，否则只显示最明细级次的科目或项目名称。

❾ 在进行批量填充时，如果会计科目既选了上级科目又选择了下级明细科目，可以进行批量填充，生成相应的会计报表。但如果在总账中增加了下级明细科目，此时在报表中必须重新增加相应的明细科目。如果在总账中增加了下级明细科目，但制作报表的人并不知道，就会造成两边的数据不一致。逐级展开下级明细科目的功能，可以自动对明细级科目进行动态刷新，保证两边的数据一致。

❿ 当选中“报表中能逐级展开下级明细”复选框后，在生成的报表中，如果会计科目是非明细的会计科目，则当右击这个非明细科目的科目代码所在的单元格时，在弹出的快捷菜单中选择【自动展开】命令，可将非明细科目按下级明细进行展开。

注意

在报表中进行分级自动展开时，上级科目的数据未进行自动更新，所以在分级展开后必须进行重新计算才可以得到正确的数据。

⓫ 在【批量填充】对话框中单击【SQL 查询】按钮，打开【SQL 查询】对话框，如图 7-58 所示。

⑫ 在“SQL 查询语句”列表框中输入 SQL 语句，并设置起始位置和填充方式之后，单击【执行查询】按钮，即可在“查询结果”列表框中显示出查询结果。

⑬ 在【批量填充】对话框中单击【预算定义】按钮，打开【批量填充——预算管理取数公式(MGACCT)】对话框，如图 7-59 所示（设置方法与 ACCT 函数基本相同）。

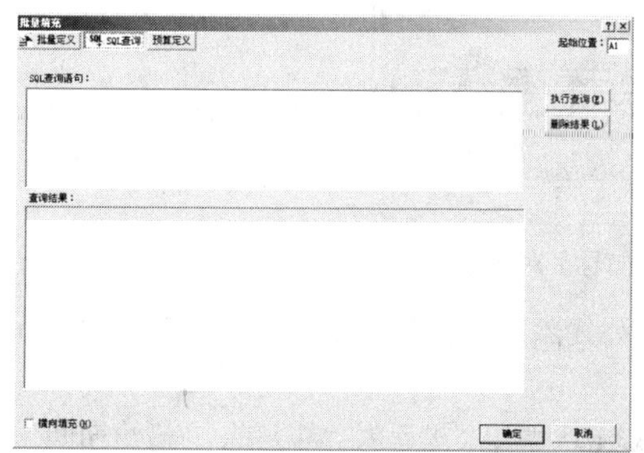

图 7-58 【SQL 查询】对话框

图 7-59 【批量填充——预算管理取数公式(MGACCT)】对话框

使用预算管理取数公式进行报表的批量填充，实现了以预算数据进行自定义报表的快速定义，可以方便地定义各种与预算数据有关的报表。

4. 使用函数

取数公式在报表系统中有着重要的作用，通过报表系统中提供的各种取数公式，可以实现不同的功能，直接使用函数与批量填充时设置的取数公式的编辑方式是相同的。

在报表中输入公式时，利用系统提供的公式向导，可以对取数公式进行直观的设置。下面以 ACCT 取数公式为例介绍使用取数公式的具体操作步骤。

❶ 将光标置于需要设置取数公式的单元格中，选择【插入】→【函数】命令，打开【报表函数】对话框，如图 7-60 所示。

❷ 选择“函数类别”列表框中的“金蝶报表函数”选项，并在“函数名”列表框中选择 ACCT 函数，单击【确定】按钮，在编辑栏中显示出 ACCT 函数的参数设置界面，如图 7-61 所示。

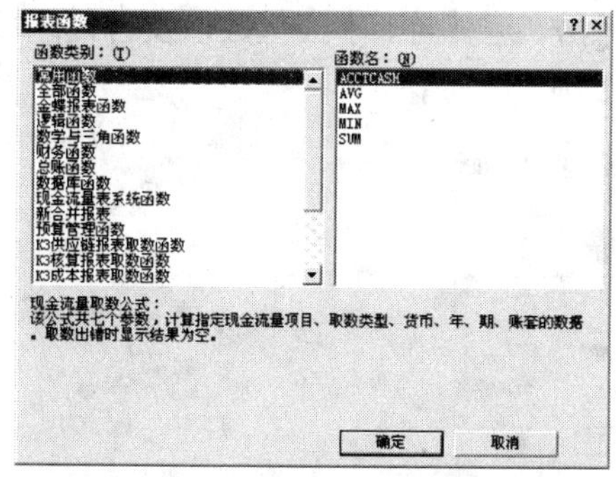

图 7-60 【报表函数】对话框

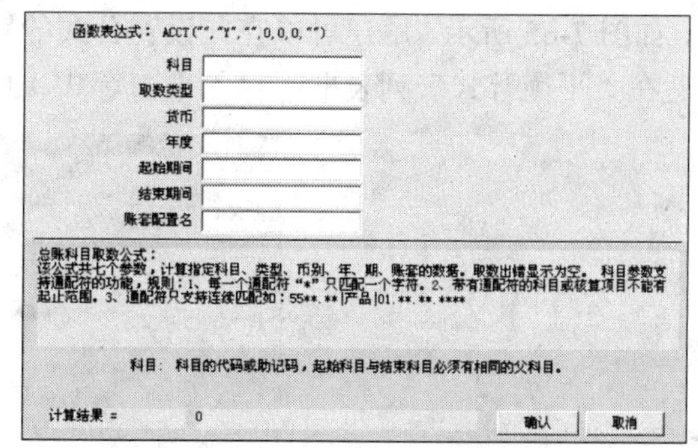

图 7-61 ACCT 函数参数设置

❸ 在“科目”文本框中单击并按 F7 快捷键，可打开【取数科目向导】对话框，在其中设置科目代码范围和核算项目。单击【填入公式】按钮，即可在“科目参数”文本框中显示科目公式，如图 7-62 所示。

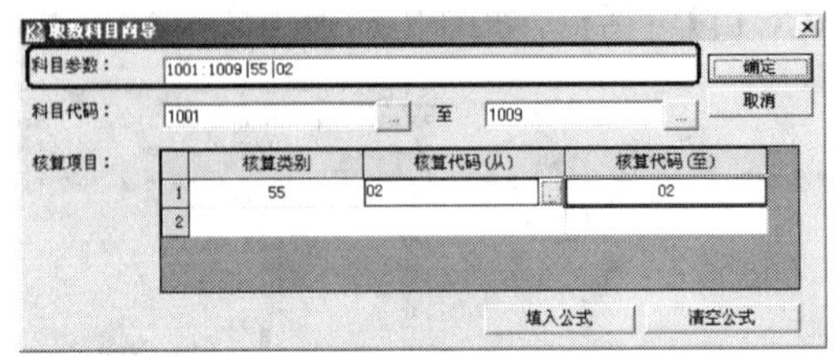

图 7-62 【取数科目向导】对话框

❹ 单击【确定】按钮，即可将设置的科目公式添加到 ACCT 函数的“科目”文本框中，如图 7-63 所示。

❺ 在 ACCT 函数的参数设置界面中的“取数类型”、“货币”、“年度”、“起始期间”、“结束期间”和“账套配置名”文本框中输入相应的内容，单击【确认】按钮，将所设置的取数公式插入到当前单元格中，如图 7-64 所示。

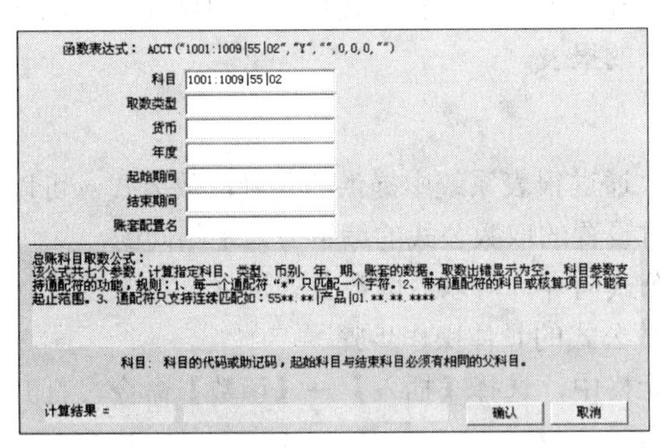

图 7-63 设置科目公式

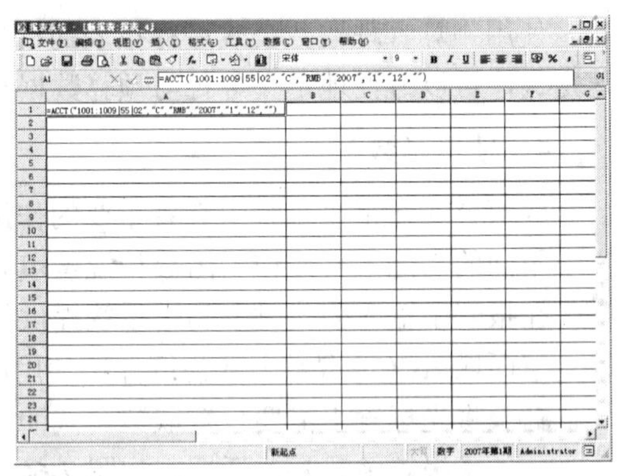

图 7-64 插入公式显示

5．舍位平衡

选择【工具】→【舍位平衡】→【舍位平衡公式】命令，打开【舍位平衡公式】对话框，如图 7-65 所示。用户可以在此设置公式的转换系数、运算符、小数位数以及舍位区域，最后在“平衡等式”列表框中输入平衡等式，单击【确定】按钮。

图 7-65 【舍位平衡公式】对话框

因为四舍五入会导致舍位以后计算得出的数据不等于总计舍位后的数据，如计算关系是“B1+B2+B3+B4=B5”，则进行简单的舍位处理之后，这个等式则可能不成立，在这种情况下就需要进行平衡等式的设置，一般情况下是一个倒算的过程，如上例可以这样来设置舍位平衡公式“B1=B5-B4-B3-B2”，这样，不平衡的差值将会倒挤到B1项目中，进而保证了数据的正确性。

至于选取哪个项目作为倒挤项目（理论上任意一个项目都可以），则需要一个经验的判断，通常情况下应是选取一个产生误差较小的项目作为倒挤项目。在输入平衡等式时，如果一行无法完全显示该公式，则可以通过按Ctrl+Enter快捷键来实现换行的功能。

选择【工具】→【舍位平衡】→【舍位平衡公式】命令，按照舍位公式对报表进行舍位处理，并生成一个新的报表。

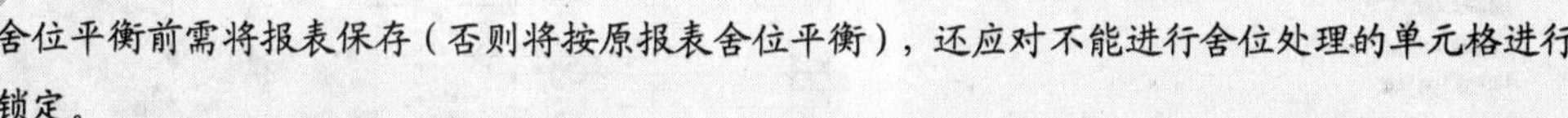

舍位平衡前需将报表保存（否则将按原报表舍位平衡），还应对不能进行舍位处理的单元格进行锁定。

6. 计算报表

自定义报表系统提供了手动计算和自动计算两种报表计算方式。当报表中的数据或公式发生变动时，自动计算方式将自动进行报表重新计算，当报表中的数据或公式发生变动时，只有选择【数据】→【报表重算】命令对报表进行重新计算，报表数据才会改变。

切换手动计算方式和自动计算方式的操作步骤如下：

❶ 选择【数据】→【自动计算】命令，使自动计算图标处于按下状态，切换到自动计算状态；选择【数据】→【手动计算】命令，使手动计算图标处于按下状态，切换到手动计算状态。

❷ 单击【自动/手动计算】按钮，实现两者之间的转换。按钮显示为，表示处于自动计算状态；按钮显示为，表示处于手动计算状态。

❸ 当报表处于手动计算方式下时，可按F9快捷键或选择【数据】→【报表重算】命令重新计算报表，系统还会将计算所用的时间显示在报表窗口底部。

若报表计算所用的时间较长，可选择【数据】→【终止计算】命令或按Ctrl+T快捷键终止计算。如果屏幕上出现一些不正常的线或点等时，选择【视图】→【刷新屏幕】命令，即可对屏幕进行刷新，但该命令不做任何报表运算。

7. 分析报表

一般情况下，企业决策者要想做出正确的企业决策，都必须从不同角度了解企业的财务、经营等情况，该了解过程就是对本企业的各类报表进行分析，做出正确的结论。

分析报表的具体操作步骤如下：

❶ 在打开编制的报表之后，选择【工具】→【报表分析】命令，可打开【报表分析】对话框，在“分析方法”栏中选择适当的分析方法，并在“选项”和“报告期间类别”栏中设置适当的分析条件，如图 7-66 所示。

❷ “分析方法”栏中的“结构分析”是选择跨期对报表的结构进行分析，即报表各个组成部分在不同期间占总体的百分比；“比较分析”是当前期间报表与指定期间报表进行比较，即计算出比较差值及差值的百分比；“趋势分析”是选择多个会计期间进行相应的分析（又分为“绝对数分析”、“定基分析”和“环比分析”3 种）。

❸ 在“分析范围”栏中的“固定列”文本框中输入不需要数据分析的列名称；在“分析列”文本框中输入需要数据分析的列名称。单击【确定】按钮，可将分析结果生成一张分析报表，如图 7-67 所示。

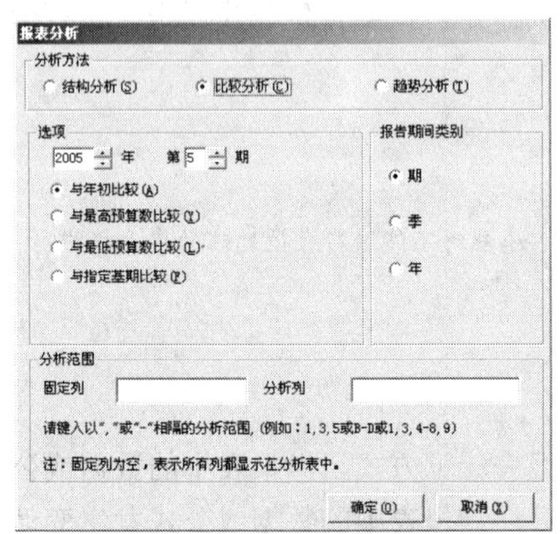

图 7-66 【报表分析】对话框

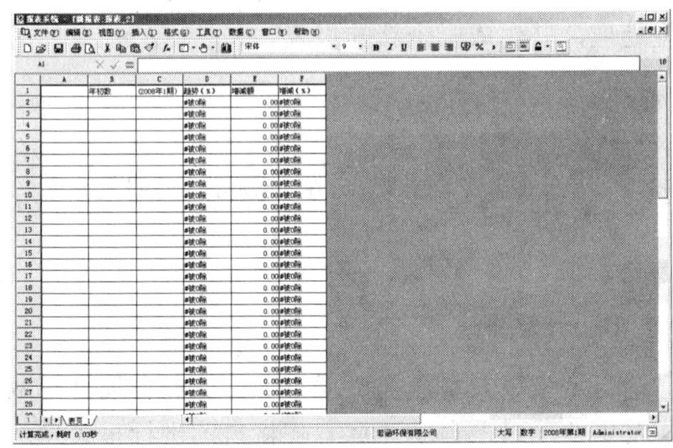

图 7-67 生成分析报表

8．审核报表

为了使制作出来的报表数据正确无误、增加可信度，还需要对编制的报表进行审核。不过在审核之前，还需要设置报表的相应审核条件。

审核报表的具体操作步骤如下：

❶ 在打开编制的报表之后，选择【工具】→【报表审核】→【设置审核条件】命令，打开【审核条件】对话框，如图 7-68 所示。

❷ 在选择需要审核的报表或表页之后，单击【新增】按钮，打开【审核条件】对话框，如图 7-69 所示。

❸ 单击【公式向导】按钮，在选择所需的函数并设置出适当的审核条件之后，将其添加到“审核条件”选项卡的“审核公式条件”列表框中，如图 7-70 所示。

❹ 选择“显示信息”选项卡，进入“显示信息”设置界面，在其中输入当审核条件不满足时显示的信息，如图 7-71 所示。单击【确定】按钮，完成审核条件的设置。

❺ 在【审核条件】对话框中单击【关闭】按钮，结束审核条件的设置操作。

❻ 选择【工具】→【报表审核】→【审核报表】命令，开始按用户设置的审核条件

进行报表审核并给出提示信息，如图7-72所示。

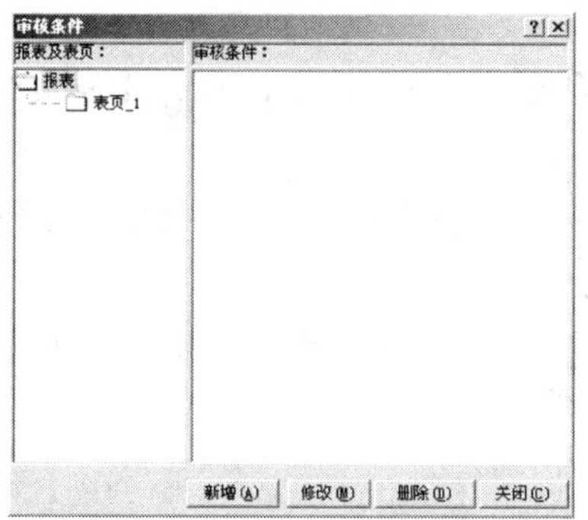

图7-68 【审核条件】对话框（一）

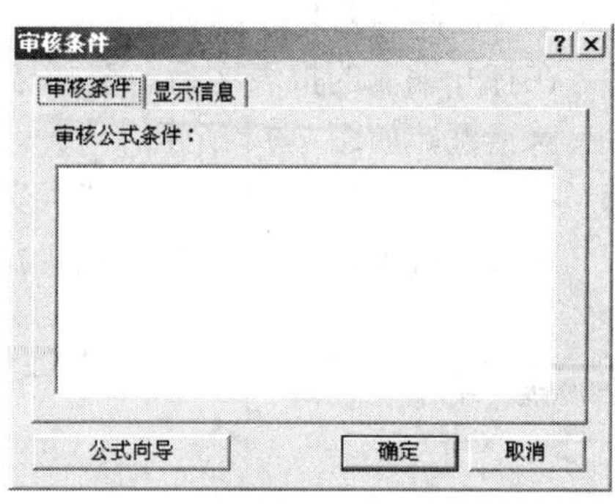

图7-69 【审核条件】对话框（二）

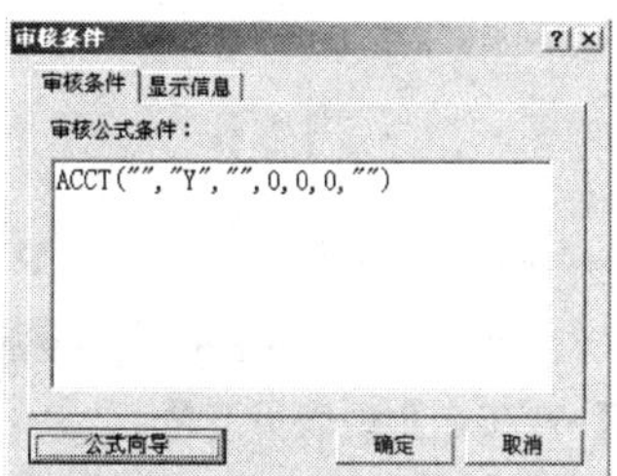

图7-70 添加审核条件

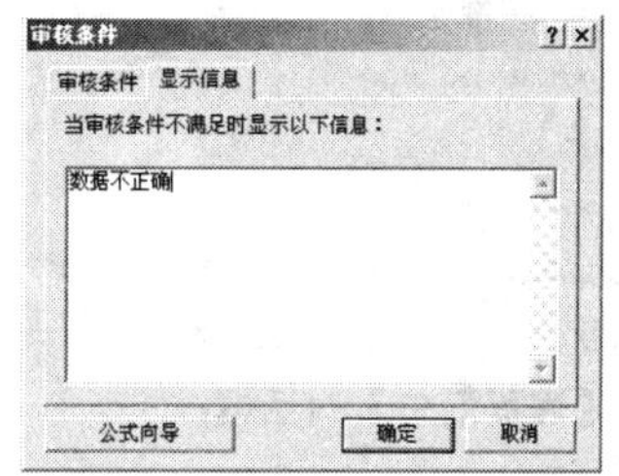

图7-71 “显示信息”设置界面

❼ 在报表经过审核之后，选择【工具】→【报表审批】命令，将报表进行审批。审批后的报表在状态栏中将显示“审批人”字样，如图7-73所示。若需要取消报表的审批，则选择【工具】→【取消审批】命令即可。审批后的报表不允许再进行重新计算，数据也不允许再修改。

金蝶提示

表内审核 --报表_1：
数据不正确，是否继续？

是(Y)　否(N)

图7-72 信息提示框

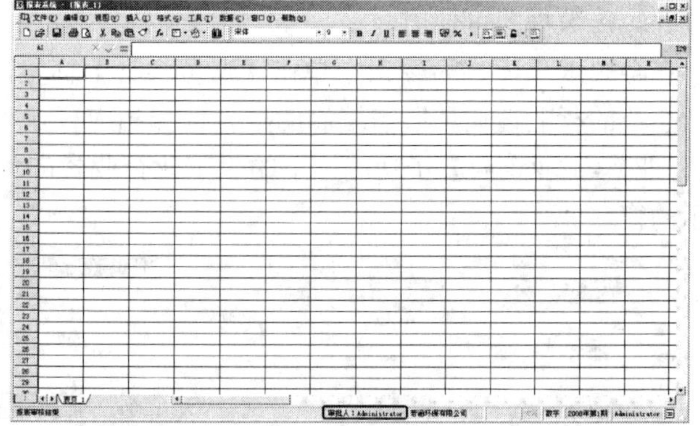

图7-73 实现报表审批

不同的表页可以设置不同的审核条件，在进行审核时，执行所有表页已设置的审核条件，并根据审核结果给出相应的提示。

9. 汇总报表

表页汇总功能可自动把一个报表中不同表页的数据项进行汇总，表页汇总生成的汇总报表可以选择追加到当前报表作为当前报表的最后一张表页，也可以生成新的报表。

汇总报表的具体操作步骤如下：

❶ 在打开编制的报表之后，选择【工具】→【表页汇总】命令，打开【表页汇总】对话框，如图 7-74 所示。

❷ 在选择需要汇总表页的范围并设置汇总结果存放的位置之后，单击【确定】按钮，即可完成表页汇总操作，如图 7-75 所示。

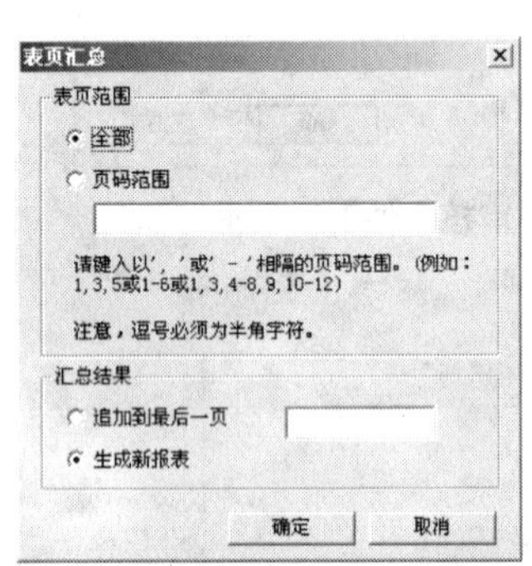

图 7-74 【表页汇总】对话框

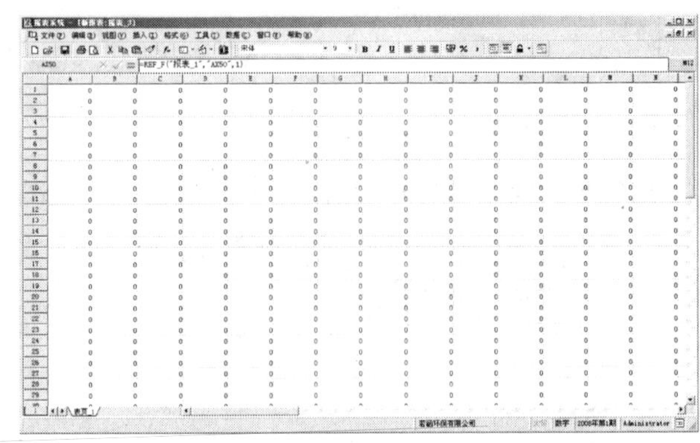

图 7-75 实现表页汇总

由于表页汇总是把数据相加，有些数字（如序号、文字内容等）不需要汇总，对于这些数据的单元格需先锁定。汇总后的报表不支持数据重算。

7.1.5 系统预设报表的应用

金蝶 K/3 系统已经为用户预设好常用的报表，用户只需进入该报表模板，进行少许的修改并输入数据即可使用。

在金蝶 K/3 主控台窗口中单击【财务会计】标签，选择【报表】系统功能项，即可根据本企业的行业性质和所需编制的报表选择相应行业下的预设报表，如图 7-76 所示。双击【(行业) -工业企业】子功能项下的“工业企业资产负债表”明细功能项，打开如图 7-77 所示的窗口。

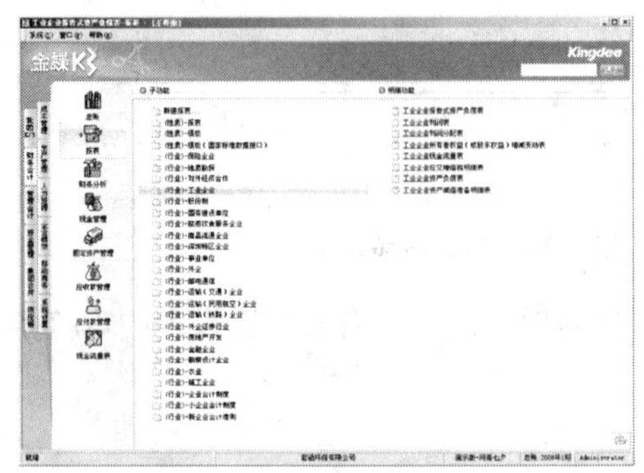

图 7-76 选择金蝶预设报表

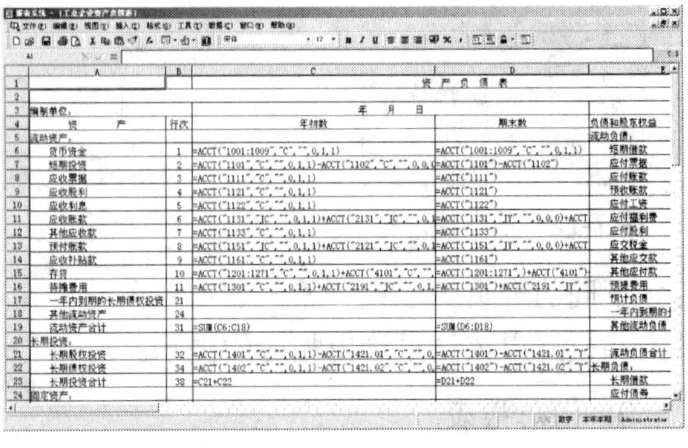

图 7-77 报表系统预设的资产负债表

如果不需要对报表项目内容进行修改，则在每个项目后输入相应的数据即可。用户也可以通过设置默认取数账套、定义取数公式和批量填充等操作快速地制作现金流量表。

7.1.6 引入自定义的报表

对于一些外部文件，金蝶报表系统还可对其他各类数据库取数制表，只需打开某种类型的数据库，金蝶报表系统就会自动将其转换为金蝶报表格式，并通过金蝶报表系统提供各种功能编辑报表。

选择【文件】→【引入文件】命令，弹出【打开】对话框，如图7-78所示，金蝶系统可以引入的文件类型很多。在“文件类型”下拉列表框中选择需要引入文件的类型，并在“驱动器”下拉列表框中选择引入文件所在的磁盘分区，在其上的列表框中选择引入文件所在的文件夹，最后在“文件名”文本框下的列表框中选择所需引入的文件名，单击【确定】按钮，即可将所选文件引入到报表系统中。这样可以将一些工作的结果引入到报表系统中，而无须重新进行手工的录入，节约工作时间。

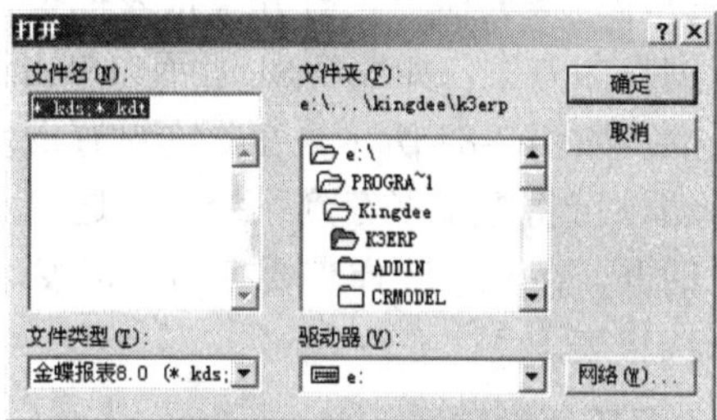

图7-78 【打开】对话框

对引入的外部文件，支持的文件格式有KDS、KDT、DBF、EXCEL、TXT和HTML。对于KDS和KDT文件，在实际使用时可以由其他账套中的报表文件引入到当前账套中进行相应操作。在跨账套引入文件时能将报表的审核条件一起引入。

7.1.7 会计报表的打印

1. 报表的打印输出

若要打印输出报表，则需要先进行页面设置，包括纸张类型、打印方向、页边距等，如图7-79所示。选择【文件】→【打印设置…】命令，弹出【打印设置】对话框，在其中可以选择打印机，设置纸张类型、来源与打印方向等内容，如图7-80所示。

单击工具栏上的【打印预览】按钮，可浏览报表的打印效果。若打印效果比较满意，单击工具栏上的【打印】按钮，即可开始打印报表。

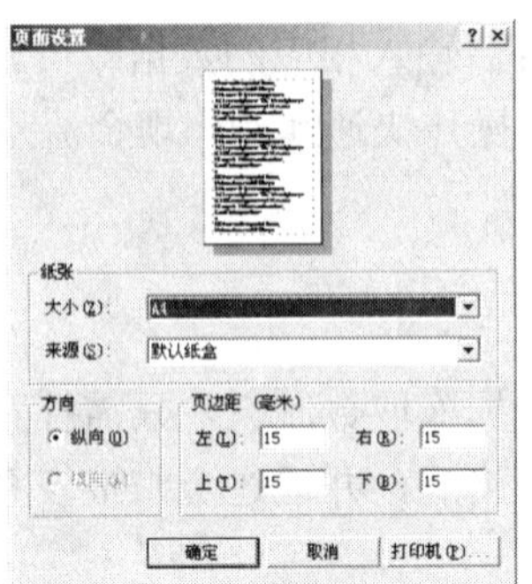
图 7-79　页面设置

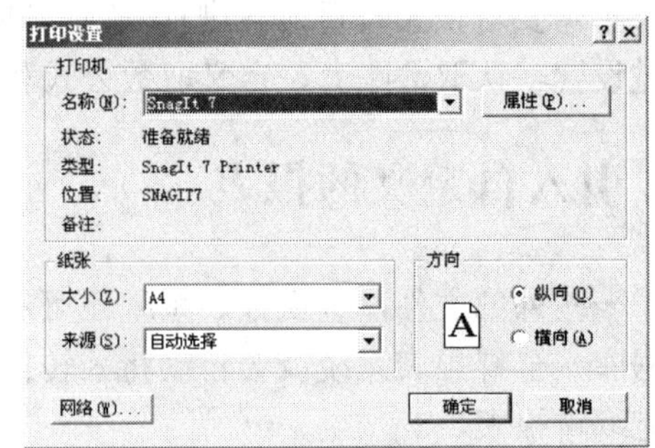
图 7-80　设置打印选项

2. 报表批量打印

批量打印一次可以选择多个报表进行打印，不用一个报表打印完之后再选择另一个报表进行打印，节约时间。在报表批量打印时，对页脚页眉中定义的取数函数所取值，也能进行打印。

选择【文件】→【批量打印方案】命令，打开【报表批量打印方案】对话框，在其中可以增加、修改、删除或查询打印方案，如图 7-81 所示。单击【新建方案】按钮，可弹出【批量打印方案定义】对话框，如图 7-82 所示。在其中设置批量打印方案的名称与打印的报表之后，单击【保存】按钮，可将方案保存到系统中。选择【文件】→【批量打印…】命令，打开【批量打印】对话框，在其中选择需要打印的报表，如图 7-83 所示。单击【打印】按钮，即可开始打印所选报表。

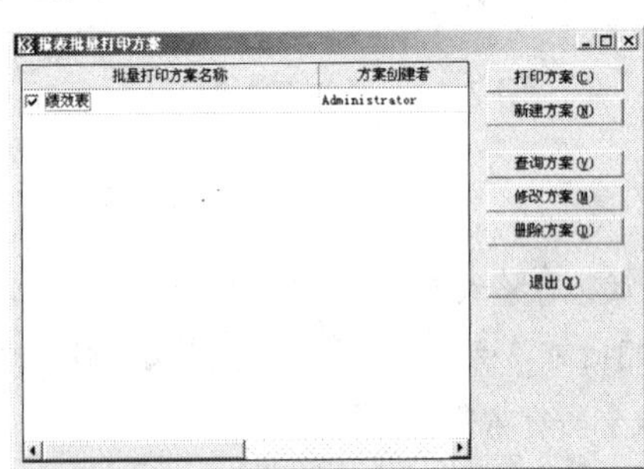
图 7-81　设置报表批量打印方案

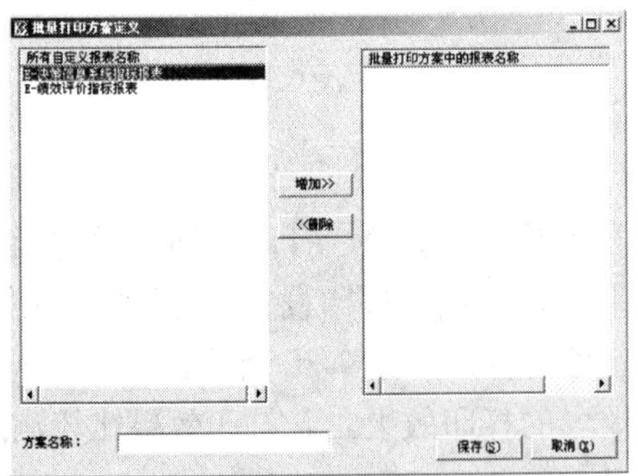
图 7-82　定义批量打印方案

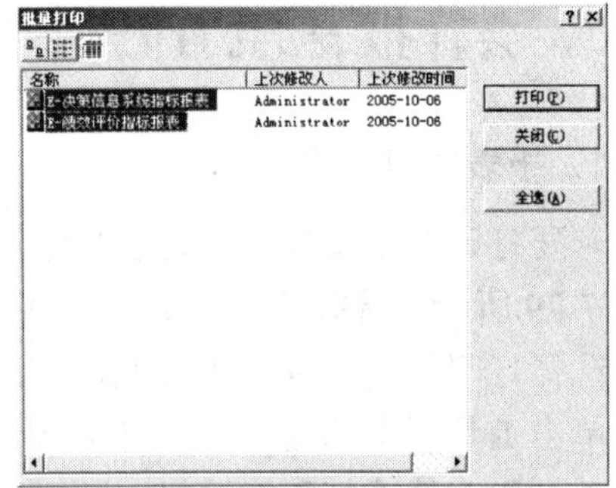
图 7-83　【批量打印】对话框

3. 选定区域打印

若用户只需打印报表的某一部分，则可在选取这些单元格内容之后，选择【文件】→【选定区域打印】命令，可自动显示打印预览界面。若预览的打印效果比较满意，则单击工具栏上的【打印】按钮，即可开始打印报表中的所选区域内容。

7.2 进行多方位的财务分析

金蝶软件根据目前国内外财务分析的基本原理，提供了对企业的财务状况、资金运作状况、损益状况以及其他用户要求的任何经济活动的结构、比较、趋势、比率等方面的分析，并对每一分析结果以文字、数字和图形等多种形式显示输出。

财务分析系统为用户提供了完善的分析方法，可与金蝶报表、金蝶账套以及其他来源的各种数据源进行挂接，实行数据分析。系统为用户提供了基本报表，如资产负债表、损益表以及各种自定义报表的结构分析、比较分析、趋势分析等各类分析，提供各种项目的预算、数据管理以及一些基本的财务指标分析，还可根据本单位实际需要补充追加其他指标和各种因素分析，以实现对某一特定因素的深入分析。

在金蝶 K/3 主控台窗口中单击【财务会计】标签，选择【财务分析】系统功能项，双击其任何子功能项下的任何明细功能项，可打开【财务分析系统】窗口，如图 7-84 所示。左窗格为工作区，右窗格为操作区，在左侧窗格中双击具体的选项，即可打开相应的功能。

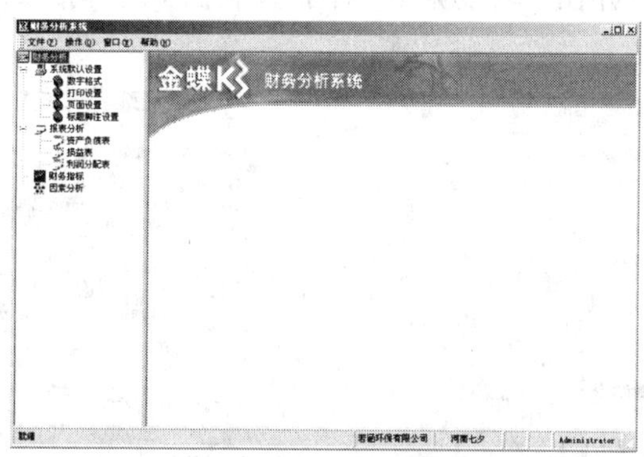

图 7-84 【财务分析系统】窗口

7.2.1 财务状况分析

在【财务分析系统】窗口左侧工作区的“报表分析”下方，系统列出了已经预设的“资产负债表”、“损益表”和“利润分配表”3 个报表，双击需要查看的报表，即可在右侧操作区中打开该报表，如图 7-85 所示。

1. 自定义报表

从打开的报表中可以发现，在报表的“金额”列中显示为“请检查公式设置”字样，而不是显示的数据，这是由于用户设置的取数公式不正确引起的，这时就需要对取数公式进行设置。具体操作步骤如下：

❶ 在【财务分析系统】窗口中右击“报表分析”选项，在弹出的快捷菜单中选择【新建报表】命令，打开【新建报表向导】对话框，在其中输入自定义报表的名称，如图 7-86 所示。

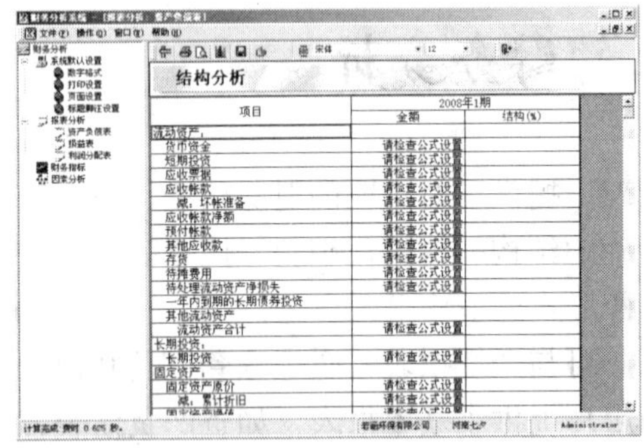

图 7-85　查看报表

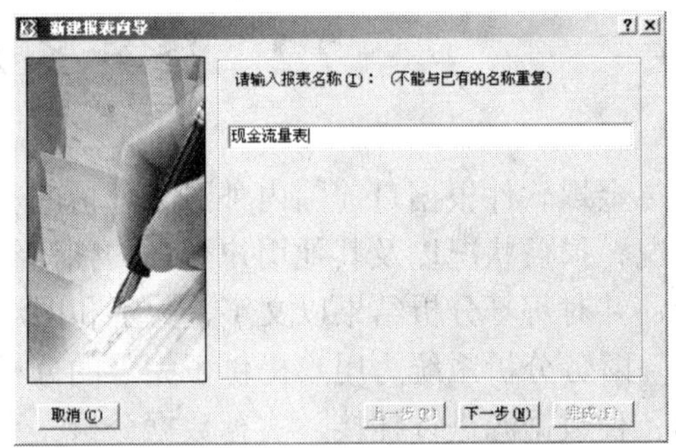

图 7-86　【新建报表向导】对话框

❷ 单击【下一步】按钮，进入【数据源设置】对话框，在其中设置数据来源、会计年度、会计期间和币别等选项，如图 7-87 所示。

❸ 单击【下一步】按钮，打开【报表项目生成器】对话框，在“核算类别”下拉列表框中选择需要核算的类别，在“核算科目”及“核算项目”列表框中选择需要核算的科目及项目，并在“取数类型”下拉列表框中选择报表的取数类型，如图 7-88 所示。

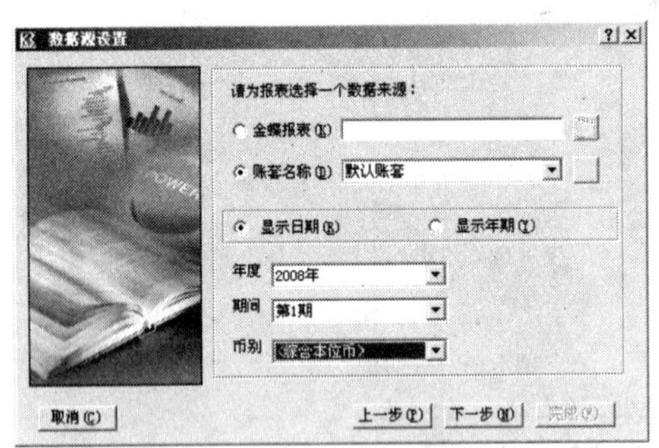

图 7-87　【数据源设置】对话框

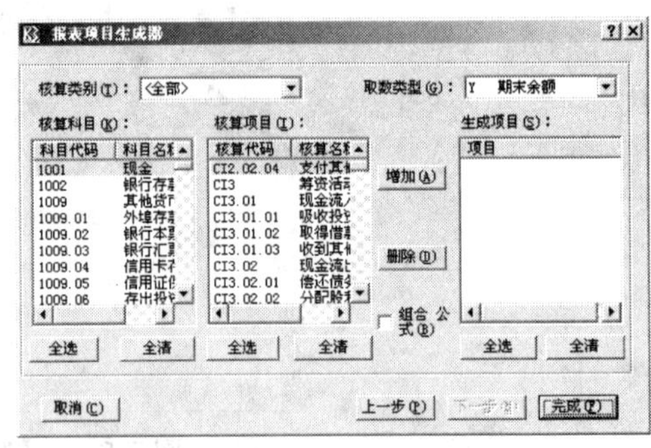

图 7-88　【报表项目生成器】对话框

❹ 单击【增加】按钮，将所生成的项目添加到“生成项目”列表框中，单击【完成】按钮，生成新的报表，并弹出一个信息提示框，用于提示是否立即定义报表项目，如图 7-89 所示。

图 7-89　信息提示框

❺ 如果不希望立即定义报表项目，则单击【否】按钮，即可完成操作。如果在【数据源设置】对话框中选中“金蝶报表”单选按钮，则用户需要指定金蝶报表文件保存的路径，单击【下一步】按钮，设置每年总期数，如图 7-90 所示。

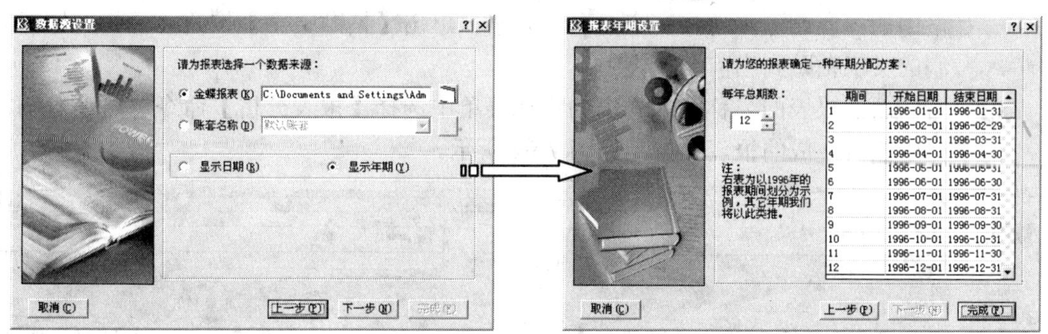

图 7-90 定义新报表

> “每年总期数”数值框用于对报表分析管理需要的期间进行设置，不是会计制度上的期间，如按半期进行分析，则可设置总期数为 24 期。在金蝶报表系统中引出相应期间数据，在财务分析引入后进行分析处理。

2. 定义报表项目

如果希望对定义的新报表进行报表项目的编辑操作，则需进行如下操作。

❶ 在【财务分析系统】窗口中选取需要编辑的报表并右击，在弹出的快捷菜单中选择【报表项目】命令，即可进入相应报表的报表项目编辑窗口，如图 7-91 所示。

❷ 在报表项目编辑窗口中选择需要编辑的行之后，单击【插入】按钮，可在当前行上方插入一个添加报表项目的空白行，如图 7-92 所示；单击【删除】按钮，可将光标所在行删除；单击【追加】按钮，则可在报表的最后添加一个空白行，如图 7-93 所示。

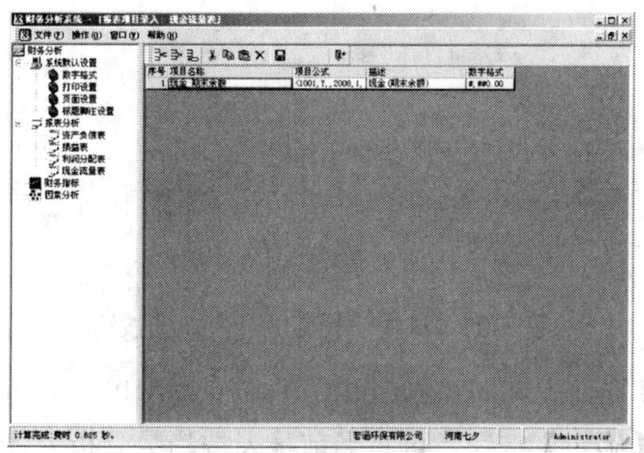

图 7-91 报表项目编辑窗口

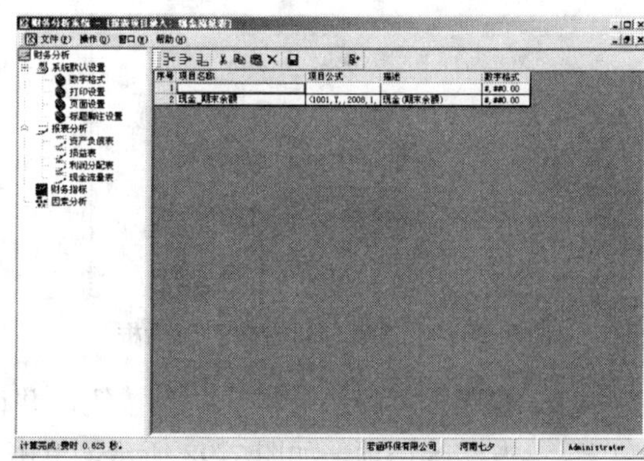

图 7-92 插入行

❸ 选择报表中需要编辑的单元格，单击【剪切文字】按钮，可将当前单元格中的内容删除，并保存到操作系统的剪贴板中；单击【复制文字】按钮，可将当前单元格中的内容复制到操作系统的剪贴板中；单击【删除文字】按钮，可将当前单元格中的内容删除；选择一个空白单元格，单击【粘贴文字】按钮，可将剪切或复制的文字粘贴到当前单元格中。

❹ 右击新建报表的名称，在弹出的快捷菜单中选择【报表分析】命令，可在右侧窗口中查看生成的报表数据，如图7-94所示。

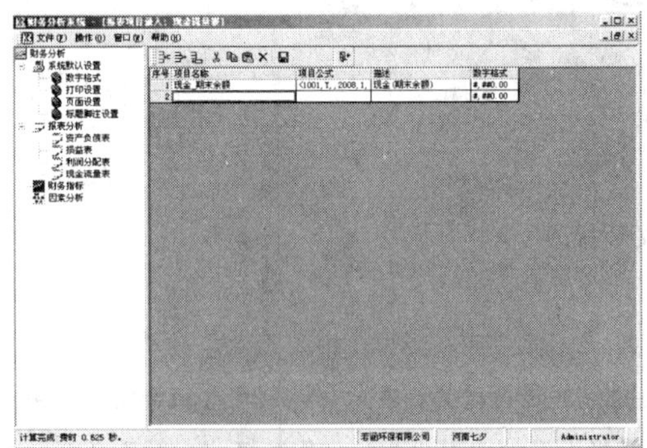

图7-93　追加行

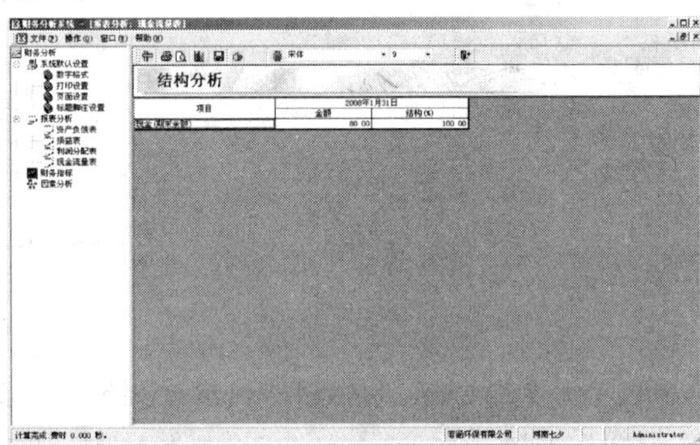

图7-94　查看报表数据

❺ 单击【分析方式】按钮，打开【报表分析方式】对话框，在其中可选择“结构分析”、“比较分析”和“趋势分析”3种分析方式，如图7-95所示。

❻ 若选中“结构分析”单选按钮，并选择报表期间类别以及相应的期间数，单击【确定】按钮，可将当前报表按结构分析方式显示。

❼ 若选中“比较分析”单选按钮，并设置报表期间类别、相应的期间数以及比较对象等选项，如图7-96所示。单击【确定】按钮，可将当前报表按比较分析方式显示，如图7-97所示。

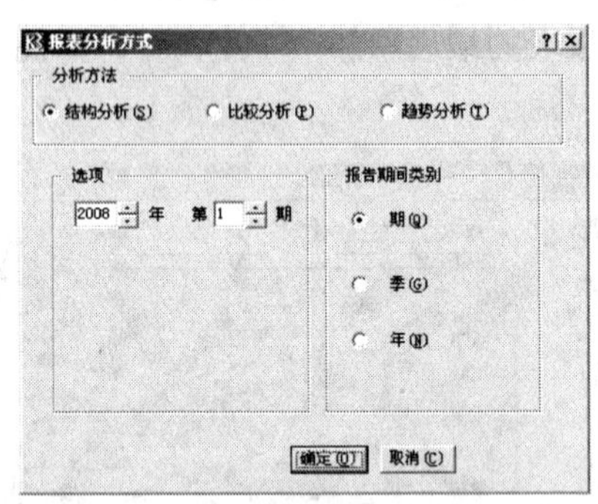

图7-95　【报表分析方式】对话框

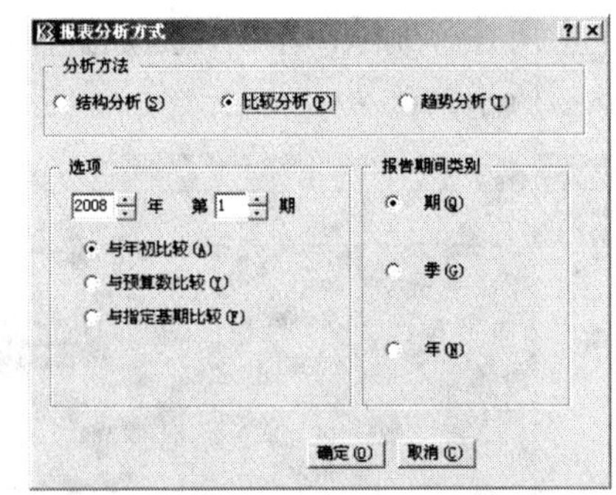

图7-96　选中“比较分析”单选按钮

❽ 若选中“趋势分析”单选按钮，并设置报表期间类别、相应的期间范围以及分析方法等选项，如图7-98所示。单击【确定】按钮，可将当前报表按趋势分析方式显示，如图7-99所示。

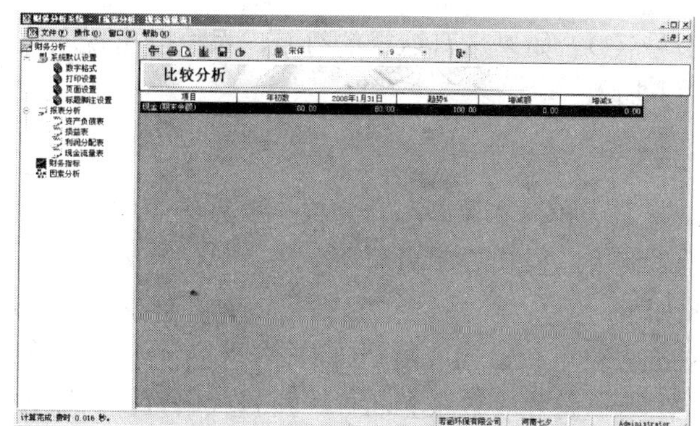

图 7-97 比较分析显示报表

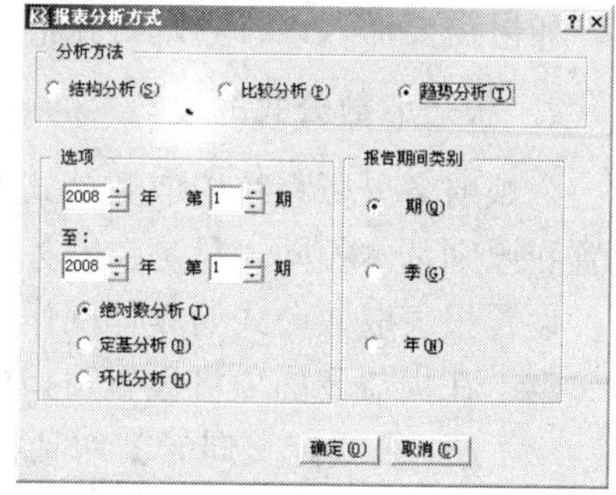

图 7-98 选中“趋势分析”单选按钮

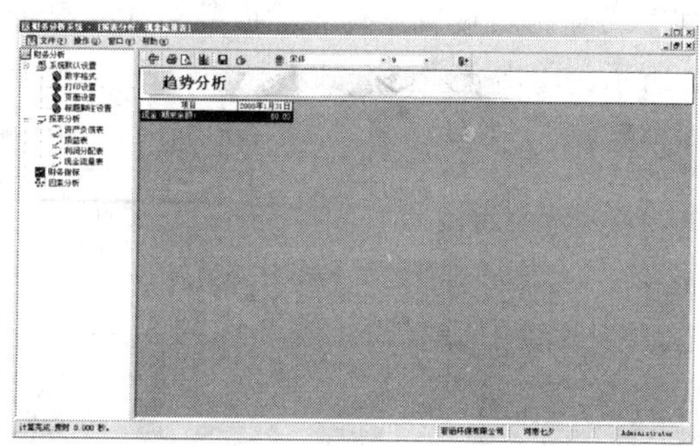

图 7-99 趋势分析显示报表

7.2.2 损益分析

在【财务分析系统】窗口中右击“财务分析”下的“损益表”项目，在弹出的快捷菜单中选择【报表项目】命令，即可打开预设的损益表格式及一些基本项目，如图 7-100 所示。对于这些系统预设的项目，用户不能删除或修改。

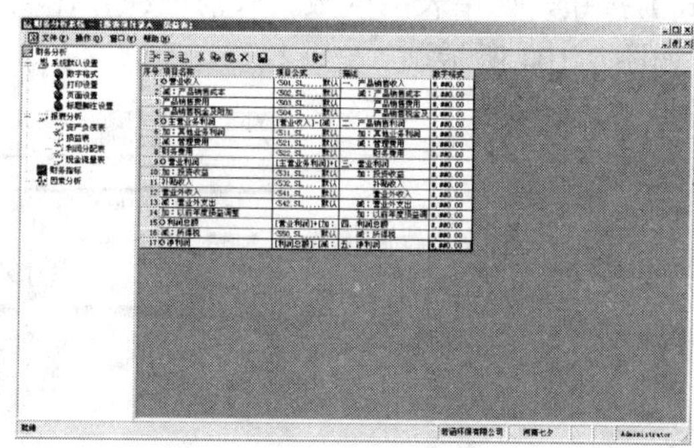

图 7-100 损益报表

1. 编辑报表项目

用户可以通过单击工具栏上的按钮对报表项目进行插入、删除和追加行操作，然后录入新的报表项目；也可以对报表项目进行剪切、复制、粘贴等操作。

在录入报表项目时，不能带有单引号（'）。如果带有这样的符号，系统会出现取数错误，如果需要加入该符号，可在描述栏中加入。

2．报表取数公式的设置

金蝶财务分析系统中取数公式的设置方法和基本原则与自定义报表系统中的取数公式设置和原则基本相同。只是在财务分析系统中的操作要相对简单一些。

设置报表取数公式的具体操作步骤如下：

❶ 在损益表的项目设置窗口中双击需要重新设置取数公式的公式栏，打开【财务分析--公式定义向导】对话框，在其中设置取数账套名称、科目代码范围、取数类型、会计年度、会计期间范围和币别等选项，如图 7-101 所示。

❷ 单击【填入公式】按钮，将设置条件生成取数公式并显示在对话框上方的文本框中，如图 7-102 所示。单击【清除公式】按钮，则可将显示的取数公式删除。

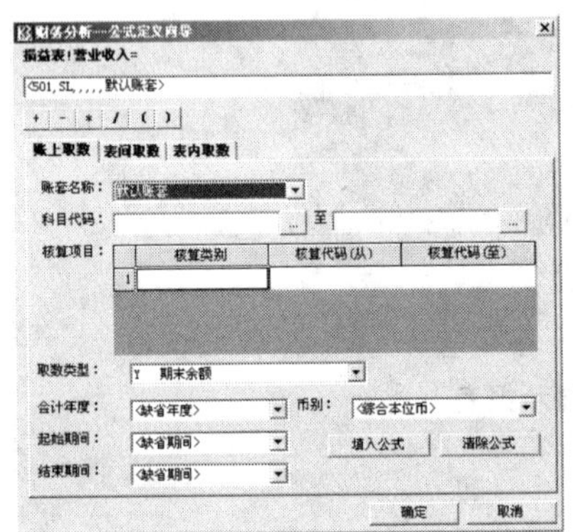

图 7-101 【财务分析--公式定义向导】对话框

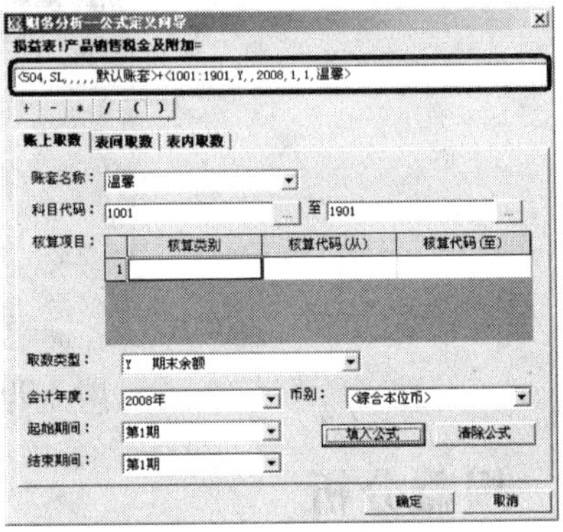

图 7-102 填入公式

❸ 选择“表间取数”选项卡，进入“表间取数”设置界面，选择左侧列表中需要取数的报表，并在右侧列表框中选择需要取数的选项，如图 7-103 所示。

❹ 单击【填入公式】按钮，如果表间取数公式前已经存在取数公式，则两公式之间以“+”连接，如图 7-104 所示。

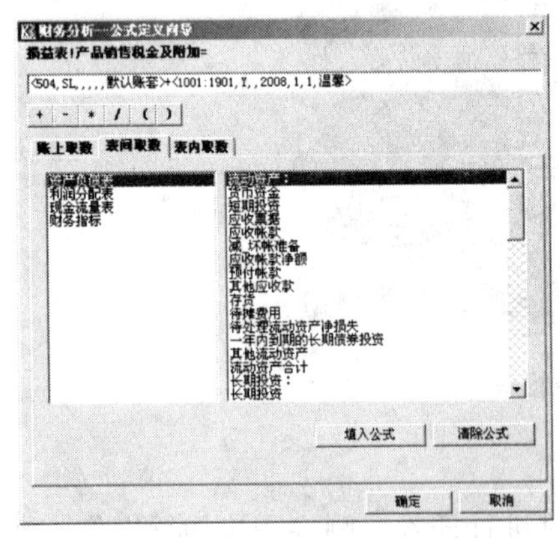

图 7-103 “表间取数”设置界面

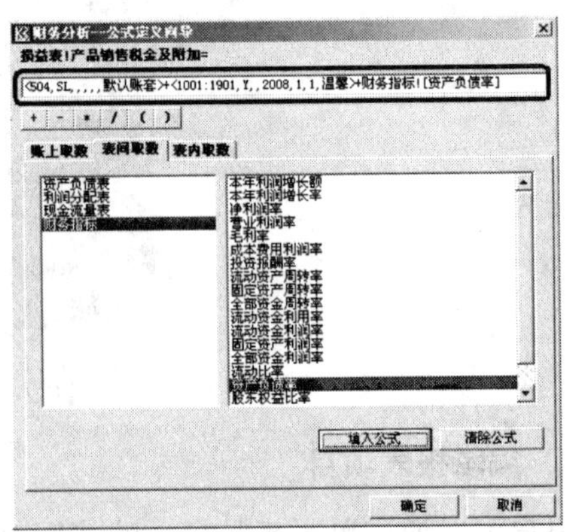

图 7-104 公式连接

❺ 选择“表内取数”选项卡，进入“表内取数”设置界面。选择需要取数的选项并单击【填入公式】按钮，即可将其添加到取数公式栏中，如图7-105所示。

❻ 单击【确定】按钮，关闭对话框并将设置的取数公式填入所选的报表单元格中。将所有出现错误的取数公式重新设置好后，单击【退出】按钮，可结束报表项目的设置操作。右击“损益表”选项，在弹出的快捷菜单中选择【报表分析】命令，可查看生成的相应报表数据。

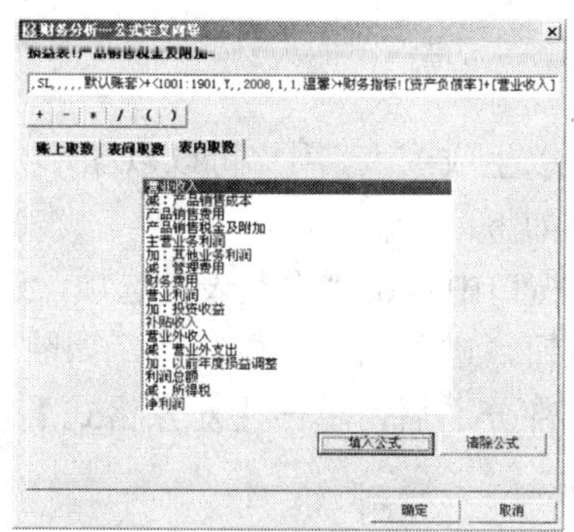

图7-105 “表内取数”设置界面

3. 报表项目描述

在报表项目的“描述”栏中输入对报表项目的描述文字，此处的描述文字在报表分析时将在报表的项目名称中显示，即当用户定义完成后，在进行报表分析时，系统显示报表的各个项目名称是报表项目中的描述文字，所以在录入描述文字时应准确。

4. 数字格式

报表的数字格式定义在“数字格式”栏中，双击某一报表的“数字格式”栏，系统弹出预设的5种数字格式，同系统默认设置中的数字格式相同，选定需要的数字格式，单击鼠标左键确定。

5. 导入数据

在报表项目的快捷菜单中，【导入数据】命令用来从已确定的报表数据源中导入数据。如果设置的数据源为金蝶的账套数据，则无须执行该操作，系统将自动从账套中导入数据；如果设置的数据源为金蝶报表或其他数据源，则需要执行该操作才可将数据导入报表中。只要跟随向导就可以轻松完成数据的导入。

6. 预算及数据管理

在报表项目的快捷菜单中，选择【预算及数据管理】命令，可以设置一张预算报表。如果设置的数据源为金蝶账套，系统将提示无法设置预算。只有在设置数据源为除金蝶账套以外的数据源时，才可以进行预算和预算数据的管理。

7. 报表属性

在报表项目的快捷菜单中，【报表属性】命令是对报表的数据源进行设置，即确定报表的数据来源。系统为用户提供了两种数据来源，一种是金蝶报表，另一种是金蝶账套。

8．报表分析

在设置好数据取数公式之后，返回【财务分析系统】窗口，单击工具栏上的【分析方式】按钮，可打开【报表分析方式】对话框，在其中选定报表的分析方法。用户可对该报表的数据结构进行分析，也可以将该报表各个期间的数据进行比较分析，或同指定的基期数据进行比较。

9．图表分析

财务分析系统中的报表可以生成图表，用户可以以图形方式查看当前报表的数据情况。图表分析的具体操作步骤如下：

❶ 在【财务分析系统】窗口中双击“损益表”选项，进入【损益表结构分析】窗口。单击【图表分析】按钮，进入图表分析窗口，如图 7-106 所示。

❷ 在选取图表中的某个部分之后，单击【对象格式】按钮，打开【单元属性】对话框，如图 7-107 所示。

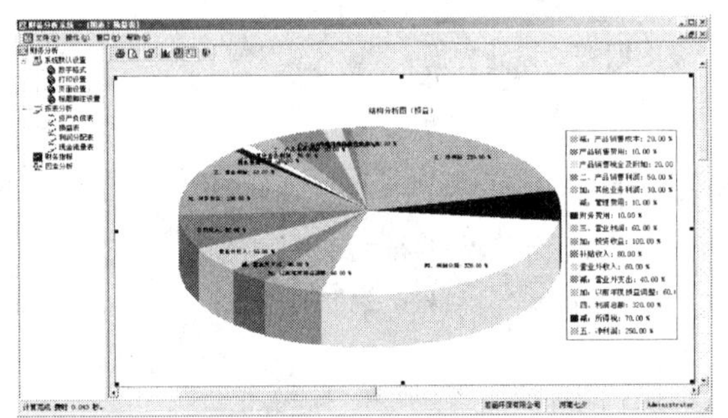

图 7-106　图表分析窗口

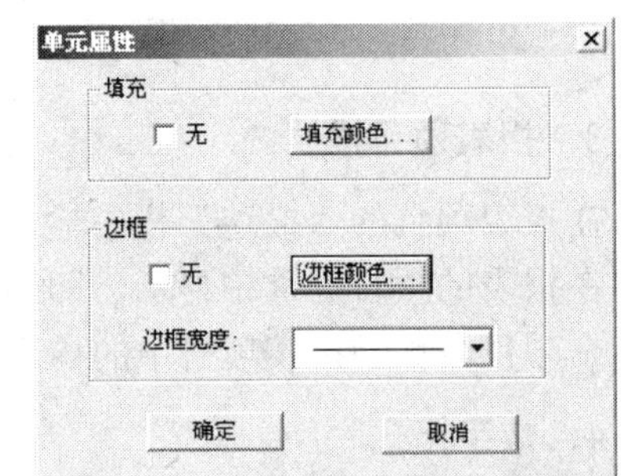

图 7-107　【单元属性】对话框

❸ 在根据实际需要设置图形中所选部分的填充颜色和边框颜色之后，单击【确定】按钮，即可显示相应的设置效果，如图 7-108 所示。

❹ 如果要更改图表类型，只需单击【图表类型】按钮，打开【图表类型】对话框，在其中选择图形的类型即可，如图 7-109 所示。

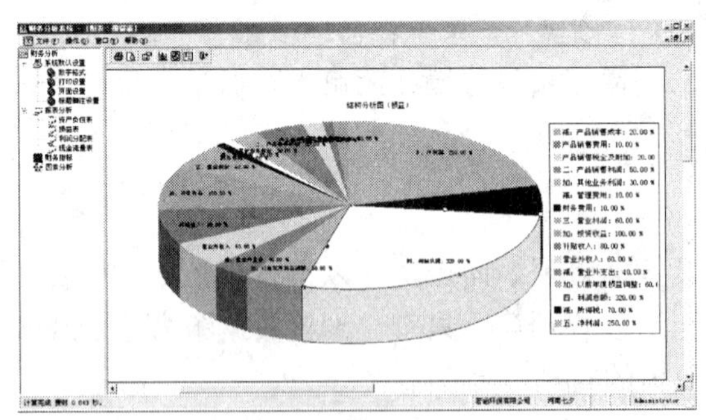

图 7-108　设置效果

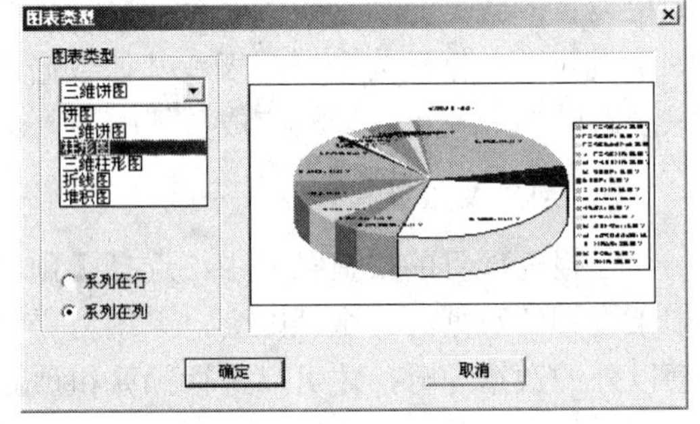

图 7-109　【图表类型】对话框

❺ 单击【图表选项】按钮，打开【属性】对话框，在其中可对图表的坐标轴进行相

应的设置，如图 7-110 所示。

❻ 选择“数据标志”选项卡，进入“数据标志”设置界面，在其中可以根据实际情况设置相应的标志，如图 7-111 所示。

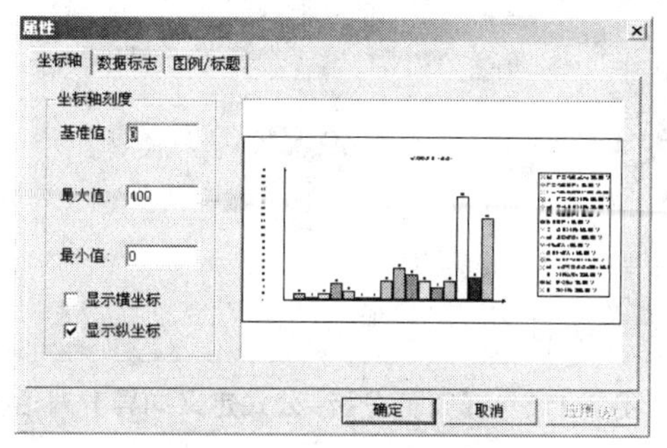

图 7-110 【属性】对话框

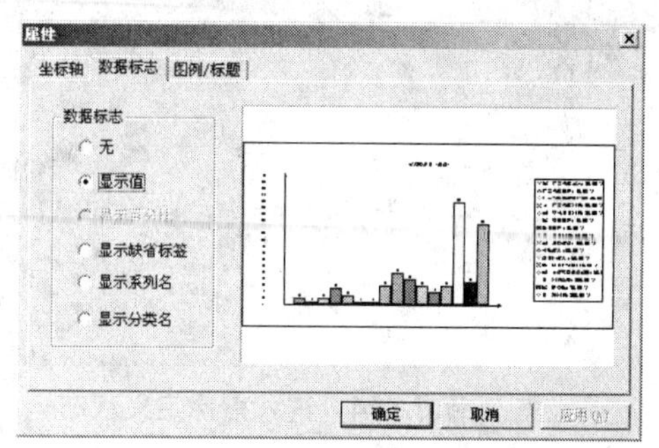

图 7-111 “数据标志”设置界面

❼ 选择“图例/标题”选项卡，进入“图例/标题”设置界面，在其中可以设置图表的标题和图例，如图 7-112 所示。

❽ 单击【确定】按钮关闭【属性】对话框之后，设置即可生效，结果如图 7-113 所示。如果显示的图表较小，则可用鼠标拖动图表四周的 8 个控点（黑方块）改变图表的大小。

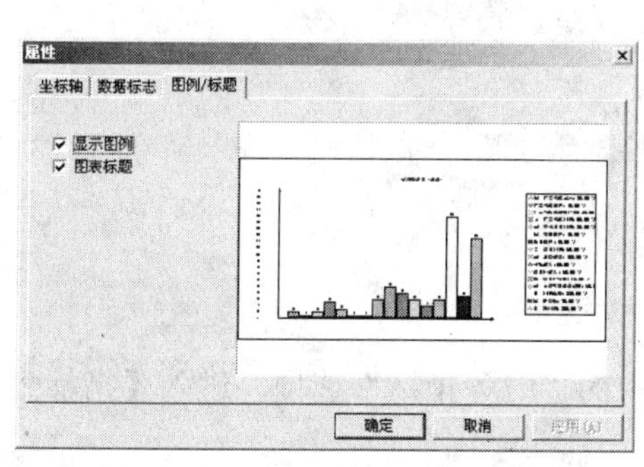

图 7-112 “图例/标题”设置界面

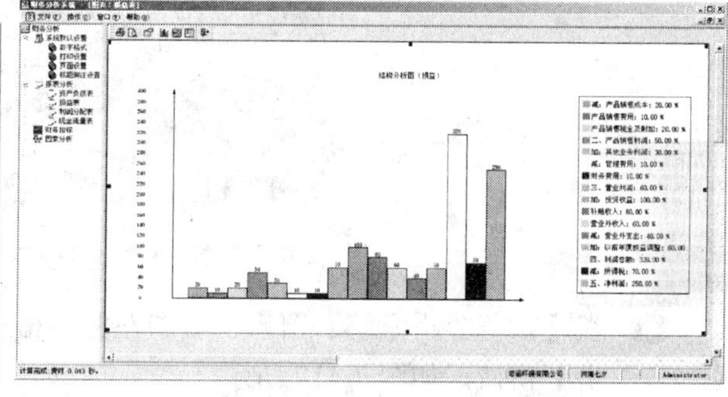

图 7-113 完成图表分析

7.2.3 财务指标分析

一般情况下，财务指标反映的是企业的财务状况、资金运作能力、偿债能力以及盈利能力等，通过对财务指标的分析，用户可以对企业的财务状况和经营成果做一个总结，并为以后的生产经营活动提供宝贵的经验和素材。

如果要进行财务指标分析，首先要做的就是定义财务指标，具体操作步骤如下：

❶ 在【财务分析系统】窗口中右击“财务指标”选项，在弹出的快捷菜单中选择【指标定义】命令，即可进入指标定义状态，如图 7-114 所示。

❷ 在“指标名称”栏中双击需要更改的指标名称，可重新输入新的名称；在“指标公式”栏中双击需要重新设置取数公式的单元格，打开【财务分析--公式定义向

导】对话框，从中重新设置指标公式即可，如图 7-115 所示。

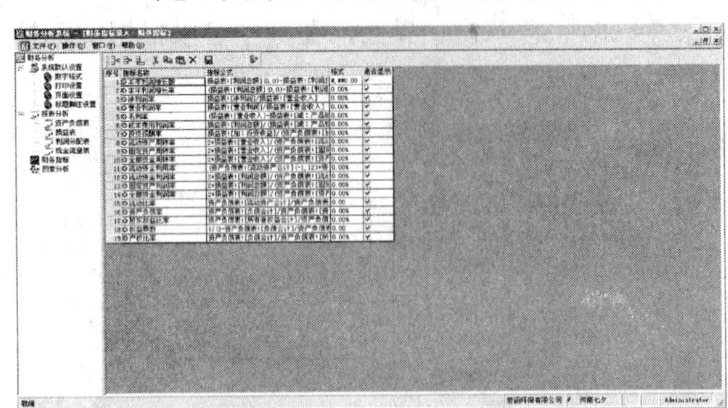

图 7-114　进入指标定义状态

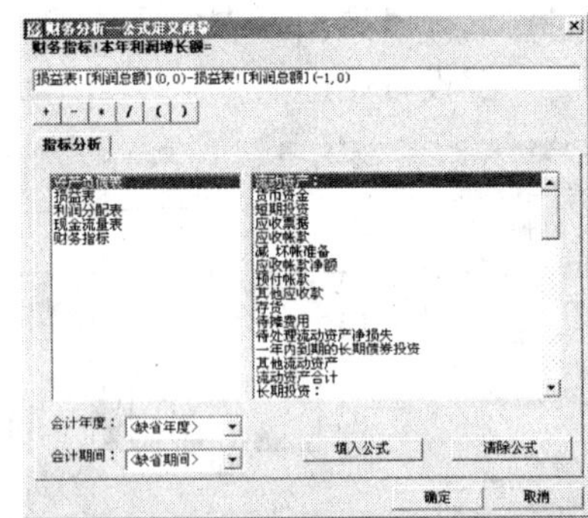

图 7-115　【财务分析--公式定义向导】对话框

❸ 双击需要改变数字格式指标所对应的“格式”栏，在弹出的列表框中选择一种新的数字格式（在“是否显示”栏中若有“√”标记，表示在指标分析表中显示该指标），如图 7-116 所示。在设置完毕之后，单击【退出】按钮，即可结束指标的定义操作。

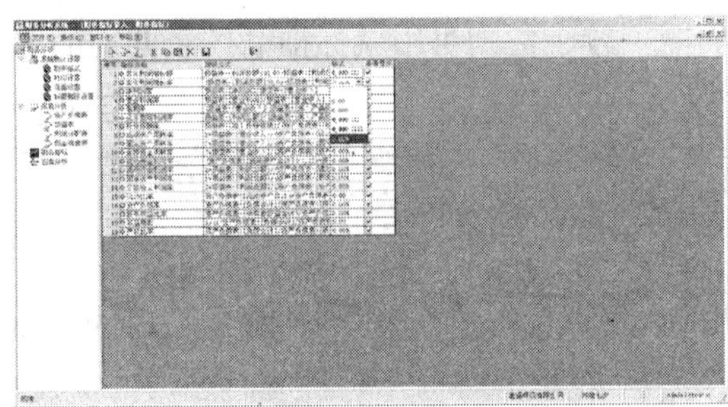

图 7-116　选择数字格式

❹ 在【财务分析系统】窗口中双击左侧窗格中的“财务指标”选项，进入【指标分析】窗口，如图 7-117 所示。

❺ 单击【分析方式】按钮，在打开的【数据期间】对话框中设置指标分析的期间，如图 7-118 所示。单击【确定】按钮，在右侧窗口中查看所设会计期间的指标分析报表。

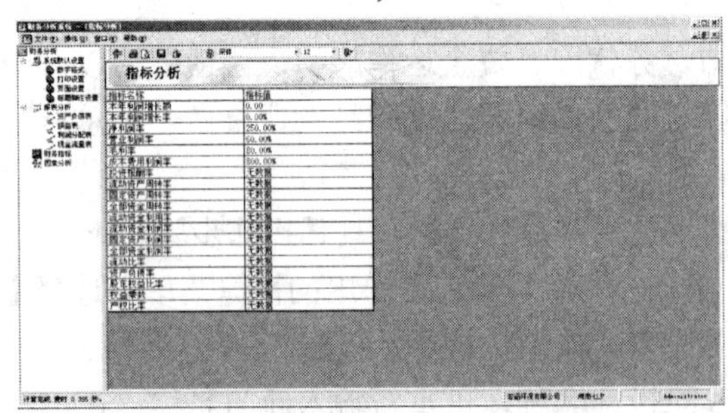

图 7-117　【指标分析】窗口

图 7-118　【数据期间】对话框

7.2.4 因素分析报表

因素分析是指选定某一个因素，可以是收入、利润，也可以是某一个产品的成本构成，因素的设定由用户自己确定。在确定因素和因素分析的方法之后，即可对该因素进行各种分析。

因素分析的具体操作步骤如下：

❶ 在【财务分析系统】窗口中右击“因素分析”选项，在弹出的快捷菜单中选择【新建分析对象】命令，打开【新建分析对象向导】对话框，在其中输入新建分析对象的名称，如图 7-119 所示。

❷ 单击【下一步】按钮，按照向导提示进行设置，其设置方法与前面自定义分析报表的设置方法基本相同，这里不再赘述。

❸ 设置完毕后单击【完成】按钮，弹出一个信息提示框，如图 7-120 所示。

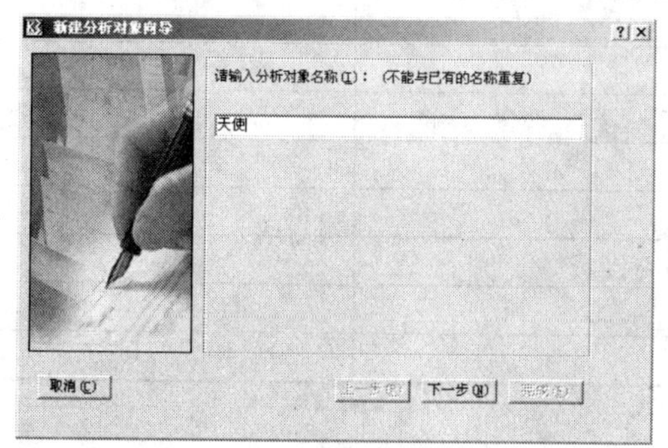

图 7-119 【新建分析对象向导】对话框

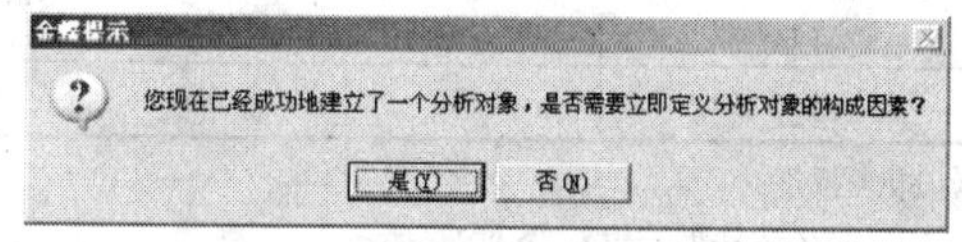

图 7-120 信息提示框

❹ 单击【是】按钮，建立分析对象，在“因素分析”选项下将显示一个新建的分析对象名称，如图 7-121 所示。双击该对象名称，可查看该对象的分析数据，如图 7-122 所示。

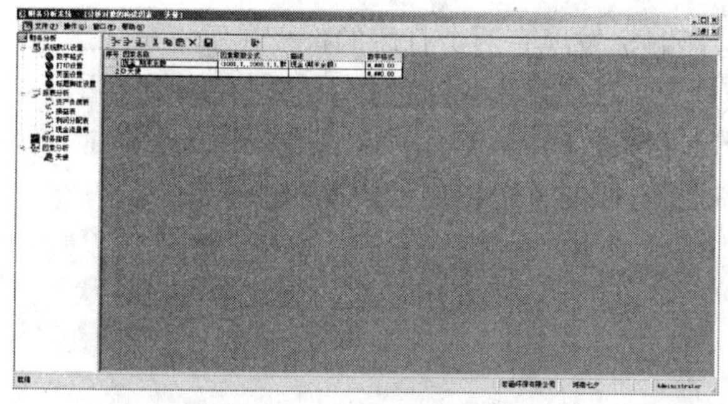

图 7-121 新建分析对象名称

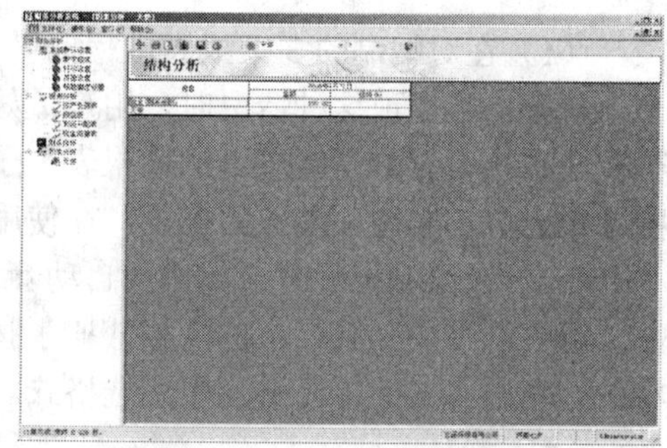

图 7-122 查看分析数据

❺ 单击【分析方式】按钮，打开【分析方式】对话框。在其中选择“结构分析”、“比较分析”或“趋势分析”并设置相应的选项后，即可查看分析结果。

7.3　上机实践：本章实务材料

使用【总账】模块的系统操作实例资料建立并生成管理费用及营业费用明细表，如表 7-2 所示，按要求定义报表格式、设置公式、生成报表并打印输出。

表 7-2　管理费用及营业费用明细表

金额单位：万元

行　次	项　目	发 生 额
1	管理费用及营业费用	
2	其中：公司经费	
3	劳动保险费	
4	业务招待费	
5	税金	
6	无形资产摊销	
7	坏账损失	
8	差旅费	
9	广告费	
10	工会经费、职工教育经费	
11	销售佣金	
12	其他	

报表批注：

① 业务招待费税前扣除金额。

② 坏账准备提取方法及比例。

7.4　可能出现的问题与解答

（1）在对编制的 3 个报表进行批量打印时，发现有两个打印的报表显示不出来。

解答：当出现这种情况时，用户最好检查一下显示不出来的报表的保存路径，看其是否在【系统设置】功能项下的【报表】子功能项之下，只有保存在【系统设置】功能项下的【报表】子功能项之下的报表，在使用批量打印时才可以显示出打印的报表。

（2）在绘制报表时希望去掉自动套用格式该如何操作？

解答：使用工具栏上的【格式刷】按钮，即可将已经套用格式的单元格恢复原状，或将没有套用格式的单元格套用所选格式。

7.5　总结与经验积累

本章着重介绍了报表的编制方法以及金蝶系统提供的一些财务分析功能。报表是财务系统非常重要的部分。企业不仅要制作报表向上级领导汇报企业在一个期间内或一个特定的时间段内的运行情况，还要向地方或国家相关管理部门上报报表（如税务部门）。财务分析的功能是帮助企业对一个期间或一个特定的时间段内的运行情况进行分析，使领导阶层对企业的财务状况、经营成果及未来前景有一个综合的评价，以帮助其进行决策。

财务分析系统可从不同角度对企业的财务数据进行分析，为企业决策者提供准确、直观的财务依据，帮助企业领导者做出正确的决策。财务部门在每个期末往往要编制多种财务报表向上级主管部门和企业领导上报，此时，若用户同时编辑完成了多个报表，并且需要同时打印输出，即可使用报表系统提供的批量打印功能，以减少用户的工作量，提高工作效率。

在财务分析系统和报表系统都提供了图表功能，相对而言，报表系统的图表功能要强大一些，用户可以根据需要提取数据生成图表。而财务分析系统的图表功能相对简单一些，用户只能根据当前分析报表中的数据生成图表，选择性较差，但操作比较简单。

7.6 习　　题

1．填空题

（1）一般情况下，财务指标反映的是企业的____________、资金运作能力、偿债能力以及__________等。

（2）____________是指选定某一个因素，可以是收入、利润，也可以是某一个产品的成本构成，因素的设定由用户自己确定。

（3）金蝶 K/3 的自定义报表是一个________的系统，它与________的操作窗口和操作方法都很相似。

2．选择题

（1）金蝶的自定义报表分析方式有（　　）。

A．1 种　　B．2 种　　C．3 种　　D．4 种

（2）插入单元格有（　　）方式。

A．1 种　　B．2 种　　C．3 种　　D．4 种

（3）报表分析方法有（　　）。

A．1 种　　B．2 种　　C．3 种　　D．4 种

3．简答题

（1）如何使用因素分析法对报表进行分析？

（2）如何创建与打开报表？

（3）如何引入自定义报表？

附录 A 金蝶 K/3 财务处理实验例程

A1 系统管理

A1.1 账套信息

1. 新建账套

（1）账套号：009
（2）账套名称：环保科技有限公司账套
（3）账套类型：工业企业通用解决方案
（4）数据库实体：SHILI
（5）数据库文件路径："我的文档"文件夹
（6）数据库日志文件路径："我的文档"文件夹
（7）使用 Windows 身份验证方式
（8）登录账套使用传统认证方式

2. 账套属性

（1）机构名称：河南华鹏科技有限公司
（2）地址：郑州市天明路 60 号
（3）电话：67722652
（4）记账本位币代码：RMB
（5）本位币名称：人民币
（6）小数位数：2
（7）会计期间界定方式：自然月份
（8）启用日期：2008 年 9 月

A1.2 岗位设置

会计主管、会计、出纳 3 人。
权限分配如下。

- 会计主管（刘明轩）：报表、总账、固定资产、财务分析、现金管理、工资、应收账、应付账、数据引入、数据引出的管理与查询权。
- 会计（王若涵）：报表、固定资产、应收账、应付账的管理与查询权。

- 出纳（李彤彤）：总账、工资、现金管理、现金流量表的管理与查询权。
- 刘明轩的用户名：刘明轩，登录密码为 123456。
- 王若涵的用户名：王若涵，登录密码为 789456。
- 李彤彤的用户名：李彤彤，登录密码为 LITONGTONG。

A2　总账核算系统的建立

A2.1　总账系统参数

（1）公司名称：河南华鹏科技有限公司
（2）地址：郑州市天明路 60 号
（3）电话：67722652
（4）本年利润科目：321-本年利润
（5）选中“启用往来业务核销”和“凭证过账前必需审核”复选框

A2.2　会计科目及期初余额

引入金蝶预设的工业企业标准会计科目，并在此基础上增加明细科目。具体会计科目及期初余额如下。

会计科目属性及期初余额表

科目代码	科 目 名 称	期初余额（借）	期初余额（贷）	外币核算	期末调汇	往来业务核算	数量金额	计量单位	辅助核算说明
101	现金	75.00			否	否	否		
102	银行存款	314 000.00			否	否	否		
10201	人民币	292 750.00							
1020101	工行存款	292 750.00							
10202	美元	USA2 500.00		美元	是				
1020201	中行存款	USA2 500.00		美元	是				
10203	港币			港币	是				
109	其他货币资金	37 500.00							
10901	外埠存款								
10902	银行汇票存款	37 500.00							
10903	银行本票存款								
10904	信用证存款								
10905	在途货币资金								
111	短期投资	3 750.00							客户

续表

科目代码	科 目 名 称	期初余额（借）	期初余额（贷）	外币核算	期末调汇	往来业务核算	数量金额	计量单位	辅助核算说明
11101	股票投资								客户
11102	债券投资	37 500.00							客户
112	应收票据	61 500.00							客户
113	应收账款	−25 000.00				是			客户
11301.001	天津机械公司		75 000.00						客户
11301.002	天津市民生配件厂	50 000.00							客户
11301.003	河北机械厂								客户
11302.001	豫北钢铁厂								客户
11302.002	华北钢铁有限公司								客户
11302.003	西北轴承有限公司								客户
114	坏账准备		225.09						
115	预付账款	25 090.00							客户
11501	永生轻工集团	USA2 940.00							客户
118	应收补贴款								
119	其他应收款	101 250.00							
11901	销售部	1 250.00							
1190101	赵六	1 250.00							
11902	保证金	100 000.00							
121	材料采购	125 000.00							
12101	卷钢	25 000.00					25	吨	
12102	304 不锈钢	100 000.00					109	吨	
123	原材料	225 000.00							
12301	冷轧钢	175 000.00					175	吨	
12302	316 不锈钢	50 000.00					50	吨	
128	包装物	25 000.00							
129	低值易耗品	125 000.00							
131	材料成本差异	20 000.00							
133	委托加工材料								
135	自制半成品								
137	产成品	125 000.00							
138	分期收款发出商品								
139	待摊费用	25 000.00							
151	长期投资	62 500.00							
15101	长期债权投资								
15102	长期股权投资	62 500.00							
161	固定资产	375 000.00							

续表

科目代码	科目名称	期初余额（借）	期初余额（贷）	外币核算	期末调汇	往来业务核算	数量金额	计量单位	辅助核算说明
164	固定资产减值准备								
165	折旧费用		100 000.00						
166	固定资产清理								
169	在建工程	375 000.00							
171	无形资产	150 000.00							
17101	土地使用权								
181	递延资产								
191	待处理财产损益								
120	长期待摊费用	50 000.00							
201	短期借款		75 000.00	综合	是				
202	应付票据		50 000.00	综合	是				供应商
20201.003	华北钢材集团								供应商
203	应付账款		238 450.00	综合	是				供应商
20301.001	山东钢材股份有限公司		100 000.00						供应商
20301.002	河南安阳钢材有限公司		138 450.00						供应商
204	预付账款		0.00						供应商
20401.001	南京不锈钢有限公司	25 000.00							供应商
20401.002	浙江不锈钢有限公司		25 000.00						供应商
209	其他应付款		12 500.00						
211	应付工资		25 000.00						
214	应付福利费		2 500.00						
221	应交税金		250.00						
22101	应交增值税		−500.00						
2210101	进项税额		−500.00						
2210102	已交税金								
2210103	销项税额								
2210104	出口退税								
2210105	进项税额转出								
22102	应交消费税								
22103	营业税								
22104	应交城建税								
22105	应交所得税		8 000.00						
223	应付利润								
229	其他应交款		1 650.00						
22901	应交教育费附加		1 650.00						
231	预提费用		250.00						

续表

科目代码	科目名称	期初余额（借）	期初余额（贷）	外币核算	期末调汇	往来业务核算	数量金额	计量单位	辅助核算说明
241	长期借款		400 000.00						
24101	一年以上到期长期负债		187 500.00						
2410101	工行借款		187 500.00						
24102	一年内到期长期负债		212 500.00						
2410201	工行借款		212 500.00						
251	应付债券								
270	延递税款								
272	专项应付款								
275	住房周转金								
301	实收资本		1 250 000.00						
30101	人民币		1 203 760.00						
30102	美元		USA5 440.00						
311	资本公积								
313	盈余公积		37 500.00						
31301	法定盈余公积		37 500.00						
31302	公益金								
321	本年利润								
322	利润分配								
32201	未分配利润								
32202	盈余公积补亏								
32203	提取盈余公积								
32204	应付利润								
32205	转作奖金的利润								
32206	应交特种基金								
32207	归还借款的利润								
32208	单项留用的利润								
401	生产成本								产品费用
40101	车床								产品费用
40102	分切机								产品费用
405	制造费用								部门
40501	折旧费								部门
40502	修理费								部门
40503	运输费								部门
40504	广告费								部门
40505	工资								部门

续表

科目代码	科目名称	期初余额（借）	期初余额（贷）	外币核算	期末调汇	往来业务核算	数量金额	计量单位	辅助核算说明
501	产品销售收入								客户、部门、职员
50101	主营业务收入								客户、部门、职员
50102	辅营业务收入								客户、部门、职员
502	产品销售成本								
503	营业费用								
504	产品销售税金及附加								
511	其他业务收入								
512	其他业务支出								
521	管理费用								部门
52101	工资及福利费								部门
52102	办公费								部门
52103	差旅费								部门
52104	折旧费								部门
52105	业务招待费								部门
52106	无形资产摊销								部门
52107	工会费								部门
52108	修理费								部门
52109	其他费用								部门
522	财务费用								
52201	利息费用								
52202	金融机构手续费								
52203	汇兑损益								
52204	现金折扣								
531	投资收益								
53101	股票投资								
532	补贴收入								
541	营业外收入								
542	营业外支出								
550	所得税								
560	以前年度损益调整								
	合计	2 300 575.00	2 300 575.00						

以上为河南华鹏科技有限公司 2008 年的期初余额，未给出期初余额的会计科目余额为零。长期借款年初余额中，去年 12 月 1 日从工行借入 500 500 元一年期借款，去年 5 月 1 日从工行借入 207 500 元两年期借款。中行存款年初余额为美元 2 500 元，汇率为 8.50。

A2.3 辅助核算

（1）币别：人民币（代码 RMB），还有外币：美元（代码 USA）、港币（代码 HK）

（2）部门与职员

部门	职员	职务	部门	职员	职务
01 总经办	张岳	总经理	07 生产部	段续男	部门经理
	张玲玲	副总经理		段腾飞	技术员
	王一名	副总经理		李彤彤	生产工人
	贺鹏	部门经理		李肥施	生产工人
	李贞贞	干事		王璨	生产工人
02 人力资源部	李蕊	部门经理		王明礼	生产工人
	范喜松	干事		时赛跑	生产工人
	卢依萍	干事		史鉴正	生产工人
03 财务部	林颖	部门经理		包相茹	生产工人
	王芳	会计		余得水	生产工人
	张慧敏	出纳		钱正望	生产工人
04 销售部	丁建军	部门经理		付留油	生产工人
	赵六	销售员		花正兴	生产工人
	王山峰	销售员		苗苗壮	生产工人
	李晓佳	销售员		郑时兴	生产工人
	康健	销售员		李正	生产工人
	宋慧娟	销售员		王文	生产工人
05 设备部	宋永超	部门经理		吴花红	生产工人
	李备战	维修员	08 技术部	康晓强	部门经理
	赵守卫	维修员		梁永福	干事
06 供应部	韩婕	部门经理		孙雪晴	干事
	钱三明	采购员		周足金	干事

（3）计量单位

重量组		数量组	
001	吨（主）	001	件（主）
002	千克	002	台
003	克	003	套

（4）银行

建设银行，账号 7363830010103

农业银行，账号 8200002838339

（5）仓库

001 原料仓库

002 成品库

003 设备配件库

004 其他物料仓库

A2.4 凭证类型

凭证字：记、收、付、转

A2.5 结算方式

JF01 现金

JF02 电汇

JF03 信汇

JF04 商业汇票

JF05 银行汇票

A3 应收应付款管理系统

A3.1 业务控制参数

应收款管理系统和应付款管理系统启用会计期间：2008 年 8 月

坏账计提方法：备抵法→应收账款百分比法，坏账损失百分比为 8%

坏账损失科目：521-管理费用

坏账准备科目：114-坏账准备

选中“进入系统时显示到期债权列表”复选框和（或）“进入系统时显示到期债务列表”

复选框。

A3.2 基本科目设置

应收账款科目：113-应收账款
预收账款科目：204-预收账款
应收票据科目：112-应收票据
应交税金科目：221-应交税金
应付账款科目：203-应付账款
预付账款科目：115-预付账款
应付票据科目：202-应付票据

A3.3 分类体系

票据类型：01 银行承兑汇票；02 商业承兑汇票

合同类型：01 销售合同；02 采购合同

应收单类型：005 期末调汇；006 退票回冲单；01 其他应收单；02 应收单转销；03 应收票据转出；04 应收票据背书

收款类型：003 期末调汇；004 转账；006 退票回冲单；01 销售回款；02 抵债收款

应付单类型：004 期末调汇；01 其他应付单；02 应付款转销；03 费用分配；04 退票回冲单

付款类型：004 期末调汇；005 转账；006 退票回冲单；01 购货款；02 抵债付款；03 应收票据背书

A3.4 存货档案

代　码	物料名称	物料类型	数　量
001.001	冷轧钢	原材料	175 吨
001.002	卷钢	原材料	25 吨
001.003	304 不锈钢	原材料	109 吨
001.004	316 不锈钢	原材料	50 吨
002.001	CC-11 型车床	产成品	50 台
002.002	CC-12 型车床	产成品	60 台
002.003	CC-21 型车床	产成品	43 台
002.004	CC-22 型车床	产成品	75 台
002.005	FQ-11 分切机	产成品	25 台
002.006	FQ-12 分切机	产成品	30 台

续表

代　码	物料名称	物料类型	数　量
002.007	FQ-21 分切机	产成品	30 台
002.008	FQ-22 分切机	产成品	15 台

A3.5 付款条件

现金提货，折扣 10%
5 天之内付款，折扣 8%
10 天之内付款，折扣 6%
15 天之内付款，折扣 5%
20 天之内付款，折扣 3%
30 天之内付款，折扣 1%

A3.6 客户档案

01 普通客户
- 01.001 河南机械公司
- 01.002 河南蓝天配件厂
- 01.003 四川机械厂

02 其他组
- 02.001 豫南钢铁厂
- 02.002 华北钢铁有限公司
- 02.003 西北轴承有限公司

03 分期付款
- 03.001 新起点实业有限公司
- 03.002 华鹏轻工集团

A3.7 供应商档案

01 钢材
- 01.001 山东钢材股份有限公司
- 01.002 河南安阳钢材有限公司
- 01.003 华北钢材集团

02 不锈钢
- 02.001 南京不锈钢有限公司
- 02.002 湖南不锈钢集团
- 02.003 浙江不锈钢有限公司

A3.8 期初余额

应收账款初额

客户名	发票号	开票时间	开票金额	收款时间	收款金额
华北钢铁有限公司	FP001	2003.12.25	7 000 000	2004.2.13	6 000 000
	FP002	2004.3.26	4 000 000		
豫北钢铁厂	FP0003	2003.12.30	7 000 000	2004.2.26	6 000 000
	FP0004	2004.4.26	4 000 000		
零散客户	FP005	2004.8.18	874 478.80	2004.11.16	700 000
				2004.11.25	56 111
	FP006	2003.12.20	8 805		

期初坏账资料

单位名称	坏账金额	坏账日期	坏账原因
金龙实业有限公司	51 234.49	2001.8.26	应收账超过 3 年

应付账期初余额

客户名	发票号	开票时间	开票金额	收款时间	收款金额
湖南不锈钢集团	CFP001	2003.11.25	801 000	2004.1.10	801 000
	CFP002	2004.2.10	920 000		
南京不锈钢有限公司	CFP003	2003.11.25	500 000	2004.1.10	500 000
	CFP004	2004.2.16	600 000		
河南安阳钢材有限公司	CFP005		500 000		500 000
	CFP006		600 000		

应付账期初余额

客户名	发票号	开票时间	开票金额	收款时间	收款金额
华北钢材集团	CFP007	2003.11.25	896.78	2004.3.16	896.78
				2004.4.1	33.22
	CFP008	2004.2.10	203.22		

A4 工资管理系统

A4.1 业务控制参数

（1）账套启用于 2008 年 5 月

（2）工资类别

类别名称	在职职工	合同工	临时工
是否多类别	否	否	否
币别	人民币	人民币	人民币

A4.2 基本分类档案

（1）部门管理

代码	部门名称	代码	部门名称
01	总经办	06	供应部
02	人力资源部	07	生产部
03	财务部	08	技术部
04	销售部	09	研发部
05	设备部	10	医务室

（2）职员资料

代码	姓名	职员类别	部门
001	吴昊	管理人员	总经办
002	郑佳佳	管理人员	总经办
003	王启明	管理人员	总经办
004	梁超	管理人员	总经办
005	李玉萍	干事	总经办
006	王伟	管理人员	人力资源部
007	荆小敏	干事	人力资源部
008	卢晓燕	干事	人力资源部
009	林颖	管理人员	财务部
010	王芳	会计	财务部
011	张慧敏	出纳	财务部
012	丁建军	管理人员	销售部
013	赵六	销售员	销售部
014	王山峰	销售员	销售部
015	李晓佳	销售员（合同工）	销售部
016	康健	销售员（合同工）	销售部
017	宋慧娟	销售员（合同工）	销售部
018	宋永超	管理人员	设备部
019	李备战	维修员	设备部
020	赵守卫	维修员	设备部
021	韩婕	管理人员	供应部

续表

代　码	姓　名	职员类别	部　门
022	钱三明	采购员	供应部
023	司马正一	管理人员	生产部
024	诸葛能	技术员	生产部
025	张小小	生产工人（临时工）	生产部
026	李肥施	生产工人（临时工）	生产部
027	李璨	生产工人（临时工）	生产部
028	王明礼	生产工人（合同工）	生产部
029	时赛跑	生产工人（合同工）	生产部
030	史鉴正	生产工人（合同工）	生产部
031	包相茹	生产工人（合同工）	生产部
032	余得水	生产工人（合同工）	生产部
033	钱正望	生产工人	生产部
034	付留油	生产工人（合同工）	生产部
035	花正兴	生产工人（临时工）	生产部
036	苗苗壮	生产工人（临时工）	生产部
037	郑时兴	生产工人（临时工）	生产部
038	李正	生产工人	生产部
039	王文	生产工人（临时工）	生产部
040	吴花红	生产工人（临时工）	生产部
041	康晓强	管理人员	技术部
042	梁永福	干事	技术部
043	孙雪晴	干事（合同工）	技术部
044	周足金	干事（合同工）	技术部
045	李茂生	管理人员	研发部
046	张海亮	干事（合同工）	研发部
047	钱生财	干事（合同工）	研发部
048	周敏捷	医生	医务室
049	蔡晓晴	护士（临时工）	医务室

（3）增加银行资料

代码	名称	账号长度
03	中国农业银行黄河路支行	13

A4.3　工资项目及公式

1. 工资项目设置

（1）在职职工

项目名称	类　型	位　数	属　性
职员代码	文字		其他
职员姓名	文字		其他
部门	文字		其他
基本工资	数值	2	增项
补贴	数值	2	增项
奖金	数值	2	增项
加班	数值	2	增项
病假	数值	2	减项
事假	数值	2	减项
应发合计	数值	2	增项
房租水电	数值	2	减项
代扣所得税	数值	2	减项
医疗保险	数值	2	增项
养老保险	数值	2	增项
扣款合计	数值	2	减项
实发合计	数值	2	增项

（2）合同工

项目名称	类　型	位　数	属　性
职员代码	文字		其他
职员姓名	文字		其他
部门	文字		其他
基本工资	数值	2	增项
奖金	数值	2	增项
加班	数值	2	增项
病假	数值	2	减项
事假	数值	2	减项
应发合计	数值	2	增项
代扣所得税	数值	2	减项
医疗保险	数值	2	增项
养老保险	数值	2	增项
扣款合计	数值	2	减项
实发合计	数值	2	增项

（3）临时工

项目名称	类　型	位　数	属　性
职员代码	文字		其他
职员姓名	文字		其他
部门	文字		其他
基本工资	数值	2	增项

续表

项目名称	类　型	位　数	属　性
加班	数值	2	增项
病假	数值	2	减项
事假	数值	2	减项
应发合计	数值	2	增项
代扣所得税	数值	2	减项
扣款合计	数值	2	减项
实发合计	数值	2	增项

2. 工资计算公式

在职职工：应发合计=基本工资+补贴+奖金+加班
扣款合计=病假+事假+房租水电+代扣所得税+医疗保险+养老保险
加班=加班天数×100
病假=病假天数×10
事假=事假天数×20
如果加班天数=0、病假天数=0 则奖金=100
实发合计=应发合计-扣款合计

合同工：应发合计=基本工资+奖金+加班
扣款合计=病假+事假+代扣所得税+医疗保险+养老保险
加班=加班天数×100
病假=病假天数×25
事假=事假天数×50
如果加班天数=0、病假天数=0 则奖金=100
实发合计=应发合计-扣款合计

临时工：应发合计=基本工资+加班
扣款合计=病假+事假+代扣所得税
加班=加班天数×100
病假=病假天数×25
事假=事假天数×50
实发合计=应发合计-扣款合计

A5　固定资产管理

A5.1　业务控制参数

（1）账套启用于 2008 年 9 月 1 日

（2）变动方式类别

01 增加

01.001 购入

01.002 接受投资

01.003 接受捐赠

01.004 融资租入

01.005 自建

01.006 盘盈

01.007 在建工程转入

01.008 其他增加

02 减少

02.001 出售

02.002 盘亏

02.003 其他减少

03 其他

（3）使用状态

01 使用中

01.001 正常使用

01.002 融资租入

01.003 经常性租出

01.004 季节性停用

01.005 大修理停用

02 未使用

03 不需用

A5.2 固定资产类别

代　码	名　称	使用年限	净残值率	计量单位	预设折旧方法	卡片编码规则	是否计提折旧
001	房屋建筑物	30	5%	栋	平均年限法	FW-	不管使用状态如何一定折旧
002	运输设备	10	3%	辆	工作量法	YS-	由使用状态决定是否折旧
003	生产设备	10	5%	台	平均年限法	SS-	由使用状态决定是否折旧
004	办公设备	5	3%	台	平均年限法	BS-	由使用状态决定是否折旧

A5.3 部门对应折旧科目

生产设备、生产厂房对应折旧科目：40501-制造费用-折旧费

办公设备、办公房屋对应折旧科目：52104-管理费用-折旧费

A5.4 增减方式对应入账科目

固定资产增加科目：161-固定资产
固定资产减少科目：166-固定资产清理
165-折旧费用
减值准备科目：164-固定资产减值准备

A5.5 固定资产原始卡片

代码	SS001	SS002	FW001	BS001
名称	生产机床	自动生产线	生产厂房	计算机
固定资产科目	161	161	161	161
累计折旧科目	165	165	165	165
类别	生产设备	生产设备	房屋建筑物	办公设备
使用情况	使用中	使用中	使用中	使用中
使用部门	生产部	生产部	厂部	行政部
入账日期	2001-11-8	2001-11-22	2003-10-25	2004-11-3
增加方式	购入	购入	购入	购入
原值本位币	200 000.00	400 000.00	600 000.00	300 000.00
入账累计折旧	0.00	0.00	0.00	0.00
折旧方法	平均年限法	平均年限法	平均年限法	平均年限法
预计使用期间数	16	16	14	15
账套启用期初原值	200 000.00	400 000.00	600 000.00	300 000.00
期初累计折旧	167 500.00	125 000.00	107 500.00	0.00
预计净残值	0.00	0.00	5 000.00	0.00
累计已记提折旧期间数	13	5	2	0
预计每期折旧	12 500.00	25 000.00	42 500.00	20 000.00
折旧费用摊销科目代码	40501	40501	40501	52104
折旧费用摊销科目名称	制造费用-折旧费	制造费用-折旧费	制造费用-折旧费	管理费用-折旧费

A6 日常经营业务

A6.1 资金业务

（1）2 日，到期的短期债券 3 750 元兑现，收到本金 3 750 元，利息 375 元，本息均

存入工商银行。

（2）2 日，计提在建工程应交土地使用税 25 000 元。

（3）2 日，计提在建工程应付工资 50 000 元，应付福利费 7 000 元。

（4）5 日，工程完工，计算应负担长期借款（去年 12 月份借入 212 500 元）利息 37 500 元。

（5）5 日，从工商银行借入 3 年期借款 100 000 元，借款存入银行，该项借款用于购置固定资产。

（6）5 日，收到股息 7 500 元，已存入工商银行。

（7）6 日，用工行存款归还短期借款本金 62 500 元，利息 3 125 元。

（8）10 日，支付产品广告费 2 500 元。

（9）18 日，从工商银行提取现金 125 000 元准备发放工资。

（10）19 日，支付工资 125 000 元，其中包括支付给工程人员的工资 50 000 元。

（11）20 日，分配应支付的职工工资 75 000 元（不包括工程应负担的工资），其中：生产工人工资 68 750 元，车间管理人员工资 25 000 元，行政管理部门人员工资 3 750 元。

（12）20 日，分配应支付的职工福利费 10 500 元（不包括工程应负担的福利费），其中：生产工人福利费 9 625 元，车间管理人员福利费 350 元，行政管理部门人员福利费 525 元。

（13）22 日，生产部领用冷轧钢，计划成本 17 500 元，低值易耗品 12 500 元，采用一次摊销法摊销。

（14）25 日，计算并结转领用 316 不锈钢应分摊的材料成本差异。原材料价值 8 750 元，物耗 625 元，材料成本差异 9 375 元。

（15）25 日，预提应计入本期损益的借款利息 5 375 元，其中：短期借款利息 2 875 元，长期借款（去年 5 月 11 日借入 187 500 元）利息 2 500 元。

（16）25 日，产品完工入库，计算并结转本期产品成本。

（17）25 日，用工商银行存款支付广告费 2 500 元。

（18）26 日，从工行提取现金 12 500 元，准备支付退休金。

（19）26 日，支付退休金 12 500 元。

（20）28 日，计算并结转已销产品的销售税金，该企业交纳消费税 25 000 元、城市维护建设税 1 750 元、教育附加费 500 元。

（21）28 日，用工行存款交纳消费税 25 000 元、城市维护建设税 1 750 元、教育附加费 500 元。

（22）30 日，用工商银行存款偿还长期借款本息 250 000 元。

（23）31 日，以工行存款交纳所得税 24 759.63 元，应付利润 10 381.78 元。

A6.2 部门、个人往来项目辅助核算业务

（1）2 日，供应部钱三明从华北钢材集团购入在建工程用钢筋 50 吨，价款 37 500 元，已用工行存款支付。

（2）6 日，供应部韩婕从河南安阳钢材有限公司购入冷轧钢 37.5 吨，单价 1 000 元/吨，增值税 6 375 元，货款已用工行存款支付，材料未到。

（3）9 日，收到原材料——冷轧钢 25 吨，单价 1 000 元/吨，实际成本 25 000 元，计划成本 23 750 元，材料已验收入库，货款已于上月支付。

（4）10 日，销售部赵六销售给永生轻工集团机床 3 台，收到货款 204 750 元，其中增值税销项税额 29 750 元，收到的货款已存入工商银行，该批产品的实际成本为 105 000 元。

（5）10 日，销售部丁建军销售给豫北钢铁厂分切机 12 台，销售价款 75 000 元，增值税销项税额 12 750 元，该批产品的实际成本为 45 000 元，产品已发出，货款尚未收到。

A6.3　外币业务

（1）27 日，以中国银行存款预付定金，其中南京不锈钢有限公司 250.25 美元，浙江不锈钢有限公司 750.5 美元（当月折合汇率为 8.50，年末汇率为 8.50）。

（2）28 日，向国外销售机床 6 台、分切机 12 台，收到货款 28 400 美元，已存入中国银行（当月折合汇率为 8.50，年末汇率为 8.50）。

A6.4　应付业务

（1）9 日，用工商银行汇票支付 25 吨 304 不锈钢采购款，企业收到开户银行转来银行汇票结讫通知书、价款及运费共 24 950 元，原材料已验收入库，该批 304 不锈钢材料计划成本 25 000 元。

（2）25 日，用工商银行存款支付到期的商业承兑汇票 25 000 元。

（3）27 日，供应部钱三明向湖南不锈钢集团采购 304 不锈钢 40 吨、316 不锈钢 15 吨、304 不锈钢单价 1 050 元/吨、316 不锈钢 1 320 元/吨，使用银行汇票结算，价款 61 800 元，增值税销项税额 10 506 元。

（4）27 日，向深圳科技有限公司购入计算机 10 台，价款 30 300 元，现金支票支付。

A6.5　应收业务

（1）5 日，企业将到期的银行承兑汇票一张（面值为 50 000 元）连同进账单交工商银行办理。款项工商银行已收妥，收到银行盖章退回的进账单一联。

（2）15 日，销售部李晓佳采用商业承兑汇票结算方式销售产品机床 4 台、分切机 7 台，收到承兑的商业汇票一张，价款 62 500 元，增值税销项税额 10 625 元，该批产品的实际成本为 37 500 元。

（3）15 日，企业持上述承兑汇票到银行办理贴现，贴现息为 5 000 元。

（4）25 日，按应收账款的 0.003 补提坏账准备。

A6.6 工资业务

1. 工资数据录入

（1）在职职工

职工姓名	基本工资（元）	补贴	加班天数	病假天数	事假天数	房租水电（元）	医疗保险（元）	养老保险（元）
吴昊	1 800	200	2		1	320	24	60
郑佳佳	1 600	800				450	20	50
王启明	1 600	400	2			250	16	40
梁超	1 200	200		2		280	24	60
李玉萍	1 100	200				200	22	55
王伟	1 000	500	3			340	20	50
荆小敏	1 500	1 000	4		2	540	30	75
卢晓燕	800	400	2.5			210	16	40
林颖	1 600	900				360	20	50
王芳	1 200	600			1	260	20	45
张慧敏	1 200	600	2			240	20	45
丁建军	1 600	900				400	30	25
赵六	800	400				200	22	55
王山峰	800	400		1		340	20	50
宋永超	1 600	900				540	30	75
李备战	800	400	4			210	16	40
赵守卫	800	400			3	360	20	50
韩婕	1 600	900				260	20	45
钱三明	800	400				240	20	45
司马正一	1 600	900	3		1	400	30	25
诸葛能	800	400	4			210	16	40
钱正望	800	400	4			360	20	50
李正	1 000	400	4		4	260	20	45
康晓强	800	400	2	1		240	20	45
梁永福	800	400	1			400	30	25
周敏捷	900	600		3		240	20	45
李茂生	800	400	2			400	30	25

（2）合同工

职工姓名	基本工资（元）	加班天数	病假天数	事假天数	医疗保险（元）	养老保险（元）
李晓佳	800				20	45
康健	800				20	45

续表

职工姓名	基本工资（元）	加班天数	病假天数	事假天数	医疗保险（元）	养老保险（元）
宋慧娟	900	1	2		30	25
王明礼	1 000			3	16	40
时赛跑	800				20	50
史鉴正	800				20	45
包相茹	900	2	3		20	45
余得水	800		3		30	25
付留油	1 000		2		20	45
孙雪晴	800	4		4	30	25
周足金	900		2		20	45
张海亮	800	4			30	25
钱生财	900				30	25

（3）临时工

职工姓名	基本工资（元）	加班天数	病假天数	事假天数
王文	800	2		2
吴花红	800			
花正兴	800	2	1	
苗苗壮	800	3		1
郑时兴	800	4		
张小小	800		1	
李肥施	800	2		
李瑧	800	4	2	1
蔡晓晴	800			

2．工资费用分配

分配名称	职工工资分配			
凭证字	转			
摘要内容	分配在职职工工资费用		分配比例	100%
部门	职员类别	工资项目	费用科目	工资科目
总经办	管理人员	应发合计	管理费用-工资及福利费	应付工资
人力资源部	管理人员	应发合计	管理费用-工资及福利费	应付工资
销售部	销售人员	应发合计	营业费用-工资及福利费	应付工资
生产部	生产人员	应发合计	生产成本-工资及福利费	应付工资
生产部	生产管理人员	应发合计	制造费用-工资及福利费	应付工资
技术部	管理人员	应发合计	管理费用-工资及福利费	应付工资
设备部	管理人员	应发合计	管理费用-工资及福利费	应付工资
供应部	管理人员	应发合计	管理费用-工资及福利费	应付工资

续表

财务部	管理人员	应发合计	管理费用-工资及福利费	应付工资
研发部	管理人员	应发合计	管理费用-工资及福利费	应付工资
医务室	福利人员	应发合计	管理费用-工资及福利费	应付工资

3. 福利费用分配

分配名称	职工福利费分配			
凭证字	转			
摘要内容	分配在职职工工资费用		分配比例	100%
部门	职员类别	工资项目	费用科目	工资科目
总经办	管理人员	应发合计	管理费用-工资及福利费	应付福利费
人力资源部	管理人员	应发合计	管理费用-工资及福利费	应付福利费
销售部	销售人员	应发合计	营业费用-工资及福利费	应付福利费
生产部	生产人员	应发合计	生产成本-工资及福利费	应付福利费
生产部	生产管理人员	应发合计	制造费用-工资及福利费	应付福利费
技术部	管理人员	应发合计	管理费用-工资及福利费	应付福利费
设备部	管理人员	应发合计	管理费用-工资及福利费	应付福利费
供应部	管理人员	应发合计	管理费用-工资及福利费	应付福利费
财务部	管理人员	应发合计	管理费用-工资及福利费	应付福利费
研发部	管理人员	应发合计	管理费用-工资及福利费	应付福利费
医务室	福利人员	应发合计	管理费用-工资及福利费	应付福利费

要求：录入工资数据，计算个人所得税，分配工资费用。

A6.7 固定资产业务

（1）5 日，某项工程完工，办理竣工结算手续，交付使用，固定资产价值 350 000 元。

（2）17 日，企业出售不需用设备 1 台，收到价款 75 000 元，该设备原价 100 000 元，已提折旧 37 500 元。

（3）17 日，生产车间 1 台机床报废，原价 50 000 元，已提折旧 45 000 元，清理费用 125 元，残值收入 200 元，已通过工商银行存款收支。该项固定资产已清理完毕。

（4）20 日，购入一辆轿车，价款 350 000 元，以工商银行存款支付。

（5）25 日，摊销无形资产 15 000 元，摊销印花税 2 500 元，基本生产车间固定资产修理费（已列入待摊费用）22 500 元。

（6）25 日，计提固定资产折旧 25 000 元，其中应计入制造费用 20 000 元，应计入管理费用 5 000 元。

（7）25 日，购入不需要安装的设备 1 台，价款 25 000 元，支付包装费用及运费 250 元，价款、包装费及运费均以工行存款支付。

A6.8 期末转账

（1）31 日，将各收支科目结转本年利润（系统自动结转）。

（2）31 日，按税后利润的 10%提取法定盈余公积金 4 152.71 元，按税后利润的 5%提取公益金 2 076.36 元。

（3）31 日，将利润分配各明细科目的余额转入未分配利润明细科目，结转本年利润。

（4）31 日，将各系统模块进行期末结账。

A7 报表编制与日常管理

A7.1 利用系统模板编制利润表

利 润 表

编制单位：　　　　　　　　年　　　月　　　日　　　单位：元

项　目	行　次	本 月 数	本年累计数
一、主营业务收入	1		
减：主营业务成本	2		
主营业务税金及附加	5		
二、主营业务利润（亏损以“－”号填列）	10		
加：其他业务利润（亏损以“－”号填列）	11		
减：营业费用	13		
管理费用	14		
财务费用	15		
三、营业利润（亏损以“－”号填列）	18		
加：投资收益（损失以“－”号填列）	19		
补贴收入	22		
营业外收入	23		
减：营业外支出	25		
四、利润总额（亏损总额以“－”号填列）	27		
减：所得税	28		
五、净利润（净亏损以“－”号填列）	30		

补充资料：

项　目	本年累计数	上年实际数
1．出售、处理部门或被投资单位所得收益		
2．自然灾害发生的损失		
3．会计政策变更增加（或减少）净利润		
4．会计估计变更增加（或减少）净利润		

续表

项　　目	本年累计数	上年实际数
5. 债务重组损失		
6. 其他		

A7.2　利用系统模板编制资产负债表

资产负债表

编制单位：　　　　　　　　　　年　　　月　　　日　　　　单位：元

资　　产	行　　次	年初数	期末数	负债和股东权益	行　　次	年初数	期末数
流动资产：				流动负债：			
货币资金	1			短期借款	68		
短期投资	2			应付票据	69		
应收票据	3			应付账款	70		
应收股利	4			预收账款	71		
应收利息	5			应付工资	72		
应收账款	6			应付福利费	73		
其他应收款	7			应付股利	74		
预付账款	8			应交税金	75		
应收补贴款	9			其他应交款	80		
存货	10			其他应付款	81		
待摊费用	11			预提费用	82		
一年内到期的长期债权投资	21			预计负债	83		
其他流动资产	24			一年内到期的长期负债	86		
流动资产合计	31			其他流动负债	90		
长期投资：							
长期股权投资	32			流动负债合计	100		
长期债权投资	34			长期负债：			
长期投资合计	38			长期借款	101		
固定资产：				应付债券	102		
固定资产原价	39			长期应付款	103		
减：累计折旧	40			专项应付款	106		
固定资产净值	41			其他长期负债	108		
减：固定资产减值准备	42			长期负债合计	110		
固定资产净额	43			递延税项：			
工程物资	44			递延税款贷项	111		

续表

资　　产	行　　次	年初数	期末数	负债和股东权益	行　　次	年初数	期末数
在建工程	45			负债合计	114		
固定资产清理	46						
固定资产合计	50			所有者权益(或股东权益)：			
无形资产及其他资产：				实收资本（或股本）	115		
无形资产	51			减：已归还投资	116		
长期待摊费用	52			实收资本（或股本）净额	117		
其他长期资产	53			资本公积	118		
无形资产及其他资产合计	60			盈余公积	119		
				其中：法定公益金	120		
递延税项：				未分配利润	121		
递延税款借项	61			所有者权益（股东权益）合计	122		
资产总计	67			负债和所有者权益（或股东权益）总计	135		

提示

金蝶系统模板中的资产负债表中已经将各单元格的公式设置好，用户使用时，只需设置取数账套或手工录入所需数据即可生成自己需要的资产负债表。

附录 B　综合试卷

I 卷

一、单选题

（1）用户要查看每位职员的基金交纳与变动情况，可以通过查阅（　　）。

A．职员基金台账　　B．基金汇总表

C．基金计提变动情况表　　D．职员台账表

（2）第一次备份新建的账套时必须使用（　　）。

A．完全备份　　B．增量备份　　C．日志备份　　D．以上 3 种都可以使用

（3）条形码管理支持一品多码的设置，一个核算项目允许存在（　　）条码。

A．一个　　B．两个　　C．三个　　D．多个

（4）以下几个选项哪个不是固定资产增加的主要有途径（　　）。

A．企业购入　　B．自行建造及出包建造

C．所有者投入　　D．出租

（5）金蝶 K/3 V11.0 版本共由（　　）个子系统和 23 个辅助工具构成。

A．45　　B．57　　C．60　　D．80

（6）在安装金蝶 K/3 V11.0 时，如下说法正确的是（　　）。

A．服务器与工作站上都需要安装数据库

B．需要在服务器上安装数据库，而不需要在工作站上安装

C．需要在工作站上安装数据库，而不需要在服务器上安装

D．服务器与工作站上都不需要安装数据库

（7）金蝶 K/3 V11.0 版本是全面成熟的 ERP 产品，拥有（　　）多项功能、60 多个子系统、30 多个工具、10 多个跨行业解决方案，以及极具竞争力的行业解决方案。

A．3000　　B．4000　　C．5000　　D．6000

（8）要想在短时间内迅速找到正确的凭证，可以使用凭证的（　　）功能实现。

A．查询　　B．跳转　　C．汇总　　D．以上方法都可以

（9）用转账支票支付前欠货款，应填制（　　）。

A．转账凭证　　B．收款凭证　　C．付款凭证　　D．原始凭证

（10）（　　）负责会计的手工处理工作，主要有出纳员和凭证处理员。

A．数据准备组　　B．系统管理员　　C．数据审核员　　D．系统操作员

（11）系统维护员是指（　　）。

A．负责保管各类数据资料

B．主要负责会计信息的分析、整理、参与决策、参与管理等工作

C．指进行手工核算处理的会计人员

D．负责系统运行管理与维护的工作人员

（12）下列选项中不是固定资产分类设置的是（ ）。

A．变动方式　　B．使用状态　　C．折旧方法　　D．样式文件

（13）下列关于基金报表的内容，错误的是（ ）。

A．基金汇总表　　B．职员基金台账

C．基金计提变动情况表　　D．都不是

（14）类别管理是用于（ ）的分类处理方式。

A．工资分配　　B．工资总结　　C．工资核算　　D．成本核算

（15）下面关于金蝶 K/3 V11.0 系统说法中错误的是（ ）。

A．以 BPM 为核心的战略企业管理信息化解决方案

B．构建于 BI 基础上的全方位商业分析系统

C．按需配置的个性化管理平台

D．强大的多元化业务处理能力

（16）下面关于金蝶 K/3 V11.0 系统应用特性说法中错误的是（ ）。

A．成本资金规划　　B．强大的业务扩展性

C．灵活的业务适应性　　D．全方位的管理能力

（17）金蝶 K/3 V11.0 系统中，总账管理系统属于（ ）。

A．财务部分　　B．成本管理部分　　C．生产制造部分　　D．人力资源部分

（18）若要求系统对固定资产变动业务自动生成相应的记账凭证，则必须在（ ）对话框中输入“对方科目代码”。

A．变动方式类别　　B．修改　　C．固定资产管理　　D．以上都不是

（19）固定资产系统共预设了（ ）种折旧法。

A．8　　B．10　　C．11　　D．9

（20）用户可以输入折旧方法各年度的折旧率，其合计数必须等于（ ）。

A．50%　　B．100%　　C．150%　　D．200%

（21）企业设置固定资产类别时，若按固定资产经济用途分类可分为（ ）。

A．生产经营用和非生产经营用　　B．自有固定资产和租入固定资产

C．土地、房屋建筑、机械设备　　D．都不对

（22）下列关于录入会计初始材料的选项中错误的是（ ）。

A．系统支持变动方式的多级管理，并可以在生成报表时分级汇总，为固定资产的决策支持提供更丰富的数据

B．固定资产系统已设置了增加、减少、其他等 4 大默认类别

C．固定资产实物都有存放的地点，系统对存放地点进行了一系列的管理，辅助用户加强固定资产管理

D．录入客户档案的首要任务就是增加客户组

（23）在填制凭证时，将光标定位于要填入计算结果的单元内，按（　　）快捷键，系统会自动将计算器计算的结果直接填入。

A．F2　　B．F7　　C．F1　　D．F8

（24）在金碟账务软件中，账套在过账时有关说法正确的是（　　）。

A．凭证过账与是否审核、签字无关

B．凭证过账时，会根据在账套选项中是否选定了“过账前凭证必须经过审核”选项对凭证审核进行控制

C．凭证在过账前，必须经过审核、出纳签字后才能进行审核

D．以上都不对

（25）企业设置固定资产类别时，若按固定资产的形态和特征分类，可分为（　　）。

A．自有固定资产和租入固定资产　　B．土地、房屋建筑、机械设备

C．生产经营用和非生产经营用　　D．都不对

（26）金碟财务软件可采用一张支票购买多个固定资产，而且只生成一张（　　）。

A．转账凭证　　B．收款凭证　　C．记账凭证　　D．借账凭证

（27）凭证在过账前，必须进行审核，审核时除可以选中文件菜单中的“成批审核”功能外，还可以按快捷键（　　），进行批量审核凭证。

A．Ctrl+F1　　B．Ctrl+H　　C．Shift+F1　　D．Shift+H

（28）利用（　　）可以查询输出某日任意科目的发生额及余额情况。

A．科目余额表　　B．核算项目明细表　　C．日报表　　D．记账单

（29）若需要给当前凭证添加附件，则可选择（　　）命令，在【附件管理】对话框中添加凭证附件。

A．查看　　B．修改　　C．文件　　D．帮助

（30）单击工具栏上的【新增】按钮，若当前凭证已保存，则再显示一张（　　）凭证。

A．空白凭证　　B．原始凭证　　C．当前凭证　　D．记账凭证

（31）用户要想在众多凭证中快速找到需要的凭证，就可以运用金蝶系统提供的（　　）功能来实现。

A．查找　　B．查询凭证　　C．帮助　　D．原始记录

（32）（　　）是有效组织会计核算和进行会计检查的一个重要元素，目的就是避免手工操作中可能出现的错误。

A．凭证汇总　　B．凭证核准　　C．凭证审核　　D．双敲审核

（33）下列选项中正确的是（　　）。

A．凭证审核是指通过二次录入凭证的方式对已录入的凭证进行审核

B．凭证汇总是在审核的基础上增加会计主管核准的功能

C．凭证摊销是用来帮助用户处理对已经计入待摊费用的数据进行每一期的摊销，将其转入费用类科目

D．对于已经过账的凭证，发现它不符合企业的财务规则，选择【编辑】→【冲销】命令

（34）在下列选项中，属于出纳的权限的是（　　）。

A．录制凭证　　B．出报表　　C．签字　　D．记账

（35）计算机会计信息系统的日常管理工作是（　　）负责。

A．系统管理员　　B．系统操作员　　C．数据录入员　　D．数据审核员

（36）下列选项中，不属于数据审核员职责的是（　　）。

A．检查专职会计人员提供数据的审批手续

B．对于不符合要求的凭证和不正确的账表数据，不予签章确认

C．负责输出数据正确性的审核工作

D．负责输入数据凭证的审核工作

（37）下列选项中不属于财务管理组的是（　　）。

A．分析员　　B．计划员　　C．费用控制员　　D．会计

（38）如在登账后发现差错，必须另做凭证，以（　　）的方法进行更正。

A．红字冲销　　B．涂抹　　C．蓝字冲销　　D．上报

（39）（　　）不能单独进入机房。

A．系统维护员　　B．系统管理员　　C．操作员　　D．录入员

（40）当计算机硬盘染上病毒时会出现以下几种现象，错误的是（　　）。

A．出现异常响声

B．贴有写保护标签的软盘没有进行写操作时，屏幕上提示写保护错误

C．软件运行速度减慢或出现错误

D．文件消失

二、多选题

（1）工资报表主要提供工资管理所需要的一些基本报表，下列属于基本报表的是（　　）。

A．工资汇总表　　B．工资发放表　　C．银行代发表　　D．公司利润表

（2）工资统计表存储着工资的组合体，包括（　　）。

A．扣零结余　　B．工资发放表　　C．基本工资　　D．奖金

（3）如果在职员设置中没有输入（　　）3 个字段的内容，则年龄工龄分析表数据会无数据或不完全。

A．出生日期　　B．入职日期　　C．平时表现　　D．离职日期

（4）固定资产系统已设置了（　　）3 大默认类别。

A．增加　　B．减少　　C．其他　　D．不变

（5）固定资产系统共预设了 9 种折旧法，包括（　　）。

A．直线法　　B．加速折旧法的静态方法

C．加速折旧法的动态方法　　D．曲线法

（6）库资源可以按以下（　　）两种方式共享。

A．运行时共　　B．站点内共享　　C．编辑时共享　　D．站点间共享

（7）下列说法中正确的是（　　）。

A．工资的基本日常处理已经就绪，接下来就需要对这些日常处理工作进行期末结账，彻底完成工资的日常处理工作

B．基金计提情况变动表是用来记录基金计提标准的变动情况，每一次变动产生一条变动记录

C．基金汇总表可按部门汇总输出所需要的工资基金汇总报表数据

D．职员基金台账表主要是按职员查询与输出相关的工资基金数据

（8）企业按固定资产的形态和特征分类，可分为（　　）。

A．土地　　B．房屋建筑　　C．机械设备　　D．办公用品

（9）下列说法中正确的是（　　）。

A．记账方法，曾经有借贷记账法、增减记账法和收付记账法几种

B．我国会计制度对工商等行业的总账科目及其编码，由财政部统一规定

C．成本核算方法的确定，一要看企业生产特点，二要看企业管理要求

D．系统初始化是指在系统运行前，根据确定的系统提供的功能

（10）下列属于数据准备组职责的是（　　）。

A．负责计算机系统的运行工作　　B．负责外来原始凭证的审核工作

C．负责有关现金和银行存款的收支工作　　D．负责会计的手工处理工作

（11）下列说法中正确的是（　　）。

A．往来业务的核销可以对企业的往来账款进行综合管理

B．银行对账单可以逐笔登记，也可以从外部直接进入文档，由银行出具的对账单均在此处进行管理

C．现金日记账是用来逐日逐笔反映库存现金的收入、支出和结存的情况

D．在使用现金管理系统前，不需要对该系统进行初始化和系统参数设置

（12）系统管理员一般由具备条件的财务部门负责人担任，包括（　　）。

A．主管财务的副厂长　　B．副总经理　　C．总会计师　　D．主管

（13）系统维护员的职责包括（　　）。

A．负责保管各类数据资料

B．负责记录会计资料

C．负责系统运行中软件、硬件故障的排除工作

D．负责系统的安装和调试工作

（14）下列选项中属于管理制度建设的是（　　）。

A．病毒预防　　B．机房管理　　C．维护管理　　D．操作管理

（15）下列说法中正确的是（　　）。

A．系统操作运行人员需经培训合格后方可上机运行系统

B．与业务无关人员及脱离会计工作岗位的人员不得上机运行系统

C．系统操作员、数据录入员、数据审核员不可以上机运行系统

D．非指定人员不能上机运行系统

三、判断题（√或×）

（1）系统的维护包括硬件维护和软件维护两部分。（ ）

（2）操作人员必须严格按照操作权限操作，不得越权或擅自上机操作。（ ）

（3）“日积月累”界面的出现与否可自行进行设置。（ ）

（4）只要能打开相应的账套，就能使用所有功能对账套进行设置。（ ）

（5）记账凭证的第一条摘要必须输入，而其他分录的摘要可输可不输。（ ）

（6）正确性维护是指诊断和清除错误的过程。（ ）

（7）金蝶账务软件只能管理有限的几套账。（ ）

（8）在应收（付）款管理系统中，账龄分析主要是用来对未核销的往来账款进行分析。（ ）

（9）如果用户一时大意未输入业务编号或输入错误业务编号，则可选中“业务编号相同核销”复选框。（ ）

（10）类别管理是用于资金分配核算的分类处理方式，可按部门、人员类别、人员等任意选择。（ ）

（11）工资管理模块中的部门管理，与【基础资料】中的部门管理有一定的区别。（ ）

（12）在金蝶 K/3 系统中，所有科目都是在【系统设置】→【基础资料】→【公共资料】→【科目】选项中进行设置的。（ ）

（13）用户可根据企业需要自定义公式或每期折旧率，不可以根据这些折旧方法实现自动计提折旧和费用分摊。（ ）

（14）固定资产的使用状态将可能决定固定资产是否计提折旧。（ ）

（15）往来对账是指系统自动将出纳账与日记账（总账）当期现金发生额、余额进行核对。（ ）

（16）现金管理系统的对账内容包括现金对账和银行存款对账两个部分。（ ）

（17）通过工作总量查询，用户可以查看各项固定资产在各个会计期间的工作量，以及累计工作量的数据。（ ）

（18）用户如果想查看和修正已经计提折旧的记录，则可以通过折旧管理来完成。（ ）

（19）凭证预提的操作与凭证摊销的操作十分相似，需要先设置凭证预提方案，再根据凭证预提方案生成预提凭证，并可查看凭证预提报告。（ ）

（20）期末调汇主要用于对外币核算的账户在期末自动计算汇兑损益，生成汇兑损益转账凭证及期末汇率调整表。（ ）

（21）在应收（付）款管理系统中，账龄分析主要是用来对已经核销的往来账款进行分析。（ ）

（22）在金蝶 K/3 系统中，总账系统提供的往来管理主要是基于按余额核销。（ ）

（23）在金蝶 K/3 系统中，总账模块、应收款管理系统和应付款管理系统，都提供了往来对账功能。（ ）

（24）为查询对账结果，从而检查对账结果是否正确，应编制银行存款余额调节表。 （ ）

（25）在凭证录入窗口中选择【查看】→【记录】命令，即可打开【凭证录入选项】对话框。 （ ）

（26）如果在【会计分录序时簿】窗口中单击某张凭证，可以打开该凭证，用户可以查看其中的具体内容，但不能修改。 （ ）

（27）在设置查询条件之后，单击【确定】按钮，即可在【会计分录序时簿】窗口中显示出符合条件的凭证。 （ ）

（28）金蝶 K/3 在【记账凭证】窗口中还提供了凭证页面的设置功能。 （ ）

（29）在明细分类账查询功能中，还可以按照各种币别输出某一币别的明细账；同时系统还提供了按非明细科目输出明细分类账的功能。 （ ）

（30）管理人员是指有权进入当前运行的会计系统并调用系统全部或部分功能的人员。 （ ）

II 卷

一、填空题

（1）凭证预提是用来帮助用户处理每期________、保险费、________、固定资产修理费等的预提，将其按一定金额进入________。

（2）通过数量金额总账可以查询设置为数量金额核算科目的“期初结存”、“________”、“本期发出”、“________”、“本年累计发出”以及“________”的数量及单价、金额数据。

（3）在总账系统中，________主要是用来对设置为往来核算科目的往来款项余额的时间分布进行分析的。

（4）在正式安装金蝶 K/3 系统之前，必须先安装________。

（5）基金设置主要是对________的一些基础性内容：如基金类型、基金计提标准、________、基金初始数据等进行分别设定。

（6）在安装金蝶 K/3 系统时，必须是以________的身份登录，关闭其他应用程序，特别是防病毒软件及相关防火墙。

（7）凭证审核是有效组织________和进行________的一个重要元素，目的就是避免手工操作中可能出现的错误，并通过审核防止________的发生，确保财务操作的公正与正确。

（8）客户档案是指包括________、名称、地址、电话等内容的客户信息，是对客户进行________的基础。

（9）金蝶 K/3 系统安装盘集中了所有金蝶 K/3 系统所需的第三方软件（SQL Server 2000 除外）。因此，通过金蝶 K/3 系统的________功能，系统将搜索当前操作系统中没有的第三方软件，并自动进行安装。

（10）________是指通过二次录入凭证的方式对已录入的凭证进行审核，只有第二次录入的凭证与已录入的凭证完全相同时，才能通过审核。

（11）____________是对固定资产日常发生的各种业务进行管理和核算。

（12）____________是用来逐日逐笔反映库存现金的收入、支出和结存的情况，以便于对现金的保管、使用及对____________的执行情况进行严格的日常监督及核算的账簿。

（13）现金管理系统的科目分为两大类，即____________与____________。

（14）固定资产系统共预设了______种折旧法，包括____________、加速折旧法的静态方法和动态方法，可以分别针对无变动的固定资产和变动折旧要素后的固定资产计提折旧。

（15）档案管理的任务是负责系统内各类文档资料的_________和_________工作。

（16）集团账套可以满足拥有众多子公司的_________的需要，但是在创建集团账套之前需要先建立一个_________，再在此基础上创建集团账套。

（17）在金蝶 K/3 软件中有________________和________________两种账套。

（18）_______是指固定资产发生新增、变动或减少方式，是固定资产卡片上的属性资料。

（19）在金蝶 K/3 系统中，总账系统提供的往来管理主要是___________，系统自动把往来会计科目余额属性方向（如应收账款为借方）的最后一笔业务发生时间订为_________ 。

（20）由于账套在启用之后就不能更改账套的_________，所以在启用账套之前，应该先对_________进行相应的设置。

二、简答题

（1）在账簿的管理中，如何对核算项目明细账进行管理？

（2）在总账系统中，期末调汇的作用是什么？

（3）金蝶 K/3 财务系统具有什么特点？

（4）金蝶软件提供了强大、灵活的工资费用分配功能，具体的分配步骤有哪些？

（5）在固定资产管理系统中，如何计提折旧？

三、操作题

1.（1）新建一个普通账套，名称为“家有乐有限公司”，账套号为 001，然后分别使用完全备份、增量备份、日志备份 3 种备份方式备份“家有乐有限公司”账套。

（2）根据实际情况设置“家有乐有限公司”账套的账套选项。

（3）新增编码为 520，名称为“表 6”的科目组，并应用增加的表外科目组。

（4）从模板中引入增加的表外科目。

（5）修改登录的密码。

（6）设置“人民币”为本位币，并增加“美元”外币。

2.（1）新建一个工资类别，类别名称为 A1，单一工资类别，币别为“人民币”。

（2）选择新建的 A1 工资类别。

（3）根据本公司的实际情况创建以下部门：

代码：01　　名称：生产部

代码：02　　名称：财务部

代码：03　　名称：人事部

代码：04　　名称：销售部

（4）根据本公司的实际情况新增以下职员：

代码：01　　姓名：工兰　　性别：女　　部门：财务部

代码：02　　姓名：李鹏　　性别：男　　部门：人事部

代码：03　　姓名：段俊杰　　性别：男　　部门：生产部

代码：04　　姓名：张梦洋　　性别：女　　部门：财务部

（5）根据本公司的实际情况新增以下银行：

代码：01　　名称：中国工商银行

代码：02　　名称：中国建设银行

代码：03　　名称：中国农业银行

代码：04　　名称：中国商业银行

附录C　试卷答案

I 卷

一、单选题

（1）C　（2）A　（3）D　（4）D　（5）B　（6）A　（7）A　（8）D　（9）C
（10）A　（11）D　（12）D　（13）D　（14）C　（15）D　（16）A　（17）A　（18）A
（19）D　（20）B　（21）A　（22）B　（23）B　（24）B　（25）B　（26）C　（27）B
（28）C　（29）A　（30）A　（31）B　（32）C　（33）D　（34）D　（35）A　（36）A
（37）D　（38）A　（39）A　（40）D

二、多选题

（1）ABC　（2）ACD　（3）ABD　（4）ABC　（5）ABC　（6）AC
（7）ABCD　（8）ABCD　（9）ABC　（10）BCD　（11）ABC　（12）ABC
（13）BCD　（14）ABCD　（15）ABD

三、判断题

（1）√　（2）√　（3）√　（4）×　（5）×　（6）√　（7）×　（8）√　（9）×
（10）×　（11）√　（12）√　（13）×　（14）√　（15）×　（16）√　（17）√　（18）×
（19）√　（20）√　（21）×　（22）√　（23）√　（24）√　（25）×　（26）×　（27）√
（28）√　（29）√　（30）×

II 卷

一、填空题

（1）对租金　借款利息　预提费用　（2）本期收入　本年累计收入　期末结存
（3）账龄分析表　（4）SQL Server 2000
（5）工资基金　基金计提方案　（6）具有本机系统管理员
（7）会计核算　会计检查　舞弊行为　（8）客户代码　往来管理
（9）环境检测　（10）双敲审核
（11）固定资产的业务核算　（12）现金日记账　现金管理制度
（13）现金科目　银行存款科目　（14）9　直线法
（15）存档　保密　（16）大型企业账套管理　普通的账套

（17）普通账套　集团账套　　（18）变动方式

（19）基于按余额核销　账龄起算点　（20）属性　账套属性

二、简答题

（1）步骤1：在金蝶K/3主控台窗口中单击【财务会计】标签，选择【总账】系统功能项，双击【账簿】子功能项下的“核算项目分类明细账”明细功能项，即可打开【核算项目分类明细账】窗口并弹出【过滤条件】对话框，在其中选择查询方式并设置会计期间范围、会计科目范围、核算项目范围、币别等选项。

步骤2：单击【另存为】按钮，可将自己的设置查询方案保存下来，以便日后查询使用。单击【确定】按钮，即可生成核算项目明细账。

步骤3：单击工具栏上的【第一】、【上一】、【下一】或【最后】按钮，可浏览不同核算项目的明细账。单击工具栏上的【过滤】按钮，可重新设置过滤条件，查看其他核算项目类别的明细账。还可以将当前窗口内容引出，或将所选核算项目类别中的所有核算项目的明细账引出。

步骤4：在【文件】菜单下也有【连续打印】、【连续预览】等子菜单项，可进行核算项目明细账的连续打印或连续预览。

（2）期末调汇主要用于对外币核算的账户在期末自动计算汇兑损益，生成汇兑损益转账凭证及期末汇率调整表。该功能是根据在会计科目中的科目属性来进行的，只有在会计科目中设定为期末调汇的科目才会进行期末调汇处理。而且要求所有涉及外币业务的凭证和要调汇的会计科目全部录入完毕并审核过账。

（3）① 通过无缝的应用集成，建立高效的财务、业务处理一体化。

② 强化企业的资金管理，提高资金的利用效率。

③ 全面的资产管理，强化了企业资源的有效控制。

④ 周全的往来业务管理，保障资金良性运作。

⑤ 多角度、多层次分析和监控模式，为决策提供有效的分析支持。

（4）步骤1：在金蝶K/3主控台窗口中单击【人力资源】标签，选择【工资管理】系统功能项，双击【工资业务】子功能项下的“费用分配”明细功能项，即可打开【费用分配】对话框。

步骤2：选择“编辑”选项卡，进入“编辑”设置界面。单击【新增】按钮，即可在“编辑”设置界面中设置分配名称、凭证字、摘要内容、分配比例等内容。

步骤3：若选中“跨账套生成工资凭证”复选框，则可单击按钮，打开【选择账套】对话框，在其中设置账套数据库、用户名及密码。

步骤4：单击【确定】按钮，完成工资凭证的总账账套。在对话框下方可设置“部门”、“职员类别”、“工资项目”、“费用科目”、“核算项目”、“工资科目”、“核算项目”等内容。

步骤5：单击【保存】按钮，即可将所有费用分配方案保存到系统中，运用同样的方法可添加其他费用方案。

步骤6：在选择费用分配方案及生成凭证方式之后，单击【生成凭证】按钮，即可按费用分配方案生成凭证。

（5）在金蝶 K/3 主控台窗口中单击【财务会计】标签，选择【固定资产管理】系统功能项，双击【期末处理】子功能项下的“计提折旧”明细功能项，打开【计提折旧向导】对话框。单击【下一步】按钮，为将要生成的凭证指定凭证摘要和凭证字。单击【下一步】按钮，打开【开始计提折旧】对话框。单击【计提折旧】按钮，开始本期的折旧计提。若选中“保留修改过的折旧额”复选框，则不再计提本期已经修改过的折旧额，若选择了生成凭证，则可能导致固定资产系统与总账系统的余额不等。在计提过程中如果本期已经有过折旧计提操作，则会弹出信息提示框，询问是否要重新计算折旧，单击【是】按钮，系统即可开始计提折旧操作，并给出计提结果。单击【完成】按钮，结束计提折旧的操作。